福建師範大學文學院百年學術論叢　第四輯

李贄年譜考略

林海權　著

第四輯

總序

　　福建師範大學已歷經百又十年春秋，回想晚清帝師陳寶琛弢庵先生創立「福建優級師範學堂」時所題校訓：「化民成俗其必由學，溫故知新可以為師」，將教育宗旨植根於「學」字，堪稱高瞻遠矚。百多年來，學校隨著時代的更替發展變遷，而辦學理念始終沿循校訓精神，學高為師，身正為範，英才輩出，教澤廣布，為學術建設與文化教育作出了富有意義的貢獻。從我校文學院協同臺北萬卷樓圖書公司編選出版的「百年學術論叢」前三輯三十種論著，以及這次推出的第四輯十種作品，均可印證這一觀點。

　　第四輯又再現「四代同堂」的學術勝景：已故李萬鈞先生的《中西文學類型比較史》開拓了中西文類比較研究的遼闊視野；資深學者中，林海權先生的《李贄年譜考略》以精密的考辨展示了明代著名思想家李卓吾的生平事跡，歐陽健先生的《中國歷史小說史》以史論結合方式展現了中國歷史小說的發展脈絡，賴瑞雲先生的《孫紹振解讀學簡釋》昭顯了孫紹振先生文本解讀學體系的理論與實踐意義，譚學純先生的《廣義修辭學研究——理論視野和學術面貌》開拓了修辭學發展的一個嶄新局面；中青年學人中，祝敏青《當代小說修辭性語境差闡釋》就修辭性語境差問題作了細緻的解析，王漢民《傳統戲曲與道教文化》將戲劇連同宗教作有機的思考，袁勇麟《中國當代雜文史》梳理了兩岸三地雜文五十年的發展演變，呂若涵《另一種現代性——「論語派」論》對論語派散文作出切實的價值評估，蔡彥峰《元嘉體詩學研究》對劉宋時期詩學進行了系統的深入探討。

　　以上只是簡約提示本輯各位作者各有專攻和創獲。綜觀這四輯四十種論著，可謂蔚然大觀，並有學脈貫通。六庵先生之經學，桂堂先生之散文學，喆盦先生之詩學文說，穆克宏先生之六朝文學，李萬鈞先生之比較文學，陳一琴先生之詩話批評，孫紹振先生之文本解讀學，姚春樹先生之雜文史，齊裕焜先生之小說史，陳良運先生之詩學史，莊浩然先生之話劇史，陳慶元先生之福建文學史，以及其他學者的專題著述，不僅體現了我校人文學術的特色優勢，也呈示了我校文學院薪火相傳、嚴謹精進的治學傳統。溫故知新，繼往開來，理應為我輩後學義不容辭的學術使命。

　　近幾年來，我校文學院持續開展和加強兩岸文化教育的交流合作活動，以文會友，廣結善緣，深獲臺灣學界同仁的鼎力支持和真誠勉勵，我們對此感念於心，永誌不忘！兩岸一家親，閩臺親上親，血緣割不斷，文緣結同心。在此戊戌仲春之際，我依然深信，兩岸的中華文化傳人，秉持同種同文的民族自尊心、自信心和責任心，必將跨越歷史鴻溝，進一步交流互動，昭發德音，化成人文，為促進中華文化復興繁榮而共同努力！

汪文頂

西元二〇一八年夏正戊戌仲春序於福州

目次

原序

　　林君海權以所著《李贄年譜考略》徵序於余。余觀其書，取材廣博，體例甚備，以詩文編年為基礎，考辨精詳，往往勝於舊譜。如鈴木虎雄《李卓吾年譜》謂李贄入天中山為萬曆四年，天中山在河南汝寧府城北三里；海權則考訂天中山在湖北黃安縣南二十里，李贄入山為萬曆二年，非四年。鈴木於萬曆二十四年譜中，謂「李贄春赴濟上，夏赴大同，秋赴上黨（沁水）」，係三年之事於一年，容肇祖《李贄年譜》雖有所訂正而語焉不詳；海權詳為補充，確定李贄於萬曆二十四年秋至沁水，二十五年仲夏五月至大同，二十八年三月至濟寧。李贄《答耿司寇》書中有「羅近溪今年七十二歲」之語，前人據近溪生年定此書寫於萬曆十四年；而海權則更考定所寫在其年中秋節前。其考據之精密可知。蓋其書之特點有二：第一，非孤立研究李贄，而是廣泛聯繫有關人物之思想活動，故能多所收穫。如在姚安時期，海權較多注意李與駱問禮之關係，從駱之《萬一樓集》中，得知李與駱相牴觸之具體情況。在寓居黃安、麻城時期，海權注意李與耿定向間之矛盾鬥爭，自《耿天臺先生文集》中，了解李與耿論戰之全部內容及兩人交惡之整個過程。在寓龍湖後期，能從佛學與文學兩方面研究李贄，注意李與三袁關係，並從三袁著作中了解李之進步文學思想對公安派之巨大影響。在後三年中，注意李與馬經綸之交往，並從《馬公文集》中考明李之行蹤，馬之營救及營葬李贄之深厚友誼。第二，能就事件背景深入研究，而不侷限於文字表面，故其考訂之真實，更令人信服。嘗檢《焚書》、《續焚書》，見李贄常有「壽至古稀」、「以

至於今七十」之語，經海權考訂，或確屬七十歲，或不然。如《焚書》卷四《禮誦藥師告文》，謂「壽至古稀」，實則是年李贄始六十七歲；《續焚書》卷一《與馬伯時》，謂「今自律之嚴已七十載矣」，《與耿克念》，謂「以至於今七十」，實則李贄是年始六十九歲。又如《續焚書》卷五《觀音閣》詩中，謂「如何古稀人，不識三伏苦」，實則李贄是年已七十一歲。因能聯繫事件背景，故知上述之所謂「古稀」、「七十」皆舉成數而言，不是確指。

　　以往學者對李贄之研究、評論，由於掌握材料不足，難免有論斷不確或錯誤之處。今海權在前人研究之基礎上，廣徵博引，詳細考訂，於其作品寫作年代、真偽、存佚，進行認真辨析，故能補苴前人之罅漏，而於後之研究有所啟發，可斷言也。

　　十多年前，余與海權均曾奉命參與《焚書》、《續焚書》之注釋工作。余當時所見常與時論不同，嘗私作札記，約百數十事，題為《注李剩墨》。其後兩書之注未得刊行，而余之《剩墨》遂亦擱置。此後余三徙所居，《剩墨》竟不知散失何所。故余之研究李贄，可謂一事無成。獨羨海權強毅堅持，十餘年來無間寒暑，孜孜不懈，遂得成此專著。余既深嘉海權之志行，而又樂觀其有成也，遂為之序而歸之。

　　時公元一九八七年九月五日，夏正歲在丁卯，七月十三日。

六庵老人黃壽祺

序於福建師範大學之意園

增訂版序

　　凡承傳和光大中國優秀文化傳統的故鄉先賢，余均景仰尊崇，而對鄉賢而又宗親之李贄尤然。前些年寓居泉州城南青龍巷時，曾就近瞻仰李贄故居，卻多所感慨。幸而，如今泉州市鯉城區政府已對故居妥加修繕充實，初成規模，並闢為「李贄紀念館」，凡關心故鄉文教事業的兩岸鄉親，均應為之欣然祝賀。

　　作為「泉州學」的重要內容，泉州文化界對李贄的關注探究，起步很早。六十年代，以故交陳泗東先生為首的同仁就開始搜集有關資料。逮至七十年代，研究之風已開。可喜的是，八十年代具有開創意義的全國李贄學術研究會在泉召開，會後結集出版了高質量的論文集。

　　在故鄉諸多研究成果中，福建師大林海權教授所著《李贄年譜考略》一書皎然而飲譽南北學界。余此次返梓參加母校培元百周年校慶之際，與林海權教授同為師大中文系共事的舍弟少園示以該書。余瀏覽一過，深感其學養之厚實、體例之完備及考證之精詳，誠可為前輩著作糾誤補漏，可為研究者提供參考之線索。

　　名人傳記年譜夥矣。欲爭一席者，必有以特色見長。《考略》特色，在於立足完備精確的詩文形跡編年考辨基礎之上，全面梳理譜主行藏交誼、著述書札，以朝野師友活動為縱軸，以譜主哲思闡發、心路歷程為橫軸，經緯交織，人我參照，相互補充，共同構成完整嚴密的網狀結構，從而成為專家學者研究必備的基礎用書。此外，該書處處為普通讀者著想，如繫年都詳列年號、年次、甲子及公元紀年，人名則把本名、字、別號都交代清楚，地名也都古今互注。考慮細緻而周到。宜乎為學界之所重。

今次，泉州市鯉城區政府出資促成了經作者重大修訂的再版工作，重視學術的高遠眼光，良可感佩。機緣偶遇，承作者誠邀，爰為之序。

李亦園

於臺北春蔬別齋

二〇〇四年冬日

陳序
推薦林海權《李贄年譜》

　　《李贄年譜考略》是林海權教授研究李贄數十年的重要成果。《李贄年譜考略》凡四十餘萬字，是目前海內外分量最重、水平最高的一部李贄年譜，也是一個世紀以來研究李贄最重要的成果之一。近年研究李贄有「南林（海權）北張（建業）」之說，依本人之見，此書的學術水平要超過《李贄評傳》（張建業著），因為張著的評傳，只要努力，有一定水準的研究者在一定期限內（例如五、六年）也許是可以做得成的，而要完成《考略》則沒有那麼簡單了。此書資料豐富，考證精當，糾正了前人不少錯誤，提出了許多新鮮見解，著名學者、已故福建師範大學副校長黃壽祺教授曾對此書給予很高的評價。這是一部不可多得的優秀學術著作，亟須資助。

陳慶元

福建師範大學文學院陳慶元

二〇〇五年三月十二日

陳序
《李贄年譜考略》序

　　林海權先生自一九七五年始，撰著《李贄年譜考略》，歷十七年的時間，一九九二年方由福建人民出版社出版。再經十三年的修訂，二〇〇五年福建人民出版社出第二版。又經十二年的修訂，臺灣萬卷樓擬出其繁（正）體字版。發軔之時，海權先生正當壯歲，增飾再三，海權先生年已耋耄，歲月無情，而《李贄年譜考略》長青。

　　《李贄年譜考略》初版之後好評如潮，文學評論編輯李超《百年李贄研究回顧》說：此譜「費十餘年心血寫成。該譜特點是材料翔實，廣徵博引，以詩文編年為基礎，體例完備，考辨精詳，確實對李贄研究者大有助益。」（《泉州市李贄思想學術研討會論文集》，泉州市李贄學術會編，二〇〇四年增刊，第三二七頁）最具代表性。《李贄年譜考略》擬出第二版，海權先生讓我為其著作寫推薦信，其實，絕佳的著作又何須什麼推薦信？推薦信還未送達，出版社已經決定出書了。舊事重提，不妨把推薦信要點在此重複一二：研究李贄，向有「南林北張」之說，林即林海權教授，北即張建業教授。張教授代表作《李贄評傳》；海權先生代表作《李贄年譜考略》。張教授很有學問，評論得體，我很敬重他；但是我又以為，撰著《李贄年譜考略》花的氣力更大，非窮十數年之力，不可能完成，似乎更難。其次，該書考證精審。瑣細的一兩條考證，不一定有多大的學術價值，如集數十條、數百條的考證於一書，大凡李贄的家世、生平、交遊、著作無所不遺，對古代傑出的思想家、作家李贄作全面考察，糾謬攻錯，解決了許多研究過程中的懸案，其價值又莫大焉！就此而言，也當在張

著之上。

　　海權先生退休之後仍然著述不綴，陸續整理出版了若干種閩人著作，頗見功力。《李贄年譜考略》出第二版時，我建議此書參評省社科優秀著作成果獎，他只淡淡說了一句：「算了。」有無獎項，其實不關乎《李贄年譜考略》的價值，然而卻更見出作者淡於名利，與世無爭的個性。《李贄年譜考略》繁（正）體字版出版前夕，海權先生囑我為之序，海權先生是前輩，我的老師，故躊躇惶恐再三。我撰著的一部閩人年譜，歷時已經十五年，幾經增刪，接近殺青，仍然時存煩躁畏難情緒，適逢海權先生歷四十多年的《李贄年譜考略》繁（正）體字版出版，使我信心倍增。謝謝海權先生！

　　　　　　　　　　　　　　　　　　　　陳慶元
　　　　　　　　　　　　　　　　二〇一七年四月十五日於
　　　　　　　　　　　　　　　　　福建師範大學華廬

前言

　　李贄（1527-1602），字宏甫，號卓吾，別號溫陵居士、百泉人、龍湖叟等，福建省晉江縣（今泉州市）人，[1]漢族，是明朝末年一位傑出的進步思想家、文學家、歷史學家、戲曲小說評論家和反道學反封建禮教的英勇戰士。

　　李贄出生於泉州南門外一個信仰回教的市民家庭，從小就是一個富有獨立思考精神而性格倔強的人。他二十六歲考中舉人，三十歲開始做官，先後任過河南輝縣教諭、南京國子監博士、北京國子監博士、北京禮部司務、南京刑部員外郎和郎中，五十一歲那年出任雲南姚安府知府。在知府任上，他關心民瘼，注重教化，「法令清簡，不言而治」，受到僚屬、士民的擁護。五十四歲辭官，寓居湖北的黃安、麻城，從事著書和講學，同標榜孔學正脈的道學官僚耿定向展開了公開的論戰。萬曆十八年，《焚書》在麻城刻行，耿定向鼓動其門徒向李贄進行圍攻。自此李贄屢遭迫害，曾兩度離開龍湖，長期出遊，先後到過武昌、沁水、大同、北京、南京、濟寧、商城，最後到了北通州，住在好友馬經綸的別業，繼續從事著述。萬曆三十年，禮科給事中張問達秉承首輔沈一貫的旨意，疏劾李贄，說他「以秦始皇為千古一帝，以孔子之是非為不足據，狂誕悖戾，未易枚舉」。神宗以「敢倡亂道，惑世誣民」的罪名下令逮捕李贄，並焚毀他的著作。李贄在獄中，風聞政府要押解他回原籍，憤而自刎，時年七十六歲。

1　李贄祖籍晉江，但與南安縣有密切的關係。請參看《李贄家世考》及《餘記》一九八六年丙寅條。

主要著作有《焚書》、《續焚書》、《藏書》、《續藏書》、《說書》、《初潭集》、《明燈道古錄》、《易因》、《九正易因》等。

李贄生活在中國封建制度日趨沒落、資本主義萌芽開始出現的時代。他敢於離經叛道，要求變革現實，認為《六經》、《論語》、《孟子》不是「萬世之至論」，反對「咸以孔子之是非為是非」，否定儒家道統。他對宋明理學進行大膽的批判，反對朱熹「存天理，滅人欲」的說教，提出「穿衣吃飯，即是人倫物理」的進步觀點，重視事功，主張「各從所好，各騁所長」，發展各人的個性和才能。他針對理學家「理能生氣，一能生二」的觀點，提出「天下萬物，皆生於兩，不生於一」。他提出男女在見識才智上沒有差別，贊成男女婚姻自主，熱烈讚揚寡婦卓文君自擇佳偶。在文學方面，他主張創作必須「感時發己」，寫「童心自出」的真文學，反對以儒學的「聞見道理」為「心」的假文學，反對復古主義的模擬，提出「詩何必古選，文何必先秦」的進步觀點。他重視小說、戲曲等通俗文學在文學史上的地位，曾經評點過《西廂記》、《拜月亭》、《水滸傳》等作品。他的文學主張，對公安派和湯顯祖的傳奇創作都曾經產生過巨大的影響。李贄的進步思想在中國思想史上占有十分重要的地位。在「五四」運動中也起過積極的作用。當然，李贄也有侷限性，他的哲學思想就受了佛學和王陽明心學的深刻影響。

本書始寫於一九七五年。時為適應注釋李贄的《焚書》、《續焚書》的需要而作。近十年來，泉州、晉江、南安、輝縣、姚安、上海、商城等地陸續發現許多有關李贄的新材料，對於進一步弄清李贄的家世和出身、李贄的進步思想形成的環境、李贄思想的演變情況，以及李贄和當時各學派的關係等，都有重要意義。因此，需要在前人的基礎上重新撰寫一部比較詳盡的並帶有考證特點的年譜，為今後的李贄研究提供新的和比較可靠的資料。為此，我十數年如一日，不避寒暑，夜以繼日，不知疲倦地翻查、抄錄有關資料，還多次到泉州、

南安、晉江一帶實地調查，經過反覆的探求和縝密的排比，逐步弄清了李贄事跡的許多情況，先後四易其稿。在撰寫過程中，得到福建師大黨委書記明祖凡的關心和支持，得到黃壽祺教授與陳一琴教授等師友的指點和幫助。福建省李贄著作注釋組資料室、福建師範大學圖書館、福建省圖書館、泉州市文物管理委員會、泉州鯉城區文物管理委員會、泉州市委黨校、南安縣文化館、晉江縣文化館、廈門大學歷史系、福建人民出版社和南安榕橋上塘村李遠芳、李丕固等單位和個人，為我提供了許多寶貴的資料。沒有他們的幫助，這本書是無法寫成的。在這裡還要著重說明的一點是：一九七九年，在黃壽祺教授的積極推薦與建議下，我系主任鄭松生教授欣然同意將《李贄年譜考略》列為中文系重要的科研項目，並撥出專款刻印一百〇五部，作為參加科學討論會並徵求意見之用。在此謹向他們表示深切的謝意。

　　本書逐年考查和記述李贄一生的仕履、交游、講學、論辯及著述情況，並對其詩文寫作進行編年考證。這裡需要說明幾點：

　　一、譜主的姓名一律用李贄，不用字號，也不用改姓換名前的姓和名。譜文對李贄詩文中的政治學術觀點和文學見解等一般詳加摘引，以窺見譜主思想及其發展的概貌。

　　二、譜文包括譜主活動、詩文編年和時事三個部分，其中時事部分後附譜主師友活動情況，或用星號＊隔開。

　　三、詩文編年主要是對詩文寫作時間、地點或寫作背景的考證。每篇詩文都詳寫出處（收入何書及所屬卷次），以便查閱。考證力求翔實有據。有些詩文無明顯的時地線索或人物關係可資考證，則說明是根據何種材料或何種理由推定的。

　　四、譜文對前人或時賢的說法有所辨正時，用「按」字標出或在注中說明。有些需要考證說明但又不便在譜文中直接敘列的情況，則在注中交代。

　　五、「餘記」部分摘錄後人悼念李贄的詩文，記載李贄死後著作

的整理刻行和遭焚禁的情況以及一九四九年前後李贄研究的主要成果。

　　本書對李贄辭官以後的活動記載特詳，而對他青少年時代的情況則多所缺略。這是因為，李贄著述活動最活躍的階段是在辭官之後，前期作品存留甚少，加上李贄本人無後，他所屬的一支後代衰微，家譜無存，在十年動亂中，其族譜又進一步遭到破壞，現已殘缺不全。有些空白還有待填補。由於本人水平和資料限制，文中錯誤、疏漏和不當之處在所難免，還請專家、讀者批評指正。

　　本書由南安縣榕橋旅外僑胞李贄族親籌建李贄紀念館基金會撥出人民幣五千元資助出版，又蒙業師、易學宗師黃壽祺教授審閱並作序闡揚。本人謹此表示衷心的感謝。

林海權

一九八〇年十二月寫於福建師範大學

長安山二十四號樓北窗齋

一九八三年九月修改

一九八七年八月重改

二〇〇四年十月重改

二〇一七年四月重改

譜文

明世宗嘉靖六年丁亥（1527）　　　　　　　　　　　　一歲

　　李贄，原姓林，名載贄，字宏甫，號卓吾（又作「篤吾」）。

　　《焚書》卷三《卓吾論略》：「居士別號非一，卓吾特其一號耳。」《姚安縣志》卷二十五《姚州志》卷五《李贄傳》、談遷《國榷》卷四十九都說李贄「字卓吾」，誤。李贄別署甚多。高奣映《雞足山志》卷六《名賢》說：「愛載贄更號氏，迨卒之年，計號四十有七。」他曾自稱溫陵居士、百泉居士、思齋居士、卓吾居士、李生、李長者、李老子、卓吾子、卓吾老子等；人們或稱他為李溫陵、李百泉、李儀郎、李比部、李姚安、李使君、李龍湖、龍湖、龍湖師、龍潭、禿翁、和尚、李上人等。卓吾一作「篤吾」。《卓吾論略》：「卓又不一，居士自稱曰卓，載在仕籍者曰篤，[1]雖其鄉之人，亦或言篤，或言卓，不一也。居士曰：卓與篤，吾土音一也，故鄉人不辨而兩稱之。……稱我以『卓』，我未能也；稱我以『篤』，亦未能也。」

　　出生於福建晉江（今泉州市）。[2]《卓吾論略》：「吾泉而生。」

1　沈鈇說李贄自號卓吾是從李材、徐用檢在都門講學之時。沈鈇《李卓吾傳》：「……歷禮部司務，從豫章李材、蘭溪徐用檢講學都門，譚論數日耳，而二公咸服其聞道早而見道卓，因自號卓吾。──謂顏子嘗若孔之卓；道之卓爾，具在吾人，何若之與有？」此所釋取號用意，與李贄《卓吾論略》所述有異，未必可信。

2　泉州，別稱溫陵、刺桐或桐城，明時屬福建省泉州府晉江縣。泉州府治設此，李贄在泉州的出生地點，據泉州市文管會和泉州市海外交通博物館《李贄的家世、故居及其有關問題》一文的考證，係在泉州城南門外浯江祖居（即今泉州市南門萬壽路門牌159號）。一九六一年泉州市人民委員會確認為「李贄故居」，並公佈為市文物

本年十月二十六日生。[3]《卓吾論略》：「居士生大明嘉靖丁亥之歲，時維陽月（即十月），得全數焉。」

祖父宗潔，號竹軒。祖母董氏。

父李諱某，字鍾秀，號白齋，郡諸生，塾師。母徐氏。繼母董氏。

叔父李廷桂、鍾英、鍾美。兄弟「析箸分居」後，二叔李廷桂乃徙南安三十都章田村（今南安縣城關鎮三堡村胭脂巷），買田建屋，僱工放債，發家致富。先後娶柯氏、柯氏、傅氏、丁氏、林氏、張氏。有二子：載華、載盛。李贄未做官前，其家常靠其二叔廷桂「饋膳服勞」（詳林奇材《志銘》，見《李贄家世考》引）。

弟妹七人，李贄居長。《焚書》卷一《覆鄧石陽》：「弟妹七人，婚嫁各畢。」

保護單位。該文說，該故居於李贄死後第七年即萬曆三十七年己酉（1609）即為老長房改建為「林氏宗祠」，於清乾隆六十年己卯（1795）又被改為「瀛州林李宗祠」。清同治年間（1862-1874）修葺林李小宗祠時從地下出土兩顆石質印章，一為陽文「卓吾」二字，一為陰文「李贄」二字。解放初，泉州蘇大山獻出他家珍藏的這兩顆印章（現一珍藏在泉州市文管會，一珍藏在北京中國革命歷史博物館），為李贄故居提供了歷史見證（載《泉州文物》第十九期）。這結論是根據李贄是屬於林通衢這一支派的子孫來考察和論證的。現據一九七四年年底新發現的林奇材《明故處士章田李公暨丁氏、媵張氏合葬墓志銘》（下簡稱《志銘》）的記載，知李贄是林允誠支派的子孫。而林允誠「初住教場頭」，後徙南安，其子孫仍住浯江祖居。李贄出生於浯江祖居，即今泉州市南門外萬壽路一五九號是李贄故居。

3　李贄的出生年份，泉州《李氏族譜》所附《清源林李宗譜》、泉州《清源林李宗譜草創》卷之三《曆年表》的記載都較《卓吾論略》早一年。又李贄的生日，日人鈴木虎雄《李卓吾年譜》以為是十月「三十日」。但《清源林李宗譜》載：「卓吾公生嘉靖五年丙戌（1526）十月二十六日戌時。」《曆年表》亦載：「嘉靖丙戌十月二十六日戌時，八世長房卓吾公生。」可見鈴木虎雄的說法是錯誤的。關於李贄的生年，乾隆《泉州府志》卷五十四《明文苑・李贄傳》，錢謙益《列朝詩集》閏三《卓吾先生李贄》，劉侗、于奕正《帝京景物略》卷八《畿輔名跡・李卓吾墓》及馬經綸《與楊淇園道長》、《與王泰宇金吾》、《與掌科李麟野轉上蕭司寇》、《與蔡虛臺郎中》、《與楊淇園道長轉上沈相公》、《與翰林黃毅庵黃慎軒掌科桂徵堂楊鳳麓白紹明楊磐石吏部王澹生》等都說李贄年七十六。據此李贄當出生於明嘉靖六年丁亥，《清源林李宗譜》及《曆年表》所載生年皆誤。

時事

- 五月丁亥（十一日），起前南京兵部尚書王守仁兼左都御史，總制兩廣、江西、湖廣軍務，鎮壓廣西田州的農民起義。(《明通鑑》卷五十三)
- 本年，蔡清（1452-1508，字介夫，號虛齋，福建晉江人，官至南京國子監祭酒），卒十九年。
- 李東陽（1447-1516，字賓雲，號西涯，湖廣茶陵人），卒十一年。
- 王守仁（1472-1528，一說1529，字伯安，學者稱陽明先生，浙江餘姚人），五十六歲。
- 李夢陽（1472-1528，字天賜，又字獻吉，號空同子，甘肅慶陽人），五十六歲。
- 王艮（1483-1540，字汝止，號心齋，江蘇泰州安豐場人），四十五歲。
- 楊慎（1488-1559，字用修，號升庵，四川新都人），四十歲。
- 錢德洪（1496-1574，字洪甫，號緒山，浙江餘姚人，王守仁弟子），三十二歲。
- 李元陽（1497-1580，字仁甫，號中溪，雲南太和人），三十一歲。
- 王畿（1498-1583，字汝中，號龍溪，浙江山陰人），三十歲。
- 吳承恩（約1500-約1582，字汝忠，號射陽山人，浙江山陽人），約二十八歲。
- 羅洪先（1504-1564，字達夫，號念庵，江西吉水人），二十四歲。
- 陳琛（1477-1546，字思獻，號紫峰，福建晉江人，官至江西提學副使），二十二歲。
- 歸有光（1506-1571，字熙甫，人稱震川先生，江蘇昆山人），二十一歲。
- 趙貞吉（1508-1576，字孟靜，號大洲，四川內江人），二十歲。

- 王慎中（1509-1559，字道思，號南江，別號遵岩居士，福建晉
  江人），十九歲。
- 王褻（一作璧）（1511-1587，字順宗，號東厓，王艮仲子），十
  七歲。
- 茅坤（1512-1601，字順甫，號鹿門，浙江歸安人），十六歲。
- 李攀龍（1514-1570，字于麟，號滄溟，山東歷城人），十四歲。
- 海瑞（1514-1587，字汝賢，號剛峰，廣東瓊山人），十四歲。
- 羅汝芳（1515-1588，字維德，號近溪，江西建昌人），十三歲。
- 何心隱（1517-1579，原名梁汝元，字夫山，號柱乾，江西永豐
  人），十一歲。
- 李材（1518-1599，字孟城，號見羅，江西豐城人），十歲。
- 鄒守益（1519-1562，字謙之，號東廓，江西安福人），九歲。
- 陸光祖（1521-1598，字繩與，號五臺，浙江平湖人），七歲。
- 耿定向（1524-1596，字在倫，號楚侗，又號天臺，湖廣黃安
  人），四歲。
- 張居正（1525-1582，字叔大，號太岳，湖廣江陵人），三歲。
- 王世貞（1526-1590，字元美，號鳳洲，又號弇州山人，江蘇太
  倉人），二歲。
- 周思久（1527-1592，字子徵，號柳塘，湖廣麻城人），一歲。
- 駱問禮（1527-1608，字子本，號纘亭，浙江諸暨人），一歲。
- 莊國禎（1527-1604，字君祉，號濱陽，又號陽山，福建晉江青
  陽人），一歲。

嘉靖七年戊子（1528）　　　　　　　　二歲

時事

- 十一月丁卯（廿九日），王守仁（1472-　）卒，年五十七。（李贄《陽明先生年譜》卷下）
- 本年，徐用檢（　-1611，字克賢，號魯源，浙江金華蘭溪人）生。（黃宗羲《明儒學案》卷十四《太常徐魯源先生用檢》）
- 抗倭名將戚繼光（　-1589，字元敬，號南塘，山東濟寧人）生。（戚祚國《戚少保年譜》，道光丁未重刊仙游崇勛祠存板）
- 王艮集同門講學於會稽書院，言「百姓日用是道」。（袁承業《明儒王心齋先生全集》卷三《王心齋先生年譜》）

嘉靖八年己丑（1529）　　　　　　　　三歲

時事

- 九月辛酉（廿九日），倡言「文必秦漢，詩必盛唐」的古文作家李夢陽（1472-　）卒，年五十八。（吳榮光《歷代名人年譜》）
- 本年，霍韜言：「自洪武迄弘治百十四年，天下額田已減強半。」是時大學士桂萼、郭弘化等先後疏請核實田畝，而顧鼎臣請履畝丈量。丈量之議由此起。（《明史》卷七十七《食貨志一·田制》）
- 福建巡按御史聶豹、提學副使郭持平、泉州知府顧可久等改泉州淨真觀地建「一峰書院」（乾隆十五年改名「梅石書院」，一九四九年前曾為泉州昭昧國學專修學校校址，今為泉州市第一中學校址），祀市舶提舉羅倫。（乾隆十八年《泉州府志》卷十四《學校二》）張岳為寫《一峰羅先生書院記》。（張岳《小山類稿》卷十

四）後李贄為羅倫寫傳，稱為「理學名臣」。（李贄《續藏書》卷
二十一《翰林修撰羅公》）

· 羅洪先考取進士。（《明史》卷二八三《羅洪先傳》）

· 晉江青陽莊用賓與叔莊壬春、兄莊一俊同榜考取進士。（晉江文
化館藏晉江《青陽塔房莊氏族譜》，《青陽莊氏族譜》火部）

嘉靖九年庚寅（1530）　　　　　　　　　　　四歲

時事

· 八月壬申（十四日），致仕首輔楊一清（1454-　　，字應寧，號邃
庵，雲南安寧人）卒，年八十七。（李贄《續藏書》卷十二《楊
文襄公》附謝純所撰行狀，《明史》卷一九八《楊一清傳》））

· 甲申（廿七日），命撤故少保姚廣孝配享太廟，十四年四月庚戌
（廿日）移祀大興隆寺。（《明神宗實錄》卷一一六、一七四，
《明通鑑》卷五十五）

· 十一月，更定孔廟祀典，定孔子諡號為「至聖先師孔子」。（《明
會要》卷十一《禮六》）

嘉靖十年辛卯（1531）　　　　　　　　　　　五歲

時事

· 三月己酉（廿一日），監察御史傅漢臣請行一條鞭法。（談遷《國
榷》卷五十五）

· 閏六月己丑（初七日），罷浙江、湖廣、福建、兩廣及獨石、萬
全、永寧鎮守中官。（《明史》卷十七《世宗本紀一》）丙申（十
四日），命禮部主事王慎中主廣東鄉試，戶部主事莊一俊主陝西
鄉試。（《明世宗實錄》卷一二七）

- 九月戊辰（十八日），以禮部左侍部郎兼翰林院學士掌院事夏言為禮部尚書。（《明世宗實錄》卷一三〇，《明史》卷一一二《七卿年表二》）
- 本年，楊希淳（　-1572，字道南，號虛游，上元人）生。（據陳作霖《金陵通傳》卷十八《楊希淳傳》推算）

嘉靖十一年壬辰（1532）   六歲

　　母徐氏於本年或明年去世。《續焚書》卷一《與耿克念》：「我自六七歲喪母，便能自立。」

　　《卓吾論略》：「生而母太宜人徐氏沒，幼而孤，莫知所長。」李贄說過，他「自幼寡交，少知游」。（《焚書》卷四《豫約·早晚守塔》）

時事

- 二月戊戌（十九日），刑科給事中徐俊民請更定田賦。（《明世宗實錄》卷一三五）
- 十月丙申（廿二日），巡按直隸御史馮恩上疏抨擊禮部右侍郎湛若水，說：「臣謂王守仁為有用道學，湛若水乃無用道學也。」（同上卷一四三）李贄後來也有類似的觀點。
- 本年，「海寇衝突圍頭（屬晉江縣）」。（乾隆《泉州府志》卷七十三《紀兵》）
- 徐樾（？-1551，字子直，號波石，江西貴溪人）、趙貞吉考取進士。樾授部郎，趙於十四年四月選為庶吉士。（《明史》卷二八三《徐樾傳》、卷二九三《趙貞吉傳》）

*　　　　　　　*　　　　　　　*

- 李世達（　-1599，字子成，號漸庵，陝西涇陽人）生。（李贄
  《續藏書》卷十八《太子少保李敏肅公傳》）
- 周思敬（　-1597，字子禮，號友山，湖廣麻城人）生。（曹胤昌
  《明司空周友山公傳》，光緒《麻城縣志》卷二十四《藝文》）

嘉靖十二年癸巳（1533）　　　　　　　　　七歲

開始隨父讀書。《卓吾論略》：「長七歲，隨父白齋公讀書歌詩，習禮文。」

父李白齋是位有名的塾師。太平知府林鉞之子林太毓（1533-　，字希甫，號東井，晉江人）、蘇鎮（號古泉）之子蘇存淑，都先後受業於李白齋。[4]

六月初八日，妻黃氏生。

耿定力《誥封宜人黃氏墓表》：「此予友晉江李卓吾先生之配黃宜人也。……宜人以嘉靖癸巳六月八日生。」（《墓表》石刻現藏泉州市文管會）又《曆年表》嘉靖癸巳《生娶》欄：「六月初八日卯時，卓吾祖妣莊宜人生。」[5]

六月辛巳（初十日），六世伯祖林鉞（字用宏，號西泉）卒於太平府署。（《曆年表》嘉靖十二年癸巳《卒葬》欄）

4　李光縉《待贈東井林公墓志》：「公稍長，徐恭人擇名師教公，使受業於何怍庵公
　　（何炯的號，炯即《閩書》作者何喬遠之父）與從兄白齋贈公之門。」（李光縉
　　《景璧集》卷十六）《曆年表》嘉靖癸巳年《生娶》欄：「東井公……比長，從何作
　　（應作『怍』）庵學，亦師白齋公。」李光縉《待贈艾齋公傳》：「公諱存淑（1540-
　　1610），字世與，別號艾齋。……弱冠補弟子員，遂以文名，嘗槖受學於李白齋。」
　　（泉州《燕支蘇氏族譜》卷十《列傳》）

5　李贄妻姓黃，不但見於耿定力所撰墓表、婿莊純夫所立的墓碑（見萬曆十六年譜
　　文），且屢見李贄《焚書》、《續焚書》。袁中道《李溫陵傳》說李贄「惡近婦人，故
　　雖無子，不置妾婢」。但《曆年表》、錢謙益《列朝詩集小傳》閏三《卓吾先生李
　　贄》皆稱李贄妻莊氏，誤。

時事

- 八月乙亥（初五日），永定農民武裝進攻安溪縣（屬泉州府）。乾隆《泉州府志》卷七十三《紀兵》：「嘉靖十二年八月初五日，永定寇犯安溪長泰里，又犯崇信里，又犯新康里，殺掠甚慘。同知李東、通判柯遷督兵平之。」
- 十月乙亥（初六日），大同兵變，殺總兵官李瑾，代王奔宣府。（《明世宗本紀一》）

　　　　　　＊　　　　　　　　　＊　　　　　　　　　＊

- 本年，李逢陽（　-1572，字維明，號翰峰，南京金吾後衛人）生。（據陳作霖《金陵通傳》卷十八《李逢陽傳》、《楊希淳傳》推算）

嘉靖十三年甲午（1534）　　　　　　　　八歲

隨父白齋公讀書。

時事

- 五月丙戌（廿一日），以災傷免福建泉州府晉江、惠安、南安、同安四縣及泉州衛所稅糧有差。（《明世宗實錄》卷一六三）

　　　　　　＊　　　　　　　　　＊　　　　　　　　　＊

- 本年，耿定理（　-1584，字子庸，號楚倥，人稱八先生，定向仲弟）生。（《耿天臺先生全書》卷八《觀生記》）
- 蕭良幹（　-1602，字以寧，號拙齋，安徽涇縣人）生。（焦竑《澹園集》卷三十一《通奉大夫陝西布政拙齋蕭公墓志銘》）

・李渭（1513-1588，字湜之，號同野，貴州思南人）考取舉人。
（《貴州通志》第三十八冊《選舉志》）

嘉靖十四年乙未（1535）　　　　　　　　　九歲

隨父白齋公讀書。

時事

・三月己丑（卅日），遼東兵變，執巡撫遼東都御史呂經，（《明世宗本紀一》，《明世宗實錄》卷一七三）

・本年，指揮黃慶受賄，出賣澳門。《明史》卷三一五《佛朗機傳》：「嘉靖十四年，指揮黃慶納賄，請于上官，移之壕境（澳門），歲輸課二萬金，佛朗機遂得混入。……久之……遂專為所據。」

・同邑俞大猷（1504-1580，字志輔，號虛江）「舉嘉靖十四年武會試，陳千戶，守御金門。」（《明史》卷二一二《俞大猷傳》）

・許孚遠（　 -1604，字孟中，號敬庵，浙江德清人）生。（黃宗羲《明儒學案》卷四十一《侍郎許敬庵先生孚遠》）

　　　　　＊　　　　　　　　＊　　　　　　　　＊

・浙江按察司僉事莊用賓（莊純夫二伯父）致仕歸，時年三十二。（晉江青陽《盧川莊公派家譜・青陽莊氏科目紀》）

嘉靖十五年丙申（1536）　　　　　　　　　十歲

隨父白齋公讀書。

時事

- 正月甲子（初八日），升工部右侍郎劉天和（1479-　　，字養和，麻城人，劉守有之祖父）為兵部左侍郎兼都察院右副都御史，總制陝西三邊軍務。（《明世宗實錄》卷一八三）
- 四月，韃靼貴族吉囊部擾甘州、涼州，為總兵官姜奭所擊敗。（《明世宗本紀一》，《明史》卷一七四《姜奭傳》）
- 五月己丑（十一日），世宗崇奉道教，拆毀禁中大善佛殿，建皇太后宮——慈寧、慈慶二宮，毀金銀佛像一百六十九座，焚佛牙、佛骨等凡萬三千餘斤。（谷應泰《明史記事本末》卷五十二《世宗崇道教》）
- 閏十二月乙丑（十四日），以禮部尚書夏言兼武英殿大學士，預機務。（《明世宗本紀一》）　甲戌（廿三日），以皇儲生，加授道士邵元節為禮部尚書，一品服俸。（《明世宗實錄》卷一九五）是月，以嚴嵩為禮部尚書。（《明通鑑》卷五十六）
- 本年及次年，「泉州旱，民多餓死。」（乾隆《泉州府志》卷七十三《祥異》）

　　　　　　＊　　　　　　　　　＊　　　　　　　　　＊

- 正月乙丑（初九日），管志道（　　-1608，字登之，號東溟，江蘇太倉人）生。（焦竑《澹園集》卷十四《廣東按察司僉事東溟管公墓志銘》）

嘉靖十六年丁酉（1537）　　　　　　　　十一歲

隨父白齋公讀書。

妻父黃朝卒。

耿定力《誥封宜人黃氏墓表》：「宜人……生五歲而喪其父黃公朝。」

時事

- 正月戊子（初八日），福建巡按御史白賁請錄本省廢寺田，以佃給窮民。詔從之。（《明世宗實錄》卷一九六）
- 四月壬申（廿四日），御史游居敬論劾南京吏部尚書湛若水學術偏詖，志行邪偽，乞賜罷黜，仍禁約故兵部尚書王守仁及若水所著書，並毀門人所創書院。（《明世宗實錄》卷一九九）詔罷各處私創書院。（《明通鑑》卷五十七）
- 八月辛未（廿五日），以災免福建福州、泉州二府田糧有差。（《明世宗實錄》卷二〇三）
- 九月戊戌（廿二日），禮部尚書顧鼎臣言：「蘇、松、常、鎮、嘉、湖、杭七府財賦甲天下，而里右豪強欺隱，灑派之弊在今日為尤多，以致小民稅存而產生（？），大戶有田而無糧，害及生民，大虧國計。」（同上卷二〇四）
- 十月己未（十三日），宋儒朱熹十三世孫鎣襲翰林院五經博士。（同上卷二〇五）

*　　　　　　　　*　　　　　　　　*

- 三月丁巳（初八日），顧養謙（　-1604，字益卿，號沖庵，江蘇南通州人）生。（焦竑《澹園集》卷十一《資德大夫都察院右都御史兼兵部左侍郎贈兵部尚書顧沖庵暨配淑人李氏神道碑》，下簡稱為《顧沖庵暨配淑人李氏神道碑》）
- 八月辛未（廿五日），潘士藻（　-1599，字去華，號雪松，安徽婺源桃溪人）生。（焦竑《澹園集》卷三十一《奉直大夫協正庶尹尚寶司少卿雪松潘君墓志銘》，下簡稱為《潘雪松墓志銘》）

嘉靖十七年戊戌（1538）　　　　　　　　十二歲

　　隨父白齋公讀書。試寫《老農老圃論》，不滿孔子對其學生樊遲問農事的指責。《卓吾論略》：「年十二，試《老農老圃論》。居士曰：吾時已知樊遲之問，在荷蕢丈人間。然而上大人丘乙己不忍也，故曰『小人哉，樊須也』，則可知矣。」

這篇試作，贏得了讚揚。《卓吾論略》：

> 論成，遂為同學所稱。眾謂「白齋公有子矣」。居士曰：「吾時雖幼，早已知如此臆說未足為吾大人有子賀，且彼賀意亦太鄙淺不合於理。彼謂吾利口能言，至長大或能作文詞，博奪人間富若貴，以救貧賤耳，不知吾大人不為也。吾大人何如人哉？身長七尺，目不苟視，雖至貧，輒時時脫吾董母太宜人簪珥以急朋友之婚，吾董母不禁也。此豈可以世俗胸腹窺測而預賀之哉！」

　　白齋公坦蕩的胸懷和樂善好施的精神給少年李贄留下深刻的印象。
　　後來李贄自敘其幼時性格。《陽明先生年譜後語》：「余自幼倔強難化，不信學，不信道，不信仙、釋，故見道人則惡，見僧則惡，見道學先生則尤惡。」

時事

・四月戊午（十五日），罷征安南。（《明通鑑》卷五十七）
・八月甲辰（初四日），韃靼貴族吉囊部擾河西，總督都御史劉天和御卻之。升天和為兵部尚書兼左都御史，仍任總督。（《明世宗本紀一》，《明世宗實錄》卷二一五）

- 十一月己丑（十九日），升浙江道監察御史邱養浩為南京大理寺右寺丞。（《明世宗實錄》卷二一八）辛卯（廿二日），世宗詔示天下：「朕歷覽近代諸儒，惟朱熹之學醇正可師，祖宗設科取士，經書義一以朱子傳注為主，誠有見也。比年各處試錄文字，往往詭誕支離，背戾經旨。此必有一等奸偽之徒假道學之名鼓其邪說以惑士心，不可不禁。禮部便行與各該提學言及各學校師生，今後若有創為異說詭道背理非毀朱子者，許科道指名劾奏。」（《明世宗實錄》卷二一八）

　　　　＊　　　　　　　＊　　　　　　　＊

- 正月丁酉（二十二日），劉東星（　-1601，字子明，號晉川，山西沁水人）生。（焦竑《獻徵錄》卷五十九）

嘉靖十八年己亥（1539）　　　　　十三歲

隨父白齋公讀書。

時事

- 二月庚子朔（初一日），冊立皇太子，封載垕為裕王，載訓為景王。（《明世宗本紀一》）
- 三月，致一真人邵元節死，以道士陶仲文（湖廣黃岡人）為神霄保國宣教高士。（谷應泰《明史記事本末》卷五十二《世宗崇道教》）
- 本年，直隸、山西、陝西、河南旱，民大饑，河南死亡十萬以上。（《明通鑑》卷五十七，《明世宗實錄》卷二二八、二二九）
- 從本年起，世宗不親朝政。（《明史》卷三〇八《嚴嵩傳》）

嘉靖十九年庚子（1540）　　　　　　　　十四歲

　　從本年起改治《尚書》。而在這之前，李贄讀完了《周易》和《三禮》。《易因小序》：「余自幼治《易》，復改治《禮》。以少《禮經》決科之利也，至年十四，又改治《尚書》，[6]竟以《尚書》竊祿。」（李贄《易因》卷首）

　　五月，妹夫蘇存淑（　　-1610）生。（泉州《燕支蘇氏族譜》卷四；參見嘉靖二十二年譜文）

時事

- 二月，河南、湖廣旱，飢。辛未（初八日），湖廣清軍監察御史姚虞上《流民圖》。（《明通鑑》卷五十七）
- 六月，戶部尚書梁材（字大用，南京人）罷。（《七卿年表二》）李贄後為其寫傳，稱為「經濟名臣」。（李贄《續藏書》）卷十八《太子太保梁端肅公》）
- 八月，世宗聽方士之言，欲居深宮，專事修道，而令太子監國。丁丑（十八日），太僕卿楊最上疏極諫，下獄杖死。（談遷《國榷》卷五十七）
- 十二月乙丑（初八日），泰州學派創始人王艮（1483-　）卒，年五十八。門人徐樾等私諡文貞。（袁承業《明儒王心齋先生全集》卷三《王心齋先生年譜》）己卯（廿二日），春坊左贊善羅洪先、司諫唐順之等被罷為民。（《明世宗實錄》卷二四四）

6　當時晉江有個講授《尚書》的名家，叫林鴻儒。乾隆《泉州府志·明文苑傳》載：「林鴻儒，字允德，號新峰，安溪人，移居晉江。……博學能文，為諸生，屢冠其曹。嘉靖甲午，文已入彀，房考官爭元魁不相上下，置之。自藩臬至郡邑長者皆聞其名。六經子史無不涉，尤精治《尚書》，郡士業是經者皆從之。所著有《尚書日錄》。」李贄是否跟林鴻儒學《尚書》，待考。

＊　　　　　　　＊　　　　　　　＊

- 七月丁酉（初八日），祝世祿（　-1611，字無功，號石林，江西
  鄱陽人）生。（焦竑《澹園續集》卷十五《南京尚寶司卿石林祝
  公墓誌銘》）
- 本年，羅汝芳就學於顏鈞（字子和，號山農，江西吉水永新人，
  從徐波石學）。黃宗羲《明儒學案》卷三十四《參政羅近溪先生
  汝芳》：「先生十有五而定志於張洵水，二十六而正學於山農。」
- 焦竑（　-1619，南京應天府上元縣旗手衛人）生。（李劍雄《焦
  竑年譜簡編》）

嘉靖二十年辛丑（1541）　　　　　　十五歲

續治《尚書》。

時事

- 二月丙寅（初九日），以世宗經年不視朝，河南道御史楊爵上疏
  言時政：「今天下大勢，如人衰病已極，腹心百骸，莫不受患，
  即欲拯之，無措手地。方且奔競成俗，賕賂公行，遇災變而不
  憂，非祥瑞而稱賀。讒諂面諛，流為欺罔，士風人心，頹壞極
  矣。諍臣拂士日益遠，而快情恣意之事無敢齟齬於其間，此天下
  大憂也。」世宗大怒，下爵錦衣衛獄。既而主事周天佐（字子
  弼，福建晉江人）、御史浦鋐疏救，先後棰死獄中。（《明史》卷
  二〇九《楊爵傳》）李贄後為寫《御史楊公傳》，稱楊爵為「端凝
  正直」的「忠節名臣」。（《續焚書》卷二十三）
- 四月己未（初四日），莫登庸納款請降。改安南國為安南都統使
  司，以登庸為都統使。（《明世宗本紀一》）

- 九月乙未（十二日），貴戚翊國公武定侯郭勛被劾，逮繫詔獄。二十一年十月乙酉（初九日）死於獄中。（《明世宗實錄》卷二五三、二六七）

      *   *   *

- 耿定力（ -1607，字子健，號叔臺，耿定向三弟）生。（耿定向《觀生記》，葉向高《司馬耿叔臺傳》）

嘉靖二十一年壬寅（1542）   十六歲

  入府學讀書約始於本年。時名冊上署姓林，名載贄。泉州《清源林李宗譜》卷四《恩綸志》：「老長房李諱贄，原姓林，入泮學，冊係林載贄。旋改姓李。」

時事

- 六七月間，韃靼貴族俺答部以十萬騎擾山西，掠十衛三十八州縣，殺戮男女二十餘萬，掠去牛馬雜畜二百餘萬頭，金錢財寶無算，焚毀公私廬舍八萬戶，使數十萬頃田地荒蕪。（谷應泰《明史記事本末》卷六十《俺答封貢》）
- 七月己酉朔，首輔夏言罷，翟鑾為首輔。（《明世宗實錄》卷二六三）
- 八月癸巳（十六日），禮部尚書嚴嵩兼武英殿大學士，預機務。（《明世宗本紀一》）
- 九月癸亥（十六日），工部員外郎劉魁諫造雷壇，被廷杖下獄。（《明世宗實錄》卷二六六）
- 十月丁酉（廿一日），宮婢楊金英謀殺世宗未遂，被殺。（《明世宗本紀一》，《明世宗實錄》卷二六七）

　　＊　　　　　　　　　＊　　　　　　　　　＊

・九月十九日，梅國楨（　　-1605，字克生，一作客生，號衡湘，
　　湖廣麻城人）生。（葉向高《梅少司馬神道碑》，見民國《麻城縣
　　志續篇》卷十四，莊天合撰《梅公墓志銘》，見麻城《梅氏族
　　譜》）

嘉靖二十二年癸卯（1543）　　　　　十七歲

在府學讀書。

六月戊寅（初五日），二妹生。後嫁與蘇存淑為妻。

泉州《燕支蘇氏族譜》卷四《蘇存淑傳》：

> 九世存淑公，字世與，號艾齋，鎮公嫡子，泉庠生。以子貴。
> 生明嘉靖庚子（十九年，1540）五月初十日未時，卒萬曆庚戌
> 年（三十八年，1610）六月初七日丑時，享年七十一。配李
> 氏，諡孝莊，姚州守贊胞妹，生嘉靖癸卯（二十二年，1543）
> 六月初五日卯時，卒萬曆乙未年（二十三年，1595）九月初九
> 日辰時，享年五十三。……子二：長懋祺，次懋祉。

李光縉《待贈艾齋公傳》：

> 公諱存淑，字世與，別號艾齋。世居吾儒林里之燕支巷（今泉
> 州市海濱區塗山街燕支巷蘇宅）。父古泉公，娶邱集齋（養
> 浩）中丞公妹，實生公。公不豐於貌，癯而秀，雅而有文，舉
> 止雍容，言笑不拘。弱冠補弟子員，遂以文名。嘗稟受學於李
> 白齋，公器之，字以女，是為李孺人，即世所稱李卓吾之妹
> 也。（泉州《燕支蘇氏族譜》卷十，綏成堂咸豐己未季冬抄
> 本）

時事

- 九月，嚴嵩以私憾，借山東鄉試錄上有諷刺語激世宗怒，杖殺山東巡按御史葉經。(《明史》卷二一○《葉經傳》、卷三○八《嚴嵩傳》，《國榷》卷五十八)

嘉靖二十三年甲辰（1544）　　　　　　　　十八歲

在府學讀書。

五月，李贄居處附近大火。乾隆《泉州府志》卷七十三《祥異》:「嘉靖二十三年五月，泉州南門橋十字街（李贄故居附近）焚民居三百七十餘間。」同上所載顧珀《又與郡太守書》:「近日南橋之變，延燒四街，計其房屋共三百七十餘間，計其焚燒致死十有餘人，計其房價家貲燒毀損失共銀十餘萬兩，計其露宿乏食之民共四千六百有奇。」

時事

- 正月丁卯（廿八日），升大理寺左少卿邱養浩（晉江人）為右僉都御史，巡撫四川。八月移江西。(《明世宗實錄》卷二八二、卷二八九)
- 八月甲午（廿八日），首輔翟鑾削籍為民。九月戊午（廿二日），以嚴嵩兼吏部尚書謹身殿大學士，充任首輔。(《明世宗本紀二》，《宰輔年表二》，《明世宗實錄》卷二八九)
- 十月，俺答小王子部擾萬全，又掠蔚州，至完縣，北京戒嚴。(《明世宗本紀二》，《明世宗實錄》卷二九一)
- 「是年至明年，泉州相繼大旱，民餓死者載道。」(乾隆《泉州府志》卷七十三《祥異》)顧珀《與郡太守書》:「吾泉自冬徂夏，亢旱不雨，正二兩月，地動六次。……今麥麰無收，田疇難

種，百姓困窮，朝不及夕，嗷嗷待哺，將委溝壑。」（乾隆《泉州府志》卷七十三《祥異》）

· 本年，羅近溪舉會試，不廷試而歸。周汝登《聖學宗傳》：「甲辰，舉會試，曰：『吾學未信，不可以任。』不廷試而歸。歸而尋師問友，周游四方者十年。」（《近溪子集》附集卷一）

嘉靖二十四年乙巳（1545）　　　　十九歲

在府學讀書。

時事

· 八月壬寅（十二日），釋御史楊爵等於獄。未幾，吏部尚書熊浹諫止乩仙，復逮楊爵等繫獄三年。（《明世宗實錄》卷三〇二）
· 九月丁丑（十七日），召夏言復入閣。（《資治通鑑綱目》卷三）
· 十一月辛巳（廿二日），大學士許讚罷，吏部尚書熊浹以諫乩仙事褫職為民。（《明世宗本紀二》，談遷《國榷》卷五十八）
· 十二月甲寅（廿六日），致仕兵部尚書劉天和（麻城人，正德三年進士）卒，贈少保，諡莊襄。（《明世宗實錄》卷三〇六）

嘉靖二十五年丙午（1546）　　　　二十歲

開始外出謀生。

《與焦弱侯》：「弟自弱冠餬口四方，靡日不逐時事奔走。」李贄「餬口四方」的地點與職業不詳，但從李贄《因果錄》卷上《一家奴》的附記中「余有故人莊君顯」一語看，李贄可能曾在晉江青陽一帶教過書。據晉江《青陽塔房莊氏族譜》載，莊君顯乃李贄之婿莊純夫之父，名用晦，嘉靖四十一年死於倭。李贄結識莊君顯及青陽其他

莊姓友人大概即在他在青陽教書的期間。[7]

時事

· 七月，俺答以十餘萬騎大掠保安、慶陽、環縣。總督三邊侍郎曾銑遠出搗巢而還。(《明通鑑》卷五十八)

· 八月癸巳（初九日），加道士陶仲文封號，掌道教事。後又特授光祿大夫上柱國，兼領大學士俸。(《明世宗實錄》卷三一四、卷三一六，《明史》卷三〇七《陶仲文傳》)

      *   *   *

· 本年，族兄林奇材（1521-1601，號豐瀛）考取舉人。《曆年表》：「嘉靖二十五年丙午，是科鄉試，豐瀛公以《易經》中試，年二十六。」

嘉靖二十六年丁未（1547） 二十一歲

與黃氏結婚。[8]

耿定力《誥封宜人黃氏墓表》：「〔宜人〕年十五歸卓吾。」

---

7 《青陽莊氏歷世封君縉紳條例列官表譜系》載：「明題蔭忠孝先生義房十一世祖伯諱用晦，字君顯，號肖塘……嘉靖壬戌（四十一年，1562），與兄用賓公殺倭，追還父骸，死於忠孝。……子鳳雛（百戶）、鳳文俱王出。鳳翔，曾生。」(晉江《青陽塔房莊氏族譜》) 莊鳳文即純夫名，君顯次子。李贄與青陽的關係，從以下幾件事可以看出來：(1) 君顯死難後，李贄即攜其子純夫赴官所讀書，並妻以女。(2) 當李贄在青陽時，君顯之兄莊用賓、從兄莊一俊皆致仕在家，而莊國楨尚未出仕。李贄和他們大概都有交往。後來李贄妻卒，耿定力為寫《誥封宜人黃氏墓表》，莊國楨即為書丹。(3) 李贄妻姓黃，而《曆年表》於嘉靖十三年《生娶》欄及萬曆十八年《卒葬》欄兩處都把李贄妻黃宜人誤為「莊宜人」，這與李贄早年曾在青陽一帶謀生不無關係。

8 鈴木虎雄《李卓吾年譜》在嘉靖三十三年甲寅的譜文中根據《卓吾論略》「明年喪長子」一語而推斷李贄「在本年（指二十八歲那年）或前數年之間娶黃氏」，不確。

　　妻家的情況，李贄曾說過：「余妻家姓黃，家頗溫厚，又多男子。其男子多讀書，又善讀書，縱其不盡讀書，亦皆能本分生理，使鄉里稱善人如其讀書者，可謂彬彬德素人家矣。今三世讀書矣，無有一人以孝廉舉、以廩生選貢者，況早第哉！」（《顏氏毒胎》附記，李贄《因果錄》卷下）

　　黃氏是位賢惠的婦人。耿定力《誥封宜人黃氏墓表》說：「〔卓吾〕家窘甚，佐以女紅。糟糠不厭，而養其舅白齋公，務致甘脆品。迨卓吾官尚書郎至太守，稱貴顯矣。宜人甘織，勤同女奴雜作。卓吾艾年拔紱，家無田宅，俸餘僅僅供朝夕。宜人甘貧，約同隱深山。卓吾樂善好友，戶外履常滿，宜人蚤夜治具無倦容。卓吾輕財好施，不問有餘，悉以振人之急，宜人脫珥推食無難色。卓吾以師道臨諸弟甚莊；宜人待娌姒如同胞，撫諸從若己出。賢哉宜人，婦道備矣！而卓吾嘗曰：『是婦也，惠則惠矣，未知道也！』蓋宜人舉四子不育，僅一女適莊生鳳文（字純夫），蒸嘗之事不能遣諸懷。雖從夫寓四方，時時念在首丘。乃卓吾則達乎此矣。夫生而志四方圖不朽，丈夫事也。黃宜人之惠，婦道備矣。」

時事

- 四月乙巳（廿四日），致仕吏部尚書羅欽順（1465-　，字允升，號整庵，江西泰和人）卒，年八十三。（黃宗羲《明儒學案》卷四十七《文莊羅整庵先生欽順》）
- 七月丁巳（初八日），改巡撫南贛汀漳右副都御史朱紈巡撫浙江，兼管福建福、興、泉、漳、建寧五府海道軍務。（《明世宗實錄》卷三二五）
- 「八月，泉州大水，水漲人家四五尺。」（乾隆《泉州府志》卷七十三《祥異》引《閩書》）
- 「十一月，佛朗機國夷人入掠福建漳、泉，海道副使柯喬御之，

遁去。」（《明世宗實錄》卷三三〇）《明史》卷三二五《佛朗機傳》：「至（嘉靖）二十六年，朱紈為巡撫，嚴禁通番。其人無所獲利，則整眾犯漳、泉之月港、浯嶼（金門）。副使柯喬等御卻之。」

- 本月，安溪陳日輝被鎮壓。《明通鑑》卷五十九：「十一月，巡撫浙閩朱紈既至，討覆鼎山賊，平之。」乾隆《泉州府志》卷七十三《紀兵》：「嘉靖二十六年，劇寇陳日輝據安溪覆鼎山……是冬，突至同安郭外，劫質男女挾贖，屯二十日弗去。分巡僉事余爌督兵至，賊奔回安溪；直搗其穴，平之。」陳日輝給明統治階級造成極大的威脅。惠安張岳《平寇記》：「安溪縣之西南崇信里……奸民聚保其中，各有名字，聚多者至數百人。……時泉中承飢饉之後，物力消耗，海寇番舶警報日聞。方萃兵為防海之計，而安溪山寇又作，人情惶駭，官吏畏懦者為之閉城門，息行旅。」（乾隆《泉州府志》卷七十三《紀兵》引）
- 十二月辛酉（十四日），逮甘肅總兵仇鸞。乙亥（廿八日），倭寇侵擾浙江寧波、臺州。（《明世宗本紀二》）
- 本年，「厲海禁，不許通番貿易。」（《晉江縣志》卷十八《武功志》）至萬曆二十一年八月，閩省始復通海市。（《明神宗實錄》卷二六三）

　　　　　　＊　　　　　　　　　　＊　　　　　　　　　　＊

- 楊起元（　-1599，字貞復，號復所，廣東歸善人）生。（據李贄《續藏書》卷二十二《侍郎楊公》推算）
- 周汝登（　-1629，字繼元，號海門，浙江嵊州人）生。（據《明史》卷二八三《王畿傳》附推算）
- 李維楨（　-1626，字本寧，湖廣京山人）生。（據《明史》本傳推算）

- 方沆（　-？，字子及，號訒庵，福建莆田人）生。（據李贄《續焚書》卷一《與方訒菴》推算）

嘉靖二十七年戊申（1548）　　　　　　二十二歲

繼續「餬口四方」。

時事

- 正月癸未（初六日），夏言罷。（《明世宗實錄》卷三三二）
- 三月癸巳（十八日），首輔嚴嵩誣殺總督陝西三邊侍郎曾銑，逮捕致仕輔臣夏言。癸卯（廿八日），出仇鸞於獄。十月癸卯（初二日），殺夏言。（《明世宗本紀二》，《明史》卷二○四《曾銑傳》、卷一九六《夏言傳》）
- 四月，浙閩巡撫朱紈進攻久據雙嶼島（屬浙江定海縣）的海寇。《明史》卷二○五《朱紈傳》：「紈討平覆鼎山賊。明年將進攻雙嶼……使都司盧鏜將福清兵由海門進。……夏四月，鏜遇賊於九山洋，俘日本國人稽天，許棟亦就擒。棟黨汪直等收餘眾遁。鏜築塞雙嶼而還。」《明世宗實錄》卷三三四：「初，海賊久據雙嶼島，招引番寇剽掠。二月中，紈密檄福建都司都指揮盧鏜等以輕舟直趨溫州海門衛伺賊至，與浙兵夾擊，敗之，賊遁入島。」
- 「嘉靖二十七年，海寇阮其寶、四師老、林剪毛等掠同安、惠安、晉江。知府程秀民遣南安丞馬一洪、指揮孫廷槐討平之。」（乾隆《泉州府志》卷七十三《紀兵》）

　　　　＊　　　　　　　　＊　　　　　　　　＊

- 本年，鄧豁渠（初名鶴，號太湖，四川內江人）入雞足山。（黃宗羲《明儒學案》卷三十二《泰州學案》）

・羅近溪學《易》於楚人胡宗正。（楊起元《明雲南布政使司左參政明清夫子羅近溪先生墓志銘》，《近溪子集》附集卷二）

嘉靖二十八年己酉（1549）　　　　二十三歲

繼續「餬口四方」。

時事

・二月乙卯（十五日），以吏部侍郎徐階為禮部尚書。（《明通鑑》卷五十九）

・三月，佛朗機國人行劫至福建詔安，朱紈率官軍迎擊，生擒通敵賊首李光頭等九十六人，斬之。四月庚戌（十一日），巡按福建御史陳九德劾「紈不俟奏覆，擅專行戮，請治紈罪。」紈遂被逮，次年七月被迫自殺。（《明世宗實錄》卷三四七，《明史》卷二○五《朱紈傳》）

・七月，浙江海盜起，寇浙東。（《明通鑑》卷五十九）

・八月巳亥（初二日），詔「戶部核天下出納之數以聞」。時戶部統計近年一年支出約三百四十七萬兩，視之歲入，常多一百四十七萬兩。（《明世宗實錄》卷三五一，《明通鑑》卷五十九）

・十月，庶吉士張居正任翰林院編修。（《明世宗實錄》卷三五三）張上《論時政疏》，提出改革政治的主張。（轉引自楊鐸《張江陵年譜》，商務印書館民國二十七年版，第十頁）

＊　　　　　　　　　＊　　　　　　　　　＊

・本年，友人莊國楨考取舉人。（嘉慶《晉江縣志》卷三十一《選舉志》）

嘉靖二十九年庚戌（1550）　　　二十四歲

繼續「餬口四方」。

八月乙亥（十四日），婿莊鳳文（　-1614，字純夫，一作「純甫」）生。

光緒三十三年重修晉江《青陽角仔井尾厝莊氏二房族譜》載：「十二世鯤游公，肖塘公仲子，諱鳳文，字純夫⋯⋯生嘉靖庚戌年八月十四日丑時。河南衛輝縣庠生。」又晉江《青陽科甲肇基莊氏族譜》土部《十二世榮行》載：「鳳文，字純夫，號鯤游，榮行一百二十一，用晦公次子。⋯⋯配李氏，諱□號□，知府載贄李卓吾公之女。」

時事

- 六月戊午（廿五日），俺答犯大同。閏六月，仇鸞坐廢久，重賂嚴嵩子世蕃，起宣大總兵。仇鸞以重賂乞求俺答「移寇他塞，勿犯大同」。八月丁丑（十六日），俺答率兵東進，擾宣府、薊州、懷來，至通州，直逼北京城下。官軍不敢出戰。兵部尚書丁汝夔以咨嚴嵩，嚴嵩說俺答「寇飽將自去，惟堅壁為上策」。結果俺答圍城八日，飽掠而去。仇鸞尾隨，斬百姓首級冒功。這就是歷史上有名的「庚戌之變。」丙戌（廿五日），京師解嚴，杖左諭德趙貞吉，降為廣西荔波縣典史。丁亥（廿六日），殺兵部尚書丁汝夔、保定巡撫侍郎楊守謙。（谷應泰《明史記事本末》卷五十九《庚戌之變》，《明世宗實錄》卷三六一至三六四）
- 十月辛巳（廿一日），刑部郎中徐學詩疏劾嚴嵩「奸貪日甚」、「釀成寇患」，下獄削籍。（《明通鑑》卷五十九）
- 十二月辛未（十二日），前廣東按察司僉事林希元（福建同安人）上《改編〈大學〉經傳定本》、《四書、易經存疑》，奏乞刊布。詔焚其書，下希元於巡按御史問，削籍為民。（《明世宗實錄》卷三六八，談遷《國榷》卷五十九）

　　　　　＊　　　　　　　　　　＊　　　　　　　　　　＊

- 本年，八月乙亥（十四日），湯顯祖（　-1617，字義仍，號若士，江西臨川人）生。（徐朔方《湯顯祖年譜》引清嘉慶丁卯修《文昌湯氏宗譜》）
- 羅汝芳「約同志大會留都，秋會江西省（南昌）月餘。溯流至螺川（吉安），集會九邑同志。」（楊起元《羅近溪先生墓志銘》）

嘉靖三十年辛亥（1551）　　　　　　　二十五歲

繼續「餬口四方」。

時事

- 正月庚子（十二日），錦衣衛經歷沈鍊因彈劾嚴嵩十大罪狀，被廷杖，貶保安州。（《明世宗實錄》卷三六九，《明史》卷二〇九《沈鍊傳》）
- 三月，開大同、宣府「馬市」。兵部員外郎楊繼盛抗疏乞罷，被貶為陝西狄道縣典史。（《明史》卷二〇九《楊繼盛傳》）
- 四月壬申（十四日），雲南左布政使徐樾遇害。談遷《國榷》卷六十：「四月壬申，元江叛酋那鑒殺左布政使徐樾。時官兵進討，鑒佯遣經歷張維詣南羨乞降。樾信之，至元江受降，兵突出，悉死。」按，徐樾之死，《明儒學案·布政徐波石先生樾》和袁承業《王心齋弟子師承表》係在嘉靖三十一年，恐誤。又，《王心齋弟子師承表》說徐樾是「戰死城下」，李贄說「波石以布政使請兵督戰而死廣南」，都是溢美之詞，不足為信。
- 本年，於南畿、浙江等州縣增賦一百二十萬，是為「加派」之始。（《明史》卷七十八《食貨志》）

嘉靖三十一年壬子（1552）　　　　　二十六歲

　　參加福建鄉試，中黃昇耀榜舉人。

　　《曆年表》嘉靖壬子年《科第官爵》欄：「是年，長房卓吾公，中式舉人。」李贄《易因小序》：「竟以《尚書》竊祿。」民國三十一年重刊《晉江縣志》卷三十一《選舉志》：「李載贄，後改名李贄，府學，官知府。傳見《文苑》。嘉靖三十一年壬子解元黃昇耀榜舉人。」

　　李贄自述青少年時代讀書的情形，嘲笑封建科舉制度。《卓吾論略》：

> 稍長，復憒憒，讀傳注不省，不能契朱夫子（即朱熹）深心。因自怪，欲棄置不事。而閒甚，無以消歲日，乃嘆曰：「此直戲耳。但剽竊得濫目足矣，主司豈一一能通孔聖精蘊者耶！」因取時文尖新可愛玩者，日誦數篇，臨場得五百。題旨下，但作繕寫謄錄生，即高中矣。

中舉後說：「吾此幸不可再僥也。」（同上）

　　本年，泉州修孔廟府學，並續立科目題名碑。乾隆《泉州府志》卷十三《學校一》：「嘉靖三十一年，教授唐堯賓修廟學，增置器物。」又：「續立科目題名碑於明倫堂。」鄉前輩、明代文學家王慎中（號遵岩居士）寫《鄉試題名記》，稱讚本科「所取士，盛有得人之譽。」《鄉試題名記》說：「鄉試題名刻石學宮自洪武至嘉靖癸卯（二十二年，1543），而石之下方盡矣。上海唐君堯賓以經明行修，擢為教授於斯學，乃訪堅珉，題丙午（嘉靖二十五年，1546）、己酉（嘉靖二十八年，1549）與今壬子凡三科，虛其下，以俟方來。是歲所取士，盛有得人之譽。侍御臨用曾公佩實監臨之。公以公明蒞選舉，故取不失士。士所以成才之多，則督學憲使萬安朱公衡所造也。」（乾隆《泉州府志》卷十三《學校一》引）

時事

- 二月，宣、大二鎮大飢，人相食。(《明世宗實錄》卷三八二)
- 三月辛卯（初九日），以禮部尚書徐階（1503-　，字子升，號存齋，松江華亭人）兼東閣大學士，預機務。(《明世宗本紀二》，《明世宗實錄》卷三八三)
- 四月丙子（廿四日），倭寇犯浙江舟山、象山一帶，流劫溫、臺、寧、紹諸州。(《明世宗實錄》卷三八四)
- 五月戊戌（十七日），李文彪攻打南安。《明世宗實錄》卷三八五：「五月戊戌，福建巢賊李文彪等寇南安，提督軍務都御史張烜遣兵御之於聶都嶺，敗績。」
- 七月壬寅（廿二日），以倭警，命巡撫山東都御史王忬（世貞父）巡視浙江及福、興、漳、泉四府。(《明世宗本紀二》，《明史》卷二〇四《王忬傳》)
- 八月壬戌（十二日），仇鸞死，戮尸，傳首九邊。(《明世宗本紀二》，《明世宗實錄》卷三八八)
- 九月丁酉（十八日），徐州黃河決口，運河淤塞五十里。(《明世宗本紀二》，《明世宗實錄》卷三八九) 癸卯（廿四日），罷各邊馬市。(同上)
- 十月戊午（初九日），南京御史王宗茂彈劾嚴嵩八大罪狀，貶平陽縣丞。(《明世宗實錄》卷三九〇) 己未（初十日），兵部尚書趙錦坐仇鸞黨，戍邊。(《明世宗本紀二》)
- 十二月（廿四日），總督湖廣川貴軍務兵部右侍郎兼右僉都御史張岳（1492-　，字維喬，號淨峰，福建惠安人，諡襄惠）卒，年六十一。(明李愷《少保襄惠公傳》，何喬遠《名山藏·臣林傳·張岳傳》)

*　　　　　　　　*　　　　　　　　*

・本年，方揚（　-1595，字思善，安徽歙縣人）生。（據明王時昌
　《皇明郡牧廉平傳》卷十《杭州郡牧方公揚傳》推算）

嘉靖三十二年癸丑（1553）　　　　二十七歲

　　春，在京參加會試，不第歸。
　　族人從繩（靜野之叔）、后吾（靜野之兄）同在府學紫溪祠設
教。（《曆年表》）

時事

・正月庚子（廿三日），兵部武選司員外郎楊繼盛（號椒山）因劾
　嚴嵩，被逮下獄，兩年後被殺。（《明世宗實錄》卷三九三）李贄
　後為寫《太常少卿楊忠愍公》，稱為「忠節名臣」（《續藏書》卷
　二十三），並評選他的奏疏及詩文，收入選三異人集》中。
・癸卯（廿六日），以協理京營戎政兵部左侍郎聶豹（號雙江）為
　兵部尚書。（《明世宗實錄》卷三九三）
・三月丁亥（十一日），雲貴巡按御史趙錦（字元樸，浙江餘姚
　人）因劾嚴嵩被逮下獄，斥為民。（《明世宗實錄》卷三九五，
　《明史》卷二一〇《趙錦傳》）
・閏三月甲戌（廿八日），海賊汪直勾引倭寇侵擾浙江、江蘇、上
　海等地。沿海數千里同時告警。（《明世宗實錄》卷三九六）
・七月庚午（廿六日），河南柘城鹽工師尚詔起義，攻下歸德府及
　柘城、鹿邑等縣。（《明世宗本紀二》）
・十月，倭寇兩次犯興化府南日寨。泉州舟師出洋剿討石圳澳、深
　泥灣等處賊船。（《明通鑑》卷六十）
・本年，輔臣徐階在京主持講會。自此，北京講學之風盛行。（黃
　宗羲《明儒學案》卷二十七《文貞徐存齋先生階》）

　　　　　　*　　　　　　　　*　　　　　　　　*

・羅汝芳、周思久考取進士。羅汝芳選太湖令。（楊起元《羅近溪
　先生墓志銘》，民國《麻城縣志前編》卷九《耆舊》）

嘉靖三十三年甲寅（1554）　　　　　　　二十八歲

家居。婚嫁弟妹。[9]

七月十七日，長女生。

晉江《青陽莊氏族譜》土部《十二世榮行》：「鳳文，字純夫……
配李氏，詩□號□，知府載贄李卓吾公之女。生嘉靖甲寅七月十七
日，卒萬曆丙午（三十四年，1606）十二月十八日。……子祖耳（生
員）、宗耳、胤耳。」

「卓吾以師道臨諸弟甚莊，宜人待娣姒如同胞，撫諸從若己
出。」（耿定力《誥封宜人黃氏墓表》）

時事

・五月丁巳（十八日），以倭寇猖獗，命南京兵部尚書張經（1492-
　1555，字延彝，福建侯官人）總督南直隸、浙江、山東、福建、

9　《卓吾論略》：「弟妹婚嫁各及時，遂就祿。」李贄弟妹婚嫁的情況，因家譜、族譜
　散佚，無法詳知。據泉州《燕支蘇氏族譜》卷四《蘇存淑傳》載，李贄二妹（誌考
　莊）生嘉靖二十二年。如以李贄「就祿」時即「婚嫁弟妹各畢」（《卓吾論略》的情
　況看，其二妹嫁與蘇存淑（號艾齋）約在今年或明年，年僅十二三。李光縉《待贈
　李孺人傳》：「……蘇母李孺人，女流中之賢也。孺人歸艾齋公，實生二蘇。……孺
　人李姓，父白齋公，世所稱李卓吾先生者其兄也。艾齋之父古泉公（蘇鎮），家故
　貲，其母邱中丞集齋公（養浩號，官至江西巡撫）女弟，內外富家方盛。孺人至，
　里嫗族姒人人以為蘇家新婦必艷妝巧飾，競來覘之，□大拂所望，退無不訾薄語。
　侍婢有輕之者，孺人聞而笑之，謂艾齋公曰：『安得君家讀書而不聞君袾娣良之義
　也？』於是悉去其衣被之鮮者，但辮髮服澣，且續絍，夜汫瀿絋，與諸臧獲雜作，
　飼豕畜雞必身親之。」（泉州《燕支蘇氏族譜》卷十）其三妹適人，當在明年。

兩廣等六省軍務，討諉。敕「剿撫並行，毋誤事機。」(《明世宗本紀二》，《明史》卷二〇五《張經傳》)

· 七月，世宗崇奉道教益篤，詔勛戚大臣入直西內，供撰青詞。駙馬都尉鄔景和辭免，黜為民。(《明通鑑》卷六十，谷應泰《明史記事本末》卷五十二《世宗崇道教》)

　　　　　　＊　　　　　　　＊　　　　　　　＊

· 本年，陶望齡(　-1608，字周望，號石簣，浙江會稽人，南京禮部尚書陶承學之子)生。(據徐開任《明臣言行錄》卷七十三《祭酒陶文簡公望齡》推算)

嘉靖三十四年乙卯 (1555)　　　　二十九歲

本年長子死。《卓吾論略》：「余年二十九而喪長子，且甚戚。」

時事

· 正月丁酉朔，倭犯崇德、德清，杭州被圍。「杭城數十里，血流成川。」(《明通鑑》卷六十一，《明世宗實錄》卷四二〇)

· 二月丙戌(廿一日)，派工部右侍郎趙文華(嚴嵩義子)祭海並區處防倭。(《明世宗本紀二》，《明世宗實錄》卷四一九)

· 五月甲午朔，總督侍郎張經、副總兵俞大猷擊倭於王江涇(在浙江嘉興縣北)，大破之，「自軍興以來戰功稱第一」。但趙文華竊為己功，誣奏經「糜餉殃民，畏賊失機」。張經下獄於本年十二月庚寅(廿九日)被殺。(《明世宗本紀二》，《明史》卷二〇五《張經傳》)

· 六月，山西礦工宋愛率眾攻打北直隸定州等地。(《明世宗實錄》卷四二三)

‧七月丙辰（廿四日），命總督山東備倭署都指揮僉事戚繼光為浙
　江都司參將，鎮守寧波、紹興和臺州。（《明世宗實錄》卷四二
　四，《明史》卷二一二《戚繼光傳》）

‧十一月庚申（廿九日），倭犯興化、泉州。（《明世宗本紀二》）

‧十二月壬寅（十二日），山西、陝西、河南同時地震，聲如雷。
　或地裂泉湧，中有魚物，或城郭庭舍陷入地中，或平地突成山
　阜。河、渭溢，華、岳、終南山鳴，河清數曰，官吏軍民死者八
　十三萬有奇。（《明通鑑》卷六十一）

　　　　　　＊　　　　　　　　　　＊　　　　　　　　　　＊

‧本年，書畫家董其昌（　 -1636，字元宰，號思白，松江華亭
　人）生。（據《明史》本傳推算）

嘉靖三十五年丙辰（1556）　　　　　　三十歲

　　春，在北京參加會試，又不第。向吏部申請派官，乞請江南便
地。命下，派任河南省輝縣（屬衛輝府）教諭。[10]光緒重修《輝縣
志》卷二《職官》：「教諭李載贄，福建晉江人，舉人，嘉靖三十五年
任。」《衛輝府志》所載同。自謂「假升斗之祿以為養。」李贄《陽

---

10 李贄開始做官的時間，他自己的說法和文獻記載有出入。《焚書》卷一《答耿司
　寇》：「卓吾自二十九歲做官。」但光緒《輝縣志》和《衛輝府志》都說「嘉靖三十
　五年任」，史書記載，是客觀的。而焦竑《書宏甫高尚冊後》也說：「〔宏甫〕自三
　十登仕，歷七任而至郡守。」這是李贄早年面告焦竑的，亦深可信。根據《大明會
　典》的規定，明代舉人至少要參加兩次會試未被錄取才有條件向吏部申請派任官
　職。李贄於嘉靖三十一年壬子科考取舉人。翌年為癸丑科會試期，再三年即本年為
　丙辰科會試期，如果李贄沒有參加這兩科會試未被錄取，就沒有條件申請派任教
　諭。故此推知他「春，在北京參加會試，又不中。」李贄自言「二十九歲做官」，
　顯然是記錯了。容肇祖《李贄年譜》、《泉州文物》資料整理組編《簡明李贄年譜》
　都說李贄三十歲開始做官，任河南省衛輝府輝縣教諭，今從此說。

明先生年譜後語》）[11]

　　李贄就祿後即迎養其父。時婚嫁弟妹各畢。《卓吾論略》自述他初到輝縣的思想情況：

> 吾初意乞一官，得江南便地，不意走共城萬里，反遺父憂。雖然，共城，宋李之才官游地也，有邵堯夫安樂窩在焉。[12]堯夫居洛，不遠千里就之才問道。吾父子儻亦聞道於此，雖萬里可也。且聞邵氏苦志參學，晚而有得，乃歸洛，始婚娶，亦既四十矣。使其不聞道，則終身不娶也。余年二十九而喪長子，且甚戚。夫不戚戚于道之謀，而惟情是念，視康節不益愧乎！

　　此時，自號溫陵居士，又稱百泉人、百泉居士。《卓吾論略》：

> 安樂窩在蘇門山百泉之上。居士生於泉，泉為溫陵禪師（即戒壞，宋代泉州開元寺和尚）福地。居士謂「吾溫陵人，當號溫陵居士」。至是日游遨百泉之上，曰：「吾泉而生，又泉而官：泉于吾有夙緣哉！」故自謂百泉人，又號百泉居士云。

時事

　　・二月戊午（廿九日），進胡宗憲為兵部侍郎兼僉都御史，總督浙

---

11 李贄為何不再應進士試，袁中道《李溫陵傳》、吳虞《明李卓吾列傳》咸稱「以道遠，不再上公車」，恐不確。清嘉慶十二年泉州《鳳池林李宗譜・老長房八世祖伯鄉進士姚安郡守名宦鄉賢卓吾公傳》云：「以困乏不再上公車」，與李贄「假升斗之祿以為養」的說法吻合，較可信。

　民國三十七年戊子《姚安縣志》卷二十九《李載贄傳》云：「李載贄，一名贄……由世宗嘉靖初年舉人入仕，初為陝西縣令，七任而至郡守。」此說缺乏根據，李贄入仕初任輝縣教諭。他自言：「吾初意乞一官，得江南便地，不意走共城萬里。」（《焚書》卷三《卓吾論略》），可以為證，未聞有陝西縣令之任。

12 輝縣古稱共城（故城在衛輝府城西六十里），古為共伯國，隋為共城縣，此地有北宋邵雍（1011-1077，字堯夫，諡康節，共城人，後遷洛陽）故居。

　　直、福建討倭軍務。（《明世宗本紀二》，談遷《國榷》卷六十
　　一）

- 三月丙子（十七日），命俞大猷充總兵官，鎮守浙直。（談遷《國
　　榷》卷六十一）
- 六月甲辰（十七日），遣戶部主事沈應乾、錦衣衛千戶李鉉採礦
　　河南。自是礦使四出。（《明世宗實錄》卷四三六，談遷《國榷》
　　卷六十一）
- 十月，倭犯福寧州（治所在今福建霞浦縣）。（《明通鑑》卷六十
　　一）乙卯（三十日），倭陷詔安。（談遷《國榷》卷六十一）
- 十二月，戚繼光始於浙江招募民壯，號稱「戚家軍」。（戚祚國
　　《戚少保年譜》，道光丁未重刊仙游崇勛祠存板）
- 本年，倭自福清海口入寇泉州，衛指揮童乾震引兵迎戰，死之。
　　（乾隆《泉州府志》卷七十三《紀兵》、《清源文獻纂續合編》卷
　　三十一《清源舊事留墨》）

　　　　　　＊　　　　　　　　　　＊　　　　　　　　　　＊

- 耿定向考取進士，觀吏部政。十月，任行人司行人。（耿定向
　　《觀生紀》）
- 羅汝芳擢刑部山東司主事。（據楊起元《羅近溪先生墓志銘》推
　　算）

嘉靖三十六年丁巳（1557）　　　　　　　　三十一歲

　　在輝縣教諭任上。

　　李贄自稱「丐食於衛」。《焚書》增補一《答何克齋尚書》「某生
於閩，長於海，丐食於衛[13]，就學於燕。」

13　「衛」指衛輝府。衛輝府於北周時稱衛州，春秋衛國地，故稱。

時事

· 正月丁卯（十三日），改右副都御史阮鶚巡撫福建（明年三月以
  貪賄縱倭被逮），是為福建特設巡撫之始。（談遷《國榷》卷六十
  二，《明通鑑》卷六十一）

· 五月癸丑朔，倭犯揚、徐，入山東界。以三殿（奉天、華蓋、謹
  身）災，遣大臣到四川、湖廣採辦大木。（《明世宗本紀二》）

· 七月庚午（十九日），詔順天府採辦珍珠四十萬顆有奇，廣東九
  十萬顆有奇。（《明世宗實錄》卷四四九）

· 八月辛丑（廿二日），工部尚書趙文華罷。九月辛亥朔，革職為
  民，謫其子戍邊。（《明世宗實錄》卷四五〇、四五一）

· 九月癸亥（十三日），殺前錦衣衛經歷沈鍊於宣府市。（《明世宗
  實錄》卷四五一）李贄後寫《光祿少卿沈公傳》，稱為「忠節名
  臣」，並說：「為國擊嵩，不勝公徒。……余謂公死而生，嵩生而
  死。公固流芳百世，嵩亦遺臭萬年。」（李贄《續藏書》卷二十
  三）

· 十一月乙卯（初六日），胡宗憲計擒海盜汪直。（談遷《國榷》卷
  六十二）倭泊泉州浯嶼，分掠同安、惠安、南安諸縣。（乾隆
  《泉州府志》卷七十三《紀兵》）

· 本年，葡萄牙在澳門設租界，開始竊據澳門。（臧勵龢《中國古
  今地名大辭典》第一一二三頁）

嘉靖三十七年戊午（1558）　　　　　　三十二歲

在輝縣教諭任上。

時事

- 三月戊午（初九日），遼東大饑，人相食，詔賑遼東饑。（《明世宗實錄》卷四五七，《明通鑑》卷六十一）丙子（二十七日），刑科給事中吳時來，刑部主事張翀、董傳策同日上疏彈劾嚴嵩納賄誤國，被逮繫詔獄，發送煙瘴衛所充軍。（《明世宗實錄》卷四五七）

- 四月辛巳（初四日），倭分犯浙江、福建。（《明世宗本紀二》）倭寇泉州，登岸焚劫。（《明世宗實錄》卷四五八）「嘉靖戊午四月，倭至，我封祖靜野公（林敦）年十二，皆逃入城內。」「我封公家屬借居蘇、吳二姑氏，又借南街祖嬸前閣排賣雜貨。」（《曆年表》）倭「至惠安，知縣林咸率鄉官李愷等拒守，城賴以全。倭遂分為二隊：一由海道寇鴨山，咸戰敗，死之；一由鳳山、清源山寇南安。」（乾隆《泉州府志》卷七十三《紀兵》）

- 五月，倭「至郡城石筍橋，巡按樊獻科率屬固守二十餘日」。（乾隆《泉州府志》卷七十三《紀兵》）

- 六月丙申（三十日），倭分寇興化、漳、泉，陷福清、南安。（談遷《國榷》卷六十二）時有人主張督責百姓入郡城，遭到王慎中的反對。《續藏書》卷二十六《參政王公傳》：「戊午夏，賊自武榮（即南安）入郡境，市鎮居民扶老攜幼驚逃山谷中。有倡為清野之說者，督責入城。慎中撫髀嘆曰：『是大失計！清野乃北邊虜至，急斂人畜，使彼無所驚。若內地，惟在郊關外村落生聚，然後能成治耳。今宜速令各鄉大姓盡還故居，相度地利，自相團結，使盜至不得逞，而後城內可恃以為安耳。』」

- 十一月丙戌（十三日），浙江梅柯倭駕舟出海，為總督俞大猷舟師所攔擊，遂揚帆南去。自是閩廣倭警日至。（談遷《國榷》卷六十二）

・本年，何喬遠（1558-1631，字稚孝，號菲莪，晉江人，著有
《名山藏》、《閩書》）生。(《福建名人辭典》第一一三頁)

嘉靖三十八年己未（1559）　　　　三十三歲

升南京國子監博士。到任數月，即丁父憂，守制東歸。[14]《卓吾
論略》：「卒遷南雍（南京國子監）以去。數月，聞白齋公歿，守制東
歸。」

在輝縣任上，李贄「德器凝重，施教有方」。(光緒重修《輝縣
志》卷二《職官表》語)但李贄自稱：「余……惟不得不假升斗之祿
以為養，不容不與世招接而已。然拜揖公堂之外，固閉戶自若也。」
（李贄《陽明先生年譜後語》)、「為縣學博士，即與縣令、提學
觸。」[15]（《焚書》卷四《豫約・感慨平生》)。

在輝縣五年，李贄結識了趙永亨等人（詳見嘉靖四十五年譜
文)。但去任時，卻嘆息道：「在百泉五載，落落竟不聞道！」(《卓吾
論略》)

時事

・三月癸巳（廿一日），倭犯浙東，海道副使譚綸敗之。(《明世宗
本紀二》)

・四月丙午（初五日），福建新倭大至。福、漳、泉諸州縣無不被

---

14 李贄遷南京國子監，聞訃奔喪的時間均不詳。今姑以明年三、四月抵泉「為城守
備」一事逆推，除去路上的六個多月，那麼聞訃當在本年的十月或十一月間，而前
此「數月」，李贄已到任。故知「遷南雍」的時間約在本年的夏秋間，而白齋公約
歿在秋間。

15 時輝縣縣令為李愚、楊鷥，提學不詳。據光緒重修《輝縣志》卷二《職官表》載：
「知縣李愚，山東臨汾縣舉人，嘉靖三十五年任。」「知縣楊鷥，福建晉江人，嘉
靖十六年舉人，嘉靖三十八年任。」

倭者。（《明世宗實錄》卷四七一）乾隆《泉州府志》卷七十三
《紀兵》詳載本年倭屢犯泉州的情況：「春三月，倭復寇泉州，
至石筍橋，燔民居。……十一日南往安平。時安平城已完守，賊
不得入，復至郡城南新橋。僉事萬民英從橋置門御賊。時鄉兵被
賊驅回，與鄉民男婦奔赴城者踩擠，橋陷，墜死千餘人。賊排橋
門至車橋，大焚民居，直至城下。……時郡城分兵而守，凡四閱
月。諸酋移眾南澳，建屋而居，焚拒者一年。」李贄祖居被焚，
族人避入城內。《歷年表》：「嘉靖己未，是年我八世祖茂吾公泊
妣丁氏、封公與弟奎，並避禍於排鋪街邱姑家。時古庵公及吾伯
因南門早閉，從眾走，過東門，爭先入者多磕死。寇焚屋，火迫
城垣。」（按，據《歷年表》，茂吾卒於本年七月初三日，可知此
次避倭乃在七月之前。）又載：「是年，倭又至。十一月薄城，
焚浯江祖居（即今李贄故居）。」
- 七月乙亥（初三日），文學家、前翰林院修撰楊慎（1488-　）卒
　於戍所永昌，年七十二。（《明史》卷一九二《楊慎傳》）
- 十一月丁酉（三十日），著名書畫家文徵明（1470-　，字徵仲，
　號衡山，江蘇長洲人）卒，年九十。（談遷《國榷》卷六十二）
- 本年，王慎中（1509-　）卒，年五十一。（據《明史》本傳推
　算）

＊　　　　　　　　＊　　　　　　　　＊

- 族兄林奇材（號豐瀛）考取進士，任河南清史司主事。（《歷年
　表》，民國重刊《晉江縣志》卷三十《選舉志》）

嘉靖三十九年庚申（1560）　　　　　　三十四歲

年初抵家。不顧喪服在身，立即參加守城抗倭。[16]《卓吾論略》：「時倭夷竊肆，海上所在兵燹。居士間關夜行晝伏，餘六月方抵家。抵家又不暇試孝子事，墨衰率其弟若姪，晝夜登陴擊柝為城守備。」

「雖矢石交加而無懼」。（泉州《李氏族譜》）時一家生活十分艱難。《卓吾論略》：「城下矢石交，米斗斛十千無糴處。居士家口零三十，幾無以自活。」

時事

- 二月丁巳（十五日），南京振武營兵變，殺督儲戶部右侍郎黃懋官（福建莆田人）。（《明世宗實錄》卷四八一，朱國楨《湧幢小品》卷三十二《振武兵變》）李贄稱之為「留都之變」。（《續焚書》卷二《西征奏議後語》）

- 四月丙申朔，散文家、淮揚巡撫唐順之（1507-　，號荊川，江蘇武進人）卒，年五十四。（黃宗羲《明儒學案》卷二十六《襄文唐荊川先生順之》）辛亥（十六日），雲南道監察御史耿定向彈劾吏部尚書吳鵬納賄六事，首及其婿翰林學士董份。（談遷《國榷》卷六十三，耿定向《觀生紀》）

- 五月戊辰（初三日），升翰林院編修張居正為右春坊右中允，管國子監司業。（《明世宗實錄》卷四八四）

- 八月己亥（初六日），福建所招募防禦倭寇的廣籍士兵反對克扣行糧，舉行嘩變。（《明神宗實錄》卷四八七）「先是燾（巡撫福

---

16 李贄抵家約在三、四月間，時泉州官民尚在守城抗倭。嘉慶《晉江縣志》卷十八《武功志》載：「嘉靖三十九年庚申正月，倭寇南安英山等處。三月，又一支在潯美（屬晉江）登岸焚劫。四月，至車橋（在泉州城南附近，海舶聚此），焚屋殺人，直至城下，焚屋而去。」《南安縣志》卷二十《雜志》載：「四月，〔倭〕攻郡城，以石拒之。倭散據鄉村，農不能種，是年斗米至一錢四分。」

建都御史劉燾）報捷稱水陸皆全勝，地方略平。未幾……而內地群盜如大埔之窖賊，南澳之水賊，小（尤）溪之山賊，龍岩之礦賊，南靖、上杭之流賊，各乘間蜂起。……燾報功既不實，性復貪吝，不給廣兵行糧，廣兵等尋叛，與群盜合。於是閩清、尤溪、大田、將樂、泰寧、建陽、歸化、新城、樂安諸縣無不被殘破者，官軍每戰輒敗。」（同上，卷四八九）這就是李贄所說的「閩海之變」。（《續焚書》卷二《西征奏議後語》）

　　　　　＊　　　　　　　　　＊　　　　　　　　　＊

・二月壬子（十六日），袁宗道（　　-1600，字伯修，號石浦，湖廣公安人）生。（袁中道《珂雪齋文集》卷九《石浦先生傳》）

・本年，梁汝元隨程學顏入京，認識耿定向兄弟，並會見國子監司業張居正，二人講學於顯靈宮，意見不合。（何心隱《上祁門姚大尹書》，見容肇祖整理《何心隱集》卷四），梁改名何心隱。（何心隱《與南安陳太府書》，見同上）

嘉靖四十年辛酉（1561）　　　　三十五歲

在泉州服父喪。[17]

時事

・正月，倭歷劫晉江嶼頭、沙塘、陳坑、石菌等處。分巡僉事萬民英募永春蓬壺呂尚四等兵至石菌與賊戰，官兵敗，死者五百餘人。倭尋至吳店市（今晉江青陽）、新橋（泉州南門外）南頭焚掠。（乾隆《泉州府志》七十三《紀兵》）

---

17 鈴木虎雄《李卓吾年譜》云：「嘉靖四十年辛酉，三十五歲，在溫陵服父喪，服畢，舉家入京求官職。」按李贄服滿入京求職當在明年。

- 四月，倭復來晉江嶺後、南安爐內等處，遍焚民屋。參將楊某未戰而退。倭仍至筍江橋（一名浮橋，石筍橋），參將黎鵬舉亦走還。分巡僉事萬民英斷橋樑一坎拒守。（同上）
- 五月，詩山（屬南安）、永春叛民攻打南安。（同上）
- 本年，永定、饒州農民攻打安溪、同安。（同上）
- 江西、福建、兩廣相繼爆發聲勢浩大的農民暴動。明政府準備發動三省會剿。（《明通鑑》卷六十二）
- 泉大疫。（《曆年表》）

＊　　　　　　　　　＊　　　　　　　　　＊

- 鄧林材（字子培，號石陽，四川內江人）考取舉人。（民國《內江縣志》卷四）
- 何心隱離開京師南遊福建。與錢懷蘇（號同文，浙江嘉興人，刑部郎）、朱錫（號圖泉，江蘇丹徒人，曾任漳州教授）到莆田訪林兆恩，在林宅講學五十四日。（何心隱《上祁門姚大尹書》）
- 寧波范氏天一閣始建，藏書達七萬卷之多。（轉引自許碏生《古代藏書史話》，中華書局一九八二年版，第三十五頁）

嘉靖四十一年壬戌（1562）　　　　　三十六歲

　　五月初二日，友人莊用晦（字君顯，婿莊純夫之父）遇害。[18]李

---

18 晉江《青陽莊氏族譜》火部載：「用晦，字君顯，號肖塘⋯⋯補邑庠生。嘉靖壬戌五月初二日以父骸被倭掘，從兄用賓率家兵尋還。是日，被賊追逐遇害，當時蒙院按道褒揚孝烈。」李贊說莊用晦是往收父棺，為倭所殺害。嘉慶《晉江縣志》卷十八《武功志》說莊用晦是抗倭而死的：「嘉靖四十一年壬戌⋯⋯郡人致仕僉事莊用賓與弟生員用晦痛父墳被劫，募死士百餘人，直抵雙溪口賊巢與南安兵合，連破十餘寨，負父骸以歸。用晦殿後，與賊格鬥，死之。」乾隆《泉州府志》卷七十三《紀兵》的記載略同。

贄記其事如下：

> 余有故人莊君顯，同其奴往收父棺，蓋父棺為倭夷所發掘，暴露於野者，故往收之。不料二賊伏在穴旁，急起而砍君顯一刀，其奴名順陽即抱其主伏於穴下，而以身遮蔽刀斧，遂連砍五十餘刀於背腿之處，終不捨，遂至死。嗚呼！當時收父棺者尚有親兄為顯宦（按，指用賓，曾任刑部員外郎、浙江按察司僉事），帶兵甲三百餘人，弟兄相隨，奴僕亦二十餘，皆駐而望賊，不敢往收救。獨君顯逞身以往，其奴順陽獨單身相隨，卒死於二賊之手，悲夫！……。（李贄輯《因果錄》上卷《一家奴》附記）

作《荔枝記》。《荔枝記》描寫泉州才子陳伯卿（即陳三）與潮州才女黃碧琚（即五娘）要求婚姻自主的戀愛故事。這個民間傳說在泉州、潮州方言地區廣泛流傳。閩南民謠中唱道：「東畔出有許孟姜，西畔出有蘇大娘，北畔出有英臺共三伯，南畔出有陳三和五娘。」陳三五娘最初是民間傳說，明永樂年間以小說本《荔鏡記》問世，清代收入《奇逢集傳奇》。劇本最早刊本叫《荔枝記》，後改《荔鏡記》。一九四九年後改編為《陳三五娘》。證見後。

秋間，服滿，攜眷入京求職。《卓吾論略》：「三年服闋，盡室入京，蓋庶幾欲以免難云。」[19]

---

19 本年，泉州大饑疫。乾隆《泉州府志》卷七十三《祥異》：「嘉靖四十一年，泉州郡城大疫，人死十之七，市肆寺觀屍相枕藉，有闔戶無一人存者。市門俱閉，至無敢出。」卷五十四《莊望槐傳》：「嘉靖辛、壬（四十、四十一年）間，骴骼盈道。法輪寺僧為大窖衾藏之。望槐捐繒鋤助畚鍤。」卷七十三《紀兵》載：「數年田畝遍為草莽，瘟疫盛行，死者枕籍。知縣鄧洪震措置收埋，僉事萬民英於開元寺施粥，民饑極，有食粥立斃者。是時晉江人張冕分巡嶺東，諭賈人從海道運穀來泉平糶以濟。前後穀艘至者千餘，七邑之人多賴活。」李贄「庶幾欲以免難云」，殆指逃避飢疫的威脅。

途經吳縣，有《宿吳門》、《赴京留別雲松上人》詩。抵京，約在冬初。

詩文編年

《赴京留別雲松上人》一首，和《宿吳門》二首：見《焚書》卷六。寫於本年秋赴京途中。李贄做官後經江蘇吳縣直接赴京者僅此一次。《赴京》首句「支公遁迹此山居」，「支公」即晉高僧支遁，「此山」指江蘇吳縣西南的支硎山，支公曾隱此修行，故稱支硎。吳門乃吳縣別稱。從詩中所寫景物（如「秋深風落木」、「庭無秋菊鮮」）看，李贄秋間到達支硎山小住，然後於深秋經吳縣繼續北上。日人鈴木虎雄《李卓吾年譜》將《赴京留別雲松上人》一詩係在萬曆二十八年庚子（1600），並說：「其季節是夏天，也許是卓吾離開龍湖，要到北京去時作的。」現經考證，李贄於萬曆二十九年辛丑春二月與馬經綸同往北通州，係自河南商城啟程，與此次赴京路線明顯相悖，故不可以。

《荔枝傳》或稱《荔鏡記》：以男女婚姻自由為題材的戲本，據傳是李贄回泉時所作。李禧《夢梅花館詩鈔》載：「〔卓吾〕歸，燃巨燭撰稿。堂上書胥二，堂下工匠十，每脫一稿，即謄清發刻、印刷，書成天未曉。」

明崇禎年間，江蘇吳江著名度曲家沈寵綏著《度曲須知》，尊崇李贄為「詞學先賢」，名列於有周德清、關漢卿、湯顯祖、徐渭等人名字的「詞學先賢姓氏」之中。（見沈寵綏《度曲須知》卷首）足見李贄在「詞學」（即曲學）中的地位。（參見本書《余記·崇禎十二年辛卯》條）

清末泉人龔顯鴻詩：「沿村荔鏡流傳遍，誰識泉南李卓吾。」《紅蘭館詩鈔》作者蘇大山詩：「奇文一卷卓吾血，別寫閒情寄嶺南。顧曲何人能細說，沿江負鼓說陳三。」（參見泗濤《李贄遺聞選輯》一

文，載《泉州文物》第十七、十八期合刊，一九七四年十月）

時事

- 二月乙亥（廿一日），明政府開始對廣東饒平人張璉率領的農民起義軍進行三省會剿。（《明世宗實錄》卷五〇六，《明通鑑》卷六十二）
- 五月壬寅（十九日），首輔嚴嵩罷。（《明世宗本紀二》）
- 八月乙丑（十三日），詔重錄《永樂大典》。（《明世宗實錄》卷五一二）
- 十一月庚寅（初十日），前南京國子監祭酒鄒守益（1491-　）卒，年七十二。（《耿天臺先生全書》卷十四《東廓鄒先生傳》）
- 己酉（三十日），以神威營副總兵俞大猷為總兵官，鎮守福建。（談遷《國榷》卷六十三）

＊　　　　　　　　＊　　　　　　　　＊

- 本年，徐用檢、李材（號見羅）、莊國楨（號陽山）考取進士。（《明儒學案》卷十四《太常徐魯源先生用檢》，《明史》卷二二七《李材傳》，《晉江縣志》卷三十《選舉志》）
- 閏三月，耿定向改督南直隸學政。（耿定向《觀生紀》）自此耿督學南畿近十年。
- 八月丁丑（廿五日），馬經綸（　-1605，字主一，號誠所，北通州人）生。（朱國楨《馬侍御志銘》，見《明侍御誠所馬公文集》補遺）
- 本年，何心隱繼續交游八閩，至嘉靖四十三年始離去。（何心隱《上南安陳太府書》）羅汝芳任寧國府知府。（嘉慶二十年《寧國府志》卷三《職官表》）

嘉靖四十二年癸亥（1563） 　　　　三十七歲

在北京假館授徒，等候官缺。《卓吾論略》：「居京邸十閱月，不得缺，囊垂盡，乃假館受徒。」

時事

- 二月乙亥（廿六日），倭陷平海衛（在莆田縣東）。戊寅（廿九日），陷寧德縣。（談遷《國榷》卷六十五）
- 三月庚辰（初二日），升譚綸為都察院右僉都御史，巡撫福建。辛卯（十三日），詔設湖廣黃安縣（今紅安縣），割麻城、黃岡、黃陂三縣地益之，隸黃州府。（《明世宗實錄》卷五一九）
- 四月庚申（十三日），倭犯福清，總兵官劉顯、俞大猷合兵殲之。（《明世宗本紀二》）副總兵戚繼光統浙兵至，與劉顯、俞大猷合攻平海衛之倭，收復興化，取得剿倭以來的空前大捷。閩浙倭患稍息。（《明世宗實錄》卷五二〇，《明通鑑》卷六十三）
- 十月辛亥（初六日），升戚繼光為福建總兵官，鎮守全閩。（《明世宗實錄》卷五二六）丁卯（廿二日），辛愛、把都兒破牆子嶺入寇，京師戒嚴。詔諸鎮兵入援。（《明世宗本紀二》）
- 十一月己卯（初四日），前兵部尚書聶豹（1487-　，江西永豐人）卒，年七十七。（談遷《國榷》卷六十四）
- 本年，林道乾（廣東惠來人，一說海澄人）被趕入澎湖，（《古今圖書集成》卷一一〇九《臺灣府部》）自此，林道乾海上活動前後達三十餘年。李贄曾稱讚林道乾有識、有才、有膽。（《焚書》卷四《因記往事》）

　　　　＊　　　　　　　　　＊　　　　　　　　　＊

・本年，周思久（號柳塘）由駕部郎讞河南裕州同知。（《河南通
志》卷三十二《職官三》）

嘉靖四十三年甲子（1564）　　　　　　　三十八歲

六月，任北京國子監博士。《卓吾論略》：「館復十餘月，乃得
缺，稱國子先生，如舊官。」

與祭酒、司業意見不合。《豫豹・感慨平生》：「為太學博士，即
與祭酒、司業觸，如秦、如陳、如潘、如呂，不一而足。……潘、
陳、呂皆入閣。」[20]

不久，祖父竹軒訃至，[21] 次男又病死。《卓吾論略》：「未幾，竹軒
大父訃又至。是日也，居士次男亦以病卒于京邸。嗟嗟！人生豈不
苦，誰謂仕宦樂。仕宦若居士，不乃更苦耶！」

李贄奔喪南歸。他取道河南，將其妻女留在輝縣，買田地供其耕
作度日。《卓吾論略》記其作此安排的決心及與黃宜人磋商的情況說：

---

20 據《明世宗實錄》載，嘉靖四十三年北京國子監祭酒為秦鳴雷（1518-1593，字子
　　豫，浙江臨海人）、陳以勤（1500-1575，字逸父，四川南充人），司業為呂調陽
　　（1516-1580，字和卿，廣西臨桂人）。潘不詳，但據「潘、陳、呂皆入閣」一語，
　　證之《明史》卷一一○《宰輔年表二》和王世貞《弇山堂別集》卷四十五《內閣輔
　　臣年表》，知「潘」即潘晟（字思明，號水濂，浙江新昌人）。據《明史・宰輔年表
　　二》，陳以勤、呂調陽、潘晟入閣任宰輔大臣的情形是：「隆慶元年丁卯（1567）二
　　月，陳以勤晉禮部尚書兼文淵閣大學士入。……四年庚午（1570）七月致仕。」
　　（按，王世貞《內閣宰輔年表》以陳以勤於隆慶「五年以少傅武英殿致仕。」）
　　又：「隆慶六年壬申（1572），呂調陽禮部尚書兼文淵閣大學士入。……萬曆六年戊
　　寅（1578）七月，以病回籍。」又：「萬曆十年壬午（1582），潘晟，禮部尚書武英
　　殿大學士，六月命，未仕罷。」
21 李贄聞訃的時間，如以「為太學博士，即與祭酒、司業觸」與「權置家室於河內
　　（指河南輝縣）」二事來考察，當在四、五月之間。其祖父竹軒公可能卒於本年的
　　正、二月之間。

居士曰：「……吾先曾大父大母歿五十多年（在正德五年前後）矣，所以未歸土者，為貧不能求葬地；又重違俗，恐取不孝譏。……此歸，必令三世依土。權置家室於河內，分購金一半買田耕作自食，餘以半歸，即可得也。第恐室人不從耳。我入不聽，請子（稱孔若為）繼之！」居士入，反覆與語。黃宜人曰：「此非不是，但吾母老，孀居守我，我今幸在此，猶朝夕泣憶我，雙眼盲矣。若見我不歸，必恐。」語未終，淚下如雨。居士正色不顧，宜人亦知終不能迮也，收淚改容謝曰：「好好！第見吾母，道尋常無恙，莫太愁憶，他日自見吾也。勉行裹事，我不歸，亦不敢怨。」遂收拾行李托室買田種作如其願。

這年河南大旱。管理河漕的官員因勒索財物不遂，竟挾恨把所有泉水引入河漕，不讓百姓灌溉。《卓吾論略》：「時有權墨吏嚇富人財不遂，假借漕河名色，盡徹泉源入漕，不許留半滴溝澮間。居士時相見，雖竭情代請，不許。計自以數畝請，必可許也。居士曰：『嗟哉，天乎！吾安忍坐視全邑萬頃，而令餘數畝灌溉豐收哉！縱與必不受，肯求之！』遂歸。」

李贄隻身回泉守制，在泉州東門外的東岳山上選擇了一塊塋地，修造了一座三世合葬的墳墓，[22]實現了「必令三世依土」的願望。

這年，李贄留在輝縣的二女、三女都因飢荒的折磨而相繼病死。

---

22 李贄曾祖、祖父、父親三世合葬祖墳在泉州市東門外東岳山上。一九七六年九月六日，泉州市文管會根據李贄後裔的報告，派人進行實地勘查，該墓實座落在東岳山長溝頭，坐東向西，係用三合土舂成，有墓壙五，墓的前部遭到嚴重破壞，墓碑亦已不存。但據熟悉東岳山墳墓情況的仁風村七十歲老人陳金安的回憶，該墓四、五十年前雖已被盜，但墓碑尚存，上書「明□□□公、竹軒公、□□公墓，曾孫李載贄立」等字。十幾年前，李贄後裔李韭菜兄弟尚經常來祭掃，韭菜死後祭掃始絕。一九七一至一九七二年間，仁風村興修水利，將墓碑鑿成幾小塊，移為修建水閘涵洞之用。

鄧林材（號石陽）本年來任衛輝府推官（《河南通志》卷三十二《職官三》），到輝縣賑災，撥俸救濟李贄的妻子，還寫信給與李贄共事過的地方長官，請他們解囊相助。《卓吾論略》：

> 歲果大荒，居士所置田僅收數斛稗。長女隨艱難日久，食稗如食粟。二女三女遂不能下咽，因病相繼夭恐。老媼有告者曰：「人盡饑，官欲發粟。聞其來者為鄧石陽推官，與居士舊，可一請。」宜人曰：「婦人無外事，不可。且彼若有舊，又何待請耶！」鄧君果撥己俸二星，並馳書與僚長各二兩者二至，宜人以米糴粟，半買花紡為布。三年衣食無缺，鄧君之力也。

鄧林材是李贄的舊友。李贄後在《覆鄧石陽》信中稱鄧林材為「二十餘年傾蓋之友」。（《焚書》卷一）

回泉守制前後三年，李贄在輝縣的妻子靠種田織布為生。

時事

- 正月，倭賊入泉州府境澗埕、湖美等處，殺掠男女而去。又至安平鎮，攻城三日弗克，聞總兵戚繼光至，乃引去。（乾隆《泉州府志》卷七十三《紀兵》）
- 二月戊午（十五日），倭犯仙游，總兵官戚繼光大敗之。福建倭平。（《明世宗本紀二》）
- 閏二月戊戌（廿五日），升翰林院編修呂調陽為國子監司業。（《明世宗實錄》卷五三一）
- 四月乙酉（十四日），升禮部右侍郎秦鳴雷為本部左侍郎太常寺卿，管國子監祭酒。庚寅（十九日），升翰林院侍讀學士陳以勤為太常寺卿，兼管國子監祭酒事。（同上卷五三三）
- 五月，泉州淫雨不止，大水入郡城，鄉村皆浸，人畜多死。（乾隆《泉州府志》卷七十三《祥異》）

- 八月甲申（十五日），前左春坊左贊善兼翰林院修撰羅洪先（1504-　）卒，年六十一。（談遷《國榷》卷六十四）
- 本年，為了加強福建海防，巡撫譚綸請復五寨（烽火門、南日、浯嶼、銅山、小埕）舊地，各以武職一人領之。（乾隆《泉州府志》卷二十五《海防》）

　　　　＊　　　　　　　　　＊　　　　　　　　　＊

- 春，王龍溪到宛陵（安徽宣城縣治，寧國府所在地）講學。（《龍溪先生全集》卷二《宛陵會語》）
- 本年，焦竑、吳自新（字伯恆，安徽祁門人，江寧籍）、何繼高（浙江山陰人）考取舉人。（光緒六年重刊《江寧府志》卷三十《科舉表》，《明史》卷二八八《焦竑傳》，《浙江通志》卷一三三《選舉十一》）
- 丘坦（　-？又名坦之，字長孺，麻城人，太守齊雲子）生。（據袁宗道《珂雪齋近集》卷二《寄長孺》與《游居柿錄》卷十一第1208條推算）
- 鄧豁渠到黃安訪耿定理，集其言論《南洵錄》成。尋北游衛輝。（耿定向《耿天臺先生文集》卷十六《里中三異傳》

嘉靖四十四年乙丑（1565）　　　　三十九歲

在泉州服祖父喪。

時事

- 三月辛酉（廿四日），詔誅前工部左侍郎嚴世蕃，抄其家，得黃金可三萬餘兩，白金三百餘萬兩，其他珍寶價值數百萬兩。嵩及諸孫皆為民。（《明通鑑》卷六十三）

・四月甲午（廿八日），倭犯福寧。總兵戚繼光合水陸兵擊敗之，
　乘勝追剿原犯永寧（屬晉江）倭，斬首百餘級。（《明世宗實錄》
　卷五四五）

・七月己未（廿五日），禮部右侍郎高儀為左侍郎，管國子監祭酒
　事，陳以勤為禮部右侍郎。（談遷《國榷》卷六十四）

・九月乙未（初二日），潘晟為禮部尚書。（同上）

・十二月，四川大足縣農民蔡伯貫以白蓮教起義，建號「大唐」，
　攻破合州、大足、銅梁、榮昌、安居、定遠、璧山等七州縣。明
　年正月被鎮壓。（《明世宗實錄》卷五五三、五五四）

・本年，雲南武定土司鳳繼祖（一名阿倫）陰結姚安高欽、高鈞
　叛。巡撫呂光洵遣兵討平之（平叛事在明年）。（民國戊子秋《姚
　安縣志》卷二十三《大事志》）按，高欽即萬曆間姚安府土同知
　高金宸之父。李贄在《高同知獎勸序》中說「其父祖作逆」，即
　指此。

　　　　　　＊　　　　　　　　　　＊　　　　　　　　　　＊

・春，王畿到南京，大會同志於新泉之為仁堂。（《龍溪先生全集》
　卷四《留都會記》）

・羅汝芳「入覲，勸徐階聚四方計吏講學。階遂大會於靈濟宮，聽
　者數千人。」（《明史》卷二八三《羅汝芳傳》）

・顧養謙、林雲程（字登卿，福建晉江人）、詹仰庇（字汝欽，號
　咫亭，福建安溪人）、丘齊雲（1542-？，字謙之，湖廣麻城
　人）、駱問禮考取進士。（《江南通志》卷一二二《選舉志》，嘉慶
　《晉江縣志》卷三十《選舉志》，李光縉《景璧集》卷十二《少
　司寇詹先生傳》，民國《麻城縣志前編》卷九，《萬一樓集》卷首
　陳性學撰《皇明萬一樓居士墓表》）

・仲秋，王襞應南直隸督學耿定向之邀，會講金陵（南京）。（袁承

業《明儒王東厓先生集》卷首《王東厓先生年譜紀略》）

嘉靖四十五年丙寅（1566）　　　　四十歲

夏間服滿，到輝縣接妻女。《卓吾論略》：

> 居士曰：「吾時過家葬畢，幸了三世業緣，無宦意矣。回首天
> 涯，不勝萬里妻孥之想，乃復抵共城。入門見室家，甚歡。問
> 二女，又知歸未數月俱不育矣。」此時黃宜人淚相隨在目睫
> 間，見居士色變，乃作禮，問葬事，及其母安樂。居士曰：
> 「是夕也，吾與室人秉燭相對，真如夢寐矣。乃知婦人勢逼情
> 真，吾故矯情鎮之，到此方覺展齒之折也！」

　　在輝縣逗留期間，李贄曾同友人到離城十里的白雲山避暑。《途
中懷寺上諸友》一詩描述了當時的心情：「世事何紛紛，教予不欲
聞。出郊聊縱目，雙塔在孤雲。雨過山頭見，天晴日未曛。騎驢覓短
策，對酒好論文。」
　　到白雲寺等待友人時，又寫了一詩：

> 至山寺，惟子中在，又與子偕病，勉強下棋。雖得水送酒，不
> 敢進也。須臾，君宣從南來。我二人漸亦精彩，是用短述遣
> 心雲。
> 思君復自陟崔嵬，君獨思君不顧回。
> 一雨半犁堪種穀，三人兩病懶登臺。
> 棋聲忽應空山去，酒味翻從得水來。
> 可是君宣尋到我，須臾為報洞門開。

另碑刻載：「時嘉靖丙寅，予偕諸友避暑山中：趙永亨，字子吉；陳
蓋，字子進；張士允，字子中；張世樂，字子善。暨獲嘉傅坤，為六

人之友。予為誰？即卓吾。」

　　初秋，衛輝府推官鄧林材載酒來訪。一首自署「卓吾李贄載」的詩寫道：「相逢過山寺，題詩欲滿山。野人驚瘦病，仙客喜開顏。落筆天將暮，舉頭葉可攀。行吟出樹下，雲在意俱閒。」

　　鄧林材有《早秋乘公務便訪李卓吾白雲山中，命韻得「山」字》：

　　　　出城載酒訪函關，十里肩輿度遠山。
　　　　談道石床風韻寂，論心泉閣鳥聲閒。
　　　　桃源花繞迷歸路，谷口煙濃擁去綸。
　　　　我欲尋幽作新隱，禪堂深鎖白雲間。

　　臨走時，李贄將以上所引的詩和王明齋同年余撰川遊白雲山的詩均付刻石。余詩及李贄跋如下：

　　　　五岳探奇興有餘，白去高臥即吾廬。
　　　　泉中欲洗巢由耳，門外何勞長者車。
　　　　是處青山應入夢，他年綠野可忘居。
　　　　僧家莫道閒游覽，安石蒼生意未虛。

　　　　樓閣依山寺，煙霞傍翠微。
　　　　天清吟望闊，樹密野人稀。
　　　　欲跨乘風鶴，還憐釣月磯。
　　　　況逢年契侶，瀟灑共忘歸。

　　王明齋同年余巽川遊白雲二詩，因石工鑴□□□□□□于後，然信其可傳，則明齋當首肯也。卓吾跋。（以上詩跋均見「河南輝縣白雲寺石碑拓片」，泉州市文管會藏）

　　李贄還與鄧林材同遊百泉山，二人稱為「百泉上知己」。（《焚書》卷一《覆鄧石陽》）

　　約在秋末冬初，李贄到北京，補禮部司務職。有人告訴他：「司
務之窮，窮於國子，雖子能堪忍，獨不聞『焉往而不得貧賤』語
乎？」(《卓吾論略》) 李贄答道：「吾所謂窮，非世窮也。窮莫窮於不
聞道，樂莫樂於安汝止。吾十年餘奔走南北，祇為家事，全忘卻溫
陵、百泉安樂之想矣。吾聞京師人士所都（聚），蓋將訪而學焉。」
（同上）當時有人批評他「性太宰」，常見己過與他人之過，說聞道
之後心胸當自「宏闊」些。李贄就以「宏父」自命，自稱「宏父居
士」。[23]（同上）後來他說：「自四十歲以至今日，不敢一旦觸犯於友
朋。」(《焚書》卷二《與河南吳中丞》)

　　這時，李贄開始接觸理學家王守仁的著作。《王陽明先生年譜後
語》追述說：

> 不幸年甫四十，為友人李逢陽、徐用檢所誘，[24]告我龍溪王先生
> 語，示我陽明王先生書，乃知得道真人不死，實與真佛、真仙
> 同，雖倔強，不得不信之矣。李逢陽，號翰峰，白門人。徐用
> 檢，號魯源，蘭溪人。……余今者果能讀先生之書，果能次先
> 生之譜，皆徐、李二先生力也。(《王陽明先生道學鈔》附錄)

　　王守仁（1472-1528），字伯安，學者稱陽明先生，浙江餘姚人，
曾在兵部任職。正德元年，以反對太監劉瑾，被貶為貴州龍場驛丞。
後因鎮壓農民起義及平定宗室宸濠叛亂有功，授南京兵部尚書，封新

23　李贄字宏甫，見泉州《清源林李宗譜》卷四《恩綸志》、沈鈇《李卓吾傳》、錢謙益
　　《卓吾先生李贄》、乾隆《泉州府志》卷五十四《明文苑·李贄傳》、道光重纂《福
　　建通志》卷二一四《明文苑·李贄傳》等。陳繼儒《國朝名公詩選》卷六《李贄》
　　說「贄字宏父」。《卓吾論略》說「遂以宏父自命，故又為宏父居士焉」，「宏父居
　　士」是號，似跟「宏甫」有別。《姚州志》卷五《秩官志》、談遷《國榷》卷七十九
　　說「贄字卓吾」，誤。
24　徐用檢與李贄是同僚，李逢陽於隆慶二年戊辰（1568）始中進士，他與李贄往來的
　　事跡不詳。

建伯。他是明代著名的哲學家，是「心學」的集大成者，主張「心外無理，心外無事」（王守仁《傳習錄》卷上），「天下無心外之物」（《傳習錄》卷下），「夫物理不外乎吾心，外吾心而求物理，無物理矣。」（《傳習錄》卷中）他認為心是宇宙的本源，一切事物都是從心派生出來的。他從這一根本觀點出發，提出「致良知」的學說，認為「知是心之本體，心自然會知」（《傳習錄》卷上），「知善知惡是良知」，「良知」是人的天賦本性，「不假外求」（《傳習錄》卷上）。有些人「良知」不顯著，這是由於被「私欲」所蒙蔽之故；而要除掉人的「私欲」，恢復「本心」，就必須有「致良知」的功夫。他認為「致知必在於格物」。「格物」就是「格心」、「正心」，也就是去「私欲」的「昏蔽」而「破心中賊」。王畿字汝中，號龍溪，是王守仁的高足弟子，他繼承王守仁的學說，主張良知就是佛性，是「無善無惡」的「心之主體」，為學要以「致知見性」為主。他強調頓悟，把王守仁的良知學說進一步引向禪學。

王守仁的學說給當時的思想界以很大影響。明張爾岐說：「明初，學者崇尚程朱。……自良知之說起，人於程朱始敢為異論，或以異教之言詮解《六經》。於是議論日新，文章日麗。」（《蒿庵閒話》卷一）王守仁贊成陸九淵「心即是理」的易簡工夫，反對朱熹「格物致知」的支離事業。

李贄自小就對朱熹的傳注不滿，而同情於王守仁的易簡工夫。他在《陽明先生年譜》中特別強調王守仁對其門徒囑咐的「工夫只是簡易真切，愈真切愈簡易，愈簡易愈真切」一語。他認為王守仁「理學又足繼孔聖之統者」，是當代孔夫子。他欣賞王守仁「致良知」的學說以及人人都可成聖人和「天地萬物一體」的主張，從而引出自己的平等的思想。另一方面，李贄拋棄了王守仁學說中「但惟聖人能致其良知，而愚夫愚婦不能致，此聖愚之所由分也」和存天理、滅人欲等說教。

十二月，世宗崩，子載垕即位。李贄原名載贄，因犯朱載垕諱，去「載」字，改名李贄。[25]泉州《清源林李宗譜》卷四《恩綸志》載：「林載贄……旋改姓李；避勝朝諱，去『載』字。」

本年，泉州李贄撰《荔枝記》與潮州《荔枝記》被合編並增補北曲為《荔鏡記》，由麻沙余氏新安堂刊行，共五十四齣，全名為《重刊五色潮泉插科增入詩詞北曲勾欄〈荔鏡記〉戲文全集》。未署撰者姓名。余氏重刊記云：「重刊《荔鏡記》……因前本《荔枝記》字多差訛，曲文減少，校正重刊，以便騷人墨客閒中一覽，名曰《荔鏡記》。買者須認本堂余氏新安云耳。嘉靖丙寅年。」（見《明末潮州戲文五種》，廣東人民出版社，一九八五年十月第一版）

詩文編年

《途中懷寺上諸友》一首、《至白雲寺待友并序》一首、《白雲山中晤鄧石陽命韻得山字》一首（後二首標題係筆者所加）：見「河南輝縣白雲寺石碑拓片」。本年夏秋間寫於河南輝縣白雲山中。李贄後記中有「嘉靖丙寅予偕諸友避暑山中」、鄧石陽詩題有「早秋乘公務便訪李卓吾白雲山中」等語可證。

《富莫富於常知足》一詩及解說：見《焚書》卷六。當寫於本年初任北京禮部司務時。詩的前四句是發揮陸梭山「貴莫貴於為聖賢，富莫富於畜道德；貧莫貧於未聞道，賤莫賤於不知恥」的說教；後四句是針對方蛟峰「士能弘道曰達，士不安分曰窮，得志一時曰夭，流芳百世曰壽」而說的。（見〔明〕郎瑛《七修類稿》卷二十《辨證類》。中華書局，一九五九年版，第二九九頁）

---

25 李年秋李贄在輝縣白雲山題詩時，尚自署「李載贄」。

時事

- 二月癸亥朔，戶部主事海瑞上疏，下錦衣衛獄。（《明世宗本紀二》）「其上疏時，自知觸忤當死，市一棺，訣妻子，待罪於朝，僮僕亦奔散無留者。」（《明史》卷二二六《海瑞傳》）李贄曾為寫《太子少保海忠介公傳》，譽為「忠節名臣」，並稱他為「真扶世」。（《續藏書》卷二十三，《焚書》卷一《寄答耿大中丞》）

- 春，倭擾泉州，勾倭巨盜謝愛夫被殺。（乾隆《泉州府志》卷七十三《紀兵》）

- 五月甲寅（廿四日），潘晟為禮部左侍郎。（談遷《國榷》卷六十四）

- 九月辛丑（十四日），前刑部尚書鄭曉（1499-　　，字窒甫，浙江海鹽人）卒，年六十八。後諡端簡。（談遷《國榷》卷六十四）李贄曾為寫《尚書鄭端簡公傳》，稱為「經濟名臣」。（《續藏書》卷十八）李贄著《續藏書》，曾多處引用鄭端簡的史評。

- 「閏十月丙申（初九日），雲南、四川兵討逆酋鳳繼祖，平之。……餘黨姚安府同知高欽及其弟高鈞並謀主趙時杰等，亦為姚州土官高繼光所擒。」（《明世宗實錄》卷五六四，《明史》卷三一四《雲南武定土司傳》）

- 十二月壬辰（初六日），設福建海澄（今龍海）、寧洋（唐龍岩縣地）二縣，隸漳州。（談遷《國榷》卷六十四）

- 庚子（十四日），世宗朱厚熜（1507-　　）服道士所獻丹藥死去，年六十。壬子（廿六歲），子裕王載垕即位，是為穆宗。改明年為隆慶元年。（《明世宗本紀二》，《明穆宗本紀》）釋戶部主事海瑞獄。（談遷《國榷》卷六十五）

- 本年，高儀為禮部尚書，隆慶二年致仕。（王世貞《弇山堂別集》卷四十九《禮部尚書表》）

　　　　＊　　　　　　　　　　＊　　　　　　　　　　＊

・六月，耿定向於南京創立崇正書院（在清涼寺），聘焦竑主持講
　席。（耿定向《觀生紀》）
・本年，潘絲（字朝言，號見泉，安徽新安人）任浙江嚴州府別駕
　（推官），權知分水縣。（焦竑《澹園集》卷二十四《潘朝言
　傳》）
・周思久任徽州府同知，升知府。（康熙三十八年《徽州府志》卷
　三《郡職官》）

明穆宗隆慶元年丁卯（1567）　　　　　四十一歲

　　在禮部司務任上。因一次生活經歷，受饑而望食的啟發，認識到
對孔、老學說不存在選擇誰的問題，於是「自此專治《老子》」，並經
常讀北宋蘇轍（字子由）所注的《老子解》。他後來在寫《子由解老
序》時回憶當時的情況，說：

> 蓋嘗北學而食於主人之家矣。天寒，大雨雪，絕糧七日，饑凍
> 困踣，望主人而嚮往焉。主人憐我，炊黍餉我，信口大嚼，未
> 暇辨也。撤案而後問曰：「豈稻粱也歟！奚其有此美也？」主
> 人笑曰：「此黍稷也，與稻粱垺。且今之黍稷也，非有異於嚮
> 之黍稷者也。惟甚饑，故甚美；惟甚美，故甚飽。子今以往，
> 不作稻粱想，不作黍稷想矣！」
> 余聞之，慨然而嘆，使余之於道若今之望食，則孔、老奚擇
> 乎！自此專治《老子》，而時獲子由《老子解》讀之。（《焚
> 書》卷三《子由解老序》）

折節從徐用檢游，崇信佛道始於本年。[26]黃宗羲《太常徐魯源先生用檢》：

> （徐用檢）在都門，從趙大洲（貞吉）講學。禮部司務李贄不肯赴會，先生以手書《金剛經》示之，曰：「此不死學問也，若亦不講乎？」贄始折節向學。嘗晨起侯門。先生出，輒攝衣上馬去，不接一語，如是者再。贄信向益堅，語人曰：「徐公鉗錘如是。」（《明儒學案》卷十四）

李贄曾說：「自知參禪以來，不敢一日觸犯於師長。」（《焚書》卷二《與河南吳中丞》）

李贄曾說他看了王龍溪和王守仁的著作後，「乃知得道真人不死，實與真佛、真仙同，雖倔強，不得不信之矣。」（《陽明先生年譜後語》）可見李贄認為王守仁學說和佛教是相通的。陶望齡《寄君奭弟》也談到王學與佛學的關係：

> 儒者之辟佛久矣。最淺者如昌黎者，深為明道者，既昌言辟之矣，即最深如陽明、龍溪之流，恐人之議其禪也，而亦辟之。而何怪今之俗哉！
> 然必如明道而後許其辟，何者？以其名叛而實近也。如陽明、龍溪而後許其辟，何者？以其陽抑而陰扶也。使陽明不借言辟佛，則儒生輩斷斷無佛種矣。今之學佛者，皆因「良知」二字誘之也。明道雖真辟佛，而儒者之學亦因此一變，其門人亦

---

26 徐用檢於「隆慶朝任山東按察司副使」（民國《山東通志》卷四十八《職官志四》），而於隆慶五年辛未（1571）二月丙申「以考察不及」被降為「江西布政司左參議」（《明穆宗實錄》卷五十四）。徐離開禮部出任山東副使的具體時間不詳。現以外官三年一朝觀并考察之例逆推，徐用檢由禮部郎中「出為山東副使」當在隆慶二年戊辰之初。由此推知，李贄學佛當始於徐離任之前，趙貞吉起復來任吏部左侍郎之後，即本年。

遂歸於佛矣。二先生者，真有功於佛者乎！（《李溫陵外紀》
卷四）

「專治《老子》」和崇信佛道閱讀《金剛經》及聽徐用檢、趙大
洲講學，這就是後來李贄所說的「就學於燕」。

在北京期間，李贄即「專治《老子》」。他覺得歷代解《老子》
的，要數北宋蘇轍的《老子解》一書為最好。蘇轍善於用《中庸》
「未發之中」的微言來闡發《老子》一書的「蘊義」，使五千餘言大
發光彩。今年他擬刻行蘇轍《老子解》，於是作《子由解老序》，說：

> 解《老子》者眾矣，而子由稱最。子由之引《中庸》曰：「喜
> 怒哀樂之未發謂之中」。夫未發之中，萬物之奧，宋儒自明道
> （即程顥）以後，遞相傳授，每令門弟子看其氣象為何如者
> 也。子由乃獨得微言於殘篇斷簡之中，宜其善發《老子》之
> 蘊，使五千餘言爛然如皎日，學者斷斷不可以一日去手也。
> （《焚書》卷三）

序中提出學術對於求道的人來說，是「真饑者無擇」，可以兼取：

> 食之於飽，一也。南人食稻而甘，北人食黍而甘，此一南一北
> 者未始相羨也。然使兩人者易地而食焉，則又未始相棄也。道
> 之於孔、老，猶稻黍之於南北也，足乎此者，雖無羨於彼，而
> 顧可以棄之哉？何也？至飽者各足，而真飢者無擇也。（《焚
> 書》卷三）

時事

- 二月乙未（初九日），吏部左侍郎陳以勤為禮部尚書兼文淵閣大
  學士（四年庚午七月致仕），禮部侍郎張居正為吏部左侍郎兼東
  閣大學士，預機務。（《明穆宗本紀》）丁未（廿一日），起原任戶

部右侍郎趙貞吉為吏部左侍郎兼翰林院學士，掌詹事府事。（《明穆宗實錄》卷五）

· 三月甲申（廿九日），命張居正為纂修《明世宗實錄》總裁。（同上卷六）

· 四月庚子（十五日），張居正晉禮部尚書、武英殿大學士。（《宰輔年表二》）甲寅（廿九日），詔贈王守仁為新建侯，諡文成。（《明穆宗實錄》卷七）

· 八月癸未朔，穆宗幸太學，宴於禮部。（《明通鑑》卷六十四）

· 九月乙卯（初四日），俺答部數萬擾大同等地，土默特部擾薊鎮，直至灤河，北京戒嚴。（《明穆宗本紀》）

· 十月甲午（十三日），以王崇古為兵部右侍郎兼都察院右僉都御史，總督陝西、延寧、甘肅軍務。（《明穆宗實錄》卷十三）

· 禮部左給事中陸鳳儀削籍。鳳儀重兵事，首述聖諭，竄數字，忤旨。（談遷《國榷》卷六十五）

· 本年，進譚綸兵部左侍郎兼右僉都御史，總督薊、遼、保定軍務。（《明史》卷二二二《譚綸傳》）

　　　　　　＊　　　　　　　　　　＊　　　　　　　　　　＊

· 二月庚子（十四日），授知縣莊國楨為戶部給事中。明年正月，升浙江按察司僉事。（《明穆宗實錄》卷五、十六）

· 六月丁未（廿四日），南直隸提學耿定向請以王守仁從祀孔廟。十月丁亥（初六日），大理寺右丞耿定向上《明學術正人心以贊聖治疏》。（《明穆宗實錄》卷九、十三）

· 本年，馬時敘（號歷山，北通州人，馬經綸之父）中貢士。（朱國禎《馬侍御志銘》，見《明侍御誠所馬公文集》補遺）周思久由浙江運同擢瓊州知府。（《瓊州府志》卷三十《宦績》）

隆慶二年戊辰（1568）　　　　　四十二歲

在禮部司務任上。三月，李逢陽考取進士，授戶部主事，旋改禮部主事，與李贄同僚。[27]

時周安（即定林）隨楊希淳（字道南）到京師，李贄初識周安。[28]

李逢陽對李贄說：「周安知學。子欲學，幸毋下視周安！」（《定林庵記》）又說：「周安以周生病故，而道南乃東南名士，終歲讀書破寺中，故周安復事道南。」（同上）李贄後來對周安稱讚備至，曾說：「夫以一周安，乃得身事道南，又得李先生嘆羨，弱侯信愛，則周安可知矣。」（同上）

李逢陽「與人交，誠意懇至」。（陳作霖《李逢陽傳》）他曾極力勸誘李贄學習王守仁的學說。（見李贄《王陽明先生年譜後語》）李贄與李逢陽結成密友，情同手足。逢陽死後，李贄曾說：「骨肉相親，期於無斁，余於死友李維明蓋庶幾焉。」（《焚書》卷三《李生十交文》）

時事

- 五月辛亥（初二日），以都督同知戚繼光總理薊州、昌平、保定三鎮練兵事。（《明通鑑》卷六十四）
- 七月丙寅（十九日），首輔徐階致仕。（《明穆宗本紀》）時閣臣為李春芳、陳以勤、張居正。（《宰輔年表二》）

---

27 《焚書》卷三《李中溪先生告文》：「維明者，白下人，名逢陽，別號翰峰，仕為禮部郎。於贄為同曹友。」陳作霖《金陵通傳》卷十八《李逢陽傳》：「李逢陽，字維明，號翰峰。南京金吾後衛人。……嘉靖三十七年舉於鄉……隆慶二年成進士，除戶部主事，改禮部，進郎中。」

28 《焚書》卷三《定林庵記》：「……余未嘗見周生，但見周安隨楊君道南至京師。時李翰峰先生在京……後二年，余來金陵，獲接周安。」李贄於隆慶四年來金陵。以此逆推，則李贄首見周安當在本年。

- 八月丙午（廿九日），張居正上《陳六事疏》，提出省議論、振紀綱、重詔令、核名實、固邦本、飭武備六項革新政治的綱領。（《明穆宗實錄》卷二十三，《明通鑑》卷六十四）
- 本年，殷士儋繼高儀任禮部尚書，五年以太子太保武英殿學士入閣。（《明史》卷一九三《殷士儋傳》，王世貞《弇山堂別集》卷四十九《禮部尚書表》、卷四十五《內閣輔臣年表》）

　　　　　＊　　　　　　　　　＊　　　　　　　　　＊

- 正月己巳（十九日），知府周思久被劾，降一級用。（《明穆宗實錄》卷十六）
- 三月，方沆、李逢陽、周思敬、周思稷、李維楨、陸萬垓（字天溥，號仲鶴，浙江平湖人）、劉東星、吳自新及同鄉楊道會（字惟宗，號貫齋）、黃鳳翔（字鳴周）、王用汲（字明受）、王任重（字尹卿）等考取進士。（《莆田縣志》卷二十《人物》，《江南通志》卷一二三《選舉志》，民國《麻城縣志前編》卷八《選舉》，《明史》卷二八七《李維楨傳》，《浙江通志》卷一五八《人物一》，《山西通志》卷十八《選舉譜五》，《祁門縣志》卷二十五《人物志》，嘉慶《晉江縣志》卷三十《選舉志》）陸萬垓任福寧州知州，在職四年。（光緒六年重修《福寧府志》卷十五《秩官》，卷十七《明州循吏傳》）劉東星授庶吉士。（《明穆宗實錄》卷二十一）
- 九月丙寅（廿日），授駱問禮南京刑科給事中。（《明穆宗實錄》卷二十四）
- 本年，顏鈞（山農），至南京，以擅乘官舫、挾人錢財事發被捕。羅汝芳往救出獄，顏得戍邵武。（周應賓《識小篇・內篇》，楊起元《羅近溪先生墓志銘》）
- 袁宏道（　　-1610，字中郎，號石公，又號六休，袁宗道二弟，

湖廣公安人）生。（袁中道《珂雪齋文集》卷九《妙高山法寺
碑》）

- 族兄林奇材「赴平樂府（治所在今廣西平樂縣）任。不二年，解
組歸。」（《曆年表》）

隆慶三年己巳（1569）　　　　　　四十三歲

　　在禮部司務任上。認識焦竑約在本年。《壽焦太史尊翁後渠公八
秩華誕序》：「余至京師，即聞白下有焦弱侯其人矣；又三年，始識
侯。」（《續焚書》卷三）

時事

- 正月乙卯（十一日），戚繼光改任總兵官，鎮守薊州、永平、山
海關等處。（《明穆宗實錄》卷二十八）
- 四月辛卯（十八日），禮部選進宮女三百人。（同上卷三十一）
- 五月甲寅（十一日），雲南道監察御史詹仰庇（福建安溪人）請
罷靡費，被廷杖，斥為民。（同上卷三十二）
- 閏六月丙寅（廿四日），重慶知府程學博因鎮壓白蓮教起義不力
被奪俸三個月。（同上卷三十四）何心隱參與鎮壓白蓮教活動。
（何心隱《上祁門姚大尹書》）
- 夏，大理寺丞海瑞以右僉都御史巡撫應天十府。（《明通鑑》卷六
十五）
- 八月癸丑（十二日），廣東曾一本起義被剿平。（《明穆宗實錄》
卷三十六）壬戌（廿一日），禮部尚書趙貞吉兼文淵閣大學士，
預機務。（《明穆宗本紀》）
- 十一月乙未（廿六日），禮部尚書高儀罷（儀掌禮部四年）。逾
月，以禮部尚書掌詹事府事殷士儋代之。（《明通鑑》卷六十四）

・十二月己亥朔，命東西廠及錦衛察訪部院政事，監察百官。（《明穆宗實錄》卷四十）庚申（廿二日），召高拱（新鄭人）復入閣（元年五月罷至此）。（《明穆宗本紀》）

・本年，泉州都指揮張奇峰率兵破倭。自此泉州、南安、同安等地倭寇絕跡四十餘年。（《南安縣志》卷二十《雜志》）

　　　　　＊　　　　　　　　＊　　　　　　　　＊

・二月，《心齋語錄》四冊編成梓行。（《王東厓先生年譜》）楊起元、湯顯祖考取舉人。（李贄《續藏書》卷二十二《侍郎楊公》，《臨川縣志》卷四十二）

・七月戊子（十七日），戶部署郎中顧養謙升福建按察司僉事。（《明穆宗實錄》卷三十五）

・十一月庚辰（十一日），南京刑科給事中駱問禮鐫三秩。（談遷《國榷》卷六十六）

・十二月，李材到京，補刑部主事。（李穎《李見羅先生行略》，民國十年刻本）

・本年，周思久建輔仁書院，聚士講學。（王東厓先生遺集）卷一《上楚侗耿都院書》，按，此據王東隅《水災吟》和王東日《潦水賦》推知）

隆慶四年庚午（1570）　　　　　　　　四十四歲

　　在禮部司務任上。時刑部主事李材（號見羅，王守仁門人鄒守益的學生）在京師講學。與李材一起講學的有李逢陽、鄭汝璧、喻均、黃綽、陳棟等。李贄與李材相識，也參與其間。（李穎《李見羅先生行略》，頁十）他和李材討論學問，十分相得。《焚書》卷一《答李見羅先生》追述說：「昔在京師時，多承諸公接引，而承先生接引尤

勤。發蒙啟蔽，時或宋省，而退實沉思，既久，稍通解耳。師友深恩，永矢不忘，非敢佞也。」

任禮部司務至此五年。「五載春官（唐稱禮部為春官），潛心道妙。」因為「憾不得起白齋公於九原」，「思白齋公也益甚」，又自號「思齋居士」（《卓吾論略》）。

本年，「厭京師浮繁，乞就留都」（沈銖《李卓吾傳》），改任南部刑部員外郎。[29]

在北京禮部司務任職的五年中，李贄和上司時有矛盾和牴觸。「司禮曹務，即與高尚書、殷尚書、王侍郎、萬侍郎盡觸也。高殷皆入閣……高之掃除少年英俊名進士無數矣，獨我以觸迕得全，高亦人傑哉！」（《豫約‧感慨平生》）

據王世貞《弇山堂別集》卷四十九《禮部尚書表》載，高尚書即

---

29 李贄改任南京刑部員外郎在隆慶四年，容肇祖《李贄年譜》亦主此說。李贄自說：「五載春官」，當即指自嘉靖四十五年（1566）起至隆慶四年，如到隆慶五年或萬曆元年，則應說「六載春官」或「八載春官」。又李贄在《卷蓬根》詩中曾說：「二十七年今來歸。」此詩寫於萬曆二十五年秋九月李贄重到北京西山極樂寺時，這也可作為證明。請參看萬曆二十五年的譜文及詩文編年的考證。

按，日人鈴木虎雄《李卓吾年譜》說李贄於「隆慶五年辛未，游金陵，與耿楚倥語」，隆慶六年壬申，耿楚倥過金陵，「與李宏甫、焦弱侯輩商學」，但又據彭際清《李卓吾傳》「萬曆初，歷南京刑部主事」一語，而確定李贄「任南京刑部主事」的時間為萬曆元年，此實不可從。依沈銖《李卓吾傳》，李贄此次邊南京是主動提出要求，並未聞有曠職候缺之事。這是一。其次，李贄自己說過：「最苦者，為員外郎不得尚書謝、大理卿董并汪意。」（《豫約‧感慨平生》）「尚書謝」即謝登之（字汝學，湖廣巴郡人，隆慶六年至萬曆二年任南京刑部尚書），「大理卿董」即董傳策（字原漢，松江華亭人，隆慶五年任南京大理寺卿）。「汪」即汪宗伊（字子盛，湖廣崇陽人，萬曆三年任南京大理寺卿）。按董傳策於隆慶五年四月由大理寺卿改任南京大理寺卿，於隆慶六年五月離任，前後任職僅一年零一個月。（見《明穆宗實錄》卷五十六、七十）如果李贄是遲至萬曆元年始來任南京刑部「主事」，跟董傳策不相值，則「不得大理卿董意」又從何說起？至於焦竑《送李比部》中所說的「孄婉四載餘」（指萬曆元年至五年），當指「昕夕長歡聚」的時間，不是指相聚以來的時間。

高儀（1517-1572，字子象，浙江錢塘人），「嘉慶四十五年（1566）任禮部尚書，至隆慶二年（1568）致仕。六年四月詔兼文淵閣大學士入閣。」殷尚書即殷士儋（1523-1583，字正甫，山東歷城人，）「隆慶二年任禮部尚書，四年入閣」。又據《弇山堂別集》卷五十六《禮部左右侍郎表》載，王侍郎即王希烈（江西南昌人），「隆慶二年任右侍郎，隆慶四年轉禮部左侍郎。」萬侍郎即萬士和（字思節，號履庵，江蘇宜興人），「隆慶二年任右侍郎，同年轉左侍郎。」李贄與禮部的最高長官尚書、侍郎鬧矛盾的具體情況不詳。但從他對高儀的評價，可看出他並不因個人間的意見矛盾而隨便貶抑人。據《明史》卷一九三《高儀傳》載：「儀遇事秉禮循法，居職甚稱。」又說：「儀性簡靜，寡嗜欲，室無妾媵，舊廬毀於火，終身假館於人，及歿，幾無以殮。」說明他是一個正直清廉的官吏。李贄稱他為「人傑」，反映了實事求是的精神。

張居正於隆慶元年（1567）任禮部右侍郎兼翰林院學士（《明史》卷二一三《張居正傳》），四月晉禮部尚書武英殿大學士（《明史》卷一一〇《宰輔年表二》），萬曆朝出任首輔，進行政治改革，收到一定的效果。李贄對張居正是很欽佩的。他後來在辨何心隱之死時論及張居正，說：「江陵，宰相之傑也。」（《焚書》卷一《答鄧明府》）萬曆二十年二月寧夏兵變，李贄曾慨嘆說：「今日真令人益思張江陵也！」（《焚書》卷二《答陸思山》）

李贄改任南京刑部員外郎。[30]赴任前，山人、著名詩畫家黃克晦

---

30 李贄到南京刑部所任官職，各書記載不同。有的說任主事，有的說任郎中，有的說任員外、郎中，有的說「為南比部郎」，「歷郎署」，或說任「尚書郎」，如錢謙益《卓吾先生李贄》：「歷南京刑部主事。」（《列朝詩集小傳》閏三）彭際清《李卓吾傳》同，乾隆《泉州府志・明文苑》：「久之，乞南，遷南刑部員外。」道光重纂《福建通志・明文苑傳》：「久之，遷南京刑部員外郎。」沈鈇《李卓吾傳》：「乞就留都，擢刑部員外、郎中。」（何喬遠《閩書》卷一五二《畜德志》上引）焦竑《焦氏筆乘》卷四《讀書不識字》：「宏甫為南比部郎。」顧養謙《贈姚安守溫陵李

（1524-1590，字孔昭，號吾野，福建惠安崇武鎮人，曾與何喬遷、何喬遠、李業禎、楊道賓結社賦詩，有「溫陵五子」之稱）曾寫詩送別。其《送李宏甫比部還留都》：「匹馬都門外，蕭然舊法曹。人依爭後席，僧乞別時袍。片月江中白，孤雲天際高。秣陵更相約，夙昔愛

先生致仕去滇序》：「初先生以南京刑部尚書郎來守姚安。」耿定力《誥封宜人黃氏墓表》：「迨卓吾官尚書郎至太守。」何喬遠《李贄傳》：「晉江李卓吾……肄國學，歷郎署，出守姚安。」（《閩書·方外志》卷下）袁中道《李溫陵傳》：「為校官，徘徊郎署間。」《曆年表》：「嘉靖壬子，是科長房卓吾公中式舉人，授雲南姚安知府，前刑部郎中。」泉州《清源林李宗譜·恩綸志》：「老長房……嘉靖壬子科舉人，知雲南姚安府事，刑部郎中。」（泉州《李氏族譜》附）嘉慶十二年泉州《鳳池林李宗譜老長房八世祖伯鄉進士姚安郡守名宦鄉賢卓吾公傳》：「……就輝縣教諭，入授刑部郎中，出為姚安守。」綜上所述，當以沈鈇任過「員外、郎中」的說法為可信。理由如次：

一、沈鈇（1550-1633，字繼揚，號介庵，福建詔安人）是李贄的好友。萬曆十八年，李贄在武昌時曾入衡州訪他（時鈇為衡州丞），後來他又為耿定向與李贄重歸於好說合。他對李贄的仕官情況當較後人如錢謙益（明）、彭際清（清）等人詳悉可靠。

二、李贄的好友焦竑曾經說過：「（宏甫）自三十登仕，歷七任而至郡守。」（《書宏甫高尚冊後》）「七任」，包括郡守一任在內。那麼，在任郡守之前，李贄共歷六任，即：輝縣教諭，南京國子監博士，北京國子監博士，禮司司務，南京刑部兩任，而這兩任為什麼不是主事、員外郎而是員外郎、郎中呢？

首先李贄自說他任員外郎，這當是考察問題的起點。李贄自說他「為員外郎不得尚書謝、大理卿董并汪意」。可見隆慶五年董傳策來任南京大理寺卿時李贄即為員外郎，其後亦未聞有降職之事。可見彭說「萬曆初，歷南京刑部主事」的話並不可信。其次，李贄任過郎中，不但見於沈鈇的《李卓吾傳》，其他友人說的曾任「尚書郎」、「歷郎署」或「為南比部郎」，都是同一意思。古人稱郎中滿一年的為「尚書郎」，亦可單稱「郎」。這些都是李贄曾任過郎中的證明，再看後代一些殘存的宗譜、族譜的記載，它們對先世的官階爵衔，並無誇大失實之處。例如《曆年表》載嘉靖三十八年己未林奇材登會試甲榜第二名，授河南清吏司主事，越隆慶元年，贈其父為承德郎戶部河南清吏司主事，《曆年表》均如實記載。故此知李贄族人及其後代子孫的那些記載還是可信的。另外，從李贄父白齋公死後贈榮的官衔來看，也可知李贄曾任過南京刑部郎中。林奇材《志銘》云：「贈南京刑部郎中伯兄鍾秀公，以子姚安守載贄君貴。」此《志銘》寫於萬曆二十二年甲午，即李贄生前，又係出於李贄族兄之手，所述李贄官職應可信。泉州《鳳池林李宗譜》亦載：「七世祖考誥封奉直大夫刑部郎中白齋公。」與上述記載也完全一致。

詩騷。」（《吾野詩集》卷三，泉州同文齋石印本）

　　在南京與焦竑朝夕相處，商討學問，二人成為契交。焦竑（字弱
侯，一字叔度，一字從吾，號澹園，一號漪園，一號龍洞山農。為諸
生，有盛名。嘉靖四十一年，耿定向督學南畿，竑執經問道，為耿定
向門徒。嘉靖四十三年中鄉試舉人。）時在家閒住。李贄在《壽焦太
史尊翁後渠公八秩華誕序》中談他與焦竑結識經過：

> 余至京師，即聞白下有焦弱侯其人矣；又三年，始識侯。既而
> 徙官留都，始與侯朝夕促膝窮詣彼此實際。夫不詣則已，詣則
> 必爾，乃為冥契也。故宏甫之學雖無所授，其得之弱侯者亦甚
> 有力。……然惟宏甫為深知侯，故弱侯亦自以宏甫為知己。
> （《續焚書》卷二）

　　焦竑也說他和李贄二人「相看意不盡」、「因之披素襟」（《澹園
集》卷三十九《同李比部永慶禪寺小集》），可見其感情之投合。後來
焦竑還說李贄「可坐聖門第二席」，對他推崇備至。黃宗羲《明儒學
案》卷三十五《文端焦澹園先生竑》：「先生師事耿天臺、羅近溪，而
又篤信卓吾之學，以為未必是聖人，可肩一『狂』字，坐聖門第二
席，故以佛學即為聖學，而明道（即宋程顥）辟佛之語皆一一紐
之……朱國楨曰：『弱侯自是真人，獨其偏見不可開。』耿天臺（即
耿定向）在南中，謂其子曰：『世上有三個人說不聽，難相處。』問
為誰？曰：『孫月峰（孫鑛）、李九我（李廷機）與汝父也。』」李、
焦二人分別後繼續商討學問，書信不絕。焦竑的《老子翼》收有李贄
的注釋十三條，李贄的《焚書》、《藏書》、《坡仙集》等手稿最早都寄
請焦竑過目，《續藏書》的部分史料也由焦竑提供，焦竑還為李贄的
《藏書》、《續藏書》、《焚書》、《續焚書》寫序。李贄死後焦竑為編
《李氏遺書》。焦竑在自己的著作中也多次提到李贄，駁斥人們對李
贄的種種誣蔑。焦竑也因而受到攻擊。清紀昀曾說：「竑師耿定向而

友李贄，於贄之習氣沾染尤深，二人相率而為狂禪。贄至於詆孔子，
而竑亦崇楊、墨，與孟子為難。」（《四庫全書總目提要》卷一二五
《焦弱侯問答一卷》）又說：「其講學解經，尤喜雜引異說，參合附
會。如以孔子所云空空及顏子之屢空為虛無寂滅之類，皆乖迕正經，
有傷聖教。蓋竑平生喜與李贄游，故耳濡目染，流弊至於如此也。」
（同上卷一二八《焦氏筆乘八卷》）

　　本年在金陵，「獲接周安」。（《定林庵記》）

　　在刑部任職期間，李贄日夜聚友講學。他講學強調「證驗」，反
對空談。焦竑《焦氏筆乘》卷四《讀書不識字》：

> 宏甫為南比部郎，日夜聚友講學。寮友或謂之曰：「吾輩讀
> 書，義理豈有不明而事講乎？」宏甫曰：「君輩以高科登仕
> 籍，豈不讀書？但苦未識字，須一講耳！」或怪問其故，宏甫
> 曰：「《論語》、《大學》豈非君所讀耶？然《論語》開卷便是一
> 『學』字，《大學》開卷便是『大學』二字，此三字吾敢道諸
> 君未識得。何也？此事須有證驗始可。如識《論語》中『學』
> 字，便悅樂不慍；識『大學』二字，便定靜安慮。今都未能，
> 如何自負識得此字耶？」其人默默不能對。

　　關於李贄在南京講學情況，史孟麟（字際明，號玉池，江蘇宜興
人，萬曆十一年進士，官至太僕少卿）《論學》云：

> 往，李卓吾講心學於白下，全以當下自自然然指點後學，說個
> 個人都是見見成成的聖人，才學便多了。聞有忠節孝義之人，
> 卻云都是做出來的，本體原無此忠節孝義。（黃宗羲《明儒學
> 案》卷六十《太常史玉池先生孟麟》引）

　　當時聚友講學，以每月十六日為固定會期。李贄曾說：「會期之
不可改，猶號令之不可反，軍令之不可二也。故重會期，是重道也，

是重友也。」(《焚書》卷二《會期小啟》)

在南京刑部任職期間，李贄「喜商君、吳起、韓非之書。」(焦竑《書宏甫高尚冊後》)他推崇《史記》、《水滸》等古今五大部著作。周漫士(暉)《金陵瑣事》卷上云：李贄「在刑部時，已好為奇論，尚未甚怪癖。常云宇宙有五大部文章：漢有司馬子長《史記》，唐有杜子美集，宋有蘇子瞻集，元有施耐庵《水滸傳》，明有李獻吉集(即李夢陽的《空同子集》)。余謂弇州山人(王世貞號)《四部稿》更較弘博，卓吾曰，不如獻吉之古。」李贄後來著《續藏書》，曾多處引用王世貞的著作。

詩文編年

《會期小啟》：見《焚書》卷二。寫於南京刑部任職期間。焦竑《讀書不識字》一文曾提到「宏甫為南比部郎，日夜聚友講學」之事，可以為證。

《讀劉禹錫金陵懷古》：見《焚書》卷六。約寫於本年在南京時。

時事

- 正月丁亥(十九日)，命王崇古總督宣、大、山西軍務。(《明穆宗實錄》卷四十一)
- 三月庚午(初三日)，南京刑部尚書孫植罷。乙亥(初八日)，起黃光昇(福建晉江人)為南京刑部尚書。未赴。十月戊申(十四日)被劾，令致仕。(談遷《國榷》卷六十六)
- 七月丁丑(十二日)，起任士憑為南京刑部右侍郎。(談遷《國榷》卷六十六)
- 八月乙卯(廿日)，明七子之一李攀龍(1514-　)卒，年五十八。(同上)
- 九月戊子(廿三日)，辛愛大入遼東，總兵官王治道戰死。擢李

成梁為遼東總兵官，軍聲大震。(《明史》卷二二八《李成梁傳》，《明通鑑》卷六十五)

· 十月癸卯（初九日），俺答奪其孫把漢那吉妻三娘子，把漢那吉來降，詔授把漢那吉為指揮使。十一月，俺答請封貢、互市。十二月，俺答執明叛臣趙全等九人來獻，詔遣把漢那吉還。明年正月，俺答遣使謝，誓不犯大同。(《明通鑑》卷六十五)

· 十月壬子（十八日），陳其學（山東登州衛人）任南京刑部尚書。五年致仕。(談遷《國榷》卷六十六)

· 十一月乙酉（廿一日），大學士趙貞吉致仕。己丑（廿五日），以禮部尚書殷士儋兼文淵閣大學士，預機務。(《明穆宗本紀》、《宰輔年表二》)癸巳（卅曰），升禮部侍郎潘晟為禮部尚書。(《明史》卷一一二《七卿年表二》，《明穆宗實錄》卷五十一)

　　　　*　　　　　　　*　　　　　　　*

· 三月丙子（初九日），授庶吉士劉東星為兵科給事中，十月升為禮科給事中。(《明穆宗實錄》卷四十三、五十)

· 五月甲戌（初七日），袁中道（　 -1623，字小修，袁宗道三弟，湖廣公安人）生。(據《明史》卷二二八《袁宏道傳》和袁中道《游居柿錄》卷十三第一五〇九條推算)

· 本年，李廷機（1542-1616，字爾張，號九我，福建晉江人）中順天鄉試解元。(乾隆《泉州府志》卷四十四《明列傳九》)

隆慶五年辛未（1571）　　　　　　四十五歲

在南京刑部員外郎任上。賃屋龍山下。[31]

---

31 黃克晦《留別李宏甫比部》（其四）有「僦屋龍山下，開軒對我吟」句。龍山，雞

　　春日，黃克晦來訪，[32]同過太平堤。黃有《春日同陳山人、李比部、黃參軍重過太平堤》詩一首：「湖上經過遍，重來興自賒。半堤入春水，數里出桃花。舉首憐山色，低頭惜草芽。誰言游客子，處處可忘家？」（《吾野詩集》卷三）

　　春末，又同焦竑、黃克晦、黃參軍同登東山，飲酒作詩。焦竑有《同徵士（指黃克晦）、李比部、黃參軍登東山，分得「公」字》詩一首：「共上高崗坐晚風，一尊今喜古人同。遙遙片月當杯落，點點飛花入座紅。劍去自驚千載合，詩成真覺四愁空。平生丘壑元吾事，小築東山不負公。」（焦竑《澹園集》卷四十一《七言律》）

　　臨別，黃克晦有《留別李宏甫比部四首》：

　　　一別五寒暑，相逢隔歲年。東風白門道，兩展亂山巔。愁盡深杯裡，心生短燭前。懷歸無日夜，分袂轉堪憐。
　　　君昔太行山，十年獨往還。風塵增卓犖，貧病任間關。劍許龍俱直，文欣雉有斑。白雲時自嘯，明月可能攀。
　　　郎署欣相見，分明異昔時。一心曾不著，萬事已無為。簷月閒閒去，山風步步吹。何言松柏性，只與雪霜宜。
　　　僦屋龍山下，開軒對我吟。江雲低夜半，花雨過春深。倚樹偏鄰玉，披裘豈愛金。平生離別淚，為我一沾襟。（《吾野詩集》卷三）

　　從這些詩中可以看出李贄的思想、生活以及他和黃克晦的交情。

　　籠山的別稱。重刊《江寧府志》卷六《山川》載：「雞籠山，在駐防城北，即鍾山之南麓也。一曰龍山。今曰廣龍山。」
32　隆慶五年，黃克晦到南京，時將返閩。黃克晦有《觀音閣送道南赴選，時余將歸溫陵》詩（見《吾野詩集》卷四），題中「道南」，即楊希淳，本年上京赴選。陳作霖《金陵通傳》卷十八《楊希淳傳》：「楊希淳，字道南，上元人……隆慶五年以補貢至京。」另《吾野詩集》卷三還有《寶光寺訪楊道南文學》二首，也可證明上引黃克晦詩題中的「道南」即楊道南。據此可推知本年春黃克晦在南京曾訪李贄。

曾偕陸仲崔訪時游南京的故人顏廷榘（字范卿，永春人，貢生，曾任九江通判，代理過建昌知府，後遷岷府長史）。顏廷榘有《李卓吾、陸仲崔二法曹枉顧，即席志言二首》：「幕府慚咨議，閉門鳥雀經。忽傳畫省（指尚書省）客，共指少微星。掃地高軒過，掛懷雙眼青。春蔬猶可供，不飲任同醒。」其二：「一從為吏隱，猶自揖將軍。豈期今夜月，覆誦往時文。驛路經三晉，征袍帶五音。那堪分手處，花落又紛紛。」（顏廷渠：《叢桂堂詩集》卷三）

初夏，首游招隱堂。有《初往招隱堂，堂在謝公墩下三首》。其二曰：「盡曰阿蘭若，吾生事若何！白雲留客易，黃髮閱人多。鳥為高飛倦。墩因向晚過。無邊苦作海，曷不念彌陀！」（《續焚書》卷五）

此次南來，李贄先後認識了南京戶部郎方沆、南京兵部車駕司主事管志道、新野令李登（1524-1609，字士龍，又字如真，上元人）、戶曹蕭良幹。友人方沆向李贄問學，應在本年。[33]

十一月已卯（廿一日），長甥蘇懋祺（　-1620，字子迪，號修翼，舉人，新河令）生。（泉州《燕支蘇氏族譜》卷四）

本年，泉州林、李宗人聯合祭掃並重修始祖睦齋公之墓，李贄為撰對聯一副：「九世同墳，歷代明禋光俎豆；一宗兩姓，熙朝文物誇李林。」[34]

---

33 據《莆田良志》卷二十二《人物志》載：「方沆，字子及……戊辰（隆慶二年）進士，為全州知府。因循良著聲，以轉餉功賜鏹（錢）。歷南戶、刑二部。……蚤歲避地昭（邵）武，師事吳國倫（1521-1593，字明卿，江西興國人，官至河南布政司右參政），詩日益工。後偕焦竑問學於李贄，訪羅汝芳於都門。」方沆隆慶二年任全州知州，以外官三年一升轉例之，任南京戶部職當在本年。

34 《曆年表》於隆慶五年辛未《大事紀》欄載：「是歲，老二房鳳臺公（八世孫李志輝）會族人百餘人祭始祖墳，並修葺。」李志輝在萬曆二十八年（1600）仲冬所寫的《諭族人盟約》中追述說：「睦齋公墓在泉州城北門外清源山麓土名老君室前右畔，墓坐癸向丁兼子午，……將以洪武十七年（1384）十一月初二日午時葬，旋因次房往籍南安三十都李姓，惟長房景文公子孫散居泉城新、車二橋林姓。茲二姓子

詩文編年

　　《初往招隱堂，堂在謝公墩下》三首：見《續焚書》卷五。疑寫於本年的初夏與暑夏。謝公墩，在今南京市。據光緒六年重刊《江寧府志》卷八《古跡》載：「謝公墩在冶城（在上元縣治西）之西。……世傳王右軍（羲之）與謝太傅（安）共登冶城。謝悠然遠想，有高世之意，故名。」詩中有「初夏日遲遲」和「暑病日相尋」句，可知寫於初夏與暑夏。而「黃髮閑人多」句，「黃髮」指老人。有辭官（「鳥為高飛倦」）向佛（「無邊苦作海，曷不念彌陀」）之意。

　　《贈周山人》一首：見《焚書》卷六，為送周山人赴黃梅而作（中有「即今欲上黃梅路」句），疑寫於本年前後。黃克晦有《送周山人文美之廣陵》詩一首。與李贄所說的周山人可能是同一人。

時事

- 三月庚午（初九日），巡撫浙江右副都御史熊汝達為南京刑部右侍郎，七月甲申（廿四日）改南京兵部。（談遷《國榷》卷六十七）己丑（廿八日），封俺答為順義王。（《明穆宗本紀》）
- 四月癸巳（初二日），以大理寺卿董傳策為南京大理寺卿。明年五月離任。（《明穆宗實錄》卷五十六、七十）
- 五月戊寅（十七日），首輔李春芳致仕，高拱繼任首輔兼吏部尚書。（《明穆宗本紀》、《明穆宗實錄》卷五十七）

孫去墳甚遠，致睦齋公墓蓁蕪滋茂，祭掃不以時。迨隆慶五年辛未，志輝會次房伯叔子侄虔備牲醴祭墓，請長、次二房子孫百餘人合祭掃享胙。旋有會奇梂兄共出銀修整睦齋公墳，有奇材、載贄撰墓碑文。……」（見南安《滎山李氏族譜》）李贄所撰對聯載泉州《李氏族譜》：「睦齋公，諱閎，字君甦號睦齋。……公姒合葬在泉州府晉江縣北門外三十九都清源山麓土名北山老君室前右畔。墓前有石柱一對，刻聯其上，係裔孫載贄書：『九世同墳，歷代明禋光俎豆；一宗兩姓，熙朝文物誇李林。』」（福建師範大學圖書館藏《李氏族譜》手抄本，頁14-15）又載泉州《清源林李宗譜》。（見泉州《李氏族譜》附）

- 六月甲辰（十四日），授河套部長吉能為都督同知。（《明穆宗本紀》）
- 八月壬辰（初三日），南京刑部尚書陳其學致仕；以提督兩廣右都御史兼兵部左侍郎李遷為南京刑部尚書。尋致仕。（談遷《國榷》卷六十七）
- 九月戊辰（初九日），以故禮部侍郎薛瑄從祀孔廟。戊寅（十九日），以周守愚為南京刑科給事中。辛巳（廿二日），廣東東莞人陳建進所輯《皇明資治通紀》，以「臧否時賢」、「縈惑眾聽」的罪名被焚禁。（《明穆宗實錄》卷六十一）這部明嘉靖以前的編年史觸及時弊，李贄十分讚賞，曾加以批點。
- 本月，開大同、宣府、山西三鎮貢市。自此北方「不用兵革者二十餘年」。（《明穆宗實錄》卷六十一，《明通鑑》卷六十五）
- 十月甲辰（十五日），刑部左侍郎王國光為南京刑部尚書。
- 甲寅（廿五日），巡撫雲南右副都御史曹三暘為南京刑部右侍郎。（談遷《國榷》卷六十七）
- 十一月己巳（十一日），禮部尚書武英殿大學士殷士儋致仕。
- 丁亥（廿九日），命兼兩廣總兵右都御史俞大猷僉書南京右軍都督府事。（《明穆宗實錄》卷六十三）
- 十二月庚寅（初二日），改南京刑部尚書王國光為戶部尚書，總督倉場。（同上卷六十四）
- 本年，歸有光（1506-　）卒，年六十六。（《明史》卷二八七本傳）

　　　　*　　　　　　　　　*　　　　　　　　　*

- 二月丙申（初四日），降山東按察司副使徐用檢為江西布政司左參議。（《明穆宗實錄》卷十四）
- 三月己卯（十八日），劉諧（號宏源，湖廣麻城人，選庶吉士，

改兵科給事中，外補福建按察司僉事，遷餘江知縣）、耿定力、
方揚、李登、管志道、蕭良幹、周良寅（字以衷，號豫州，福建
晉江人）中進士，楊希淳中貢士。（民國《麻城縣志前編》卷八
《選舉》，《安徽通志》卷一五六《選舉志》，《江寧府志》卷三十
七《科貢表》，《江南通志》卷一二三《選舉志》，焦竑《澹園
集》卷三十一《拙齋蕭公墓志銘》，《晉江縣志》卷三十《選舉
志》，《江寧府志》卷三十《科貢表》）管志道初選得南京兵部車
駕司主事。（焦竑《澹園續集》卷十四《廣東按察司僉事東溟管
公墓志銘》）

· 本年，羅汝芳葬母畢，周游天下，遍訪同志，大會南豐、廣昌、
韶州。由郴、桂下衡陽，會劉仁山書舍。（楊起元《羅近溪先生
墓志銘》）

隆慶六年壬申（1572）　　　　　　四十六歲

在南京刑部員外郎任上。秋前，耿定理（號楚倥）來南京，與李
贄、焦竑商討學問。[35]耿定向《觀生記》：

> 壬申，叔子（指耿定力）以差歸，從余偕子徵（周思久字）游
> 天臺（在黃安縣西北）。……白下儀部李正郎逢陽來訪。仲子
> （指耿定理）偕存甫（即吳少虞）附其舟南游。至白鹿洞（在
> 江西星子縣北廬山五老峰下，唐李渤隱讀於此，常畜白鹿自

---

35 耿定向《觀生紀》，記此事在秋梁汝元到黃安之前。又沈鈇《李卓吾傳》說：「天臺
耿定向督學南畿，以學倡。南畿士白下李士龍、焦竑其最著者。載贄日與定向、
焦、李闡明道學，窮晷繼夜，寢食靡輟也。」按，耿定向於隆慶二年九月予告在
家，四年以浮躁謫，除廣西南寧府橫州州判，五年引疾乞休，六年升浙江衢州府推
官，在李贄到南京前幾年，就已離開南京了。所謂「日與定向闡明道學」云云。顯
係誤傳。

娛，故名。有白鹿書院），遇大參徐魯源用檢，聯舟東下，與
商學甚契，歡若同胞，要至淮上。還，過金陵，與李宏甫、焦
弱侯輩商學。

李贄在《耿楚倥先生傳》中回憶他同耿定理初次會見的情況說：

> 歲壬申，楚倥游白下。余時懵然無知而好談說。先生默默無
> 言，但問余曰：「學貴自信，故曰吾斯之未能信。」又怕自
> 是，故又曰：「自以為是，不可與入堯、舜之道」。試看自信與
> 自是有何分別？余時驟然應之曰：「自以為是，故不可與入
> 堯、舜之道；不自以為是，亦不可與入堯、舜之道。」楚倥遂
> 大笑而別，蓋深喜余之終可入道也。余自是而後，思念楚倥不
> 置，又以未得見天臺為恨。(《焚書》卷四)

李、耿此次見面，遂成至交。

本年楊希淳（字道南）死[36]，周安出家為僧。應周安之請，焦竑
約李贄與南京兵部車駕司主事管志道等人送周安給雲松禪師披剃為弟
子，改法名定林。《焚書》卷三《定林庵記》：

> 夫定林，白下人也，自幼不茹葷血，又不娶，日隨其主周生赴
> 講，蓋當時所謂周安其人者也。余未嘗見周生，但見周安隨楊
> 君道南至京師。……後二年，余來金陵，獲接周安，而道南又

36　陳作霖《金陵通傳》卷十八《楊希淳傳》：「楊希淳，字道南，上元人……隆慶五年
　　以補貢至京……歸逾年病，自知死期，預為墓志曰：『我固無求者，何必死後求人
　　耶！』卒年四十二。」時李逢陽（1529-　）亦卒。明王兆雲《詞林人物考》卷十一
　　《李維明、楊道南傳》：「李以隆慶戊辰（二年）進士，官至禮部祠祭員外郎。過
　　家，值道南病瘵，維明周旋藥餌。或以瘵善染，觸宜少避。維明曰：『審若此，即
　　與道南同游亦快矣。』楊卒宋浹旬，李亦病，竟不起。李得年四十四，楊得年四十
　　二。李無後，楊僅一子，近亦夭。」

不幸早死。周安因白弱侯曰：「吾欲為僧。夫吾迄歲山寺，只
多此數莖髮，不剃為何？」弱侯無以應，遂約余及管東溟（志
道）諸公，送周安於雲松禪師披剃為弟子，改法名曰定林。

　　陳作霖《金陵通傳》卷十八《楊希淳傳》附《周安傳》亦記其
事：「楊希淳有僕周安，江寧人。初為周生所役。生從諸儒講說，安
時時竊聽，拱身而立，不欹不倦。生物故，乃事希淳講學破寺中，心
地益開。希淳卒後，投雪松和尚為弟子，改名定林。創牛首華嚴閣，
焦竑為作記焉。」

　　本年羅汝芳起復，任山東東昌府知府。（楊起元《羅近溪先生墓
志銘》）李贄在留都與羅汝芳會面，殆在此時。《焚書》卷三《羅近溪
先生告文》：「我於南都得見……羅先生者一。」[37] 羅汝芳是泰州學派
顏山農的學生，主張用「赤子之心，不學不慮」的方法去致良知，是
王陽明學派中最近禪宗的一派。李贄尊敬羅汝芳，羅逝世後，李贄曾
為文悼念。

時事

- 正月丁丑（廿日），升南京都察院右都御史謝登之為南京刑部尚
  書。萬曆二年六月改戶部尚書。（《明穆宗實錄》卷六十五，《明
  神宗實錄》卷二十六）
- 三月乙巳（廿日），禮部尚書兼翰林院學士潘晟致仕。（《明穆宗
  實錄》卷六十八）
- 四月戊辰（十三日），通政使王正國為南京刑部右侍郎。（談遷

---

37 《壇經真詮》記李贄與羅汝芳一次論學的情況：「一夕，卓吾公論西方淨土甚詳。
　師（指羅汝芳）笑曰：『南方、北方、東方獨無淨土耶？』卓吾默默，眾亦默默。
　久之，寂無嘩者。師曰：『即此便是淨土，諸君信及否？』有頃，卓老徐曰：『不佞
　終當披剃。』」（見江燦騰《李卓吾的生平與佛教思想》，文載《中華佛學學報》第
　二期）

《國榷》卷六十七）禮部尚書高儀兼文淵閣大學士，預機務。六月丁丑（廿三日）卒。（《明穆宗本紀》，《明史》卷二十《神宗本紀一》，下簡稱《明神宗本紀一》）

· 五月己酉（廿五日），穆宗病危，召大學士高拱、張居正、高儀受遺詔輔政。庚戌（廿六日），卒，年三十有六。六月甲子（初十日），朱翊鈞立，是為神宗（時年十歲），改明年為萬曆元年。（《明穆宗本紀》，《明神宗本紀一》）

· 六月庚午（十六日），首輔高拱罷，張居正為首輔。壬午（廿八日），以禮部尚書呂調陽兼文淵閣大學士。預機務。（《明通鑑》卷六十五）

· 七月甲申朔，起譚綸為兵部尚書。（《明神宗實錄》卷三）從張居正議，下詔考察百官。（《明神宗本紀一》，《明神宗實錄》卷三）

　　　　　*　　　　　　　　　*　　　　　　　　　*

· 閏二月丁卯（十一日），升福建按察司僉事顧養謙為廣東按察司僉事。（《明穆宗實錄》卷六十七）
· 秋，何心隱到黃安，訪耿定向兄弟。（耿定向《觀生紀》）

明神宗萬曆元年癸酉（1573）　　　　四十七歲

　　在南京刑部部員外郎任上。秋杪，王畿（龍溪）到全椒（屬安徽省），過留都。[38]李贄在南京見過王畿兩次當在本年。《焚書》卷四

---

38 王畿門人《南游會記》：「萬曆癸酉，閟卿漸庵李子（世達）、五臺陸子（光祖）緘詞具舟迎先生為南滁之會。既而學院虬峰謝子使命方至，期會於留都。先生乃以秋杪發錢塘，達京口，適冢宰元洲張子北上，泊舟江壖，過訪舟中。……翼日，走全椒，訪南玄戚子之廬，諸友數十人迎會於南譙書院。……漸庵李子、五臺陸子偕同志百餘人謁先師新祠，即會於祠中。」（《龍溪先生全集》卷七《語錄》）

《羅近溪先生告文》:「我於留都得見王先生（即王畿）者再，羅先生者一。自是無歲不讀二先生之書，無口不談二先生之腹。」

　　十二月甲子（十八日），次甥蘇懋祉（　-1614，字子介，號碩園，仕至歙縣令）生。（泉州《燕支蘇氏族譜》卷四）

時事

- 九月丙申（十九日），召總督宣、大王崇古為兵部尚書，協理京營戎政。己亥（廿二日），兵部侍郎方逢時總督宣、大、山西軍務。(《明神宗實錄》卷十七）

- 十月辛亥（初四日），升應天府府尹陶承學（望齡父）為南京大理寺卿。三年五月，升為大理寺卿。(《明神宗實錄》卷十八、三十八）

- 本年，姚安倮族鐵索箐羅思等叛亂。(《明史》卷一二六《沐英傳》）於姚安置巡守道。(《姚安縣志》卷二十二《大事志》）

　　　　　＊　　　　　　　　　＊　　　　　　　　　＊

- 正月，升揚州府推官駱向禮為南京工部主事，次年轉南京兵部郎中。(駱問禮《萬一樓外集》卷三《密記》）

- 八月，「陶望齡（號石簣）與兄德望舉於南都。」（徐開任《明名臣言行錄》卷七十三《祭酒陶文簡公望齡》）沈鈇考取舉人。（《福建通志》卷三十三《選舉志》）

- 九月戊寅朔，升工部屯田司主事耿定向為尚寶司司丞。(《明神宗實錄》卷十六）

- 十月己巳（廿二日），升山東東昌府知府羅汝芳為雲南副使。（《明神宗實錄》卷十八）

萬曆二年甲戌（1574）　　　　　　四十八歲

　　在南京刑部員外郎任上。潘士藻（字去華，號雪松）、祝世祿過留都訪李贄。[39]

　　潘士藻自述向初李贄問學的情況：「初謁卓吾質所見，一切掃之。他曰，友人發『四勿』之旨，卓吾曰：『只此便是非禮之言。』當時心殊不服，後乃知學者非用倒藏法，盡將宿聞宿見平生深閉牢據者痛加割削，不留一些骨髓裡作梗，殊未可與語。」（黃宗羲《明儒學案》卷三十五《尚寶潘雪松先生士藻》）

　　祝世祿談李贄：「予往以南宮之役，偕潘去華過留都。於時先生居比部（刑部）。先生自托無為人也，惟知有性命之學而已。」（《李氏藏書序》，見《藏書》卷首）

　　與焦竑刻行《太上感應篇》。李贄《因果錄序》自述刻行的動機：「釋氏因果之說，即儒者感應之說。余在白下時，聞嘉樂（今浙江嘉興縣）有慕空居士者，道是《太上感應篇》最膚淺，故與一二同志遂梓而序之，以見其最不膚淺也。」（見《因果錄》卷首）《感應篇序》云：

> 天下之理，感應而已。感則必應，應復必感，儒者蓋極言之。且夫上帝何常之有？作善降之百福，作不善降之百殃。故曰：「獲罪於天，無所禱也！」天人感應之理，示人顯矣。……如

---

39 李贄於萬曆二十三年所寫的《闇然堂類纂引》中曾說：「余之別潘氏二十有二年矣。」如頭尾計算在內，則潘士藻初到南京見李贄當在本年。焦竑《雪松潘君墓志銘》：「自吾師天臺先生倡道東南，海內士雲附景從。其最知名者，有燕陰之王德孺，芝城之祝無功，與新安之二潘（指潘士藻、潘朝言）。當是時，自天臺教外旁出一枝，則有溫陵李宏甫。去華並師而嚴事之。」今春，耿定向奉命冊封魯府乘便歸里，潘士藻曾前去拜訪。潘士藻《闇然堂遺集》卷五《奉吳韞庵廉憲》：「憶昔甲戌春，始游天臺先生之門。」他過南京訪李贄，當在此時。

感應之理為誣，聖人何用諄諄焉明五福以勸之，而為是斷然必
得之語哉？是篇言簡旨嚴，易讀易曉，是以破小人行險僥倖之
心，以陰助刑賞之不及。……。（《因果錄序》引）

春夏間，王襞（號東厓）到南京主持講會。[40]李贄似與王襞見過
面。

王襞是泰州學派創始人王艮的仲子，九歲隨父到會稽，每遇講
會，輒以童子歌詩，聲中金石，引起王守仁的注意。王守仁叫他從王
畿和錢緒山學，先後在越中近二十年。王艮死後，他繼承講席，宣傳
泰州學派的思想觀點。李贄稱王襞為師，表示自己是陽明學派的嫡傳
弟子。《續藏書》卷二十一《侍郎儲（瓘）文懿公》後論中說：「心齋
之子東厓公，贄之師。東厓之學雖出自庭訓，然心齋先生在日，親遣
之事龍溪於越東，與龍溪之友月泉老衲（天池僧）矣，所得更深邃
也。東厓幼時，親見陽明。」

泰州學派對李贄的影響可從以下兩點看出：其一，王艮說過：
「聖人之道，無異於百姓日用。凡有異者，皆謂之異端。」（袁承業
輯《王心齋先生遺集》卷一《語錄》）李贄發揮這一觀點，提出：「穿
衣吃飯，即是人倫物理；除卻穿衣吃飯，無倫物矣。世間種種皆衣與
飯類耳，故舉衣與飯而世間種種自然在其中，非衣食之外更有所謂種
種絕與百姓不同者也。」（《焚書》卷一《與鄧石陽》）其二，王艮提

---

40 《王東厓年譜紀略》：「萬曆二年甲戌，先生六十四。耿公定向遷南京戶部尚書（按，
　耿遷南京戶部尚書事在萬曆十七年，此誤），聘先生主會金陵，發明《大學》格物
　宗旨。」（《明儒王東厓先生集》卷首，袁承業排印本《明儒王心齋先生集》附本）
　按，據耿定向《觀生紀》載：「萬曆二年甲戌……春，奉命魯府冊封，過沛……還
　過維揚，焦竑偕王東厓迎之真州（今江蘇儀徵）。東厓為余述其父……與商切逾數
　宿而別。」時耿定向為尚寶司丞，不在南京，並無聘主金陵講會之舉。王襞本年到
　南京講學一事容或有之，但說受聘主持金陵講會，恐是東厓子孫的誇大之詞。《紀
　略》未說王東厓被聘主持金陵講會的具體時間。譜文說「春夏間」，係根據耿定向
　的《觀生紀》推定的。

出「滿街皆聖人」，李贄認為「人人皆可以為堯舜」（《答耿司寇》），
「堯舜與途人一，聖人與凡人一」（《道古錄》第十一章）。

　　李贄極力推崇泰州學派。《焚書》卷二《為黃安二上人三首・大
孝》：

> 古人稱學道全要英靈漢子。……當時陽明先生門徒遍天下，獨
> 有心齋為最英靈。心齋本一灶丁也，目不識一丁，聞人讀書，
> 便自悟性，徑往江西見王都堂（指王守仁），欲與之辯質所
> 悟。此尚以朋友往也，後自知其不如，乃從而卒業焉。故心齋
> 亦得聞聖人之道，此其氣骨為何如者！心齋之後為徐波石
> （樾），為顏山農（鈞）。山農以布衣講學，雄視一世而遭誣
> 陷。波石以布政使請兵督戰而死廣南。雲龍風虎，各從其類，
> 然哉！蓋心齋真英雄，故其徒亦英雄也。波石之後為趙大洲
> （貞吉），大洲之後為鄧豁渠；山農之後為羅近溪（汝芳），為
> 何心隱（即梁汝元），心隱之後為錢懷蘇（同文），為程後臺
> （學顏）：一代高似一代。所謂大海不宿死屍，龍門不點破
> 額，豈不信乎！

　　但李贄與泰州學派，有不同之處。如王艮非常尊崇孔子，不僅在
講學中發揮孔子的學說，而且頭戴「五常冠」，手持寫著「非禮勿
視，非禮勿聽，非禮勿言，非禮勿動」的「四勿」笏板，傳道講學。
李贄則不以孔子是非為是非，反對講「四勿」之旨，他的《四勿說》
一文就是對提倡「四勿說」的批判。王艮到處教忠、教孝，李贄則認
為「夫孝弟忠信等豈待教之而能乎？」（《續焚書》卷一《與焦弱侯太
史》）王艮以道統的繼承者自居，李贄則反對儒家道統的存在。李贄
一面推崇泰州學派創始人王艮是「真英雄」，另方面卻批評說：「最高
之儒，徇名已矣，心齋老先生是也。一為名累，自入名網，決難得

脫，以此知學儒之可畏也。」（《續焚書》卷一《與焦猗園太史》）[41]

冬，李贄入黃安天中山，[42]會僧定林，從事著述。

---

[41] 顧炎武《朱子晚年定論》說：「王門高第為泰州（王艮）、龍溪（王畿）二人。泰州之學，一傳而為顏山農（鈞），再傳而為羅近溪（汝芳）、趙大洲（貞吉）。龍溪之學，一傳而為何心隱（梁汝元），再傳而為李卓吾、陶石簣（望齡）。」（《日知錄》卷十八）這種看法與李贄所述有異。李贄亦未將自己列為泰州學派之一員。

[42] 鈴木虎雄《李卓吾年譜》根據《定林庵記》及《覆顧沖庵翁書》推定天中山在河南汝寧府，李贄入天中山在萬曆四年丙子。他說：「本年（指萬曆四年丙子）疑居天中山。（天中山在河南汝寧府城北三里，亦稱天臺山。）」按這兩種說法都不可信。《河南通志》卷十四《山川上》載：「天中山，在汝寧府城北三里，一名天臺山，高丈餘，自古考日影，測分數莫正於此。」這裡不但山低，而且也沒有寺院、山居或流寓的記載。

據萬曆九年和十年李贄初從雲南辭官寓湖北黃安時給焦竑的兩封信逆推，李贄今冬入山，是入黃安的天中山。《李氏遺書》卷一《與焦弱侯（二）》說：「僕初夏到此」、「蓋定林初與僕會於此」，「此」何所指？《焚書》卷三《定林庵記》說定林死於天中山：

「余不出山久矣。萬曆戊戌（二十六年，1598），從焦弱侯至白下，詣定林庵。……定林創庵甫成，即捨去之牛首，復創大華嚴閣……閣甫成，又捨去之楚，訪余於天中山（按，事在萬曆十二年八月），遂化於天中山，塔於天中山。」

耿定向《耿天臺先生文集》卷十六《赤腳僧傳》說到定林死於天窩山：「留都有僧曰定林，時服役焦弱侯館為都役（造飯者），聞風來歸。余疑其避勞取佚而背主也，督過之，叱遣還；還而募貲累千金，建華嚴閣於牛頭山。工甫訖，輒棄之。後來與居，竟死於天窩山中。」由此可知，李贄所說的天中山即天窩山。天窩山在黃安縣南二十里，原名五雲山，因有天窩勝境，故稱天窩山。據同治《黃安縣志》載：「五雲山距邑二十里……為八景之一，由嶺而北，即為天窩勝境。」《湖北通志》卷七《與地志·山川三·黃安五雲山》也載：「五雲山舊名五名山，在縣南二十里。其陰列山如屏，其陽凹嵌如屋。迤而西有峰如蓋，群山合沓，狀如窩然，因名天窩。林泉木石最為幽勝，中有腴田十餘畝，內隆冬不寒，盛夏不暑。……西有仰天窩最險絕。」「天中山」是李贄的習稱，在《焚書》、《續焚書》中凡六見，「天窩」凡三見。

上述材料證明，李贄與定林初會的地點就是黃安天中山。上述李贄《與焦弱侯》信中說的耿子健，是耿定向、耿定理的弟弟，今年自京「歸」里，在京的焦竑託他順便帶物捎信給在黃安天中山著書立說的李贄，這乃是十分自然的事。李贄回信說「豈以今日入山之深而故喜談樂道之哉」。按黃安天中山離南京陸路八百多里，水路一千三百多，可以算得上是「入山之深」。由此也可以證明，《與焦弱侯》一信寫於黃安天中山的時間是萬曆二年。理由如次：

時焦竑在北京，一怕李贄觸及時弊，便託自京歸里的耿定力帶一信勸李贄「勿談世事」。李贄覆信辯白：

> 耿子健歸，承教言足矣，乃有許多物，不大為寒士費乎！中間

萬曆二年，李贄在南京刻行蘇轍的《老子解》，並寫了一篇《子由解老序》，該序收入《焚書》卷三，又收入焦竑的《老子翼》卷七。焦書收的這篇序，其前有「李宏甫刻子由解老於金陵」，其後有「萬曆二年冬十二月二十日宏甫題」等字樣。焦竑在附記中說：「李宏甫先生既刻子由《老子解》，逾年復自著《解老》二卷。」（以上文字收入《焚書》時悉被刪去。）焦竑說《解老》二卷著於「既刻子由《老子解》」的「逾年」即指萬曆三年，而此書的前一卷是在前一年亦即萬曆二年的嚴冬裡「呵凍」寫成的。上述《與焦弱侯》：「入九以後……呵凍作《解老》一卷」。由此可知，焦竑所說的「逾年復自著《解老》二卷」，是據成書而言；實際情況是：萬曆二年冬寫成一卷，萬曆三年再續成一卷。這是十分清楚的。

另外，上述《與焦弱侯》信中還有一段話值得注意：「貫齋（楊道會號，晉江人）出京當已久，仲鶴（陸萬垓號）、乾齋（生平不詳），諸兄入觀，並一二會試同志再得相聚。草野之人懶散，不欲馳書京國，然此懷則嘗在左右也。」

這裡提到「朝觀」和「會試」兩件事。據《明史‧選舉志》載：「自弘治時定外官三年一朝觀，以辰、戌、丑、未歲，察曲隨之，謂之外察。」萬曆二年甲戌，正是外官入觀的年份。而明年為萬曆三年乙亥科會試期，一些省份的舉人都先期入京等候會試。收信人焦竑此時正在北京。這說明《與焦弱侯》和《解老》一卷都寫於萬曆二年冬，也證明當時李贄在黃安天中山。

李贄在南京刑部任職期間共有兩次離開南京，一為萬曆二年，一為萬曆三年（鈴木虎雄則認為只有萬曆四年一次），但只有萬曆二年冬這一次是入黃安天中山。《焚書》卷四《耿楚倥先生傳》：「歲壬申（隆慶六年，1572），楚倥（即耿定理）游白下（即南京），余時懵然無知而好談說。……余自是以後，思念楚倥不置，又以未得見天臺（耿定向號）為恨。丁丑（萬曆五年，1577），入滇，道經團風，遂捨舟登岸，直抵黃安見楚倥，並睹天臺。」

這段話說明在萬曆五年以前，李贄尚未和耿定向見過面。耿定向《觀生紀》載：「萬曆三年乙亥，我生五十二歲……五月，聞妣秦淑人（1503-　）訃，奔喪歸里。」「萬曆四年丙子，我生五十三歲，宅憂在里。」直到萬曆六年七月，耿定向才「服闋起，以原職提督軍務巡撫福建地方。……十月中，入閩受事」（同上）。試問，如果李贄入黃安天中山是在萬曆四年，他又如何能不到耿門行弔禮？又如何能不與守制在家的耿定向相見呢？由此可知，無論是萬曆三年還是四年，李贄都不曾入黃安天中山。而萬曆二年春，耿定向奉命冊封魯府，雖曾順便返里，但八月即升任尚寶司少卿赴京就任去了，故李贄於是年冬入黃安天中山時不與他相值。這也是確定李贄初入黃安天中山是在萬曆二年冬的另一點重要理由。

教勿談世事，此弟所素不知談者，不知兄何所聞而云爾也。
弟自弱冠糊口四方，靡日不逐時事奔走，方在事中猶如聾啞，
全不省視之矣，豈以今日入山之深而故喜談樂道之哉！……所
謂立言云者，不過一時憤激之詞，非弟事也，弟志也。……文
章鳴世與道德垂芳等，然眾生盡時則此名盡，大丈夫不願寢處
其中也。（《續焚書》卷一《與焦弱侯》）此時已寫有「《讀史》
數十篇」，自述讀史的態度：

山中寂寞無侶，時時取史冊披閱，得與其人會覿，亦自快樂，
非謂有志於博學宏詞科也。嘗謂載籍所稱，不但赫然可紀述於
後者是大聖人；縱遺臭萬年，絕無足錄，其精神巧思亦能令人
心羨。況真正聖賢，不免被人細摘；或以浮名傳頌，而其實索
然。自古至今多少冤屈，誰與辨雪！故讀史時真如與百千萬人
作對敵，一經對壘，自然獻俘授首，殊有絕致，未易告語。
（同上）

冬至後，寫成《老子解》（又稱《解老》）一卷。上述引《與焦弱
侯》：

入九以後（即十一月冬至以後），雪深數尺，不復親近冊子，
偶一閱子由《老子解》，乃知此君非深《老子》者，此老蓋真
未易知也。呵凍作《解老》一卷，七日而成帙，自謂莫逾。

李贄的《老子解》發揮了《老子》的一些積極的思想因素，對
「天地仁萬物」、「聖人仁萬民」的儒家觀點有所非議：

使天地而能仁萬物，則天地將誰與仁？使聖人而能仁萬民，則
聖人將誰與仁？不知橐籥之在天地間，雖天地聖人亦生死其中
而不自知也。虛中而善應，不可得而撓屈也；動之而屢出，不
可得而窮探也。雖有智者而欲以言窮之，胡可得耶？故知天地

與萬物同一中也。萬物無所求於天地，天地自不能施於萬物；聖人與萬民同一中也，聖人無容心於萬民，萬民亦自無藉於聖人，各守吾之中以待其自定而已矣。守之如何？曰：愚者得之，而智者昧焉；不仁者得之，而仁者反失之也。烏呼！是豈可以易言乎哉？（《老子解》上篇）

李贄對「聖人生成萬物」的說法持否定態度：

是謂聖人於此，無為而事治，不言而教行。何也？蓋聖人之於萬物，實未嘗為之、生之、作之也。故萬物并作，而不知遜讓以為美；并生，而不有其所以生我者；竭力以為之，而不恃其所以我者。若為萬物之自成，而非聖人之功也。（同上）

冬十二月，刻行蘇轍《老子解》。

詩文編年

《四勿說》：見《焚書》卷三。約寫於本年。這是針對「友人發『四勿』之旨」而寫的一篇論文。

《與焦弱侯》：見《續焚書》卷一。本年十一月冬至後寫於黃安天中山。中有「耿子健歸」和「豈以今日入山之深而故喜談樂道之哉」及「入九以後……呵凍作《解老》一卷」等語可證。

《讀史》數十篇：《續藏書》卷一《與焦弱侯》信中曾提此，寫於本年或稍前。今《焚書》卷五《讀史》，自《曹公二首》至《思歸賦》共十七篇（即《曹公》、《楊修》、《反騷》、《史記屈原》、《漁父》、《招魂》、《誡子詩》、《非有先生論》、《子虛》、《賈誼》、《晁錯》、《絕交書》、《養生論》、《琴賦》、《幽憤詩》、《酒德頌》、《思歸賦》），當是「《讀史》數十篇」中的一部分，尚待進一步考證。《琴賦》對「琴」的命名之由提出與班固完全不同的觀點，云：「《白虎

通》曰：『琴者禁也。禁人邪惡，歸於正道，故謂之琴。』余謂琴者心也，琴者吟也，所以吟其心也。人知口之吟，不知手之吟；知口之有聲，而不知手亦有聲也。」

《子由解老序》：見《焚書》卷三。約寫於本年春。焦竑《老子翼》卷七收有此文，前有「李宏甫刻子由《解老》於金陵」、後有「萬曆二年冬十二月二十日宏甫題」等語，這是刻子由《解老》時的題詞。

《太上感應篇序》：見《因果錄》卷首（《因果錄序》全引此文）。寫於南京刑部任職期間。李贄《選錄暌車志序》：「余自在秣陵時與焦竑同梓《感應篇》，後隱於龍湖，復輯《因果錄》。」（《續焚書》卷二）「在秣陵時」，即指在南京刑部任職期間。

時事

- 三月庚辰（初五日），南京刑部右侍郎曹三暘為南京戶部右侍郎，提督糧儲。癸未（初八日），前兵部左侍郎翁大立為南京刑部右侍郎。三年二月離任。（談遷《國榷》卷六十九）
- 四月乙卯（十一日），許刑部司官司講《大明律》仍堂官試。（談遷《國榷》卷六十九））丙寅（廿二日），詔內外官行久任之法。（《神宗本紀一》）
- 六月戊申（初五），南京刑部尚書謝登之改戶部尚書，總督倉場。辛未（廿八日）起原任南京工部尚書林雲同（福建莆田人）為南京刑部尚書，次年六月致仕。（《明世宗實錄》卷二十六、三十九）
- 十月丁卯（廿六日），王守仁弟子錢德洪（1496-　　，號緒山）卒，年七十九。（黃宗羲《明儒學案》卷十一《員外錢緒山先生德洪》）
- 十二月乙丑（廿五日），升鳳陽巡撫王宗沐（時槐）為南京刑部

右侍郎。次年六月升為工部左侍郎。(《明世宗實錄》卷三十二、三十九)

＊　　　　　　　　＊　　　　　　　　＊

・正月壬寅（廿六日），升江西參議徐用檢為江西副使，分巡嶺北。(光緒六年重修《江西通志》卷十三《職官表》,《明神宗實錄》卷二十一)

・三月，唐伯元（字仁卿，號曙臺，廣東澄海人）、沈鈇、李多見（字子行，福建仙游人）考取進士。(《明史》卷二八三《唐伯元傳》,康熙辛未《詔安縣志》卷十《選舉志》,《莆田縣志》卷十三《選舉》)

・八月，吳自新（字伯恆）自南京赴任杭州知府。(《杭州府志》卷一○○《職官二》)焦竑有《送吳伯恆太守之杭州》二首。其二有「秣陵人去碧雲遙」和「八月寒江急暮潮」句。

・馮夢龍（　-1646，字猶龍，江蘇吳縣人，文學家、戲曲家）生。(見《辭海》馮夢龍條)

萬曆三年乙亥（1575）　　　　　　　四十九歲

　　春，李贄離開天中山，與定林前往安徽泗州。[43]《焚書》卷六《士龍攜二孫同弱侯過余解粽》追述說：「我本老而好學，故隨真人東行。……」(其三)、「泗州說有大聖，金陵亦有元誠。……」(其四)。

　　在泗州瞻禮泗州大聖——唐高僧僧伽大師，然後回南京。游掛劍臺（在泗縣北），有《掛劍臺》詩一首：「丈夫未許輕然諾，何況心中已許之。一死一生交乃見，千金只得掛松枝。」(《續焚書》卷五)

43　「真人」，指僧定林，「東行」，因泗州在天中山之東，故云。《掛劍臺》詩，證明李贄到過泗州。

在南京，續成《老子解》二卷。李贄進一步提出「庶人非下，侯王非高」的論斷：

> 侯王不知致一之道與庶人同等，故不免以貴自高。高者必蹶，下其基也；貴者必蹶，賤其本也。何也？致一之理：庶人非下，侯王非高。在庶人可言貴，在侯王可言賤，特未知之耳。（《老子解》下篇）

本年六月，道學家趙錦任南京刑部尚書，李贄跟他不合。《焚書》卷四《豫約·感慨平生》：

> 最苦者為員外郎，不得尚書謝（即謝登之，隆慶六年至萬曆二年任南京刑部尚書）、大理卿董（即董傳策，隆慶五至六年任南京大理寺卿）并汪（即汪宗伊，萬曆三至四年任南京大理寺卿）意。謝無足言矣！汪與董皆正人[44]，不宜與余觸，然彼二人者皆急功名，清白未能過人，而自賢則十倍矣，予安得免觸耶？又最苦而遇尚書趙（即趙錦，萬曆三至五年任南京刑部尚書），趙於道學有名，孰知道學有名而我之觸益甚也。[45]

冬，離開南京，疑往杭州。[46]

---

44 據《明史》卷一九八《汪文盛傳》載：汪宗伊為兵部郎中時，「楊繼盛劾嚴嵩及其孫鵠冒功事，宗伊議不撓。忤嵩，自免歸」。又據《明史》卷二一○《董傳策傳》載，嘉靖三十七年董抗疏劾大學士嚴嵩「稔惡誤國」六大罪狀，被下詔獄，謫戍南寧。李贄譽汪、董為「正人」，殆出於此。

45 趙錦是個有名的道學家。他「始忤嚴嵩（事在嘉靖三十二年，是年元旦日食，錦認為權奸亂政之應，疏劾嚴嵩罪），得重禍（下詔獄拷訊，斥為民），及之官貴州，道嵩里，見嵩葬路旁，惻然憫之，屬有司護視。」（《明史》卷二一○本傳）後來因反對張居正而以「講學談禪，妄議朝政」被罷過官。

46 《除夕李士龍至得吾字》詩有「故人來白下」句，故此知李贄除夕不在南京。時友吳自新來任杭州知府，疑李贄乘公事之暇於年底到杭州一訪並在此過年。李贄後來在《李見田邀游東湖二律》（其一）中曾回憶說：「不到西湖已十秋，興來涉越便杭

　　除夕，李士龍自南京來。有《除夕李士龍至，得『吾』字》詩：
「百年今過半，[47]除夕豈堪吾！不盡平生事，相逢有酒無？歲去天將
暮，燈明興不孤。故人來白下，為我話東吳。」

詩文編年

　　《掛劍臺》一首：見《續焚書》卷五。本年春寫於安徽泗州（今
泗縣）。

　　《老子解》（又名《解老》）二卷：收入《李卓吾遺書》時分為上
下兩篇。本年續成一卷（另一卷寫成於去冬）。按，焦竑於萬曆十五
年丁亥所著《老子翼》一書對李贄《老子解》曾有部分摘錄。

　　《除夕李士龍至，得『吾』字》一首：見《續焚書》卷五。寫於
本年除夕，地點疑在杭州。詩中「百年今過半」句，可證為本年之
作。而「相逢」語和「故人來白下，為我話東吳」句，說明本年除夕
李贄不在南京，他和李登是異地「相逢」。

時事

- 五月，張居正上《請申舊章飭學政以振興人才疏》，斥游談之士。
　（谷應泰《明史記事本末》卷六十一，《張文忠公全集》卷四）
- 六月，張居正命令各省巡撫及巡按御史，對於官吏賢否，一律薦
　劾，不得偏重甲科。（《明神宗實錄》卷三十九，《明通鑑》卷六
　十六）

州。」（《續焚書》卷五）這證明李贄曾經到過杭州，游過西湖。而今年或許當是首
游。因材料不足，只好存疑。

47 「百年今過半」，一指五十歲。范成大《乙未元日用前韻書懷，今年五十矣》七律的
　前四句：「浮生四十九俱非，樓上行藏與願違。縱有百年今過半，別無三策但當歸。」
　（范成大《范石湖集》卷十四）此處「百年今過半」當指李贄四十九歲這一年的除
　夕而言。「故人」指李登（字士龍，白下上元人），今年新罷河南新野令（見《江南
　通志》卷一六三《儒林》），而明年即赴任江西崇仁教諭去了，不大可能來訪。

- 六月己巳（初二日），升應天府尹汪宗伊為南京大理寺卿，四年二月離任。（《明神宗實錄》卷三十九、四十七）辛卯（廿四日），升南京右副都御史趙錦為南京刑部尚書，五年十二月離任。（同上卷三十九、七十）

- 夏，南京戶部給事中余懋學以時方憂旱，而居正顧獻頌，抗疏論之，被斥為民，永不錄用。（《明通鑑》卷六十六，《明史》卷二三五《余懋學傳》）

- 八月丙子（十一日），禮部侍郎張四維為禮部尚書兼東閣大學士，預機務。（《明神宗本紀一》）

*　　　　　　　　　*　　　　　　　　　*

- 三月癸丑（初三日），耿定向為太僕寺少卿，尋升都察院右僉都御史，協理院事。五日，聞母秦淑人訃，奔喪歸里。（耿定向《觀生紀》）

- 十一月戊戌（初四日），授庶吉士劉諧為兵科給事中。（《明神宗實錄》卷四十四）

- 本年，南京刑部郎中林雲程（福建晉江人）左遷南通州知州，凡三載。（寧波天一閣藏明萬曆劇本《通州志》卷一《秩官表》，一九六三年九月，上海古籍書店影印）

萬曆四年丙子（1576）　　　　　　　　　五十歲

李贄任南京刑部郎中。[48]

---

48 李贄任南京刑部郎中的具體時間，史傳無明確記載，現據郎中任滿一年稱「尚書郎」推之，李贄任郎中約在本年，因明年他即出任姚安知府了。關於「尚書郎」的稱呼，見顧養謙《贈姚安守溫陵李先生致仕去滇序》和耿定力《誥封宜人黃氏墓表》。參看隆慶四年的譜文及附錄。

　　端午，李登攜二孫與焦竑來訪。有《士龍攜二孫同弱侯過余解粽》詩四首。其四追述了去春到泗州瞻仰僧伽大師的動機，表示了對倡言「舉頭迎白刃，一似斬春風」的劉元城的敬仰。

　　李贄對五十歲的人生作了一個深刻的回顧。《續焚書》卷二《聖教小引》：

> 余自幼讀聖教而不知聖教，尊孔子而不知孔子何自可尊，所謂矮子觀場，隨人說研（同妍），和聲而已。是余五十以前真一犬也，因前犬吠形，亦隨而吠之，若問以吠聲之故，正好啞然自笑也已。五十以後，大衰欲死，因得友朋勸誨，翻閱貝經，幸於生死之原窺見斑點。

　　可見五十歲是李贄一生的重要轉折點。此後佛教對他的影響愈來愈深，他曾寫下不少宣揚佛教教義的文章，也利用佛學理論如佛教的眾生平等、人人成佛的思想等來對儒學進行批判。後來他在滇中「以禪理為吏治」（祝世祿《與游麻城朋孚》）。馬經綸曾說：「李卓吾識見超越，學問弘博，而奉佛疏佛，當今不可無此人。」（《馬文公集》卷二《語錄》）

詩文編年

　　《士龍攜二孫同弱侯過余解粽》四首：見《焚書》卷六。本年端午寫於南京。中有「解粽正思端午」句。李士龍二孫，陳作霖《金陵通傳》卷十八《李登傳》：「其孫克愛，字盧雲，以孝友著，與弟盧舟卜居長干之西，俱工詩。」

時事

・正月丁巳（廿三日），遼東巡按御史劉臺上疏彈劾張居正「擅作威福」，被削職為民。（《明神宗實錄》卷四十六）

- 三月戊申（十五日），趙貞吉（1508-　　，諡文肅）卒，年六十九。（黃宗羲《明儒學案》卷三十二，李贄《續藏書》卷十二《少保趙文肅公》）（按，趙的卒年，《明史》本傳及《明通鑑》卷六十七係在「萬曆十年」。）貞吉之學，「李贄謂其得之徐波石（樾）。」李贄後來曾批點他的著作，有《李卓吾批點趙文肅公集》。
- 六月己巳（初八日），南京大理寺卿嚴清為大理寺卿。（談遷《國榷》卷六十九）

　　　　　　＊　　　　　　　　　　＊　　　　　　　　　　＊

- 正月，羅汝芳署雲南提學事。二月，轉布政使司左參政。（楊起元《羅近溪先生墓志銘》）
- 本年，緬大舉攻迤西（孟養的俗名），副使羅汝芳遣兵援之，大破其眾。（民國《新纂雲南通志》卷五《大事記五》）
- 李贄族兄林奇材任戶部員外郎。（《萬曆表》）
- 李登任江西撫州府崇仁縣教諭。（光緒六年重修《江西通志》卷一三〇《宦績錄》）
- 湯顯祖游南京國子監。夏，讀釋典於南京報恩寺（舊名長干寺）。（徐朔方箋校《湯顯祖詩文集》卷三十二《蜀大藏經敘》箋注）李贄初與湯顯祖游當在本年。

萬曆五年丁丑（1577）　　　　　　　　五十一歲

由南京刑部郎中出任雲南姚安府知府。[49]

---

49 李贄出任知府的地點和時間各書記載互有出入。如沈鈇《李卓吾傳》、袁中道《李溫陵傳》、何喬遠《李贄傳》和《福建通志》、《泉州府志》、《晉江縣志》及《曆年表》等都清楚地記載李贄只任過姚安府知府。但有些傳記和文章卻說李贄任過「饒

　　臨行，把書籍古硯等寄存在虛谷（即夏雲峰，夏道甫之叔，舊游耿定向之門）家。（《續焚書》卷一《與焦弱侯》）焦竑寫《送李比部》詩送別：

> 昔我從結髮，翩翩恣狂馳。凌屬問學場，志意縱橫飛。慷慨思古人，自謂不足為。世俗薄朱顏，容華翻見嗤。中原一顧盼，千載成相知。相知今古難，千秋一嘉遇。而我狂簡姿，得蒙英達願。肝膽一以披，形跡非所驚。嫵婉四載餘，昕夕長歡聚。歡聚從今日，交誼跂前賢。況君秉淵尚，矢志羲皇前。順性奚矯跡，得道乃忘筌。慚予非鍾期，何以發清弦。清弦中座興，音徽振蒙鄙。泠泠曲方調，弦絕自今始。山川一間之，相去忽千里。念我平生歡，繾綣不能已。繾綣無終極，行役自有期。君子善尺蠖，大道固委蛇。所貴志有行，豈云絆塵羈。行行善自愛，無為怨天涯。（《澹園集》卷三十七）

黃克晦有《聞李比部宏甫出守姚安寄詩以別》：

> 朝日出東海，殘雪明階墀。聞君分半竹，出守西南陲。君當遠行邁，相見未有期。長江入南楚，絕徼經羅施。道塗豈不惡，

州太守」、「姚江知府」、「武定太守」。如蔣以化《西臺漫記》卷二《紀李卓吾》說：「李贄號卓吾，閩人也，以科（第）起家，官饒州太守。」陳繼儒《國朝名公詩選》卷六《李贄》說：「贄字宏父，號卓吾，福建人，官姚江知府。」查繼佐《罪惟錄》卷十八《李贄》說：「李贄初名載贄……久不第，就官，歷姚江太守」。周應賓《識小篇·內篇》說：「李卓吾名贄，福建晉江人也，舉進士（按，誤）。歷官武定太守，罷官（按，誤）。」蔣、陳、查、周均誤。

李贄始任姚安知府的時間，依他自己說是「丁丑入滇」，「丁丑」即萬曆五年。道光《雲南通志》卷一三〇、《姚州志》卷五、民國戊子秋《姚安縣志》卷二十五、高𧏿映《雞足山志》卷六本傳和《官師》表也說：「萬曆五年知姚安府」或「五年任」。但同版的《姚安縣志》卷二十九本傳卻說：「李載贄……萬曆六年任姚安府知府。」自應以萬曆五年為是。李贄《答何克齋尚書》曾說：「五十而至滇。」「五十」是舉成數而言。

林箐猴猿悲。自古漢吏尊，負弩競前馳。學道日已深，政化今在茲。(《吾野詩集》卷一)

春入滇。途中到黃安見耿定理，並留其女與女婿莊純夫於黃安，住在耿家的五柳別墅。清同治版《黃安縣志》卷十《僑寓》:「李卓吾……仕為姚安太守。將之任，路過團風(在湖北黃岡縣北五十里)，紆道過楚倥，因謁耿恭簡(耿定向諡)，深投契合，遂有寓安之意。以其婿及女僑居於耿氏之五柳別墅。與楚倥約曰:『待吾三年滿，收拾得正四品祿俸歸來為居食計，即與先生同登斯岸矣。』」

《焚書》卷四《耿楚倥先生傳》自述:

> 丁丑入滇，道經團風，遂捨舟登岸，直抵黃安見楚倥，並睹天臺，便有棄官留住之意。楚倥見余蕭然，勸余復入。余乃留吾女并吾婿莊純夫於黃安，而因與之約曰:「待吾三年滿，收拾得正四品祿俸歸來為居食計，即與先生同登斯岸矣。」

李贄本想隻身入滇，但其妻黃氏強要同行。顧養謙《贈姚安守溫陵李先生致仕去滇序》(下簡稱《送行序》):

> 初先生以南京刑部尚書郎來守姚安，難萬里，不欲攜其家，其室人強從之。蓋先生居常游，每適意輒留，不肯歸，故其室人患之，而強與偕行至姚安。(《焚書》卷二《又書使通州詩後》附)

在貴州境內的龍里驛[50]遇見入京進表的雲南左參政羅汝芳。《焚

---

50 龍里在今貴陽市東南，為古代入滇中路的重要驛站之一，據民國《新纂雲南通志》卷五十六《交通考》載:「由北京皇華驛起，取道直隸、河南、湖北、湖南、貴州各驛站而達雲南。初在河南與湖北分驛。取西道者，經南陽、襄陽、荊州、公安、澧縣而至洞庭湖西之常德、桃源。自此取南道，經沅陵、辰溪、芷江、溯鎮陽江，經玉屏、清溪至鎮遠，經施秉、黃平、重安、爐山、貴定、龍里而至貴陽省

書》卷三《羅近溪先生告文》：「及入滇，復於龍里得再見羅先生焉。」
任姚安軍民府知府。[51]

　　莅任後，即修廟學，集生徒講學。李元陽《姚安太守卓吾先生善
政序》（下簡稱《善政序》）云：「先生以郎署出守姚安。自下車以至今
日，凡三載矣。惟務以德化民，而民隨以自化。日集生徒於堂下，授
以經義，訓以辭章，諄諄亹亹，日昃忘倦。廟學頹圮，罄俸以營之；
祀典廢缺，殫力以致之。」（《李中溪全集‧文集》卷六）陳汝錡《甘
露園短書》卷十《李卓吾》也說：「「贄」出守郡，講學如為郎時。」
時姚安陶珽來從李贄學。[52]

　　改德豐寺禪堂，創立三臺書院，為講學之所。《姚安縣志》卷十
四《政典志》：「三臺書院，舊係德豐寺禪堂，知府李贄改為書院。」

　　駱問禮於本年二月壬戌（初四日）由南京兵部郎中出任雲南布政
司右參議，兼洱海分巡道。「九月初七日抵姚安」（駱問禮《萬一樓文
集》卷二十六《啟都察院》），與李贄同住一城。他對李贄的講學不以
為然，在《簡許敬庵（孚遠）》中說及此事：「及至滇南，幸與卓吾同
住一城。卓吾先至，延攬群英，師模甚肅，以生至而罷。知其意有不
慊。生所自慊者，亦恐以此得罪輿論。而今所指生者，首謂好名講
學，而使偽徒出入公門。」（《萬一樓集》卷二十七）他並以「查理冒
濫津貼」的手段迫使李贄停止講學。駱問禮《簡劉小鶴》中說：「至

城。……自貴陽經清鎮、平壩、安順、鎮寧、關嶺、普安、亦資孔、平彝、沾益、
　馬龍、易隆、楊林以達昆明……此為本省著名之驛道。」
51　《明史》卷四十六《地理志七》：「姚安軍民府，洪武十五年（1382）二月為府，二
　十七年（1394）四月升軍民府。領州一、縣一。」按，州即姚州，縣即大姚縣。
52　陶珽，字葛閭，晚字不退，萬曆三十八年進士，歷官至武昌兵備，撰有《說郛》等
　書。他早年曾從李贄學。民國《新纂雲南通志》卷一○七《陶珽傳》：「滇人與王元
　翰同時者為姚安陶不退珽，李贄弟子也。……少有志於學，游卓吾之門。……卓吾
　守姚安……珽之從李贄學當在此。」李贄死後十六年，陶珽曾在姚安為李贄立祠
　堂，寫有《李卓吾先生祠堂記》，文見民國戊子秋重刊《姚安縣志》卷六十三《金
　石錄》附的《文徵》中。

於門下諸彥，府州奉行德意，時時督課，生惟樂觀盛事而已。姚守延師之意甚切，但未能得師，欲請之門下，特未敢爾。伏惟臺鑒查發五六名於該府，使就中穆禮一二，實興起衰微於一遯，諒翁所不靳也。生於諸彥，待之不敢過嚴，亦不敢過縱。近以編丁查理冒濫津貼，頗失寬厚之道，但公平之體，不得不然。……」（《萬一樓集》）卷二十六）

　　駱問禮稱李贄「多入於禪」（《萬一樓文集》卷五十六《李太守好奇》：「時講學者多入於禪，而此公尤甚」），他編了一部訂正陽明而發揮聖學的《新學忠臣》的課本發給生員，逼使李贄處於尷尬的境地。駱問禮自述他編輯《新學忠臣》一書的目的：「偶訪郭學博，得林次崖《四書存疑》，為錄數條，足以訂正《傳習錄》而發揮聖學者，名之曰《新學忠臣》，以授諸生。蓋今之論學者，惟使君（指李贄）可與語此，而善繼其志，則有在於諸生也。」（《萬一樓集》卷三十六《新學忠臣序》）駱問禮是孔孟聖學和程朱理學的忠誠衛士，他在《覆許敬庵》中說：「大抵吾儒與異端不能兩存，猶薰蕕之不可同器。以吾儒讀佛老之書，如讀操、莽、荀、斯等傳，非即效而法之，正以辨其用心之差耳。……孔、孟、程、朱不恆於世，竊恐異端之徒得以自恣，而儒道日湮矣。」（《萬一樓集》卷二十六）他排擊王陽明，把陽明學說視為「異說」。曾說：「今之學者，重異陽明，而輕異朱子，詖淫邪道，無所不至，而自以為直接孔孟之傳，害將不小。」（《萬一樓集》卷二十六《覆何知州》）他認為講學者首先要辨明程朱和陽明之異。《新學忠臣序》說：

> 陽明先生一世之豪傑也，而其學術頓異於程、朱……予讀《傳習錄》，不覺睡去，讀程朱書即未盡解，要亦有欣欣不容已者。然世方以予為執滯不能虛受，而予亦以世之儒者為立志徒高而卒溺於一偏，深可惜也。所幸《大學》一書，萬古不能

廢，而聖經一章，尚若明星，即有陽明萬口，《傳習錄》出萬
卷，卒不能變程、朱之說而他之。顧天下之無志者既視此學以
為不足講，而少稱有志卒波塵於異說，彼徒見陽明先生鼓舞一
世，且樂其說之截，以為孔子復生，遂詆程、朱為俗學。不知
程、朱之諸論皆孔、孟之正傳，世固有耳口其言而躬行則病
者，病在後學，不在程、朱也。

姚安李使君素以理學自任，而明見力行，卒不畔於聖賢，非世
之徒有志者比也。及來守，每政暇，集師生僚屬及諸執事，無
問賢愚，與之論學。予以職守，不得周旋席末，不知其所先者
何說。竊以為《大學》之教，先於格物。……今欲明聖學於斯
世而不先辨程朱與陽明，不知與其為陽明之佞婦，不若為之忠
臣。……孟子曰：守先王之道以待後之學者。又曰：不直則道
不見，我且直之。予未知程、朱之說而拜使君之下風久矣。願
相與直而守之，毋曰此非論學之第一義也。(《萬一樓集》卷三
十六)

凡此種種，在李贄看來，都是「作意害我」。

在姚安知府任上，李贄修建了連場橋（一作連廠橋，今稱連倉
橋，在姚安縣連倉鄉的連場河上，原是一座石橋，後改為雙卷洞磚
橋）。《姚安縣志》卷十四《輿地志·交通》載：「連場橋在城西三十
里，明萬曆間知府李贄建。[53]」光緒三十四年（1908）甘孟賢《增修
連廠橋記》云：「連水發源於州西園鶴山，東北行匯彌溪水，北行經
連廠，遂名連水。州西千岩萬壑咸趨而赴之，夏秋淫霖，洪水暴漲，
舟楫難施，旅行者有漂沒之患。前明萬曆間，知姚安府事李卓吾先生

---

53 此橋可能始建於本年，不遲於明年。明年李元陽在《卓吾太守自姚安命駕見訪因
　贈》詩中曾說：「姚安太守古賢豪，俸錢常喜贖民勞。」（《李中溪全集·詩集》卷
　三）「常」字表明不止捐俸修廟學一事。

始聚石為橋，利行旅，通往來，垂三百餘年矣。」（《增修連廠橋記》石刻，雲南省博物館藏）

治理姚安，政令清簡。曾自題楹聯二副云：

從故鄉而來，兩地瘡痍同滿目；
當兵事之後，萬家疾苦總關心。

聽政有餘閒，不妨覽運陶齋，花栽潘縣；
做官無別物，只此一庭明月，兩袖清風。（昆明師院史地系編《李贄在雲南的著作集錄》，福建人民出版社《李贄研究參考資料》第二輯，第二四八頁《在雲南寫的對聯》）

公事餘暇，常與僧徒討論佛學，甚至在佛寺處理公事。《姚安縣志》卷二十五《名宦傳》云：「贄天性嚴潔，政令清簡，簿書之暇，時與釋子參論，又每至伽藍，判了公事。」

袁中道《李溫陵傳》亦云：「為守，法令清簡，不言而治。每至伽藍，判了公事，坐堂皇上，或實名僧其間，簿書有隙，即與參論玄虛。人皆怪之，公亦不顧。」

十一月十一日，大甥祖耳出生於黃安。祖耳，字汝師，號四聰。[54]後來李贄曾為寫《汝師、子友名字說》（見《續焚書》卷二）

詩文編年

《題關公小像》：見《焚書》卷四。可能寫於初到姚安之時。中有「某也四方行游」之語。

《關王告文》：見《焚書》卷三。寫於本年抵任姚安知府之時。中有「某等來守茲土」一語可證。

---

54 光緒三十三年桐月重修晉江《青陽井仔角莊氏二房鯤游公家譜》：「十三世四聰公，鯤游公（即純夫）長子，諱祖耳，字汝師，郡庠生。壽三十五。無傳。生萬曆丁丑年十一月十一日亥時。」

時事

- 四月庚申（初三日），兵部尚書譚綸（江西宜黃人）卒。綸掌兵事垂三十年，與戚繼光齊名，時稱譚、戚。（《明神宗實錄》卷六十一，《資治通鑑綱目》卷三）
- 五月癸巳（初六日），廣東羅旁瑤族起義被鎮壓。（《明神宗本紀一》）
- 九月己卯（廿六日），張居正父卒。戶部侍郎李幼滋倡奪情。
- 十月乙巳（廿二日），編修吳中行、檢討趙用賢、刑部員外郎艾穆、主事沈思孝，丁未（廿四日）進士鄒元標，以上疏論張居正「貪位忘親」，先後廷杖，並被罷黜謫戍。（《明神宗本紀一》）
- 十二月丁酉（十五日），南京刑部尚書趙錦改南京禮部尚書。（談遷《國榷》卷七十）

　　　　　*　　　　　　　　　*　　　　　　　　　*

- 二月，羅汝芳轉雲南布政司左參政，捧賀入京。（楊起元《羅近溪先生墓志銘》）閏八月致仕。黃宗羲《明儒學案》卷三十四《參政羅近溪先生汝芳》：「萬曆五年進表，講學於廣慧寺，朝士多從之。江陵惡焉。給事中周良寅劾其事畢不行，潛住京師，遂勒令致仕。」
- 三月，楊起元、周汝登考取進士。楊任翰林院編修（李贄《續藏書》卷二十二《侍郎楊公》），周任南京工部主事（黃宗羲《明儒學案》卷三十六《尚寶周海門先生汝登》）。
- 四月丙子（十九日），潘絲（1523-　）卒，年五十六。（焦竑《獻徵錄》卷一○二）
- 十一月庚午（十八日），以廣東按察司按使顧養謙為雲南僉事。（焦竑《澹園續集》卷十一《沖庵顧公暨配淑人李氏神道碑》）

萬曆六年戊寅（1578）　　　　五十二歲

在姚安知府任上。結識今年抵任的雲南僉都御史分巡洱海道的顧養謙。顧養謙《送行序》曾說：「謙之備員洱海也，先生守姚安已年餘矣，每與先生談，輒夜分不忍別去。」顧、李兩人交往相得，情誼頗深。

李贄自述「初仕時，親見南倭、北虜之亂矣；最後入滇，又熟聞土官、徭、僮之變矣。」（《焚書》卷五《蜻蛉謠》）「是時，上官嚴刻，吏民多不安。」（彭際清《居士傳》卷四十三《李卓吾傳》）在少數民族雜處的邊疆地區，「法難盡執」（《焚書》卷四《豫約‧感慨平生》），李贄認為，必須根據邊疆特點，實行寬政。他一反上司的做法，「律己雖嚴，而律百姓甚寬」，受到僚屬、百姓和少數民族上層人物的歡迎。顧養謙《送行序》：「然先生為姚安，一切持簡易，任自然，務以德化人，不賈世俗能聲。……自僚屬、士民、胥隸、夷酋，無不化先生者，而先生無有也。此所謂無事而事事，無為而無不為者耶。」

但李贄因此而遭到上官的憎惡。他曾自嘆：「其並時諸上官，又誰是不惡我者？」（《焚書》卷二《又使通州書後》）他和巡撫王凝、守道駱問禮發生矛盾衝突。《焚書》卷四《豫約‧感慨平生》：「最後為郡守，即與巡撫王[55]觸，與守道駱觸。王本下流，不必道矣。駱最相知，其人最號有能有守，有文學，有實行，而終不免與之觸，何耶？渠過於刻屬，故遂不免成觸也。」

---

[55] 「巡撫王」，即王凝。《雲南通志》卷一七九《名宦二》：「王凝（？-1579），字道南，湖廣宜城人。進士。萬曆間任雲南巡撫。」《明神宗實錄》卷三十六：「萬曆三年丁未，以都御史太常寺卿王凝為都察院右副都御史巡撫雲南，兼建昌軍節度等處軍務。」又卷八十：「萬曆六年十月癸卯，升巡撫雲南贊理軍務都察院右副都御史王凝為南京大理寺卿。」李贄和王凝意見抵觸的情況不詳。

在上述一文中，李贄自述他曾勸過駱守道：

> 記余嘗苦勸駱曰：「邊方雜夷，法難盡執，日過一日，與軍與
> 夷共享太平足矣。仕於此者，無家則難住；攜家則萬里崎嶇而
> 入，狼狽而去。尤不可不體念之。但有一能，即為賢者，豈容
> 備責？但無人告發，即裝聾啞，何須細問？蓋清謹勇往，只可
> 責己，不可責人。若盡責人，則我之清能亦不足為美矣，況天
> 下事亦只宜如此耶！」（《焚書》卷四《豫約·感慨平生》）

錢謙益《陶不退閒圓集序》指出：「卓吾守姚安，清靜恬淡，有
汲長孺之風。」（見《姚安縣志》卷六十三《金石錄》附《文徵》，又
見民國《新纂雲南通志》卷一○七《陶珽傳》）

為了彌補政刑之不足，重刻《太上感應篇》。[56]

駱問禮為寫《重刻太上感應篇序》。《序》裡說：

> 《太上感應篇》不知何人所著……而注解特詳，大率近於輪迴
> 之說。蓋佛氏之徒為之者，為凡民設也。……作善降祥，作不
> 善降殃。……夫古之君子，豈不欲以己之所能者教天下，而使
> 之一蹴而同歸於至善哉！顧氣稟習俗之不齊，有不容不為之區
> 別而概誣之者，而民尚不能從。於是不得不齊之以刑。刑罰窮
> 而報應之說興焉。天定勝人，雖遲速不同，而終不能逃，即或
> 近於妄誕，要在使人悔過而遷善。所待者凡民，而所以待之者
> 君子之心也。
>
> 姚安李使君省刑薄斂，興禮樂，崇教化，猝然一出於正。而復
> 梓是篇，其納民於善之心，無不至矣。爰喜而書之。（駱問禮
> 《萬一樓集》卷三十六）

---

56 李贄在南京時，曾與焦竑一道刻行過《太上感應篇》。此次在姚安又重新刻行。

春日，偕駱問禮同游姚安城南五里的觀海樓。有詩唱和。[57]

李贄書一副對聯於觀海樓上。[58]聯曰：

> 禪緣乘入，有下乘，有中乘，有上乘，有上上乘，參得透，一
> 乘便了；佛以法修，無滅法，無作法，無非法，無非非法，解
> 得脫，萬法皆空。（見駱問禮《萬一樓集》卷五十六《李太守
> 好奇》）

時姚安南門外新建一座青蓮寺。[59]夏日，池荷出水，風靜無波，
景色優美宜人。公餘，李贄來游，有《青蓮寺》詩二首：

> 新構龍宮枕薜蘿，池開玉鏡漾層阿。塵寰忽聽三車演，暇日曾
> 經五馬過。極目天空心不礙，憑欄風靜水無波。本來面目應常
> 在，未說攀龍奈若何？

57　觀海樓在姚安城南五里的大石淜，為游覽勝地之一。《姚安縣志》卷六十《名勝・
　　觀海樓》云：「城南五里之大石淜，為吾姚最大之蓄水池，三面皆山，北互長堤。
　　沿堤古木千章，濃陰蔭蔽，西崗有閣曰觀音，供奉大士，前則為觀海樓。每當春和
　　景明，登樓遠眺，則綠波粼粼，萬頃汪洋，樹色山光，映帶左右，作賦詠詩，自饒
　　逸興。舊志以『南湖春水』列入八境（景？）亦宜。」李贄游觀海樓的詩已佚。駱
　　問禮《觀海樓次韻李使君》詩寫道：「無事漫登樓，憑窗見海鷗，雲移黃鶴色，雨
　　散洞庭愁。古壘松杉蔽，寒郊豆麥稠。日斜人影亂，同喜醉翁游。」（民國四年重
　　刊《萬一樓集》卷十一）從詩中描寫的景物看，時令是春天。但具體的年份不詳。
　　恐是今年或明年。因為後年二月駱偕劉維同游雞足山，其後即丁母憂（其母鄭安人
　　於萬曆八年三月二十日卒）出滇。
58　駱問禮《李太守好奇》：「姚安李知府名載贄……一日出一對於觀海樓曰……一日，
　　學道出巡，予燕之于樓。謂予曰：『此非禪寺，胡揭此聯？』予曰：『此李太守漫
　　筆，愛其奇巧，不欲去之耳。』」
59　《姚州志》卷二《建置志》：「青蓮寺，在城南門外，明郡人陶珽建。」《姚安縣
　　志》卷六十《名勝・青蓮寺》：「寺舊址為聚樓，明景泰中建，嘉靖間陶不退改
　　修。鑿池蒔蓮，中有愛蓮亭一，為一時名流宴集之所。遠挹三峰，煙籠近撫，平川
　　綠野，自饒佳趣。」又卷二十九《李贄傳》：「《舊天啟通志》載：『城外青蓮寺祀李
　　公贄。』」這大概就是陶珽所說的李卓吾先生祠堂。參看去年譜文注（五）。按，王
　　夫之《船山遺書・搔首問》說：「李贄生祠，贄死即拆毀，棄其像於溝壑。」其實
　　李贄並無生祠，故亦無贄死即拆毀之事。

芙蓉四面帶清流，別有禪房境界幽。色相本空窺彼岸，高僧出
世類虛舟。慈雲曉護栴檀室，慧日霄懸杜若洲。浪跡欲從支遁
隱，懷鄉徒倚仲宣樓。(《姚安縣志》卷六十五，《焚書》、《續
焚書》未收)

　　在府城之北，有座龍山，是大姚境內的著名風景區。「山多石，
多松……崖則峻而攢結，水則幽而碎鳴。其寺則石林為最，千華邃且
都雅焉。其庵曰萬德，曰淨樂，曰迎旭，曰念佛，皆選勝爭深，尋危
極曠，各得其致。」(李贄《龍山說》)李贄來游，「恨乏名人游覽，
而佳境罕有題詠者」，特為寫《龍山說》一，文，詳記其地理形勢和
山川景物。

　　七月，設在姚安的洱海道公署落成。二十四日，移入新居。(駱
問禮《新道成遣州官謝土文》及《移居新道祭土地文》，見《萬一樓
集》卷四十六)駱問禮請李贄為所撰公署匾額、對聯作字。[60]駱說：
「雲南分守洱海道以萬曆五年新建署於姚安，明年落成。堂及門亭樓
軒各有匾若對，皆出予鄙臆，其揮灑則李使君之筆為多，楚雄丁生亦
幾其半，而命工榜列之者羅刺史(琪)也。」(《萬一樓外集》卷一
《姚署匾對》)李贄後來曾說，他與駱問禮「雖相觸，然使余得以薦
人，必以駱為薦首也！」(《豫約·感慨平生》)

　　秋冬間，四川道御史劉維(字德綖，號九澤，湖北江陵人)來任
雲南按察使，適逢騰越道北勝州少數民族起義。劉維調姚安、葉榆
(指大理府，古葉榆縣故城在今大理縣東北)、鶴慶三府知府謀劃會
剿機宜。李贄奉命到永昌府(治所在今保山縣)，趁機同友人羅姚
州、鄭大姚公使等同遊雞足山。在那裡留住數月，與小月禪人論佛教

---

60 何喬遠《閩書·方外志》卷下《李贄傳》：「〔贄〕尤善大書，筆力神勁，鐵腕萬
　鈞，求之不易得。」袁中道《李溫陵傳》：「〔贄〕亦喜作書，每研墨伸楮，則解衣大
　叫，作兔起鶻落之狀。其得意者亦甚可愛，瘦勁險絕，鐵腕萬鈞，骨稜稜紙上。」

淨土法門，與友人論四海，寫有《念佛答問》、《六度解》、《四海說》
等文章。高奣映《雞足山志》卷六《人物上・名賢・李載贄》云：
「萬曆六年戊寅，緣按君（指劉維）剿賊北勝，調姚、榆、鶴三府會
酌機宜。先生遂得留雞足數月。」又同上卷四《名勝下・李卓吾先生
談禪樓》云：「先生溫陵人，官姚安太守，於萬曆六年戊寅，因巡按
調榆、鶴、姚三府會剿北勝蠻賊機宜，按君延於永昌府，故先生得久
游於雞足。寓大覺寺，與小月禪人論淨土法門，遂作《念佛答問》；
又與同官論《二十分識》（按，《二十分識》寫於萬曆二十年。此說寫
於本年寓雞足山大覺寺時，誤）、《六度解》、《四海說》[61]等，皆於二
觀樓（在大覺寺殿右）所成者。……憲副章爾珮題其樓曰：李卓吾先
生談禪之樓。」

深冬，在自永昌府赴雞足山途中，到大理感通寺（一名蕩山寺）
拜訪李元陽。

李元陽字仁甫，號中溪，太和（今大理縣）人，曾任戶部主事、
江西道御史、福建巡按、荊州知府。他在荊州知府任上識拔張居正於
童時。此時他已辭官家居幾十年。他對李贄的治道和治績都十分稱
讚，《卓吾李太守自姚安命駕見訪因贈》云：「姚安太守古賢豪，倚劍
青冥道獨高。僧話不嫌參吏牘，俸錢常喜贖民勞。八風空影搖山岳，
半夜歌聲出海濤。我欲從君問真諦，梅花霜月正蕭騷。」（《李中溪全
集・詩集》卷三）

在大理，與李元陽白天同游山水，夜裡聯榻談禪。李元陽《感通
寺送卓吾李太守回任，自姚安見訪，往復千餘里》云：

---

61 關於「四海」，儒家經典《禮記・祭義》以東海、西海、南海、北海為「四海」。李
　贄在《四海》一文中，提出了「所云四海，即四方也」的見解。李贄的「四海
　說」，遭到明朱國禎的反對。朱國禎《湧幢小品》卷十六《李卓吾》說：「卓吾謂只
　有東南海而無西北海，不知這日頭沒時鑽在那裡去又到東邊出來？或曰：隱於崑崙
　山。然日縣（懸）上之正中，則下亦宜然，決非旋繞四傍而無上下者，且由上下，
　則四傍在中，只四傍，豈能透上達下乎？理甚明白，勿多言。」

巨卿雖歿後，交道寒如冰。乾坤千里駕，今古幾人曾。豈知李
夫子，浩氣雲與騰。尚友天人師，擇交空五陵。孤陽窗誤識，
謂我直如絚。不遠姚楚途，干旄歷峻嶒。七驛夕投宿，霜雪正
凌兢。供奉絕膻醪，偕行雲水僧。薄暮叩我闍，把袂欣瞻承。
不意蓬蒿中，乃下垂雲鵬。秉燭忽達旦，良游來眾朋。詰朝訪
山阿，窈窕相扶扔。既窮北郭望，亦向南林登。山深溪雨暗，
煙散海雲蒸。聯榻逢徐孺，同舟愧李膺。今夜應無寐，清談演
大乘。（同上卷二）

詩文編年

　　《卓吾論略——滇中作》：見《焚書》卷三。又見吳興潘曾紘昭
度編《李溫陵外紀》卷一。托名孔若谷作。標題下寫「滇中作」，文
中又有「他年有顧虎頭知居士矣」之語，故知約寫於本年顧養謙來滇
之後。「虎頭」原是東晉著名畫家顧愷之（無錫人）的小字，此借指
顧養謙。顧養謙江蘇通州（今南通縣）人。《焚書》卷二《與友朋
書》曾說：「顧虎頭雖不通問學，而具隻眼，……顧虎頭，通州
人。」由此可證。而顧養謙萬曆八年寫的《送行序》中則說：「卓吾
居士另有傳，不具述。」「傳」當指《卓吾論略》。可知此文寫於顧養
謙來滇之後、萬曆八年辭官之前，即本年。

　　《念佛答問》、《六度解》、《四海》：均見《焚書》卷四。本年寫
於雞足山大覺寺二觀樓。參看上引高奣映《雞足山志》卷四《名勝
下·李卓吾先生談禪樓》條，此略。關於《四海》，高奣映《雞足山
志》卷十原題《四海說》，原文前有如下一段小序：「與羅姚州、鄭大
姚公使同游雞足山，而高郡丞為居，夜深偶有是論，其時候劉巡按議
剿賊於北勝州。」此序收入《焚書》時被刪去。《六度解》，又見顧大
韶《李氏文集》卷十三，題為《戒大智》。（按，此大智殆即麻城僧大
智。）又見《雞足山志》，仍題《六度解》，中有「今住雞足山逾十

日，甚快活」一語，為別本所無。

　　《青蓮寺》二首：見《姚安縣志》卷六十五《金石志》所附《文
徵》。可能寫於本年夏。中有「芙蓉四面帶清流」句。

　　《龍山說》：見《大姚縣志》。題下標明「明姚安知府李載贄」。
可能寫於本年。龍山在姚安府城北，離大姚五十里，風景佳麗。李贄
到龍山游覽時所寫。

時事

- 四月癸卯（廿二日），升刑部右侍郎潘季馴為都察院右都御史兼
工部右侍郎，總理河漕。(《明神宗實錄》卷七十四) 潘提出「以
堤束水，以水攻沙」的著名治河原則。

- 五月戊寅（廿八日），戶部員外郎王用汲（字明受，福建晉江
人）劾左都御史陳玠，斥張居正「倒持政柄」，被削籍為民。
(《明神宗實錄》卷七十五，《明史》卷二二九《王用汲傳》)

- 七月甲戌（廿五日），以四川道御史劉維為雲南按察使。(《明神
宗實錄》卷七十七)

- 十月癸卯（廿六日），雲南巡撫王凝為南京大理寺卿。(同上卷八
十)

- 本年，開始丈量全國土地，包括民田及宗藩、勛戚和大地主隱瞞
的田產。《明史》卷七十七《食貨志一‧田制》：「萬曆六年，帝
用大學士張居正議，天下田畝通行丈量，限三載竣事。」規定清
查出來的土地，除賜田外，一律照章納稅，「不准優免」。

- 《萬曆野獲篇》作者沈德符（　-1642，字景倩，又字虎臣，浙
江嘉興人）生。(朱彝尊《明詩綜》卷六十一)

　　　　＊　　　　　　　　　＊　　　　　　　　　＊

- 七月甲寅（初五日），都察院右僉都御史耿定向以原職巡撫福

建。(《明神宗實錄》卷七十七) 耿定向派人檄諭柬埔寨擒拿「海賊」林道乾。(瞿九思《萬曆武功錄》卷三《海賊林道乾諸良寶林鳳李茂洪老列傳》)

- 十一月壬申 (廿五日)，南京戶部郎中方揚、方沆被劾，以浮躁例各降一級調外任。(《明神宗實錄》卷八十一) 方沆被貶為安寧 (屬雲南府) 提舉。(民國《新纂雲南通志》卷一七九《名宦傳》) 方揚被降為隨州 (屬湖廣德安府) 知府。(明王時昌輯《皇明郡牧廉平傳》卷十《方揚傳》)

萬曆七年己卯 (1579)　　　　　　五十三歲

在姚安知府任上。

本年，高金宸襲任姚安府土同知。[62]

嘉靖間曾任瀾滄、姚安兵備副使的姜龍，對少數民族採取懷柔辦法，讓被迫聚居於大姚縣西北鐵索菁等地的少數民族下山生活，結果邊疆安定，面貌一新。後來李贄讀了楊慎讚美姜龍的《蜻蛉謠》一詩後，寫道：「姜公之心正與余合。」(《焚書》卷五) 他十分注意團結土官。(見《焚書》卷三《高同知獎勸序》)

夏秋間，下屬鄭大姚 (名不詳)，將離任。他「行李蕭條，童僕無歡，直雲窮矣」。李贄寫序送行，稱讚鄭大姚的政績。《焚書》卷三《送鄭大姚序》云：

　　觀君……偃倨似汲黯，酣暢似曹參。……陶陶然若不以邑事為意，而邑中亦自無事。嗟夫！君豈亦學黃、老而有得者耶！抑

---

[62] 《姚安縣志》卷二十五《人物志》：「高金宸，萬曆七年以土同知署姚安府事。」又卷三十六《人物志》：「高金宸，號天衢，襲父職。」民國戊子《姚安縣志》卷二十五《人物表》：「高金宸，欽子，萬曆間襲姚安府土同知。」

　　天資冥契，與道合真，不自知其至於斯也！不然，將懼儒者竊
　　笑而共指之矣，而寧能遽爾也耶！

序中「至道無為，至治無聲，至教無言」一語，可見李贄的政事主張。

詩文編年

　　《送鄭大姚序》：見《焚書》卷三。寫於本年秋間。中有「吾與
君相聚二載餘矣」和「計過家之期，正菊花之候」等語可證。

時事

- 正月戊辰（廿二日），詔毀天下書院。（《明神宗本紀一》）是時士
  大夫競講學，張居正特惡之，盡改各省書院為公廨。凡先後毀應
  天等府書院六十四處。（《明通鑑》卷六十七）
- 五月丙辰（十二日），以遼東功，封總兵官林成梁為寧遠伯。
  （《明史》卷一○七《功臣世表三》）

　　　　　＊　　　　　　　　　　＊　　　　　　　　　　＊

- 八月，詹軫光（安徽婺源人）考取舉人。（《江南通志》卷一二五
  《選舉志》）
- 九月乙巳（初二日），何心隱（1517-　）被湖廣巡撫王之垣杖殺
  於武昌。（周良相《祭梁夫山先生文》、程學博《祭梁夫山先生
  文》，見容肇祖整理《何心隱集》附錄三《祭文》）何心隱原名梁
  汝元，早年放棄科舉道路，用家產在家鄉江西吉安永豐縣組織
  「萃和堂」，進行社會改良的試驗。凡參加的人，「冠、婚、喪、
  祭、賦役，一切通其有無」（黃宗羲《明儒學案》卷十二《泰州
  學案一》），對青少年進行集體教養，對老人進行集體奉養，七十
  歲以上可以休息。他不滿道學家「存天理，滅人欲」的說教，認
  為人的物質欲望應予適當滿足。嘉靖三十八年，何心隱寫信諷刺

永豐縣令徵收額外賦稅，被捕入獄。次年入北京，因參加反對嚴嵩的鬥爭，遭到嚴黨的嫉視，改名何心隱，四處講學。何心隱的活動引起了統治者的注意，多次被通緝追捕，萬曆七年九月，終於被湖廣巡撫王之垣以「妖逆」、「大盜犯」的罪名殺害於武昌。關心何心隱被殺害一事，沈德符《萬曆野獲編》卷十八《妖人逸遁》說：「時有江西永豐人梁汝元者，以講學自名，鳩聚徒眾，譏切時政。時江陵公奪情事起，慧出亘天。汝元因指切之，謂時相蔑倫擅權，實召天變，與其鄰邑吉水人羅異者同聲倡和，雲且入都持正義，逐江陵去位，一新時局。江陵恚怒，示意其地方官物色之。諸官方居為奇貨，迨曾光（『妖人』）事起，遂竄入二人姓名，謂且從光反。汝元、光逮至，拷死。」

- 本年，陸萬垓（浙江元陸進士）任梧州府知府。（汪森《粵西文獻》卷六十六《名宦傳》）

萬曆八年庚辰（1580）　　　　　　五十四歲

　　在姚安知府任上。春初，因公事到武定（縣名，今屬雲南楚雄彝族自治州），與趙貞吉學生、祿勸州（治所在今楚雄彝族自治州祿勸縣）州令何守拙（四川簡州舉人）相會於城西五里許的獅山，聚首二十五日而別。

　　春間，巡按劉維報請上司，獎勵群吏，李贄與同知高金宸、羅姚州（琪）等都獲嘉獎。《高同知獎勸序》：「今年春，巡按劉公直指鐵驄，大敘群吏，乃高子亦與獎賞。」又《論政篇》：「是春，兩臺《指布政使與按察使》覆命，君（指羅姚州）與諸君俱蒙禮待，雖余不類，亦竊濫及。」

　　為高金宸寫獎語懸於其家之門上，又應同官之請，寫《高同知獎勸序》以賀。

為姚州知州羅琪寫《論政篇》。文中反對「本諸身」的「君子之治」，提倡「因乎人」、「因性牖民」的「至人之治」。李贄認為，一切有條教之繁和刑法之施，有智愚賢不肖之別和君子小人之分，導民使爭的，都是「君子之治」的惡果。而「至人之治」則不然：「因其政不易其俗，順其性不拂其能」，無須求新知於耳目，也無須加之以桎梏，「恆順于民」，社會自然可以治理得好。李贄治姚三年，「一切持簡易，任自然」，就是這種理論的具體實踐。

李贄奉行佛老之治，反對「君子之治」，引起了堅守禮樂刑政信條的道學官僚們的僧惡和反對。駱問禮《續論政篇》云：

> 姚安李使君為姚州羅刺史作《論政篇》，其意甚高詞甚美，而大率歸於黃老之說。……吾讀韓退之之《原道》……是以知使君之論亦以快乎一時。……使君儒者而尤好佛老，宜其說如此，吾與刺史素不諳佛老說，禮樂刑政，未敢以桎梏視之也。（《萬一樓外集》卷三）

三月間，離知府任職期滿尚差幾個月，李贄即攜家到楚雄見巡按劉維，請求辭官。顧養謙《送行序》敘述李贄辭官的堅決態度：

> 是時，先生歷官且三年滿矣，[63] 少需之，得上其績，且加恩或

---

63 李贄辭去姚安知府的時間各書記載互有出入。如乾隆《泉州府志》卷五十四《文苑傳》說「未逾年」，何喬遠《閩書·李贄傳》說「居年餘」，劉侗、于奕正《帝京景物略》卷八《李卓吾墓》、錢謙益《卓吾先生李贄》說「逾年」，高奣映《雞足山志》卷六《名賢·李載贄》說「繼至七年己卯，竟自免歸」，民國戊子《姚安縣志》卷二十九《人物志》說「將三載」，李中溪《善政序》說「幾三載」，顧養謙《送行序》說「且三年滿」。而焦竑《李宏甫解官卜築黃州寄贈》說「夜郎三載」，道光《雲南通志》卷一○三《秩官志》說「在官三年」，吳虞《明李卓吾別傳》說「居三年」。凡此，究以何說為是？現從李贄「丁丑入滇」（《耿楚倥先生傳》）與《光明宮記》自署「萬曆八年五月告老知府李贄寫於雞足山房」及《續焚書》卷一《與焦弱侯》「至七月初乃始離任」等看，當以「將三載」和「在官三年」的說法為是。「將三載」、「凡三載」、「且三年滿」，是指提出辭官的時間；而「在官三

上遷。而侍御劉公[64]方按楚雄，先生一日謝簿書，封府庫，攜其家，去姚安而來楚雄，乞侍御公一言以去。[65]侍御公曰：「姚安守，賢者也。賢者而去之，吾不忍，非所以為國，不可以為風，吾不敢以為言。即欲去，不兩月所為上其績而以榮名終也，不其無恨於李君乎？」先生曰：「非其任而居之，是曠官也，贄不敢也；需滿以幸恩，是貪榮也，贄不為也；名聲聞於朝矣而去之，是釣名也，贄不能也。去即去耳，何能顧其他？」

年」，則是算到「命下」的「七月初乃始離任」之時。至於李贄自己說他「自二十九歲開始做官至五十三歲乃休」，顯然是記錯了。《光明宮記》清楚地寫著「萬曆八年」，這一年李贄五十四歲。焦竑《書宏甫高尚冊後》也說李贄五十四歲辭官。他說：「夫宏甫年已五十四矣。自三十登仕，歷七任而至郡守，辛苦跋涉，以至若斯之年，亦既倦而去耳。使其先四歲而死，亦不稱夭矣。幸而不忍，而又博高尚之名以去。」足見李贄今年辭官是不容置疑的。

64　鈴木虎雄《李卓吾年譜》在「侍御劉公」後注：「謂御史劉維，即東星。」按，據《蘭臺法鑒錄》卷十九：「劉維，字德綵，湖廣江陵縣人，嘉靖四十三年舉人，萬曆六年由學錄選雲南道御史。」劉東星，字子明，號晉川，山西沁水人，曾任湖廣左布政使、吏部左侍郎、工部尚書兼右副都御史等官。鈴木虎雄誤把劉維和劉東星混為一人。這裡「侍御劉公」是劉維。

65　李贄「得致其仕」，是由於自己的請求，這不但見於顧養謙的《送行序》和李贄的詩文，還見於他人的文字記載。如李元陽，《姚安太守卓吾善政序》說是「掛冠解組」，焦竑《書宏甫高尚冊後》說是「解組歸」，道光《雲南通志》卷一三〇《秩官志》說是「自劾免歸」，民國戊午《姚安縣志》說是「自免歸」。其辭官的原因，沈鈇《李卓吾傳》說「載贄且倦游矣，上書掛冠歸」，何喬遠《閩書·李贄傳》說是「潛心道妙……棄官歸」；而乾隆《泉州府志》卷五十五《文苑傳》則說是「入雞足山閱藏經不出，一日頭瘍，倦於梳櫛，遂去其髮，禿而加巾，遂自免告歸」，這說法不符事實。李贄落髮是在寓居麻城龍潭之後，非在任姚安知府之時。錢謙益《卓吾先生李贄》又說李贄「逾年入雞足山，閱藏經不出，御史劉維奇其人，疏令致仕」。這種說法也不確切。詳見後。

此外，還有說李贄是被罷官的，而罷官的原因有兩說。《明史》卷二二一《耿定向傳》：「贄為姚安知府，一旦自去其髮，冠服坐堂皇，上官勒令解任。」陳繼儒《國朝名公詩選》卷六《李贄》：「官姚江知府，竟於任所披剃，由此獲罪，後以宥免。」陳汝錡《甘露園短書》卷十《李卓吾》則說：「出守郡，講學如為郎時，竟以此落職。」這兩說都沒有根據。

李贄說過，他「怕居官束縛」。但這未必是他辭官的惟一原因。《續焚書》卷一《寄焦弱侯》中曾說：

> 世間勝己者少，雖略有數個，或東或西，或南或北，令我終日七上八下。老人肚腸能有幾許，斷而復續，徒增鬱抑，何自苦耶！是以決計歸老名山，絕此邪念，眼不親書，耳不聞人語，坐聽鳥鳴，手持禪杖，以冷眼觀眾僧之睡夢，以閒身入煉魔之道場，如是而已！

這種「歸老名山」的思想，是跟他的不幸遭遇相關聯的。《焚書》卷一《覆鄧石陽》：「獨余連生四男三女，惟留一女在耳。……惟此一件人生大事未能明瞭，心下時時煩懣，故遂棄官入楚，事善知識以求少得。」黃宜人願與他同隱深山，亦希望李贄速速辭官。耿定力《誥封宜人黃氏墓表》：「卓吾艾年拔紱，家無田宅，俸餘僅僅供朝夕。宜人甘貧，約同隱深山。」《續焚書》卷一《寄焦弱侯》也說：「乃宜人又以我為捨不得致其仕而去也。」

當時有人傳李贄是被駱問禮逼走的。駱問禮曾寫文自辯道：「後李公求致仕，人以予親臨守道不能留之為言，且有傳予去之之說。為去其官者，又招致一書生，文辭清雅，儀容秀髮而無姓名籍貫，予疑之，行文府中查明，而竟不回文。予曰：『查之，本道事已畢；倘有違礙，事在該府。』人又有謂予不能為太守留賢者。然出滇時，李公尚未致仕。」（《萬一樓集》卷五十六《李太守好奇》）

李贄辭官不准，即入雞足山讀經不出。顧養謙《送行序》：「而兩臺皆勿許。於是先生還其家姚安，而走大理之雞足。……兩臺知其意已決，不可留，乃為請於朝，得致其仕。」

從三月起，李贄「又得姚安一生為郭萬民者相從，自三月起，頗有尋究下落處，竊自欣幸，以為始可不負萬里游，又更奇耳。此生雖非甚聰慧，然甚得狷者體質，有獨行之意。今於佛法分明有見……弟

南北雲游，苦未有接手英雄奇特漢子，此子稍稱心云。」（《續焚書》卷一《與焦弱侯》）郭萬民萬曆間成歲貢，曾任姚安府教諭。

入雞足之前，又到省會昆明，與祿勸州知州何守拙相聚四十日。時何守拙將赴麗江府同知任，他準備刻碑記前牧姓名，請李贄為他寫記。李贄《祿勸州知州題名碑記》云：「何君治祿勸，四載餘矣，學優政成，宜於上下矣。蓋余初至滇，即聞君循良之名舊矣，但未得與君會耳。今三年矣，始以公事會君於獅山，二十五日而別，別不數月，復會於省，別而復會者復四十日。」文中稱讚何的政績；「今君擢守麗江矣。上之人雅愛君，因民之恩，猶未許君遽解祿勸任，則君所以宜民宜人者，亦可知也。……從政者欲與民同其好惡，必先知好惡之所在，而後能得知，是性命之情也。」（民國《祿勸縣志》卷十三《藝文志上》）

在昆明期間，與何守拙、方沆、趙少華等同游城內名勝五華山，刻禪宗六祖《壇經》。何守拙《文殊寺碑記》：「往歲（指萬曆八年）會與李卓吾、方訒庵、趙少華刻《壇經》於五華山。」（民國《祿勸縣志》卷十三《藝文志上》）又游碧雞山華亭寺，有對聯一副。（今佚。方沆《重修華亭寺碑》中提及。見《新纂雲南通志》卷九十七《金石考十七》）過呈貢（今晉寧縣，屬昆明市），寓三臺山（在呈貢城北），有「一覽收滄海，三臺自草亭」之聯。（光緒《呈貢縣志》卷三《流寓》引）

五月入雞足山。途經雲南縣（今雲祥縣），登九鼎山。《九鼎山》詩：「九鼎登高處，松風五月寒。拄杖逢僧話，燃燈借佛看。危坐諸峰晚，回頭退步難。諸君休問覓，此去向長安。」（康熙《大理府志》卷二十九《藝文中》）。

到了雞足山（在雲南洱海東北），初寓大覺寺。後移寓迎祥寺（即鉢盂庵），[66]有《鉢盂庵聽誦華嚴并喜雨》詩二首。

---

66 高奣映《雞足山志》卷五《大覺寺》：「大覺寺……故姚安太守李卓吾於八年游雞足

　　時姚安光明宮建成。光明宮一名光明寺，在城東門外，李贄建以
祀火神。《姚安縣志》卷二十九《人物志》：「《天啟通志》載：『……
東門外光明寺，萬曆八年知府李載贄建。』」李贄為寫《光明宮記》：

> 卓吾子來守姚安，姚州羅君謁予，歷歷為予言姚事。其最初言
> 火神未有祠，以今祠為急。蓋民間樓屋木植，連絡輒數十，不
> 用磚石包砌，留火道以相隔援，以故被患尤劇。予首肯之而未
> 暇。三年三設醮，為壇祈請，幸無事。至是乃賈地鳩工，為光
> 明宮於城東門外，塑火神安妥其中，規模堂構，足稱壯麗矣。
> 嗚呼！幽明一理，神人無二。捨民事而專務諂祭，則雖神弗
> 饗；苟盡其在我，而又先事禱告，以求其默助其不逮，則神之
> 應之也如響，又何惑焉？故特述其創建之由，以告後人，使知
> 所以理神而勤民焉。……（《姚州志》卷八）

　　《光明宮記》還說明修建經過：「費出本府稽續商稅之餘，不
足，以募化所入補之，又不足，則取諸義倉之利穀，以助工匠日食之
費。凡一力皆給工價。惟是督工官難得其入，不得已而用本地義
民。……若不避怨謗，不務私蓄，捨己事以赴公家之委……蔡椿是
矣。」光明宮後來成為姚安的八大名勝之一。（見《姚安縣志》卷六
十《金石志·名勝》）

　　約在此時，與大理知府莫天賦（字子翼，廣東海康人）相會。[67]

山寓焉。迫內監楊文泰寓寺中，卓吾遂移迎祥寺。」又《迎祥寺》：「迎祥寺即鉢盂
庵，在石鍾寺之南，鉢盂山下。……李卓吾嘗寓此聽經。」《雞足山志》卷六《流
寓傳》也載：「李禿翁，諱贄，號卓吾，任姚安知府。萬曆八年游雞足山，寓鉢盂
庵，聽經。」

67 《焚書》卷一《與焦弱侯》：「余有友莫姓者，住雷海之濱，同官滇中。」此莫姓友
人即大理知府莫天賦。據民國《新纂雲南通志》卷一八二《名宦傳》載：「莫天
賦，浙江海康人，進士，萬曆初任大理知府。慷慨有為，岳鳳之變，城守戒嚴，人
情洶洶。適天賦觀還，調度有方，百姓安堵。後擢按察使。」按，「浙江」係「廣

　　七月初，獲准離任，後即遍游滇中山水。《續焚書》卷一《與焦弱侯》：「弟自三月即閉門專為告歸一事，全不理事矣，至七月初乃始離任。因茲得盡覽滇中之勝，殊足慰也。」又《續焚書》卷一《與焦弱侯》：

> 我當時送顧中丞入賀，復攜妻室回府，此時已將魂靈托付顧君入京邸去矣。數月間反反復復，閉門告老，又走難足，雖吾宜人亦以我為不得致其仕而去而悶也。及已准告老矣，又遲回滇中不去，遍游滇中山，吾豈真以為山水故捨吾妻室與愛女哉！此時禁例嚴，差遣官員俱不敢留滯過家，決知顧當急急趨滇也，是以托意待之一再會耳。

顧養謙《送行序》也說：

> 命下之日，謙方出都門還趨滇，恐不及一晤先生而別也，乃至楚之常（今湖南常德市）、武（今常德縣）而程程物色之。至貴竹（今貴陽市南）而知先生尚留滇中遨游山水間，未言歸，歸當以明年春，則甚喜。

　　治郡三年，李贄自稱：「今余之治郡也，取善太恕，而疾惡也過

東」之誤。據《廣東通志》卷六十九《選舉志》載：「莫天賦，嘉靖四十一年壬戌（1562）雷州府進士，海康人，大理府知府。」關於莫天賦任大理知府的時間，據《新纂雲南通志》卷五《大事記五》載：「萬曆十一年（1583），緬酋莽應里糾隴川賊岳鳳寇順寧，破施甸、猛淋、盞達諸寨，鄧子龍為參將，會諸夷兵，大破之。斬岳鳳，應里遁去。」又《雲南騰越州志》卷八《劉世曾傳》：「岳鳳亂，督兵來越。劉綎平隴川，世曾委任之力也。是時，岳鳳說莽應里起兵眾數十萬，分道內侵。十一年，焚掠施甸，寇順寧。……至孟淋寨……又破盞達。……且窺騰衝、永昌、大理、蒙化、鎮沅諸郡。」據此知「岳鳳之變」發生在萬曆十一年。今以知府三年一任之例逆推，莫天賦來任大理府知府當在萬曆八年。這年五月李贄入大理之難足山，故二人有機會相聚。時莫天賦曾向李贄講海中大魚的故事，李贄在《與焦弱侯》信中即引為「欲求巨魚，必須異水」的事例。

嚴。」（《焚書》卷三《論政篇》）實際上，他政事勤謹，獲得上司和地方人士的讚揚。御史劉維稱讚說：「姚安守，賢者也。」（《送行序》引）僉事顧養謙說：「溫陵李先生為姚安府且三年，大治。」（同上）李元陽在《姚安太守卓吾先生善政序》裡說：「（先生）自下車以至今日，幾三載矣。惟務以德化民，而民隨以自化。……凡關係山川、風土形勢，有改作不易者，制度不可闕者，皆悉力為之，處置有法，而民不知勞。節儉自將而惠不齒己。……嘯詠發於郡齋，圖書參於案牘。不與時官同宿，而法令靡遺。民隱惟恐不聞，而訟庭多暇。」（《李中溪全集‧文集》卷六）焦竑也說：「（宏甫）兢兢一郡，惟恐後時。譬之細人之理其家，然不為千歲之計不止也。凡一切備御經久之費，靡不日新。」（《書宏甫高尚冊後》）袁中道《李溫陵傳》說李贄在姚安任上，清廉簡樸，「祿俸之外，了無長物」。當時送行的情況十分熱烈。民國《姚安縣志》卷二十九《李贄傳》載：「將三載，竟自免歸。士民攀臥道間，車不得發。車中僅圖書數卷。巡按劉維及藩臬兩司匯集當時士紳名人贈言為《高尚冊》，以彰其志。僉事都御史顧養謙亦撰序以贈。」好友方沆寫有《送李卓吾致仕歸里》三首，如下：

> 歌罷當尊擊唾壺，旁人指點說狂夫。休言離別尋常事，萬古乾坤一事無。
> 斗酒酣歌意自親，我來君去各風塵。路歧休下楊朱淚，萬里天涯總比鄰。
> 高天一疏賦歸輿，矯首浮雲自卷舒。可是名山容傲骨，先生原不為鱸魚。（《姚安縣志》卷五十六《金石錄》附《文徵》）

對於李贄治姚政績，清王夫之卻說：「贄為郡守，恣其貪暴，凌轢士民，故滇人切齒恨之。」（《船山遺書‧搔首問》）這不足為信。

當時李贄還將《高尚冊》寄給友人楊道會（號貫齋）和焦竑。楊

道會曾為李贄寫一文（已佚），述其平生。焦竑《書宏甫高尚冊後》：「宏甫寓言天臺楊子（楊道會曾任天臺令和天臺知府，故稱）作文一首書其後，其平生大都具矣。天臺楊子曰：『吾讀劉君高尚諸篇，而益信宏甫之不可知也。』」（《焦氏筆乘》卷二）時駱問禮丁憂在家，他得悉李贄辭官獲准的消息，覆信楊道會，說：「顧承下問，此亦盛德事。……卓吾兄潔守宏才，正宜晉用，而歸志甚急。不孝力挽。三年屈首，非其本心，今遂其高矣。士類中有此，真足為頑儒者一表率。近世儒者高談仁義，大都堂奧佛老而支離程朱，至於趨炎附熱，則無所不至，視此老有餘愧矣。」（《萬一樓集》卷二十六《覆楊貫齋》）

　　焦竑《書宏甫高尚冊後》稱李贄是「隱於禪者也」。文中說：

> 宏甫為人：一錢之入不妄，而或以千金與人，如棄草芥；一飯之恩亦報，而或與人千金，言謝則恥之。見一切可喜人，無有不當其心者，而不必合於己。己不能酒，而喜酒人；己不能詩，而喜詩人；己不能文，而喜文人；己不捷捷能言，而喜能言之人；己不便鞍馬，而喜馳騁；己不好弄，而喜敵道；己不好鬥，而喜徘徊古戰場；己不好殺，而喜商君、吳起、韓非之書；己不愛紛華，而喜郭汾陽窮奢極欲，以身繫國家之安危；己不欲以黍刻自處，而喜於陵仲子辭三公為人灌園。獨不喜遜床循牆，終日百拜傴僂以為恭者，以故常不悅於世俗之人。俗之所愛，因而醜之；俗之所憎，因而求之；俗之所疏，因而親之；俗之所親，因而疏之。……（《焦氏筆乘》卷二）

後來耿定力也說：「卓吾樂善好施，不問有餘，悉以振人之急。」（《誥封宜人黃氏墓表》）

　　李贄自述辭官前後的矛盾心情：「怕居官束縛，而心中又捨不得官。既苦其外，又苦其內。此其人頗高，而其心最苦，直至捨了官方

得自在。」(《焚書》卷二《覆焦弱侯》)

　　初來時，李贄曾想在滇中住下。顧養謙曾予勸說。顧養謙《送行序》：

> 及至滇，而先生果欲便家滇中，則以其室人晝夜涕泣請，將歸
> 楚之黃安。蓋先生女若婿皆在黃安依耿先生以居，故其室人第
> 願得歸黃安云。……願先生無復留，攜其家人一意達黃安，使
> 其母子得相共，終初念，而後東西南北，惟吾所適，不亦可
> 乎？先生曰：「諾。」

對於顧養謙的勸說，李贄後來是感激的。曾說：

> 方某之居哀牢（指雲南）也，盡棄交游，獨身萬里，戚戚無
> 歡，誰是諒我者？其并時諸上官，又誰是不惡我者？非公則某
> 為滇中人，終不復出矣。夫公提我於萬里之外，而自忘其身之
> 為上，故某亦因以獲事公於青雲之上，而自忘其身之為下也，
> 則豈偶然之故哉！(《楚書》卷二《又書使通州詩後》)

　　　　　*　　　　　　　　*　　　　　　　　*

　　在姚安知府任上，李贄還修過姚安城隍祠。《姚州志》卷二《建
置志》：「城隍祠在北門內，知府李贄修。」但不詳何年，姑附於此。

詩文編年

　　《顧沖庵登樓話別》二首：見《續焚書》卷五。寫於本年春送顧
養謙入朝致賀之時。顧養謙《送行序》：「萬曆八年庚辰之春，謙以入
賀當行。」而詩中有「知公一別到京師，是我山中睡穩時」之句。時
顧養謙將入朝致賀，而李贄正欲辭官「歸老名山」，故有此說。

　　《高同知獎勸序》：見《焚書》卷三。寫於本年春。《序》中說：

「今年春……乃高子亦與獎賞。……余既直書獎語懸之高門……因同官之請，又仍次前語以賀之。」《姚安縣志》卷六十三《金石錄‧文徵》中收有李贄此文，題作《賀世襲高金宸廥獎序》。又《姚安縣志》卷二十五《人物志‧官師》亦載：「高金宸，字天衢，土府同知，署姚安府事。……知府李贄作《序》以獎之。」高金宸於去年襲任同知，今春獲獎，故知李贄此序寫於本年春。

《論政篇——為羅姚州作》：見《焚書》卷三。寫於本年春。中有「是春，兩臺覆命，君與諸君俱蒙禮待」一語。參看《高同知獎勸序》的考證。「羅姚州」即姚州令羅琪。民國《姚安縣志》卷二十五《人物志‧官師》：「羅琪，姚州知州，四川舉人，有惠政。」李贄文中說他「生長劍門」，曾「兩宰疲邑，一判衡州」。洱海新道署成，駱問禮遣州官謝土，該州官即羅琪。駱問禮《萬一樓集》卷四十六《新道成遣州官謝土文》：「維萬曆六年歲次戊寅七月庚戌朔越十有八日丁卯，姚安軍民府姚州知州羅琪，敢昭告於分守洱海道土地之神。……」他是李贄的下屬，曾向李贄「言姚事」，促建火神廟，今春又為李贄辭官事，走大理訪李中溪，請他為李贄寫序，紀其善政。李中溪《姚安太守卓吾先生善政序》：「姚州守羅君某，以僚屬事先生有年，深識先生之心，不遠千里，介段生錦，徵某一言，以紀先生之政，雖未瞻履絢然，私心甚慕之，遂不辭而為之序。」（《李中溪全集‧文集》卷六）

《論政篇》尚有續作，已佚。駱問禮《萬一樓外集》卷三《續論政篇》有引文。

《祿勸州知州題名碑記》：見民國《祿勸縣志》卷十三《藝文志上》。本年寫於與何守拙重會於省會之時（約在四月間）。中有「何君治祿勸四載矣」、「今君擢守麗江矣」以及「別不數月，復會於會省」等語。據《勸祿縣志》卷十《秩官志》載：「何守拙，四川簡州人，萬曆四年任祿勸知州，八年遷麗江府同知。」李贄寫此《碑記》時，

何「仍留州治事」。《祿勸縣志》卷十《循吏志》載：「時溫陵李贄守姚安，與守拙交好。會守拙攻碑記前牧姓名，而贄為記，道守拙之政績。」

《九鼎山》一首：見《大理府志》卷二十九《藝文中》。本年五月寫於雲南縣（今祥雲縣）九鼎山。中有「五月松風寒」句。時李贄將入雞足山，途經此地。

《光明宮記》：見《姚州志》卷八。本年五月寫於雞足山。文後自署「萬曆八年五月告老知府李贄寫於雞足山房」，說明此時雖告老而尚未離任。

《鉢庵聽誦華嚴并喜雨》二首：見《續焚書》卷五。本年五、六月間寫於鉢盂庵（即迎祥寺）。按，鉢盂庵在雞足山中鉢盂山下。據大錯和尚《雞足山指掌圖記》載：「牟尼庵東轉稍下為石鍾寺。寺前鉢盂山，山下為鉢盂庵。」（《雞足山志》卷首《圖記》）詩中有「山中迎太守」句，說明辭官尚未獲准。高奣映《雞足山志》卷六《李載贄傳》載：「八年庚辰，先生解組，遂再登雞足山，寓鉢盂庵，聽真利法師講《楞伽經》。」按，依顧養謙《送行序》和《續焚書》卷一《寄焦弱侯》，李贄辭官未獲准之前即入雞足山，故以此詩寫於辭官尚未獲准之前為是。而《傳》說聽講《楞伽經》，詩題說聽誦《華嚴》，二者似可並存。此詩第一首收入《大理府志》卷二十九的《藝文中》即題為《雞山鉢盂庵聽經喜雨》，其文字與《續焚書》有所不同。茲錄如下：「山中有法筵，暇日且逃禪。林壑生寒雨，樓臺罩紫煙。清齋孤磬後，半偈一燈前。千載留空鉢，盧能自不傳。」《新纂雲南通志》卷一〇七《宗教考七・陶珽傳》引《雞足范志十》所載此詩，文字與《大理府志》悉同，但標題沒有「雞山」二字。可見此詩後來曾經李贄修改過。

《雨後訪段嚴庵禪室兼懷焦弱侯舊友》二首：見《續焚書》卷五。本年春寫於段嚴庵（不詳何處）。時欲辭官。中有「郡齋多暇日」

「僧歸綠柳陰」和「老去欲抽簪」句可證。

《與焦弱侯》：見《續焚書》卷一。寫於本年離任並決定回黃安之後、顧養謙自京回滇之前。中有「至七月初乃始離任」和「弟正月末可至黃安，兄如來往弔，可約定林及一二相知者至彼一會，不惟於耿門弔禮不失，亦可以慰渴懷也」等語可證。據耿定向《觀生紀》載：「萬曆八年庚辰，我生五十七歲。閏四月，聞先嘉議府君（父）訃，以候代，至八月始得奔歸。」所謂「耿門弔禮」，指弔唁耿定向父喪。

《李中溪先生告文》：見《焚書》卷三。本年十月二十日李元陽（大理人）卒，此文當寫於十月或稍後。中有「今其死矣，云誰之依！地阻官羈，生雛曷致？」之語。五月李贄在雞足山（離大理不遠）。但從「地阻官羈」一語看，當寫於離開雞足山遍游滇中名勝而未正式離任之時。文中又有「為我傳語李維明。維明者……於贄為同曹友，於沆為同年友」之語。按，李贄離任時，方沆曾來送行，寫有《送李卓吾致仕歸里》三首，可見李贄此文約寫於即將正式離任之前。

《心經提綱》：見《焚書》卷三、顧大韶《李氏文集》卷九。寫於姚安知府任上。李贄在《提綱說》中說：「予在滇中，有友求書《心經》。書訖仍題數語於後，名之曰《提綱》，雖不以『解』名，然亦何嘗離解也哉！」

「鄉賢名宦」匾額一方：寬一點八八米，高零點七二米。橫書上款直書「特峰趙公德政」，下款署「雲南姚安軍民府知府李贄立」計兩行十二個小字，為李贄姚安任上親筆。現藏泉州市文物管理委員會。趙恆，字志貞，號特峰，晉江人，嘉靖十七年戊戌進士，嘉靖三十二年以郎中出任姚安知府，學問宏博，才識敏捷，治奸慝尤嚴。不久辭官回泉。著有《春秋錄疑》。終年九十四。（同治重刊《泉州府志》卷四十二有傳，民國戊子《姚安縣志》卷二十五《官師》）

時事

· 閏四月庚申（廿二日），廣西八寨僮族起義被鎮壓。(《明神宗本紀一》)

· 七月辛卯（廿四日），後軍都督府僉事俞大猷（1504-　，字志輔，號虛江，福建晉江人）卒，年七十七。(《明神宗實錄》卷一〇三）後來李贄寫《都督俞公大猷傳》，說俞虛江、戚南塘「此二老者，固嘉、隆間赫赫著聞，而為千百世之人物者也。」(《續藏書》卷二)

· 十月辛丑（初五日），命裁內外冗官。((《明神宗本紀一》))

· 本年，清丈全國土地基本完成。勘實總計天下田數七百一萬三千九百七十六頃，比弘治時（十五年，1502）多出三百萬頃。(《明史》卷七十七《食貨志·田制》，《明通鑑》卷六十七)

　　　　　*　　　　　　　　　　*　　　　　　　　　　*

· 三月，黃克纘（字紹夫，號鍾梅，福建晉江人）、汪可受（字以虛，號靜峰，湖廣黃梅人）中張懋修（張居正子）榜進士。黃任壽州知州，汪授金華知縣。(《明史》卷二五六《黃克纘傳》，《黃州府志》卷二十《宦績》)

· 四月，王世貞謁曇陽子（王錫爵女）訪道。九月，曇陽化去，為作傳。(吳榮光《歷代名人年譜》)

· 閏四月庚申（廿二日），升廣東按察使莊國禎（福建晉江人）為雲南右布政使。(《明神宗實錄》卷九十九）是月，福建巡撫耿定向聞父訃，八月奔歸。(耿定向《觀生紀》)

· 十月丙辰（廿日），李元陽（1497-　）卒，年八十四。(談遷《國榷》卷七十一)

· 十二月丙午（十一日），升雲南僉事顧養謙為浙江右參政。(《明神宗實錄》卷一〇七)

萬曆九年辛巳（1581）　　　　　　　　五十五歲

　　孟春日，與巡撫劉維、安寧提舉方沆等同游昆明城北十五里的湧泉寺（今昆明城北崗頭村），李贄創議建湧泉亭。劉維《新建湧泉亭記》載：

> 辛巳歲孟春日，風俗使劉維偕姚安守李君載贄，安寧遷客方君沆，門人張朝儀、李含錦、施朝恩、施溥、周禮游湧泉寺，源幽秘□□□達楚宮之□□□所經流，可以建亭，約水為流觴之景，共訂茲議。……（福建省李贄著作注釋組廈門小組編印《李贄著作注釋資料情報》十五）

方沆《新建湧泉亭記》詳述劉維建亭的經過：

> 會姚安守李君載贄以致仕，不佞沆以校書，先後至會城，暇日訂游茲山。聞開士名，則迫欲見之，開士忻然肅客曰：「公等殆靈山會上人也。」禪榻趺坐，竟日忘歸。歸則李君（指李贄）白其事於侍御江陵劉公維曰：「儒者貴名教，賢者拘焉，釋氏明因果，愚者趨焉，況滇之俗雅好浮屠乎？滇之□□□□□□李□□□固故緇流之翹楚耳，吾何愛禮一人以勸善者，令滇愚民之樂於趨也？」於是問俗之暇，命駕訪開士，為捐金十有二，建亭於殿之左，顏其楣曰湧泉亭。……越兩月而告成。（見同上）

　　大約在孟春之際，李贄即離滇赴楚。[68]此行「取道西署，將穿三

---

[68] 李贄出滇的時間，鈴木虎雄《李卓吾年譜》、容肇祖《李贄年譜》等都定為萬曆九年春，惟硯孫、乘潮等人，根據解放後在昆明市瓦倉莊三十四號過廳右壁上新發現的李贄《重修瓦倉營土主廟碑記》一文後署「萬曆九年歲次辛巳仲秋朔中憲大夫知姚安府事溫陵卓吾李載贄撰」，認為李贄於萬曆九年秋尚在昆明。硯孫、乘潮在

峽，覽瞿塘、灩澦之勝，而時時訪相知故人。」（顧養謙《送行序》）
當走到貴州烏撒（今貴州省威寧彝族回族苗族自治縣縣治）時，聽到

《李贄離鎮的年代及其在滇時期的一些活動》一文中說：「現在我們發現了這一塊李贄撰的《重修瓦倉營土主廟碑記》，就可以推知萬曆九年的秋天，李贄還在昆明，還沒有到黃安去。」另外，他們又根據在昆明城北的崗頭村發現的李贄好友方沆所撰的《新建湧泉亭記》的殘碑，推斷說：「可以肯定在萬曆九年從孟春到仲秋，他一直都在昆明，與御史劉維、安寧提舉方沆等相往還。」並說：「於此可以證明李贄在給焦竑信中所說的：『正月末可至黃安』及顧養謙〈贈姚安守溫陵李先生致仕之滇序〉所說的：『舊當以明年（九年，1581年）春。』這不過是萬曆八年時李贄的打算。但在實際行動上，他『尚留滇中遨游山水間』的時間是拖長到萬曆九年秋季以後的。」（《學術研究》1963年7月號）按，李贄出滇時間在萬曆九年應確定無疑。李贄自己說過：「三年而出滇，復寓楚。」（《焚書》增補一《答何克齋炯書》）「三年」指的是任知府三年滿的時間，即從萬曆五年到八年，但出滇時間是萬曆九年。《曆年表》於萬曆九年辛巳《大事記》欄載：「是年，卓吾公致政歸，寓楚黃。」

李贄既是萬曆九年出滇，究竟是春天還是秋天？李贄於去年「七月初」即已離任，他寫信給焦竑說：「弟正月末可至黃安。」後來又說：「歸當以明年春。」（顧養謙《送行序》）焦竑的詩也說：「夜郎三載見班春。」可見其動身時間大約是「萬曆辛巳（九年）歲孟春日」與劉維、方沆等同游昆明湧泉寺之後，未必遲至秋天。湧泉亭「越兩月而告成」。而其後「三月朔日」、「五月二十二日」、「六月望日」、「冬歲」，劉維與其僚屬曾多次重游，但劉維《新建湧泉亭記》都未提及創議修亭的李贄。可見李贄早已離滇了。故所謂萬曆九年從孟春到仲秋，李贄都在昆明的說法缺乏根據。當時顧養謙既已相會，上司、僚屬和士民既已送行，室人又再催迫，自己又心懸著愛女，記掛著耿門的弔禮，切盼著與友人的相會，不大可能把「尚留滇中遨游山水間」的時間「拖長到了萬曆九年秋季以後」。至於《重修瓦舍營土主廟碑記》「萬曆九年歲次辛巳仲秋朔中憲大夫知姚安府事溫陵卓吾李載贄撰」的落款，只載明李贄這篇碑記的寫作時間，並沒有載明其寫作地點，不能證明它一定寫於雲南昆明，因此也不能作為李贄於萬曆九年秋尚在昆明的證據。其次，從行文看，這落款不是李贄親自寫的，而是前來黃安請求撰文的人加上去的。其理由有二：一、「萬曆九年歲次辛巳仲秋朔」時，李贄已告老，不應用「知姚安府事」這種在職的稱謂，而應用「前知姚安府事」方合適。在這個問題上，李贄是謹慎的。如去年所撰的《光明宮記》，後面就自署「萬曆八年五月告老知府李贄寫於雞足山房」。這就是一個很好的例證。二、李贄原名載贄，但自穆宗即位後，為避諱故，他即改稱贄。自此，他不再用「載贄」的名字稱呼自己。而上述碑記後署「李載贄」，這也是這個落款不是出於李贄之手的一個證明。至於上司或友人（如劉維、方沆等人），在萬曆朝仍稱李贄為「載贄」，則經常可見，不在此例。

顧養謙轉為浙江右參政的消息，就在烏撒等了一個多月，想同顧養謙一道聯舟東下。《寄焦弱侯》：「果得一再會，乃別。別至貴州烏撒，聞顧轉漸少參，復留烏撒一月餘日待之，度得方舟並下瀘（瀘水，在四川境內，指雅礱江下游和金沙江會合雅礱江以後一段）、戎（戎縣，今四川興文縣）也。」

初夏，到黃安，住五雲山耿定理的天窩書院。同治《黃安縣志》載：「天窩書院，即天窩山房，距城十五里，在五雲山之巔，耿公恭簡、仲子庸（即定理）講學處也。……溫陵李贄僑寓於窩，所著《焚書》、《藏書》、《續藏書》半脫稿於其間。」寫信給焦竑，請他邀僧定林一道到天中山相聚。信中說：

> 僕初夏到此，中伏即臥病（按，患小腸氣），至今日乃可。馬大（即馬伯時）回，接翰示，謂數日可得相見，不意兄之難動移也。此間可謂絕學。真得黃帝、老君宗旨，而自謂則曰：「孔孟吾蓋不識所謂矣。」獨坐窮山，足音不聞，欲無病得乎？兄幸撥冗一來，尚有許多商訂。……行時乞拉許君（不詳）與偕，並約定林隨從，至望。（《李氏遺書》卷一《與焦弱侯》第二書）

時寓所後修一書館，他告訴焦竑：「敝寓後首稍葺補一書館，庶幾有見客會友之處。」（同上）

焦竑未到黃安，有《李宏甫解官卜築黃州寄贈》詩一首：「夜郎三載見班春，又向黃州學隱淪。說法終憐長者子，隨緣一見宰官身。門非陳孟時投轄，鄉接康成不買鄰。苦欲離家難自遂，何時同作灌園人！」（焦竑《澹園集》卷四十一）

友人方揚有《懷李姚安》詩一首：

> 聖人不克見，聖學日荊榛。寥寥千載後，師聖當何因。彼岸久

未登，姚安識其津。一振士風變，再振民風淳。名數有妙用，
何論越與秦？所以忠信士，蠻貊猶相親。況此邦城中，負版皆
王臣。聞君返初服，吾亦游無垠。微言共探討，乃在江之演。
嗟嗟行負俗，去去勿復陳。（《李溫陵外紀》卷五）

　　李贄辭官後之所以選擇黃安為終老之所，是因為黃安有勝友，且
生活方便。袁中道《李溫陵傳》：「初與黃安耿子庸善，罷郡遂不歸。
曰：『我老矣，得一二勝友，終日晤言以遣餘日，即為至快，何必故
鄉也。』遂攜妻女客黃安。」李贄自己也說：「新邑（指黃安）僻陋
實甚。然為居食計，則可保終老，免逼迫之憂。何者？薪米便也。」
（《續焚書》卷一《答駱副使》）而其辭官後不願回鄉的主要原因則是
「不愛屬人管」。《焚書》卷四《豫約‧感慨平生》：

　　緣我平生不愛屬人管。……棄官回家，即屬本府本縣公祖父母
　　管矣。來而迎，去而送；出分金，擺酒席；出軸金，賀壽旦。
　　一毫不謹，失其歡心，則禍患立至，其為管束至入木埋下土未
　　已也，管束得更苦矣。我是以寧飄流四外，不歸家也。其訪友
　　朋求知己之心雖切，然已亮天下無有知我者；只以不願屬人管
　　一節，既棄官，又不肯回家，乃其本心實意。

　　耿定向「自負孔學正脈」，一向「以興起純學」為己任。他平時
與其弟定理講論於家庭之間，得益於耿定理者不少。李贄到黃安後，
從其婿莊純夫那裡知道他們兄弟二人論學的分歧：

　　子庸（定理）曾問天臺（定向）云：「《學》、《庸》、《語》、
　　《孟》，雖同是論學之書，未審何語最切？」天臺云：「聖人人
　　倫之至」一語最切。子庸謂終不若「未發之中」之一言也。
　　（《焚書》卷四《耿楚倥先生傳》）

　　李贄說：「余當時聞之，似若兩件然者。夫人倫之至，即宋發之中。苟不知未發之中，則又安能至乎？」（同上）「未發之中即良知」。他是贊成「喜怒哀樂之未發謂之中」的觀點的。李贄當時對耿定向很感激，曾說：別後三年，「楚倥牢記吾言，教戒純夫學道甚緊；吾女吾婿，天臺先生亦一以己女己婿視之矣。嗟嗟！余敢一日而忘天臺之恩乎！」（同上）

　　到黃安後，李贄感到「非惟出世之學莫可與商證者，求一超然在世丈夫，亦未易一遇焉」，於是便「閉戶獨坐，日與古人為伴侶矣。」（《續焚書》卷一《與駱副使》）。其間，耿家子弟和其他好學青年常來向李贄問學。這情況對李贄撰寫《四書評》和《史綱評要》有很大的啟發和促進作用。

　　八月，昆明瓦倉營重修土主廟成，李贄為寫《重修瓦倉營土主廟碑記》一文，說：「滇省遠在萬里，然在在處處崇信是神者眾，非淫祀也。」他把神道設教和政治目的結合起來，提出如下看法：「於此宣演聖諭，尊尊而親親，老老而幼幼，化民成俗，各止其所；歲時朔望，積羨盈貲，以興義舉，鄉田同井，出入相友，守望相助矣。」

　　此時，又寫《老子解序》一文，文中表示了對蘇轍一段話的不滿。蘇轍說過：「老子之學，重於無為，而輕於治天下國家，是以仁不足愛而禮不足敬。韓非氏得其所以輕天下之術，遂至殘忍刻薄而無疑。」（《李氏叢書》）李贄不同意這種看法。李贄認為老子的學說並非輕於治天下國家，而是以不治之術去治理天下國家，而所謂「仁義禮樂」、「刑名法術」，並不是治天下的辦法。他主張「無為而治」，要求擺脫一切條教刑名的束縛。他同意「《道德》之後為申、韓」的說法，但他反對說韓非把老子的「無為而治」發展為「殘忍刻薄」。李贄說：「予性剛使氣，患在堅強而不能自克也，喜讀韓非之書，又不敢再以《道德》之流生禍也。」《李氏選書》卷一《與焦弱侯》（第七書）

　　萬曆三年李贄曾著《解老》二卷，在滇中又著《心經提綱》一

文。此時，黃安邑侯（文德，涪州進士）予以梓行。李贄寫《提綱說》以記其事。其文如下：

> 道本大，道因經故不明，經以明道，因解故不能明道，然而經者道之賊，解者經之障，安足用與？雖然，善學者通經，不善學者執經，能者悟於解，而不能者為解誤，其為賊為障也宜也。夫前人說經，後人解經，要不過為能者通此一線路耳，非與夫不能者道也。
>
> 予在滇中，有求必書《心經》，書訖，仍題數語於後，名之曰《提綱》，雖不以解名，然亦何嘗離解也哉！黃安邑侯既刻《提綱》矣，復並予所注《道德解》并刻之，觀其心，其通經者歟？其為不執經不為解誤者歟？書以俟之。（顧大韶校《李氏文集》卷九《雜述》）

李贄寫信給焦竑，請他囑友人買荊川連來，準備印《解老》。《李氏遺書》卷一《與焦弱侯》第六書：

> 真詮出門方一日而彭生至矣。接手教，如面也。
>
> 楞嚴會安得有生同參其間乎？具在訒庵（方沆號）啟中，第賜覽之。所托李如真（李登號）買荊川連，殊不佳，難以書寫。諸兄有相念者，但囑令買此物轉寄可矣，欲印刷二十餘冊《解老》去。而馬大（馬伯時）即於山中告別，容後便寄去。擇可與言者與之，亦不枉作《解老》一場也。

李贄寄《解老》四本給焦竑，並隨信附去和詩一首。《李氏遺書》卷一《與焦弱侯》第七書：

> 二君（指高、許）來，知兄不得來矣。……小詩奉和，來教幸改正。《解老》板弟欲發去，竟不果，見有四本附去。……段

披風一件奉上，此雖制自滇中，然僅僅一掛體耳。……有玄
言，幸寄我。

冬十二月，焦竑到黃安訪李贄，「飲十日而別」。途中焦竑來信，
請李贄為其父後渠公[69]寫八十壽誕序。《續焚書》卷二《壽焦太史尊翁
後渠公八十秩華誕序》云：「九年冬，侯以書來，曰：『逼歲當走千
里，與宏甫為十日之飲。』已而果然，飲十日而別。別至中途，復以
書來」，請為其父作壽序。

臘底，到麻城，與周柳塘商訂明春游龍潭之事。《李氏遺書》卷
一《與焦弱侯》第八書：「臘底走麻城，與周柳塘相約潭上，為一春
之計。偶接羅近溪老書，遂歸與彼來人相會，並請之三月間到此。此
老決然一來也。」

本年，李贄與龍潭僧深有（法名無念，麻城人）初次相會。[70]

詩文編年

《寄焦弱侯》：見《續焚書》卷一。本年春寫於離滇行至貴州烏
撒途中。中有「別至貴州烏撒，聞顧轉浙少參，復留烏撒一月餘日待
之」一語。顧養謙升任浙江右參政係在上一年十二月丙午，故知此信
當寫於本年春三月間。

---

69 焦竑父文杰，字世英，號後渠。同治《上元、江寧兩縣合志》卷二十二《鄉賢
　傳》：「焦竑，字弱侯，號澹園，南京旗手衛籍。父文杰，衛千戶。」
70 萬曆十七年己丑，李贄在《僧無念》一文中回憶說：「我於無念僧相伴九載。」
　（《李氏六書》卷四）同年在聞羅汝芳之訃時，深有也說：「某自從公游，於今九年
　矣。」（《焚書》卷四《羅近溪先生告文》）於此可證。民國二十四年《麻城縣志》
　卷十五《仙釋》：「釋無念，名深有，東山熊氏子。少孤，披剃，遍游諸方。……僧
　參四十年，後忽有省。原不識文字，自是偈頌書札，口占如流。李長者（指李贄）
　聞而與之游，焦弱侯、陶周望、黃平倩、袁中郎皆致禮焉。晚年入黃柏山，建大禪
　林（指法眼寺）。中郎為之記，鄒南皋（鄒元標號）作傳。刻有《醒昏錄》、《黃柏
　復問》。……袁中道《珂雪齋文集》卷九《創立芝柏庵田碑》說，深有遍參諸
　方……後卓錫於麻城之龍潭。久之，復厭喧，寄棲商城之黃柏山。」

　　《與焦弱侯》第二書：見《李氏遺書》卷一。寫於本年夏初抵黃安寓天中山之後不久。中有「僕初夏到此」、「蓋定林初與僕會於此」等語。「此」指天中山。李贄與定林初會於天中山在萬曆二年，已見上文。按，去年《與焦弱侯》曾說「可約定林及一二相知至彼一會」，此信則說「行時乞拉許君與偕，並約定林隨從」，二者可以互參。

　　《提綱說》：見顧大韶《李氏文集》卷九。為黃安邑侯文德梓行李贄《心綱提綱》而作，約寫於本年初到黃安時。請與《與焦弱侯》第六書、第七書互參。

　　《與焦弱侯》第六書：見同上。寫於《心經提綱》一文之後。該文說「黃安邑侯既刻《提綱》矣，復並予所注《道德經》並刻之」，此信則是囑友人買寄荊川連以便印刷《解老》的。

　　《與焦弱侯》第七書：見同上，寫於上二信之後。其中「知兄不得來」，是承上信「兄幸撥冗一來」而言，「小詩奉和」，當是和焦竑《李宏甫解官卜築黃州寄贈》的，疑即《入山得焦弱侯書有感》二首（見下）。而「段披風一件奉上」，則是辭官歸來的投贈。

　　《入山得焦弱侯書有感》二首：見《續焚書》卷五。寫於本年自滇入楚初寓黃安天中山時。疑是和焦竑《李宏甫解官卜築黃州寄贈》一詩的。焦詩說「夜郎三載見班春」，李詩則說「三春鴻雁影，一夜子雲廬」（其一）；焦詩說「苦欲離家難自遂，何時同作灌園人！」李詩則說「何時策杖履，共醉秣陵春」（其二）。

　　《重修瓦倉營土主廟碑記》：原碑現藏昆明市瓦倉莊。文見福建人民出版社，廈門大學歷史系編《李贄研究參考資料》第二輯第二三七頁。寫於本年八月初一。文後署「萬曆九年歲次辛巳仲秋朔中憲大夫知姚安府事溫陵卓吾李載贄撰」。

　　《寄方子及提學》二首：見《續焚書》卷五。子及是方沆的字。寫於自滇返楚之後，當在本年。其中「滇雲隨絕足，昆海定新詩」，寫臨別。「此方多俊逸，長養報明時」，是針對方沆「遷客」的牢騷而

言。按方沆時為安寧提舉，後始升雲南提學。此「提學」二字當是後來加的。

　　《老子解序》：見《李氏叢書》。焦竑《老子翼》卷七收有此文，題為《解老自序》，文後有「先生名載贄，溫陵人；仕至姚安太守，請老歸」一語，是焦竑後來所加。《李氏叢書》無此一語。

時事

- 本年，「淮安、鳳陽、蘇州、松江四府連被災傷，徐州、宿州間至以樹皮充飢，或聚為盜。」（《明通鑑》卷六十七）
- 張居正在全國推行「一條鞭法」。《明史》卷七十八《食貨志二·賦役》云：「一條鞭」「立法頗為簡便，嘉靖間數行數止，至萬曆九年乃盡行之。」「一條鞭法」把賦稅、徭役及各種攤派併為一條，併入田賦徵收。同時改用「計畝徵糧」之法，規定除漕糧地區外，一般都改收銀兩。這一改革，使封建租稅中的貨幣成分大為增加，對商品經濟的發展起了刺激作用。
- 意大利傳教士利瑪竇抵廣州。（《明史》卷三二六《意大里亞傳》）

　　　　　＊　　　　　　　　　　＊　　　　　　　　　　＊

- 九月二十九日，鄒德涵（1526-　　，字汝海，號聚所，安福人，鄒守益孫，耿定向學生）卒，年五十六。（耿定向《耿天臺先生文集》卷十二《河南按察司僉事鄒伯子墓志銘》）
- 冬月，朱氏與畊堂梓行《新刊增補全像手談〈荔枝記〉》四卷。卷一署「書林南陽堂葉文橋繡像，潮州東月李氏編集」。（見《明末潮州戲文五種》）

萬曆十年壬午（1582） 　　　　　五十六歲

　　寓居黃安天窩，從事著述。《續焚書》卷一《與焦弱侯》：「惟有朝夕讀書，手不敢釋卷，筆不敢停揮，自五十六歲至今七十四歲，日日如是而已。」

　　元日，寫成《壽焦太史尊翁後渠公八秩華誕序》。李贄先托「觀海人」把序文送到白下請焦竑「改削」，以後又依焦竑意見寫成壽章，托空庵上人（天窩僧）送去，但空庵行至途中就折回了。《李氏遺書》卷一《與焦弱侯》第十書：「空庵去，附壽章如式書上。蓋兄來書已足表揚稱壽矣，弟又何加焉！惟有代書奉去耳。空庵去揚州問父母安，不便，復到此共住天窩。」後來李贄只好托耿家的使者把壽章帶到白下給焦竑。

　　空庵是李贄的方外友。此時李贄想在天窩終老，故切盼友人來此相聚，更盼定林來與空庵同住。上述信中說：

> 天窩佳勝，可以終身，弟意已決。兄倘能再游不？恐會試期
> 迫，不能爾也。……定林不識尚戀牛首禪堂有何妙趣？兄幸以
> 此意告之，可令與空庵同住。至望至望。
> 瞿太虛尚未見到。[71]京中諸友杳無音耗。有便，千萬寄。

　　春，周思久（號柳塘）大蓋樓屋精舍於麻城龍湖釣臺。《麻城縣志》卷二《名勝》：「釣臺，在縣東二十里……明季邑人周柳塘建寒碧樓於臺上……其左（南岸）為龍湖寺。」又《寺觀》：「龍湖寺，與芝佛寺隔河相望，河中有石臺，即釣魚臺。明季李卓吾嘗講學於龍湖，臺上建樓名寒碧，臺側有洞，即李氏藏書所。」

---

71 瞿太虛即瞿汝稷，號太虛，又號洞觀。嘉隆間翰林院學士瞿景淳之子。以父蔭，由五府歷郎署，知黃州、邵武二府。博學，尤精於內典，一時推為「多聞總持」《明史》有誤。

　　李贄如約到麻城龍湖。應周思久之請，為寒碧樓題聯：「兩個知心，一個清風一個月；十分豪興，五分濁酒五分詩。」（轉引自凌禮潮、李敏《李贄與龍湖》，第二三〇頁）寫信給耿定理，勸他來此相會，以調攝身體。《續焚書》卷一《與耿楚倥》：「世間萬事皆假，人身皮袋亦假也。然既已假合而為人，一失誠護，百病頓作，可以其為假也而遂不以調攝先之，心誠求之乎？今日之會，調劑之方也。」

　　李贄又寫信給焦竑，告以友人相聚的情況。《李氏遺書》卷一《與焦弱侯》第三書：

> 如真兄來，辱惠我書札，此時固已恨兄之不能來也。……此間大蓋樓屋精舍於釣臺，待賢者至止。弟亦設精廚寢食其上為賢地主。楚倥兄朝夕在其間，誠可樂也。書廚在兄所者，來時幸便攜。……
>
> 王生名柯，號橫崖，以順便行商，專志訪友見兄。兄其幸正之。……《貨殖傳》誠不可不讀也。《游俠傳》我輩讀也，殊深愧焉。

　　一天，周思久和耿定理（號楚倥）在釣臺論學，周思久提出耿定向「重名教」，李贄「識真機」。[72]黃宗羲《明儒學案》卷五《耿楚倥先生定理》附《楚倥論學語》：「卓吾寓周柳塘湖上。一曰論學，柳塘謂天臺重名教，卓吾識真機。楚倥誚柳塘曰：『拆籬放犬！』」

　　對於這一評論，後來周思久解釋說，「重名教」就是「以繼往開來為重」，「識真機」就是「以任真自得為趣」。請參看十四年譜文。

---

72 周思久與耿定理在麻城龍湖論學一事，黃宗羲《明儒學案》卷五未署具體時間。但從李贄《與焦弱侯》第三書看，當在萬曆十年而不是十一年或十二年。因為十一年春焦竑在北京參加會試，四月下第歸、李贄曾去信安慰，但並未邀他到黃安或龍湖相聚。而十二年開春，李贄動遠游之興，乘船到赤壁磯頭，因老病遽作，復還歸隱，未聞到過龍湖，而七月耿定理即死，焦竑父亦歿。故知這兩年李贄和耿定理、周思久並無會聚龍湖之舉。

回天窩。途中收到焦竑從南京寄來的信並附寄的《雅娛閣詩序》、《高鴻臚志銘》和《時文引》等文。焦竑的《雅娛閣詩序》評其友人王德載（王元坤字，上元人，錦衣衛指揮）的詩，說：「君爵萬戶侯，提方印，結紫綬於腰，所居為民衛華腴之選，胡志弗得，而至為詩與寒士角哉？人之挾才必有以用之，才不用於世，與用於世而不窮其才，則必有所寓焉以自鳴。……今德載何以居之？宜其停涵醞藉，憤懣鬱積，決焉而肆於詩也。」序中提出「詩非他，人之性靈之所寄也」的「性靈」說：

> 古之稱詩者，率羈人怨士不得志之人，以通其鬱結，而抒其不平，蓋《離騷》所以來矣。豈詩非在勢顯之事，而常與窮愁困悴者直邪？詩非他，人之性靈之所寄也。苟其感不至，則情不深；情不深，則無以驚心而動魄，垂世而行遠。（焦竑《澹園集》卷十五）

李贄覆信焦竑並附給如真、北陵。《續焚書》一卷《覆焦漪園》：「人來得書，時正入山。……此地得書難，得君詩尤難，當必有報我瓊瑤者，望之！……《古今詩刪》有剩本，幸寄我……並與如真、北陵二丈數字，皆煩為致上焉。楊（道南）、李（維明）二集幸寄我一覽，又望。」

本年，耿定向丁憂在家。管志道（號東溟）也時來天窩，但不久住。李贄與吳心學（號少虞，曾隱黃安似馬山，創洞龍書院）、周思久聚會於此。上述信中說：

> 東溟兄時在天窩。近山（疑是江近山，生平不詳。大學士許國有《送江近山南還》詩一首，收入陳田《明詩紀事》卷十五）從之行，但不同至黃安耳。東溟亦不久住此。此兄挫抑之後，收斂許多，殊可喜！殊可喜！……

> 佃天為我築室天窩，甚整。時共少虞、柳塘二丈老焉，絕世罵，
> 怡野逸，實無別樣出游志念，蓋年來精神衰甚，只宜隱也。

仲中稱讚《雅娛閣詩序》當盛傳，提出「文非感時發己，不能
工」的觀點，並請焦竑為自己寫《卓吾居士傳》。他說：

> 《雅娛閣詩序》當盛傳。文非感時發己，或出自家經畫康濟，
> 千古難易者，皆是無病呻吟，不能工。故此序與《高鴻臚銘
> 志》及《時文引》必自傳世。[73]何者？借他人題目，發自己心
> 事，故不求工自工耳。然則《卓吾居士傳》可少緩耶？弟待此
> 以慰岑寂。平生無知我者，故求此傳甚切也。

在黃安，與吳少華相得。道光《黃安縣志》卷八《吳少華傳》：
「吳願學，字少華，以諸生入太學。賦性剛介，言行不拘，與李卓吾
談經論道，交相得也。」

秋冬之際，寫信給焦竑，再次催促定林到天窩久住。《續焚書》
卷一《與焦漪園》：「定林不可不來也，來即為久住之計，非惟佞佛有
場，坐禪有所，[74]且佃老亦知愛之，不以方外生憎也。煩為促之一
至，萬萬！」

在上述信中，李贄反對把「名家」說成是儒家的附庸，不同意孟
子對墨家「以儉為家」的反駁。

---

73 李贄看到焦竑的《雅娛閣詩序》是在自龍湖釣臺回黃安天窩的本年初夏。這可從李
　 贄信中「故此序與《高鴻臚銘志》及《時文引》必自傳世」一語推知。焦竑《澹園
　 集》卷二十八《鴻臚寺序班高君子悔墓志銘》曰：「君諱朗，子悔其字，生嘉靖庚
　 寅（九年）八月十九日，終萬曆辛巳（九年）正月一日，享年五十有二。」又曰：
　 「君歿且滿歲，弟期若朝將葬君萬歲嶺之原，而以狀屬其銘。」可知焦竑此志銘是
　 寫於萬曆九年冬，而送達李贄手中則在本年初夏。焦竑《雅娛閣詩序》與《高鴻
　 臚志銘》的寫作時間雖有後先，但其寄到時間則同，都是在本年夏。
74 此「佞佛有場，坐禪有所」，當指天窩僧舍。耿定向《觀生紀》於嘉靖三十年辛亥
　 條載：「同公甫肄業慎獨樓。夏，遷天窩僧舍。」

　　冬，著《莊子解》，獨注蒙周著作《莊子》內七篇。《續焚書》卷四《讀南華》說：「《南華經》若無《內七篇》，則《外篇》、《雜篇》固不妨奇特也，惜哉以有《內七篇》也，故余斷以《外篇》、《雜篇》為秦、漢見道人口吻，而獨注《內七篇》，使與《道德經注解》並請正於後聖云。」李贄有時把這注解工作叫做「刪汰《南華》」。

　　本年，焦竑校刻《北西廂記》，撰《刻重校北西廂記序》，署名「龍洞山農」。（卜鍵《焦竑的隱居、交游與其別號「龍洞山農」》，文載《文學遺產》一九八六年第一期；李劍雄《焦竑年譜簡編》）其書及序當於本冬或明春送達李贄手中。

詩文編年

　　《壽焦太史尊翁後渠公八秩華誕序》：見《續焚書》卷二。寫於本年元日。序中有「萬曆十年春，是為侯家大人後渠八十之誕。先是九年冬，侯以書來曰」等語，而《與焦弱侯》第八書則說「所委文（指壽序），元日即有稿。」可知本文為元日之作。

　　《與焦弱侯》第三書：見《李氏遺書》卷一。寫於本年耿楚倥到龍湖釣臺之後。中有「楚倥兄朝夕在其間，誠可樂也」之語。又有「尊翁年高」、「舉子業何時繳銷？」之語。因明年是萬曆十一年癸未科會試期，故有此說。按，下一次會試期是萬曆十四年丙戌，那時焦父已死，楚倥亦歿，故知此信不寫於那次會試期的前一年而是寫於本年。

　　《與焦弱侯》第八書：見同上。寫於本年春。證見上述《壽焦太史尊翁後渠公八秩華誕序》引。

　　《與焦弱侯》第十書：見同上。寫於上信之後。中有「空庵去，附壽章如式書上」等語。這是托空庵上人把壽章帶到白下而未果時寫的一封信。

　　《初到石湖》一首：見《焚書》卷六。本年三月寫於龍湖。龍湖

亦稱龍潭、龍潭湖；因湖中有巨石，故又稱石湖或石潭。中有「魚游新月下」、「逢春信馬蹄」句。「逢春」、「新月」，當指三月初。李贄於去冬與羅近溪派來的人約今春三月到黃安，此人如於三月初來，則李贄於會見後即到龍湖。

《春宵燕集得空字》：見《焚書》卷六。可能是本年春三月寫於龍湖。中有「故交來昨日，千里動春風」句。「故交」殆指李如真。《李氏遺書》卷一《與焦弱侯》第三書中有「如真兄來……此時固已恨兄之不能來」一語。白下至黃安水路一千三百多里，此說「千里」，舉成數而言。「高館張燈夜，清尊興不空」，與「弟亦設精廚寢食其上為賢地主」的說法相合。

《與耿楚倥》：見《續焚書》卷一。本年三月寫於龍湖釣臺。中有「知己終日釣臺，整頓收拾十分全力，用之友朋」之語。

《覆焦漪園》：見《續焚書》卷一。寫於本年春末自龍湖釣臺回黃安天窩之後。中有「人來得書，時正入山，故喜而有述，既書扇奉去矣」之語。「入山」指入天窩山，因信中提到「東溟兄時在天窩」和「侗天為我築室天窩甚整」，故知。

《與焦漪園》：見《續焚書》卷一。本年秋冬之際寫於黃安天窩。信中說：「空庵上人去後，鴻便杳然，想近日又為北上計矣。時事轉眼即變，人生易老，何自苦乃爾！」這是勸焦竑要蔑視功名的話。「為北上計」，指準備赴京參加明春會試事。由此推知此信約寫於本年秋冬之際。信中又說：「如真兄近況何如？侗老道有書促之至天窩……定林不可不來也。」可知此信寫於天窩。

《莊子解》（又簡稱《南華》，焦竑《老子翼》卷首《採撫書目》稱為《莊子內篇解》）上下二卷，即所稱「獨注《內七篇》」見《李卓吾遺書》。完成於本年冬。李贄在次年《與焦弱侯》信中曾徵詢《南華》是否刻行的意見（參看萬曆十一年譜文）。又萬曆十六年李贄回憶說：「我於《南華》已無稿矣，當時特為要刪太繁，故於隆寒病中

不四五日塗抹之。」(《焚書》卷一《答焦漪園》) 由此可知《莊子解》作於本年冬。

《讀南華》：見《續焚書》卷四。可能寫於本年冬注《莊子解》之時。文中說「獨注《內七篇》，使與《道德經注解》並請正於後聖云。」李贄既於去年刻行《老子解》，則今年續著《莊子解》，使其對老莊學派的見解能夠「並請正於後聖」，這是很自然的想法。《讀南華》就是對著《莊子解》的說明，其寫作時間當與《莊子解》同時。

時事

- 三月庚申（初二日），杭州兵變，執巡撫吳善言。(《明神宗本紀一》) 四月，杭州人民為反對保甲法起來暴動。此即李贄所謂「錢塘兵民之變」。(《續焚書》卷二《西征奏議後語》)

- 六月乙巳（十九日），以前禮部尚書潘晟兼武英殿大學士（五日而罷）；吏部侍郎余有丁為禮部尚書兼文淵閣大學士，預機務。丙午（廿日），首輔張居正（1525-　）卒，年五十八。贈上柱國，謚文忠，歸葬江陵。(《明神宗本紀一》，《明通鑑》卷六十七)

- 十二月壬辰（初八日），謫太監馮保為奉御，抄家，得金銀一百餘萬兩，珠寶無數。(《明通鑑》卷六十七，《明神宗本紀一》，《明史》卷三〇五《馮保傳》) 壬寅（十八日），復前被罷建言諸臣編修吳中行，檢討趙用賢，員外艾穆，主事沈思孝，進士鄒元標、余懋學、趙應元、傅應楨、朱鴻模、孟一脈、王用汲，御史郭惟賢職。(《明神宗本紀一》，《明神宗實錄》卷一三一，《明通鑑》卷六十七)

- 張居正薦用之工部尚書曾省吾、吏部侍郎王篆皆被論，篆斥為民。吏部尚書梁夢龍、省吾皆致仕。(《明通鑑》卷六十七，《明神宗實錄》卷一三一) 改薊鎮總兵官戚繼光於廣東。(《明通鑑》卷六十七)

・本年，《西遊記》作者吳承恩（1500-　）卒，年八十三。（姜亮
夫《歷代人物年里碑傳綜表》）

　　　　　*　　　　　　　　　　*　　　　　　　　　　*

・方揚（字思善）任杭州知府。（《杭州府志》卷一〇〇《職官
二》）
・耿汝忠（黃安人）考取舉人。（《黃安府志》卷十五《舉人上》）

萬曆十一年癸未（1583）　　　　　五十七歲

　　李贄寓黃安天窩。

　　春二月，焦竑在北京參加會試。李贄寄《老子解》、《莊子解》及
一信去，徵求《南華》刻行的意見。《續焚書》卷一《與焦弱侯》：
「前寄去二《解》，彼時以兄尚未可歸，故先寄訒丈令送兄覽教，二
《解》有當兄心不？《南華》如可意，不妨刻行；若未也，即可付之
水火。」

　　四月間，焦竑下第歸。李贄聞訊，去信安慰，並附去前作感事詩
二絕。《續焚書》卷一《與焦弱侯》：

> 李如真四月二十六日書到黃安，知兄已到家，藏器待時，最喜
> 最喜！……
> 當接到兄京信時，時夜雷雨，山中偶感事作二絕句，便去，亦
> 可以見古今豪賢之感也。
> 秣陵人去帝京游，可是隋珠復暗投。昨夜山前雷雨作，傳君一
> 字到黃州。
> 獨步中原二十秋，劍光長射斗間牛。豐城久去無人識，早晚知
> 君已白頭。

作《雜說》，評論元人施惠的《拜月亭》、王實甫的《西廂記》和高明的《琵琶記》說：

> 《拜月》、《西廂》，化工也；[75]《琵琶》，畫工也。夫所謂畫工者，以其能奪天地之化工，而其孰知天地之無工乎？⋯⋯要知造化無工，⋯⋯而其誰能得之？由此觀之，畫工雖巧，已落二義（指第二流）矣。文章之事，寸心千古，可悲也夫！
>
> 且吾聞之：追風逐電之足，決不在於牝牡驪黃之間；聲應氣求之夫，決不在於尋行數墨之士；風行水上之文，決不在於一字一句之奇。若夫結構之密，偶對之切；依於理道，合乎法度；首尾相應，虛實相生：種種禪病皆所以語文，而皆不可以語於天下之至文也。雜劇院本，游戲之上乘也。《西廂》、《拜月》，何工之有！蓋工莫工於《琵琶》矣。彼高生者，固已殫其力之所能工，而極吾才於既竭。惟作者竊巧極工，不遺餘力，是故語盡而意亦盡，詞竭而味索然亦隨以竭。吾嘗攬《琵琶》而彈之矣：一彈而嘆，而彈而怨，三彈而向之怨嘆無復存者。此其故何耶？豈其似真非真，所以入人之心者不深耶！⋯⋯《西廂》、《拜月》，乃不如是。意者宇宙之內，本有如此可喜之人，如化工之於物，其工巧自不可思議爾。（《焚書》卷三）

這裡指出，「化工」與「畫工」的根本區別，即在於作品內容是「真」還是「非真」。文中還指出文學創作在於抒發個人內心「蓄積積久，勢不能遏」的真實感情。他說：

> 且夫世之真能文者，比其初皆非有意於為文也。其胸中有如許無狀可怪之事，其喉間有如許欲吐而不敢吐之物，其口頭又時

75　在《李卓吾先生批評北西廂》裡，李贄曾對「化工」的含義作過具體的說明：「不作意，不經心，信手拈來，無不是矣。我所謂之化工。」

時有許多欲語而莫可所以告語之處，蓄極積久，勢不能遏。一
旦見景生情，觸目興嘆；奪他人之酒杯，澆自己之壘塊；訴心
中之不平，感數奇於千載。既已噴玉唾珠，昭回雲漢，為章於
天矣，遂亦自負，發狂大叫，流涕慟哭，不能自止。寧使見者
聞者切齒咬牙，欲殺欲割，而終不忍藏於名山，投之水火。余
覽斯記，想見其為人，當其時必有大不得意於君臣朋友之間
者，故借夫婦離合因緣以發其端。於是焉喜佳人之難得，羨張
生之奇遇，比雲雨之翻覆，嘆今人之如土。其尤可笑者：小小
風流一事耳，至比之張旭，張顛、羲之、獻之而又過之。堯夫
云：「唐虞揖讓三杯酒，湯武征誅一局棋。」夫征誅揖讓何等
也，而以一杯一局覷之，至渺小矣！

嗚呼！今古豪傑，大抵皆然。小中見大，大中見小，舉一毛端
建寶王剎，坐徵塵裡轉大法輪。此自至理，非干戲論。

李贄認為詩歌要「發於情性，由乎自然」，而不能「牽合矯強」。
《讀律膚說》：

淡則無味，直則無情。……拘於律則為律所制，是詩奴也，其
失也卑，而五音不克諧；不受律則不成律，是詩魔也，其失也
亢，而五音相奪倫。不克諧則無色，相奪倫則無聲。蓋聲色之
來，發於情性，由乎自然，是可以牽合矯強而致乎？
故自然發於情性，則自然止乎禮義，非情性之外復有禮義可止
也。惟矯強乃失之，故以自然之為美耳，又非於情性之外復有
所謂自然而然也。故性格清澈者音調自然宣揚，性格舒徐者音
調自然疏緩，曠達者自然浩蕩，雄邁者自然壯烈，沈鬱者自然
悲酸，古怪者自然奇絕。有是格，便有是調，皆情性自然之謂
也。莫不有情，莫不有性，而可以一律求之哉！然則所謂自然
者，非有意為自然而遂以為自然也。若有意為自然，則與矯強

何異。故自然之道，本易言也。(《焚書》卷三)

李贄的文學主張，對公安派「性靈說」文藝思想的形成有直接的影響。

十月初一日為蕭良幹五十歲生日。李贄寫《知命偈似蕭拙齋》詩四首，說「命不在天不在仙」。

十月初十日為耿定向六十歲生日。李贄寫信給焦竑，希望他和李如真同來黃安祝壽。《李氏遺書》卷一《與焦弱侯》第四書：「尊翁健康何如？訒庵時時相聚否？……侗老十月初十為耳順誕期，大會親知。兄固可同如真一枉駕到此。」

冬末，李贄又到龍潭。聞王畿訃，即設位祭奠，並作《王龍溪先生告文》，對王畿推崇備至。後來在《覆焦弱侯》信中又說：「世間講學諸書，明快透髓，自古至今，未有如龍溪先生者。」(《焚書》卷二)

本年，鄧豁渠（本名鄧鶴初，四川內江人）的著作《南詢錄》在黃安一帶流行傳抄。吳少虞因抄錄《南詢錄》而受到耿定向的責難。《耿天臺先生全書》卷三《與吳少虞》：

> 彼鄧老以殘忍穢醜之行，為是詖淫邪遁之語，猶錄而玩之，此則竊疑兄胡涂耳。……乃鄧老之行，兄獨未之聞耶！余往醜其人不欲視其言，茲於兄錄本偶一攝之，撮其大旨曰「見性」，其見性之要在「了情」。……彼乃又曰：「遇境不容不動，既動不容不為。」……嗟嗟！是何言歟？是何言歟？如其言，將混而無別，縱而無恥，窮人欲滅天理，致令五常盡泯，四維不張，率天下人類而胥入於夷狄禽獸矣。……兄吾鄉之望人也，錄其書而存之，何耶？

耿定向在《又與吳少虞》中又說：

> 丈謂鄧老錄中亦有說得透處，即此余便謂兄胡涂耳。……彼謂

> 宋儒順事無情，猶是沾滯貶損陽明為未了情念，又謂《中庸》
> 亦情緣未了，不免生死云云。誕妄若此！其穢行又若此！兄謂
> 之透者，兄未即諸心而眩瞀於內典之見聞云爾也。……余行年
> 六十，何忍破口彰人過哉？念風俗淫僻，恥尚失所，晉室所以
> 亡也。由其言，不至如是不止矣。(《耿天臺先生全書》卷三)

可是李贄卻極力稱讚鄧豁渠的言論和行事為「得道」，其後又為《南
詢錄》寫序。由是耿、李二人觀點的分歧已逐步公開化了。

有人笑李贄無交，李贄寫《李生十交文》自辯說：

> 余交最廣，蓋舉一世之人，毋有如余之廣交者矣。余交有十。
> 十交，則盡天下之交矣。何謂十？其最切為酒食之交，其次為
> 市井之交。……其三為遨游之交，其次為坐談之交。……技能
> 可人，則有若琴師、射士、棋局、畫工其人焉。術數相將，則
> 有若天文、地理、星曆、占卜其人焉。……以至文墨之交，骨
> 肉之交，心膽之交，生死之交，所交不一人而足也。何可謂余
> 無交？又何可遽以一人索余之交也哉？(《焚書》卷三)

他說：「若夫剖心析膽相信，意者其惟古亭周子禮（友山）乎！肉骨
相親，期於無斁，余於死友李維明蓋庶幾焉。」(同上)

詩文編年

　　《與焦弱侯》：見《續焚書》卷一。本年夏寫於黃安天窩。中有
「李如真四月二十六日書到黃安」和「此時正熱」之語可證。按李贄
寓黃安期間，焦竑參加會試僅此一次。而信中問「尊翁老況何似？」
亦可證明此信寫於本年，因焦竑父明年即逝。故此又知此信絕非寫於
焦竑參加萬曆十四年丙戌科會試落第之後。

　　《山中偶感事作二絕句》：見《續焚書》卷一《與焦弱侯》。寫於

本年春夏間接焦竑京中來信之後，與上述《與焦弱侯》同時而略早。中有「獨步中原二十秋」之句。按焦竑自嘉靖四十三年（1564）中舉後屢試落第，至今前後恰好二十年，而在此期間，焦竑文聲早著，中原獨步。按，此感事二絕句，另見《續焚書》卷五，題為《感事二絕寄焦弱侯》。其第一首又收入《焚書》卷六，題為《山中得焦弱侯下第書》。可見這些詩題都是後來改的。

　　《雜說》：見《焚書》卷三。約於本年春夏之間寫於黃安天窩。李贄和焦竑是「窮詣彼此實際」的學者，二人交流及時而頻繁，其學術觀點同則相應，異則相商。夏初，李贄在看到焦竑《雅娛閣詩序》中對詩歌創作提出的「詩非他，人之性靈之所寄也」的觀點後，他在《與焦漪園》的覆信中即說：「文非感時發己……皆是無病呻吟，不能工。」焦竑去年刻《重校北西廂記》時是和《琵琶記》合刻的，他在署名為「龍洞山農」的《刻重校北西廂記序》裡寫道：「余園廬多暇，粗為點定，其援據稍僻者，略加詮釋，題於卷額，合《琵琶記》刻之。」李贄覺得《西廂記》和《琵琶記》這兩種戲曲作品雖然都好，但還有差別，故特寫《雜說》一文以明之。他拿《拜月亭》和《西廂記》作為一類來與《琵琶記》進行比較，說明自己所想闡明的問題，而認為前者是「化工」之作，後者則是「畫工」之作。至於作品如何能成為「化工」之作並成為「天下之至文」，那是「其胸中有如許無狀可怪之事……蓄極積久，勢不能遏，一旦見景生情……奪他人之酒杯，澆自己之壘塊」寫出來的。這與《與焦漪園》信中所說的「感時發己……借他人之酒杯，發自己之心事，故不求工而自工耳」的意思相同。故知本文與《與焦漪園》以及焦竑的《雅娛閣詩序》都是彼此呼應、互相補充的，其寫作時間當在焦竑《重校北西廂記》寄到之後，時間大約在本年春夏之間。

　　《讀律膚說》：見《焚書》卷三。大概也是寫於本年的春夏之間。本文是從另一角度對焦竑《雅娛閣詩序》中「詩非他，人之性靈

之所寄也」這一重要觀點的闡釋和補充。《南史・文學傳敘》說:「自漢以來,辭人代有,大則憲章典誥,小則申舒性靈。」中國的詩歌理論,自孔子提出的「《詩》三百篇,一言以蔽之,曰:思無邪」(《論語・為政》)以來,就有「溫柔敦厚,《詩》教也」(《禮記・經解》)的說法。後代的理學家更有「詩發乎情,止乎禮義」的說教,他們所說的「禮義」,就是宋明理學家所宣揚的「存天理,滅人欲」。焦竑說「詩非他,皆人之性靈之所寄也」的說法易為社會所接受,但也有被利用的可能,李贄敏感地覺察到這一點,認為有必要對「性靈」作一番新的界定。故又作此文。文中提出詩「發於情性,由乎自然」,「故自然發於情性,則自然止乎禮義,非情性之外復有禮義可止也」,這是說,由於自然的情性本身就是禮義,這就和儒家所宣揚的外加的禮義劃清了界限。公安三袁完全接受焦竑、李贄的說法。袁宏道在《敘小修詩集》裡說:小修「詩文而因以日進,大都獨抒性靈,不拘格套,非從自己胸臆中流出,不肯下筆。」他在《敘曾太史集》中又說:「其為詩,異甘苦,其直寫性情鄅一。」可以看出他們之間的繼承關係。袁宏道在《送焦弱侯老師使梁因之楚訪李宏甫先生》詩中說「自笑兩家為弟子」,並非空虛的奉承之語。《讀律膚說》討論的問題實際上比《雜說》更具有鮮明的反對理學的重要性,其寫作時間大約是《雜說》之後不久。

　　《知命偈似蕭拙齋》四首:見《續焚書》卷五。寫於本年十月初一日蕭良幹五十歲生日之前。《論語・為政》:「五十而知天命。」後遂以「知命」為五十歲的代稱。蕭良幹,號拙齋,王畿的學生,他篤信陽明之學,曾說:「行年十而乃自知其非也,知非而後能仕。」(焦竑《澹園集》卷三十《拙齋蕭公墓誌銘》引)李贄的詩當是對此而發。蕭「生嘉靖甲午(十三年,1534)十月朔日。」(見同上)

　　《與焦弱侯》:見《續焚書》卷一。即《李氏遺書》卷一《與焦弱侯》第四書。寫於本年十月以前。中有「侗老十月初十為耳順誕

期」一語可證。按耿定向生於嘉靖三年（1524），到本年為六十歲。耿定向《觀生記・萬曆十一年癸未》條載：「南中（指南京）舊相知為壽。」

《王龍溪先生告文》：見《焚書》卷三。本年十二月十六日寫於龍潭。李贄《續藏書》卷二十二《郎中王公傳》所附本文，其開頭即說：「萬曆癸未十二月十六日，後學溫陵李贄，聞龍溪先生之訃，為位於龍潭而告之曰。」此段文字，不見於《焚書》。又《焚書》卷三《羅近溪先生告文》引深有的話說：「癸未之冬，王公訃至，公即為文告之。」

《李生十交文》：見《焚書》卷三。約寫於本年。中有「或問李生曰：『子好友，今兩年所矣，而不見子之交一人何？』一語」。「兩年所」，指辭去姚安知府寓居黃安以來的時間。中又有「夫所交真可以托生死者，余行游天下二十多年，未之見也」一語。此「行游」指做官。李贄二十九歲開始做官至今二十九年，故云。

時事

- 閏二月二十六日，致仕大學士徐階（1503-　　）卒，年八十。（《續藏書》卷十二《大師徐文貞》，《明神宗實錄》卷一三六）（按，《明史》本傳以徐階卒於萬曆二年。）
- 三月甲申（初二日），追奪張居正上柱國、太師，再奪文忠諡號。罷張居正子錦衣衛指揮張簡修為民。（《明神宗實錄》卷一三五，《明通鑑》卷六十八）
- 四月戊午（初七日），首輔張四維以父喪告歸。申時行繼任首輔。以吏部侍郎許國為禮部尚書兼東閣大學士，預機務。（《明神宗實錄》卷一三六）
- 六月壬子（初二日），升翰林院編修吳中行為右春坊右中允，掌印信，檢討趙用賢為右春坊右贊善。（《明神宗實錄》卷一三八，《明通鑑》卷六十八）

　　*　　　　　　　　　*　　　　　　　　　*

- 三月，梅國楨（任河北固安知縣）、梅國樓（字公岑，號瓊宇，國楨二弟，選庶吉士）、潘士藻（字去華，婺源人）、李廷機、葉向高（字進卿，號臺山，福建福清人，選庶吉士）、湯顯祖考取進士。李廷機以進士第二授翰林院編修。（《明史》卷二二八《魏學曾傳》附《梅國楨》。民國《麻城縣志前編》卷九《梅國樓》，《明史》卷二三四《李沂傳》附《潘士藻》，《明史》卷二一七《李廷機傳》，《明史》卷二四〇《葉向高傳》，《明史》卷二三〇《湯顯祖傳》）劉守有（號思雲，麻城人，劉天和之孫）考取武進士。（乾隆《麻城縣志》卷十二）
- 四月，耿定向寫《題羅近溪子集》。（《近溪子集》卷首）
- 十月丁卯（十九日），升福建左參議駱問禮為湖廣副使。（《明神宗實錄》卷一四二）
- 十一月乙巳（廿七日），湖廣黃州府知府鄒迪光為副建副使，提調學政。（同上卷一四三）
- 本年，李材（號見羅）任姚安巡守道。（民國戊子秋《姚安縣志》卷二十五《人物志》）
- 羅汝芳《疏山會語》六卷由門人杜應奎等刻行。（楊起元《羅近溪先生墓志銘》）

萬曆十二年甲申（1584）　　　　　　　　　五十八歲

　　寓黃安天窩。

　　「開春便理舟楫，動遠游之興，直下赤壁磯頭矣，而筋力既衰，老病遽作，不得已復還舊隱。」（《答駱副使》）遇何心隱的高足弟子胡時中，有《贈何心隱高第弟宋胡時中》詩一首：「三日三渡江，胡

生何忙忙？師弟恩情重，不忍見武昌。」

　　二月間，駱問禮入楚，任湖廣按察司分巡武昌道兼管兵備副使。（此職銜見駱問禮《萬一樓集》卷三十一《修復武昌道公署記》一文）大概在春夏間，他來信問候李贄。李贄覆信，自述近年閉戶著述的情況。《續焚書》卷一《答駱副使》：

> 某粗疏無用人也，又且傲慢好自用。……優游以來，終年兀坐，戶外事無知者，是以無由致私祝於下執事也。乃過辱不忘，自天及之，何太幸！何太幸！寂寞枯槁，居然有春色矣。新邑僻陋實甚……非惟出世之學莫可與商證者，求一超然在世丈夫，亦未易一遇焉。……則其勢自不得不閉戶獨坐，日與古人為伴侶矣。重念海內人豪如公者有幾，不知何時按臨此土，俾小子復遂摳趨之願，乃以近年學古所獲者一一請正於大方也。

　　七月二十三日，耿定理卒。李贄作《哭耿子庸》詩四首，有「我是君之友，君是我之師。我年長於君，視君是先知」，「從此一聲雷，平地任所施。開口向人難，誰是心相知！」之句。耿定向自京來信，說定理之死，使他有「天祝（斷）予」之嘆。李贄《覆耿中丞》：

> 今所憾者，僕數千里之來，直為公兄弟二人耳。今公又在朝矣，曠然離索，其誰陶鑄我也？夫為學而不求友與求友而不務勝己者，不能屈恥忍痛，甘受天下之大爐錘，雖曰好學，吾不信也。（《焚書》增補一）

　　耿定理死後，李贄深感寂寥和失望。曾說：「自八老（定理）去後，寂寥太甚，因思向日親近善知識時，全不覺知身在何方，亦全不覺欠少什麼，相看度日，真不知老之將至。蓋真切友朋，生死在念，萬分精進，他人不知故耳。自今實難度日矣！」（《續焚書》卷一《與焦弱侯太史》）甚至說：「已矣莫我知，雖生亦何益！」（《哭耿子

庸》）其四）他後來回憶當時情景說：「既三年，余果來歸，奈之何聚
首未數載，天臺即有內召，楚倥亦遂終天也！」（《焚書》卷四《耿楚
倥先生傳》）

　　時焦竑父亦卒。李贄想離開黃安到南京。《續焚書》卷一《又與
弱侯焦太史》：「高使至，聞尊大人果爾，則老人已得所矣。……侗老
入京後有書來。……所可惜者，楚倥已作古人矣！兄喪事畢，須到此
一哀之，弟便隨兄還白下也。」

　　後因考慮到焦竑正丁父憂，生活窮困，未必可能招待他，故未
去。時耿定向之子克明想替焦竑「處理生事」，在黃安買田置屋，李
贄極表贊成。《李氏遺書》卷一《與焦弱侯》第十五書：「此間現克明
甚欲為兄處理生事，倘田房三百金，亦足用自度。意欲兄買舟過此作
朋兩三載耳。想會試期遠，可俯從克念（定理子）弟兄之雅志也。」

　　信中問：「黃嶼南舍親，果至白下不？果至，則是有福得見君子
也。」黃嶼南疑是李贄的妻舅，是一個有學問的人，[76]當是前來勸說
李贄回籍的。《李氏遺書》卷一《與焦弱侯》第十七書說：「黃嶼南自
別後便無音信，何從得此無根之語耶！弟欲就兄終老，此心未嘗頃刻
忘，直以賤內日夕欲歸，故爾遲遲未決。……」

　　八月間，僧定林自白下到黃安，住天中山。李贄原以為自此可以
稍慰寂寥，豈知定林一來，竟「無說無言，緊守閉關，一如在京時
候」，變成了一個「不死不活」的和尚，這使李贄感到「可哀」。（《續
焚書》卷一《與焦弱侯太史》）

　　本年三月，耿定向都察院左僉都御史，七月抵任，八月又提升為
都察院左副都御史。（耿定向《觀生記》）他官越大，光前裕後之心就

76　秋日，水春顏廷榘在吳中與黃嶼南相遇，贈以詩，其《吳中喜會黃嶼南，有贈》
　　云：「楓葉吳江秋不歸，相逢天末語依依。書成於汝愁應減，戰勝於今體較肥。客
　　裡黃花堪共把，霜前白雁己南飛。煙波千里頻回首，九月山中憶授衣。」（顏廷榘
　　《叢桂堂詩集》卷四《七律》）

越切，怕李贄教壞他家子弟，屢次來信責怪。如「憾克明好超脫不肯注意生孫……又錯怪李卓老曰：『因他超脫，不以嗣續為重，故兒效之耳。』……又……憾克明好超脫，不肯注意舉子業……乃又錯怪李卓老曰：『因他超脫，不以功名為重，故害我家兒子。』」（《焚書》卷一《答耿司寇》引）袁中道《李溫陵傳》也說：「子庸死，子庸之兄天臺公惜其（指李贄）超脫，死子侄效之，有遺棄（指拋棄功名妻子）之病，數至箴切。」。

耿定向對李贄的這種擔心，在他給周思久信中說得更明白。《耿天臺先生文集》卷三《又與周柳塘》第十九書：「卓吾之學只圖自了，原不管人，任其縱橫可也。兄茲為一邑弟子宗者，作此等榜樣，寧不殺人子弟耶？……惟兄儀一子，孤注耳，血氣尚未寧也，兄若以此導之，忍耶？」。

耿、李論戰從此開始。本年耿定向給周思久的信中說：「卓吾云：『佛以情欲為性命。』此非杜撰語。孟子原說口之於味，目之於色等，性也，但曰有命焉，君子不謂性也。不知卓吾亦然否？愚嘗謂《中庸》不言性之為道，而曰『率性之為道』，人誤以任情為率性，而不知率性之率，蓋由將領統率之率也。目之於色，口之於味等，若一任其性，而無以統率之，如潰兵亂卒，四出擄掠，其害可勝言哉！」（《耿天臺先生文集》卷三《又與周柳塘》第二十一書）他又在給李贄的一封信中提出「學其可無術歟！」的指責。對此，李贄寫了一封回信，予以反駁。《答耿中丞》：

> 昨承教言，深中狂愚之病。夫以率性之真，推而廣之，與天下為公，乃謂之道。既欲與斯世斯民共由之，則其範圍曲成之功大矣。「學其可無術歟！」此公至言也，此公所得於孔子而深信之以為家法者也。僕又何言之哉！然此乃孔氏之言也，非我也。夫天生一人，自有一人之用，不待取給於孔子而後足也。

若必待取足於孔子，則千古以前無孔子，終不得為人乎？故為願學孔子之說者，乃孟子之所以止於孟子，僕方痛憾其非夫，而公謂我願之歟？

且孔子未嘗教人之學孔子也。使孔子而教人以學孔子，何以顏淵問仁，而曰「為仁由己」而不由人也歟哉！何以曰「古之學者為己」，又曰「君子求諸己」也歟哉！惟其由己，故諸子自不必問仁於孔子；惟其為己，故孔子自無學術以授門人。……夫惟孔子未嘗以孔子教人學，故其得志也，必不以身為教於天下。是故聖人在上，萬物得所，有由然也。夫天下之人得所也久矣，所以不得所者，貪暴者擾之，而「仁者」害之也。「仁者」以天下之失所也而憂之，而汲汲焉欲貽之以得所之域。於是有德禮以格其心，有政刑以繫其四體，而人始大失所矣。

夫天下之民物眾矣，若必欲其皆如吾之條理，則天地亦且不能。……富貴利達所以厚吾天生之五官，其勢然也。是故聖人順之，順之則安之矣。是故貪財者與之以祿，趨勢者與之以爵，強有力與之以權，能者稱事而官，懦者夾持而使。有德者隆之虛位，但取具瞻；高才者處以重任，不問出入。各從所好，各騁所長，無一人之不中用。何其事之易也！……（《焚書》卷一）

這封信比較集中地表述了李贄的社會政治觀，它是李贄「非聖無法」的一篇代表作，具有鮮明的時代特徵。

　　大概在與耿定向公開論戰前後，李贄曾一度離開天窩到似馬山，住在吳少虞的洞龍書院。[77]

---

77 同治《黃安縣志》：「洞龍書院，距城十二里，在似馬山之麓。處士吳公少虞心學講
　　學於此，進士吳公曲夢化讀書發解處，溫陵李贄在天窩所著書亦半成於此。」在似
　　馬山，李贄曾為一勝景「似馬勝概」題「一線天」三個大字。（同上）

其時耿定向來信，「時時怨憾鄧和尚」，借責備「絕棄人世，逃儒歸佛」的鄧豁渠來指責李贄。李贄回信耿定向，反對他用「世人之是非」來非議鄧豁渠。《焚書》卷一《又答耿中丞》：

> 以今觀公，實未足為渠之知己。夫渠欲與公相從於形骸之外，而公乃素之於形骸之內，嘵嘵焉欲以口舌辯說渠之是非，……則大謬矣！夫世人之是非，其不足為渠之輕重也審矣。且渠初未嘗以世人之是非為一己之是非也。若以是非為是非，渠之行事，斷必不如此矣。

李贄與耿定向論戰日漸公開化，與吳少虞的交情也日漸惡化了。此時他亟想離開黃安。十月，到麻城，「以無館住宿，不數日又回」。（《續焚書》卷一《與焦弱侯》）

詩文編年

《李見田邀游東湖》二首：見《續焚書》卷五。李見田生平事跡不詳，東湖殆指武昌東湖。約寫於本年春。開春李贄曾「動遠游之興，直下赤壁磯頭」，可能被邀同游東湖。中有「眼前空闊煙波冷」和「兩岸桃花飛小艇」句，寫的是初春景象。李贄於萬曆三年冬似曾到杭州西湖（時友人吳自新任杭州知府），至此頭尾已十年了，故詩中有「不到西湖已十秋」之句。參看本年和萬曆二年、三年的有關譜文。按，李見田疑為李登先。民國四年《山東通志》卷百九十九《雜志》第十二《雜志上》載：「李登先，字見田，利津（屬山東）人。自幼好談玄講《易》，究心康節數學。長而曳袪公卿之門，占驗皆奇中。嘗游都下，一官偶病，思得鮮橘，南北兩阻。登先除淨室寂坐，眾人扃戶俟之，明日即出鮮橘以獻，味猶初摘，人共驚異，竟不知其何術致之也。」按，此條在「明穆廟上賓中貴馮保有異意，江陵（指張居正）與焉」、「成醫官莒州人，善醫，知府倪某疾，請診之」之

下，「戚南塘（即戚繼光）督師福建，軍律極嚴」，「殷公士儋，歷城人，少從里師郭公寧受書」之上，由此推知，李登先當是萬曆間人。李贄詩中的「李見田」是否即此人，待考。

《贈何心隱高第弟子胡時中》一首：見《焚書》卷六。約寫於開春游赤壁磯途中或二三月在黃安時。胡時中，字子貞，號環溪，安徽祁門人，與其弟胡時和（字子介，號少庚）都是何心隱的學生。萬曆七年己卯九月二日，何心隱被湖廣巡撫王之垣以「妖道」、「大盜犯」的罪名殺害於武昌。萬曆十一年癸未冬十一月，胡時和依其遺囑請收其遺骸而合葬於湖北孝感縣太僕寺丞程後臺（即程學顏）之墓。不久，胡時和死。萬曆十二年甲申春三月，胡時中將赴永豐看何心隱遺屬，在這之前他到孝感縣訪程學博，當他途經黃安或黃岡時，李贄寫此詩贈給他。

關於胡時中的籍貫和事跡，耿定力《胡時中義田記》說：「胡子貞持其尊公所為義田規約示予。……蓋布衣之名籍籍縉紳間，以其弟子介殉梁夫山先生之難而益顯。」（轉引自容肇祖整理的《何心隱集》中的《梁夫山遺集·附錄》，下同）此知「胡時中」又叫「子貞」，他有一個弟弟叫「子介」。關於子介「殉難」的事，《祁門縣志》本傳載：「汝元既遭捕，其徒祁門胡時和隨侍數千里。汝元死時，時和哀痛死。其兄時中受弟遺托，經理汝元身後之事，與學博收其遺骸，祔葬其兄學顏墓。」（見《梁夫山遺集》）此知「子介」名「時和」，安徽祁門人。關於胡時和究竟死於何時，收何心隱遺骸的到底是胡時中還是胡時和，《本傳》說法和以下記載有出入。乾隆四十二年（1778）何心隱同里解文尚在《梁夫山先生遺集序》裡說：「〔先生〕被逮祁門……先生遂斃命於楚。賴門人胡時和收葬遺骸，旋亦殉難。」（見《梁夫山遺集·附錄》）此說與程學博的記載同，只是「收骸」時間不夠具體。程學博《祭梁夫山先生文》說：「萬曆己卯秋，永豐梁夫山先生以講學被毒死。癸未冬，門人胡時和始得請收其

遺骸，附葬於後臺程公之墓，從先生遺言也。」（見同上）程學博是程後臺之弟，且親臨其事，故其收骸時間及收骸人的記載當較翔實可信。時人鄒元標《梁夫山傳》說：「越四年（即萬曆十一年癸未），友人程公二蒲、耿公楚侗、門人胡子介收骸骨葬於孝感（屬湖北省），與程公後臺公同塋。」（見同上）而耿定向《梁子招魂辭》首說：「永豐梁子……斃於楚獄。余傷其無歸，因從其徒請收骸為殯，作文招之。」後署「萬曆癸未仲冬福建巡撫黃安友人耿定向書」（見同上），由此可知胡時和收葬何心隱遺骸的具體時間是「萬曆癸未仲冬」。而胡時和「旋亦殉難」當在這之後不久。

　　關於李贄此詩的寫作時間，據程學博《祭梁夫山先生文》附記云：「此余殯夫山先生時作文以哭之。其時從先生難者惟祁門人胡少庚，乃少庚亦死矣。今余叨補過居家，而少庚之兄胡環溪君適在余家，將之梁氏，問余所以語梁氏者，余書此以貽之，煩持之懸掛於梁氏聚和堂中，以表予之心，並以與諸君告云。萬曆甲申季春雲南副使孝感程學博頓首泣言。」由此可知胡環溪即胡時中，於本年三月間曾到湖北孝感縣訪程學博。胡時中往返孝感經黃安、黃岡，而不過其師殉難地武昌，李贄感其師弟情誼，故寫詩以贈之。耿定力也稱讚胡時中說：「從心隱游者以千百計，獨仲子殉難以死。仲子，千古義士也。伯子間關吳楚，為心隱葬祀繼嗣計，以成賢弟師友之義，其高誼又奚止贍族黨名鄉曲已哉！」（《胡時中義田記》，見同上）

　　《答駱副使》：見《續焚書》卷一。駱問禮前任洱海道分巡時與李贄共事，故信中有「其得爾三載於滇中者，皆我公委曲成全之澤也」一語。駱於去年十月由福建左參議升為湖廣副使，今年二月到任。駱問禮《萬一樓集》卷三十《游廬山記》：「萬曆十二年二月入楚臬。」大概駱到任後不久即致信李贄。今以駱問禮到任的時間推測，駱的來信和李贄的覆信可能寫於本年三、四月間。

　　《答耿中丞》：見《焚書》卷一。寫於本年耿定向入京之後。中

有「則公此行，人人有彈冠之慶矣」一語可證。「此行」，指本年耿定
向赴京師任都察院左僉都御史和左副都御史。（見耿定向《觀生記》）

《哭耿子庸》四首：見《焚書》卷六。寫於本年七月底耿定理死
後。子庸即耿定理的字，耿定向的仲弟。耿定向《觀生記・萬曆十二
年甲申》條載：「是月（七月）二十三日，仲子卒於家。」李贄詩中
有「行年五十一，今朝真死矣」句。定理生於嘉靖十三年（1534）
（見耿定向《觀生記》），到今年死時恰好五十一歲。

《覆耿中丞》：見《焚書》增補一。寫於本年秋耿定理死後，時
耿定向任都察院左僉都御使、左副都御史。中有「則令弟子庸一人實
當之，而今不幸死矣！」和「今公又在朝矣」等語可證。「在朝」，指
在京任都察院左副都御史。左副都御史相當於明初御史臺的左中丞，
故信稱「耿中丞」。

《又與弱侯焦太史》：見《續焚書》卷一。本年秋寫於黃安。中
有「侗老入京後有書來」和「所可惜者，楚倥已作古人矣」等語可
證。按，「太史」是對翰林院編修或修撰的稱呼。焦竑於萬曆十七年
始任翰林院修撰。此稱「太史」，是編纂《續焚書》時加上去的。這
是追稱法，《焚書》、《續焚書》不乏其例。

《與焦弱侯》第十五書：見《李氏遺書》卷一。本年秋冬之際寫
於黃安。時焦竑正丁父憂。中有「尊先翁八十以上，躋上壽矣，孝子
可無恨矣」和「克明⋯⋯意欲兄買舟過此作朋兩三載耳⋯⋯想會試期
遠」等語可證。按，萬曆十四年丙戌春為下次進士科會試期，距此尚
有「兩三載」，故說「期遠」。

《又答耿中丞》：見《焚書》卷一。約寫於本年冬或明年春。題
稱「中丞」可知。據耿定向《觀生記》載，他於明年「四月初五日，
升刑部左侍郎。」而刑部左侍郎俗稱「司寇」，故知此信寫於耿任司
寇之前。信中李贄讚揚鄧豁渠「未嘗以世人之是非為一己之是非也」，
當是對耿定向來信中對鄧豁渠「行事」的非難而發。現耿信已不存，

但從耿給吳少虞的信中可窺見一斑。《耿天臺先生全書》卷三《與吳少虞》曾說：「乃鄧老之行，兄獨未之聞耶？……渠父老不養，死不奔喪，有祖喪不葬，有女逾笄不嫁，髡首而游四方。往在我里（指黃安）也，其子間關萬里來省而不之恤，其於情念誠斬然絕矣。乃其高筍塘寺之所為有不可道者，此獨非情念耶？……」李贄說若以世人之是非為一己之是非，「渠之行事，斷不如此矣」，殆即指此。

　　《覆士龍悲二母吟》：見《焚書》卷二。寫於本年冬或明年春。有「近耿中丞又以『雙節』懸其廬」一語。耿定向自本年三月起至明年四月止，先後任都察院左僉都御史和左副都御史，故稱中丞。信中又有「計二母（指李逢陽妻顧氏和妹李氏）前後同居已四十餘年」一語，可與上述結論互證。據陳作霖《楊希淳傳》和王兆雲《李逢陽傳》推算，李逢陽生於嘉靖八年己丑（1529），如他十五歲結婚（嘉靖二十二年癸卯，1543），至此有四十二年了。李贄說：「翰峰之妹，一嫁即寡，仍歸李家。」假如其妹少翰峰二歲，又假如她也十四、五歲結婚，那麼她與寡嫂同居至今也有四十或四十一年了，即李贄所說的「四十餘年」了。而這時，正是耿定向任中丞之時。

　　《同周子觀洞龍梅》七絕一首：見《焚書》卷六。寫於寓居黃安的某年春。「周子」，當是周思久。「洞龍」指洞龍書屋，一稱洞龍書院，在黃安縣南似馬山麓。詩裡寫道：「一枝斜倚古垣東，白首逢君出洞龍。莫怪花神爭笑語，周郎昨夜此山中。」古垣，指木蘭故城。《黃州府志》卷三《黃安縣古蹟》載：「木蘭故城在縣南，南齊置安蠻左郡木蘭縣。」「君」，當指吳心學少虞。

　　《琉璃寺》一首：見《焚書》卷六。寫於寓居黃安的某年秋。《黃州府志》卷四十《寺觀》載：「琉璃寺在黃安縣西。」詩中有「馬繞秋風萬木低」句，說明季候是秋天。又有「自有深公為伴侶」句，「深公」即深有。深有自萬曆九年即從李贄游。

　　《答僧心如》：見《續焚書》卷一。心如為黃安人。此信疑寫於

寓居黃安期間。據《湖北通志》卷一六九《人物志‧仙釋傳》載：
「心如，俗姓王，黃安人。苦修行，頓悟。楚藩王迎之修靜寺。後端
坐而化。」又據同治八年《黃安縣志》卷十《仙釋》載：「心如，俗
姓王，邑人，削髮為淨土庵開山祖。苦修頓悟。……後楚藩迎主修靜
寺。端坐而化……邑釋氏半師之。」

時事

- 二月庚午（廿三日），升王湘為湖廣左布政使。壬申（廿五日），
  升姚繼可為湖廣右布政使。時湖廣巡撫為李江。（《明神宗實錄》
  卷一四六）

- 四月乙卯（十八日），籍張居正家。（《明神宗本紀一》）《明史》
  卷二一三《張居正傳》：「帝命司禮張誠及侍郎丘橓偕錦衣指揮、
  給事中籍居正家。誠等將至，荊州守令先期錄人口，錮其門。子
  女……餓死者十餘輩。誠等盡發其諸子兄弟藏，得黃金萬兩、白
  金十餘萬兩。其長子禮部主事敬修不勝刑……自縊死。」

- 七月戊子（十四日），超擢居正所抑丘橓、余懋學、趙世卿、李
  植、江東之凡五人。（《明神宗實錄》卷一五一，《明史》卷二三
  六《李植傳》）。

- 八月丙辰（十三日），公布張居正罪行於天下，家屬戍邊。「自是
  終萬曆世，無敢白居正者。」（《明通鑑》卷六十八）

- 十一月庚寅（十八日），詔以陳獻章、胡居正、王守仁從祀孔
  廟。（《明神宗實錄》卷一五五）甲午（廿二日），罷廣東總兵官
  戚繼光。（同上）

- 十二月甲辰（初二），起前禮部侍郎王錫爵為禮部尚書兼文淵閣
  大學士（錫爵因救論奪情諸臣積忤張居正，以禮部侍郎家居五年
  不出），吏部侍郎王家屏兼東閣大學士，預機務。（《明通鑑》卷
  六十八）

　　　　　　＊　　　　　　　　　　＊　　　　　　　　　　＊

・八月癸丑（初十日），湯顯祖赴南京太常博士任。（引自徐朔方
　《湯顯祖年譜》）

・九月丁酉（廿四日），起原任廣東按察使胡直（號廬山）補福建
　按察使。（《明神宗實錄》卷一五三）

萬曆十三年乙酉（1585）　　　　　　　五十九歲

　　春三月，離開黃安，徙居麻城，住周思久的女婿曾中野家；又得
周友山的介紹，以智慧禪定為教導之師，暫時打消了導師訪友的念
頭。《續焚書》卷一《與弱侯焦太史》：

> 去年十月曾一到亭州（即麻城），以無館住宿，不數日又回。
> 今年三月復至此中，擬邀無念初入地菩薩、曾承庵向大乘居
> 士，泛舟至白下與兄相從，遍參建昌（今江西南城）、西吳
> （浙江湖州府）諸老宿（指羅汝芳等）。重念……（兄）又當
> 處窮之日，未必能為地主，是以未決。所幸菩薩不至終窮，有
> 柳塘老以名德重望為東道主，其佳婿曾中野捨大屋以居我，友
> 山兄又以智慧禪定為弟教導之師，真可謂法施、食施、檀樾施
> 兼得其便者矣。

　　劉承芳審理（萬曆十年舉人）返麻城，焦竑寄詩問訊李贄，其
《送劉審理還亭州，兼簡宏甫二首》其二云：「故人棲遯久，翻訝尺
書遲。日月空相憶，雲山不可期。雪殘江樹夜，鳥下晚鐘時。牢落還
誰仗，因君但益悲。」（焦竑《澹園集》卷三十九《五律》）此詩李劍
雄撰《焦竑年譜簡編》係在萬曆十三年乙酉。

　　不久，建維摩庵。「維摩庵在麻城中」，[78]是在曾承庵的倡議下由周友山出錢買民居改建的。李贄說：「我初至麻城，曾承庵創買城下今添蓋樓屋所謂維摩庵者，皆是周友山物，余已別有《維摩庵創建始末》一書……周友山既捨此庵，不是小事。此庵見交銀七十二兩與曾、劉二家矣，可輕視之歟？」（《豫約‧早晚守塔》）

　　時鄧石陽「游荊湘，遇李卓吾，上下古今多所參證」。（《內江縣志》卷四《鄧林材傳》）當時有人攻擊李贄學佛，罵他「棄人倫，離妻室」。李贄自說他學佛是不得已的，他也絕非是個「棄人倫」的人。《焚書》卷一《覆鄧石陽》：「弟異端者流也，本無足道者也。自朱夫子以至今日，以老、佛為異端，相襲而排擯之者，不知其幾百年矣。弟非不知，而敢以直犯眾怒者，不得已也，老而怕死也。」

　　又說：

> 年來每深嘆憾，光陰去矣，而一官三十餘年，未嘗分毫為國出力，徒竊俸餘以自潤。既幸雙親歸土，弟妹七人婚嫁各畢。各幸而不缺衣食，各生兒孫。獨余連生四男三女，惟留一女在耳。而年逼耳順，體素羸弱，以為弟侄已滿目，可以無歉矣，遂自安慰焉。蓋所謂欲之而不能，非能之而自不欲也。惟此一件人生大事未能明曉，心下時時煩懣，故遂棄官入楚，事善知識以求少得。蓋皆陷溺之久，老而始覺，絕未曾自棄於人倫之外者。

　　鄧石陽是李贄早年的好友，但他堅守程朱理學，力衛孔孟之道。他與李贄討論佛學的「真空」問題，而指斥佛學違棄人倫物理。李贄在《答鄧石陽》信中說：「穿衣吃飯，即是人倫物理，除卻穿衣吃

鈴木虎雄《李卓吾年譜》「萬曆十六年戊子六十二歲」譜文說：「卓吾在麻城，初得曾承庵之周旋，居於城下，後居龍潭之維摩庵，再居芝佛上院。」按，維摩庵在麻城中，不在龍潭。

飯，無論物矣。世間種種皆衣與飯類耳，故舉衣與飯而世間種種自然在其中，非衣飯之外更有所謂種種絕與百姓不相同者也。」（《焚書》卷一）。

「穿衣吃飯，即是人倫物理」，肯定了人們最基本的物質生活的要求，與耿定向「夫此入孝出弟，就是穿衣吃飯」（《耿天臺先生全書》卷三《與周柳塘》）的觀點有很大的不同。

李贄與鄧石陽對逃儒歸佛的鄧豁渠（本名鄧蕶初，四川內江人）在看法上也有分歧。《焚書》卷一《又答石陽太守》即討論了應該如何看待鄧豁渠的問題。信中指出：「兄精切於人倫物理之間」，「我則從容於禮法之外」，概括了二人思想觀點上的差異。

本年，為鄧豁渠的《南詢錄》寫序。《南詢錄》是鄧豁渠死後，為鄧石陽所訪得的。在《南詢錄敘》中，李贄引了「蜀人」評述鄧豁渠的話。鄧石陽看了，來信要李贄毀掉這篇序文，說鄧豁渠有累於其師趙貞吉，並說鄧的《南詢錄》和李贄序文都是「欲使天下之人皆棄功名妻子而後從事於學」。李贄不同意這種觀點。

《覆鄧石陽》：

> 承諭欲弟便毀此文，此實無不可，但不必耳。何也？人各有心，不能皆合。喜者自喜，不喜者自然不喜，欲覽者覽，欲毀者毀，各不相礙，此學之所以為妙也。……抑豈以此言為有累於趙老乎？夫趙老何人也，巍巍泰山，學貫千古，乃一和尚能累之，則亦無貴於趙老矣。……
>
> 夫渠生長於內江矣，今觀內江之人，更有一人效渠之為者乎？吾謂即使朝廷出令，前鼎鑊而後白刃，驅而之出家，彼寧有守其妻孥以死者耳，必不願也。而謂一鄧和尚能變易天下之人乎？……往往見今世學道聖人，先覺士大夫，或父母八十有餘，猶聞拜疾趨，全不念風中之燭，滅在俄頃。無他。急功名

　　而忘其親也。此之不責，而反責彼出家兒，是為大惑，足稱顛
　　倒見矣。（《焚書》卷一）

　　李贄問道：「且國家以《六經》取士，而有《三藏》之收；以六
藝教人，而又有戒壇之設；則亦未嘗以出家為禁矣。則如渠者，固國
家之所不棄，而兄乃以為棄耶？」（同上）

　　幾年來，耿定向對鄧豁渠的攻擊不遺餘力。他在《又與吳少虞》
中曾說鄧豁渠有「輕侮聖訓」之罪，而李贄卻稱讚鄧豁渠為「得
道」。上述《覆鄧石陽》還說：「然我又嘗推念之矣。……豈三聖人
（指釋迦、老子、孔子）於此，顧為輕於功名妻子哉？恐亦未免遺棄
之病哉！然則渠上人之罪過，亦未能遽定也。」彭際清《居士傳》卷
四十三《李卓吾傳》說：「又與耿天臺、鄧石陽遺書辨難，反覆萬餘
言，抉摘世儒偽情，發明本心，剝膚見骨。」明楊昆阜曾說：「有鄧
豁渠，不可無李卓吾。」（福建省圖書館藏朱墨套印本丘坦之評《李
氏焚書》卷一《覆鄧石陽》一文開頭的引語）

　　夏，曾承庵死，年僅四十。李贄寫《哭承庵》一詩，自嘆說：
「悠悠天壤間，念我終孤立！」（《續焚書》卷五）

　　閏九月間，耿定向寫《紀夢》一文，把王守仁的「良知」跟儒家
經典《中庸》的「君子之道，淡而不厭」的「淡」結合起來，說「淡
固良知之宗祖也」。文中提出通過「湔磨刷滌」的修養工夫，使人們
對「名義愛好心」淡然忘懷，達到「淡」的境界。初冬，李贄針對
《紀夢》，寫了《答耿中丞論談》一信，反對耿所謂「湔磨刷滌」，而
主張「達人宏識」。他說耿定向是「寐中作白晝語」，因為「若苟有所
忻羨」，即「非淡也」。信中指出：「願公更不必論湔磨刷滌之功，而
惟直言問學開大之益；更不必慮『虛見』、『積習』之深，而惟切究師
友淵源之自，則……不期淡而自淡矣。」

　　本年，李贄覆信何祥（字子修，號克齋，四川內江舉人，正德十

四年任麻城縣教諭），自述其平生取友和求學態度。《焚書》增補一《答何克齋尚書》：

> 某生於閩，長於海，丐食於衛，就學於燕，訪友於白下，質正於四方。自是兩都人物之淵，東南才富之產，陽明先生之徒若孫及臨濟的派、丹陽正脈，但有一言之幾乎道者，皆某所參禮也，不扣盡底蘊固不止矣。

詩文編年

《與弱侯焦太史》：見《續焚書》卷一。《焚書》增補一《與焦從吾》為本信的節錄。本年五、六月間寫於麻城。中有「此承自八老去後，寂寥太甚」和「去年十月曾一到亭州。……今年三月復至此中……此夏當從此度日」等語，可見是耿定理死後翌年夏間在麻城寫的。信開頭說：「自去秋八月定林到此，得接翰教，今十餘月矣。」可知此信具體的寫作時間約在五、六月間。

《南詢錄敘》：見《續焚書》卷二。這是為鄧豁渠《南詢錄》所寫的一篇序。《南洵錄》首編於嘉靖四十三年甲子（1564），後曾在通州刻行。耿定向《耿天臺先生文集》卷十六《里中三異傳·鄧豁渠傳》：「嘉靖甲子（鄧鶴）慕餘仲（定理）來余里，時年幾七十矣。仲館之高筍塘寺。……鄧鶴寓吾里中，曾集其言論，名曰《南詢錄》……渠後寓通州，屬其徒刻傳之。」鄧死後，其遺著為鄧石陽所訪得。袁宗道《白蘇齋類集》卷二十二《雜說類》云：「鄧卒客死保定人家。……所著書，石陽訪得之。」萬曆十一至十三年間《南詢錄》曾在黃安、麻城一帶流行傳抄或重刊過。李贄序大約即寫於這個期間，而可能即寫於本年。《南詢錄敘》中說：「蜀人多為我言」，「蜀人」包括鄧石陽在內。因李贄在序中引了鄧石陽評述鄧豁渠的話（見第一段），故鄧石陽來信要李贄毀掉這序文，遭到李贄的拒絕。《覆

鄧石陽》一信寫於「年逼耳順」之期，故此推知《南詢錄敘》約寫於本年。

《與焦弱侯》：見《續焚書》卷一。寫於《南詢錄敘》同時而稍後。中有「外《南詢錄》一冊，奉翟秋潭覽之」一語可證。

《覆鄧石陽》：見《焚書》卷一。這是一封拒絕銷毀《南詢錄敘》而寫給鄧石陽的覆信，寫於本年。中有「年逼耳順」一語，當是五十九歲。信後又有「二十餘年傾蓋之友，六七十歲皓皤之夫，萬里相逢，聚首他縣」之語。李贄於嘉靖四十三年（1564）以前即與鄧石陽結為摯友，至今已「二十餘年」。「他縣」指黃安、麻城。

《答周西巖》：見《焚書》卷一，討論學佛問題。《答周若莊》：見《焚書》卷一。討論朱熹的《大學章句》開宗明義的第一句「大學之道，在明明德，在親民，在止於至善」這指示入德之門和為學之序的要旨。周西巖、周若莊的本名和生平不詳。這兩篇書信的具體寫作時間也不詳，但都在本卷《答鄧石陽》之前則是可以肯定的。《答周西巖》中「據渠見處，恰似有人生知，又有人不生知」，此「渠」是指鄧豁渠和尚。中華書局《焚書》一九七五年版未加人名號是錯誤的，應補。

《又答石陽太守》：見《焚書》卷一。與《覆鄧石陽》當為同年同地之作，但時間可能略早。中有「我二人老矣，彼此同心，務共證盟千萬古事業，勿徒為泛泛會聚也」之語。可見這是老年「聚首他縣」時寫的一封回信。題目有「太守」二字，但並不能證明此信寫於鄧石陽任太守之時。據《廣西通志》卷三十《鄧林材傳》載：「鄧林材，內江人，舉人。明隆慶六年（1572）新寧知州。」如以三年期滿遷升例之，鄧石陽任新寧知州當在隆慶六年至萬曆三年（1572-1575），此時李贄才四十六至四十九歲，信中該不會說「我二人老矣」這樣的話。況且那時二人一在南京刑部，一在廣西，天南地北，並無「會聚」之舉。

　　《答鄧石陽》：見《焚書》卷一，《續焚書》卷一。又見《李氏說書・孟子下孟離婁篇・人之所以異於禽獸四章》，開頭有「又問人倫物理，卓吾曰」等九字。自開頭至「則反不如百姓日用矣」，文字與《焚書》基本相同，以下則有異。又見《李氏六書・焚書書答》部分，題為《覆鄧石陽論學佛》。寫作時間可能比《又答石陽太守》略早。中有「弟老矣」和「我在此，兄亦在此，合邑上下俱在此」之語，可見也是「六七十歲皓皤之夫，萬里相逢，聚首他縣」時的通信。

　　《哭承庵》一首：見《續焚書》卷五。寫於本年夏中或初秋。中有「三夏久離居，二豎生肘腋，一病不能支，旦暮成古昔」句，可見曾承庵是突生惡瘡死的。詩中有「日聞羅盱江（即羅汝芳），勉勉真修慝。一為豫章行，參訪恣所歷」句，可與寫於本年夏間的《與弱侯焦太史》一信互參。該信說：「今年三月復至此中，擬邀無念初入地菩薩、曾承庵向大乘居士，泛舟至白下與兄相從，遍參建昌、西吳諸老宿。」（《續焚書》卷一）又李贄寫於翌年五月的《與焦弱侯太史》信中說：「此月初一日，弟已隨柳老與定林、無念諸僧同登江舟，欲直至建昌，然後由浙江至秣陵會兄，大敘所懷……」（見同上）沒有再提起曾承庵，知曾承庵此時已死。按，詩中有「我似盧行者，帶髮僧腰石」，足見曾承庵之死在李贄落髮之前。

　　《中秋見月感念承庵》一首：見《續焚書》卷五。寫於本年中秋。中有「客淚金波重，交情玉露新」句，說明作者與曾承庵是新交摯友。本年李贄「初至麻城，曾承庵創買縣城下今添蓋樓屋所謂維摩庵者」。（《焚書》卷四《豫約》）今庵建人亡，故李贄深為「感念」。

　　《大智對雨》一首：見《續焚書》卷五。約寫於本年八月。時李贄居麻城附廓的維摩庵，與大智為侶。大智，麻城僧人。乾隆《麻城縣志》卷十五《仙釋》：「釋大智，東山童氏子，以苦行證果。」疑即智慧禪定。詩中有「人煙城外少，寂寂北樓居」和「八月南窗下，翛

然爾共余」句，可見是寫於八月在北城下的維摩庵中。

《答耿中丞論談》：見《焚書》卷一。這是針對耿定向《紀夢》（見《耿天臺先生全書》卷十六）一文而寫的一封論戰性通信，寫於本年冬初。《紀夢》說：「萬曆乙酉閏月（九月）既望之夕」，「中夜夢與荊石王相公（王錫爵）論學」，王問：「陽明良知之指云何？」耿答曰：「惟淡，知乃良；不淡，知弗良。淡固良知之宗祖也。」之晚，耿定向向周子禮（友山）、李士龍說夢，隨後寫下《紀夢》一文。此文自北京寄到麻城約需一個來月，故此推知李贄此信約寫於本年冬初。

《答何克齋尚書》：見《焚書》增補一。寫於本年移居麻城後。中有「五十而至滇，三年而出滇，復寓楚，今又移寓楚之麻城矣」一語可證。黃宗羲《明儒學案》卷三十五《郎中何克齋先生祥》；「何祥，號克齋，四川內江人，官至正郎。」《陝西通志》卷五十三《名宦四》：「何祥，字子修，四川內江人，舉人，華陰知縣……升襄陽府同知。」何克齋官至正郎而稱「尚書」，並非本人任過尚書的官，而是因其子何起鳴（字應歧）顯貴依例封予的榮名。《嘉慶重修一統志》卷四一三《資州·直隸州·何起鳴傳》：「何起鳴，內江人，嘉靖己未進士，歷官工部尚書……父祥，以理學崇祀。」王世貞《弇山堂別集》卷五十一：「何起鳴，萬曆十三年任工部尚書。」《明神宗實錄》卷一六一：「萬曆十三年乙酉六月辛丑（初二），慈寧宮成，侍郎何起鳴升本部（工部）尚書。」故此稱何克齋為尚書。

《覆丘若泰》：見《焚書》卷一。疑寫於萬曆十一年初居麻城時。丘若泰當是丘齊雲的號。駱問禮《萬一樓集》卷十四《邱若泰年丈過洞庭，挾有才子佳人，壯而贈之》，稱丘為「年丈」，知駱、丘為同年進士。據《明清進士題名碑錄索引》載，嘉靖四十四年子丑科進士，其中姓丘的僅有二人，一為「丘雲章，山東諸城」，一為「丘齊雲，湖廣麻城」。此「邱若泰」當指後者。《萬一樓集》卷十七《覆丘若太》，說「叨臨大邦」、「清秋溯舟洞庭」，更可證明此丘若太（古

「太」與「泰」通）即《題名碑錄》中的丘齊雲。據民國《麻城縣志前編》卷九《耆舊・文字》載：「邱齊雲，號謙之，嘉靖乙丑進士，年方二十四，任四川富順縣，升戶部郎。出為潮州知府（按，在萬曆四年）。致政時年僅三十八。宦情甚淡，惟寄興詩酒，情耽游覽。」康熙《麻城縣志》卷七載：「丘齊雲，字謙之，號岳泰。嘉靖進士。官至太守。年三十八即致仕。……刻有《吾兼亭集》、《粵中稿》。」按，丘齊雲當以字謙之，號若泰為是。

時事

- 正月壬午（初十日），召海瑞為南京都察院僉都御史。辛卯（十九日），四川建武所兵變，擊傷總兵沈思學。（《明通鑑》卷六十八）
- 三月戊寅（初八日），南京戶部署郎中唐伯元（字仁卿，廣東澄海人）上疏說王守仁不宜從祀，且謂《六經》無心學之說，孔門無心學之教，守仁言良知，邪說誣民，被降為海州判官。（《明神宗實錄》卷一五九，《明史》卷二八二《唐伯元傳》）
- 四月，湖廣饑。（《明神宗實錄》卷一六〇）

　　　　　＊　　　　　　　　　＊　　　　　　　　　＊

- 正月丁酉（廿五日），順天府通判周宏禴（字元孚，號二魯，麻城人）以上書論兵部尚書張學顏，被謫遠方。（《明神宗實錄》卷一五七）其兄南京光祿寺卿周宏祖於四月以謁陵穿紅被劾，黜為民。（同上卷一六〇）
- 三月丁丑（初六日），鄒元標（爾瞻）補南京兵部主事。（同上卷一五九）
- 四月丙午（初五日），左副都御史耿定向升為刑部左侍郎。（同上卷一六〇，耿定向《觀生紀》）

- 五月己亥（廿九日），胡直（1517- ）卒，年六十九。（耿定向《耿天臺先生文集》卷十二《胡廬山公志銘》）
- 六月壬戌（廿三日），蘇州兵備副使顧養謙為都察院右僉都御史，巡撫遼東。（《明神宗實錄》卷一六二）
- 八月，族弟李應先（字道表，號覺石，福建南安榕橋人）考取舉人。（《曆年表》）
- 閏九月戊午（廿一日），授梅國樓為禮科給事中。（《明神宗實錄》卷一六六）
- 十月甲申（十八日），楊起元任《大明會典》纂修官。（同上卷一六七）
- 十一月乙卯（十九日），升雲南參政李材為雲南按察使，備兵騰衝。（同上卷一六八）
- 本年，羅汝芳大會江西同志於會城。（楊起元《羅近溪先生志銘》）

萬曆十四年丙戌（1586）　　　　　六十歲

　　正月十五日，位於城北的維摩庵落成。李贄入住維摩庵。[79]李贄在維摩庵前後住了三年，成為「帶髮辭家一老僧」。

　　春患脾病，年餘始癒。《焚書》增補一《答周柳塘》：「我於丙戌之春，脾病載餘，幾成老廢，百計調理，藥轉無效。」

　　時深有將南游，李贄叫他到盱江見羅汝芳。（《焚書》卷三《羅近溪先生告文》）

---

79 周思久《柳塘遺語》中有七律一首，其序記載李贄入住維摩庵的日期和情況。其序曰：「李卓吾居士維摩庵新樓落成，值元宵，與鄧東里諸公燕集。居士樓僅一楹，坐客常滿，中杜妓，居士常以佛法導之，故引維摩借座及化天女無盡燈事。」詩首聯：「層樓北郭繞長河，寒入清宵放踏歌。」知維摩庵位於城北，靠龍池至護城河，與縣前河交匯處。（凌禮潮《李贄〈焚書〉〈續焚書〉所見麻城籍人物考》）

　　五月，羅汝芳將到南京講學。李贄與周思久、無念等同登江舟，擬到江西建昌會羅汝芳，然後由浙江到南京會焦竑等同聽羅汝芳講學，後因病未果。(《續焚書》卷一《與焦弱侯太史》)

　　羅汝芳在南京講學。李贄以未能參加盛會，深感惋惜，曾說：「今諸公既往，若相聚處少我一人，豈不恨哉！」(同上)

　　此時，看到《近溪子集》，說：「深嘆此老日進一日，脫化如此，故知人不可以無年也決矣。」(同上) 又接到李如真寄來焦竑《焦氏筆乘》二冊，其中收有友人論學的言論，李贄稱讚說：「中間弟所讀者過半相合，亦又以見兄於友朋無微善而不彰也。」(同上) 耿定向自京寄來《二鳥賦》，李贄認為它是針對自己的，即予「批題，繳而還之」，並寫一信交克明帶去。又寫信給焦竑，希望他入京時將此信呈耿定向一覽。信中指出，不能捨卻良知來教人學忠學孝弟忠信：

　　　　夫所貴於講學者，謂講此學耳。今不講此學，而但教人學好，學孝學弟，學為忠信。夫孝弟忠信等豈待教之而能乎？古人即孝弟等指點出良知良能以示人，今者捨良知而專教人以學孝學弟，苟不如此，便指為害人，為誤後生小子，不知何者為誤害人乎？則自古聖人皆誤害人之王矣，可勝嘆哉！(同上)

　　約在夏間，鄧應祈（號鼎石，石陽子）來任麻城令。[80]鄧與李贄是世交，故剛一履任，便送禮帖來。李贄回以名帖，自稱「流寓客子」。(《焚書》卷四《豫約・感慨平生》)

　　大概在六、七月間，耿定向寫一信給周思久，指責他「不識真」，故對李贄至今仍給以「以任真自得為趣」的評價，他要和周辨一辨「真」。因此信是衝向李贄而來的，故周思久即把它轉給李贄一

---

80 民國《內江縣志》卷四《鄧應祈傳》：「鄧應祈字永清，幼以奇童稱。舉萬曆壬午（十年）第三人，丙戌成進士，授麻城令。」本年李贄《答耿司寇》信中說：「聞麻城新選邑令初到。」此「新選邑令」即鄧應祈。

閱。耿定向《與周柳塘》第十八書立足於恃真斥妄，其略曰：

> 憶昔年卓吾寓兄湖上時，兄謂余重名教，卓吾識真機。亡弟誚
> 兄曰：「拆籬放犬！」意蓋訝兄與余營道同術者而作是分別，
> 未究余學所主，語若右卓吾云爾。兄時不解，曾以語余，余哂
> 而不答，蓋冀兄之自解也。乃近書來，覆曰余「以繼往開來為
> 重」，而卓吾「以任真自得為趣」，則亡弟此誚，兄到今未會
> 矣。亡弟非訝兄輕余而軒卓吾也，蓋慨兄之不識真也。
> 夫孔、孟之學學求真耳，其教教求真耳。捨此一「真」，何以
> 繼往？何以開來哉？近日學術，淆亂正原，以妄亂真，壞教毒
> 世，無以紹前啟後。不容己於呶呶者，亦其真機不容己也。如
> 不識真而徒為聖賢護名教，妄希繼往開來之美名，亦可羞己，
> 不已與兄大隔藩籬耶？若卓吾果識真機，任真自得，余家兄弟
> 自當終身北面之，亡弟安忍如此引喻，置之籬外哉？茲欲與兄
> 一剖真機，慮兄以為聲聞不省。
> 吾儒之教，以仁為宗，正以其得不容己之真機也。彼以寂滅滅
> 己為真，或以一切任情從欲為真，可無辨哉？（耿定向《耿天
> 臺先生文集》卷三《書牘》一）

李贄看了此信，知道要辨「真」，只有用「童心」這一命題，才
能把「真」說清楚，並戰而勝之。他以焦竑《刻重校北西廂記序》末
後「知我者勿謂我尚有童心可也」一語為發端，作《童心說》。《童心
說》立足於明真揭假，把一切失去童心的假人、假事、假文、假道學
的真面目揭露在世人面前，它既是一篇重要的哲學著作，也是一篇闡
述文學主張的重要論文。其略曰：

> 夫童心者，真心也。……絕假純真，最初一念之本心也。若失
> 卻童心，便失卻真心，失卻真心，便失卻真人。

夫學者既以多讀書識義理障其童心矣，聖人又何用多著書立言
以障學人為耶？童心既障，於是發而為言語，則言語不由衷；
見而為政事，則政事無根柢；著而為文辭，則文辭不能達。非
內含於章美也，非篤實生輝光也，欲求一句有德之言，卒不可
得。所以者何？以童心既障，而以從外入者聞見道理為之心
也。

夫既以聞見道理為心矣，則所言者皆聞見道理之言，非童心自
出之言也。言雖工，於我何與，豈非以假人言假言，而事假事
文假文乎？蓋其人既假，則無所不假矣。由是而以假言與假人
言，則假人喜；以假事與假人道，則假人喜；以假文與假人談，
則假人喜。無所不假，則無所不喜。滿場是假，矮人何辯也？
夫《六經》、《語》、《孟》，非其史官過為褒崇之詞，則其臣子
極為讚美之語。又不然，則其迂闊門徒，懵懂弟子，記憶師
說，有頭無尾，得後遺前，隨其所見，筆之於書。後學不察，
便謂出自聖人之口也，決定目之為經矣，孰知其大半非聖人之
言乎？縱出自聖人，要亦有為而發，不過因病發藥，隨時處
方，以救此一等懵懂弟子，迂闊門徒云耳。藥醫假病，方難定
執，是豈可遽以為萬世之至論乎？然則《六經》、《語》、
《孟》，乃道學之口實，假人之淵藪也，斷斷乎其不可以語於
童心之言明矣。（《焚書》卷三）

　　李贄以是否出於「童心」作為評價文學作品的標準。他針對明代
前後七子「文必秦漢，詩必盛唐」的復古觀點，提出「詩何必古選，
文何必先秦」的進步主張。他說：

天下之至文，未有不出於童心焉者也。苟童心常存，則道理不
行。聞見不立，無時不文，無人不文，無一樣創制體格文字而
非文者。詩何必古選，文何必先秦。降而為六朝，變而為近

體；又變而為傳奇，變而為院本，為雜劇，為《西廂曲》，為
《水滸傳》，為今之舉子業，皆古今至文，不可得而時勢先後
論也。故吾因是而有感於童心者之自文也，更說什麼《六
經》，更說什麼《語》、《孟》乎？（《焚書》卷三）

　　李贄的文學主張，對公安派文藝思想的形成和湯顯祖的傳奇創作
都有直接的影響。

　　李、耿論戰日漸激化，雙方陣線也日漸分明。沈鈇《李卓吾
傳》：「兩家門徒標榜角立，而耿、李分敵國。」原先與李贄交好的周
思久、吳少虞，此時也站到耿定向一邊。周思久「宦廿年，秩二千
石，四歷名郡」先後任過裕州（今河南省）同知、徽州府同知，瓊州
（今海南省）、和雄知府。辭官後在麻城創建輔仁書院，「與耿定向以
理學相切劘」，其學「以仁為宗」。曾說：「孔子之學，所謂物並育而
不害，道並行而不悖者也。」（楊起元《楊太史家藏文集》卷三《學
孔編序》引）他在麻城聚徒講學，說「無此道理，難過日子」。其堂
弟周思敬反駁說：「有此道理，難過日子。」（耿定向《耿天臺先生文
集》卷三《又與周柳塘》第四書引）並不許他繼續講學。本年三月，
耿定向護其妻彭淑人之櫬自京師歸里，企圖調和周氏兄弟之間的矛
盾，說他於「有道理時觀其竅，無道理時觀其妙」，而為周思久「伸
屈」。此外，他還想讓錦衣衛左都督劉守有出來講學。李贄不以為
然。《焚書》卷一《答耿司寇》：

　　然則子禮不許講學之談，亦太苦心矣，安在其為挫抑柳老（周
　　思久），而必欲為柳老伸屈，為柳老遮護至此乎？又安見其為
　　子禮之口過，而又欲為子禮掩蓋之耶？公之用心，亦太瑣細
　　矣！……亦太不直矣！……且吾聞金吾[81]亦人傑也，公切切焉

---

81 金吾，指劉守有，因官錦衣衛，故稱。民國《麻城縣志》卷一《疆域・古跡》：「劉

欲其講學，是何主意！……而欲彼就我講此無益之虛談，是又
何說也？

時耿定向要周思久倡議成立一個講學會。《耿天臺先生文集》卷
三《與周柳塘》第一書：「丈倡率結一會社，中間默寓變俗之意，何
如？勿謂迂闊，事賢友仁如是。此意當默識而身驗之也。」周思久擬
請鄧應祈為會主。李贄聞知，極力反對。《答耿司寇》：

> 聞麻城新選邑侯初到，柳塘因之欲議立會，請父母為會主。余
> 謂……何必另標門戶，使合縣分黨也？與會者為賢，則不與會
> 者為不肖矣。……且父母在，誰不願入會乎？既願入會，則入
> 會者必多不肖；既多不肖，則賢者必不肯來，是此會專為會不
> 肖也。……況為會何益於父母，徒使小人乘此紛擾縣公。……
> 安在必立會而後為學乎！……反覆思惟，總是名心牽引，不得
> 不顛倒耳。

吳少虞長期隱居在似馬山中講學。《黃州府志》卷十九《儒林》：
「吳心學，字少虞。家世業農，一意孔孟之學，隱似馬山中。……教
人以學上達為宗。居山中凡二十年。卒，……學者以『洞龍』稱
之。」他跟隨耿定向對李贄進行指責。《答耿司寇》：

> 吳少虞曾對我言曰：「楚倥放肆無忌憚，皆爾教之。」我曰：
> 「安得此無天理之談乎？」吳曰：「雖然，非爾亦由爾，故放
> 肆方穩妥也。」吁吁！楚倥何曾放肆乎？且彼乃吾師，吾惟知
> 師之而已。渠眼空四海，而又肯隨人腳跟走乎？苟如此，亦不

金吾壩，明錦衣衛劉守有別墅也。」又卷二《建置・坊表》：「大金吾坊，為宮保劉
守有立。」袁中道《珂雪齋文集》卷八《梅大中丞傳》：「王公明日往謁麻城劉大金
吾守有。」《麻城縣志》卷九《耆舊・名賢》：「劉守有，號思雲，襲祖莊襄公蔭，
官錦衣衛，加太傅。」均可證。按，劉守有是梅國楨的中表。

得謂之楚倥矣。大抵吳之一言一動，皆自公來。

耿定向在麻、黃影響很大。李贄深知放棄自己的立場，日子一定好過，但他辦不到：

> 我非不知敬順公之為美也，……亦非不知順公則公必愛我，公既愛我則合縣士民俱禮敬我，吳少虞亦必敬我，官吏師生人等俱來敬我，何等好過日子，何等快活。但以眾人俱來敬我，終不如公一人獨知敬我；公一人敬我，終不如公之自敬也。（同上）

夏，在病中，評點《世說新語補》。《世說新語補序》：「丙戌長夏，病，思無聊，因手校家本，精劃其長注，間疏其滯義，明年以受梓。」（《世說新語補》卷首）

六月間，祝世祿赴任黃陂教諭，途經麻城，與李贄相會。[82]祝世祿昔師事耿定向，也和李贄有交往。《答耿司寇》：「黃陂祝先生舊曾屢會於白下，生初謂此人質實可與共學，特氣骨太弱耳。近會方知其能不昧自心，雖非肝膽盡露者，亦可謂能吐肝膽者矣。使其稍加健猛，亦足承載此事，願公加意培植之也。」

祝世祿別後寄來一信，說：「僕自詫來莫（暮），不逮耿仲子之存。……長者失此知己，而在倫先生又復出山，亦恐大違卜鄰初心。」然後情意深長地說：「知者可與之言而不必與之言；不知者不可不與之言，而不可與之言，言之滋曉曉耳。長者年來所與言者為誰？僕竊願有聞焉。此中去高賢之盧不遠，餘風所被，無誹學者，似無不可與之言，而實不可與之言。」（《環碧齋尺牘》卷一《與李宏父先生》）

---

82 祝世祿《環碧齋尺牘》卷一《啟耿在倫先生》：「蓋以七月朔履任。」由此推知祝世祿過麻城見李贄約在六月間。

耿定向素以孔學自負，處處搬出古人模樣，用所謂聞見道理教人。李贄去信諷勸，耿定向回信，斥責李贄。《耿天臺先生文集》卷四《與李卓吾》第一書：

> 來教謂余日用之間果能不依仿古人模樣不，果能不依憑聞見道理不。竊謂古人有與世推移因時變化的模樣，有自生民以來千古不容改易的模樣，有從聞見上來名義格式的道理，有根心不容自己的道理。……蓋公志於出世者，出世者亦自有出世的模樣，安敢強聒！乃余固陋，第念降生出世一場，多少不盡分處，不成一個模樣在。比來目見學術澆漓，人心陷溺，雖不敢妄擬孔孟模樣，竊亦抱杞人天墜之憂矣。

李贄接讀來信，不顧病後體弱，寫了《答耿司寇》的一封長信。信中指出耿滿口「利他」、「為人」，實際上卻「偏私」、「多欲」，言行不一。他說：

> 試觀公之行事，殊無甚異於人者。人盡如此，我亦如此，公亦如此。自朝至暮，自有知識以至今日，均之耕田而求食，買地而求種，架屋而求安，讀書而求科第，居官而求尊顯，博求風水以求福蔭子孫。種種日用，皆為自己身家計慮，無一釐為人謀者。及乎開口談學，便說爾為自己，我為他人，爾為自私，我欲利他。我憐東家之饑矣，又思西家之寒難可忍也。某等肯上門教人矣，是孔、孟之志也；某等不肯會人，是自私自利之徒也。某行雖不謹，而肯與人為善；某等行雖端謹，而好以佛法害人。以此而觀，所講者未必公之所行，所行者又公之所不講，其與言顧行、行顧言何異乎？以是謂為孔聖之訓可乎？翻思此等，反不如市井小夫，身履是事，口便說是事，作生意者但說生意，力田作者但說力田，鑿鑿有味，真有德之言，令人聽之忘厭倦矣。

信中又進一步指出：

> 公繼東廓先生，終不得也。何也？名心太重也，回護太多也。
> 實多惡也，而專談志仁無惡；實偏私所好也，而專談泛愛博
> 愛；實執定己見也，而專談不可自是。……
> 每思公之所以執迷不返者，其病在多欲。

信中提出了「何必專學孔子而後為正脈也」的觀點，說：

> 聖人不責人之必能，是以人人皆可以為聖。故陽明先生曰：
> 「滿街皆聖人。」佛氏亦曰：「即心即佛，人人是佛。」夫惟
> 人人之皆聖人也，是以聖人無別不容已道理可以示人也。……
> 非強之也，以親見人人之皆佛而善與人同故也。善既與人同，
> 何獨於我而有善乎？人與我既同此善，何有一人之善而不可取
> 乎？……舜惟終身知善之在人，吾惟取之而已。耕稼陶漁之人
> 既無不可取，則千聖萬賢之善，獨不可取乎？又何必專學孔子
> 而後為正脈也？

耿定向為了維護「世教」，特地研讀佛書，著《譯異編》，用以反擊李贄。《觀生紀》：「萬曆十四年丙戌，我生六十三歲。……其歲，著《譯異編》。」在《譯異編》中，耿定向用儒家學說，對佛教的一些重要經典如《心經》、《維摩經》、《楞嚴經》、《法華經》等和一些重要命題如「六道」、「六通」、「淨土」、「出離生死」、「大事」等都進行了批判。（《耿天臺先生文集》卷十一《譯異編序》）

耿定向寫信給李贄，為自己的不容已的理論辯護。《耿天臺先生文集》卷四《與李卓吾》第四書：

> 公謂余之不容自已者，乃《弟子職》諸篇入孝出弟等事，公所
> 不容已者，乃大人明明德於天下事，此則非余所知也。除卻孝

> 弟等，更明何德哉？竊意公所云明德者，從寂滅滅已處覷得無
> 生妙理，便謂明瞭；余所謂不容已者，即子臣弟友根心處識取
> 有生常道耳。

他並且說：「如公所見，廿年前亦曾抹索過。」[83]（同上）

在《答耿司寇》信中，李贄提出「聖愚一律，不容加損」而「獨
有出類之學」的觀點，說：

> 然則孔子講學非歟？孔子直謂聖愚一律，不容加損，所謂麒麟
> 與凡獸並走，凡鳥與鳳凰齊飛，皆同類也。所謂萬物皆吾同體
> 是也。而獨有出類之學，惟孔子知之，故孟子言之有味耳。然
> 究其所以出類者，則在於巧中焉，巧處又不可容力。

對此，耿定向來信反駁。《耿天臺先生文集》卷四《與李卓吾》第六
書：

> 昔趙大洲云：「只要眼明，不貴踐履。」余則曰：眼孔易開，
> 骨根難換。公所取人者眼孔，余所取人者全在骨根。
> 來書云：「麒麟與凡獸並走，鳳凰與凡鳥齊飛，皆同類」云
> 云。夫二物之所以出於禽獸類者，非歆其羽毛鱗甲也，止以其
> 生蟲之不踐，喈喈之和鳴，能出禽獸類耳。他雖猱猿之便捷，
> 獅虎之豪猛，鸚鵡猩猩之能言，終是禽獸之根骨，不能出類
> 也。由是而觀，孔孟高超不及莊列，權謀不及蘇張，武略不及

---

[83] 所謂「二十年前亦曾抹索過」，殆指「耽無溺妙」事，耿定向《觀生紀》：「……其
年（嘉靖四十五年），仲子謁闕里，登泰山還，若有所啟，與焦竑、楊希淳、吳自
新二三子商切有契，謂余若尚有閡，時時垂涕盡規。余因有省益。余往猶未免耽無
溺妙，以此合彼見在，至是乃豁然一徹也。」嘉靖四十二年夏耿定向寫《出世經世
說》，主張儒者「必乃出世而後能經世」，嘉靖三十五年寫過《窮理說》，說「蓋吾
人而今眼前見的這個身只是一個血肉之軀，張子所云客形，異教家所云假合幻身
耳。」（《耿天臺先生全書》卷八）

孫吳，所以出類者，第以其一種不容已之仁脈有以貫通於天下萬世耳。⋯⋯

夏，湖廣大水。鄧應祈來信請教救災之方。李贄作《覆鄧鼎石》：

> 若曰「救荒無奇策」，此則俗儒之妄談，何可聽哉！世間何事不可處，何時不可救乎？堯無九年水，以有救水之奇策也；湯無七年旱，以有救旱之奇策也。彼謂蓄積多而備先具者，特言其豫備之一事耳，非臨時救之之策也。惟是世人無才無術，或有才矣，又恐利害及身，百般趨避，故亦遂因循不理，安坐待斃。⋯⋯獨有一等俗儒，己所不能為者，便謂人決不能為，而又敢倡為大言曰：「救荒無奇策。」嗚呼！斯言出而阻天下之救荒者，必此人也，然則俗儒之為天下虐，其毒豈不甚哉！（《焚書》卷二）

為了排擊異學，影射攻擊李贄，耿定向寫《里中三異傳》，[84] 把何心隱和鄧豁渠和尚、山人方與時（名一麟，號湛一，湖廣黃陂人）當作「異人」而加以排擊。針對耿定向的「異人」說，李贄作《與焦弱侯》，說：

> 人猶水也，豪傑猶巨魚也。欲求巨魚，必須異水；欲求豪傑，必須異人。⋯⋯今若索豪士於鄉人皆好之中，是猶釣魚於井也，胡可得也！則其人可謂智者歟！何也？豪傑之士決非鄉人之所好，而鄉人之中亦決不生豪傑。古今聖賢皆豪傑為之，非豪傑而能為聖賢者，自古無之矣。（《焚書》卷一）

84　《里中三異傳·鄧豁渠傳》：「近麻城令即衛輝司理（指鄧石陽）子，亦大洲（即趙貞吉）門人也，嘗從予游，為述其始終如此。」本年三月耿定向「以其（妻）櫬還」，故此知《里中三異傳》寫於本年回黃安後。

　　本年二月，吏部左侍郎李世達升任南京吏部尚書。耿定向寄信李世達，說李贄是個「百生事，皆是仰資於人者」。李贄看了李世達「所示彼書」後回信揭露耿定向的虛偽性。《寄答留都》：

> 我以……為化外之民矣。若又責之無已，便為已甚，非「萬物一體」之度也，非「無有作惡」也，非心肝五臟皆仁心之蘊蓄也，非愛人無己之聖賢也，非言為世法、行為世則、百世之師也。……今彼（指耿定向）於我一人尚不能體，安能體萬物乎？於我一人尚惡之如是，安在其無作惡也？屢反責之而不知痛，安在其有惻隱仁心也？（《焚書》增補一）

信中指出，害縣中人的不是鄧豁渠，而是耿定向：

> 且彼來書時時怨憾鄧和尚，豈以彼所惡者必令人人皆惡之，有一人不惡，便時時仇憾此人乎？不然，何以千書萬書罵鄧和尚無時已也？即此一事，其作惡何如！其忌刻不仁何如！人有謂鄧和尚未嘗害得縣中一個人，害縣中人者彼也。（同上）

對於耿定向以「仁體」稱頌李世達，李贄說：「今但以仁體稱兄，……此甚非長者之言『一體』之意也。分別太重，自視太高，於『親民』『無作惡』之旨亦太有欠缺在矣。」（同上）。
　　本年，定林死於天中山。馬伯時為之度僧守塔。[85]

---

[85] 《焚書》卷三《定林庵記》：「萬曆戊戌（二十六年），從焦弱侯至白下，詣定林庵。……定林……訪余於天中山，而遂化於天中山，塔於天中山。馬伯時隱此山時，特置山居一所，度一僧，使專守其塔矣。今定林化去又十二年。」以此逆推，知定林死於本年。按，鈴木虎雄《李卓吾年譜》於萬曆十四年丙戌譜文引《定林庵記》，於「馬伯時」後注：「即馬經綸。」實誤。《湖北通志》卷四十八《流寓傳》，「馬逢暘，字伯時，江寧人。為諸生，恂恂雅飭。耿定向奇之，命受學於焦竑。已而棄諸生，來黃安，築室五雲山。妻死不娶。」馬經綸，字主一，號誠所，北通州人。官至河南道監察御史。《明史》有傳。又鈴木虎雄《李卓吾年譜》將《重來山

詩文編年

　　《與焦弱侯太史》：見《續焚書》卷一。寫於本年五月以後，秋杪以前。中有「此月初一日，弟已隨柳老與定林、無念諸僧同登江舟，欲直至建昌，然後由浙江至秣陵會兄，大敘所懷矣，乃忽爾疾作，遂復還歸隱」和「若幸獲愈，決以此杪杪相見也」等語。按，「此月初一日」，指萬曆十四年丙戌五月初一日，這可由如下幾篇文章得到證明。楊起元《羅近溪先生墓志銘》：「丙戌，麻城周柳塘公來訪，同舟下南昌，游西浙，至留都。日與朱子廷益、焦子竑、李子登、陳子履祥、湯子顯祖等談學城西小寺。未幾，同志咸集，會憑虛閣，會興善寺。門人集《會語續錄》，趙瀠陽公（即趙志皋，趙於本年三月升任南京國子監祭酒），刻於太學。」（《近溪子集》附集一）趙志皋《近溪羅先生墓表》：「逮丙戌，先生久解組歸，擔簦來游白下。……予時率六館師生延先生，大會憑虛閣，悉剖底蘊。予得其精緒者錄而梓之。」（見同上）羅汝芳為《會語續錄》所寫的題詞也說：「夏仲，余同年友柳塘周君來自楚黃，訪余從姑（山名，在江西南城東五里），且欲偕游白下。浹旬，覺興致勃然。初從豫章汎鄱湖，逾常山，入浙江，歷姑蘇，比至白下朱明矣。共周君約孝廉焦君從吾（焦竑字）輩三五知己，聚首靜僻，為結夏計，得謝墩禪室，名永慶。修篁如節，暑氣全消，同志益甚宜之。未幾聲聞大老（指趙志皋等），絡繹往來。周君以小恙言歸，餘未得去。時諸大老於興善方丈、雞鳴憑虛，久有聯友講會。……」（《近溪子集》卷首）李贄說周柳塘乘江舟到建昌訪羅汝芳是「此月初一日」，羅說是「夏仲」，可見「此月初一日」即「五月初一日」。而其年份則是「丙戌」，與楊起元《明德羅子祠堂》所記亦合。楊文說：「當今上之十有四年，則吾師

　　房贈馬伯時》一詩係在本年，並說這詩「就是當時卓吾訪馬經綸於天中山之山房時底作品」，亦誤。李贄本年未曾到過天中山。

懸車七十（此舉成數）矣……乃泛一葉之扁舟，狎長江之巨浪，偕二
三之良友，憩白門而盤桓。於時則今政府趙瀛老首率國子諸生，聚講
憑虛者數日。」由此推知李贄此信寫於本年五月以後，秋杪以前。

《童心說》：見《焚書》卷三。又見《李氏說書‧孟子下孟》，題
為《古人不失赤子之心》。開頭「或問不失赤子之心，卓吾曰：在予
《童心說》矣。夫赤子之心，童心也」等語，前半文字與《焚書‧童
心說》大同小異，後半則缺略甚多，可見《說書》此文是抄錄《焚
書》的。寫於本年的秋間，大約在中秋之前。這可從耿定向《與周柳
塘》第十八書中的兩段文字得到證明。其一：耿定向信開頭有「頃有
詩奉嘲耳順處」一語，「耳順」是六十歲的代稱。本年中秋是周思久
六十歲生日。周思久與李贄同歲，《焚書》卷二《與曾中野》云：「自
今已矣，不復與柳老為怨矣。且兩人皆六十四歲矣」可證。楊起元
《楊太史家藏文集》卷八《柳師中秋壽誕》詩中有「重來花甲倍尋
常」句。寄詩向人祝壽，通常在對方壽誕以前，耿寄詩是在寫此信的
前幾天，可知耿信是寫在八月中秋周思久六十壽誕之前。其二，耿信
中又有「兄謂余《譯異編》為聲聞」一語。《譯異編》作於本年。耿
定向《觀生紀》：「萬曆十四年丙戌，我生六十三歲。正月十四日，彭
淑人（其妻）卒於京邸。三月，以其櫬還。其年，著《譯異編》。」
從焦竑寫於「丙戌至後三日」的《譯異編跋語》開頭的一句話「薛鴻
臚（毗陵人薛世和）歸自京師，手耿師《譯異編》示予」一語，可知
耿著成《譯異編》是在他還自京師的「三月」之前。三月間他返黃
安，把《譯異編》的抄稿帶回黃安，送給周思久一份，周思久讀了稱
耿此著作所言是深得佛道之作。耿不領情，不忘亦在此信中一辯。李
贄此文大約亦是寫在本年的中秋之前，它是對耿定向「識真」、「求
真」、「辨真」的回敬，雖不點名，卻是給耿定向打了一記悶棍。

《答耿司寇》：見《焚書》卷一。寫於本年。中有「近溪先生從
幼聞道，一第十年乃官，至今七十二歲」等語可證。據李贄《續藏

書》卷二十二《參政羅公傳》載，羅汝芳「正德乙亥（十年，1575）
生」，「萬曆戊子（十六年）九月二日卒，年七十有四」。據此知本信
寫於羅死前二年即本年。按，祝世祿《環碧齋尺牘》卷一《啟耿在倫
先生》：「祿蓋以七月朔履任（黃陂教諭）。」而李贄信中說他與祝世
祿「近會」，由此又可知此信寫於七月朔之後。其寫作時間大概也不
超過本年中秋。

　　《覆鄧鼎石》：見《焚書》卷二。寫於本年夏秋間。本年，「湖廣
大水，永州（州治在今湖南省零陵）大有年。」（《湖南通志》卷二四
三《祥異一》）麻城發生嚴重災荒，新任縣令鄧應祈寫信向李贄請教
救荒辦法，李贄特回此信。宋朱熹曾說過「救荒無奇策」。潘士藻
《闇然堂遺集》卷六《覆馬瑞符侍御》說：「紫陽先生言救荒無奇
策，其本惟君臣感召和氣，使水旱以時。」

　　《與焦弱侯》：見《焚書》卷一。《李氏六書》題為《與焦弱侯論
豪傑》，見該書《焚書·書答》卷三。又見《李氏說書·孟子下孟·
若夫豪傑之士》章，開頭有「卓吾以書與焦弱侯，語曰」十字，餘文
字悉同。疑寫於本年。本年焦竑會試又落第，李贄對於擯斥「異人」
的封建科舉制度早已不滿，故信中說：「欲求豪傑，必須異人」、「今
日夜汲汲，欲下天下之豪傑共為聖賢，而乃索豪傑於鄉人……又安可
得也！」耿定向今年寫《里中三異傳》，李贄寫此信，既有批駁耿定
向的作用，亦有慰焦竑落第之意。

　　《寄答留都》：見《焚書》增補一。從「觀兄所示彼書」句看，
這是看了耿定向給李世達的信後寫的一封回信。「兄」當指李世達
（號漸庵）。據《明神宗實錄》卷一七一載：「萬曆十四年二月戊辰，
升吏部侍郎李世達為南京吏部尚書。」李世達是耿定向的朋友，和李
贄也有交往。《焚書》卷一《覆京中友朋》即是覆李世達的。（參看萬
曆五年詩文編年）信中有「不然，便是敬大官」之語。「大官」，既指
耿定向，也指李世達。李世達本年任吏部尚書。中有「今彼回矣」一

語。耿定向《觀生記》：「萬曆十四年丙戌，我生六十三歲。正月十四日，彭淑人（1525-　）卒於京邸。三月，以其櫬還。」由此可知，「今彼回矣」的「彼」即指耿定向。而「觀兄所示彼書」的「彼」與此所指同。信中又有「使建昌先生以此責我，我敢不受責乎？」之語。「建昌先生」指羅汝芳。羅，江西南城人，南城是明代建昌府的所在地，古人常以地名稱代人。李贄寫此信時羅汝芳尚在世，此亦可以證明此信寫於本年。

時事

- 三月癸卯（初八日），命部曹建言，止及所司職掌，不得專達。（《明通鑑》卷六十八）

　　　　　＊　　　　　　　　＊　　　　　　　　＊

- 正月壬子（十七日），江西參政周思敬調任陝西。（《明神宗實錄》卷一七〇）
- 二月壬午（十七日），廣東僉事管志道致仕。（同上卷一七一）
- 三月，袁宗道、鄧應祈、楊道賓、黃汝良、林欲廈、何喬遠（字穉孝）（以上後四人皆福建晉江人）考取進士。袁授庶吉士，鄧授麻城令。（同上卷一七一、一七二，《內江縣志》卷四，《福建通志》卷三十三《選舉志》，《明史》卷二四二《何喬遠》）
- 五月乙巳（十一日），遼東巡撫顧養謙升都察院右副都御史，丙午（十二日），翰林院編修莊履豐充《大明會典》纂修官。癸丑（十九日），湖廣按察司副使駱問禮致仕。（《明神宗實錄》卷一七四）
- 六月庚辰（十七日），雲南按察使李材升都察院右僉都御史，提督軍務，撫治鄖陽。（同上卷一七五）
- 八月，南京太常寺博士湯顯祖為梅鼎祚作《玉合記題詞》。（徐朔

方箋校《湯顯祖詩文集》卷三十三）

・本年，翰林院編修楊起元「分校禮闈。是歲，冊封崇藩，歸省
覲。還朝，取道旴江，執贄羅先生（近溪）而稟學焉。」（李贄
《續藏書》卷二十二《侍郎楊公》）

萬曆十五年丁亥（1587）　　　　　　　　　六十一歲

　　寓居麻城維摩庵。正月初十日，二甥胤耳（　-1627，字楚叔，
號漢川）生。（見《青陽井仔角莊氏肖塘公二房鯤游公家譜》）李贄大
甥名祖耳，二甥名宗耳，因名字中有一字相同，二甥改名惠施。李贄
為寫《汝師、子友名字說》，說：「莊純夫長兒名祖耳，字汝師；中子
名惠施，字子友。果是親兄弟，不必同名字也。連登上第而外人不
知，則不生嫉妒；其為聖賢而世俗不知，則不生議論。」又說：「學
同業，術同方，友愛同氣，同以下人為心，同以上人為志，此宜同者
卻不知同，顧惟知有名字之同。」（《續焚書》卷二）

　　春初，僧常覺到南京募緣。焦竑為李贄尋得虎丘（在江蘇省吳縣
西北）僧舍，準備讓李贄到那裡去閱讀佛經。《李氏遺書》卷一《與
焦弱侯》第十七書：「此僧本好游，又探知弟意如此，故強以緣簿相
請，遂妝綴數語於其前，非其心也。果欲遍閱諸經，何處不可耶？承
與虎丘席，甚好。但弟亦未嘗以此托常覺也。弟知兄之貧者，安忍瑣
瑣相累乎？」時李贄有就焦竑以終老的打算。上述信中說：

> 弟欲就兄終老，此心未嘗頃刻忘，直以賤內日夕欲歸，故以遲
> 遲未決。計室人若果回歸，弟以單獨入秣陵決矣。若肯聚此，
> 弟則乘春暖時一游，與兄暫會，然後從浙江、江西謁羅近老，
> 然後歸楚，如此則庶不姑室人之望，而弟亦得有道之飯，然絡
> 非其心也。意者，室人亦遂難歸。蓋室人歸意雖切，然終欲弟

同行，又欲弟同歸終老。此雖室人未曾言，然弟固知其必如此耳。此如何可從！亦又如之何肯從之乎！

秋初，到黃陂訪祝世祿。祝世祿《環碧齋尺牘》卷一《啟耿在倫先生》：「李卓吾將送眷屬歸閩中，祿破冗約會於方山人（一鳳）居。無何，卓老亦乘竹兜過敝署。而甔山老[86]至，適逢其會，無問薦紳文學居士，競致壺榼，嘯傲半月餘乃去。」去年冬杪，祝之從弟、從弟婦、兒、侄、蒼頭等七人在赴黃陂途中同舟覆於夷江，李贄此來，亦有弔慰之意。

在黃陂，到魯臺山謁二程祠。有《望魯臺禮謁二程祠》詩：「千載推賢惟伯仲，百年想像見嬰孩。翛然欲下門庭雪，知是先生愛不才。」

與祝世祿相聚三日。祝世祿對李贄「撤名理之藩籬，露肝膽於耳目」之議論大為讚賞，曾表示將再次造訪。《環碧齋尺牘》卷一《與李宏父先生》：

> 公之矩矱，當孔孟不當孔孟，僕不敢知，然僕一望風采，爽然自失矣……日者承長者不我鄙夷，翩然修山中之約，大言小言，正言反言，或離或合，謔以為規，撤名理之藩籬，露肝膽於耳目，令人左顧右盼，無階級可循，無把柄可執，而平時一副道理見解，屏見而不敢出，且莫得所為見解，雖把三日之清輝，突發十年之隱疾，……

祝世祿寫信給耿定向，[87]也表示他對李贄的崇信之情。《啟耿在倫

---

86 甔山，即張緒（1520-1593），字無意，甔山是其號，湖廣漢陽人。嘉靖庚子（十九年），舉人。劉姓育為己子，故楚庚子賢書稱劉燧。一女嫁耿汝愁。（焦竑《澹園集》卷三十一《張甔山先生墓志銘》）

87 焦竑《澹園集》卷十五《南京尚寶司卿石林祝公墓志銘》：「公諱世祿，字無功，則號石林。……歲甲子（嘉靖四十三年）……舉於鄉……丙戌（萬曆十四年）謁學宮，選得黃陂諭。面余師耿先生，學益進。」

先生》：

> 祿自晤此老，始覺平生不得力處，非直功不到，元來發願少差
> 耳。平生只從做好人發願，不從自性自命發願。於此毫髮，於
> 彼千里。……此老愛師殊篤至，而彈射亦復不少。祿信師，又
> 復信此老，不自識其所處，或者謂祿中此老毒。祿自惟非此老
> 毒，斷不能淘洗腸胃中夙血暈也。……而今又得卓老翻倒窠
> 臼。師嘗稱學問三關，以今驗之，誠然。

秋間，遣眷回泉。耿定力《誥封宜人黃氏墓表》：「萬曆丁亥歲，
宜人率其女若婿自楚歸，[88] 而卓吾尚留楚。」

李贄遣眷的情況，李材說：「頃焦漪園為予道李卓吾……謂卓吾
遣妻女黃安（按，當為麻城）也，舉家為號慟，而渠怡然不戚心。」
（李材《正學堂稿》卷三十四《為仲堅禪客書卷》）李贄自述其遣眷
的原因和遣眷後的心情：「後因寓楚，欲親就良師友，而賤眷苦不肯
留，故令小婿小女送之歸。然有親女外甥等朝夕伏侍，居官俸餘又以
盡數交與，只留我一身在外，則我黃宜人雖然回歸，我實不用牽掛，
以故我得安心寓此，與朋友嬉游也。」（《焚書》卷二《與曾繼泉》）

李贄遣眷後，貴兒（一作「桂兒」）不幸溺水而死。寫《哭貴
兒》三首以悼之：

---

88 鈴木虎雄《李卓吾年譜》以為李贄遣眷回泉是在萬曆十六年，誤，按，李贄遣眷回
泉的具體時間，各書無明確記載，現據以下材料推定。祝世祿《啟耿在倫先生》
說，李贄將送眷屬歸閩中，他曾破冗與他約會於方山人居。（引見前）方山人即方
一鳳，其居在二程祠右。《湖北通志》卷一五一《人物志》載：「方一鳳，字丹山，
黃陂人。受業於羅欽順，以樹人善俗為己任，士有就正者，教以切己自反，遷善改
過。李見羅撫鄖，邀之晤語，為築室二程祠右，曰『丹山止所』。學者稱丹山先
生。」李贄（《望魯臺禮謁二程祠》詩有「日暮西風江上臺」句，點明時令是秋
天。又李贄《哭貴兒》三首，說貴兒是在「骨肉歸故里」後溺死於所「浴」的「潭
水」的，由此亦可推知李贄遣眷回泉當在秋間。

> 水深能殺人，胡為浴於此？欲眠眠不得，念子於茲死！
>
> 不飲又不醉，子今有何罪？疾呼遂不應，痛恨此潭水。
>
> 骨肉歸故里，童僕皆我棄。汝我如形影，今朝惟我矣！（《焚書》卷六）

　　貴兒可能是李贄弟弟的兒子過繼給他做後嗣的。貴兒死後，李贄寫詩招魂，提出將讓兒媳婦再嫁。其《哭貴兒》二首寫道：「汝婦當更嫁，汝子是吾孫。汝魂定何往？皈依佛世尊。汝但長隨我，我今招汝魂。存亡心不異，拔汝出沉昏。」（《續焚書》卷五）。

　　遣眷後，李贄寫信向耿定向告別。《焚書》卷一《與耿司寇告別》：

> 僕今將告別矣，復致意於狂狷與失人、失言之輕重者，亦謂惟此可以少答萬一爾。賤眷思歸，不得不遣；僕則行游四方，效古人之求友⋯⋯吾輩求友之勝己者，欲以證道，所謂三上洞山，九到投子是也。

　　信中說自己因「失言」而為「鄉愿」所仇嫉，雖然「鄉愿」極好相處，但卻只有「狂狷」才能「載道而承千聖絕學」。他認為耿定向捨「狂狷」不取是「失人」。

　　耿定向認為李贄信中所說的「鄉愿」是隱指自己，特來信相譏。《耿天臺先生文集》卷四《又與李卓吾》：

> 來札中所謂鄉愿之擬，循省實非其倫。嘗惟鄉愿模樣大類中行，孔孟薄誚之者，只為自以為是，不可入堯舜之道耳。今仰思堯舜之道何哉？只是這些子不容自已的仁脈流傳，至於孔孟，其模樣歷千萬歲可睹也。今世禪活子不修不證，撐眉張吻，自以為是微妙處，余雖不知，其模樣可概睹已。意即彼釋迦之道且亦難入，而強與言堯舜、孔孟之道，豈不由耳食哉！⋯⋯

　　李贄遣眷後，依然閉戶讀書著述。《焚書》卷一《答李見羅先生》：

> 「無名，天地之始」。其誰能念之！以故閉戶卻掃，怡然獨坐。或時飽後，散步涼天，箕踞行游，出從二三年少，聽彼俚歌，聆此笑語，謔弄片時，亦足供醒脾之用，可以省卻積木丸子矣。及其飽悶已過，情景適可，則仍歸如前鎖門獨坐而讀我書也。……閒適之餘，著述頗有，嘗自謂當藏名山，以俟後世子云。

　　「著述頗有，嘗自謂當藏名山」者，蓋指《藏書》。

　　秋，撫治鄖陽的右僉都御史李材來信邀李贄同游太和（今湖北均縣西南的武當山），李贄以「年老力艱」和「不肯入公府」為由予以謝絕。（見《焚書》卷一《答李見羅先生》）。

　　秋日聞雁，懷念滇南的好友，寫下《因方子及戲陸仲鶴》詩二首。其一：「不見中原十二年，雲泥兩路各依然。鵬鷃自有青雲侶，肯向人間問謫仙。」（《續焚書》卷五）。

　　在另一首詩中李贄自稱：「帶髮辭家一老僧，三年長伴佛前燈。」

　　秋冬之際，刑部尚書李世達（號漸庵）從北京寄來一信。信中所說的，大都是李贄和耿定向論戰的問題。李贄作《覆京中友朋》，一一加以駁斥。

　　遣眷後不到半年，脾病就好了。李贄總結這一治病的經驗說：

> 及家屬既歸，獨身在楚，時時出游，恣意所適。然後飽悶自消，不須山楂導化之劑，鬱火自降，不用參著扶元之藥；未及半載而故吾復矣。乃知真藥非假金石，疾病多因牽強……吾已吾病，何與禪機事乎？（《焚書》增補一《答周柳塘》）

　　遣眷之後，鄰居一老嫠婦經常來維摩庵供佛，並給李贄送茶饋果，李贄也把她當作「十方諸供佛者」一同看待。不料後來「事聞縣中，言語頗雜」，李贄即謝絕其供奉。但他感到奇怪：為什麼「其人既誓不嫁二宗，雖強亦誓不許，專心供佛，希圖來報，如此誠篤，何緣更有如此傳聞事。」於是他便和僧眾一起到她家訪問：「乃知孤寡無聊，真實受人欺嚇也」，雖有一嗣子，但「親屬無堪倚者，子女俱無」。李贄不顧流言，對她深表同情，「自報德而重念之，有冤必代雪，有屈必代伸」。（《焚書》增補一《答周柳塘》）

詩文編年

　　《汝師子友名字說》：見《續焚書》卷二。寫於本年三、四月間或在本年臨遣眷之前。汝師、子友係莊純夫長子、次子的字。莊純夫共生三子，即祖耳、宗耳、胤耳。文中說莊純夫「中子名惠施，字子友」。可知本文寫於莊純夫第三子出生之後而未正式命名之前。據光緒三十三年歲次丁未（1907），桐月重修晉江《青陽莊氏支派鯤游家譜》（下簡稱《家譜》）載：「十三世漢川公，鯤游公第三子，諱胤耳，字楚叔……生萬曆丁亥年正月初十亥時。」依《禮記‧內則》子生「三月之末……父執子之右手，咳而名之」和《禮記‧檀弓上》「幼名冠字」孔穎達疏「始生三月子以名」看，文中談「中子」而未涉及第三子之名，可見是寫於第三子出生之後而未命名之前，時間大概在三、四月間或在臨遣眷之前。按，文中說，「中子名惠施，字子友」，與《家譜》「十三世靖廬公，鯤游公仲子，諱宗耳，字友施，又字子友」所載不同。據推測，《家譜》所載當是莊純夫原先所取的名字，而《名字說》所稱則是依「果是親兄弟，不必同名字也」的看法所改的名字，但李贄的意見爾後並沒有被莊純夫所採納。

　　《與焦弱侯》第十七書：見《李氏遺書》卷一。《續焚書》卷一《與焦從吾》乃本信的節錄。寫於本年春初。中有「弟欲從兄終

老……直以賤內日夕欲歸，故以遲遲未決。……計室人若果回歸，弟以單獨入秣陵決矣。若肯聚此，弟則乘春暖時一游，與兄暫會」等語可證。本年秋，李贄遣眷回泉。故知此信寫於室人日夕欲歸的春初。

《世說新語補序》：見南朝宋劉義慶書《世說新語》卷首。寫於本年五月，《序》說：「……明年（指萬曆十五年丁亥）以受梓。乃五月既望，梓成，耘廬劉應癸自書其端，是為序。」參看上年譜文的有關部分。

《望魯臺禮謁二程祠》一首：見《焚書》卷六。本年秋寫於黃陂。中有「日暮西風江上臺，森森古木使人哀」句。《湖北通志》卷十五《古跡》載：「望魯臺在黃陂縣東，二程先生（程顥、程頤），築以望魯。明景泰間建祠其麓。」嘉慶重修《大清一統志》卷三三八《漢陽府一》載：「二程祠，在黃陂縣東魯臺山。」又：「魯臺山在縣東一里，宋二程讀書處。」李贄於「將送眷歸閩中」前到黃陂訪教諭祝世祿，故推知本詩寫於本年秋。

《哭貴兒》三首：見《焚書》卷六。中有「骨肉歸故里」句。可見貴兒是死於初遣眷之後，而此三首亦即寫於此時。又《哭貴兒》二首：見《續焚書》卷五。中有「今我招汝魂」句。這是一組招魂詩，寫於與以上三首同時而略後。

《與耿司寇告別》：見《焚書》卷一。寫於本年秋遣眷之後。中有「賤眷思歸，不得不遣」一語。李贄遣眷在「萬曆丁亥歲」（證見耿定力《誥封宜人黃氏墓表》）據《觀生記》載，耿定向於萬曆十三年四月初五日升刑部左侍郎（俗稱「司寇」），至萬曆十五年丁亥十月代，署刑部篆，而十一月即升南京都察院右副都御史（俗稱大中丞）了。故此推知李贄此信寫於本年秋遣眷之後，耿定向升任南京都察院右副都御史的十一月之前。

《答李見羅先生》：見《焚書》卷一。寫於本年秋。中有「向時尚有賤累，今皆發回原籍」和「但不肯入公府」等語可證。李贄於今

秋遣眷回泉，故知此信不寫於秋前；而本年十一月發生鄖陽兵變，之後撫治鄖陽的右僉都御史李材即被詔「還籍（江西豐城）聽勘」，離開「公府」，故知不寫於十一月之後。

《因方子及戲陸仲鶴》二首：見《續焚書》卷五。寫於本年秋。中有「帶髮辭家一老僧，三年長伴佛燈前」和「歸鴻日夜聲相續」句。李贄於萬曆十三年建維摩庵，到本年頭尾三年，但尚未落髮，故此說「帶髮辭家一老僧」。「歸鴻」，點明時令是秋天。陸仲鶴，萬垓號，浙江平陸人，今年二月由雲南副使改任雲南布政司右參政（《明神宗實錄》卷一八三）。他長年任外官。「不見中原十二年」，指他自隆慶二年任福寧州知州至在滇做官不到中原已有「十二年」了。

《覆京中友朋》：見《焚書》卷一。寫於本年秋冬之際。「京中友朋」即李世達。開頭「來教云」以下所引文字，收入耿定向《耿天臺先生全書》卷一《耿子庸言》的附錄《輯聞》中。據耿定向《觀生紀》載：「萬曆十五年丁亥……十一月，升南京都察院右副都御史……匯輯《庸言》成。」《輯聞》引語前有「漸庵李太宰曰」一語，故知李贄此信是覆李漸庵的。漸庵是李世達的號。據《續藏書》卷十八《太子少保李敏肅公傳》載：「公名世達，字子成，號漸庵，更號廓庵，關中涇陽人。……丙戌（萬曆十四年）升南吏部尚書。改南兵部尚書，參贊機務。召為刑部尚書。……」耿定向在《輯聞》中稱李世達為「太宰」，太宰是古代官名，即百官之長，隋以後廢，後世一般通稱吏部尚書為太宰，那麼李世達給李贄寫信當是在他任南京吏部尚書之時。據《明神宗實錄》卷一七一載：「萬曆十四年二月戊辰（初九日），升吏部左侍郎李世達為南京吏部尚書。」又卷一八六載：「萬曆十五年五月己亥（初十日），改南京吏部尚書李世達為南京兵部尚書，參贊機務。」又卷一八七載：「萬曆十五年六月丙寅（初二日），改南京兵部尚書李世達為刑部尚書。」據此可以推知，李世達約在本年五月改任南京兵部尚書之前給李贄來過信，而李贄這封回

信則寫在李世達改任刑部尚書抵任北京之後（大抵在秋冬之際），故此稱他為「京中友朋」。今年三月耿定向回到北京續任刑部左侍郎，署刑部篆，他是李世達的下僚，當時他看到李世達寫給李贄的信稿，於十一月升任南京都察院右副都御史時便帶了回來，在他輯《耿子庸言》時便將此信中的言論收入《輯聞》中作為附錄。

《與焦從吾》：見《續焚書》卷一。寫於本年冬或翌年春。焦從吾即焦竑。竑號漪園。鄒元標（號南皋）《與管志道書》說：「焦從吾竟不為世所容，可憐可笑。」（管志道《問辨牘正集》亨集引）而管志道《答鄒比部南皋丈書》則說：「而焦殿撰漪園丈之不為世所容，則愚已逆料其然矣。」（見同上）《與焦從吾》說：「見訒庵（方沆）兄……云《湖上語錄》有無念從旁錄出……又不知其遂印行。」又說：「如《解老》等只宜欲覽者各抄一冊，不宜為木災也。何如何如？」按，本年仲冬，焦竑著成《老子翼》一書，翌年仲春刻行。王起孟為寫《老子翼序》，說：「吾友焦弱侯氏嗜其言，而洞析微旨，於是窮搜博采，取其足以究玄言明至道者，萃以成編，名曰《老子翼》。……余因而命工梓之。」文後自署「萬曆戊子（十六年）清明日王元貞孟起父書。」（見焦竑《老子翼》卷首）上述李贄信中所說「不宜為木災」，是對焦竑欲將李贄《解老》的部分內容與《子由解老序》、《解老自序》等收入他所著的《老子翼》一書中去的回答，故知《與焦從吾》當寫在本年冬或翌年春。而《龍湖語錄》刻行的時間當更早一些。

《至後大雪呼鄰人縫衣帶因感而賦之》一首：見《續焚書》卷五。寫於本年冬至後。詩中「鄰人」指李贄遣眷後時來維摩庵「送茶饋果」的「嫠婦」。後來耿定向等人曾借此製造流言蜚語攻擊李贄。詩中「貧交誠足貴，亦復令人嫌」句殆即指此。湯顯祖恐是聽了一面之詞，後來竟寫有《李卓翁縫衣妓》詩一首云：「木蘭花色本希微，何用求他鍼縫衣。會是半眉看不見，一時天女散花歸。」（徐朔方箋

校《湯顯祖詩文集》卷二十一）

　　《覆宋太守》：見《焚書》卷一。約寫於本年或稍後。宋太守疑即順天府丞宋任。據《明神宗實錄》卷一八三載：「萬曆十五年二月壬申朔，升浙江道御史宋任為順天府丞」。信中所說對「紙上陳言」的態度，可能是針對耿定向的。《耿天臺先生全書》卷四《與程心泉年丈》說：「中夜每感嘆人心蠱敝已極，吾輩只憑一日剽竊陳言以為進退取捨之據。既已惑人矣，而又欲空張高談，欲引人於道，誠戞乎難也！……兄學孔孟之學，則亦宜心孔孟之心矣。」

　　《答李如真》：見《焚書》增補一。約寫於本年。時耿定向在南京，故信中說：「但念弟至今德尚未明，安能作親民事乎？學尚未知所止，安敢自謂我不厭乎？既未能不厭，又安能為不倦事乎？……此蓋或侗老足以當之，若弟則不敢以此自足而必欲人人同宗此學脈也。」這些問題是李贄與耿定向、李世達論戰的主要問題，見耿定向《庸言》附錄。李如真是耿定向的追隨者。陳作霖《金陵通傳》卷十八《李登傳》說：「既補諸生，為督學耿定向所重，遂充嘉靖四十年拔貢。」他來信說「親者無失其為親，故者無失其為故」，似乎想調和雙方的矛盾。

時事

・正月丙辰（廿七日），工部右侍郎何起鳴為工部尚書。二月罷。（談遷《國榷》卷七十四）

・七月，江北蝗，江南大水，山西、陝西、河南、山東旱，河決開封。戶部侍郎孫丕揚上言：「黃河以北飢民食草木，陝西富平、蒲城、同官等縣至於食石。」（《明神宗本紀一》，《明通鑑》卷六十八）

・十月辛未（十六日），南京右都御史海瑞（1514-　）卒，年七十四。（《明神宗實錄》卷一九一）

- 十一月戊子（初三日），鄖陽（今湖北鄖陽）兵變。時僉都御史撫治鄖陽李材好講學，遣部卒供生徒役，卒多怨。又徇諸生請，改參將公署為學宮，因而激起兵亂。事聞，詔下鄖陽知府沈鈇等吏，貶副將丁惟寧官三級，李材還籍聽勘。（《明通鑑》卷六十八，《明神宗實錄》卷一九二，《明史》卷二二七《李材傳》）這就是李贄所說的「鄖陽之變」。（《續焚書》卷二《西征奏議後語》）
- 本年，利瑪竇到南京。（轉引自東北師範大學《明清史大事年表》）

＊　　　　　　　＊　　　　　　　＊

- 七月乙巳（十八日），陝西右參議周思敬（號友山）升為四川副使，整飭下東川兵備，兼分巡。（《明神宗實錄》卷一八八）
- 十月丙寅（十一日），泰州學派學者王襞（1511-　）卒，年七十七。（焦竑《澹園集》卷三十一《王東厓墓志銘》）
- 本年，《王龍溪先生全書》二卷刻行。蕭良幹為寫《龍溪先生全集序》。（《龍溪先生全集》卷首）門人為羅汝芳建講所於從姑，匾曰「明德堂」。（楊起元《羅近溪先生墓志銘》）

萬曆十六年戊子（1588）　　　　　六十二歲

寓居麻城維摩庵。

正月，固安知縣梅國楨擢為河南道試御史，[89]便道還里。[90]約在春間，李贄與梅國楨初次見面。[91]

---

89 見葉向高《梅少司馬神道碑》，詳後。

90 梅國楨《送邑侯劉翼白入覲序》回憶說：「不佞久於外，戊子歸而漸異矣，辛丑（萬曆二十九年，1601）歸而大異。」（民國《麻城縣志前編》卷七）

91 凌禮潮認為李贄和梅國楨初見面是在萬曆十八年《焚書》刻行之後。他說：「本年

　　二月，南京都察院右副都御史耿定向以便回黃安，葬其弟定理，並葬妻彭淑人。（《觀生紀》）他寫信給周思久，說「卓吾狎妓」、「魯橋諸公之會宴鄧令君也，卓吾將優旦調弄」、「卓吾曾強其弟狎妓」。並說這都是什麼「禪機」。他歪曲李贄對嫠婦的同情態度，說「卓吾曾率眾僧入一嫠婦之室乞齋，卒令此婦冒帷簿之羞，士紳多憾之。」（《焚書》增補一《答周柳塘》引）對耿定向的誹謗，李贄予以駁斥，指出：「我又安敢默默置可否於度外，而假為世間承奉之語以相奉承，取快於二公一時之忻悅已耶！」（同上）為了挑撥劉師召（劉涷字，[92]號魯橋，麻城人，嘉靖三十二年癸丑進士，知縣，梅國楨之

（指萬曆十六年）始與李贄有書信往來，雖互相仰慕但未見面。」（凌禮潮《麻城梅國楨大傳・國楨年譜》第一九六頁）他引《焚書》卷二梅國楨《與李卓吾》的話為證，其信說：「楨之於翁，雖心向之而未交一言，何可老也。……急索《焚書》讀之……」，說梅在讀《焚書》之後才與李贄初次相見。此說似有理，但難信從。一、本年正月，梅擢為河南道試御史，依例赴任前可「便道歸里」，此「戊子歸」即指此事。如依凌說，梅國楨「本年始與李贄有書信往來，雖互相仰慕但未見面」，試想，「互相仰慕」的朋友今既返里，能不互訪相見嗎？二、本年五月十六日，梅國楨母陳氏卒（麻城《梅氏族譜》卷十九），李贄能不到梅府弔唁，弔唁而能不與梅國楨見面嗎？三、梅國楨《孫子參同敘》說：「余家居，與禿翁未數（屢次，頻繁）見，見亦未與深談，且不知有禪。」（李贄《孫子參同》卷首）這是說，他家居時曾與李贄見過面，也談過話。本年夏，李贄在維摩庵落髮，僅留鬢鬚，秋間，即徙居龍潭芝佛院。李贄在《薙髮》中自言：「空潭一老丑，剃髮便為僧。」（《焚書》卷六）如果李贄與梅國楨是在萬曆十八年才初次見面，如何能說「且不知有禪」？那麼，梅國楨於萬曆十八年在看到《焚書》之後寫給李贄的信中所說的「雖心向之而未交一言」究竟何所指？鄙見以為，這「未交一言」是指當前，不是指以往。

92 據凌禮潮《李贄與麻城四大家族》說，麻城還有一個劉涷，字汝宗，號仁村，也是嘉靖三十二年癸丑科進士，在真定府做通判時因與上司發生矛盾，「拂衣歸」。李贄對他評價很好，此人與字師召、號魯橋的劉涷當是同一人。據麻城《劉氏宗譜・別駕公傳》載：「〔公〕日與宗族子弟之賢者綜談名理。閒李公卓吾曰：『仁村公誠實君子，真道學也。』夫李公不輕許可者，而以一實評之，公之形無愧，影可知矣。……晚年喜談二氏旨，著有《老莊解》並種種佛書。」（見張建業主編《李贄論叢》第二二七頁）

師）與李贄的關係，耿定向說：「蓋彼（指李贄）謂魯橋之學，隨身
規矩太嚴，欲解其枷鎖耳。」（同上）但耿對劉師召也有戒心，他在
給周思久的信中曾說：「魯橋東川輩不妨時時會晤，不須議論和同方
為有益。」（《耿天臺先生文集》卷三《與周柳塘》第一書）

　　春夏間，《李氏藏書》初稿抄錄成，李贄派人專程送到南京給焦
竑審閱並乞序。時李贄已有落髮的打算，並想到西湖。《答焦漪園》：
「本欲與上人（指深有）偕往，面承指教，聞白下荒甚，恐途次有
警，稍待麥熟，或可買舟來矣。生平慕西湖佳景，便於舟航，且去白
下密邇。又今世俗子與一切假道學，共以異端目我，我謂不如遂為異
端，免彼等以虛名加我，何如？夫我既已出家矣，特餘此種種（指
髮）耳，又何惜此種種而不以成此名耶！或一會兄而往，或不及會，
皆不可知，第早晚有人往白下報曰：『西湖上有一白鬚老而無髮者』，
必我也夫！必我也夫！」（《焚書》卷一）信中自敘《藏書》和《李氏
焚書》、《李氏說書》取名的用意以及《藏書》寫作的意圖和自己評價
歷史人物、歷史事件的是非標準問題，說：

　　承諭，《李氏藏書》，謹抄錄一通，專人呈覽。年來有書三種，
　　惟此一種係千百年是非，人更八百，簡帙亦繁，計不止二千葉
　　矣。更有一種，專與朋輩往來談佛乘者，名曰《李氏焚書》，
　　大抵多因緣語、忿激語，不比尋常套語。恐覽者或生怪憾，故
　　名曰《焚書》，言其當焚而棄之也。見在者百有餘紙，陸續則
　　不可知，今姑未暇錄上。又一種則因學士等不明題中大旨，乘
　　便寫數句貽之，積久成帙，名曰《李氏說書》，中間亦甚可
　　觀。如得數年未死，將《語》、《孟》逐節發明，亦快人也。惟
　　《藏書》宜閉秘之，而喜其論著稍可，亦欲與知音者一談，是
　　以呈去也。其中人數既多，不盡妥當，則《晉書》、《唐書》、
　　《宋史》之罪，非余責也。

竊以魏、晉諸人標致殊甚，一經穢筆，反不標致。真英雄子，
畫作疲軟漢矣；真風流名世者，畫作俗士；真啖名不濟事客，
畫作褒衣大冠，以堂堂巍巍自負。豈不真可笑！……今不敢謂
此書諸傳皆已妥當，但以其是非堪為前人出氣而已，斷斷然不
宜使俗士見之。望兄細閱一過，如以為無害，則題數句於前，
發出編次本意可矣，不願他人作半句文字於其間也。何也？今
世想未有知卓吾子者也。然此亦惟兄斟酌行之。弟既處遠，勢
難遙度，但不至取怒於人，又不至污辱此書，即為愛我。中間
差訛甚多，須細細一番乃可。若論著則不可改易，此吾精神心
術所繫，法家傳爰之書，未易言也。（同上）

　　夏，聽說羅汝芳將再度到南京，即寫信給焦竑，勸他留心請教。
《焚書》卷三《羅近溪先生告文》轉述深有的話說：「戊子之夏，某
復自南都來至，傳道羅先生有書欲抵南都，云『趁此大比之秋，四方
士大和會，一入秣陵城，為群聚得朋計。』公（指李贄）即為書往焦
弱侯所：『羅先生今茲來，慎勿更蹉過！恐此老老矣，後會難可再
也。』」但焦竑不以為然，反而指摘羅汝芳的許多敗缺處，獲得耿定
力和周思久的贊同。耿定向為羅汝芳辯護，寫信給周思久說：「兄慎
勿因近溪一二遺行而並棄近溪之言論。」（《耿天臺先生文集》卷三
《又與周柳塘》第十六書）李贄崇敬羅汝芳，但也有非議處。如羅汝
芳主張學應由無達有，李贄則認為學應由有入無，才能達到微妙的境
界。周思久贊同李贄的看法，但也遭到耿定向的反對。《耿天臺先生
文集》卷三《又與周柳塘》第十七書：

　　兄稱卓吾駁近溪有無語為上乘，余不甚愜，以為二兄交相參
耳。夫由無達有，由有歸無，此都是造化化造自然道理。惟參
透造化之機者，便出入造化而不汩沒於造化，是為知學。此其
理微而彰，彰而微。近溪丈謂從無達有者，學乃長進，此是晚

年進卻一步語，弟《權子》中所云瞽者墜橋腳踏實地者，此余
所為歸心也。卓吾謂學須從有入無，乃臻微妙，此其見尚在初
機，如《權子》中上圍桿之類也。學不離此鬼窟，便成魔祟，
終難與共學矣。……至如復所（起元）論謂從應感處觀心，此
千聖復起不能易者，兄駁之，而卓吾譽之，恐非情談。若是情
談，是以迷道迷也。

　　夏，在維摩庵落髮，僅留鬢鬚。縣令鄧鼎石見之，「泣涕甚哀」。
其母鄧石陽夫人更為悲傷，拒食一日，要兒子勸李贄復蓄髮。（《焚
書》卷四《豫約·感慨平生》）汪可受《卓吾老子墓碑》：

余以歲己丑（萬曆十七年）初見老子於龍湖，時麻城二三友人
俱在。老子禿頭帶鬚而出，一舉手便就席。……余曰：「如先
生者髮去鬚存，猶是剃落不盡。」老子曰：「吾寧有意剃落
耶！去夏頭熱，吾手搔白髮，中蒸蒸出死人氣，穢不可當。偶
見侍者方剃落，使試除之，除而快焉，遂以為常。」復以手拂
鬚曰：「此物不礙，故得存焉。」眾皆大笑而別。（《李溫陵外
紀》卷一）

　　袁中道《李溫陵傳》說：「〔李贄〕一日惡頭癢，倦於梳櫛，遂去
其髮，獨存鬢鬚。」其實「卓吾子之落髮也有故」（《初潭集序》）。
《焚書》卷二《與曾繼泉》談到落髮的原因。

其所以落髮者，則因家中閒雜人等時時望我歸去，又時時不遠
千里來迫我。以俗事強我，故我剃髮以示不歸，俗事亦決然不
肯與理也。又此間無見識人多以異端目我，故我遂為異端以成
彼豎子之名。兼此數者，陡然去髮，非其心也。

落髮的另一原因是不願受地方官的管束。《焚書》卷四《豫約·感慨

平生》：「故兼書四字（指流寓客子），而後作客之意與不屬管束之情
暢然明白，然終不如落髮出家之為愈。蓋落髮則雖麻城本地之人亦自
不受父母（指地方官）管束，況別省之人哉！」。

祝世祿聽說李贄落髮，來信問訊。《環碧齋尺牘》卷一《與李宏
父先生》：「凡莖老髮，留之不礙菩提，落之不長菩提。長者乃爾，豈
示項羽無東意，抑別有指也？⋯⋯或謂長者髮即從刀下落，英雄氣終
是消煞不下。然乎不然？敬此問訊。」

周思久寫信給耿定力，請他轉告其兄耿定向，不要對李贄落髮進
行「彈射」。耿定向覆信表白：

> 家弟傳兄教，云卓吾已薙髮，屬余更弗彈射云云。吁！是何言
> 歟？是何言歟？⋯⋯且兄仁人也，卓吾薙髮便可置之度外耶？
> 此中士紳聞卓吾薙髮，或束名教，駭而異之者，或欽佛教，喜
> 而聞之者。即兄援古宰官出家之陳跡為解，似亦未得卓吾心髓
> 也。⋯⋯此老心雄，其薙髮也原是發憤求精進耳。⋯⋯佛降而
> 禪，聖降而儒，道斯歧矣。卓吾發憤如此，計當必透此一關，
> 透此一關，便是人天師矣。若由是益騖玄奇，只在禪家見趣上
> 盤桓，吾恐不免墜入十二天魔中去也。（《耿天臺先生文集》卷
> 三《又與周柳塘》第二十書）

時南京兵部武選司主事周宏禴（字元孚，號二魯，湖廣麻城人，
萬曆進士，仕至尚書卿，薦御史）來信要李贄「和光同塵」，李贄作
《答周二魯》：

> 士貴為己，務自適。如不自適而適人之適，雖伯夷、叔齊，同
> 為淫僻；不知為己，惟務為人，雖堯舜，同為塵垢秕糠。
> 僕在黃安時，終日杜門，不能與眾同塵；到麻城，然後游戲三
> 昧，出入於花街柳市之間，始能與眾同塵矣，而又未能和光

也。何也？以與中丞（指耿定向）猶有辯學諸書也。自今思之，辯有何益！只見紛紛不解，彼此鋒銳益甚，光芒愈熾，非但無益而反涉於矜驕，自蹈於宋儒攻新法之故轍而不自知矣。……故決意去髮，欲以入山之深，免與世人爭長較短。……和光之道，莫甚於此，僕又何惜幾莖毛而不處於眾人之所惡耶？（《焚書》增補一）

時友人曾繼泉要落髮出家，李贄聞知，去信勸阻。《焚書》卷二《與曾繼泉》：

聞公欲薙髮，此甚不可。公有妻妾田宅，且未有子。未有子，則妻妾田宅何所寄托？有妻妾田宅，則無故割棄，非但不仁，亦甚不義也。果生死道念真切，在家方便，尤勝出家萬倍。……如公壯年，正好生子，正好做人，正好向上。……何必落髮出家，然後學道乎？我非落髮出家始學道也。千萬記取！

夏，耿定向寫信給國子監博士劉元卿（號調甫，江西安福人，耿定向學生），說：「汝光見教書盛稱賢近詣，中謂賢時甚虛。……《大舜善與人同》一章，更須理會。學惟捨己從人，樂取諸人，便是與人為善處。此等才是虛無妙用，大開眼孔、徹無上法者。」（《耿天臺先生文集》卷四《又與劉調甫》第六書）李贄看了此信稿，寫《寄答耿大中丞》，說：

今不知善與人同之學，而徒慕捨己從人之名，是有意於捨己也。有意捨己，即是有己；有意從人，即是有人。況未能捨己而徒言捨己以教人乎？若真能捨己，則二公皆當捨矣。今皆不能捨己以相從，又何日夜切切以捨己言也？教人以捨己，而自不能捨，則所云捨己從人者妄也，非大舜捨己從人之謂也。言

　　捨己者，可以反而思矣。（《焚書》卷一）

信中說耿定向平日談的「扶世立教」也是言過其實的：

　　以故終日言扶世，而未嘗扶得一時，其與未嘗以扶世為己任者
　　等耳。終日言立教，未嘗教得一人，其與未嘗以立教為己任者
　　均焉。此可恥之大者，所謂「恥其言而過其行」者非耶！（同
　　上）

　　　年初，曾托周思久向耿定向進「遷善去惡」的「忠告」，周思久
未予轉達。夏，將赴盧山一游。行前，覆信周思久：「弟早知兄不敢
以此忠告進耿老也。弟向自通札，此直試兄耳。乃知平生聚友講學之
舉，遷善去惡之訓，亦太欺人矣。」（《焚書》卷一《覆周柳塘》）信
中闡明了他希望耿定向「遷善去惡」的理由：

　　夫彼（指耿定向）專談無善無惡之學，我則以無善無惡待
　　之；……彼專談遷善去惡之學者，我則以遷善去惡望之。……
　　若特地出來，要扶綱常，立人極，繼往古，開群蒙，有如許擔
　　荷，則一言之失，乃四海之所觀聽，一行之謬，乃後生小子輩
　　之所效尤，豈易放過乎？……若如二老，自負何如，關係何
　　如，而可輕耶！……夫以我一無要緊之人，我二老猶時時以遷
　　善改過望之，況如耿老，而猶不可以遷善去惡之說進乎？……

　　　夏，欲直往杭州西湖下居，但又覺得西湖不甚理想。《續焚書》
卷一《與焦漪園太史》：

　　弟以賤眷尚在，欲得早晚知吾動定，故直往西湖下居，與方外
　　有深意者為友，杜門深處，以盡餘年，且令家中又時時得吾信
　　也；不然，非五臺則伏牛之山矣。蓋入山不深則其藏不密，西
　　湖終非其意也。

　　重回麻城，縣令鄧應祈前來看望。李贄覆信鄧應祈，表示感激。《焚書》卷一《答鄧明府》：「某偶爾游方之外，略示形骸虛幻於人世如此，且因以逃名避譴於一時所謂賢聖大人者。茲承過辱，勤懇慰諭，雖真肉骨不啻矣，何能謝。」信中談到自己與耿定向的分歧，說：

　　生……就此百姓日用處提撕一番。如好貨，好如色，如勤學，如進取，如多積木寶，如多買田宅為子孫謀，博求風水為兒孫福蔭，凡世間一切治生產業等事，皆其所共好而共習，共知而共言者，是真邇言也。……但我之所好察者，百姓日用之邇言也。則我亦與百姓同其邇言者，而奈何令師之不好察也？……且愚之所好察者，邇言也。而吾身之所履者，則不貪財也，不好色也，不居權勢也，不患失得也，不遺居積於後人也，不求風水以圖福蔭也。……

　　吾且以邇言證之……趨利避害，人人同心。……今令師之所以自為者，未嘗有一釐自背於邇言；而所以詔學者，則必曰專志道德，無求功名，不可貪位慕祿也，不可患得患失也，不可貪貨貪色，多買寵妾田宅為子孫業也。視一切邇言，皆如毒藥利刃，非但不好察之矣。審如是，其誰聽之？若曰：「我亦知世之人惟邇言是耽，必不我聽也；但為人宗師，不得不如此立論以教人耳。」果如此自不妨，古昔皆然，皆以此教導愚人，免使法堂草加深三尺耳矣，但不應昧卻此心，便說我害人也。

　　（同上）

信中揭露了耿定向道德說教的虛偽性，他希望鄧應祈把此信「轉致」耿定向一覽。耿定向看後寫信給鄧應祈，說「父子有親，君子有義」、「夫婦有別，長幼有序」，這就是「邇言」。信後說：「世上真有一人開眼，的的確確尋著孔孟血脈，明明白白走著孔孟路逕，諸種種邪見罔談，直如梟鳴狐號，安敢紛紛呶呶橫逞如此哉！」(《耿天臺先

生全書》卷四《與鄧令君》）

　　夏間，接到鄧應祈論何心隱的文章。李贄認為這篇文章「所論甚中蘊，可為何公出氣」，但「恐猶未察江陵初心」。於是覆信鄧應祈，說明何心隱之死與張居正無關。《答鄧明府》：

> 何公死，不關江陵事。……至是欲承奉江陵者，憾無有緣，聞是（指何「此人必當國，當國必殺我」語），誰不甘心何公者乎？殺一布衣，本無難事，而可以取快江陵之胸腹，則又何憚而不敢為也？故巡撫緝訪之於前，而繼者踵其步。方其緝解至湖廣也，湖廣密進揭帖於江陵。江陵曰：「此事何須來問，輕則決罰，重則發遣已矣。」及差人出閣門，應城李義河遂授以意曰：「此江陵本意也，特不欲自發之耳。」……應城於何公，素有論學之忤，其殺之之心自有。又其時勢焰薰灼，人之事應城者如事江陵，則何公雖欲不恐，又安可得耶！（《焚書》卷一）

信中稱讚張居正和何心隱二人，說：「然何公布衣之傑也，故有殺身之禍；江陵宰相之傑也，故有身後之辱。不論其敗而論其成，不追其跡而原其心。不責其過而賞其功，則二老者皆吾師也，非與世之局瑣取容，埋頭顧影，竊取聖人之名以自蓋其貪位固寵之私者比也。」（同上）後面這句話是有所指的。黃宗羲《明儒學案》卷三十五《恭簡耿天臺先生定向》：「卓吾之所以恨先生者：何心隱之獄，惟先生與江陵厚善，且主殺心隱之李義河，又先生之講學友也，斯時救之固不難，先生不敢沾手，恐以此犯江陵不說學之忌。」

　　耿定向自稱私淑心齋（王艮號），又與羅汝芳、何心隱相友善。心隱之獄，他只泛泛地向湖廣巡撫王之垣請貸其死（見沈德符《萬曆野獲編》卷八《邵芳》條），不敢向李義河一援手，故李贄曾感嘆

說：「嗟夫！朋友之道絕久矣！」、「不避惡名以救同類之急，公其能此乎？」（《焚書》卷一《答耿司寇》）

　　又寫《何心隱論》，讚揚何心隱所從事的「以天下為家而不有其家，以群賢為命而不以田宅為命」的獻身精神。他對比普通群眾與道學家在何心隱遇害一事上的不同表現，得出了「匹夫無假」、「談道無真」的結論。《何心隱論》：

> 今觀其時武昌上下，人幾數萬，無一人識公者，無不知公之為冤也。方其揭榜通衢，列公罪狀，聚而觀者咸指其誣，至有詬呼叱咤不欲觀焉者，則當日之人心可知矣。……然公豈誠不畏死者！時無張子房，誰為活項伯？時無魯朱家，誰為脫季布？吾又因是而益信談道者之假也。由今而觀，彼其含怒稱冤者，皆其未嘗識面之夫；其坐視公之死，反從而下石者，則盡其聚徒講學之人。然則匹夫無假，故不能掩其本心；談道無真，故必欲劃其出類：又可知矣。（《焚書》卷三）

此文認為張居正默許殺害何心隱是錯誤的。他說：「非惟得罪於張相者有所憾於張相而云然，雖其深相信以為大有功於社稷者，亦猶然以此舉為非是，而咸謂殺公以媚張相者之為非人也。則斯道之在人心，真如日月星辰，不可以蓋覆矣。」（同上）

　　李贄寫了《答鄧明府》和《何心隱論》後，即和其他兩篇著作連同心齋刻本，一起寄給焦竑。《與焦漪園太史》：

> 何心老英雄莫比，觀其羈絆縲絏之人，所上當道書，千言萬語，滾滾立就，略無一毫乞憐之態……今讀其文，想見其為人。……奉去二稿，亦略見追慕之切……蓋弟向在南都，未嘗見兄道有此人也，豈兄不足之耶？抑未詳之耶？若此人尚不足，天下古今更無有可足之人矣。（《續焚書》卷一）

　　何心隱是泰州學派創始人王艮的再傳弟子。李贄評論王艮說：
「此老氣魄力量實勝過人，故他家兒孫過半如是，亦各其種也。」
（同上）他評論羅近溪，從而抨擊儒家學者，說：「若近溪先生，則
原是生死大事在念，後來雖好接引儒生，扯著《論語》、《中庸》，亦
謂伴口過日耳。故知儒者終無透徹之曰，況鄙儒無識，俗儒無實，迂
儒未死而臭，名儒死節徇名者乎！最高之儒，徇名已矣。」（同上）

　　秋，徙居龍潭芝佛院。[93]李贄《初潭集序》：「《類林》（指焦竑的
《焦氏類林》）成於萬曆戊子之春，余復以是秋隱於龍潭之上。」

　　袁中道《代湖上疏》述李贄徙居龍潭芝佛院的經過：

> 公之寓齊安也，非以黃安耿布衣故耶？布衣死，周公友山可與
> 論學，遂住維摩庵。已，龍湖芝佛院僧無念名深有者，時時來
> 問學。公為此兩人無歸意。然念維摩庵在麻城中，喧鬧非靜居
> 者，遂至無念湖上，住錫聚佛樓下，樓在芝佛寺右，淨潔可居
> 也。（《珂雪齋文集》卷十一）

李贄《續焚書》卷二《釋子須知序》自述：

> 余自出滇，即取道適楚，以楚之黃安有耿楚倥、周友山二君聰
> 明好學，可藉以夾持也。未逾三年而楚倥先生沒，友山亦宦游
> 中外去。余悵然無以為計，乃令人護送家眷回籍，散遣童僕依
> 親，隻身走麻城芝佛院與周柳塘先生為侶。柳塘，友山兄，亦

93　芝佛院在麻城縣東三十里龍潭湖畔，在芝佛寺右。民國《麻城縣志前編》卷三《寺
　　觀》載：「芝佛寺在龍湖北岸，建寺掘地得三芝，類佛像，因名。……河中怪石嶙
　　峋突出，名釣魚臺。繞臺皆水，深不可測，名龍潭湖。」李贄《石湖卷》說：「此
　　石湖鏡也，有石在兩水之間，石殊不巨。……湖之西架木為閣，直侵龍湖上，其名曰
　　芝佛院。」（顧大韶《李氏文集》卷十二）黃安鄒新知《新芝佛寺記》說：「龍潭為
　　李卓吾住錫著書之所。故書以《初潭》、《二潭》名。海內人盛稱龍潭湖不及芝佛
　　寺，所謂知其人不知其天也。」（光緒八年重訂《麻城縣志》卷四《建置》）但李贄
　　住的是芝佛院，詳見後，此不具引。

好學，雖居縣城，去芝佛院三十里，不得頻頻接膝，然守院僧無念者以好學故，先期為柳塘禮請在焉，故余遂依念僧以居。

有《薙髮》四首、《初居湖上》一首。

李贄在佛堂上懸掛孔子畫像，「孔子於芝佛上院」並寫《題孔子像於芝佛院》：

> 人皆以孔子為大聖，吾亦以為大聖；皆以老、佛為異端，吾亦以為異端。人人非真知大聖與異端也，以所聞於父師之教者熟也；父師非真知大聖與異端也，以所聞於儒先之教者熟也；儒先亦非真知大聖與異端也，以孔子有是言也。其曰：「聖則吾不能」，是居謙也。其曰「攻乎異端」，是必為老與佛也。
> 儒先億度而言之，父師沿襲而誦之，小子矇聾而聽之。萬口一詞，不可破也；千年一律，不自知也。……至今日，雖有目，無所用矣。余何人也，敢謂有目？亦從眾耳。既從眾而聖之，亦從眾而事之，是故吾從眾事孔子於芝佛之院。（《續焚書》卷四）

約在此時，寫了《五死篇》，表達了他的生死觀：

> 人有五死，惟是程嬰、公孫忤臼之死，紀信、欒布之死，聶政之死，屈平之死，乃為天下第一等好死。其次臨陣而死，其次不屈而死。……雖曰次之，其實亦皆烈丈夫之死也，非凡流也。又其次則為盡忠被讒而死，如楚之伍子胥，漢之晁錯是矣。……又其次則為功成名遂而死，如秦之商君，楚之吳起，越之大夫种是矣。……雖又次於前兩者，然既忠於君矣，雖死有榮也；既成天下之大功矣，立萬世之榮名矣，雖死何傷乎？故智者欲審處死，不可不選擇於五者之間也。縱有優劣，均為善死。

若夫臥病房榻之間，徘徊妻孥之側，滔滔者天下皆是也。此庸夫俗子之所習慣，非死所矣，豈丈夫之所甘死乎？雖然，猶勝於臨終扶病歌詩，杖策辭別，自以為不怖死，無顧戀者。蓋在世俗觀之，未免誇之為美談，呼之為考終。然其好名說謊，反不如庸夫俗子之為順受其正，自然而死也。等死於牖下耳，何以見其節，又何以見其烈，而徒務此虛聲為耶？（《焚書》卷四）

對於自己將怎樣死，李贄表示：

丈夫之生，原非無故而生，則其死也又豈容無故而死乎？其生也有由，則其死也必有所為，未有岑岑寂寂，臥病床褥間，扶柩推輦，埋於北邙之下，然後為得所死矣。……第余老矣，欲如以前五者，又不可得矣。……然則將何以死乎？計惟有做些小買賣耳。……此間既無知己，無知己又何死也？大買賣我知其做不成也，英雄漢子，無所洩怒，既無知己可死，吾將死於不知己者以洩怒也。
謹書此以告諸貌稱相知者，聞死來視我，切勿收我屍！是囑。
（同上）

在芝佛院，「與僧無念、周友山、丘坦之、楊定見聚，閉門下鍵，日以讀書為事。」（袁中道《李溫陵傳》）落髮前李贄曾經說過：「從此未涅槃之日，皆以閱藏為事，不復以儒書為意也。」（《焚書》卷一《答焦漪園》）

到龍潭不久，寫信給焦竑說：「願兄早了業緣，速登上第，完世間人，了出世法，乃見全力。」（《焚書》增補《又與從吾孝廉》）信中並談了自己的打算：「意欲別集《儒禪》一書，凡說禪者依世次匯入。……若《僧禪》則專集僧語，又另為一集，與《儒禪》並行，大

約以精切簡要為貴，使讀者開卷了然，醍醐一味，入道更易耳。」
（同上）

　　閏六月初三日，妻黃宜人在泉州逝世。《曆年表》：「萬曆戊子又
六月初三日未時，卓吾姊莊宜人（按為『黃宜人』之誤）卒，年五十
六。」（按，鈴木虎雄《李卓吾年譜》以為李贄妻黃宜人或死於萬曆
二十三年春，誤。）時婿莊純夫在麻城，由其女料理喪事。李贄聞訃
約在七月間，他寫墓碑碑文交莊純夫帶回鐫石。（墓碑殘塊拓片現藏
泉州市文物管理委員會）

　　時耿定力任福建提學按察司副使，對黃宜人的喪葬十分關心，曾
親撰墓表一通，並撥公款助葬。[94]耿定力《誥封宜人黃氏墓表》記載
黃宜人之歸死及殯葬的情形頗詳：

> 萬曆丁亥歲，宜人率其女若婿自楚歸，而卓吾尚留楚。宜人念
> 其夫在遠方，鬱鬱不懌。越戊子閏六月初三日卒於家。莊生
> （指莊純夫）先期如楚省卓吾，獨其女侍含斂。訃聞，卓吾不
> 為慟，而友卓吾者怛惻不勝。莊生以是年季冬十八日葬宜人於
> 城南之張園（今晉江縣紫帽山農場園坂管區張園村宮下）。

　　在芝佛院，李贄「日以讀書為事。……所讀書皆鈔寫為善本，東
國之秘語，西方之靈文，《離騷》、馬、班之篇，陶、謝、柳、杜之

94　耿定力次年又撥銀八兩，給莊純夫為鐫石助葬之資。其《憲牌》云：
　　欽差提督學校福建按察司副使耿，為公務事，查得泉州府晉江縣鄉官致仕知府李卓
　　吾先生，持身若介，嗜道如飴，官游廿載，良哉二千石。僑寓四方，飄然一孤鴻。
　　其配誥封黃宜人，早同周南頯尾之啼，晚效孟光齊眉之敬。頃聞宜人即世，卓吾遠
　　游。悼伯道之無兒，幸考亭之有婿。幽魂未窆，賢德可嘉。本道親撰墓表一通，用
　　示表揚，仰府經給伊婿莊純甫收領。仍封文本道□捐銀捌兩，給伊婿為鐫石助葬之
　　資。取領具由繳牌，毋得違錯。不□□至牌者。
　　右仰泉州府准此。
　　萬曆十七年二月二十八日，書吏蔡承恩、蔡承鑿。
　　　　　　　　　　　　　　　　　　　　　　　　　　　　　　　　限次月初六日。

詩，下至稗官小說之奇，宋元名人之曲，雪藤丹筆，逐字讎校，肌襞
理分，時出新意，其為文不阡不陌，攄其胸中之獨見，精光凜凜，不
可逼視。詩不多作，大有神境。」（袁中道《李溫陵傳》）

　　初到龍潭湖後，李贄即開始編纂《初潭集》。《初潭集》是將《世
說新語》（南朝宋劉義慶著）和《焦氏異林》（明焦竑著）二書的材料
重新分類（依夫婦、父子、兄弟、朋友、君臣的順序）編輯而成。通
過批點評論來闡述自己的思想觀點從而形成的新作。李贄自言故意落
髮為僧，而實儒也，是以首纂儒書焉。」《初潭集序》說：「余既自幼
習孔氏之學矣，是故亦以其學纂書焉。」（《初潭集》卷首）書中表彰
了歷史上那些不受儒家思想束縛的人物，批判了那些墨守儒家家法的
道學家。書中的一些總論、評論，後來被選入《焚書》、《續焚書》。
例如《夫婦論──因畜有感》，就是從哲學角度批判理學的一篇重要
論文。文章繼承《周易‧序卦》的觀點，提出「天下萬物皆生於兩，
不生於一」和「夫厥初生人，惟是陰陽二氣，男女二命，初無所謂一
與理也，而何太極之有」的觀點。

　　《三教歸儒說》是一篇抨擊道學家的檄文。文中說：

> 自顏氏歿，微言絕，聖學亡，則儒不傳矣。故曰：「天喪
> 予。」何也？以諸子雖學，未嘗以聞道為心也。則亦不免士大
> 夫之家為富貴所移爾矣，況繼此而為漢儒之附會，宋儒之穿鑿
> 乎？又況繼此而以宋儒為標的，穿鑿為指歸乎？人益鄙而風益
> 下矣！無怪其流弊至於今日，陽為道學，陰為富貴，被服儒
> 雅，行若狗彘然也。（《續焚書》卷二）

　　前年耿定向著《譯異編》，認為佛教統歸於儒學。《三教歸儒說》
也是對耿定向的批判。文中指出講道學是道學家攫取「榮華富貴」的
手段：

夫世之不講道學而致榮華富貴者不少也，何必講道學而後為富
貴之資也？此無他，不待講道學而自富貴者，其人蓋有學有
才，有為有守，雖欲不與之富貴，不可得也。夫惟無才無學，
若不以講聖人道學之名要之，則終身貧且賤焉，恥矣，此所以
必講道學以為取富貴之資也。然則今之無才無學，無為無識，
而欲致大富貴者，斷斷乎不可以不講道學矣。……

在《道學》中，更進一步指出講道學的流弊：

道學，其名也。故世之好名者必講道學，以道學之能起名也。
無用者必講道學，以道學之足以濟用也。欺天罔人者必講道
學，以道學之足以售其欺罔之謀也。噫！孔尼父亦一講道學之
人耳，豈知其流弊至此乎！（《初潭集》卷二十）

九月初二日，羅汝芳（1511-　）卒，年七十四。門人私諡明
德。（楊起元《羅近溪先生墓誌銘》）十一月二十四日訃至。李贄說：
「蓋余自聞先生訃來，似在夢中過日耳。」「真哀不哀，真哭無淚。」
（《焚書》卷四《羅近溪先生告文》）
　　釋道一隨李贄住龍湖約在本年。[95]

詩文編年

　　《重過曾家》一首：見《焚書》卷六。寫於本年春。「曾家」指曾
中野之家。中有「無計就君住」和「霜鬢更逢梅」、「三度隔牆開」句。
李贄於萬曆十三年三月初到麻城，暫借住曾中野家，翌年正月，李贄
又遷居維摩庵，至今春梅花又三度開放，故知此詩寫於本年春日。

95　《麻城縣志前編》卷十五《仙釋》：「釋道一。名明明。周氏子。父思善。夢白衣道
　　人入室而生。少穎悟超異。胸不入俗。初名之首。應童子試。拔第一。後鄉試往
　　省。及河。見爭渡者有感而返。棄巾衫學仙，遁跡武夷山之大王峰。迨歸里，隨李
　　卓吾住龍湖。契合，遂祝髮為僧。自號金牛子。」

　　《環陽樓晚眺得碁字》：見《焚書》卷六。約寫於本年春。中有
「眼看春又半」句。環陽樓為梅國楨所建，是麻城北門外一個風景優
美的地方。據民國《麻城縣志前編》卷一《疆域・古跡》載：「環陽
樓在北關外，梅少司馬（梅國楨）建。俯龍池，臨大河，沿河盡以
竹、桃、楊掩映其中。樓外有深池，繫舫游泳，花鳥親人；又有山茶
一株，高二丈許，紅英綠葉，翠色覆被中庭雲。」年初梅國楨返里，
李贄當與之相見，但從首句「不是環陽客」看，恐非同游之作。

　　《答焦漪園》：見《焚書》卷一。寫於本年春夏之間，時將落
髮。中有「稍待麥熟」和「夫我既已出家矣，特餘此種種耳，又何惜
此種種而不以成此名耶！」等語可證。信中說：「潘雪松（名士藻）
聞已行取（指地方官由上級行文提取為京官，事在正月）……便當居
言路作諍臣矣。」據焦竑《澹園集》卷三十《雪松潘君墓志銘》載：
「君以戊子徵授御史。……初，君之被徵也，晤余南都。余謂君必為
諫官。」與李贄所言相合，亦可為證。而據《明通鑑》載：「明神宗
萬曆十六年五月（按《明神宗實錄》載在閏六月甲申）……謫士藻廣
東照磨。」可見此信寫於五月之前。

　　《戰國論》：原是《藏書》卷三十九《儒臣傳・劉向傳》的傳
論；《兵食論》：原是《藏書》卷四十三《儒林傳・張載傳》的傳論，
後來均收入《焚書》卷三。《兵食論》還收入《李氏說書・孟子下
孟》中，題為《以佚道使民雖勞不怨，以生道殺民，雖死不怨殺
者》，開頭有「或問佚道生道，卓吾曰」等九字，以下文字與《藏
書》、《焚書》悉同。此二文不知寫於何時。但《藏書》稿係本年完
成，故其寫作時間下限應不超過本年。《焚書・自序》說：「再《藏
書》中一二論著亦刻。」可知此二文於萬曆十八年已經刻行。

　　《答周柳塘》：見《焚書》增補一。寫於本年在維摩庵時。中有
「念我入麻城以來，三年所矣」之語。李贄於萬曆十三年三月到麻
城，「三年所」當在本年三月稍後一點時間。

《與楊定見》：見《焚書》卷一。寫於本年或稍後。時楊定見想為李贄辯誣，李贄特寫此信勸阻。信中說：「世間是非紛然，人在是非場中，安能免也？於是非上加起買好遠怨等事，此亦世人常態，不足怪也。古人以真情與人，卒至自陷者，不知多少，只有一笑無事耳。」

《答周二魯》：見《焚書》增補一。寫於本年落髮之後、將入龍潭之前。李贄今年六十二歲。中有「但自愧勞憂一生，年已六十二歲」和「故決意去髮，欲以入山之深，免與世人爭長較短」等語可證。中又有「近老今年七十四矣」一語。羅近溪死於本年九月二日，年七十四。（見《焚書》卷三《羅近溪先生告文》）此亦一證。

《寄答耿大中丞》：見《焚書》卷一。此信是針對耿定向給新任禮部主事劉元卿（字調甫，甫一作「父」）信中所說的「學惟捨己從人」一語而發的，寫於本年夏間或稍後。這可以從「大中丞」這一稱呼和上引耿定向《又與劉調甫》信中提到他曾與其弟反覆玩讀過劉初任禮部主事時上給朝廷的兩封奏疏稿一事來考察。據《觀生紀》載，耿定向於萬曆十五年十一月升南京都察院右副都御史，至萬曆十七年十月升任戶部尚書為止，前後任職近二年（習慣稱「大中丞」）。李贄此信的寫作時間之所以定為萬曆十六年夏間，是因為耿定向與其弟讀過劉元卿的兩封奏疏稿的時間是在萬曆十六年夏。（一）據《明神宗實錄》卷一九七載，萬曆十六年四月丁巳，南京國子監祭酒趙用賢條上申飭南雍七事，其中「修遺賢薦用之典」一事中有「請錄用舉人鄧元錫、劉元卿、王之任」之議，而「部復允行」。（二）《江西通志》卷一四九《劉元卿傳》：「劉元卿，字調父，……既累被薦，召為國子博士。擢禮部主事，疏請早期勤政，又請從祀鄒守益、王艮于文廟。」這裡雖未說明劉被薦任職的具體時間，但劉的二疏是在他任禮部主事時寫的，而上引耿定向《又與劉調甫》說：「近得見寄二疏稿，與家弟反覆玩讀，其《朝儀疏》忠懇婉曲而不激，《從祀疏》詞

意弘深而不迂，且二事原是儀部（即禮部）職司，非越樽俎者。」（《耿天臺先生文集》卷四）信和傳的說法一致。依耿定向《觀生記》載：「萬曆十六年戊子，我生六十五歲。便還里。以二月葬仲弟，三月葬彭淑人。……五月之任。……是歲春，叔子晉閩督學，還里，七月之任。」由此可知，耿定向與其弟反覆玩讀調甫二疏稿的時間當在萬曆十六年劉調甫被薦用的四月之後，耿定向「之任」的五月之前。耿定向讀了疏稿之後寫信給劉調甫，提出了「學惟捨己從人」的問題。李贄在看到耿的信稿後，針對耿「未能捨己而徒言捨己以教人」而寫此信。故知李贄此信寫於本年的夏間或稍後。

　　《覆周柳塘》：見《焚書》卷一。寫於本年夏游廬山之前。中有「偶有匡廬之興，且小樓不堪熱毒，亦可因以避暑」等語。出游建昌（贛）、西吳（浙）、南京是李贄自萬曆十三年以來的願望。本年因遭到以耿定向為首的麻、黃士紳的誹謗攻擊，為了「逃名避讒於一時所謂賢聖大人者」，李贄即想離開麻城到西湖下居，以此乘便到廬山一游。之後，李贄又覺得「西湖終非其意」，於是便又回麻城。時鄧鼎石來「慰諭」，李贄說他這次出游是「偶爾游方之外」，強調的是一個「偶」字。信中說「秋涼歸來，與兄當大講，務欲成就世間要緊漢矣」，當指秋間將應周柳塘早先的邀請移居龍潭芝佛院一事。

　　《與焦漪園太史》：見《續焚書》卷一。寫於本年暑夏，中有「毒熱如此」一語可證。從「《類林》妙甚，當與《世說》並傳無疑」等語看，此信當是本年接獲《類林》刻本後寫的一封回信。又信中有「弟以賤眷尚在，欲得早晚知吾動定，故直往西湖下居……且令家中又時時得吾信也」等語，說明李贄寫這信時尚未獲悉其妻死訊。

　　《何心隱論》：見《焚書》卷三；《答鄧明府》：見《焚書》卷一。均寫於本年夏。此據以上《與焦漪園太史》一信推知。該信中有「何心老英雄莫比……奉去二稿，亦略見追慕之切」和「外近作一冊四篇奉覽，其二篇論何心隱者不可傳」等語可證。「二篇論何心隱

者」，一指《何心隱論》無疑，一當指《答鄧明府》。《答鄧明府》開頭說：「何公死，不關江陵事」；末後說：「是以覆並論之，以裁正於大方焉。」可見這信實是一篇論文。

《答鄧明府》：見《焚書》卷一。寫於本年暑夏游廬山歸來之後。中有「某偶爾游方之外，略示形骸虛幻於人世如此，且因以逃名避譴於一時所謂賢聖大人者」等語可證。參看本年《覆周柳塘》、《答焦漪園》（均《焚書》卷一）等篇的考證。

《秋前約近城、鳳里到周子竹園》二首：見《焚書》卷六。鳳里即楊定見，周子當是周友山。可能寫於萬曆十六年暑夏李贄將隱龍湖前。中有「獨鶴向人群」和「攜手欲同去」句。「獨鶴」雖是寫景，也是自喻。「欲同去」，當指劉近城、楊鳳里等「欲同去」龍湖為侶。袁中道《李溫陵傳》：「公遂至麻城龍潭湖上，與僧無念、周友山、丘坦之、楊定見聚，閉門下鍵，日以讀書為事。」《焚書》卷六《覆焦弱侯》也說：「計且住此，與無念、鳳里、近城數公朝夕龍湖之上。」這都可以作為「欲同去」的佐證。

《薙髮》四首：見《焚書》卷六。寫於本年秋初到龍潭時。中有「空潭一老丑，剃髮便為僧」句。而「去去山中臥」，則點明是離開城中維摩庵到山中龍潭棲隱一事。

《初居湖上》一首：見《續焚書》卷五。與《薙髮》為同時之作。第三、四句，「祝髮（斷髮）當搔首，遷居為買鄰」，說明是落髮後移居龍潭湖芝佛院時所作。按，芝佛院的鄰居有二：一是潭北、院東的芝佛寺，一是潭南的龍湖寺。

《讀書燈》一首：見《續焚書》卷五。寫於初住維摩庵或初住龍湖時。中有「昔日貧儒今日僧」和「肉眼頻觀古佛燈」句。維摩庵是李贄到麻城後才創建的，龍湖芝佛院的歷史較久，從「今日僧」與「古佛燈」看來當指初寓龍湖時。

《題孔子像於芝佛院》：見《續焚書》卷四。寫於本年秋初移居

龍潭時。按本年周柳塘編成《學孔編》，楊起元為他寫序。楊起元
《學孔編序》說：「歲戊子以試事取道天臺，拜先生（指周柳塘）於
堂。先生手是編以示，且曰：『為我序之！』」序中說：「吾師柳塘周
先生之願學孔子有年矣。嘗曰孔子之學所謂物並育而不害，道並行而
不悖者也，而學者隘焉。……於是匯自秦漢迄於宋元，凡燁然有光於
簡策者顧列論次之，參《孔子世家》、《魯論》及諸書，刪繁舉要，以
仁為宗，以為首篇，而以孔門弟子及孟子附麗其下，然後及餘子，若
孔子為大宗而其餘子皆其子孫云。仍然題曰《學孔編》。蓋言孔子必
兼餘子，而餘子必歸宗孔子，雖欲外焉而不可得也。」（《楊太史家藏
文集》卷三）

　　《中秋劉近城攜酒湖上》一首：見《焚書》卷六。當寫於本年中
秋。李贄於本年秋初隱龍湖，因此劉近城攜酒湖上以饗之。

　　《自贊》：見《焚書》卷三。可能寫於本年遭耿定向等人的誹謗
攻擊之後。中有「動與物迕，口與心違」和「其人如此，鄉人皆惡之
矣」之語。《答周柳塘》信中曾引耿定向「士紳多憾之」的話，可與
本文互參。

　　《贊劉諧》：見《焚書》卷三。文中批判「天不生仲尼，萬古如
長夜」（見宋唐庚《唐子文錄》、《朱子語類》卷九三引）的謬論。文
在《自贊》之後，可能是寫於同一時期的一組雜文。現尚缺乏佐證，
姑附於此。按，劉諧，麻城人，隆慶五年進士，官給事中。

　　《五死篇》：見《焚書》卷四。本年寫於龍潭芝佛院。中有「且
我已離鄉井，捐童僕，直來求買主於此矣」等語。「此」指龍潭芝佛
院，李贄文章中常有此用法。如《豫約·小引》：「然余四方之人也，
無家屬童僕於此，所賴以供朝夕者，皆本院之僧。」可以為證。「買
主」指周思久輩。請參看上引《釋子須知序》。文中又有「此間既無
知己」一語。因周與耿定向實為一路人，並非李贄知己，故云。

　　《又與從吾孝廉》：見《焚書》增補一。寫於本年初居龍潭不

久。「從吾」即焦竑。本文乃《續焚書》卷一《與焦弱侯太史》的節
略。中有「近居龍湖，漸遠城市，比舊更覺寂寞」之語。焦竑於翌年
始中進士。此稱「孝廉」，又盼他「速登上第」，也可證明此信寫於焦
竑中進士的前一年。

《與曾繼泉》：見《焚書》卷二。寫於本年落髮之後、聞妻死訊
之前。中有「則我黃宜人雖然回歸，我實不用牽掛，以故我得安心寓
此」和「故我剃髮以示不歸」等語可證。

《哭黃宜人》六首：見《焚書》卷六；《憶黃宜人》二首：見
《續焚書》卷五。寫於本年聞訃之時，約在七月中下旬。黃宜人於閏
六月初三日死於泉州，遣人報喪，「非四十餘日不得到此」（《焚書》
卷四《豫約·早晚守塔》），故知聞訃可能在七月中下旬。

《初譚集》：中華書局一九七四年十二月第一版。匯輯評點於本
年秋徙居龍潭之後。《初潭集序》說：「《初譚》者何？言初落髮龍潭
時即纂此，故曰《初潭》。」《又敘》說：「《類林》成於萬曆戊子之
春，余復以是秋隱於龍潭之上。」（均見《初潭集》卷首）由此可
證。以下收入《焚書》、《續焚書》的十五篇，原是《初潭集》有關部
分的評論：

《夫婦論——因畜有感》：見《焚書》卷三。原為《初潭集》卷
一《夫婦篇》的總論，原題《夫婦篇總論》。《李氏焚書》題為《夫婦
有感》，收入《焚書》時改稱今名，並在題下添加「因畜有感」四
字。正文開頭原有「李溫陵曰」四字，今刪。《序篤義》（《初潭集》
卷十九）、《三教歸儒說》（原《初潭集》卷十一）、《論交難》（原《初
潭集》卷二十）、《強臣論》、《譎奸論》（原《初潭集》卷二十五），以
上均見《續焚書》卷二。

《裴耀卿疏救楊濬坐贓免笞辱准折贖》（原《初潭集》卷二十
四）、《子伋子壽》（原《初潭集》卷十）、《衛玠問夢》（原《初潭集》
卷十三）、《庾公不遣的盧》（原《初潭集》卷十七）、《史魚盒息》、

《孔融有自然之性》（原《初潭集》卷十九）、**《王維譏陶潛》**（原《初潭集》卷二十）、**《其思子革》**（原《初潭集》卷二十四）：以上均見《續焚書》卷三。**《讀金縢》**（原《初潭集》卷十）：見《續焚書》卷四。以上各篇，《初潭集》均無標題，標題是後人編《焚書》、《續焚書》時加的。

　　《覆周南士》：見《焚書》卷一。明顧大韶《李氏文集》卷一題為《覆周三魯》，且信中凡「公」字皆稱「三魯」。「三魯」疑即周宏禴。周宏禴，麻城周釴之子，周宏祖、周宏禴之弟。據王世貞《周魯山先生墓誌銘》載：「公諱釴，字汝成，娶於汪，累封太安人，有婦德，先公卒。丈夫子四：宏祖、宏禴、宏禴，皆汪出；大學生宏袗，貳王出。」（民國《麻城縣志前編》卷十四《金石》）同書《耆舊》卷九《名賢傳》：「宏祖，字元孝，號少魯，中憲大夫延徵之孫、中議大夫釴之長子也。」傳後附《舊志》：「周宏禴，字二魯，宏祖之弟。」按，二魯是號，此誤。《明詩綜》卷五十二：「周宏禴，字元孚，號二魯，明麻城人。」據此推知，「周三魯」當即周宏禴，南士是他的字。信中有「僕惟早自揣量，故毅然告退。又性剛不能委蛇，性疏稍好靜僻，以此日就鹿豕，群無賴，蓋適所宜」諸語，估計是入龍湖之初大約是本年或明年寫的。《焚書》增補一《答周二魯》（寫於本年）中也有「入山之深」是求「務自適」的說法，可互參。

時事

- 二月戊辰（十五日），升河南右布政使劉世賞為湖廣左布政使。（《明神宗實錄》卷一九五）
- 三月，山西、陝西、河南及南畿、浙江並大饑疫。（《明神宗本紀一》）
- 三月癸未朔，巡按雲南御史蘇酂劾原任雲南按察使李材虛報破緬戰功。神宗怒其欺罔，四月戊午（初五）命逮治李材等。材被幽囚五年。（《明神宗實錄》卷一九七，黃宗羲《明儒學案》卷五十

一《中丞李見羅先生材》）

- 夏，大饑，黃梅農民劉汝國（別號少溪）起義。（瞿九思《萬曆
　武功錄》卷二）
- 六月，蘇州、松江等府大旱，太湖水涸。（《明通鑑》卷六十八）
- 九月庚午（廿日），甘肅兵變。（《明神宗本紀一》，《明神宗實
　錄》卷二〇三）

　　　　　＊　　　　　　　　　＊　　　　　　　　　＊

- 正月辛丑（十七日），升成都知府耿定力為福建提學副使。（《明
　神宗實錄》卷一九六）戊申（廿四日），潘士藻被徵授御史。巡
　視北城。梅國楨擢為河南道試御史。（同上，焦竑《雪松潘君墓
　志銘》，葉向高《梅少司馬神道碑》）
- 閏六月甲申（初三日），御史潘士藻上言，要求罷撤大工，蠲織
　造燒造，免金花額外徵，並召講讀諸臣問以經史，進行修省，被
　降三級，調邊地，貶為廣東布政司照磨。（《明神宗實錄》卷二
　〇〇，《明通鑑》卷六十八，焦竑《雪松潘君墓志銘》）
- 己丑（初八日），升河南左布政使莊國楨為都察院右副都御史，
　巡撫江西。（《明神宗實錄》卷二〇〇）
- 九月初二日，羅汝芳卒。（李贄《焚書》卷三《羅近溪先生告
　文》）
- 十月庚寅（初十日），授庶吉士袁宗道為翰林院編修。（同上卷二
　〇四）
- 十一月壬申（廿三日），錦衣衛都督劉守有（麻城人）以貪贓被
　罷。（同上卷二〇五）
- 十二月丁酉（十九日），升四川副使周思敬為四川參政。（同上卷
　二〇六）
- 本年，湯顯祖改南京詹事府主事。明年改南京禮部祀祭司主事。
　（徐朔方《湯顯祖年表》）

萬曆十七年己丑（1589）   六十三歲

　　寓居麻城龍湖芝佛院。「性愛掃地，數人縛帚不給。襯裙浣洗，極其鮮潔，拭面拂身，有同水淫。不喜俗客，客不獲辭而至，但一交手，即令之遠坐，嫌其臭穢。其忻賞者，鎮日言笑，意所不契，寂無一語。滑稽排調，衝口而發，既能解頤，亦可刺骨。」（袁中道《李溫陵傳》）

　　丘長孺生日（年二十六歲），李贄親與生日酒會，並作詩為賀。其《丘長孺生日》云：「似君初度日，不敢少年看。百歲人間易，逢君世上難。[96]三杯生瑞氣，一雨送春寒。對客猶辭醉，尊前有老聃。」（《焚書》卷六）

　　春分前，寫《羅近溪先生告文》，並設位祭奠。他稱道羅近溪「簡易」、「寬和」、「慈悲」、「容眾」的作風和「捨身為道」的精神，而以及門弟子雖「不啻中分魯」而「終不知先生之所繫於天下萬世者如此其甚重」為恨。但他對羅近溪的肯定遠不如王畿，寫於今年稍後的《覆焦弱侯》信中說：

> 龍溪先生全刻，千萬記心遺我！若近溪先生刻，不足觀也。蓋《近溪語錄》須領悟者乃能觀於言語之外，不然未免反加繩束，非如王先生字字皆解脫門，得者讀之足以印心，未得者讀之足以證入也。（《焚書》增補二）

---

[96] 康熙《麻城縣志》卷七載：「丘坦，字坦之，號長孺，齊雲子。少馳聲藝苑，極為袁玉蟠（袁宗道號）伯仲所賞。他如董思白、陶石簣、黃平倩、顧開雍，皆樂與之友。游蹤遍南北，凡湖山名勝，於時交同趣。品竹彈絲，推花評鳥，俱臻佳妙。翰墨效趙文敏、米南宮。至揮灑少年場，千金立盡，有李太白之風。後就武得雋（按，萬曆三十四年丙午得武舉第一），官海州參軍（屬遼東都司，今遼寧海城縣），告病歸。有南、北《游稿》、《楚丘》、《度遼》諸詩集。」李贄極愛其才，丘離開龍湖後，李贄思念不置，曾「淚下如雨」。在《八物》中，擬之為「麟鳳芝蘭」。

　　二月十七日，為僧深有祝壽，寫有《與眾樂樂卷》，稱讚深有「學道精勤」。

　　約二月間，日在自晉江來，報告黃宜人葬事畢。李贄寫信給莊純夫，極稱黃宜人「孝友忠信，損己利人」的精神，抨擊「徒有名而無實」的「學道者」。《焚書》卷二《與莊純夫》：

> 日在到，知葬事畢，可喜可喜！人生一世，如此而已。相聚四十餘年，情境甚熟，亦猶作客并州既多時，自同故鄉，難遽離割也。夫婦之際，恩情尤甚，非但枕席之私，亦以辛勤拮据，有內助之益。若平日有如賓之敬，齊眉之誠，孝友忠信，損己利人，勝似今世稱學道者，徒有名而無實，則臨別尤難割捨也。何也？情愛之中兼有婦行婦功婦言婦德，更令人思念耳。爾岳母黃宜人是矣。獨有講學一事不信人言，稍稍可憾，餘則皆今人所未有也。

又說：

> 自聞訃後，無一夜不入夢，但俱不知是死。豈真到此乎？抑吾念之，魂自相招也？想他平生謹慎，必不輕履僧堂。然僧堂一到亦有何妨。要之皆未脫灑耳。既單有魂靈，何男何女，何遠何近，何拘何礙！若猶如舊日拘礙不通，則終無出頭之期矣。即此魂靈猶在，便知此身不死，自然無所拘礙……即此無拘無礙，便是西方淨土，極樂世界，更無別有西方世界也。

他要莊純夫持此信在其岳母靈前「苦讀三五遍，對靈叮囑」，叫她「幸勿貪受胎，再托生也」，而要「等我壽終之時，一來迎接」。

　　《李氏藏書》自去夏呈焦竑覽教後，「無奈一二好事朋友索覽不已」。李贄告誡說：「覽則一任諸君覽觀，但無以孔夫子之定本行賞罰也則善矣。」（《藏書·世紀列傳總目前論》）

　　春三月，焦竑中一甲進士第一名，任翰林院修撰。耿定向去信為賀，並說：「子曰：『多聞闕疑，慎言其餘；多見闕殆，慎行其餘。』此二語，幸識之心紳。」（《耿天臺先生文集》卷四《與焦弱侯》）之後，他又去一信，叫焦竑「其稱譏贊毀，須一稟於道」，而指斥李贄盛讚馮道之非。《耿天臺先生文集》卷三《又與焦弱侯》第二書：

> 前舉闕疑闕殆語相勉，非祇是為賢目前應世，欲其周慎求容含括免咎云爾。念緊茲在石渠天祿中，下上千古，揚扢百氏，其稱譏贊毀，須一稟於道，通之天下萬世，足為立心立命始得。蓋余頃有懲於世之聞人鉅公，如丘瓊山氏（丘濬）著論伸秦檜而紐武穆，或曰程簜墩亦有此說。又南中諸子傳某（指李贄）盛讚馮道為有道，惟昔蘇子由援管、晏恕之，已為邪說，乃至以為有道，何亂道亦至此耶！此種議論，起於矜異炫博，自侈為新特高奇，能超出流俗之見，而不知其拂經亂道，實邪慝之極也。……此實關世教不小。總之，是學術不明。彼……實其學術之詖僻，故其言論之邪慝如此。蓋彼且以君臣父子為假合，以忠孝廉恥為幻行，其伸秦檜而譽馮道無怪也。……

　　夏間，新任安徽休寧縣縣令祝世祿（號無功）來會。李贄在《覆焦弱侯》中談到：

> 祝無功過此一會，雖過此，亦不過使人道他好學、孳孳求友如此耳。大抵今之學道者，官重於名，名又重於學。以學起名，以名起官。使學不足以起名，名不足以起官，則視棄名如敝帚矣。無怪乎有志者多不肯學，多以我輩為真光棍也。（《焚書》增補二）

　　楊起元讀到李贄給焦竑的信和李贄《羅近溪先生告文》後寫信給李贄，表示今後將「罄所欲言」以請教。《證學編》卷二《李卓吾先

生》：

> 近得先生與焦漪園丈書，又得我柳老教札，知我柳師於先生有
> 相信相愛之深者。……生於先生大教，私淑有年。向過湖上一
> 宿，雖未敢質問，一談一笑，一指一顧，皆足以銷熔頑頓。生
> 雖淺學，眼中頗能識寶，每入寶山，必不空過。昔之事我近師
> （指羅近溪）也亦然。……雖然，我近師逝矣。今之能教我
> 者，莫如我柳師暨先生，於先生而不通問，又將誰問哉？繼自
> 今當罄所欲言，以質於先生，願先生之無棄也。
> 讀祭近老文，不覺淚下長嘆。蓋自以世不復有知我師者，奈何
> 茫茫宇宙之中，又有先生在焉。……人之相知，豈在親疏遠近
> 之跡哉？
> 狗子無佛性話，即依來教參詰。茲因寂空僧還，托之致謝，不
> 一。

「四月，湖廣大旱。」（《明通鑑》卷六十九）民國《麻城縣志》
卷十五《災異》載：「神宗萬曆十七年己丑，大旱疫，麥禾兩盡，人
民受災傷者無算。」暑夏，作《答周柳塘》：

> 伏中微泄，秋候當自清泰。……念上天降虐，只為大地人作
> 惡，故重譴之，若不勉受酷責，是愈重上帝之怒。有飯吃而受
> 熱，比空腹受熱者何如？……且天災時行，人亦難逃，人人亦
> 自有過活良法。所謂君子用智，小人用力，強者有搬運之能，
> 弱者有就食之策，自然生出許多計智。最下者無力無策，又自
> 有身任父母之憂者大為設法區處，非我輩並生並育之民所能與
> 謀也。……我輩安能代大匠斫哉！我輩惟是各親其親，各友其
> 友。……各各盡心量力相救助。若非吾親友，非吾所能謀，亦
> 非吾所宜謀也。何也？願外之思，出位之誚也。（《焚書》卷一）

　　此時，李贄老而無朋，感到孤單，自稱「老苦」。他想離開龍潭，再度留髮，從好友焦竑在京中住下。夏間，他派無念到北京見焦竑等友人，自己則往見靈公（名里不詳，疑是南京人）。寫《書應方卷後》，說：「此焦弱侯為靈公書也。余館於靈公精舍。先是弱侯數與靈公道余，故余遂館於靈公。靈公今得弱侯數語，靈公不朽矣。」（《續焚書》卷二）

　　無念入京，會見了李贄友人焦竑、顧養謙、鄒汝光、楊起元、李時輝（惟清）、袁宗道等人。其中有些人給李贄寫信或贈俸。《焚書》增補二《覆焦弱侯》：「無念得會顧沖庵（時任遼東巡撫），甚奇，而不得一會李漸庵（世達），亦甚可憾！鄒公（即鄒汝光）有教賜我，楊光（即起元）有俸及我，皆當謝之。」

　　夏間，翰林院編修袁宗道以冊封楚府歸里。臨行，焦竑囑他往見李贄。焦竑《書袁太史卷》：「於其還楚，漫書數言，以志別緒。亭州（指麻城）有卓吾先生在焉，試一往訊之，其有以開予也夫！」（《李溫陵外紀》卷三，焦竑《澹園集》卷二十二）袁中道《珂雪齋近集》卷三《石浦先生傳》：「己丑，焦公竑首制科，瞿公汝稷官京師，先生就之問學，共引頓悟之旨。而僧深有為龍潭（指李贄）高足，數以見性之說啟公，公乃遍閱大慧、中峰諸錄，得參求之訣，久之稍有所豁。先生於是研精性命，不復譚長生事矣。是年先生以冊封歸里，仲兄與予皆知向學。先生語以心性之說，亦各有省，互相商證。」

　　夏秋間，無念回到龍潭。李贄聞知焦竑「身心俱不閒」，蓄髮赴京從焦竑以居的願望只好打消。時顧養謙新任南京戶部侍郎，他約李贄到焦山（今鎮江市名鎮，在長江中）樓隱，李贄又以「余不喜焦山」為由，婉言拒絕。《焚書》增補一《書常順手卷呈顧沖庵》：

　　　　余有友在四方，無幾人也。老而無朋，終日讀書，非老人事，
　　　　今惟有等死耳。既不肯死於妻妾之手，又不肯死於假道學之

手，則將死何手乎？顧君當知我矣，何必焦山之之也耶？南北
中邊，隨其所到，我能從焉。……

覆信焦竑，表示將暫且在龍潭住下，並擬修一塔屋，以為目前讀
書之處和將來藏骨之所。《焚書》增補二《覆焦弱侯》：

> 無念回，甚悉近況。我之所以立計就兄者，以我年老，恐不能
> 待也。既兄官身，日夜無閒空，則雖欲早晚不離左右請教，安
> 能得？官身不妨，我能蓄髮屈己相從，縱日間不閒，獨無長夜
> 乎？但聞兄身心俱不得閒，則我決不可往也無疑也。至於沖
> 庵，方履南京任，當用才之時，值大用之人，南北中外尚未知
> 稅駕之處，而約我於焦山，尤為大謬。……計且住此，與無
> 念、鳳里、近城數公朝夕龍湖之上，雖主人（指周思久）以我
> 為臭穢不潔，不恤也。所望兄長盡心供職業！……
> 我已主意在湖上，只欠五十金修理一小塔，冬盡即搬其中。

李贄關心焦竑的立朝地位，在信中說：「故得位非難，立位最
難。若但取一概順己之侶，尊己之輩，則天下之士不來矣。今誦詩讀
書者有矣，果知人論世否也？……極知世之學者以我此言為妄誕逆
耳，然逆耳不受，將未免蹈同心商證故轍矣。」他表示：「祇此一書
耳，終身之交在此，半路絕交亦在此，莫以狀元恐嚇人也。世間友朋
如我者絕無矣。」（同上）

國子監司業楊起元得知李贄與周思久交惡，寫信勸說其師周思久
說：「伏惟二老以道緣深相結內，自有龍湖以來，至此始通其會。二
老皆人龍也，繼自今龍湖之名始不虛也。……一切葛藤，從今已斷，
更不提起。」（《楊太史家藏文集》）卷六《周柳師》）對楊起元的贈俸
和調解，李贄是感激的。他在上述《覆焦弱侯》信中稱讚楊起元：
「楊復所憾與兄居住稍遠，弟向與柳老處，見其《心如穀種論》及

《惠迪從逆》作,是大作家。論首三五翻,透徹明甚,可惜末後作道
理議論,稍不稱耳。」

　　信中對友人方沉久滯一方表示關切,對李時輝嚮往佛學表示欣
慕,對袁宗道將於明夏來訪表示歡迎,說:

> 方訒庵至今在滇,何耶?安得與他一會面也!……聞山東李先
> 生嚮往甚切,有絕類離群之意。審此,則今我寤寐爾思,輾轉
> 反側,曷其已耶!袁公果能枉駕過龍湖,明年夏初當掃館烹茶
> 以俟之,幸勿爽約也!(同上)

　　本年天都外臣作序的一百回本《水滸傳》刊行。李贄向焦竑索取
《水滸傳》和新版《龍溪先生全集》,並告訴他《坡仙集》四冊已經
編成。上述《覆焦弱侯》:

> 聞有《水滸傳》,無念欲之,幸寄與之,雖非原本亦可;然非
> 原本,真不中用矣。……
> 蘇長公何如人,故其文章自然驚天動地。世人不知,祇以文章
> 稱之,不知文章直彼余事耳。世未有其人不能卓立而能文章垂
> 不朽者。弟於全刻抄出作四冊,俱世人所未嘗取者。世人所取
> 者,世人所知耳,亦長公俯就世人而作者也。至其洪鍾大呂,
> 大扣大鳴,小扣小應,俱係彼精神髓骨所在,弟今盡數錄出,
> 間時一披閱,平生心事宛然如見,如對長公披襟面語,朝夕共
> 游也。憾不得再寫一部,呈去請教耳。倘印出,令學生子置在
> 案頭,初場二場三場畢具矣。龍溪先生全刻,千萬記心遺我!

　　秋,友人鄭子玄(生平事跡不詳)將遠游京師,李贄寫《送鄭子
玄兼寄弱侯》一詩送別,說:「窮途須痛哭,得意勿淹留!」李贄在
《焚書》卷二《又與焦弱侯》中談及鄭子玄:

鄭子玄者，丘長孺父子之文會友也。文雖不如其父子，而質實有恥，不肯講學，亦可喜，故喜之。……彼以為周、程、張、朱者皆口談道德而心存高官，志在巨富；既已得高官巨富矣，仍講道德，說仁義自若也；又從而嘵嘵然語人曰：「我欲屬俗而風世。」彼謂敗俗傷世者，莫甚於講周、程、張、朱者也，是以益不信。不信故不講。然則不講亦未為過矣。

深秋，山人黃生將游河南嵩山少林寺，路過麻城，特來龍潭相訪。但李贄以為他是為了嗛汝寧知府林雲程（晉江人）而來的，在《又與焦弱侯》中說：

由此觀之，今之所謂聖人者，其與今之所謂山人者一也。特有幸不幸之異耳。幸而能詩，則自稱曰山人；不幸而不能詩，則辭卻山人而以聖人名。幸而能講良知，則自稱曰聖人；不幸而不能講良知，則謝卻聖人而以山人稱。輾轉反覆，以欺世獲利，名為山人而心同商賈，口談道德而志在穿窬。……（同上）

李贄把山人比為商賈，而對商人卻寄予同情：

且商賈亦何可鄙之有？挾數萬之貲，經風濤之險，受辱於關吏，忍訽於市易，辛勤萬狀，所挾者重，所得者末，然必交結於卿大夫之門，然後可以收其利而遠其害，安能傲然而坐於公卿大夫之上哉！（同上）

秋冬之際，寫信給焦竑，向他索回《李氏藏書》原稿。《又與焦弱侯》：「《李氏藏書》再讀一遍，多所更定矣。完日當送覽再求訂正也。原稿令檢付的當人還我，我此無別副也。」（顧大韶《李氏文集》卷四）

春，陶望齡（號石簣）考取進士，任翰林院編修，他經焦竑介紹

得識李贄，曾與李贄往來論學，討論「志仁無惡」的問題。李贄針對
宋明理學家鼓吹的「志仁無惡」和「自古聖賢原無惡」的觀點，指出
志仁非但無惡，而且也無善，因此時善惡尚未分，故所謂「志仁無
惡」之學是虛幻不存在的。《焚書》卷一《又答京友》：

> 由是觀之，則所謂善與惡之名，率若此矣。蓋惟志於仁者，然
> 後無惡之可名，此蓋自善惡未分之前言之耳。此時善且無有，
> 何有於惡也耶！噫！非苟志於仁者，其孰能知之？苟者誠也，
> 仁者生之理也。學者欲知無惡乎？其如志仁之學，吾未之見也
> 歟哉！

信中李贄還提出「有兩則有對」的論點，認為善惡是相對的。他說：
「善與惡對，猶陰與陽對，柔與剛對，男與女對。蓋有兩則有對。既
有兩矣，其勢不得不立虛假之名以分別之，如張三、李四之類是也。」

　　本年，汪可受（字以虛，號靜峰，湖廣黃梅人，曾任金華知縣、
吉安知府）到龍潭見李贄。汪可受《卓吾老子墓碑》：「歲己丑，余初
見老子於龍湖。」（《李溫陵外紀》卷一）二人結成深厚的友誼。李贄
死後，汪可受曾為李贄墓碑作記。

　　大概在本年某個時候，黃安二上人[97]「欲以求出世大事」到龍

---

97 二上人其一即若無，俗姓王，名世本，黃安城北人。李贄《焚書》卷四《讀若無母
　寄書》引若無母的話說：「我一年老一年，八歲守你，你既捨我出家也罷，而今又
　要遠去。……等我死還不遲。」《又為黃安二上人三首·大孝》說：「黃安上人為有
　慈母孀居在堂。」又說：「余初見上人時，上人尚攻舉子業，初亦以落髮出家等告
　余，余甚不然之。」另據耿定向《耿天臺先生文集》卷十六《孝節傳》：「北郭王生
　世本，本時業儒，從余友吳存甫氏學。」又說：「威子一名世本，八齡而孤，弱冠
　時病，依宗里僧李壽庵，謂其法可超生死。於今從李上人（指李贄）游，其侶趣之
　遠游，張（世本之母）泣，為書止之。」可見若無即王世本，是李贄稱的「黃安二
　上人」之一。另一人疑是前年要薙髮出家的曾繼泉。《焚書》卷二《又與楊鳳里》
　曾說：「曾繼泉可移住大樓下。」似可為證。《書黃安二上人手冊》。稱讚二上人是
　「終不顧家」的「真出家兒」，其「聰明力量」遠遠超過自己。

潭。二上人是鄧豁渠的再傳弟子。李贄稱讚說：「二上人師事李壽庵
（黃安人），壽庵師事鄧豁渠。鄧豁渠志如金剛，膽如天大，學從心
悟，智過於師，故所取之徒如其師，其徒孫如其徒。」（《焚書》卷三
《高潔說》）

　　為初到龍潭的黃安二上人寫《高潔說》：

> 余性好高，好高則倨傲而不能下。然所不能下者，不能下彼一
> 等倚勢仗富之人耳；否則稍有片長寸善，雖隸卒人奴，無不拜
> 也。余性好潔，好潔則狷隘而不能容。然所不能容者，不能容
> 彼一等趨勢諂富之人耳；否則果有片善寸長，縱身為大人王
> 公，無不賓也。（《焚書》卷三）

文中反駁了人們對自己的譏評：

> 今世齷齪者皆以余狷隘而不能容，倨傲而不能下。謂余自至黃
> 安，終日鎖門，而使方丹山有好個四方求友之譏。……殊不知
> 我終日閉門，終日有欲見勝己之心也；終年獨坐，終年有不見
> 知己之恨也。此難與爾輩道也。其頗說得話者，又以余無目而
> 不能知人，故卒為人所欺；偏愛而不公，故卒不能與人以終
> 始。……
>
> 夫空谷足音，見似人猶喜，而謂我不欲見人，有是理乎？第恐
> 尚未似人耳，苟其略似人形，當即下拜而忘其人之賤也，奔走
> 而忘其人之貴也。是以往往見人之長而遂忘其短。……然天下
> 之真才真聰明者實少也。往往吾盡敬事之誠。而彼聰明者有才
> 者終非其真，則其勢又不得而不與之疏。且不但不真也，又且
> 有奸邪焉，則其勢又不得而不日與之遠。是故眾人咸謂我為
> 無目耳。

　　繼後，又為黃安二上人寫《大孝》、《真師》、《失言》三篇，以表

彰二上人的真志並檢討自己的失言。《大孝》稱讚若無落髮出家的
「心實志堅」，並說王陽明學派的徒子徒孫們都是些「英靈漢子」，他
們「一代高似一代」。《真師》對「師友」二字作出「友之即師」、「師
之即友」的見解，說：

> 余謂師友原是一樣，有兩樣耶？但世人不知友之即師，乃以四
> 拜受業者謂之師；又不知師之即友，徒以結交親密者謂之
> 友。……古人知朋友所繫之重，故特加師字於友之上，以見所
> 友無不可師者，若不可師，即不可友。大概言之，總不過友之
> 一字而已，故言友則師在其中矣。若此二上人，是友而即師
> 者也。

《失言》抨擊那些「言清行濁」的假道學，說：「蓋高潔之說，以對世
之委靡渾濁者則為應病之藥。余觀世人恆無真志，要不過落在委靡渾
濁之中，是故口是心非，言清行濁，了不見有好高好潔之實。……」。
　　《失言》又提出「真佛」的問題，說：「念佛時但去念佛，欲見
慈母時但去見慈母，不必矯情，不必逆性，不必昧心，不必抑志，直
心而動，是為真佛。」（以上見《焚書》卷二《為黃安二上人三
首》）。

詩文編年

　　《丘長孺生日》：見《焚書》卷六。約寫於本年早春。中有「百
歲人間易，逢君世上難」和「一雨送春寒」句，可知是寫於與丘長孺
初聚的次年早春丘坦生日之時。「此人聰明大有才」（《焚書》卷四
《寒燈小話》），故李贄樂與為忘年交。
　　《羅近溪先生告文》：見《焚書》卷三。寫於本年春分前。文中
說：「戊子冬月二十四日，南城羅先生之訃至矣，而先生之沒，實九
月二日也。夫南城，一水間耳，往往至者不能十日餘，而先生之訃直

至八十餘日而後得聞，何其緩也！……既而臘至矣，歲又暮矣；既而改歲，復為萬曆己丑，又元月，又二月，春又且分也。」由此可證。

《與眾樂樂卷》：見顧大韶《李氏文集》卷十二。又見《李氏六書》卷四，題為《僧無念》。本年二月十七日為慶祝深有生日而作。中有「有僧無念學道精勤……是歲也己丑，是日也二月十七，念僧生身實當是日」等語可證。

《與莊純夫》：見《焚書》卷二。約寫於本年二月間。中有「日在到，知葬事畢」之語。日在，李贄族人。據耿定力《誥封宜人黃氏墓表》載：「莊生以是年（萬曆十六年，1588）季冬十八日葬宜人於城南之張園。」日在如新年正月初即自晉江動身，路上走「四十餘日」，到麻城當在二月中下旬，故知此信約寫於此時或稍後。

《獨坐》一首：見《續焚書》卷五。約寫於本年春末夏初在龍湖時。詩中「有客開青眼，無人問落花。暖風薰細草，涼月照晴沙」句，寫的正是春末夏初的景色。《麻城縣志》載：麻城縣東二十五里鳳陂河中釣臺的周圍統稱為龍湖，釣臺傍有環竹篷，沙潭諸勝。可見「晴沙」當指沙潭的景色。楊起元《楊太史家藏文集》卷八《沙潭》一詩有「沙際明月上，光彩如朝暾」句。「琴書猶未整」，當是初住龍湖的情況。《焚書》卷三《高潔說》：「自住龍湖……終日閉門，終日有欲見勝己之心也。終年獨坐，終年有不見知己之恨也。」亦可作此詩寫於龍湖的佐證。

《書應方卷後》：見《續焚書》卷二，寫於本年在南京時。中有「先己丑為羅念庵先生，先生深於道；此萬曆己丑為焦弱侯先生，先生亦深於道。……六十年間出此兩人，又適己丑之期」和「余館於靈公精舍」等語。按，羅洪先（號念庵）獲嘉靖八年己丑（1529）科殿試第一名，焦竑剛獲本年己丑科殿試第一名，前後相距六十年。

《覆焦弱侯》：見《焚書》卷二；又見《焚書》增補二。前者是後者的節錄。寫於本年夏秋之間僧無念自京訪焦竑諸友歸來之後。增

補二有「弟今年六十三矣」一語。《明史》卷二二八《焦竑傳》:「焦竑，字弱侯，江寧人。……萬曆十七年，始以殿試第一人官翰林修撰。」故信中有「既兄官身……所望兄長盡心供職業」和「莫以狀元恐嚇人也」之語。

《書常順手卷呈顧沖庵》:見《焚書》增補一。寫於本年顧養謙自京南返新任南京戶部侍郎之時。中有「余不見顧十年餘矣」一語。李贄於萬曆八年與顧養謙在雲南相別至今頭尾正好十年。又信中「無念歸自京師，持顧沖庵書……聞欲攀我於焦山之上」等語，說明與《覆焦弱侯》一信為同年之作而可能略早。信中有「至於沖庵，方履南京任……南北中外尚未知稅駕之處，而約我於焦山」等語，可互相印證。按，此信原題在無念高徒常順的手卷上，並由他送到南京去的。

《出門如見大賓篇》、《不患人之不己知患不知人》:見《說書》。寫於本年夏秋之前。《焚書》增補二《覆焦弱侯》信中說:「有《出門如見大賓篇·說書》，附往請教。尚有《精一》題，《聖賢所以盡其性》題未寫出，容後錄奉。」又說:「近有《不患人之不己知患不知人·說書》一篇。」可以為證。

《答周柳塘》:見《焚書》卷一。約寫於本年夏。本年湖廣大旱，麻、黃大饑疫，農民暴動不斷發生。信中說:「且天災時行，人亦難逃。人人自有過活良法，所謂君子用智，小人用力，強者有搬運之能，弱者有就食之策，自然生出許多計智。」

《送鄭子玄兼寄弱侯》一首:見《焚書》卷六。本年秋寫於麻城龍湖。本年焦竑在京任翰林院修撰，故詩題用「兼寄」，而詩中說:「旅鬢迎霜日，詩囊帶雨秋。薊門雖落莫，應念有焦侯。」本年李贄想離開龍湖未能如願，暫且在龍湖住下，故開頭有「我仍無歸處」之嘆。

《又與焦弱侯》:見《焚書》卷二。本年秋冬之際寫於麻城龍湖。信中說:「黃生過此，聞其自京師往長蘆抽豐，復跟長蘆長官別

赴新任。至九江，遇一顯者，乃捨舊從新，隨轉而北，衝風冒寒，不顧年老生死。既到麻城，見我言曰：『我欲游嵩、少，彼顯者亦欲游嵩、少，拉我同行，是以至此。然顯者俟我於城中，勢不能一宿。』」「黃生」就是黃克晦（字孔昭，號吾野，惠安人），「顯者」就是蘇濬（字君禹，號紫溪，晉江人，萬曆五年進士，曾任貴州按察使，浙江學政。平生「好登臨」）。黃克晦一生好游，萬曆十六年戊子（1585），時年已六十五，又隨黃克纘（字紹夫，號鍾梅，晉江人，萬曆八年進士，官至兵部尚書）北行，至京師，游泰岱，後南下至九江，遇蘇濬，隨轉而北，同游嵩、少。其過麻城見李贄，是在黃北行的第二年秋，即本年。黃克纘《吾野詩集序》說：「予於孔昭為桑梓後輩。戊子歲（萬曆十六年），君將赴故人之約，附余北行。長途跋涉，遇景必詠，詠必示余，余亦勉強和焉。後二年（萬曆十八年，1590）而君沒。」（《吾野詩集》卷首）周良寅《明黃吾野先生墓志銘》也說：「〔公〕時已逾艾（五十歲叫艾），竟懷舊尋夙訂，復束裝入都門。逾兩冬，與紫溪蘇先生登泰岱，游嵩宮，而二豎已作苦矣，醫有深秋之慮，南旋抵里，隱床第者兩月，遂以不起。……公生嘉靖甲申八月二十七日，卒萬曆庚寅年（十八年）八月二十八日，享年六十七。」（《吾野詩集》卷一《祀志》）這段記載說偕游嵩宮的事更為具體，與李贄所述也基本相同。由此可知，這「拉我同行」、「游嵩、少」的「顯者」就是蘇濬。蘇濬《黃孔昭詩序》說：「余友黃孔昭山人，性喜佳山水，又善吟也。……邇年六十餘矣，猶以宋遍五岳為恨，挾一杖出閩關。歷越入燕，因窮齊魯之墟，凡七十二君登禪之處，靡不賞心極目者。……余北道，會公江州（即今九江），攜手匡廬。公為余談泰岱之勝甚悉。……余將與公徜徉華之巔。……」（《吾野詩集》卷首）黃克晦與蘇濬游嵩、少，今尚有詩篇留存。《吾野詩集》卷三有《少林寺》三首，中有「朝雨辭中岳，寒風入少林」和「佛上荒秋稅，僧衣響夜砧」句，可以證明時令是秋天，與李贄信中

「衝風冒寒」之說吻合。《吾野詩集》卷四有《扶病同蘇君禹參藩游嵩岳》二首，中有「名岳曾如抱病何，隻轅千里興還高」（其二）之句，與周良寅「與紫溪先生……游嵩宮，而二豎已作苦矣」的說法同。據此可以判定，黃克晦與蘇濬游嵩山、少林寺是在「戊子歲」北行的次年，即「黃生到此」的萬曆十七年秋。李贄此信當即寫於此年的秋冬之際。

　其次，信中說：「我揣其中實為林汝寧好一口食難割捨耳。然林汝寧向者三任，彼無一任不往……乃敢欺我以為游嵩、少。」此林汝寧即林雲程。《泉州府志》卷五十四《文苑傳》：「林雲程（1533-1628），字登卿，號震西，晉江人，嘉靖乙丑（1565）進士。……交游諸公間，所以游詞客，則吳中張伯起，句章沈明臣，里中黃克晦。……知通州……調宿州，兩遷南北曹郎，出為九江知府，轉汝寧。以繼母艱歸，遂不復仕。……壽九十六而終。……」信中稱林雲程為林汝寧，當是林雲程尚在汝寧知府任上之時。據《河南通志》卷三十二《職官三》載：「林雲程，福建晉江人，進士，萬曆十四年（1586）任汝寧知府。」如以三年期滿升轉例之，林雲程當於萬曆十七年離任。但從李贄所說的「我揣其中實為林汝寧好一口食難割捨耳」的口氣看，則「黃生」此次「隨顯者而北」當在林雲程尚在汝寧知府任上之時。這年，黃克晦確實到過汝寧。顏廷榘《高士挽詩序》：「高士挽詩者，挽黃孔昭之詩也。……往歲自閩海之吳越，歷齊魯，登泰山，俯日觀，轉轂梁宋，登中岳，盤桓於二室，欲西游於華山，不果。以余客吳，自汝來會，相與還過錢塘，欲作經月游，遍閱湖山之觀，而病作。扶攜至家月餘，竟不起，然亦少畢孔昭平生五岳之願矣。是年孔昭六十有七，猶未稱老，而社中同聲，咸相與為詩以挽。」（柯輅《清源文獻纂續合編》卷二十六《文》）而明年秋八月黃克晦即死於家。由此可證黃克晦過麻城龍湖的時間確是萬曆十七年秋。黃克晦和林雲程關係很密切，但說他此次是「以游嵩、少藏林汝

寧之抽豐來嗛我」，並無根據。

《又答京友》：見《焚書》卷一。寫於本年或稍後。《續焚書》卷
一《與陶石簣》係本文的節錄。《京友》即陶石簣。陶石簣，名望
齡，字周望，浙江會稽（今紹興）人。萬曆十七年己丑二月中進士，
三月任翰林院編修，他經焦竑介紹得識李贄。時在北京，故稱「京
友」。陶望齡《奉劉晉川先生》追述他對李贄的仰慕說；「望齡在京師
時，從焦弱侯游，得聞卓吾先生之風，繼得其書畢習之，未嘗不心開
目明，嘗恨不能操巾拂其側。」（陶望齡《歇庵集》卷十一）本信討
論「志仁無惡」問題，是李贄和耿定向、李世達論戰的一個重要內
容，疑寫於本年初識之時。

《方竹圖卷文》：見《焚書》卷三。寫於本年或上一年李贄游廬
山之時。本文實際上是一篇送行序。文中說：「石陽習靜廬山」、「將
歸，難與余別」。據民國《內江縣志》卷四《鄧林材傳》說，鄧石陽
「游荊湘，遇李卓吾，上下古今多所參證」，未載明鄧游荊湘的具體
時間。但據李贄《覆鄧石陽》「年逼耳順」一語，知在萬曆十三年鄧
就到湖北黃安、麻城一帶了。萬曆十六年夏李贄在維摩庵荼髮，麻城
令鄧鼎石（石陽子）母聞知，曾促他勸李贄留髮。（《焚書》卷四《豫
約・感慨平生》）在鼎石任職期間（1586-1589），石陽可能在麻、黃
一帶或廬山習靜。本年鼎石任滿，石陽可能即於此時或於去年回內
江，行前李贄寫文贈別。

《書黃安二上人手冊》、《高潔說》：均見《焚書》卷三。約寫於
本年黃安二上人初到龍湖之時，時李贄妻死不久。《書黃安二上人手
冊》中有「今……上人又何為而遠來乎？所幸雙親歸土，妻宜人黃氏
又亡」之語，《高潔說》中有「今黃安二上人到此」的話，可以為證。

《為黃安二上人三首》：見《焚書》卷二。約寫於與以上二文同
年而稍後。如《大孝》說「余初見上人時，上人尚攻舉子業，初亦曾
以落髮出家事告余，余甚不然之。今年過此，乃禿然一無髮之僧」（參

看譜文附注曾繼泉部分），而《失言》說「余初會二上人時……遂敘
吾生平好高潔之說以請教之。今相處日久」。可以為證。據，此三首
實非《書答》，如《大孝》說：「上人剌血書願，其志蓋如此而不敢筆
之於文，則其志亦可悲矣！故余代書其意，以告諸同事云。」從語氣
看，這三首似乎都是為龍湖芝佛院僧眾講道說法而寫的。明顧大韶
《李氏文集》即收在卷九的《雜述》類而不收入《書答》，就是明證。

　　《覆李漸老》：見《焚書》卷二。李漸老即李世達，號漸庵，時
任右都御史，總理河道，翌年以原官巡撫浙江。（見《續藏書》卷十
八《太子少保李敏肅公》）此信約寫於本年無念自京返楚之後，是答
謝賜俸的。信開頭說：「數千里外山澤無告之老，翁皆得時時衣食
之。」本年無念北京之行，友人曾有賜俸，無念雖「不得一會李漸
庵」，但李聞訊後千里賜俸亦有可能。李世達是李贄的好友，據北京
人民出版社一九七五年八月版《李贄著作選注》第一〇七頁說，《焚
書》卷三《李中丞奏議序》即是李贄為李世達的奏議所寫的序。李世
達曾以副都御史出任巡撫，故稱「李中丞」。

時事

- 正月，劉汝國自稱「順天安民王」，繼續在太湖、宿松等地活
  動。明政府發動應天、湖廣、江西三省會剿。二月，劉被鎮壓。
  （《明神宗本紀一》，《明神宗實錄》卷二〇七、二〇八，《明通
  鑑》卷六十九）
- 二月庚子（廿三日），加寧夏總兵權兵參將哱拜以副總兵銜，致
  仕。許其子哱承恩襲職。（《明神宗實錄》卷二〇八）
- 三月辛未（廿四日），逐京城山人游客。以巡城御史陳汝言，逮
  周訓、張仰薇等十人，下司法論罪。（談遷《國榷》卷七十五）
- 四月，南畿、浙江、江西、湖廣皆大旱。（《明通鑑》卷六十九）
  丁亥（十一日），調浙江按察司僉事史旌賢於湖廣。（《明神宗實

錄》卷二一〇）

- 六月甲申（初九日），浙江大風，海溢。乙巳（三十日），南畿、浙江大旱，太湖水涸。（《明神宗本紀一》）

- 本年，天都外臣序一百卷、一百回本《忠義水滸傳》刻行。（轉引自試得《關於張鳳翼的〈水滸傳序〉》，原文載一九六五年五月九日《光明日報》「文化遺產」第五〇八期）

　　　　＊　　　　　　　＊　　　　　　　＊

- 三月辛酉（十四日），升翰林院修撰楊起元為國子監司業。（《明神宗實錄》卷二〇九）乙丑（十八日），焦竑、陶望齡、馬經綸、祝世祿、董其昌、黃輝（字平倩，一字昭素，四川南充人）、馮從吾（號仲好，陝西長安人）、莊懋華（字仲瑋，晉江人，國禎子）、游朋孚（字伯順，號都峰，安徽婺源人）考取進士。焦竑以狀元授翰林院修撰，陶望齡以一甲及第授翰林院編修，馬經綸任山東肥城知縣，祝世祿任安徽休寧（一名海陽）知縣，游朋孚任麻城知縣。董其昌、黃輝、朱國禎、馮從吾授庶吉士。（《明神宗實錄》卷二〇九、二一二，朱國禎《馬侍御志銘》，《江西通志》卷一六二《祝世祿傳》，乾隆《泉州府志》卷五十三，《婺源縣志》卷二十）

- 七月壬戌（十七日），升雲南右參政陸萬垓為福建按察使。（《明神宗實錄》卷二一三）

- 八月辛丑（廿七日），升山東按察使劉東星為湖廣右布政使，（《明神宗實錄》卷二一四）（按，據《明史》卷二二三本傳及《明神宗實錄》卷三六三均載劉任湖廣左布政使。）

- 九月戊午（十四日），升南京都察院御史耿定向為戶部尚書，總督倉場。十一月己巳（廿五日），准耿定向辭官回籍調理。（《明神宗實錄》卷二一五、二一七）（按，《觀生紀》係升戶部尚書在

十月初十日，辭官獲准在十二月初二日。）

・本年，湯顯祖遷南京祠祭司主事。（引自徐朔方《湯顯祖年譜》）

萬曆十八年庚寅（1590）　　　　　　六十四歲

春，寓居麻城龍湖芝佛院。[98]

時《說書》、《焚書》及《藏書》的個別單篇評論在麻城相繼刻行。《自刻〈說書〉序》說：「以此書有關於聖學，有關於治平之大道……倘有大賢君子欲講修、齊、治、平之學者，則余之《說書》，其可一日不呈於目乎？」《焚書自序》又說：

> 獨《說書》四十四篇，真為可喜，發聖言之精蘊，闡日用之平
> 常，可使讀者一過目便知入聖之無難，出世之非假也。信如傳
> 注，則是欲入而閉之門，非以誘人，實以絕人矣，烏乎可！其

---

98 容肇祖《李贄年譜》繼定李贄本年春曾到公安（今湖北省公安縣），止於野廟。其根據是潘曾紘《李溫陵外紀》卷二所收的《柞林紀譚序》。該序說：「柞林叟，不知何許人，遍游天下，至於郢中。常提一籃，醉游市上，語多顛狂。庚寅春，止於村落野廟。伯修時以予告寓家，入村共訪之。扣之，大奇人。再訪之，遂不知所在。」但袁中道《游居柿錄》卷十第一一六一條卻說：「昨夜，偶夢與李龍湖先生共話一堂。是日，有人持伯修、中郎與予共龍湖論學書一冊，名為《柞林紀譚》，乃予兄弟三人壬辰歲（按。此誤，應是癸巳歲）往晤龍湖，予潦草記之，已散佚不復存，不知是何人收得，率爾流布。夜來之夢，豈兆此耶？」這話除時間和地點有誤外，餘皆可信。《序》所說的「郢中」，指湖北的江陵、公安一帶，而《柞林紀譚》本文則說：「叟（指李贄）坐謂予曰：『此去荊州千有二百里。』」「此」顯指麻城龍湖。麻城龍湖離荊州大約有一千二、三百里的路程。《續焚書》卷五《答袁石公》（其八）：「江陵一千三，十里詩一函。計程至君家，百函到龍潭。」由此可證。而《紀譚》所說的「荊州」，原是元代的府名，治所在江陵，如何會有「千有二百里」的路程呢？如《紀譚》論學的地點是「郢中」，則應說「此去亭州（麻城的古稱）千有二百里」，可知《柞林紀譚》是龍湖論學的記錄，而非郢中野廟訪問的漫筆。可見說李贄今年春到過公安，還缺乏有力的證據。（請看萬曆二十一年癸巳譜文）

為說，原於看朋友作時文，故《說書》亦佑時文，然不佑者故多也。（《焚書》卷首）

關於《焚書》、《藏書》刻行的經過，《焚書自序》說：「今既刻《說書》，故再《焚書》亦刻，再《藏書》中一二論著亦刻。焚者不復焚，藏者不復藏矣。」（同上）

為何取名《藏書》、《焚書》呢？上述序文說：

自有書四種：一曰《藏書》，上下數千年是非，未易肉眼視也，故欲藏之，言當藏於山中以待後世子云也。一曰《焚書》，則答知己書問，所言頗切近世學者膏肓，既中其痼疾，則必欲殺我矣，故欲焚之，言當焚而棄之，不可留也。《焚書》之後又有別錄，名為《老苦》，雖同是《焚書》，而另為卷目，則欲焚者焚此矣。……

《焚書》是李贄的主要著作之一，收錄了他萬曆十八年以前所寫的書信、雜著、史論、詩歌等。李贄之所以不顧「逆耳者必殺」的危險，毅然選定在論戰對手耿定向告退之後在麻城刻行，是因為此書「入人之心」，具有深遠的社會影響。他說：「夫欲焚者，謂其逆人之耳也；欲刻者，謂其入人之心也。逆耳者必殺，是可懼也。然……倘一入人之心，則知我者或庶幾乎！余幸其庶幾也，故刻之。」（同上）。

《說書》、《焚書》刻行後，李贄分寄袁宗道、宏道等友人。祝世祿《環碧齋尺牘》卷二《與游麻城朋孚》：

李宏父僑居貴治，彼以優婆夷托宰官身，而今以宰官身復入優婆夷，年丈得無疑而畏之？此老在滇中，以禪理為吏治……諸凡注措，脫盡今世局面。敝僚為姚安人，亹亹能言之。拂袂歸來，著作甚富，有《藏書》，有《焚書》，有《說書》。其立論

多出前人所未有，執陳說舊見者，聞之不怒則笑，不笑則驚悸而卻走，乃其中煞有千古不可磨滅之見，定當有柱史、園史、盲史、腐令獨行於天地間，足下亦見之無也？

袁宗道《白蘇齋類集》卷二十二《說書類・讀孟子》：「李卓吾先生有四書義數十首。予最愛其《不得於言，勿求於心不可》篇。後二股云：『心無時而不動，故言之動，即心之動，初不待求之而後動也；既不待求而動矣，而又何惡於求耶？心無時而或動，故言雖動而心不動，而又豈求之所能動也；既非求之所能動矣，而又何害於求耶？』看他徹的人，出語自別。」對於《焚書》，友人更是稱讚備至。袁宏道《敝篋集》卷上《得李宏甫書》詩：「似此瑤華色，何殊空谷音？悲哉擊筑淚，已矣唾壺心。跡豈《焚書》白，病因『老苦』侵。有文焉用隱，無水若為沉。」

梅國楨《與李卓老》：

> 丘長孺書來，云翁有老態，令人茫然。楨之于翁，雖心向之而未交一言，何可老也。及問家人，殊不爾。又讀翁扇頭細書，乃知轉復精健耳。目病一月，宋大癒，急索《焚書》讀之，笑語人曰：「如此老者，若與之有隙，只宜捧之蓮花座上，朝夕率大眾禮拜，以消折其福，不宜妄意挫抑，反增其聲價也！」（《李溫陵外紀》卷三，《焚書》卷二《與梅衡湘》）

楊起元《楊太史家藏文集》卷六《周柳師》第二書：

> 近讀《李氏焚書》，益覺此老是真休歇漢，世上難覓。此人我老能與之相朝夕，豈非大眼界大緣分哉！……起聞之：大開眼人，一欬一唾皆是神解，乃至所居，一莖一塊皆是丹頭，今老師倘有所聞於此老，願不惜示，幸甚幸甚！

湯顯祖從友人處看到《焚書》十分傾慕，殷勤求訪。其《寄石楚陽蘇州》曰：[99]「有李白泉先生者，見其《焚書》，畸人也。肯為求其書寄我駘蕩否？」（《湯顯祖集》卷四十四《玉茗堂尺牘之一》）。

「是歲，里中大疫。」（耿定向《觀生紀》）僅黃安一縣，到八月中秋以前，饑死疫死的就達四萬餘人之多。[100]

春間，由於周思久女婿曾中野的斡旋，李贄想與周思久和解。《焚書》卷二《與曾中野》：「昨見公，令我兩個月心事頓然冰消凍解也。……自今以往，不復與柳老為怨矣。」並自笑說：「僕隱者也，負氣人也。路見不平，尚欲拔刀相助，況親當其事哉！……死期已逼，而豪氣尚在，可笑也已！」

四月初八月，周思久臥病，十六日，其生楊惟一來視疾，問：「卓吾初不知師病，至此遂梓布《老苦》，不審師曾見《老苦》否？」周思久笑曰：「朋友之義，以相規為正，余以為樂，卓吾以為苦耶！」（麻城《周氏族譜》卷三《先公訣語》，引自張建業、凌禮潮主編《李贄與麻城》，第二一八頁）

四月二十日，周思久死。李贄寄給周貴卿（名之士）一信並新刻《焚書》一冊。信中說明自己與其先公乃道義之交，但因性窄且急，以致乖迕難堪。（《續焚書》卷一《與周貴卿》）

耿定向去冬告老獲准，本年三月初抵里。六月，他看到公開刻行的《焚書》，十分惱火，說是「聞謗」，立即將以前與李贄論戰的書信檢出，並寫了一封《求儆》的公開信，其徒蔡毅中（字弘甫，河南光山縣人）為寫序，攻擊李贄。耿定向《觀生紀》載：「萬曆十八年庚

---

99 石楚陽名崑玉，本年以漕使任蘇州知府。（《蘇州府志》卷五十二）

100 耿定向《憫時謠》記述本年黃安、麻城疫癘的慘狀：「庚寅春徂夏，疫癘殊駢臻。甚者闔戶殲，次者比屋呻。……市廛停列肆，孔道草成菌。阡陌耕誰耦，旅宿莫啟門。麥槁委泥淖，污邪盡蕪蕪。破屋僵積屍，環堵蠶蛆蠅。……故知昔無夢，未知今無民！」後記又說：「右謠萬曆庚寅秋中賦。時料闔境民戶饑死與疫死者約四萬有奇。」（《耿天臺先生全書》卷十四）

寅，我生六十七歲。正月歸至黃城，借寓。至三月初抵里。六月聞
謗，作《求儆書》，蔡弘甫序梓之，以告同志。」耿定向《求儆書》
如下：

> 惟衛武年九十猶求儆於國人。余犬馬齒幾古稀矣，相知者忍耄
> 余，棄不為儆耶？昔夫子得子路，惡聲不至於耳。非子路奮勇
> 過絕，天下之惡聲不至也，意必有以求夫子之失而補其缺，惡
> 聲無自至也。余茲不免惡聲至，是亦同心恥也！何以振我而刷
> 浣我者？
> 余初省致詬之由，茫然不得其端，檢笥牘稿，始解所自云。惟
> 伊（指李贄）學術已大發泄於此。顧念余年七十，尚不免集
> 詬，恥矣！諸所誣詆，羞置一喙，謹以牘稿數草錄寄相知者一
> 覽。後賢按此，諗余之缺而箴儆之，是望。（《耿天臺先生全
> 書》卷四）

　　耿定向又勾結官府，驅逐李贄。劉侗、于奕正《帝京景物略》卷
八《李卓吾墓》條載：「先是論學不合者，愈怪之，以幻語聞，當事
逐之。」袁中道《李溫陵傳》說：「公氣既激昂，行復詭異，斥異端
者日益側目。與耿公往復辯論，每一札，累累萬言，發道學之隱情，
風雨江波，讀之者高其識，欽其才，畏其筆，始有以幻語聞當事，當
事者逐之。」錢謙益《列朝詩集小傳》閏三《卓吾先生李贄》也說：
「卓吾所著書，於上下數千年之間，別出手眼，而其掊擊道學，抉摘
情偽，與耿天臺往復書，累累萬言，胥天下之為偽學者，莫不膽張心
動，惡其害己，於是咸以為妖為幻，噪而逐之。」

　　在耿定向的迫害下，李贄到了武昌。此時學生楊定見和常住僧常
中、常通等亟盼終能實現李贄歸葬龍湖的願望，便著手在芝佛院後為
李贄修建塔屋。《焚書》卷四《告土地文》：「自庚寅動土以來，無日
不動爾土。」《焚書》卷四《移住上院邊廈告文》：「龍湖芝佛院佛殿

之後，因山蓋屋，以為卓吾藏骨之室。蓋是屋時，卓吾和尚往湖廣會城（武昌），居士楊定見及常住僧常中、常通等告神為之。」

之後，又入衡州（屬湖南），游南楚。《泉州府志》卷五十六《文苑・李贄傳》：「〔贄〕顧持論與定理（按，當作定向）不合，兩家門徒標榜角立。於是……髡首日游巷陌，人人駭異，謗聲四起。郡守與兵憲謂其左道惑眾，捕持之急，乃去衡州，過武昌。」

到衡州，拜訪州同知沈鈇（號介庵，福建詔安人，原任鄖陽知府，萬曆十五年鄖陽兵亂後被貶）。沈鈇《李卓吾傳》：

> 黃郡（指黃州府）太守及兵憲王君，盂榜逐之，謂黃有左道，誣民惑世。捕曹吏持載贄急。載贄入衡州，過武昌。其入衡州，予方為衡丞，來過之。（何喬遠《閩書》卷一五二《畜德》上）

重回龍湖。湖廣左布政使劉東星派其子劉用相前來出家，向李贄學道。《焚書》卷一《答劉憲長》：

> 茲承遠使童子前來出家，弟謂弟髮未易，且令觀政數時，果發願心，然後落髮未晚。縱不落髮，亦自不妨，在此在彼，可以任意，不必立定跟腳也。……目今巍冠博帶，多少肉身菩薩在於世上，何有棄家去髮，然後成佛事乎？如弟不才，資質魯鈍，又性僻懶，倦於應酬，故托此以逃，非為真實竟當如是也。

信中李贄批判了道學家「以師道自任」，並「以為此乃孔子家法」的好為人師的態度和作風，表明了「情願終身為人弟子，不肯一日為人師父」的志向。他指出，後代儒家所謂的師生道統是不存在的。

詩文編年

《自刻說書序》：見《續焚書》卷二。《焚書自序》：見《焚書》

卷首。本年春寫於麻城龍湖。《焚書自序》中有「今既刻《說書》，故
再《焚書》亦刻」和「然余年六十四矣」等語，文後自署「卓吾老子
題湖上之聚佛樓」。由此可證。

　　按，《說書》又稱《李氏說書》，共四十四篇。據《千頃堂書目》
卷三載：「《李氏說書》九卷」。(《適園叢書》) 今《李氏全書》中所收
閩中王宇 (字永啟甫，閩縣人，萬曆三十八年進士，見《閩戶理學淵
源考》卷四十七) 注的《說書》部分，篇數較多，除《下孟》中有六
篇是李贄《焚書》、《藏書》中的著作外，其餘皆是偽託。此《李氏全
書》中的《說書》，有的是全部或大部分抄自明莆田人林兆恩的《四
書正義》(如《大學統論》、《中庸統論》、《論語統論》、《孟子統論》、
《中庸》、《上論》、《下論》、《上孟》各章)，一部分抄自林兆恩的
《三教正宗統論》第四冊《著代禮祭圖說》(如《上論·祭之以禮》
章)、第八冊《夢中人篇》、第十四冊《三教無遮大會篇》(如《中
庸·性天下至誠為能盡其性》章) 和林兆恩答戚繼光信 (如《下論·
亦可以即戎矣》章)。有的則抄自王守仁的《王文成公全書》卷一
《傳習錄上》，卷七《夜氣說》(如《下孟·告子篇·夜氣》)，卷二
《答顧東橋書》而稍加竄改 (如《下孟·夫道若大路然》章)，有的
是逕改《傳習錄上·執中無權》章而成的 (如《下孟·執中無權》
章)，有的是增改《傳習錄上·操舍》章而成的 (如《下孟·操舍》
章)。《說書》中凡抄林兆恩著作的，都把「兆恩曰」、「林子曰」改為
「卓吾曰」或「李子曰」。但也有漏改的。如《大學·致知在格物而
後知至》章即有「林子曰」未經改去。《上孟·夷子思以易天下》
章，在「卓吾曰」之下兩見「兆恩」名字，作偽之跡甚為明顯。也有
名字不應改而改的，如《中庸統說》，林兆恩原引程子的話說：「程子
曰：放之則彌六合，卷之則退藏於密……」，竟把「程子曰」改為
「卓吾曰」，鬧成笑話。

　　《說書·下孟》中有六篇是李贄的著作，見《焚書》、《藏書》。

有的全篇文字均同，如《中也養不中二句》章與《焚書》卷二《與友人書》，《若夫豪傑之士》章與《焚書》卷一《與焦弱侯》，《以佚道使民雖勞不怨，以生道殺民雖死不怨殺者》章與《焚書》卷三《兵食論》（按《兵食論》乃《藏書》卷四十三《張載傳》的傳論）。有的是前半同後半多異，如《人之所以異於禽獸四章》中的「又問人倫物理」一章與《焚書》卷一《答鄧石陽》，《人之患在好為人師》章與《焚書》卷一《答劉憲長》。有的前半文字大同小異後半則多缺略，如《大人不失赤子之心》章與《焚書》卷三《童心說》）。這些都可取以互校。（參考本書第五一二至五一三頁）

《與曾中野》：見《焚書》卷二。寫於本年春夏之間。本年李贄與周思久均為六十四歲。中有「自今已矣，不復與柳老為怨矣。且兩人皆六十四歲矣，縱多壽考，決不復有六十四年在人世上明矣」等語。四月二十日周思久死，故知此信寫在春夏之間。

《與周貴卿》：見《續焚書》卷一。約寫於本年夏。周貴卿疑是周思久的兒子周之士。其中「新刻」當指《焚書》。「先公」指周思久，本年四月二十日死。信中說：「僕與先公正所謂道義之交者，非以勢交，非以利交；彼我相聚，無非相期至意，朝夕激言，無非肝鬲要語。所恨僕賦性太窄，發性太急，以致乖迕難堪，則誠有之；然自念此心實無他也。」耿定向《耿天臺先生全集》卷十《老苦吟》小序：「為哭吳存甫、周子徵二丈。萬曆庚寅，余以病得告歸田，值歲凶荒……惟二三同志相繼凋謝。」耿定向《耿天臺先生全集》卷四《又與楊復所》：「生仗庇在里，無恙。惟是四月廿日柳老庵棄人世，天鑱我一臂矣。痛悼何言！」《與周貴卿》該是聞思久死訊，李贄趁寄「新刻」之便寫給周貴卿的一封帶自白性的慰唁信。

《答劉憲長》：見《焚書》卷一。又見《李氏說書·孟子下孟離婁篇·人之患在好為人師》章。《說書》開頭有「劉憲長遣童子前來求師，卓吾以書與之曰」之語，可見《說書》此文是抄錄《焚書》並

稍加改易而成的。又見《李氏六書・焚書書答》部分，題為《與劉晉川論為人師》，可知劉憲長即劉東星。中有「茲蒙遠使童子前來出家」一語。這是表明自己不願為人之師並說明學道並不一定非出家落髮不可的一封回信，約寫於本年秋冬之際。劉東星《書道古錄首》說：「入楚期年……聞有李卓吾先生者。」（李贄《道古錄》附錄）劉東星「入楚期年」，當在萬曆十八年秋冬之際。據《明神宗實錄》卷二一四載：「萬曆十七年八月辛丑，升山東按察使劉東星、陝西按察使戴光啟各右布政使，東星湖廣，光啟河南。」由此可證。信中又有「即今友山（即周思敬）見在西川（指四川成都一帶），他何曾以做官做佛為兩事哉？」之語。據《明神宗實錄》卷二〇六載：「萬曆十六年十二月丁酉，升四川副使周思敬為本省參政。」可知此時周友山仍在四川。這也可作為此信寫作時間的旁證。按，標題稱劉東星為「劉憲長」，「憲長」是明代對都御史的稱呼。劉東星於「萬曆二十年擢右僉都御史，巡撫保定」（《明史》卷二二三《劉東星傳》）。但此信不是寫於此年，因為此時周友山早已出川任太僕寺少卿，並於當年十二月改任太常寺少卿，提督四夷館（見《明神宗實錄》卷二五五），與信中所說不符。由此可知此標題乃後來所改或後人所加。

時事

- 正月己酉（初六日），大理寺左評事雒于仁上《酒色財氣四箴》，被斥為民。（《明神宗實錄》卷二一九，《資治通鑑綱目》卷三）
- 五月甲子（廿四日），升南京吏部尚書陸光祖為刑部尚書。（《明神宗實錄》卷二二三）
- 六月戊戌（廿八日），原吏部尚書嚴清（1524- ）卒，年六十七。（同上卷二二四）
- 冬，命周弘禴以監察御史閱視寧夏邊務。還朝，以將材薦哱承恩、土文秀、哱雲。（《明史》卷二三四《周弘禴傳》）

・十一月丙寅（廿八日），升順天府丞李楨為右僉都御史，巡撫湖
廣。(《明神宗實錄》卷二二九)

　　　＊　　　　　　　　　＊　　　　　　　　　＊

・三月己巳（廿八日），以巡撫江西右副都御史莊國楨為南京刑部
右侍郎。九月癸卯（初四日），為戶部右侍郎。(《明神宗實錄》
卷二二一、卷二二七)
・五月丁巳（十七日），升刑部尚書李世達為左都御史。(同上卷二
二三)
・六月乙酉（十六日），升太常寺少卿吳自新為右副都御史，巡撫
河南。(同上卷二二四)
・本年，周思久（1527-　）、吳存甫（？-　）、官惟德（1542-　，
字直卿，號古愚，黃崗人，諸生）卒。(《耿天臺先生全集》卷十
《老苦吟》,《黃州府志》卷十八李維楨撰《官古愚墓志銘》)

萬曆十九年辛卯（1591）　　　　　　　六十五歲

寓居麻城龍湖芝佛院。春間，得悉耿定力將回黃安，李贄回信給
在川中的周友山，流露了願與耿定向和解的意向。《焚書》卷一《答
周友山》：

> 獨余不知何說，專以良友為生，故有之則樂，捨之則憂，甚者
> 馳神於數千里之外。明知不可必得，而神思奔逸，不可得而制
> 也。……無念已往南京，庵中甚清氣。楚倜回，雖不曾相會，
> 然覺有動移處，所憾不得細細商榷一番。……叔臺（耿定力
> 號）想必過家，過家必到舊縣（指麻城），則得相聚也。

袁宏道來問學，以去年所著《金屑篇》請正，留住三個多月，甚

相得。臨別時，李贄直把他送到武昌。袁中道《袁宏道傳》：

> 時聞龍湖李子冥會教外之旨，走西陵質之。李子大相契合，賜
> 以詩，中有云：「誦君玉屑句，執鞭亦忻慕。早得從君言，不
> 當有老苦。」蓋龍湖以老年無期，作書曰《老苦》故也。仍為
> 之序以傳。留三月餘，殷殷不捨，送之武昌而別。(《珂雪齋文
> 集》卷夷《妙高山法寺碑》)

這次相見，袁宏道深受李贄的啟發和影響。《袁宏道傳》：

> 先生既見龍湖，始知一向掇拾陳言，株守俗見，死於古人語
> 下，一段精光，不得披露。至是浩浩焉，如鴻毛之遇順風，巨
> 魚之縱大壑，能為心師，不師於心，能轉古人，不為古轉，發
> 為語言，一一從胸襟流出，蓋天蓋地，如象截激流，雷開蟄
> 戶，浸浸乎其未有涯也。(同上)

　　五月間，在武昌與袁宏道同游黃鵠磯，被誣以「左道惑眾」而遭
到驅逐。[101]為了表示「服善從教」，李贄「即日加冠蓄髮」。他寫信給
周友山，含蓄地指出這次事件的幕後主使者就是高唱孔門「親民學
術」老調的耿定向。《焚書》卷二《與周友山書》：

> 不肖株守黃、麻一十二年矣，近日方得一覽黃鶴（指黃鶴樓，
> 在武昌城內西隅黃鵠磯上）之勝，尚未眺晴川（在漢陽縣東北

---

101 李贄與袁宏道同游黃鶴樓的時間在本年五月。游洪山寺大約也在此際。袁宏道
　《袁中郎全集》卷四《哭劉尚書晉川》：「記相識，相識黃鶴樓。當時稚齒青衿
　子，平揖方伯古諸佛。……飲我酒，庭幽幽，千枝如火燒紅榴。東眺晴川西鸚
　洲，少年挑達躁如猴。……爾時山翁（指李贄）問余言，乘興遂作洪山游。中間
　離合苦不定，長別已經十春秋。……」此詩寫於萬曆二十九年（1601）。「長別已
　經十春秋」，指萬曆十九年：「千枝如火燒紅榴」，指五月。明年袁宏道始考取進
　士，故此說是「青衿子」。

五里）、游九峰（山名，在武昌東五十里）也，即蒙憂世者有
「左道惑眾」之逐。弟反覆思之，平生實未曾會得一人，不知
所惑何人也。……弟當托兄先容，納拜大宗師門下，從頭指示
孔門「親民」學術，庶幾行年六十有五，猶知六十四歲之非
乎！

在給楊定見的信中，則直接點出幕後的主使者就是耿定向。《焚書》
卷二《與楊定見》：

> 侗老原是長者，但未免偏聽。故一切飲食耿氏之門者，不欲侗
> 老與我如初，猶朝夕在武昌倡為無根言語，本欲甚我之過，而
> 不知反以彰我之名。恐此老不知，終始為此輩敗壞，須速達此
> 意於古愚兄弟。[102] 不然或生他變，而令侗老坐受主使之名，為
> 耿氏累甚不少也。

並吩咐說：「此書覽訖，即封寄友山，仍書一紙專寄古愚兄弟。」（同
上）

　　隨後，李贄即偕袁宏道住到離武昌二十里外的洪山寺。[103]

　　此時南中諸友寄來三封信，李贄把它寄給隱居黃安天中山的馬伯
時。《續焚書》卷一《與馬伯時》：

---

102 古愚，即耿汝愚，耿定向長子。光緒八年重修同治湖北《黃安縣志》卷八《儒
　　林》載：「耿汝愚，字克明，號古愚，恭簡公冢子也。……屢躓場屋，遂絕意仕
　　進，閉戶著書。……恭簡歿，家益困。……乃廢著述，修計然之策。不二十年，
　　竟至十萬，年七十卒。」

103 李贄與袁宏道同游黃鶴樓的時間在本年五月。游洪山寺大約也在此際。袁宏道
　　《袁中郎全集》卷四《哭劉尚書晉川》：「記相識，相識黃鶴樓。當時稚齒青衿
　　子，平揖方伯古諸佛。……飲我酒，庭幽幽，千枝如火燒紅榴。東眺晴川西鸚
　　洲，少年挑達躁如猴。……爾時山翁（指李贄）問余言，乘興遂作洪山游。中間
　　離合苦不定，長別已經十春秋。……」此詩寫於萬曆二十九年（1601）。「長別已
　　經十春秋」，指萬曆十九年：「千枝如火燒紅榴」，指五月。明年袁宏道始考取進
　　士，故此說是「青衿子」。

欲知南中諸友近息，此三書可大概也。看訖幸封付大智發
還。……所喜者，南中友朋愈罵愈攻而愈發憤；此間朋友未能
三分忠告，而皆欲殺我矣。然則人之真實，志之誠切，氣之豪
雄，吾矢發必中，皆可羨者。……

　　經過這次被逐，李贄聲名大增。楊起元推崇李贄是具有叛逆精神
的原壤，他寫信給周友山，表示願為李贄「解紛」。（《續焚書》卷一
《寄焦弱侯》引）經袁宏道的介紹，湖廣左布政使劉東星相信李贄是
個「有道」之人，聽說李贄受到攻擊，特地到洪山寺來拜訪他。劉東
星《書道古錄首》追述說：

閒有李卓吾先生者，棄官與家，隱於龍湖。龍湖在麻城東，去
會城稍遠，予欲與之會而不得。又閒有譏之者，予亦且信且疑
之。然私心終以去官為難，去家尤難，必自有道存焉。欲會之
心，未始置也。會公安袁生今令吳者（即袁宏道，袁於萬曆二
十三至二十五年任江蘇吳縣縣令），與之偕游黃鵠磯，而棲托
於二十里外之洪山寺，予就而往見焉。然後知其果有道者，雖
棄髮，蓋有為也。（李贄《道古錄》卷首）

劉東星把李贄迎回武昌會城。湖廣一些見過李贄《焚書》等著作的官
員，都崇敬李贄。劉東星與李贄朝夕相處，深恨相識之晚。他說：

嗣後或迎養別院，或偃息官邸，朝夕談吐，始恨相識之晚云。
兒相時亦在側，聞其言，若有默契者。一時吾鄉趙新盤（趙欽
湯字，山西解州人。見《山西通志》卷一三〇《鄉賢傳》）、王
正吾（即王叔陵）參政楚藩，皆獲見其面。李克庵（即李楨）
時撫三楚，亦獲讀其書。三公者，遂皆信之，以為真人矣。
（引見同上）

　　翰林院編修陶望齡自會稽寫信給劉東星，表示對李贄的敬仰。《歇庵集》卷十一《奉劉晉川先生》：

> 望齡在京師時……得聞卓吾先生之風……繼聞其住武昌，有顯明其道而尊事之者，問之則老師也。此事非鐵心石肝不足擔荷，老師非其人耶？仰惟日夕咨承，道機圓熟，深切翹仰。齡根器軟劣，偷心未忘，雖信慕頗堅，而參尋之力，覺屢為世樂所移。近以病歸田間，蓋無朋友之助，恐遂淪落。伏惟老師曲垂慈憫，少惠藥言。李先生或有新著，並希錄示一二，開我迷悶，生成之恩也。

　　伏中，李贄從劉東星的來信中，得識黃岡知縣涂宗濬（南昌人，著有《證學記》，見《明儒學案》卷三十一），頗感「得朋之益」。（《續焚書》卷一《與焦弱侯》）

　　劉東星時常邀請李贄入衙商討學問。李贄必得劉當堂遣人迎接才去。《焚書》卷二《與劉晉川書》：

> 昨約其人來接，其人竟不來，是以不敢獨自闖入衙門，恐人疑我無因自至，必有所干與也。今日暇否？暇則當堂遣人迎我，使衙門中人，盡知彼我相求，只有性命一事可矣。緣我平生素履未能取信於人，不得不謹防其謗我者，非尊貴相也。

　　當時有人邀請李贄主持講席，李贄僅勉強赴席而已。乾隆《泉州府志》卷五十四《文苑·李贄傳》：「過武昌，藩司劉東星摳延入會城館之。士翕然爭拜門牆。江夏潘廣文延主講席，勉赴席，不交一言。出，過肆，群少年聚飲酣歌，手招之入，與暢飲而歸。」

　　秋初，耿定向的門徒蔡毅中寫《焚書辨》攻擊李贄。耿定向《觀生紀》：「萬曆十九年辛卯……秋初，安成（江西吉州府）劉調甫（即劉元卿）來，蔡弘甫亦至。……著《論醫說》寄吳中丞（自新）。蔡

弘甫著《焚書辨》。先是，謗者自悔愧，書來。」耿定向寫《求儆書後》攻擊李贄：

> 右《求儆書》。余實袒臂披膺，冀相知者針砭我也。頃光山蔡弘甫著《焚書辨》並書來，過我依違隱忍，不能為斯道主張。余則何辭，顧其中情難言耳。念客（指李贄）之間關萬里來也，原為余仲（耿定理）。仲逝矣，無能長其善而救其缺。即今惡聲盈耳，寧慰聞哉？且令後學承風步影，毒流百世之下，誰執其咎？為是曲解婉諷，斯心良苦，已昧不同為謀之訓，戾不可則止之戒，是則予過也。乃刻謗書之梓人，謂里中少年有間於余者托名為之。或然也。夫揭訐乃近俗薄惡之極，市井無賴者所為。然或以名位相軋，或以貲產相構，或以睚眦叢怨，亦必有因。余伊（指李贄）夙無此三者，言論雖有牴牾，為天下人爭所以異於禽獸者幾希界限耳。
> 彼曰「甘食性也」，予亦曰性也。顧謂懲沉湎之羞，而正燕享之禮，聖人所以盡性也；若陳遵豪飲於左君，不敢曰此亦率性無礙也。彼曰「悅色性也」，予亦曰性也，顧謂賤逾牆之醜，而謹男女之別，聖人所以盡性也，若相如挑琴於卓氏，不敢曰此亦率性無礙也。「暴怒，性也」，予亦曰性也。顧謂怒以天下，如過密徂，誅正卯，聖人所以盡性也；若王雩恣詬魏公，胡紘以失款（款待）詆元晦，不敢曰此亦率性無礙也。此甚微妙，關涉至大，是不容不辨者。至其中詆誣余者，猜疑余者，閭閻三尺之童能辨之，即渠輩本心當亦自明之，余何容喙？蓋區區一念之忱，惟恐諸英俊於此幾希界限為彼淆淆，是為大苦。又慮諸英俊或懲彼所為如是，並吾人之所生生者此心此理，一切視為謾幻語，終不循省，是尤所大苦。為是不能忘言耳，非為己辨謗自明也。惟高明諒之。（《耿天臺先生全書》卷四《書牘下》）

耿定向造出「暴怒，性也」的謊言之後，有人更說李贄說過「暴怒是學」並加以嘲諷。李贄予以駁斥。《焚書》卷二《答友人書》：

> 夫謂暴怒是性，是誣性也；謂暴怒是學，是誣學也。既不是學，又不是性，吾真不知從何而來也，或待因緣而來乎？每見世人欺天罔人之徒，便欲手刃直取其首，豈特暴哉！縱遭反噬，亦所甘心，雖死不悔，暴何足云！

武昌是耿定向門徒麕集的地方。李贄深感無路可走。《焚書》卷六《偈二首答梅中丞》：「本無家可歸，原無路可走。若有路可走，還是大門口。」

秋，游大別山（即魯山，在漢陽東北），有《自武昌渡江宿大別》詩一首，透露了感傷的情緒。

由於焦竑和劉東星的介紹，李贄在大別山約見唐伯元。唐伯元在《答劉方伯》信中追述當時見面的情況：「憶承李卓吾道人寄聲相候之諭，既渡江，因與玉車晤卓吾於大別山上。坐語移時，即其榻所見几上有卷一軸，乃卓吾與顧尚書公（即顧養謙）約游焦山往來書札（指《書常順手卷呈顧沖庵》）也。……讀其詞而壯之。玉車喜，先題數言卷上，以次見屬。『惟元之念卓吾，亦猶卓吾相念也，遂發如蘭，書以應玉車。若曰吾輩與卓吾趣捨不同，自有同者在耳。』乃卓吾怫然，以其言無常也。玉車解不勝。元乃言曰：『世人出處，利與名而已。出者間或近名而不勝其利，處者間或為利而不勝其名。若名不在山林，利不在廊廟，謂之如蘭，豈不可也？』卓吾顏始稍霽。」（黃宗羲《明儒學案》卷四十二《文選唐曙臺先生伯元》附）此次相見，唐伯元認為李贄「過於方外」，離開了儒家的「中庸」。《答劉方伯》說：「李道人名震湖澤之上，頗聞其旨，主不欺。志在救時，可為獨造；獨其人似過於方外，寡淵默之思，露剛狹之象。未言化俗，先礙保身。門下當善成之，幸勿益其僻也。夫儒與釋不同，而吾儒之

中庸與釋家之平等一也。不審道人亦有味其言否耶？」（同上）

　　游漢江，手書張居正《泊漢江望黃鶴樓》詩，[104]改題《江上望黃鶴樓》，寄托其歸隱之思：「楓霜蘆雪淨江煙，錦石流鱗清可憐。賈客帆檣雲裡見，仙人樓閣鏡中懸。九秋槎影橫晴漢，一笛梅花落遠天。無限滄州漁父意，夜深高詠獨鳴舷。」（《續焚書》卷五）。

　　時深有與其徒常覺游方到公安，袁宏道勸深有回龍湖。有《別無念》詩八首。[105]其三：「辛苦李上人，白髮尋知己。為爾住龍湖，爾胡滯於此？」其四：「湖上望君切，江上望君苦。江上與湖上，計程一千五。」（錢伯城《袁宏道集箋校》卷一，上海古籍出版社，一九八一年版，第四十五頁）

　　秋冬間，獲知焦竑將於明春奉差南返，決定在漢陽迎候他。《續焚書》卷一《寄焦弱侯》：「明春兄可奉差來也，只是漢陽尚未有憐我者，苟劉公（劉東星）別轉以去，則江上早晚風波又未可知。」信中把楊起元寄信周友山欲為李贄同耿定向解紛一事說是誤聽了風聞：

> 此或出自傳聞，當無如是事也。夫耿老何如人哉，身繫天下萬世之重，雖萬世後之人有未得所者心且憐之，況如弟者，其鍾愛尤篤至，乃眼前一失所物耳，安得不惻然相攻擊以務反於經常之路乎？謂我不知痛癢則可，若謂耿老烏藥太峻，則謬甚矣！此蓋誤聽風聞，如此間所接三人書稿者。……夫道本中庸，苟毫釐未妥，便是作怪，作怪即謂之妖。……至如弟則任性自是，遺棄事物，好静惡囂，尤真妖怪之物……（人）是以指目為妖，非但耿老有是言也。弟實感此老之鉗錘，而可以為不悅我乎！早晚當過黃安，與共起居數時，庶可以盡此老之益也。

104　詩見張居正《張文公忠全集》卷四，又見沈德潛《明詩別裁》卷七張居正名下，文字略有出入。
105　袁宏道《別無念》八首，錢伯城《袁宏道集箋校》係在「萬曆十九年辛卯（1591）在公安作。」可知深有今年到公安。

對於寫《焚書辨》攻擊李贄的蔡毅中，李贄則說：「光山蔡君雖未識荊，但往往聞其好賢樂道，近雖有所聽聞，或恐亦如附上三氏之教言耳。皆以影響為真實，無怪其然也。」（同上）。

明年，劉東星任期屆滿即將別轉他去，一些友人為李贄擔心。河南巡撫吳自新寫信給劉東星，叫他勸李贄速離武昌。（《焚書》卷二《與河南吳中丞》）李贄卻想築一禪室於武昌城下。（《焚書》卷二）《答劉晉川書》：「承示吳中丞札，知其愛我甚。……吳中丞雖好意，弟謂不如分我俸資，使我蓋得一所禪室於武昌城下。」但他又關心塔事，希望有朝一日重回龍湖。《李氏遺書》卷一《與焦弱侯》第二十書：「無念須待明春大會乃回，忙忙回無益。友山亦為晉老邀至署中會處三日乃歸。塔事想已就理，不必再生倖心去化布施也。仲鶴有書到我，我去書甚妙。今不暇，後草請正。餘無言。」

新安夏道甫（名大朋）向李贄問學，大概始於本年。李贄給夏道甫取號孔修，說：「孔修者何？孔北海之小友王修也。」並稱讚說：「道甫少年郎耳，獨能信余親余，不以麻城人之所以憎余者嫌余，豈以余為有似於孔北海乎：？君之辱愛厚矣，故復號之曰『孔修』，以嘉其意。」（《續焚書》卷一《與夏道甫》）李贄死後，夏道甫曾為李贄輯有《李氏遺書》（一稱《龍湖遺墨》）。

詩文編年

《答周友山》：見《焚書》卷一。本年春寫於麻城龍湖。中有「楚侗回，雖不曾相會」和「叔臺想必過家，過家必到舊縣，則得相聚也」等語。按，今年春耿定力升河南布政司左參政，回黃安。《河南通志》卷三十一《職官二》載：「耿定力，湖廣麻城人，萬曆間任河南布政司左參政，分守河北道。」《觀生紀》載：「萬曆十九年辛卯……是歲春，叔子晉河南藩參，歸，夏之任。」由此可見李贄此信寫於春間在麻城龍湖聞知耿定力將回黃安之時。按此信開頭顧大韶

《李氏文集》有「劉玉屛回，頗有夔府（當指夔州府，故治在今四川奉節縣治）麵得以甘口，但無多」等十六字，宜補入。

　　《贈袁宏道》（篇名暫定）詩一首：袁中道《珂雪齋文集》卷九《妙高山法寺碑》引。寫於本年春夏間。

　　《與周友山書》：見《焚書》卷二。本年寫於在武昌黃鶴樓遭逐之後。中有「庶幾行年六十有五，猶如六十四歲之非乎」和「近日方得一覽黃鶴之勝……即蒙憂世者有『左道惑眾』之逐」等語可證。按，信中「不肖株守黃、麻一十二年矣」，顯係「一十一年」之誤。李贄於萬曆九年（1581）到黃安，以後又徙居麻城，到今年才十一年。

　　《與楊定見》：見《焚書》卷二。與上信《與周友山書》同時。上信有「即日加冠蓄髮……全不見有僧相矣」之語，此信則說「然則我之加冠，非慮人之殺和尚而冠之也」。上信說：「弟當托兄先容，納拜大宗師門下，從頭指示孔門『親民』學術」，含蓄地指出迫害李贄的幕後指使者是耿定向，此信則直接指出「猶朝夕在武昌倡為無根言語」的，是「一切飲食耿氏之門者」，而主使之人是耿定向。由以上二點可證。

　　《與馬伯時》：見《續焚書》卷一。本年夏寫於武昌。中有「熱極」和「欲知南中諸友近息，此三書可大概也」等語。「三書」指南中同情李贄的「三人書稿」。同年寫的《寄焦弱侯》（《續焚書》卷一）中也提到「三書」，說：「此蓋誤聽風聞，如此間所接三人書稿者。今將三人書稿錄上，便知風聞可笑，大抵如此矣。」請參看以下《寄焦弱侯》一文的考證。又信中有「此三書……看訖幸封付大智發還！」之語。據《湖北通志》卷一六九《人物志四十七·仙釋傳》：「大智，麻城童氏子，以苦行證果。……」此人與大智真融非一人。陳垣《釋氏疑年錄》卷十：「大智真融（1524-1592），麻城人，明萬曆二十年卒，年六十九。」袁宏道《德山遇大智，龍湖舊侶也》一首，錢伯城《袁宏道集箋校》卷三十一係在「萬曆三十二年甲辰（1604）作」。

《覆楊定見》：見《續焚書》卷一。本年夏寫於在武昌初識劉東星之後。中有「劉公於國家為大有益人，於朋友為大可喜人。渠見朋友，形骸俱遺，蓋真實下問，欲以求益，非指此以要名，如世人之為也」等語，可知。

《與劉晉川》：見《焚書》卷二。本年寫於初居劉東星別院之時。劉東星《書道古錄首》曾說，他把李贄自洪山寺迎回武昌，「嗣後或迎養別院，或偃息官邸，朝夕談吐」。（李贄《道古錄》卷首）這是要求劉東星要「當堂遣人」相迎以避毀謗的一封信。

《偈二首答梅中丞》：見《焚書》卷六。可能是本年七月以後寫於武昌。梅中丞即梅國楨，後曾任都察院右僉都御史巡撫大同，故稱。據《明神宗實錄》卷二三八載：「萬曆十九年七月甲戌（十一日），以河南道試御史梅國楨復除浙江道御史。」此偈可能寫於梅將赴任之時。中有「若有路可走，還是大門口」，「大門口」指武昌，因這裡仍是耿定向的勢力範圍，故云。另從所附《懷林答偈》「亦佑都府內，事事無不有」句看，此偈當寫於湖廣左布政使劉東星的官邸或別院。宋洪邁《容齋三筆》：「唐節度使，兵甲財富民俗之事，無所不領，謂之都府。」而明朝布政使為一省的行政長官，主管一省的財賦和人事。

《答劉方伯書》：見《焚書》卷二。寫於本年在武昌時。「方伯」是明代對布政使的稱呼，此指劉東星。從「況如生者，方外托身，離群逃世。而敢呶呶嘵嘵，不知自止，以犯非徒無益而且有禍之戒乎！」和「然則生孔子之後者，講學終無益也，雖欲不落髮出家，求方外之友以為伴侶，又可得耶！」等語看，當寫於「江夏潘廣文延主講席」而不肯赴之時。「有禍之戒」指游黃鶴樓而遭「左道惑眾」之逐一事而言。

《答友人書》：見《焚書》卷二。寫於本年秋。耿定向《求儆書後》：「頃光山蔡弘甫著《焚書辨》並書來。」（《耿天臺先生全書》）

卷四《書牘下》）蔡弘甫《焚書辨》著於本年秋初（見本年譜文）。而
李贄的《答友人書》主要是針對耿定向《求儆書後》「暴怒是性」的
誣蔑而發的，當寫於看到耿定向的《求儆書後》之後。

　　《自武昌渡江宿大別》一首：見《焚書》卷六。約寫於本年秋。
中有「流水有情憐我老，秋風無恙斷人腸」句。本年李贄曾因劉東星
的介紹到大別山與唐伯元相見。而從唐伯元覆信劉東星稱他為「方
伯」看，亦可知此事是在劉任湖廣左布政使任上。故知此詩寫於本年
秋在大別山時。

　　《暮雨》一首：見《續焚書》卷五。以「一水翻江去」和「孤眠
魂易驚」句看，似寫於本年在武昌遭逐之時或翌年劉東星別轉而失去
外護之後。

　　《寄焦弱侯》：見《續焚書》卷一。本年秋冬間寫於漢陽。中有
「明春兄可奉差來也，只是漢陽尚未有憐我者，苟劉公別轉以去，則
江上早晚風波又未可知，恐未可取必於此專候兄來矣」和「光山蔡君
（毅中）雖未識荊」等語可證。「明春兄可奉差」事，據焦竑《謹述
科場始末乞賜查勘以明心跡疏》，係在萬曆二十年壬辰（1592）。故知
李贄此信寫於萬曆十九年。焦竑疏中說：「臣於壬辰奉差南還，次年
抵京。」（焦竑《澹園集》卷三）焦竑「奉差」，指「使梁」事。袁宏
道有《送焦弱侯老師使梁，因之楚訪李宏甫先生》七律一首，見《袁
中郎全集》卷七，可為佐證。湖廣左布政使劉東星明年期滿即將離
任，故信中有「苟劉公別轉以去」的話。本年秋初蔡毅中寫《焚書
辨》，故信中提到「光山蔡君」。請參看以上《答友人書》的考證。

　　《與焦弱侯》：見《續焚書》卷一。本年秋間寫於武昌。中有
「六月初，曾有書托承差轉達，想當與常順先後到也」等語。「承
差」是遞送官方郵件的公差。由「日來與晉老對坐商證」語看，「承
差」可能是自京到湖廣布政使司來遞送公文的差役。

　　《與陸天溥》：見《續焚書》卷一。寫於本年秋間，與上信《與

焦弱侯》同時或略早。《李氏遺書》卷一《與焦弱侯》第二十書中有「仲鶴有書到我，我去書甚妙」一語可證。上述《續焚書》卷一《與焦弱侯》是《李氏遺書》卷一《與焦弱侯》第二十書的節略。此信還提到「滿考」的事。據《明神宗實錄》卷三一二載：「萬曆十七年七月壬戌，升雲南右參政陸萬垓（字天溥）為福建按察使。」陸於今年「滿考」，於明年即萬曆二十年十二月庚午，又以河南右布政使升為山西左布政使。（見《明神宗實錄》卷二五五）由此可知此信當寫於本年秋間。

　　《答劉晉川書》：見《焚書》卷二。本年寫於武昌。這是看到吳自新勸李贄「速離武昌」的信之後寫給劉東星的一封回信。中有「今須友山北上，公別轉，乃往南都一游」的話，這說明是劉東星「別轉」尚不甚分曉之時。信中又有「七十之年」一語，這「七十之年」是概數，並非實際歲數。李贄今年六十五歲。

　　《批下學上達語》：見《焚書》卷四。又見大雅堂訂正李贄輯袁宏道校《枕中十書》壬集《理譚》和《李卓吾先生秘書八種》卷九《理譚》。約寫於本年。中有「『學以求達』此語甚不當。既說『離下學無上達』，則即學即達，即下即上，更無有求達之理矣，而復曰『求達』，何耶？然下學自是下學，上達自是上達，若即下學便以為上達，亦不可也。……故程伯子曰」等語。今考之於耿定向《又與焦弱侯》、《明道語錄輯》和焦竑《答耿師》等。知本文是針對焦竑駁異程顥辟佛的言論的。證據如下：

　　焦竑曾把駁異程顥辟佛的言論寄給耿定向。耿定向《耿天臺先生文集》卷三《又與焦弱侯》第八書說：「頃得賢駁異程伯子（即顥）辟佛諸條。余固陋，不謂賢不得佛意，然亦不謂程伯子不得賢意。」耿定向《明道語錄輯》輯有程顥辟佛的言論和焦竑的駁異。今錄如下：

　　　明道曰：「釋氏本怖生死為利，豈是公道？惟務上達，而無下

學。然則其上達處豈有是也？元不相連屬。但有間斷，非道
也。」焦曰：「離下學無上達。今內典所言皆下學也。從此得
悟，便名上達。學以求達，譬鑿井求及泉也。學而不達，學亦
何為？下學是求上達之路。」（《耿天臺先生文集》卷九《紀
言》）

關於「學以求達」的觀點，焦竑在《澹園集》卷十《答耿師》中也一
再申明。說：「某所謂盡性至命，非捨下學而妄意上達也。學期於上
達，譬拙井期於及泉也。泉之不答，掘井何為？性命之不知，學將安
用？」又說：「伯淳（程顥）斥佛，其言雖多，大抵謂出離生死為利
心。夫生死者，所謂生滅心也。……學者誠志於道，竊以為儒釋之短
長，可置勿論。……蓋謀道如謀食，藉令為真飽，即人甘其餕，而吾
腹則果然矣。」由以上所引材料，可以證明此文是針對焦竑駁斥程顥
辟佛的言論的。李贄不同意焦竑「學以求達」的觀點。

　　本文的寫作時間，由耿定向《又與劉調甫》（第三書）、《大事
譯》前言和《觀生紀》等文推知。耿定向《耿天臺先生文集》卷八
《又與劉調甫》（第三書）說：「昔大慧謂張子韶將佛語改頭換面說向
儒門去，頃徐思中將吾家（指儒家）語改頭換面說向釋門去。」關於
徐思中如何把儒家語改頭換面說向釋門去，詳見耿定向《大事譯》。
《耿天臺先生文集》卷四《大事譯》前言說：

> 耿子山居，朋舊凋謝，緬懷二仲，遐哉邈矣！里中徐生思中，
> 自幼抱出塵之想，常以竊經餘力討究內典，頗能得意於言外，
> 不為《法華》轉者，時時起予，謂釋氏之道足翊教善世，與吾
> 道無悖。彼悖而陷且離者，蓋亂世之夫承傳失其本指也。而生
> 時聆予語，則亦愕然有省於吾孔氏之道足該彼教云。

此「耿子山居」，指萬曆十七年冬耿定向辭去南京戶部尚書之後。關

於《大事譯》的著作時間，據《觀生紀》載：「萬曆十九年辛卯，我生六十八歲。……冬初，著《大事譯》，寄白下諸友。」前所引耿定向《又與劉調甫》（第三書）既說「頃徐思中將吾家語改頭換面說向釋門去」，後又說「唐祠部（指禮部儀制司主事唐伯元，本年六月辛丑被派主考湖廣）近輯程子辟佛一編，焦弱侯中多駁異。」可見焦竑駁異程顥辟佛與耿定向著《大事譯》是在同一年。而李贄此文既是針對焦竑的駁異言論而發的，當亦寫於萬曆十九年或稍後。

《與夏道甫》：見《續焚書》卷一。約寫於本年寓居武昌或去年在麻城時。中有「不以麻城人之所以憎余者嫌余」一語。去年《焚書》在麻城刻行，李贄受到迫害，而夏道甫竟來向李贄問學，其膽識自有過人處，故有此贊。袁中道《珂雪齋近集》卷三《龍湖遺墨小序》也說：「道甫客西陵，與龍湖（指李贄）來往最久。此老以嗔為佛事，少不受其訶斥者，而待道甫溫然，惟恐傷之，則道甫為人可知。蓋龍性雖不可馴，而見人一長，即抽揚不容自已，如予之粗疏，尚憐而以國士遇之，況道甫乎？」

時事

- 二月癸酉（初六日），升山東按察使趙欽湯為湖廣左布政。（《明神宗實錄》卷二三二）
- 閏三月己丑（廿四日），禮部題：「異端之害惟佛為甚。緣此輩有白蓮、明宗、白雲諸教，易以惑世生亂，故禁宜嚴。……上命嚴逐重治之。」（《明神宗實錄》卷二三四）
- 四月丙辰（廿一日），改刑部尚書陸光祖為吏部尚書。明年三月致仕。（同上卷二三五、三四六）
- 五月乙酉（廿一日），吏部左侍郎王用汲為南京刑部尚書，明年五月癸未（廿四日）致仕。（談遷《國榷》卷七十五、七十六）
- 七月庚午（初七日），以原任四川參政王淑陵（山西陽城人復除

湖廣左參政，分守下湖南道）。（《明神宗實錄》卷二三八，《湖南通志》卷一八八）

· 九月壬申（初十日）、甲戌（十二日），次輔許國、首輔申時行，相繼致仕。丁丑（十四日），以趙志皋為禮部尚書。張位為吏部侍郎，並兼東閣大學士，預機務。（《明神宗本紀一》，《宰輔年表二》）

· 十一月庚辰（十八日），遼東總兵李成梁被罷。甲戌（十二日），湖廣提學僉事鄒迪光被劾。（《明神宗實錄》卷二四二）

· 十二月丙辰（廿四日），刑部尚書趙錦（1516-　）卒，年七十六。（同上卷二四三）

· 本年，日本大封建主豐臣秀吉致書朝鮮國王李昖，公然提出：「吾欲假道貴國，超越山海，直入於明，使四百州盡化我俗，以施王政於百萬斯年。」（《朝鮮交通大志》，《日本國志》）把侵略目標對準中國和朝鮮。

　　　　　＊　　　　　　　　　＊　　　　　　　　　＊

· 正月戊午（廿一日），升國子監司業楊起元為司經局洗馬兼翰林院修撰，二月乙亥（初八日）任經筵講官。（《明神宗實錄》卷二三一、二三二）

· 十一月丙寅（十六日），以福建提學副使耿定力升河南左參政。（同上卷二四三）

· 本年，陶望齡父病，告歸慰親。（徐開任《明名臣言行錄》）卷七十三《祭酒陶文簡公望齡》）

· 湯顯祖上《論輔臣科臣疏》，斥執政，謫廣東徐聞縣典史。建貴生書院。公開講學，宣揚「天地之性人為貴」的思想。（徐朔方《湯顯祖年表》）

萬曆二十年壬辰（1592）　　　　　　六十六歲

　　春二月，疑入臨川訪湯顯祖。時湯顯祖新從廣東徐聞典史任上移浙江遂昌知縣歸里，暫住臨川。[106]

　　寓居武昌。在劉東星的保護下，李贄自稱是「安樂自在漢」。春，覆信陶石簣，表明對「受苦楚」的恬然態度。《續焚書》卷一《覆陶石簣》：「生因質弱，故盡一生氣力與之敵鬥，雖犯眾怒，被訕謗，不知正是益我他山之石。我不入楚被萬般苦楚，欲求得到今日，難矣。」

　　夏間，接友人陸思山[107]來信，始知二月間發生了震撼朝野的「西事」——寧夏兵變。《答陸思山》：「承教方知西事。」而在二、三月間，明政府曾多次接到倭寇「謀犯天朝」的告急情報。對這東、西二警，李贄和劉東星的看法不同。《續焚書》卷二《西征奏議後語》追述說：

---

106 徐朔方在《湯顯祖詩文集·前言》裡說：「和湯顯祖交往不密而思想影響卻值得注意的另一位思想家是李贄。湯顯祖罷官的第二年（按，指萬曆二十年），他和李贄曾在臨川相會。」按，湯顯祖自本年春返抵臨川暫住，但李贄和湯顯祖的詩文均未見記載其二人的會見之事，徐的《湯顯祖年譜》（包括修訂本）亦未見記錄，不知徐何所據而云然。今姑存疑以待考。

107 陸思山是陸通霄的字或號，江夏人，嘉靖四十年舉人，嘉靖或隆慶間曾任建昌府推官，萬曆五年至十年任福建興化府知府。他與李贄和顏廷榘都有交往。陸思山的名里、科舉仕宦是由以下一些材料推知的。顏廷榘《陸思山太守邀飲莆城南樓，悵然懷舊，因有此作》云：「猶記同游楚水時，滄州明月共襟期。潯陽江上聞伊笛，華子岡頭讀謝詩。千里驊騮先歷塊，一樽瓢落竟何為？誰知十載重相見，燕罷南樓起舊思。」詩副題云：「陸前為建昌推官，余嘗攝其郡事。」（見顏廷榘《叢桂堂全集》卷三《七言律詩》）據乾隆《興化府莆田縣志》卷七《職官》載：「陸通霄，武陵人，由舉人萬曆五年知興化府知府。」又：「李伯芳，英德人，由進士萬曆十年知興化府知府。」由此可知陸約於萬曆十年離任。又據民國十年刊《湖北通志》卷一二六《人物志》四《選舉表》四載：「陸通霄，江夏人，嘉靖四十年辛酉科王萬善榜舉人。」陸的籍貫一稱武陵，一稱江夏。李贄稱陸「練熟素養」，其交往之情不詳。

劉子明（東星字）宦楚時，時過余。一日見邸報，東西二邊並
來報警，余謂子明：「二俱報警，孰為稍急？」子明曰：「東事
似急。」蓋習聞向者倭奴海上橫行之毒也。余謂：「東事尚
緩，西正急耳。朝廷設以公任西事，當若何？」子明徐徐言
曰：「招而撫之是已。」余時嘿然。子明曰：「於子若何？」余
即曰：「剿除之，無俾遺種也。」子明時亦嘿然，遂散去。

五月間給陸思山的信中，李贄仍然堅持西事急的看法，因為「西
夏密邇戎虜，尤為關中要區。」李贄認為兵變迭起，不能一味招撫，
而應嚴厲鎮壓，這樣才能避免「效尤者」「聞風興起」。（同上）

寧夏兵變事態一天天嚴重，朝廷天天在徵兵選將。浙江道監察御
史梅國楨上疏，推薦李如松為總兵官，表示自己願以御史監軍。四月
十七日，梅國楨獲准以監軍前往寧夏平叛。李贄聽到此消息，「喜見
眉睫」，走告劉東星，對平叛充滿信心。（同上）

四月底，劉東星升都察院右僉都御史，巡撫保定，芒種（約廿
七、八日）前赴任。《寓武昌郡寄真定劉晉川先生》其二：「芒種在今
朝，君行豈不遙！」李贄趁劉東星經過之便，寄給河南巡撫吳自新新
刻《焚書》四冊並信一封。《焚書》卷二《與河南吳中丞書》：

僕自祿仕以來，未嘗一日獲罪於法禁；自為下僚以來，未嘗一
日獲罪於上官。雖到處時與上官近，然上官終不以我為近己
者，念我職雖卑而能自立也。自知參禪以來，不敢一日觸犯於
師長；自四十歲以至今日，不敢一日觸犯於友朋。雖時時與師
友有諍有講，然師友總不以我為嫌者，知我無諍心也，彼此各
求以自得也。

在劉東星赴任前後，李贄寫信給劉東星之子劉肖川。《與劉肖川》
說：「人生離別最苦，雖大慈氏亦以為八苦之一，況同志乎！……尊

翁茲轉，甚當，但恐檀槻遠去，外護無依，不肖當為武昌魚，任人膾炙矣。」（《續焚書》卷一）。

劉東星走後，李贄寫信給焦竑，吐露了不知「當歸何所」的痛苦。《焚書》卷二《與焦漪園》：

> 弟今又居武昌矣。江漢之上，獨自遨游，道之難行，已可知也；「歸歟」之嘆，豈得已耶！然老人無歸，以朋友為歸，不知今者當歸何所歟！漢陽城中尚有論說到此者，若武昌則往來絕迹，而況譚學！寫至此，一字一淚，不知當向何人道，當與何人讀，想當照舊薙髮歸山去矣！

寄詩劉東星，表示懷念和感激。《寓武昌郡寄真定劉晉川先生》其六：「季心何意氣，夜半猶開門。幸免窮途哭，能忘一飯恩！」其七：「黃昏入夏口，無計問劉琦。假若不逢君，流落安所之！」（《焚書》卷六）

約在五月間，覆信陸思山，表示對無人料理時局的感嘆。《焚書》卷二《答陸思山》：「舍公練熟素養，置之家食，吾不知天下事誠付何人料理之也！些小變態，便倉惶失措，大抵今古一局耳，今日真令人益思張江陵也。」

此時，接到一位「自謂高陽酒徒」的麻城舊友的來信，因寫《覆麻城人書》，說：

> 公知高陽之所以為高陽乎？若是真正高陽（指漢高陽人酈食其。劉邦至高陽，他獻計攻下陳留，因封廣野君），能使西夏叛卒不敢逞，能使叛卒一起即撲滅，不至勞民動眾，不必損兵費糧。無地無兵，無地無糧，亦不必以兵寡糧少為憂，必待募兵於地方，借糧於外境也。（《焚書》卷二）

有感於寧夏兵變，又寫《二十分識》和《因記往事》兩篇「發

憤」之作，表現了對「國事」和「人才」的關心。在《二十分識》
中說：

> 有二十分見識，便能成就得十分才，……便能使發得十分
> 膽，……是才與膽皆因識見而後充者也。……蓋才膽實由識而
> 濟，故天下惟識為難。……然則識也、才也、膽也，非但學道
> 為然，舉凡出世處世，治國治家，以至於平治天下，總不能捨
> 此矣。（《焚書》卷四）

李贄還以膽、才、識三者衡量自己，說：

> 余謂我有五分膽，三分才，二十分識，故處世僅僅得免於禍。
> 若在參禪學道之輩，我有二十分膽，十分才，五分識，不敢比
> 於釋迦老子明矣。若出詞為經，落筆驚人，我有二十分識，二
> 十分才，二十分膽。（同上）

在《因記往事》一文裡，李贄憤慨地說：

> 嗟呼！平居無事，只解打恭作揖，終日匡坐，同於泥塑，以為
> 雜念不起，便是真實大聖大賢人矣。其稍學奸詐者，又攙入良
> 知講席，以陰博高官，一旦有警，則面面相覷，絕無人色，甚
> 至互相推諉，以為能明哲。蓋因國家專用此等輩，故臨時無人
> 可用。又棄置此等輩（指林道乾輩）有才有膽有識之者而不
> 錄，又從而彌縫禁錮之，以為必亂天下，則雖欲不作賊，其勢
> 自不可爾。設國家能用之為郡守令尹，又何止足當勝兵三十萬
> 人已耶？又設用之為虎臣武將，則閫外之事可得專之，朝廷自
> 然無四顧之憂矣。惟舉世顛倒，故使豪傑抱不平之恨，英雄懷
> 罔措之戚，直驅之使為盜也。（《焚書》卷四）

文中稱讚「巨盜」林道乾，說他橫行海上三十餘年至今猶然無恙，

「其才識過人，膽氣壓乎群類」，「有二十分才，二十分膽」。又說：「設使以林道乾當郡守二千石之任，則雖海上再出一林道乾，亦決不敢肆。設以李卓老權替海上之林道乾，吾知此為郡守林道乾者，可不數日而即擒殺李卓老，不用損一兵費一矢為也。」「則謂之二十分識亦可也。」

五月間，日本封建主豐臣秀吉發動了侵朝戰爭。朝鮮國王向明政府請援。此時明政府一面在加緊剿平寧夏兵變，一面在準備派兵援朝抗倭。就在這內憂外患紛至沓來的仲夏，李贄在武昌朱邸批點《忠義水滸傳》。袁中道《游居柿錄》卷九第九七八條載：「袁無涯來，以新刻卓吾批點《水滸傳》見遺。……記萬曆壬辰夏中，李龍湖方居武昌朱邸，予往訪之，正命僧常志抄寫此書，逐字批點。」李贄對《水滸》的批點獲得時人的很高評價。袁宏道《東西漢通俗演義序》：「里中有好讀書者……忽一日拍案狂叫曰：『異哉！卓吾老子吾師乎！』客驚問其故，曰：『人言《水滸傳》奇，果奇……若無卓老揭出一段精神，則作者與讀者千古俱成夢境。』……吾安得起龍湖老子於九原，借彼舌根，通人慧性，假彼手腕，開人心胸，使天下共以信卓老者信演義，愛卓老者愛演義也。」（崇禎刊本《新劇劍嘯閣批評東西漢演義》卷首）

李贄《忠義水滸傳序》，大約寫於批點《水滸傳》的同時。序文說：

> 水滸傳者，發憤之所作也。蓋自宋室不競，冠屨倒施，大賢處下，不肖處上。馴致夷狄處上，中原處下，一時君相猶然處堂燕鵲，納幣稱臣，甘心屈膝於犬羊已矣。施、羅二公身在元，心在宋，雖生元日，實憤宋事。是故憤二帝之北狩，則稱大破遼以泄其憤……傳《水滸》而復以忠義名其傳焉。
> 夫忠義何以歸於水滸也？其故可知也。……獨宋公明者身居水

滸之中，心在朝廷之上，一意招安，專圖報國，卒至於患大
難，成大功，服毒自縊，同死而不辭，則忠義之烈也！真足以
服一百單八人者之心，故能結義梁山，為一百單八人之
主。……

故有國者不可以不讀，一讀此傳，則忠義不在水滸而皆在於君
側矣。賢宰相不可以不讀，一讀此傳，則忠義不在水滸，而皆
在於朝廷矣。兵部掌軍國之樞，督府專閫外之寄，是又不可以
不讀也，苟一日而讀此傳，則忠義不在水滸，而皆為干城心腹
之選矣。否則不在朝廷，不在君側，不在干城腹心，烏在乎？
在水滸。……（《焚書》卷三）

　　李贄讚揚戲曲、小說等通俗文學作品，做了許多批點的工作。徐
謙《桂宮梯》卷四說：「李卓吾極讚《西廂》、《水滸》、《金瓶梅》，當
天下奇書。」李贄曾說：「古今至人遺書抄寫批點得甚多……《水滸
傳》批點得甚快活人，[108]《西廂》、《琵琶》塗抹改竄得更妙。」（《續
焚書》卷一《與焦弱侯》）袁中道《游居柿錄》第六第五三八條載：
「夏道甫處見李龍湖批評《西廂》、伯喈（指《琵琶記》），極其細
密，真讀書人，予等粗疏，只合斂衽下拜耳。」

　　夏，周友山北上，李贄托他把《焚書》、《說書》、《坡仙集》和批
點《孟子》送給焦竑批閱，請焦竑為《坡仙集》改正差訛、添補落
句。《續焚書》卷一《與焦弱侯》：

　　《焚書》五冊，《說書》二冊，共七冊，附友山奉覽，……外

108　懷林《批評〈水滸傳〉述語》云：「和尚自入龍湖以來，口不停誦、手不停披者三
　　（？）十年，而《水滸傳》、《西廂曲》尤其所不釋手者也。蓋和尚一肚皮不合時
　　宜。而獨《水滸傳》足以發抒其憤懣，故評之為尤詳。據和尚所評《水滸傳》玩
　　世之詞十七，持世之語十三，然玩世處具持世心腸也，但以戲言出之耳，高明者
　　自能得之語言文字之外。」（見《李卓吾批評〈水滸傳〉》卷首）

《坡仙集》四冊，批點《孟子》一冊，並往請教。幸細披閱，
仍附友山還我！蓋……無別本矣。《坡仙集》差訛甚多，《文與
可篔簹竹記》又落結句，俱望為我添入。……
《李氏藏書》中范仲淹改在《行儒》，劉穆之改在《經國臣》
內亦可。（按今本《藏書》范仲淹放在《武臣傳‧大將》類，
劉穆之放在《儒臣傳‧詞學儒臣》類。可見李贄並沒有採納焦
竑的意見。）此書弟又批點兩次矣，但待兄正之乃佳。……

　　在武昌，結識黃岡秀才袁文煒（字中夫）。[109]李贄寫詩勉勵他
「埋頭好讀書」。在上述《與焦弱侯》信中稱讚說：「念世間無有讀得
李氏所觀看的書者，況此間乎！惟有袁中夫可以讀我書，我書當盡與
之。」又說：「中夫聰明異甚，真是我輩中人，凡百可讀，不但佛法
一事而已。老來尚未肯死，或以此子故。骨頭又勝似資質，是以益可
喜。」

　　夏，無念又作秣陵行，後到北京，為塔事抄化。周友山來信勸
阻，不從。《焚書》卷二《又與周友山書》：

承教塔事甚是，但念我既無眷屬之樂，又無朋友之樂，煢然孤
獨，無與晤語，只有一塔墓室可以厝骸，可以娛老，幸隨我
意，勿見阻也！……我塔事無經營之苦，又無抄化之勞，聽其
自至，任其同力，只依我規制耳。想兄聞此，必無疑矣。

　　秋，李贄患痢。袁中道追述說，他於五月二十九日過李贄寓中閒

---

109 袁中道《游居柿錄》卷四第三四〇條載：「死心即袁文煒中夫，棄青衿出家者也。」
　　《湖北通志》卷一六九《人物志》四十七《仙釋傳》載：「死心和尚，黃崗貢生袁
　　文煒也。因遭坎壈，削髮於京師崇國寺。漢陽蕭丁泰、王袗與為禪侶。公安袁宏
　　道兄弟招之作吳越游。而已歸，愛大別山水，於藏經閣後置室一區，迎母以養
　　焉。」李贄信中說，袁中夫「明秋得一名目入京，便相見也。」可見袁中夫與李
　　贄相見時尚未出家。

談，晚歸，病大作。七月初三日以病未癒，自武昌偉舟回公安。袁走
後，李贄在武昌也病，只沙彌常聞、懷林二人守侍，兩個月後始癒。
（《病中紀事》，轉引自容肇祖《李贄年譜》第七十二頁）李贄寫信給
袁宗道，談疾病之苦，並向他索取《坡仙集》。《焚書》卷二《寄京友
書》：

> 弟今秋苦痢，一疾幾廢矣。乃知有身是苦，佛祖上仙所以孜孜
> 學道，……以為此分段之身禍患甚大，雖轉輪聖王不能自解免
> 也。故窮苦極勞以求之。不然，佛乃是世間一個極拙極痴人
> 矣，捨此富貴好日子不會受用，而乃十二年雪山，一麻一麥，
> 坐令烏鵲巢其頂乎？想必有至富至貴，世間無一物可比尚者，
> 故竭盡此生性命以圖之。……佛不痴拙也。今之學者不必言
> 矣。中有最號真切者，猶終日惶惶計利避害，離實絕根，以寶
> 重此大患之身，是尚得為學道人乎？
> 《坡仙集》我有披削旁注在內，每開看便自歡喜，是我一件快
> 心卻疾之書，今已無底本矣，千萬交付深有來還我！大凡我
> 書，皆為求以快樂自己，非為人也。

時李贄擬於十月間回龍湖。《焚書》卷二《與楊鳳里》：

> 醫生不必來，爾亦不必來，我已分付取行李先歸矣。我痢尚未
> 止，其勢必至十月初間方敢出門。……塔屋既當時胡亂做，如
> 今獨不可胡亂居乎？……我只有一副老骨，不怕朽也，可依我
> 規制速為之！

秋中，周友山從北京寄來疏稿一紙，疏中有「且負知己」一語，
李贄題署其後。曹胤昌《明司空周友山公傳》「（江陵敗，）垣臣鄒元
標首先抉曦決電，特疏公不附江陵狀，得擢太僕少卿。……即閱邸
報，乃上事曰：『相臣實臣知己，元標薦臣不附相臣，以是得題超，

是臣負知己也。」旨下，趣公北道。……李龍湖讀公疏，署其尾曰：
『不負知己四字，惟可與死江陵，活溫陵道耳！』」（光緒《麻城縣
志》卷二《藝文·文剩》）李贄寫信給周友山，加以讚揚。《焚書》卷
二《與友山》：

> 疏中「且負知己」四字，甚妙。惟不負知己，故生殺不計，況
> 毀譽榮辱得喪之小者哉！江陵，兄知己也，何忍負之以自取名
> 耶？……今惟無江陵其人，故西夏叛卒至今負固。壯哉梅公
> （梅國楨）之疏請也，莫謂秦遂無人也！

他進而抨擊時政說：「世事如此，若似可慮，然在今日實為極盛之
時，向中之日，而二三叛卒為梗，廟堂專閫竟無石畫，是則深可愧
者！」（同上）

　　秋，耿定力升奉常，冬將從河南返里，耿定向《觀生紀》：「萬曆
二十年壬辰……秋，叔子晉奉常。冬，歸自汴。」李贄聽到這個消
息，萌動了與耿定向和解的意向。上述《與友山》：

> 「令師想必因其弟高遷抵家，又因克念自省回去，大有醒悟，
> 不復與我計較矣。我於初八夜，夢見與侗老聚，顏甚歡悅。我
> 亦全然忘記近事，只覺如初時一般，談說終日。……我想日月
> 定有復圖之日，圓日即不見有蝕時迹矣。果如此，即老漢有
> 福，大是幸事，自當復回龍湖，約兄同至天臺無疑也。若此老
> 終始執拗，未能脫然，我亦不管，我只有盡道理而已。諺曰：
> 『冤仇可解不可結。』縱渠不解，我當自有以解之。」後來因
> 方沆來會，李贄未回龍湖。

　　秋間，在漢陽與奉差南來的焦竑相會。[110]

---

110 袁宏道《袁中郎全集》卷四《送焦弱侯老師使梁因之楚訪李宏甫先生》詩：「丹書

　　九月十六日，寧夏兵變平定，當月獻俘京師。李贄接獲捷音，回信梅國楨，對他寄予重望。《焚書》卷二《與梅衡湘》：「承元係單于之頸，僕謂今日之頸不在夷狄而在中國。中國有作梗者，朝廷之上自有公等諸賢聖在，即日可繫也。」

詩文編年

　　《覆陶石簣》：見《續焚書》卷一。寫於本年春在武昌或漢陽時。中有「時來如今日春至，雪自然消，冰自然泮」和「故我得斷此塵勞，為今日安樂自在漢耳」等語。又說：「我不入楚被此萬般苦楚，欲求得到今日，難矣。」李贄連年遭受耿定向輩的訕謗和驅逐，直到去年在湖廣左布政使劉東星的庇護下才過著比較安定的生活，成為「安樂自在漢」。而信說「今日春至」，正說明是寫於本年春。

　　《與劉肖川》：見《續焚書》卷一。寫於本年初夏與劉東星將別時。中有「尊翁茲轉，甚當，但恐檀樾遠去，外護無依」等語可證。據《明史》卷二二三《劉東星傳》載：「萬曆二十年擢右僉都御史，巡撫保定。」離任日期，約在四月底。參看《焚書》卷六《寓武昌郡寄真定劉晉川先生》（其二）。

　　《與河南吳中丞書》：見《焚書》卷二。寫於本年初夏劉東星即將赴任保定之時。中有「茲因晉老經過之便，謹付《焚書》四冊，蓋新刻也。稍能發人道心，故附請教」等語可證。

　　《與周友山》：見《焚書》卷二。寫於本年夏與劉東星初別之後不久。中有「晉老初別，尚未覺別，別後真不堪矣」等語可證。

　　《與焦漪園》：見《焚書》卷二。寫於本年夏與劉東星初別之後。中有「然老人無歸，以朋友為歸，不知今者當歸何所歟！……想

早發鳳凰樓，楊柳青陰滿陌頭。征馬晚嘶梁苑月，孤帆晴指洞庭秋。蓮開白社來陶令，瓜熟青門過故侯。自笑兩家為弟子，空於湖海望仙舟。」焦竑也說他今年奉差南返，便道還里，明年抵京。（《謹述科場始末乞賜查勘以明心迹疏》）可證。

當照舊薙髮歸山去矣！」等語。李贄於去年在黃鶴樓遭「左道惑眾」之逐後即「即日加冠蓄髮」，後為劉東星所「迎養」，算是暫時有了歸宿，但此時劉已他轉遠去，「外護無依」，故有此嘆。

《答陸思山》：見《焚書》卷二。寫於本年劉東星即將抵任保定之時，大約在五、六月間。中有「晉老此時想當抵任」一語可證。

《寓武昌郡寄真定劉晉川先生》八首：見《焚書》卷六。這是一組寫臨別、送行、別後追懷的詩，寫於劉東星抵任真定（即河北保定）之後，約在本年六月間。中有「密密梧桐桐」、「青翠滿池臺」句，寫的是盛夏景象。

《覆麻城人書》：見《焚書》卷二。寫於接獲陸思山告知寧夏兵變的來信之後，約在本年四、五月之間。信中聯繫發生於今年二月的「西事」發表議論說：「若是真正高陽，能使西夏叛卒不敢逞，能使叛卒一起即撲滅」。由此可證。

《二十分識》、《因記往事》：均見《焚書》卷四。寫於與《覆麻城人書》同時而略前。《覆麻城人書》後記說：「時聞靈、夏兵變，因發憤感嘆於高陽，遂有《二十分識》、《因記往事》之說。設早聞有梅監軍之命，亦慰喜而不發憤矣。」梅國楨於四月十七日被命為監軍前往寧夏平叛。李贄聞訊如在四月底或五月初，則此二文當寫於尚未聞訊的四月間。按，《二十分識》一文，高奣映說寫於萬曆六年李贄入雞足山大覺寺時，恐不足信。高奣映《雞足山志》卷四《名勝下》所收的《二十分識》一文最後一段是：「懷琳起而問曰：『太守於此三者何缺？』琳能以是為問，亦是雞足山後佳話，斯安得而不快！」全文頗略於今本《焚書》，不但刪節甚多，還把「和尚」改為「太守」、「環林」改為「懷琳」，並添進「亦是雞足山後佳話」一句。

《忠義水滸傳序》：見《焚書》卷三。當寫於本年夏在武昌朱邸批點《水滸傳》時。袁中道《游居柿錄》卷九對李贄評點《水滸傳》的時間有過具體的記述，請參看前面譜文的引證。又萬曆十七年，李

贄《覆焦弱侯》信中曾說：「聞有《水滸傳》，無念欲之，幸寄與之，雖非原本亦可。」如焦竑於當年依囑即寄，則李贄此序也可能寫於萬曆十七年或稍後。

《與焦弱侯》：見《續焚書》卷一。本年夏秋之間寫於武昌。中有「古今至人遺書抄寫批點得甚多……《水滸傳》批點得甚快活人，《西廂》、《琵琶》塗抹改竄得更妙」等語。李贄批點《水滸傳》的時間，見袁中道《游居柿錄》卷九的記述。而此信開頭說：「《焚書》五冊、《說書》二冊，共七冊，附友山奉覽。……外《坡仙集》四冊，批點《孟子》一冊，並往請教，幸細披閱，仍附友山還我！」周友山入京約在本年夏秋之間。李贄《與友山》中有「西夏叛卒至今負固」一語可證。請參看《與友山》一文的考證。

《玉合》、《崑崙奴》、《拜月》、《紅拂》：均見《焚書》卷四。湯顯祖校點《李氏全書・焚書目錄》題為《玉合四首》。其實各篇都應獨立。《拜月》中有「首似散漫，終至奇絕，以配《西廂》，不妨相追逐也」等語，可見李贄是把《拜月》和《西廂》作比較來寫評論的。又在《雜說》中，李贄把《拜月》、《西廂》歸入「化工」之類，說：「《拜月》、《西廂》，化工也，《琵琶》，畫工也。」可見《拜月》可能寫於與「塗抹改竄」《西廂》的同時，即本年夏。其餘三篇是批點《玉合記》、《崑崙奴》、《紅拂記》時寫的序，具體時間不詳，疑是本年夏中「古今至人遺書抄寫批點得甚多」中的幾種。

《戲袁中夫》一首：見《續焚書》卷五。約寫於本年夏秋間在武昌與袁中夫相會時。詩裡說：「文章驚人手，傲世非丈夫。俠骨香仍在，埋頭好讀書。」李贄在夏秋間寫的《與焦弱侯》信中提到袁中夫時說「惟有袁中夫可以讀我書」，稱讚袁中夫「骨頭又勝似資質」。這些都可為本詩寫作時間的佐證。

《與楊鳳里》：見《焚書》卷二。約寫於本年八月間。楊鳳里即楊定見。楊定見《水滸傳小引》自署「楚人鳳里楊定見書於胥江舟

次」（《一百二十回水滸傳》卷首）可證。信中說：「我痢尚未止，其勢必至十月初旬方敢出門。」這可與袁中道《病中記事》所說這年秋李贄在武昌病了兩個月方癒，以及李贄《寄京友書》所說的「弟今秋苦痢，一疾幾廢」的話相印證。信中又說：「塔屋既當時胡亂做，如今獨不可胡亂居乎？……我只有一副老骨，不怕朽也，可依我規制速為之！」與《又與周友山書》中所說「承教塔事甚是，但念我……只有一塔墓室可以厝骸，可以娛老，幸隨我意，勿見阻也！」等語相合。

《與友山》：見《焚書》卷二。寫於本年七、八月間。時寧夏兵變尚未平定。中有「今惟無江陵其人，故西夏叛卒至今負固」一語可證。信中又有「令師想必因其弟高遷抵家」一語，可參看譜文《觀生紀》的引證。

《又與周友山書》：見《焚書》卷二。這是對勸阻修建塔屋一事的回答，寫於本年七、八月間。參看以上《續焚書》卷二《與楊鳳里》的考證。

《寄京友書》：見《焚書》卷二。寫於本年秋後冬初。中有「弟今秋苦痢，一疾幾廢矣」一語（請參看《焚書》卷二《與楊鳳里》一文的考證），又有「《坡仙集》我有披削旁注在內，每開看便自歡喜，是我一件快心卻疾之書，今已無底本矣，千萬交深有來還我！」的話。按，此信收入《續焚書》卷一題為《與袁石浦》，可見「京友」即袁宗道。袁宗道，號石浦。李贄今年夏秋間《與焦弱侯》中說：「外《坡仙集》四冊並往請教。幸細披閱，仍附友山還我！」（《續焚書》卷一）可見此《坡仙集》是先寄焦竑披閱，後轉到袁宗道手中的。無念原「作秣陵行」，後來可能轉赴北京，故信中囑「千萬付深有來還我」。

《與梅衡湘》：見《焚書》卷二。寫於本年十月間。中有「承示繫單于之頸」一語可證。所謂「繫單于之頸」，指平定寧夏叛亂，俘哱拜之子哱承恩、哱承寵、養子哱洪大和土文德等人。（谷應泰《明

史記事本末》卷六十三）按，寧夏兵變九月平定，十一月京師舉行獻俘典禮。梅國楨來信報捷可能在他入京之後的十月。

《登樓篇》一首：見《續焚書》卷五。寫於本年。這是為「別楊生定見、上人無念而作」的。中有「中有楊定見，三載獨區區」之語。李贄於萬曆十八年開始出游至此已三年。《焚書》卷三《三蠢記》中曾說：「方我之困於鄂城也，定見冒犯暑雪，一年而三四至，則其氣骨果有過人者。」「三載獨區區」當指此。

《祖師得法因緣序》：見《古德機緣》。約寫於本年或稍前。《序》中說；「有小沙彌懷林者，求書七佛之偈。予既為書七佛偈，仍題其後曰：……懷林曰：佛之與祖、與師，有何差別？卓吾老和尚……因舉五宗祖師最初入道者以示之，而令僧常志錄出成帙，名之為《祖師得法因緣》云。嘻！二子因緣，或在是乎！」對於龍湖僧常志，袁中道《游居杮錄》卷九第九七八條載：「記萬曆壬辰夏中，李龍湖方居武昌朱邸，予往訪之，正命僧常志抄寫此書（指《水滸傳》)。……常志者，乃趙瀔陽門下一書史，後出家禮無念為師，龍湖悅其善書，以為侍者，常稱有志，數加讚嘆鼓舞之，使抄《水滸傳》。每見龍湖稱說《水滸》諸人為豪傑，且以魯智深為真修行。而笑不吃狗肉諸長者為迂腐，一一作實法會。初尚恂恂不覺。久之，與其儕伍有小忿，遂欲放火燒屋。龍湖聞之大駭，微數之，即嘆曰：『李老子不如五臺山智證長老遠矣。智證長老能容魯智深，老子獨不能容我乎？』時時欲學智深行徑。龍湖性褊多嗔，見其如此，恨甚，乃令人往麻城招楊鳳里至右轄處，乞一郵符押送之歸湖上。道中見郵卒牽馬少遲，怒目大罵曰：『汝有幾顆頭！』其可笑如此。」本年夏中，常志尚在抄寫《水滸傳》；而「押送之歸湖上」，必在李贄「恨甚」之後，從《序》中「二子因緣，或在是乎！」的語氣看，此文寫於對常志尚未產生憎惡之前。常志被押送龍湖，當在李贄未回龍湖之時，即約在本年冬。故此推知此序約寫於本年或稍前。

時事

- 二月己酉（十八日），寧夏致仕總兵哱拜、副總兵承恩（哱拜子）殺巡撫都御史黨馨、副使石繼芳，據城叛亂。史稱「寧夏兵變」，也就是李贄所稱的「西事」。兵變直到九月壬申（十六日）才平定。（谷應泰《明史記事本末》卷六十三《平哱拜》，瞿九思《萬曆武功錄》卷一《哱拜、哱承恩列傳》）
- 三月辛未（十一日），首輔王家屏致仕，陸志皋繼任首輔。（《明神宗本紀一》，《宰輔年表二》）壬申（十二日），命總督軍（《明神宗本紀一》）
- 四月乙巳（廿一日），派浙江道監察御史梅國楨為監軍，偕提督陝西軍務總兵官李如松前往寧夏平叛。（《明神宗實錄》卷二四七）
- 五月，日本豐臣秀吉發動侵朝戰爭，陷王京（漢城），準備進一步侵略中國。朝鮮國王李昖棄城奔義州，遣使向明政府求救。七月，明政府派副總兵祖承訓率師援朝。這就是李贄所說的「東事」。援朝抗倭歷經七年，最後以中朝聯軍的勝利而告結束。（《明神宗本紀一》，《明神宗實錄》卷二四八，谷應泰《明史紀事本末》卷六十《援朝鮮》，《明史》卷三二〇《朝鮮》、卷三二二《日本》）

　　　　＊　　　　　　＊　　　　　　＊

- 春，焦竑任會試同考官。（《澹園集》卷十五《順天府鄉試錄後序》）
- 袁宏道、李日華（字君實，浙江嘉興人）考取進士。袁宏道「歸家下帷讀書」。（《明史》卷二二八《袁宏道傳》，光緒六年重修《江西通志》卷一三二《九江府宦績錄》）
- 四月丁酉（初八日），起顧養謙為兵部左侍郎兼右都御史，總督

薊遼、保定軍務。「四月甲寅（廿五日），遣翰林院修撰焦竑等官冊……沈丘王嫡長子朝𨮮襲封沈丘王……潁川王庶孫朝蝥襲封潁川王。」（《明神宗實錄》卷二四七）

- 尚寶司丞周宏禴以將材薦哱承恩、土文秀、哱雲等，二月承恩等叛亂，坐謫廣東澄海典史。（《明神宗實錄》卷二四七）

- 七月戊辰（十一日），南京吏部主事潘士藻升任尚寶司司丞。己巳（十二日），河南巡撫吳自新升任南京刑部右侍郎。（《明神宗實錄》卷二五〇）

- 九月甲子（初八日），升河南右參政耿定力為太常寺少卿。（同上卷二五二）

- 十二月丙申（初十日），以許孚遠為右僉都御史巡撫福建，提督軍務。庚子（十四日），以河南右布政陸萬垓為山西左布政使。癸卯（十七日），改太僕寺少卿周思敬為太常寺少卿，提督四夷館。（同上卷二五五）

- 本年，鄒元際（字爾瞻）起吏部員外郎，冬調南京刑部。又三年考滿，以病歸。（《澹園集》卷三十二《鄒爾瞻繼室江安人坤芷墓志銘》）

- 方沆由雲南學使謫江西寧州知州，在任九年。（同治十二年重修《南昌府志》卷二十四《職官》、卷二十七《職官》）

- 大智真融（1524-　　，麻城人）卒，年六十九。《陳垣《釋氏疑年錄》卷十》）

萬曆二十一年癸巳（1593）　　　　　　　　六十七歲

春，自武昌回到麻城龍湖。[111]

---

111 沈鈇《李卓吾傳》說：「劉公入掌內臺，而載贄歸麻城。」據《明神宗實錄》卷二四六載：「萬曆二十一年九月乙丑，升劉東星為都察院左副都御史。」又卷三六三

　　寫信給楊定見，提出「塑像聚僧」的打算和念佛的主張。《焚書》卷二《又與楊鳳里》：「行李已至湖上，一途無雨，可謂順利矣。……低處作佛殿等屋，以塑佛聚僧。我塔屋獨獨一座，高出雲表，又像西方妙喜世界矣。我回，只主張眾人念佛，專修西方。」。

　　回到龍湖，又添蓋佛殿兩廂及前廊兩邊廈。屋成，因未塑佛，暫且住邊廈。寫有《移住上院邊廈告文》。

　　梅澹然（「澹」一作「淡」，梅國楨三女）將落髮繡佛寺出家為尼，聽說芝佛院要塑觀音大士像，來信說她願為觀音大士，請李贄為她作記。[112]澹然落髮為尼，李贄寫《題繡佛精舍》一詩以賀。澹然落

載：「東星，山西沁水人。……萬曆改元，召為刑部主事，歷官湖廣布政使，升右僉都御史巡撫保定。晉右（當是『左』之訛）副都御史，入理院事。」可知劉東星是萬曆二十一年九月乙丑「入理院事」即「入掌內臺」的。從沈傳的行文看，似乎李贄歸麻城是劉「入掌內臺」的同時或稍後，其實，李贄歸麻城是在本年的春間。袁宗道兄弟夏間到龍湖訪李贄。袁宗道《龍湖記》說：「潭右為李宏甫精舍，佛殿始落成。」而李贄《移住邊廈告文》則說：「龍湖芝佛院佛殿之後，因山蓋室。……逮和尚（李贄自稱）歸，又告神添蓋兩廂，及前廊邊兩廈。……屋成，遂題匾懸其額曰『阿彌陀佛殿。』」此文所告與袁文所記相合，而袁文自署『癸巳五月五日記』，可見李贄早在春間就返回龍湖了。又《焚書》卷二《又與楊鳳里》說：「行李已至湖上，一途無雨，可謂順利矣。……低處作佛殿等屋，以塑佛聚僧。」這是春抵龍湖時寫的信。《焚書》卷四《三大士像議》說：「至五月五日，和尚閒步廊下，見妝嚴諸佛菩薩及韋馱尊者像。」講的顯然是佛殿新落成事，可與袁文相印證。凡此，均可以說明李贄是春間回到龍湖的。

112 梅國楨有六女，梅澹然是其第三女，自小其父即將她許給世襲衛指揮僉事劉承禧（中表劉守有之子），聘未字，劉卒，澹然守寡學佛。麻城《梅氏族譜》卷十九載：「三女受劉承禧聘，未字劉卒。全貞空門，圓寂年三十七，成正覺淡然大士。乳名錦哥，性最貞靜，且解禪理，而於繡工之內亦通。」（凌禮潮《李贄〈焚書〉〈續焚書〉所見麻城籍人物考》，見《李贄與麻城》第二一五頁）梅澹然人品秀麗，長大後受其姑姑梅國晉（進士陳楚產之妻）的影響，吃齋念佛，日以刺繡為功課。讀藏經有得，寫成專文派人送到龍湖向李贄請教。本年繡佛寺建成，聞芝佛院要塑觀音大士像，她發願要做觀音大士，於自己生日那天落髮繡佛寺出家為尼，來信請李贄為她作記。李贄寫詩祝賀，稱她為「龍女」。上述《梅氏族譜》卷首上載：「墳左即山與香火廟岇毗連……廟名觀音閣，供觀音。司馬公女名錦哥者，全貞皈佛，成真覺，稱淡然大士。鑄鐵像立於觀音後，傳說為龍女化身云。」

髮為佛弟子，李贄稱她為「澹然師」。(《焚書》卷四《觀音問·答澹然師》)

梅國楨為澹然落髮事特從北京趕回麻城。李贄托劉承棨（國楨的大女婿）捎信，請國楨為其藏骨塔作記。梅國楨為作《書卓吾和尚塔》，文如下：

> 塔在龍潭湖之陽，卓吾自創以為他日藏蛻地也。屋成，托余婿劉承棨以署書屬余。卓吾本知吾不善書，乃漫屬之，余亦以漫應之，意各有在也。
>
> 夫卓吾，姓李，名載贄，字宏甫，官姚安太守。今名其藏，不以姓氏，不以官閥，而稱和尚，從佛名也。即百歲後，當廣封樹，稱姚安守而以正塔屋，從佛教也。
>
> 屋之上為寺，前塑佛像，甃以磚石，加堊焉。卓吾之愛其身可謂至矣。余竊怪世人之愛其身者，必享富厚之樂，有妻子之奉，以快意生前，而後為生後計。卓吾捐家室，守枯寂，厭甘毳，就惡□，且精潔其藏，而又不比於牛眠馬鬣之習尚也。卓吾可以尋常比擬乎？余亦不知所為書矣。（清康熙《麻城縣志》卷十）

為感謝李贄對女兒善因、澹然的看重和推崇，梅國楨將祖輩珍藏的代代相傳的一幅唐代大詩人白居易的手書《楞嚴經》贈送給他。萬曆二十二年李贄游南京時又把它轉送給友人馮維禎。請參看萬曆二十二年譜文及注〔一二〇〕。

在澹然的「倡導」下，自信、明因、善因（梅國楨二女，嫁給劉守有堂弟劉守巽之子劉承緒為妻，早寡，篤信佛乘）等人也對佛道「嚮往俱切」，常向李贄請教佛法。李贄稱她們為「眾菩薩」。曾說：「若善因者……我聞其才力其識見大不尋常……時時至繡佛精舍，與其妹澹然師窮究真乘，必得見佛而後已。故我尤真心敬重之。」(《豫

約・感慨平生》)

　　明因等學道遭到非難，李贄覺「不得自在，故不得不出頭作魔王以驅逐之。」(《焚書》卷二《與明因》)

　　當時有人寫信給李贄，說「婦人見短，不堪學道」。李贄寫《答以女人學道為見短書》予以駁斥：

> 昨聞大教，謂婦人見短，不堪學道。誠然哉！誠然哉！夫婦人不出閫域，而男子則桑弧蓬矢以射四方，見有長短，不待言也。但所謂短見者，謂所見不出閨閣之間；而遠見者則深察乎昭曠之原也。短見者只見得百年之內，或近而子孫，又近而一身而已；遠見則超於形骸之外，出乎死生之表，極於百千萬億劫不可算數譬喻之域是已。短見者只聽得街談巷議，市井小人之語；而遠見則能深畏乎大人，不敢侮於聖言，更不惑於流俗憎愛之口也。余竊謂欲論見之長短者當如此，不可止以婦人之見為見短也。故謂人有男女則可，謂見有男女豈可乎？謂見有長短則可，謂男子之見盡長，女人之見盡短，又豈可乎？設使女人其身而男子其見，樂聞正論而知俗語之不足聽，樂學出世而知浮世之不足戀，則恐當世男子視之，皆當羞愧流汗，不敢出聲矣。(《焚書》卷二)

信中舉邑姜（周武王之妻，成王之母）、文母（周文王的妃子太姒）和唐女詩人薛濤等人為例，說明女子一樣可以參政治國、寫作詩文，男女在才智上沒有差別，不能以性別作為區分見識長短的標誌。

　　三、四月間，為梅國楨的《西征奏議》寫跋，題為《西征奏議後語》。在《後語》中對梅國楨力主西征，獨薦李成梁，並親臨前線督軍，終於取得平叛勝利表示了高度的讚揚，對其「任訕謗於圍城之日，默無言於獻捷之後」的功成不居的品質，更是推崇備至，而對他不能蒙恩受蔭則表示同情。

　　五月初五日，芝佛院諸菩薩及韋馱尊者像塑成。李贄閒步廊下，嘆息道：「只這一塊泥巴，塑佛成佛，塑菩薩成菩薩，塑尊者成尊者，欲威則威，欲慈則慈，種種變化成就俱可。孰知人為萬物之靈，反不如一泥巴土塊乎！任爾千言萬語，千勸萬諭，非聾即啞，不聽之矣。果然哉，『人之不如一土木也！』」（《焚書》卷四《三大士像議》）李贄認為，「觀音表慈」，「文殊表智」，「普賢表行」，塑像如懂得對象的個性特徵，「則菩薩真身自然出現，可使往來瞻仰者頓發菩提心矣，豈不大有功德哉！」（同上）

　　當時塑像的是一位姓金的工匠，他「眇一目，視瞻不甚便，而心實平穩可教」。他塑的菩薩「面目有些不平整」，眾僧叫工匠把面目改端正。李贄知道後，大叫道：「叫汝不必改，如何又添改也？」懷林不解其意，問李贄：「比如菩薩鼻不對嘴，面不端正，亦可不改正乎？」李贄說：「爾等怎解此個道理，爾試定睛一看，當時未改動時，何等神氣，何等精彩。但有神則自活動，便是善像佛菩薩者矣，何必添補令好看也。好看是形，世間庸俗人也。活動是神，出世間菩薩乘也。好看者，致飾於外，務以悅人，今之假名道學是也。活動者，真意實心，自能照人，非可以肉眼取也。」（同上）

　　夏五月上旬，袁宗道（號石浦）到龍潭向李贄問學。袁中道《石浦先生傳》：「癸巳，走黃州龍潭問學，歸而復自研求。」（《珂雪齋近集》卷三）同行的有其弟袁宏道、袁中道及王以明[113]、龔散木（龔仲安別號，三袁之八舅）等。袁宏道有《懷龍湖》諸詩紀其事：「漢陽江雨昔曾過，歲月驚心感逝波。老子本將龍作性，楚人元以鳳為歌。朱絃獨操誰能識，白頸成群爾奈何。矯首雲霄時一望，別山長是鬱嵯峨。」（錢伯城《袁宏道集箋校》卷二）。

---

113 光緒六年重修《荊州府志》卷五十七《鄉賢傳》載：「王輅，字以明，公安人，黎平知府格次子。十歲能屬文。袁中郎、小修兄弟均肆業其門。時如李卓吾、陶石簣、袁伯修俱為性命交。年四十以貢授陝西鳳翔通判，半載棄官歸，著書自娛。」

　　詩中將李贄比作老子，又比作龍。其《將發黃，時同舟為王以明先生、龔散木、家伯修、小修，俱同訪龍湖者》說：「龜峰數點蒼煙裡，料得伊人已白頭。」又《阻雨》詩：「雲霄極目古亭州，江上淒其感昔游。天下文章憐爾老，瀟湘風雨動人愁。雲眠楚國黃泥坂，潮打巴陵青雀舟。敢向乾坤尋勝覽，只因李耳在西周。」

　　詩中將李贄比作李耳，把西陵（即麻城）比作西周。

　　時龍湖芝佛院佛殿新落成。此處泉石幽奇。袁宗道《龍湖記》：

> 龍湖，一云龍潭，去麻城三十里，萬山瀑流，雷奔而下，與溪中石骨相觸，水力不勝石，激而為潭。潭深十餘丈，望之深青，如有龍眠。而土之附石者，因而夤緣得存，突兀一拳，中央峙立，青樹紅閣，隱見其上，亦奇觀也。潭右為李宏甫精舍。佛殿始落成，倚山臨水，每一縱目，則光、黃諸山森然屏列，不知幾萬重。余本問法而來，初非有意山水，且謂麻城僻邑，當與屏陵、石首伯仲，不意其泉石幽奇至此也，故識。癸巳五月五日記。（《白蘇齋類集》卷十四）

袁宏道有《龍潭》詩一首：「孤舟千里訪瞿曇，蹤跡深潛古石潭。天下豈容知己二，百年真上洞山三。雲埋龜嶺平如障，水落龍宮湛似藍。愛得芝佛好眉宇，六時僧眾禮和南。」（錢伯城《袁宏道集箋校》卷二）。

　　三袁等此來問學，範圍十分廣泛。諸如問聖凡同異之分，問《六經》、《水滸傳》，問荊軻、田光、管仲、晏子、留侯、韓信、杜甫、太史公，問何心隱、王心齋、耿楚倥、趙大洲、鄧豁渠、王龍溪、羅近溪，問學道是否要做豪傑，學道是否要根器，學道是否遂不怕生死，做學問的人是否還要功業，學問、功業是一是二，等等，等等。

袁中道寫有《柞林紀譚》一文，詳細地記下了當時論學的內容。[114]雪頭陀稱李贄為「禪門之縱橫家」，潘曾紘說李贄嬉笑怒罵，露出萬仞之機鋒。潘曾紘《書〈柞林紀譚〉》：

> 雙髻峰雪頭陀，以三盲偈為雲棲所許可，余嘗以卓老叩之，曰：「此禪門之縱橫家，似之者拙，學之者死。」會家弟慧曉（潘灝字）自武林歸，手《柞林紀譚》一篇示余。其所持論，雖散見卓吾諸書，而一時嬉笑怒罵，壁立萬仞之機鋒，如寫生照，更覺可喜。……（《李溫陵外紀》卷二）

袁宗道以所撰《海蠡篇》向李贄請教。李贄為《海蠡篇》書後。其文如下：

> 予讀袁石浦《海蠡篇》已奇矣，茲復會石浦於龍湖之上，所見又別，當更奇也。夫學道之人，不患不放手，患放手太早耳。聰銳者易放，魯鈍者難入。豈誠有聰銳魯鈍之人哉？無真志耳，不怕死耳。好學而能入，既入而不放，則其放也，孰能御之！因為書其後，候再晤焉。（袁中道《游居柿錄》卷一引）

袁中道說李贄此文「為千古已悟人發藥」，並說「余讀此數過，參求之念愈切。」（同上）

時新安郝仲隆以禮佛詩百首呈李贄，但不甚稱李贄之意。袁中道《游居柿錄》卷十三第一五三條載：「萬曆癸巳，公琰（名之璽，徽州人）尊人郝仲隆晤予於麻城龍潭湖上。出禮佛詩一百首呈李龍潭，不甚稱之，意殊索然。然其人長者，與予友丘長孺善。」

---

114 明蕭士瑋說《柞林紀譚》是偽書。但對照《柞林紀譚》與袁宗道《白蘇齋類集》卷十二《雜說》中伯修問王心齋一條，不但所述事實同，文字、語氣亦大略相同。應該說，《柞林紀譚》所記的論學內容是真實的，而《李溫陵外記》卷二所收的《柞林紀譚序》則是偽作。

　　李贄極力稱道袁宗道和袁宏道的才能。袁中道《袁宏道傳》：「已覆同太史（指宗道）與小修游楚中諸勝，再至龍湖晤李老。李老語人，謂伯也穩實，仲也英特，皆天下名士也。然至於入微一路，則諄諄望之先生（指宏道），蓋謂其識力、膽力皆迥絕於世，真英靈漢子，可以擔荷此一事耳。」（《袁中道《珂雪齋文集》卷九》三袁受李贄的影響很深。「袁伯修見李卓吾後，自謂大徹。」（董其昌《畫禪室隨筆》卷四）袁中道「學於李龍湖，有志出世。」（錢謙益《列朝詩集小傳》丁集中）

　　袁宗道兄弟在龍湖住了十天。臨別時，袁宏道寫有《別龍湖師》八首。其一：「十日輕為別，重來未有期。出門餘淚眼，終不是男兒。」其二：「惜別在今朝，車馬去遙遙。一行一回首。踟躕過板橋。」其六：「兄弟為知己，同袍若比鄰。出門去亦易，只愁君一身。」流露了依依惜別之情。他極力稱讚李贄「顛倒千萬世之是非」的歷史著作《藏書》。其七：「死去君何恨，《藏書》大得名。紛紛薄俗子，相激轉相成。」（錢伯城《袁宏道集箋校》卷二）。

　　李贄寫《答袁石公》詩八首以酬。其七、八寫道：「平生懶著書，書成亦快余。驚風日夜吼，隨處足安居。」、「多少無名死，余特死有聲。只愁薄俗子，誤我不成名。」（《續焚書》卷五）

　　袁中道亦有《別李龍潭》詩一首：「湖上暫徘徊，明從此地回。今年君不死，十月我還來。娛老書成蠹，絕交徑有苔。忘機君已久，鷗鳥莫相猜。」（《珂雪齋近集》卷一《詩集》）。

　　袁宏道訪李贄歸至江陵，阻雨於獨陽莊沖霄觀，作《余凡兩度阻雨沖霄觀，俱為訪龍湖師，戲題壁上》詩二首。其二：「我從觀裡拜青牛，忽憶龍湖老比丘。李贄便為今李耳，西陵還似古西周。」（錢伯城《袁宏道集箋校》卷二）。

　　約在夏秋之間，丘長孺作別遠游，有詩。李贄作詩以和，其《和丘長孺醉後別意》詩云：「難逢是白雪，難別是相知。恨我不能飲，

喜君真醉時。」（《續焚書》卷五）

　　秋九月，在友人衡州同知沈鈇的調停下，[115]李贄到黃安，會見耿
定向，二人重敘舊情，實現了多年和解的願望。沈鈇《李卓吾傳》：
「鈇招耿公曰：『李先生信禪，稍戾聖祖，顧天地間自有一種學問，
逃墨歸楊，歸斯受焉，此聖賢作用也。』於是耿、李再晤黃安，相抱
大哭，各叩百拜，敘舊雅，歡洽數日而別。」（何喬遠《閩書》卷一
五四《畜德志》上）

　　在這前後，楊起元寫一信托新升南京大理寺卿周友山帶給李
贄。[116]他以「達理者無是非，契真者無同異」的話對李贄進行諷勸。
《證學編》卷二《寄李卓吾》：

> 湖山佳偶，足下又喪之，真造化之畸人矣。生想人寓形天地
> 間，若與遇而俱適，則千態萬狀，何可勝紀？惟不求其同，而
> 求其適，乃所以為百慮而一致也。苟不求其適而求其同，則躍
> 冶之金也。是故達理者無是非，契真者無同異。人之見，於大
> 同中而強見其異，於本異中強求其同。……子曰：「攻乎異
> 端，斯害也已。」夫無故而見其異矣，又每從而攻之，則吾之
> 見益堅，豈不為道之害哉？見去則無異，無異則道存，此殆孔
> 子之意與？……

這信對李贄和耿定向的和解可能也起過一定的作用。

　　李贄與耿定向等同游黃安縣北的天臺山。據《黃州府志》卷二

115　耿定向《觀生紀》隱約地透露了沈鈇為李、耿調停的活動。《觀生紀》載：「萬曆
　　二十一年癸巳，我生七十歲。夏中，作《傳家牒》，沈太守鈇寓書問學，著《贊
　　言》答之。尋為撰《浮湘集敘》。秋中，晤於瀟口。」
116　據《明神宗實錄》卷二六三載：「萬曆二十一年八月壬寅（廿一日），升周思敬南
　　京大理寺卿。」而楊起元《寄李卓吾》說：「友山丈入京，適生負病，不得細領教
　　益。今南還，因托以就正於有道門下者如此。」可知此信是本年秋間由周友山帶
　　給李贄的。

《山川》載：「天臺山，在黃安縣北八十里，因山巔有臺高百餘仞，四面皆石壁，惟石磴一徑可上。約廣數畝，故稱。」耿定向有《詠懷詩》七律二首。李贄有《宿天臺頂》一首，如下：「縹緲高臺起暮秋，壯心無奈忽同游。水從霄漢分荊楚，山盡中原見豫州。明月三更誰共醉，朔風初動不堪留。朝來雲雨千峰閉，恍惚仙人在上頭。」（《續焚書》卷五）。

九月十三夜，與小沙彌懷林在芝佛院的寒燈下閒話，李贄思念丘長孺，竟一開口就「淚下如雨」，懷林連勸都勸不轉。十五夜又與懷林閒話，專談荆州袁生不識人間禮數事。是夜，從貓談到罵人，說「禽獸、畜生、奴狗、強盜」等都不足以罵人，終於找不到一個最恰當的罵人的字眼，二人只好各自散去睡覺。懷林說了一段話，幾乎罵倒了古今的皇帝：

> 夫世間稱有義者莫過於人。你看他威儀禮貌，出言吐氣，好不和美！憐人愛人之狀，好不切至！只是還有一件不如禽獸奴狗強盜之處。蓋世上做強盜者有二：或被官司逼迫，怨氣無伸，遂爾遁逃；或是盛有才力，不甘人下。……為君者惟有孝高、孝文、孝武、孝宣耳，餘盡奴也。……（《焚書》卷四《寒燈小話》第二段）

另一個晚上閒話，議論守庵僧與常志一儉一奢的得失，說到二者的選擇，李贄自言他寧儉毋奢。九月二十七日晚閒話，談當天在赴西城途中避雨所觸發的疑問和釋疑的經過以及當晚從城南萬壽寺冒雨返回芝佛院途中「游戲三昧」的樂趣。當天，他游南街萬壽寺（按，周思久曾為萬壽寺大書「梵王宮」及「澄心萬丈」匾額），作一聯句贈其侍僧（殆即僧明玉之徒）：「僧即俗，俗即僧，好個道場；爾為爾，我為我，大家游戲。」（《焚書》卷四《寒燈小話》第四段）

本年深有游方在外。他為重修李贄藏骨塔到公安訪袁中道。袁寫

《代湖上疏》一文付深有。文如下：

> 公（指李贄）且老，倦游，將欲置骨湖上，始作佛殿。殿中有塔，即公欲置骨處。塔外丈六金身，並兩旁觀音殿，皆費不貲，殿則已粗完矣。
>
> 今年會公，公且有遺世之意。予竊念公少而有朋友之癖，不論居官懸車，皆如是也。生平不以妻子為家，而以朋友為家；不以故鄉為鄉，而以朋友之故鄉為鄉；不以命為命，而以朋友之命為命。窮而遇朋友則忘窮，老而遇朋友則忘老；至於風雨之夕，病苦之際，塊處之時，見故人書，則奮然起舞，愁為之破，而災為之消也。以公之一日不能忘朋友如此。然龍湖一片地耳，具所與居與游之人，心如鳥雀，形同木偶。雖有一二可語者，未必深知公者也。不得已尚勉強與之周旋，況乎黃安之哲人萎矣，公何以不他往，而必此之居也？南北中原，亦有豪傑，既不欲死假道學之手，又不欲死於斯世所稱為豪傑之手，則將誰死哉？豈以為白下猶亭州，亭州猶焦山，焦山猶沁水乎？可疑也！可憾也！自是公且以求朋友老矣，求朋友死矣。如是則龍湖一片地，固可居也。
>
> 予以公終身求友，而不使食朋友之報不可！且公置骨之所，豈可草草若是。即欲捐負郭以助成，奈獨力難辦，遂以求四方之君子。倘有慷慨之士，大心之人，深信因果，少知交道者，或自千金以至一金皆可。至若齷齪俗子，原不求之，勿得輕書，以濫此籍也。（《珂雪齋文集》卷十一）

但李贄並不同意。《代湖上疏》後記說：「此文久失去，後有龍湖僧至柳浪者，冊子上有此一首，因復錄出。記無念深公至邑中，予作此欲為卓翁了蘭若事。公聞而不可，曰：『我素作人，不輕受人施，何用此？但此文是我意中事，他日作碑文用。』……」（同上）

　　在深有游方在外期間，芝佛院的事務由李贄主持。諸如興建上院廂廈、塑佛聚僧、規定眾僧職事、舉行期會等等。大約在十月十五日舉行期會之前，李贄即告神謝土。有《告土地文》。

　　芝佛院僧徒驟增至四十餘人，出現了「有人食飯，無人作務」的現象。於是李贄把僧分成三等，詳列眾僧職事，進行約束管理。《焚書》卷四《安期告眾文》：

> 一常住中所有事務，皆是道場；所作不苟，盡屬修行。……為此，將本院僧眾分為三等，開列於後，庶勤惰昭然，務化惰為勤，以成善事。報施主之德，助師長之化，結將來之果。咸在於茲矣。……第一等勤行僧有八。……第二等躲懶僧眾三名，第三等奸頑僧眾一名。[117]此二等三等之眾，據我目見如此，若懶而能勤，頑而能順，即為賢僧矣。……

詩文編年

　　《又與楊鳳里》：見《焚書》卷二。本年春寫於初到龍湖之時。中有「行李已至湖上」一語。「一途無雨，可謂順利矣」，寫的是春天景色。

　　《題繡佛精舍》一首：見《焚書》卷六。寫於本年春梅澹然落髮為尼之日。中有「聞說澹然此日生，澹然此日卻為僧」之句。繡佛精舍即繡佛寺。據《麻城縣志前編》卷二《寺觀》載：「繡佛寺，在城北街，梅司馬國楨女澹然舍宅建，以繡為功課，故名。」參看《答澹然師》。

　　《觀音問·答澹然師》（第一首）：見《焚書》卷四。寫於本年春夏間芝佛院準備「塑佛」之時。中有「聞庵僧欲塑大士像」一語可證。

117　「奸頑僧眾一名」，當指欲學魯智深行徑的常志。袁中道說他被送回龍湖之後，李贄「惡之甚，遂不安於湖上，北走長安，竟流落不振以死。」（袁中道《游居柿錄》卷九）

　　《盆荷》：見《焚書》卷六。作於本年夏四五月之間。詩詠「卓吾精舍」（指塔屋）新從楊家藕田移根而來的盆栽荷花。時新荷初出水，尚未開花。「楊家」的「楊」當指楊定見，其家離龍湖不遠。這荷花盆景當是楊定見送給李贄塔屋的。李贄稱讚新荷飄蕭、高潔。

　　《與明因》：見《焚書》卷二。可能寫於本年梅澹然落髮出家之後，而明因也「嚮往俱切」而遭謗之時。中有「今我等既為出格丈夫之事，而欲世人知我信我，不亦惑乎！」等語。《焚書》卷四《觀音問·答澹然師》第三首說：「自信、明因嚮往俱切，皆因爾澹師倡導，火力甚大，故眾菩薩不覺不知自努力向前也。」

　　《答以女人學道為見短書》：見《焚書》卷二。可能寫於本年澹然、自信、明因等婦人對學佛「嚮往俱切」而遭到道學家的攻擊之後。中有「昨聞大教，謂婦人見短，不堪學道」等語。

　　《西征奏議後語》：見《續焚書》卷二。寫於本年三、四月間。中有「客生回朝半歲，曾不聞有恩蔭之及，猶然一侍御何也？」等語。按，寧夏兵變於去年九月十六日平定。如梅國楨於九月底入朝報捷，則「回朝半歲」當在本年三、四月間。據《明神宗實錄》卷三五九載：「萬曆二十一年四月丁亥（初三日），敘寧夏功，升經略葉夢熊、巡撫朱正色、監軍梅國楨、總兵李如松、蕭如薰等俱一級，蔭一子錦衣衛指揮同知等官，世襲。餘各升賞有差。復魏學曾原官致仕。」可見李贄此文寫於「曾不聞有恩蔭之及」的三、四月間。

　　《移住上院邊廈告文》：見《焚書》卷四。寫於本年春夏之間。文中說：「逮和尚歸，又告神添蓋兩廂及前廊邊兩廈。草草成屋，可居矣。」「今尚未塑佛，未敢入居正室，且亦未敢謝土。」

　　《三大士像議》：見《焚書》卷四。「三大士」指觀音、普賢、文殊。由李贄口述，懷林筆錄。寫於本年五月五日。時芝佛院佛殿添蓋兩廂及前廊兩邊廈已成。文中有「至五月五日，和尚閒步廊下」與「沙彌懷林記」等語可證。

《答袁石公》八首：見《續焚書》卷五。本年五月中旬寫於龍湖。本年五月上旬三袁兄弟來訪，留住十日。袁宏道《別龍湖師》其一有「十日輕為別」之句，而袁宗道《龍湖記》則署明該文為「癸巳五月五日記」。又《柞林紀譚》中有「十五夜月色明伯修、以明、寄庵、中郎並予坐堂上飲酒」之語，可知此詩寫於五月中旬。

《和丘長孺醉後別意》：見《續焚書》卷五。約寫於本年夏秋之間。《寒燈小話·第一段》追述說：「九月十三夜，大人患氣急，獨坐更深，向某輩說：『丘坦之此去不來矣。』言未竟，淚下如雨。」言「此去」，當是不久之事。

《宿天臺頂》一首：見《續焚書》卷五。本年九月寫於黃安。中有「縹緲高臺起暮秋」句。本詩收入《黃州府志》卷二《山川·天臺山》條，當是本年「暮秋」與耿定向、耿定力、李士龍同游天臺山之作。耿定向《觀生紀》載：「萬曆二十一年癸巳，我生七十歲。……是歲秋季，偕子健游天臺，有《詠懷詩》。」《詠懷詩》指《重游天臺》七律二首，題下小注「萬曆癸巳九月也」七字，詩前小引說：「……余時年七十，叔弟子健輔行，年亦五十也。」（《耿天臺先生文集》卷一《詩賦》）而耿定向《又題天臺別意圖贈李士龍》，中有「當年蚤見二三子，今日相看七十翁」句。本年耿定向和李士龍都是七十歲，可見李士龍也同游，但《觀生紀》不提李士龍的名字。從「二三子」看，同游的應該還有李贄。從李贄詩「縹緲高臺起暮秋」的時間看，與耿定向《詠懷詩》題下的小注「九月」是相吻合的。再從詩的內容看，詩中有「壯心無奈忽同游」句，用「無奈」、「忽」表明此次同游是不得已的。因非志同道合之勝友，故無心醉酒賞月，更無意流連山水，故說「明月三更誰共醉，朔風初動不堪留」。這反映了李贄當時既想和解又想保持距離的矛盾心情。

《重來山房贈馬伯時》一首：見《焚書》卷六。約寫於本年九月李贄重到黃安天中山時。詩題的「山房」當即《定林庵記》中所說的

「山居」。詩中有「一別山房便十年」句。李贄於萬曆十二年耿定理死後即離開黃安天中山，至此次重來前後正好「十年」。按，鈴木虎雄《李卓吾年譜》係此詩於萬曆十四年，誤。

《與馬伯時侍御》：見《續焚書》卷一。這是為馬伯時山房題字而在臨行時寫給馬伯時的一封信。寫於本年秋九月將離開天中山時。中有「臨行草此」和「異日當與佳樓並稱天中之絕矣」等語。按，「侍御」是明代對御史的習慣稱呼，而馬伯時終諸生，並未做過官。（參看萬曆十四年譜文注）這「侍御」二字當是後人把馬伯時和御史馬經綸相混而誤加上去的。萬曆四十年壬子（1612）季冬焦竑所編《李氏遺書》中此信僅題《又與馬伯時》，並無「侍御」二字，便是明證。「侍御」二字當刪。

《寒燈小話》四段：見《焚書》卷四。寫於本年九月。其第一段寫明「九月十三日夜，大人（指李贄）患氣急」，其第四段寫明「九月二十七日」。李贄兩年來患氣急（即氣喘病），據說經過禮誦《藥師經》後，於翌年正月才告痊癒。（參看《焚書》卷四《禮通藥師告文》和《禮誦藥師經畢告文》）可見《寒燈小話》寫於本年氣喘尚未痊癒的九月間。又文中有「丘坦之（字丘坦，號長孺）此去不來矣」一語。據袁中道《游居柿錄》卷三篇第一五五、一五六條載：「晨起，肩輿往游牛首」、「登白雲梯，過大銀杏樹下，樹亦千年物。記萬曆癸巳歲，與友人丘長孺、僧無念同游此地……今十七年矣。」本年丘坦之離開龍湖到南京，開始他的「南游」，這也可作為本文寫作時間的佐證。按，文中稱李贄為「大人」、「長者」，是李贄借懷林的口吻寫成的。

《告土地文》：見《焚書》卷四。寫於本年八、九月間。中有「佛殿告成，塔屋亦就」等語可證。

《代深有告文》：見《焚書》卷四。題下自注：「時深有游方在外。」這是期會之初代寫以「祈赦過宥愆」的告佛文字。寫於本年十

月。文中有「則萬曆二十一年十月以前，已蒙澌刷；而從今二十一年十月以後，不敢有違矣」之語。本年深有又到公安。袁中道《游居柿錄》卷四第三五六條載：「記萬曆癸巳，予住此（指公安菩提寺），無念亦來。……又與無念共坐殿上，擊鐘一聲作一絕，凡十聲作十絕，聲動舉筆，聲寂放筆。無念及客人等大驚。」袁中道曾為深有寫《代湖上疏》一文。

《又告》：見《焚書》卷四。寫於本年十月，約在舉行誦經禮懺為中心的「期會」之前。文中說：「今卓吾和尚為塔屋於茲院之山，以為他年歸成之所，又欲安期動眾，禮懺誦經。……謂宜於每歲十月，通以為常。」又說，僧家「期會」時間，「皆以歲之冬十月十五日始，以次年春正月十五日終」。可知此文寫於本年「期會」之前。

《禮誦藥師告文》：見《焚書》卷四。這是一篇「祈求免病」的告佛文字，寫於本年十月十五日「期會」開始之日。文中說：「余兩年來，病苦甚多。……壽至古稀，一可死也。」又說：「卓吾和尚於是普告大眾，趁此一百二十日期會，諷經拜懺道場，就此十月十五日起，先誦《藥師經》一部四十九卷，為我祈求免病。」可知此文寫於十月十五日。但究竟寫於何年？今看《禮誦藥師經畢告文》中有「念今日是正月十五日之望日，九朔望至今日是為已足，九部經於今日是為已完」等語。按，期會通常自十月十五日起至翌年正月十五日止，僅足三個月九十天、七朔望，為何說「一百二十日期會」和「九朔望」呢？今查薛仲三、歐陽頤合編的《兩千年中西曆對照表》，知道萬曆二十一年適逢閏十一月。《明通鑑》卷七十於「萬曆二十一年十二月」下即注：「是年十一月有閏。」由此可知此文寫於萬曆二十一年十月十五日「期會」開始之日。「兩年來」即指去年以來。李贄今年六十七歲，文中說「壽至古稀」，是約略的說法。

《安期告眾文》：見《焚書》卷四。寫於本年十月十五日「期會」開始後不久。中有「況今正當一百二十日長期，大眾雲集，十方

檀樾，四海龍象，共來瞻禮者乎？」等語可證。按，此稱「一百二十日長期」，亦可知與《禮誦藥師告文》為同年之作。

《列眾僧職事》：見《續焚書》卷四。與《安期告眾文》當是同時之作。這是把《安期告眾文》中對僧眾的要求進一步具體化為眾僧職事的一篇通告性文字。

《告佛約束偈》：見《焚書》卷四。寫於本年「期會」期間。當是《焚書》卷四《豫約》中的《早晚功課》。《早晚功課》說：「具上院《約束冊》中，不復再刊。」按，《豫約》除《小引》外共六條，五條寫於李贄七十歲時，《早晚功課》當是舉行「期會」的初期寫的，因早已公布，不復再列，故《豫約》中有目無文。

《戒眾僧》：見《焚書》卷四。寫於本年龍潭芝佛院「聚僧」初期。時「師不知教督，其徒又不畏慎」。故有「間有新到比丘未知慚愧，不得不更與申明之耳」等語。

《三蠹記》：見《焚書》卷三。這是對楊定見和深有的品評文字。約寫於本年或翌年。文中流露了對深有的不滿情緒。去年李贄《與焦弱侯》對深有即有微詞。曾說：「無念又作秣陵行，為訓蒙師，上為結交幾員官，次為求幾口好食、幾貫信施鈔而已。我所與者盡只如此，傷哉傷哉，不死何待也！」（《續焚書》卷一）

時事

- 正月辛未（十六日），王錫爵還朝（十九年六月歸省），任首輔。明年五月庚子（廿三日）致仕。（《明神宗本紀一》，《宰輔年表二》）丁丑（廿二日），升兵部右侍郎顧養謙為兵部左侍郎兼都察院右僉都御史，總督薊、遼、保定。（《明神宗實錄》卷二五六）。
- 五月下旬，陳振龍（福建長樂人）從呂宋（菲律賓）帶番薯種回籍，是為番薯傳入福建之始。（陳振龍後裔編《金薯傳習錄》）
- 六月癸卯（廿日），倭使小西飛來請款。時封貢議起，兵部尚書

石星一意主款。七月癸丑朔，召還援朝諸鎮大軍，僅留七千餘人分扼要口。而以薊遼總理顧養謙為經略。顧養謙力主撤兵，並申封貢之請。十二月丙辰（初七日），命顧養謙往遼東料理歸軍。（《明神宗本紀一》，《明通鑑》卷七十，《明史》卷三二〇《朝鮮》）

- 八月壬午朔，詔通海禁。（談遷《國榷》卷七十六）
- 十一月，河南葉縣礦工二千餘人迫於饑寒舉行暴動，攻文、馬二礦洞。（《明神宗實錄》卷二六六）
- 本年，傑出的藥物學家李時珍（1518-　）卒，年七十六。（《明史》卷二九九《李時珍傳》）
- 著名文學家、詩畫家徐渭（1521-　，字文長，浙江山陰人）卒，年七十三。（吳榮光《歷代名人年譜》五）

　　　　　＊　　　　　　　　＊　　　　　　　　＊

- 二月庚寅（初五日），升周思敬為光祿寺卿，四月己酉（廿五日），升為太常寺卿，八月壬寅（廿一日）又升為南京大理寺卿。（《明神宗實錄》卷二五七、二五九、二六三）
- 四月，釋前雲巡撫李材於獄，命戍鎮海衛（今福建龍海縣）。（《明史》卷二二七《李材傳》）
- 八月己丑（初八日），張緒（1521-　）卒，年七十四。（焦竑《澹園集》卷三十一《張甑山先生墓志銘》）乙未（十四日），升梅國楨為都察院右僉都御史，巡撫大同。（《明神宗實錄》卷二六三）
- 九月乙丑（十四日），升劉東星為都察院左副都御史，入理院事。（《明神宗實錄》卷二六四）
- 十月壬寅（廿二日），左都御史李世達致仕。（同上卷二六五）
- 本年，吳自新、劉魯橋卒。（耿定向《觀生紀》，《耿天臺先生文集》卷一《誄劉魯橋詞》）

萬曆二十二年甲午（1594）　　　　　　　六十八歲

　　寓居麻城龍湖芝佛院。正月十五日，以喘病既痊，結經謝佛，寫《禮誦藥師經畢告文》。

　　春間，龍湖長者深有，忽以他事怪其徒常聞，[118]「逃去別住」，到河南商縣黃蘗山中創建法眼寺。[119]

　　四月間，耿定向病危，李贄似曾前去看他。時耿定力在家，雙方可能又再次和解。《續焚書》卷一《與城老》所說的「再合併」，似指此事。因無確鑿的材料，只好存疑。參看明年的譜文。

　　李贄寫信勸深有，不聽，而於夏至期間派其徒從龍湖搬運糧食上山。當時有人說是李贄趕他的。李贄寫《窮途說》責備深有，且以自白。

　　繼深有之後，小沙彌楊道也「無故而逃」，深有徒弟懷喜則「託言入縣閉關誦經」而去。芝佛院出了三個「叛徒」，因寫《三叛記》。

118　民國《麻城縣志前編》卷十五《仙釋》載：「釋無念……有胞侄自空，名常聞，亦從披剃。後侍李長者。頗通文字，好諧語，寓秘義。為人淡泊無求，居了杵三十年不下山。有《龍湖閒話》、《新葛藤》、《對紙閒話》諸作。」

119　民國《麻城縣志前編》卷一《山川》載：「縣東北九十里曰黃藥山。上產茶筍。萬曆間僧無念開山建剎在商城縣界。」又同書卷二《寺觀》載：「法眼寺，即黃藥山僧無念道場。」又袁中道《創立芝柏庵田碑》記無念開創法眼寺的經過：「禪人無念，麻城人，名深有。十餘歲，遍參諸方。……後卓錫於麻城之龍潭。久之，復厭喧，寄棲商城之黃柏山。山勢博大崇聳，迥無人跡。念公見而愛之，涉其顛，復見平衍。乃曰：『是可田。』訊之山下民，則曰：『此商城張太學（按即張陶亭）地也。歲久不治，已同石田。』念公曰：『田雖荒可墾。僧眾居此，參禪念佛之暇，令其開荒種畦，可足一年糧。且可藉以為終老計。』於時龍湖偕來本色衲子，安分度日，不為浮虛，無異禪之行者。居此山，剪荊棘，治蓁楚，虎豹與居，猿狖與伍。數年後，佛殿僧舍，粗可居住。衲子躬耕身鋤，自種自食，無求於世，居然有古叢林之風。」（《珂雪齋文集》卷九）嘉慶《商城縣志》卷一《山川》：「黃柏山，灌水之所出也。《固始志》云：灌水發源於商城大蘇山，因產黃柏，一名黃柏山。高二十餘里，上有田可耕，為商城西南巨峰。明僧無念創建法眼寺，距城一百四十里。」

　　四、五月間，又一度到武昌，在麻城梅國楨家珍藏的白居易手寫
《楞嚴經》上題詞。[120]如下：「余每謂宋三四百年情人才士，止李易
安一婦人。集中有《喜得樂天楞嚴偈》幾千言。手腕如錦，胸中無
塵。今又更見此經，與卓老何多緣也。……」（見李日華《味水軒日
記》卷二）。

　　李贄回龍湖以來，著書談道，聽講者甚眾。他的講學既衝破儒教
的堤防，又不守釋宗的繩檢，在社會上產生了很大的影響。沈瓚《近
事叢殘》卷一：「李卓吾……生平博學，深於內典，好為驚世駭俗之
論，務反宋儒道學之說。致仕後，遂祝髮住楚黃州府龍潭山中，儒、
釋從之者幾千萬人。其學以解脫直截為宗，少年高曠豪舉之士，多樂
慕之，後學如狂。不但儒教潰防，而釋宗繩檢，亦多所摒棄。」鄒穎
泉（名善，江西安福人，鄒守益之子）也有流言。《鄒穎泉先生語
錄》載：「劉元卿（字調甫，耿定向學生）問於穎泉先生曰：『何近日
從卓吾者之眾也？』曰：『人心誰不欲為聖賢，顧無奈聖賢礙手耳。
今渠謂酒色財氣，一切不礙，菩提路有此便宜事，誰不從之？』」
（《明儒學案》卷十六）因接受一些持齋念佛的婦女問法受業，李贄
大遭攻擊。沈鈇《李卓吾傳》：「載贄抵麻城，卜居龍湖寺中。鳩率好
義者，大修佛殿，飾如來諸祖像。日著書談道，聽說者日益夥。間有
室門女流，持齋念佛，亦受業焉。雖不躬往，訂於某日某時受戒，先
致籠帛；甫反，侯宦女在家合掌拜，載贄在寺亦答受之。坐是喧闐郡
邑。符卿周公弘禴曰：『李先生學已入禪，行多誕，禍不旋踵矣！』」

　　時耿定向臥病在床，著《學彖》，寫《馮道論》，[121]對「異學」和

---

120 這手書《楞嚴經》後來李贄游南京時送給友人馮具區。李日華《味水軒日記》卷
　　二：「此經乃李卓吾游金陵日以貽馮具區先生者，有梅氏秘玩印，蓋麻城梅氏物
　　也。」

121 耿定向的《馮道論》與《學彖》為同時之作，寫於本年夏秋之際。《耿天臺先生文
　　集》卷四《又與劉調甫》（第六書）：「近因貴鄉郭青螺公祖見教，病中決性命著
　　《學彖》一篇，幾萬言。……《馮道論》亦是病危時著。」耿定向病危的年月，

李贄進行猛烈的攻擊。《耿天臺先生文集》卷九《學彖》：

> 今高明賢俊自負為心性學者，吾尤惑焉。蓋歸宗於蘆渡東來之
> 教，沉酣於百家非聖之書……蓋不惟敗化傷風，亦且傷人蠢
> 物，蔑不至矣。
>
> 亡論此，即其品騭古昔也，譽馮道，伸秦檜，才章惇與呂惠
> 卿、韓侂冑，而故掊擊程、朱，訾議孔子。其橫議若此，豈世
> 運至此，是非不在人心邪！彼下流淺根，懵懵然以方便情欲，
> 足恣胸臆，吠聲逐塊，無足異也。乃高明者亦往往溺焉，何
> 也？蓋胡賈衒方物足以釣奇，畫工圖鬼易於為工，彼蓋謂非是
> 不足以摧倒一切豪雄，凌駕往代儒先也。

此時，麻城又掀起一場迫害李贄的風暴。李贄寫信給周友山，表
現出不怕迫害的鬥爭精神。《續焚書》卷一《與周友山》：

> 今年不死，明年不死，年年等死，等不出死，反等出禍。然禍
> 來又不即來，等死又不即死，真令人嘆塵世苦海之難逃也，可
> 如何！……若等禍者，志慮益精，德行益峻，磨之愈加而不可
> 磷，涅之愈甚而不可淄也，是吾福也。

時李贄擬在佛殿後新建一閣，以作為讀書、藏書和放置書板的處所。
上述信中又說：

> 今貝經已印有幾大部矣，佛菩薩、羅漢、伽藍、韋馱等又已儼
> 然各有尊事香火之區矣，獨老子未有讀書室耳。欲於佛殿之後
> 草創一閣，閣下藏書並安置所刻書板，而敞其上以備行吟諷
> 誦，兄能捐俸助我乎？

據《耿天臺先生文集》卷十九《別詹潘二生言》說：「乃甲午夏仲，偶感危病，手
足口語俱失故吾，惟此些子（指精神）幸炯然如常。」由此可證。

　　後來，麻城一些人進一步勾結地方官員迫害李贄，揚言要拆毀芝佛院。李贄寫信給周友山，表示要即刻蓋閣，揭露他們。《續焚書》卷一《答周友山》：

> 我因人說要拆毀湖上芝佛院，故欲即刻蓋閣於後，使其便於一時好拆毀也。芝佛院是柳塘分付無念蓋的，芝佛院匾是柳塘親手題的，今接蓋上院，又是十方尊貴大人布施俸金，蓋以供佛，為國祈福者。今貴縣說嗟者不見捨半文，而暗屬上司令其拆毀，是何賢不肖之相去遠乎！
> 我此供佛之所，名為芝佛上院，即人間之家佛堂也。非寺非庵，不待請旨敕建而後敢創也。若供佛之所亦必請旨，不係請旨則必拆毀，則必先起柳塘於九原而罪之。又今鄉宦財主人家所蓋重簾、畫閣、斗拱諸僭擬宸居者，盡當拆毀矣，何以全不問也？

　　秋冬之際，看到顧養謙夏間辭去薊遼總督與經略朝鮮軍務的疏文，[122]寫《讀顧沖庵辭疏》：「文經武略一時雄，萬里封侯運未通。肉食從來多肉眼，任君擊碎唾壺銅。」（《續焚書》卷五）

　　本年，汪本鈳（字鼎甫，新安人）到龍湖向李贄問學。汪本鈳《哭李卓吾先師告文》：「鈳甲午年始見師於龍湖。……留鈳讀書龍湖三月，日課舉子業，夜談《易》一卦。」李贄教導汪本鈳說：「丈夫生於天地間，太上出世為真佛，其次不失為功名之士。若令當世無功，萬世無名，養此狗命在世何益？不如死矣！」（同上）這些話可以看出李贄思想中的矛盾。汪本鈳後來成為李贄的得意門生和真摯朋友。在李贄死後，汪本鈳曾為李贄收藏遺墨，收集整理遺稿，編輯刻

122　在援朝抗倭問題上，顧養謙是個贊成封貢的主和派。因封貢之論遭到反對，顧養謙即薦孫鑛（主戰派）自代，乞身去。（見《明史》卷一〇七《石星傳》）李贄對顧養謙的頌揚，未免失當。

行遺書《續焚書》等。參看本書《餘記》。

　　明春擬到廣陵（今揚州）。潘士藻《闇然堂遺集》卷六《復顧沖庵少司馬》：「李卓吾居士明春當至廣陵。此翁故人，胡不持小艇迓之，相與究竟大事？居士夫易窺也。昔見京師時，翁信傳者之言，輒難卓老墮落。千聞不如一見，試視比滇中何如哉？若卓吾果不易識，猶然以為墮落，則翁真墮落也，何言時事哉！」

詩文編年

　　《禮誦藥師經畢告文》：見《焚書》卷四。寫於本年正月十五日。中有「念今日是正月十五之望日，九朔望至今日是為已足，九部經於今日是為已完」等語。李贄為「祈求免病」，自去年十月十五日起禮誦《藥師經》九遍，至今年正月十五日止（去年閏十一月）恰是「九朔望」。參看《焚書》卷四《禮誦藥師告文》的考證。

　　《代常通病僧告文》：見《焚書》卷四。這是為僧常通求佛治瘡的文章，寫於本年正月十六。《禮誦藥師經畢告文》曾說：「有小僧常通見藥師如來癒我疾，亦便發心，隨壇接諷，祈瘡口之速合。乃肅躬而致虔，以此月十六日之朝，請大眾諷經一部。」本文當是十六日「諷經」時用的為求「法水暗消，瘡口自合」的告文。

　　《石潭即事》四絕：見《續焚書》卷五。可能寫於本年春。中有「春風……湖上花開日」之語及「年來寂寞從人謾，祇有疏狂一老身」、「十萬《楞嚴》萬古心」之句，似寫於自武昌歸來的次年（即本年）春。《續焚書》卷二《窮途說》：「住龍湖為龍湖長老者，則深有僧；近龍湖居而時時上龍湖作方外伴侶者，則楊定見秀才。余賴二人，又得以不寂寞。」但春間深有「逃去別住」。而李贄自武昌歸來後主張念佛皈依西方，提倡念《金剛經》、《楞嚴經》等（見《告佛約束偈》），舉行「期會」，讓「十方檀樾，四海龍象，共來瞻禮」，並支持一些女人學佛求道，因而遭到道學家們的攻擊。「寂寞從人謾」，殆即指此。

《窮途說》：見《續焚書》卷二。寫於本年夏至之後。中有「兩年以來，深有稍覺滿足，近又以他事怪其徒常聞，逃去別住」和「造言捏詞，以為常聞趕之，日夜使其徒眾搬運糧食上六七十里之高山，不管夏至之時人不堪勞」等語。又說：「若深有與我三人者（包括楊定見），聯臂同席十餘年矣，……建塔蓋殿，即已事不若是勤也。」塔殿上年完成，可見「這兩年來」是指上年以來。上年十月以前深有尚「游方在外」，「夏至之時」不在龍湖，故知深有「逃去別住」一事必在本年「夏至」之前。由此可知本文寫於本年夏至之後。

《三叛記》：見《焚書》卷三。寫於本年中伏。中有「時在中伏」一語。「三叛」指深有、小沙彌楊道和深有徒弟懷喜。

白居易手書《楞嚴經》題詞：見李日華《味水軒日記》卷二《萬曆三十八年二月十八日》條。本年五月四日寫於武昌。後有「甲午五月四日寓武昌，李贄題」一語。

《重刻〈五燈會元〉序》：見《續焚書》卷二。約寫於本年。今年《與周友山》曾說，「今貝經已印有幾大部矣。」李贄擬在佛殿後建一閣，「閣下藏書並安置所刻書板」。參見下。

《與周友山》：見《續焚書》卷一。寫於本年冬。中有「今貝經已印有幾大部矣，佛菩薩、羅漢、伽藍、韋馱等又已儼然各有尊事香火之區矣，獨老子未有讀書室耳」等語。可見是諸佛已塑，「塔屋已就」之後。本年十月，周友山由南京大理寺卿升南京工部右侍郎（見《明神宗實錄》卷二七八），屬三品官，故說「三品之祿，一年助我，兩年貽厥孫謀」。

《讀顧沖庵辭疏》一首：見《續焚書》卷五。寫於本年秋冬之際。據焦竑《沖庵顧公暨配淑人李氏神道碑》載：「本年，顧養謙主封貢，尋擢右都御史，總理河道。公以疾辭，疏五上乃許。」又據《明神宗實錄》卷二七七載：「萬曆二十二年九月壬午，升兵部左侍郎顧養謙為工部尚書，總理河道。」由此可以推知，此詩約寫於本年秋冬之際。

　　《答周友山》：見《續焚書》卷一。寫於上述《與周友山》之
後，可互參。中有「我因人說要拆毀湖上芝佛院，故欲即刻蓋閣於
後，使其便於一時好拆毀也」等語。

　　《覆丘長孺》：見《續焚書》卷一。約寫於本年或後年。丘長孺
於去年離開龍湖到南京、北京等地。信中有「聞有新刻，眼且未見，
書坊中人落得不聞僕蹤影，且去覓利得錢過日，何苦三千餘里特地寄
書與我耶？實無之，非敢吝」等語。按「新刻」是否指佛經，未可
知。今年李贄《與周友山》信中曾說「今貝經已印有幾大部矣」。如
是佛經，則此信當寫於本年而較《與周友山》及《重刻五經會元序》
為早。但從「三千餘里特地寄書與我」一語看，似又寫於萬曆二十四
年，是年丘長孺北游京華，有《北游稿》。

時事

- 正月己亥（廿日），以去年各省災傷，民間至有剝樹皮屑草子割
  死屍殺生人而食者，起義四起。詔以「安民弭盜」為撫按有司黜
  陟。（《明神宗本紀一》，《明神宗實錄》卷二六九）戊寅，禮部郎
  中何喬遠奏乞「急止封貢」。時廷臣趙完璧、王德定等交章，皆
  以罷封貢、議戰守為言。（《明史》卷三二〇《朝鮮》）
- 三月癸卯（廿五日），詔修國史。甲辰（廿六日），命李廷機、鄒
  德溥、焦竑、郭正域、黃汝良、黃輝、董其昌等為纂修官。（《明
  神宗本紀一》，《明神宗實錄》卷二七一）
- 五月辛卯（十五日），禮部尚書陳于陛、南京禮部尚書沈一貫並
  兼東閣大學士，預機務。庚子（廿四日），王錫爵致仕，陸志皋
  繼任首輔。（《明神宗本紀一》，《宰輔年表三》，《明神宗實錄》卷
  二七三）
- 七月庚辰（初四日），以兵部右侍郎孫鑛兼右僉都御史，代顧養
  謙總理薊遼兼經略，養謙回部管事。（同上卷二七五）

- 十月己未（十五日），以南京兵部右侍郎邢玠總督川、貴軍務，討播州宣慰使楊應龍。(《明神宗本紀一》)
- 十二月乙巳（初二日），史旌賢以廣東參議（一說以浙江僉事）降任湖廣僉事，分巡湖北道。(《明神宗實錄》卷二八〇，《蘭臺法鑒錄》卷二十，《湖南通志》卷一《職官九》)

　　　　　*　　　　　　　　*　　　　　　　　*

- 六月戊午（十一日），起太常寺少卿耿定力。(《明神宗實錄》卷二七四)
- 八月丙午朔，升福建福州府知府何繼高為長蘆轉運使。(《明神宗實錄》卷二七六)
- 本月，方時化（字伯雨，號少初，安徽歙縣人，方揚子）、長甥蘇懋棋（字子迪）考取舉人。(《歙縣志》卷四《選舉志》，泉州《燕支蘇氏族譜》卷四)
- 九月壬午（初七日），升都察院左副都御史劉東星為吏部右侍郎。(《明神宗實錄》卷二七七)
- 十一月乙亥朔，升福建巡撫許孚遠為南京大理寺卿。(《明神宗實錄》卷二七九)
- 十二月，袁宏道謁選，任吳縣知縣。(《袁中郎全集》卷一《乞歸稿一》)

萬曆二十三年乙未（1595）　　　　　　六十九歲

　　寓居麻城龍湖芝佛院，繼續著書談道。

　　去年十二月，原任廣東參議史旌賢（字廷俊，一說字偉占，大理府雲南縣人，曾任內江知縣）調任湖廣僉事，本年初抵任，兼任湖北分巡道。他與耿定力是故交，在京時曾以門生禮拜見耿定向，此次就

任後特地到黃安來看耿定向。經麻城時，揚言要「以法」懲治李贄。
自此麻城又掀起一股迫害李贄的風浪。致仕尚寶司少卿周弘禴造謠
說：「夫人（指縣諸生劉守蒙妻、侍御毛聚峰女毛文貞，名鈺龍，幼
工詩，年二十四守寡，年逾八十卒，有《毛文貞選集》）老而奉佛，崇
戒律，主慈靜。有大士過化穢土，高談最上乘法門，風動男女，諭意
夫人，冀得一見，夫人不可。又欲索片札往返酬答，亦不可。所謂大
士者，龍湖李先生也。」（錢謙益《列朝詩集小傳》閏四《劉文貞毛
氏》引周宏禴語）。但當耿克念（耿汝念字，耿定理長子）去信詢問
時，他卻「甚辯其無」。有人連寫三信給李贄，極力為周弘禴辯解。

　　對於史巡道要「以法治之」和驅逐出境的事，李贄不相信是耿定
力在幕後策劃的。他認為這些信挑撥離間，嫁禍於人，是馮亭故伎的
重演。《續焚書》卷一《答來書》：

> 來書云：「昨巡道史臨縣，即對士大夫說：『李卓吾去否？此人
> 大壞風化，若不去，當以法治之。』」又一書云：「今日所聞比
> 前日所言更多，非紙筆能悉。但知史道與耿叔臺極厚，當初做
> 知縣時，受叔臺莫大之恩，到京以叔臺故，拜天臺執門生禮。
> 今日又從黃安看叔臺、天臺而來，即對眾說此話。以故，鄉士
> 大夫等皆信此說，不干尚寶（指周宏禴）事也。」又一書云：
> 「聞克念有書問二魯，二魯回書甚辨其無：『龍湖伽藍可表。
> 他先與耿有隙之時，京中人為耿一邊者我百計調護卓老，為卓
> 老一邊者我百計調護侗老，為他費了多少心力，今日乃遭此。
> 隨他打我罵我，我只受而不報。』」
> 余見此三書，因答之云：「此馮亭之計也。耿叔臺為人極謹
> 慎，若謂史道有問，叔臺不辨有無則可，若說叔臺從而落井下
> 石害我，則不可。蓋彼皆君子路上人，決無有匿怨友人，陽解
> 陰毒之事。又我與天臺所爭者問學耳。既無辨，即如初矣，彼
> 我同為聖賢，此心事天日可表也！」

　　耿克念來信邀請李贄到黃安。李贄感到處在「嫌疑之際」，還是不去為好。他覆信耿克念，表示史巡道要用恐嚇的手段迫使他主動離開麻城，那是絕對辦不到的。《續焚書》卷一《與耿克念》：

> 前書悉達矣，嫌疑之際，是以不敢往，雖逆尊命，不敢辭。幸告叔臺與天臺恕我是感！
> 竊謂史道欲以法治我則可，欲以此嚇我他去則不可。夫有罪之人，壞法亂治，案法而究，誅之可也，我若告饒，即不成李卓老矣。若嚇之去，是以壞法之人而移之使毒害於他方也，則其不仁甚矣！他方之人士與麻城奚擇焉？故我可殺不可去，我頭可斷而我身不可辱，是為的論，非難明者。

　　李贄又寫信給隱居在黃安天中山的馬伯時，表示他的鬥爭意志。《續焚書》卷一《與馬伯時》：

> 外人言語難信，昨史道只對鄧東里（字震卿，號楚望，麻城人，嘉靖三十八年進士，副使）一問耳，雖有問，不甚重也，而好事者添捏至於不可言。何足道！何足道！但恐我輩自處實有未是，則自作之孽將安所逃乎？今惟有學佛是真學佛，做人是真做人便了，若犯死禍，我自出頭當之，不敢避也。
> 我此一等與世上人真不同，沒有一點欺心罪過，愧死久矣，不待他人加一言也，況加以法耶！故我一生只是以法自律，復依律以治百姓，是自律最嚴者莫我若也。但自律雖嚴，而律百姓甚寬。今自律之嚴已七十載矣，環視大地眾生再無有一人能如我者矣，誰敢不以律處我而妄意逐我耶？
> 朝廷之法：死有死律，軍有軍律，邊遠充軍有邊遠充軍律，口外為民有口外為民律。非軍非民，只是遞解回籍，則有遞解回籍律；年老收贖則又有收贖律。我今只知恭奉朝廷法律也。要

如律，我乃聽。如律必須奏上請旨，雖有司道官，不請旨而敢
自擅天子之權乎？

夏，顧養謙來信邀請李贄到通海（即南通州，今江蘇南通市），
李贄以「適病暑」為由婉言謝絕。《焚書》卷二《覆顧沖庵翁書》：

> 某非負心人也，況公蓋世人豪；四海之內，凡有目能視，有足
> 能行，有手能供奉，無不願奔走追陪，藉一顧以為重，歸依以
> 終老也，況於不肖某哉！……求師訪友，未嘗置懷，而第一念
> 實在通海，但老人出門大難，詎謂公猶惓惓念之耶！

夏秋間，友人尚寶司少卿潘士藻（字去華，新安人）來訪，與李
贄劇談因果。[123]

潘士藻將所輯《闇然堂類纂》交給李贄。李贄為寫《闇然堂類纂
引》。後來李贄又撮錄其中他認為特別富有「鑒戒」意義的文章另成
《闇然錄最》一書（四卷）。

大概在此前後，新安詹軫光（字君衡，號問石，安徽婺源人，萬
曆七年舉人）與潘廷譔（潘見泉第四子）到龍湖訪李贄。[124]李贄「即
令僧雛打掃淨室，留二人讀書其中。月餘日，乃別去。」（《續焚書》
卷四《追述潘見泉先生往會因由付其兒參將》）時李贄稱詹軫光為
「小友」。李贄死後十年（1612），詹軫光曾到北通州謁李贄墓，並為

---

123 潘士藻《闇然堂遺集》卷四《湯文學夢游記》：「又明年乙未五月九日子時，高氏
　　（南皮湯道傳文學名性魯之妻）果生男子。子生彌旬，予再過泊頭，約文學來
　　會，譚甚悉。……是夢，予奉使中州（河南），返楚黃，謁李卓吾居士於龍湖。劇
　　談因果，而為稱文學之夢如此。」
124 詹軫光本年到龍湖訪李贄，由次年李贄《與方伯雨柬》一文推知。本年方伯雨父
　　方揚卒，以詹軫光過湖之便，方伯雨附書問候李贄。李贄於次年覆信方伯雨，追
　　述說：「去年詹孝廉過湖，接公手教，乃知公大孝人也，以先公（方揚）之故，猶
　　能記憶老朽於龍湖之上，感念！」詹軫光此次到龍湖，係與潘廷譔同來。《續焚
　　書》卷四《追述潘見泉先生往會因由付其兒參將》：「偶一夕，有一姓潘者同一詹
　　軫光舉人偕至湖上見我。」

作《碑陰記》，表示懷念。

約在八月間，袁宏道自吳縣來信，[125]說其弟中道被梅國楨邀至大同，不日將抵吳並將轉至龍湖。《袁中郎全集》卷一《與李宏甫》：「作吳令，亦頗簡易，但無奈奔走何耳！家弟（指中道）為梅大巡撫（即梅國楨）接去，聞兩人者甚相歡。弟來書云，不數日當至吳，轉首即至湖上矣。」

袁中道說他這次被邀至大同是與李贄的過譽有關。袁中道《珂雪齋文集》卷三《塞游記》：「初，梅中丞鎮雲中，時過聽龍湖老人語。且得予南游稿讀之，甚激賞。聞予在伯修（宗道）邸中，數以字見召。……後梅公以符至，始於四月終自都門發。」袁宏道十分喜歡李贄的《焚書》，他上述信中說：「吳中無一人語及此。幸床頭有《焚書》一部，愁可以破顏，病可以健脾，昏可以醒眼，甚得力。有便莫惜佳示。」

瞿汝稷（號太虛）今年到浙江遂昌訪湯顯祖，到吳縣訪袁宏道，又到龍湖訪李贄。[126]袁宏道《與瞿太虛》：「宏甫曾相見否？不到廬山尋落處，象王鼻孔漫遼天。無盡居士若不踢番溺壺，恐終以兜率悅為文章僧耳。」（錢伯城《袁宗道集箋校》卷五）

耿定向抱痾兩年，「鄰於托木矣」。秋，他在黃安城東建庵，供觀音大士像。[127]《明儒學案》卷三十五《恭簡耿天臺先生定向》說：

---

125 袁寫此信的時間，據以下兩條材料推知。袁中道《珂雪齋文集》卷三《聽雨堂記》：「乙未，中郎令吳。……十月，予往省之。」袁宏道《袁中郎全集》卷一《與沈何山》追述：「三（指中道，排行第三）以去歲（乙未）九月從大同來吳……至今歲（萬曆二十四年丙申）三月始歸。」據此可知，袁宏道此信約寫在「乙未」歲的「不日當至吳」的八月間。

126 袁宗道《與瞿太虛》，錢伯城《袁宏道集箋校》係在「萬曆二十三年乙未在吳縣作。」（見該書上冊第二二〇頁）故知瞿汝稷訪李贄在本年。

127 《耿天臺先生文集》卷十六《無為僧傳》載：「萬曆乙未秋，〔僧明清〕聞予足病痺，特以所聞槐針術來為予灸。予初以其貌易之，未禮也。時予建庵邑郭東岡，供奉大士觀音像，而求可居守共祀香燈者，或推明清……因撫而與居，重感省焉。」

「先生……拖泥帶水，於佛學半信半不信，終無以壓服卓吾。」

此時，耿克念又來信邀請李贄到黃安。但為了避免「專往黃安求解免」的嫌疑，李贄還是決定不去。他回信耿克念，表示自己寧死不求庇於人。《續焚書》卷一《與耿克念》：

> 丈夫在世，當自盡理。我自六七歲喪母，便能自立，以至於今七十，盡是單身度日，獨立過時。雖或蒙天庇，或蒙人庇，然皆不求自來，若要我求庇於人，雖死不為也。歷觀從古大丈夫好漢盡是如此，不然，我豈無力可以起家，無財可以畜僕，而乃孤子無依，一至此乎？可以知我之不畏死矣，可以知我之不怕人矣，可以知我之不靠勢矣。蓋人生總只有一個死，無兩個死也，但世人自迷耳。有名而死，孰與無名？智者自然了了。

九月初九日，二妹孝莊卒，年五十三。（泉州《燕支蘇氏族譜》卷四）李光縉為寫《蘇母李孺人傳》，稱為「女流中之賢也」。（李光縉《景璧集》卷十四；泉州《燕支蘇氏族譜》卷十收此文，題為《待贈李孺人傳》）

冬，莊純夫到麻城、黃安。方沆（時任江西寧州知州）亦來相會，二人日與共學。臨別，李贄在其紀念冊上題了「征途與共」四字，並寫了《征途與共後語》一文，說「世間功名富貴，最易埋沒人」。他強調學道應靠自己，像伯牙學琴一樣，除得碩師按圖指授外，還要靠自己的獨立實踐，方能有得。

大概在秋間，劉東星派其子劉用相來接李贄到山西沁水。李贄決定於當月初十日動身，不意又聞史巡道要「以法治之」，於是決定不走，而改赴黃安之約。李贄寫信給劉近城，請他與楊定見一起送自己到黃安，表示他決不怕「多事」。《續焚書》卷一《與城老》：

> 本選初十日吉，欲赴沁水之約。聞分巡之道欲以法治我，此則

治命，決不可違也。若他往，是違治命矣，豈出家守法戒者之
所宜乎！……

大抵七十之人，平生所經風浪多矣。平生所貴者無事，而所不
避者多事。……寧屈而死，不肯幸生。此其志願頗與人
殊。……惟我能隨遇而安，無事固其本心，多事亦好度日。使
我苟不值多事，安得聲名滿世間乎？自天臺與我再合併以來，
一年矣。今又幸有此好司道知我……更敢往山西去耶！只有黃
安訂約日久，不得不往。原約共住至臘盡，兄無事可與鳳里送
我到彼。蓋黃安去此不遠，有治命總不曾避；若山西則出境遠
矣，治命或不得達，是以決未敢去。

　　十一、二月間，李贄到黃安天窩見耿定向，雙方再次「和解」。
李贄寫《耿楚倥先生傳》，自敘和耿定向衝突及和解的始末。如下：

既三年，余果來歸，奈之何聚首未數載，天臺即有內召，楚倥
亦遂終天也！既已戚戚無歡，而天臺先生亦終守定「人倫之
至」一語在心，時時恐余有遺棄之病；余亦守定「未發之中」
一言，恐天臺或未窺物始，未察人倫之原。故往來論辯，未有
休時，遂成扞格，直至今日耳。

今幸天誘我衷，使我捨去「未發之中」，而天臺亦遂頓忘「人
倫之至」。乃知學問之道，兩相捨則兩相從，兩相守則兩相
病，勢固然也。兩捨則兩忘，兩忘則渾然一體，無復事矣。余
是以不避老，不畏寒，直走黃安會天臺於山中。天臺聞余至，
亦遂喜之若狂。志同道合，豈偶然耶！

然使楚倥先生而在，則片言可以折獄，一言可以回天，又何至
苦余十有餘年，彼此不化而後乃覺耶！設使未十年而余遂死，
余終可以不化耶，余終可以不與天臺合耶！（《焚書》卷四）

　　《耿楚倥先生傳》寫好後，李贄抄了三份，一份呈耿定向，一份交耿定理的兒子汝念、汝思，一份寄給在京的耿定力，以示鄭重。時關心李、耿和解的周友山在南京。耿汝念因送莊純夫返閩到九江，特地派專人送信到南京向周友山報喜。十二月二十九日，周友山接獲李贄所寄的《耿楚倥先生傳》，即為寫跋並付刻。（見《焚書》卷四《耿楚倥先生傳》及所附周思敬跋）

　　有感於「待小人也過嚴，而惡惡執怨也反過甚」及取人「始廣而終狹」的議論，李贄寫了《八物》一文，說：

> 嘗謂君子無怨，惟小人有之；君子有德必報德，而小人無之。夫君子非無怨也，不報怨也；非不報怨也，以直報怨也。……若小人非不報德也，可報則報，不可報則亦已而勿報，顧他日所值何如耳。……惟有報怨一念，則終始不替。……此君子小人界限之所以判也。故觀君子小人者，惟觀其報怨報德之間而已。（《焚書》卷四）

李贄從「一草一木，皆可珍也」和「百工效用，皆有益於治」的觀點出發，提出了「有用」、「有益於世」的用人標準，主張對各種人才「兼收而並用」。他取譬自然，把人比為「八物」，即概括為不同層次的八種類型。他說：

> 余既與諸侍者夜談至此，次日偶讀升庵《鳳賦》……因《鳳賦》而推廣之，列為八物。……吁！八物具而古今人物盡於是矣。八物伊何？曰鳥獸草木，曰樓臺殿閣，曰芝草瑞蘭，曰杉松栝柏，曰布帛菽粟，曰八里八百，曰江淮河海，曰日月星辰。……日月星辰灼然兼照，真可貴矣。
>
> 嗚呼！此八物湯也，以為藥則氣血兼補，皆有益於身；以救世則百工效用，皆有益於治。用人者其尚知此八物哉！毋曰彼有

怨於我也，彼無德於我也……吾只知媚嫉以惡之，而惟恐其勝
己也已。吁！觀乎八物之說，而後知世之用人者狹也，況加之
媚嫉之人歟！（《焚書》卷四）

　　李贄認為，對人才不可求全責備或有非分要求。如「布帛菽粟
者，決不責以霜杉雪柏之操；八百千里者，決不索以異香奇卉之呈。
名川巨浸，時或泛濫崩沖；長江大河，實藉其舟楫輸灌，」各有長處
和短處。他把周友山比作布帛菽粟，把梅國楨比作伯樂之千里馬、王
武子之八百駿，把「無益於世」的丘長孺比作麒麟鳳凰、瑞蘭芝草，
把「未易動搖」的劉近城、楊定見比作樓臺殿閣。

　　袁宗道前年到龍湖向李贄問學，他回北京後，與友人談道說禪，
數日一會，共尊李贄為長者。冬，他與友人從北京寄來一帛，預為李
贄明年七十大壽之賀。袁宗道《與李卓吾（四）》：「翁明年正七十，
學道諸友共舉一帛為賀。蓋翁年歲愈久，造詣轉玄，此可賀者一；多
在世一日，則多為世作一日津梁，此可賀者二。翁幸一笑而納之，勿
孤諸公供養之心可也。」（《李溫陵外紀》卷四）

詩文編年

　　《答來書》：見《續焚書》卷一。寫於本年春夏間。中有「昨史
巡道臨縣」和「〔史巡道〕今日又從黃安看叔臺、天臺而來」等語。
《明神宗實錄》卷二八二、二八五載，史旌賢於去年十二月調任湖廣
僉事。據此，史當在本年初抵任。但耿叔臺於二月升任通政司右通
政，五月又升任左通政。故史旌賢到黃安看叔臺當在他升任右通政之
前。而李贄此信當寫在此之後的一段時間裡。

　　《與耿克念》：見《續焚書》卷一。寫於本年夏。中有「史道欲
以法治我則可，欲以此嚇我他去則不可」和「嫌疑之際，是以不敢
往」等語，可見是寫在遭史巡道的恐嚇之後。按，明年一月，史旌賢

調任江西按察司僉事，故知凡史旌賢對李贄的恐嚇迫害以及李贄與他的鬥爭均發生在本年。

《與馬伯時》：見《續焚書》卷一。「故我一生只是以法自律……今自律之嚴已七十載矣」等語，似應係在翌年。但其中又有「昨史道只對鄧東里一問耳」一語，可見是寫於「昨巡道史臨縣」後不久。故此可知「已七十載矣」是舉成數而言，本信係寫於本年。

《覆顧沖庵翁書》：見《焚書》卷二。寫於本年暑夏。這是謝絕顧養謙邀請到通海隱居的一封信。中有「自隱天中山以來，再卜龍湖，絕類逃虛近二十載」和「適病暑」、「而第一念實在通海」等語。李贄初「隱天中山」是在萬曆二年甲戌（1574）冬，到本年夏剛「近二十載」。

《闇然堂類纂引》：見《焚書》卷五；又見《李卓吾遺書》卷十二，與《焚書》所收字句有出入。這是一篇為潘士藻（字去華）所輯錄的《闇然堂類纂》一書所寫的序文，約寫於本年在龍湖與潘士藻分別之後。參看上述譜文。《焚書》所收篇中有「設余不見去華，凡失去華也。余是以見而喜，去而思」等語，可證。《李卓吾遺書》所收篇中有「余之別潘氏二十有二年矣」（按《焚書》改為「夫余之別潘氏多年矣」）一語。「二十有二年」，如頭尾計算在內，則在萬曆二年甲戌（1574），時李贄任南京刑部員外郎。

《闇然堂錄最》四卷：見《李卓吾遺書》。這是從潘士藻《闇然堂類纂》中撮錄而成的一部書。約撮錄於本年在龍湖時。參看前面譜文。

《朋友篇》：見《焚書》卷五。這是《闇然堂錄最》卷一《篤友誼》部分的評論文字，其寫作時間大抵與《闇然堂類纂引》同。開頭說：「去華友朋之義最篤，故是《纂》首纂《篤友誼》。」今收入《焚書》的，文字有刪節，可以互校。

《阿寄傳》：見《焚書》卷五。《闇然錄最》卷一有此篇，題下有

「此僕大可用」一語，文後無「李卓吾曰」以下一段評論。《續藏書》卷二十五亦有此篇，題為《義僕阿寄》，題下無「此僕大可用」一語，開頭無「錢塘田豫陽汝成有《阿寄傳》」一句，文中無「去華曰」一段評論，但文後有「李卓吾曰」一段評論，且文中有兩處夾批。看來今收入《焚書》的《阿寄傳》，其原文錄自本年的《闇然錄最》，而評論則錄自《續藏書》卷二十五的《義僕阿寄》，由此二者撮合而成。

　　明李贄批選《因果錄》（一名《李氏因果錄》，見清黃虞稷《千頃堂書目》）三卷：福建師範大學圖書館藏有據明萬曆年間刊本校鈔的手抄本。可能輯成於本年或在此之前。本年潘士藻過龍湖，與李贄「劇談因果」，其《湯文學夢游記》一文，顯係潘過龍湖之後所作，其情節與《因果錄》上卷《一朋友》所述大同小異，可能是看了李贄批選的《因果錄》後有所啟發而作的。《因果錄》卷首有李贄的《因果錄序》。此序自開頭一段係新寫的外，全抄自李贄以前在南京時寫的《感應篇序》。序中說：「昔以此序敘《感應篇》，故今復以此序敘《因果錄》。夫感應、因果，名殊理一，是故不妨重出也。」

　　《與耿克念》：見《續焚書》卷一。約寫於本年秋。中有「我欲來已決，然反而思之，未免有瓜田之嫌，恐或以我為專往黃安求解免也，是以復輟不行，煩致意叔臺並天臺勿怪我可」等語，可見是寫在夏中《與耿克念》之後。按，信中又有「以至於今七十」之語，此「七十」係舉成數而言。

　　《與城老》：見《續焚書》卷一。寫於本年冬入黃安之前。中有「本選初十日吉，欲赴沁水之約，聞分巡之道欲以法治我」等語，可知為本年事。中又有「只有黃安訂約日久，不得不往。原約共住至臘盡，兄無事可與鳳里送我到彼」等語，可知為冬天的事。文中說「大抵七十之人，平生所經風浪多矣」。這「七十」也是舉成數而言。

　　《耿楚倥先生傳》：見《楚書》卷四。本年十二月寫於黃安山

中。中有「余是以不避老，不畏寒，直走黃安，會天臺於山中」和「然使楚倥先生而在，則片言可以折獄，一言可以回天，又何至苦余十有餘年」等語。「十有餘年」究指何年？據耿定向《觀生紀》載，萬曆十二年七月耿楚倥死，而明年六月天臺（定向）死，故知「十有餘年」當是十有一年，即萬曆二十三年。「畏寒」究指何時？據周思敬《跋》所說：「三日前，得楚倥長郎汝念書。……越三日，則為十二月二十九日，余初度辰也，得卓吾先生寄所著《楚倥先生傳》，述兩先生契合本末且悉。」如此傳寫好即寄，計其自黃安至南京路程，大約只需三、五天時間，則此傳當寫於十二月中、下旬，而「不畏寒」則在此之前。

　　《莊純夫還閩有憶》四首：見《楚書》卷六。寫於本年冬十二月，中有「七十古來稀，知子能幾時」句。李贄《耿楚倥先生傳》後附周思敬《跋》：「三日前（「十二月二十九日」前），得楚倥長郎汝念書。汝念以送莊純夫到九江，專人馳書白下，報喜於余云：『兩先生已聚首，語甚歡契。』」據此知莊純夫於本年冬到過麻城、黃安；而此年李贄才六十九歲，故詩中所謂「七十古來稀」，是舉成數而言。詩中有「薄暮多風雨，知子宿前村」句。可見寫於莊純夫還閩啟程之初，即與《耿楚倥先生傳》的寫作時間差不多同時。

　　《征途與共後語》：見《焚書》卷四。這是為《征途與共》（今佚）所寫的跋，寫於本年冬。《續焚書》卷一《與方訒庵》：「《征途與共》一冊，是去冬別後物。」《與方訒庵》寫於明年二月從黃安回龍湖之後，據此可以推知。（參看萬曆二十四年〔詩文編年〕《與方訒庵》條的考證。）又文中有「子及以純甫為可與，故征途日與之共學」等語。此純甫即莊純夫。丘坦之朱墨套印評本「純甫」作「純夫」，而《豫約·早晚守塔》凡莊純夫都寫作「莊純甫」，可以為證。今冬莊純夫曾到麻城、黃安，參見《莊純夫還閩有憶》的考證。

　　《八物》：見《焚書》卷三。本年冬寫於黃安。中有「如楊定

見，如劉近城，非至今相隨不捨，吾猶未敢信也」等語可證。本年冬李贄入黃安之前，曾寫信給劉近城，請他與楊定見送自己到黃安，這是「至今相隨不捨」的明證。（請參看《與城老》的考證。）李贄明年夏赴劉東星之約到山西沁水，楊定見並未從行，故知此文寫作的時間下限不遲於明夏之前。但因文中提到的周友山、梅國楨、丘長孺、劉近城、楊定見等五人都是麻城人，故此文也可能是明春回麻城龍湖後寫的。

時事

- 正月癸卯（卅日），遣使封平秀吉為日本國王。（《神宗本紀一》）
- 五月辛卯（十九日），升原任四川提學副使黃克纘為湖廣左參政。（《明神宗實錄》卷二八五）
- 八月壬寅（初二日），升國子監司業葉向高為右春坊右中允兼編修，充正史館纂修官。（同上卷二八八）
- 九月乙酉（十六日），詔復建文年號。壬辰（廿三日），以翰林院編修黃汝良為南京國子監司業。（同上卷二八九）
- 本年，山東肥城知縣馬經綸以考最擢為河南道監察御史。（《明史》卷二三四《馬經綸傳》，《通州志》卷八《人物・鄉賢》）
- 冬，兵部考選軍政，神宗責部臣徇私，降兵部員外郎曾偉芳等三級，調極邊。旋移怒兩京科道，以為緘默，命掌印者盡降三級，盡削御史、給事中等三十餘人籍。河南道御史馬經綸憤甚，上疏救南北言官。（《明史》卷二三四《馬經綸傳》、卷二二四《孫丕揚傳》）
- 冬十一月，湖廣災。（《明通鑑》卷七十）
- 本年，著名水利學家潘季馴（1521- 　）卒，年七十五。（《明史》卷二二三《潘季馴傳》）

　　　　　　＊　　　　　　　　　＊　　　　　　　　　＊

- 二月辛未（廿八日），升太常寺少卿耿定力為通政司右通政，五月丙子（初四日），升為左通政。（《明神宗實錄》卷二八二、二八五）

- 三月乙未（廿二日），李長庚（字酉卿，一字孟白，號謫星，麻城人，梅國楨四婿）考取進士，任戶部主事。（民國《麻城縣志前編》卷九《名賢》，《明史》卷二五六《李長庚傳》）

- 戊寅（初五日），陶望齡病癒，任正史纂修官。（《明神宗實錄》卷二八三）

- 五月丁丑（初五日），詔南京翰林院侍讀學士楊起元入為國子監祭酒。（同上卷二八五）

- 十月辛亥（十二日），改南京工部右侍郎周思敬為戶部右侍郎。（同上卷二九〇）

- 本年，友人方揚（1552-　）卒，年四十四。（據明王昌時《方揚傳》推算）

- 袁宏道任吳縣（屬蘇州府）知縣。二十五年解去。（乾隆十三年《蘇州府志》卷三十二《職官》）

萬曆二十四年丙申（1596）　　　　　　　七十歲

　　正月，在黃安。時僧若無想離開龍湖遠游，其寡母張氏來信勸阻，語言真切中理。李贄看了十分感動，寫《讀若無母寄書》一文，稱若無母為「聖母」，並自責說：

> 恭喜家有聖母，膝下有真佛，夙夜有心師，所矢皆海潮音，所命皆心髓至言，顛撲不可破。回視我輩傍人隔靴搔癢之語，不中理也。……反思向者與公數紙，皆是虛張聲勢，恐嚇愚人，

與真情實意何關乎！乞速投之水火，無令聖母看見，說我平生
盡是說道理害人去也。又願若無張掛爾聖母所示一紙，時時令
念佛學道人觀看，則人人皆曉然去念真佛，不肯念假佛矣。
（《焚書》卷四）

李贄說：「念佛者必修行，孝則百行之先。」認為佛「必定亦只是尋
常孝慈之人而已。」（同上）

　　耿定向看了李贄《讀若無母寄書》後，寫《讀李卓吾與王僧若無
書》，申明其不容已本心說。茲摘錄如下：

……或曰：張媼止子遠游書，亦世俗凡情耳，何當卓吾讚嘆如
是？曰：母之念子，子之依母，直此本心，聖凡同也。試問天
下善知識：除卻此類慈孝心，別有本心否？除卻本心，更有別
般聖學佛法否？……

嘻！本心之悟難言矣。……今人言本心，本心實是了徹如惠
能、慈湖者誰哉？比吾黨見張媼書，大都漠然無味矣，乃李卓
吾聞之，便讚嘆如是。惟卓吾生平割恩愛，棄世紛，今年至七
旬矣，乃能反本如是。若予今乃彌留待盡之日，所謂人窮反本
者以此，聞卓吾讚嘆張媼言，亦大歡喜如是也。蓋即其欣賞張
媼言如是，便知其持學已歸宗本心矣。學知求反本心，更何說
哉？抑聞卓吾之寓亭州也，此中英妙具上上智者，多合掌頂足
宗之，開佛知見矣。今聞吾里窮檐一村婦人語，便憮然降心，
往為僧徒所受記語言悔不中理，令盡焚毀，此視子厚之撤皋比
何殊焉！固其虛明如是，亦原本婦孝節之行可貫金石、泣鬼
神，故能感省之如此。吾黨善知識實學佛者，亦尚當反求其
本，毋徒向故紙堆中別人唇吻間覓浮見虛知也。（《耿天臺先生
文集》卷十九《雜著》）

其後，耿定向又寫《孝節傳》及《書孝節傳》，表彰這位「感省」李贄的張嫗的孝節行為。其《書孝節傳》說：

> 吾鄉譽髦如林，實志於道者幾何？聞今慧媛哲姬，相率於卓吾李上人處問道參法，有授記稱首座者，此里中一大奇也。吾里又有此嫗能感省卓吾，頓令之反正求知之本心，於道益幾矣。豈天不愛道，故些子靈知特降於華門婦女衷耶？是則奇之又奇也。夫人寓形宇內而不知反求本心則貌人也，實弗人矣。特為述而傳之，以告吾黨具鬚眉作男子身鼎鼎於天壤間者。（《耿天臺先生文集》卷十九《雜著》）

二月初，自黃安回龍湖。《續焚書》卷一《與方訒庵》：「弟自二月初回湖上之廬。」李贄覆信袁宗道，表示對去年奉帛預祝七十大壽的謝意，同時也透露了對遭受迫害的憤懣。《續焚書》卷一《答友人書》：

> 七十之人，亦有何好而公念之，而群公又念之乎？多一日在世，則多沉苦海一日，誠不見其好也。雖公等常存安老之心，然其如風俗匈奴何哉！匈奴貴少壯而賤老弱，況鰥寡孤獨合四民而為一身者哉！所喜多一日則近死一日，雖惡俗亦無能長吾苦也。

寫長詩《讀書樂》。引言說：

> 余蓋有天幸焉。天幸生我目，雖古稀猶能視細書；天幸生我手，雖古稀猶能書細字。然此未為幸也。天幸生我性，平生不喜見俗人，故自壯至老，無有親賓往來之擾，得以一意讀書。天幸生我情，平生不愛近家人，故終老龍湖，幸免俯仰逼迫之苦，而又得以一意讀書。然此亦未為幸也。

天幸生我心眼，開卷便見人，便見其人終始之概。夫讀書論
世，古多有之，或見皮面，或見體膚，或見血脈，或見筋骨，
然至骨極矣。縱自謂能洞五臟，其實尚未刺骨也。此余之自謂
得天幸者一也。天幸生我大膽，凡昔人之所忻艷以為賢者，余
多以為假，多以為迂腐不才而不切於用；其所鄙者、棄者、唾
且罵者，余皆的以為可托國托家而托身也。其是非大戾昔人如
此，非大膽而何？此又余之自謂得天之幸者二也。有此二幸，
是以老而樂學，故作《讀書樂》以自樂焉。（《焚書》卷六）

這引言表現了李贄以「其是非大戾昔人」的「大膽」批判精神。詩中
說明他與古人「心會」，自己「歌哭相從」的無窮樂趣：

龍湖卓吾，其樂何如？四時讀書，不知其餘。讀書伊何？會我
者多。一與心會，自哭自歌；歌吟不已，繼以呼呵。慟哭呼
呵，涕泗滂沱。歌匪無因，書中有人……哭匪無因，空潭無
人。……世界何窄，方冊何寬！千聖萬賢，與公何冤！有身無
家，有首無髮，死者是身，朽者是骨。此獨不朽，願與偕歿，
倚嘯叢中，聲震林鶻。歌哭相從，其樂無窮。寸陰可惜，何敢
從容！

這詩李贄曾抄寄給袁宗道。袁宗道《白蘇齋類集》卷一《書讀書
樂後》說：

龍湖老子手如鐵，信手訐駁寫不輟。縱橫圓轉輕古人，邁也無
筆儀無舌。一語能塞泉下膽，片言堪肉夜臺骨。
我自別公苦寂寞，況聞病肺那忘卻？忽有兩僧致公書，乃是手
書《讀書樂》。自誇讀書老更強，膽氣精神不可當。歌管無情
有真樂，問公垂老何氣揚。詩既奇崛字道絕，石走岩皴格力
蒼。老骨稜稜精尚尚，對此恍如坐公傍。

龍湖老子果希有，此詩此字應不朽。莫道世無賞音人，袁也寶
之勝瓊玖。

春，纂《讀孫武子十三篇》。《續焚書》卷一《與方訒庵》：「今春
湖上纂《讀孫武子十三篇》，以六書參考，附著於每篇之後，繼之論
著，果係不刊之書矣。」

《孫武子十三篇》即《孫子兵法》。李贄讀《武經七書》時看了
蒙溪張鏊所寫的序，曾說「吾獨恨其不以七書六經合而為一，以教天
下萬世。」李贄主張「文事武備，一齊具舉」（《兵食論》），反對儒者
把文武分為二途和「以治世尚文，而亂世尚武，分治亂世為二也」的
主張。次年李贄即在《讀孫武子十三篇》的基礎上寫成《孫子參
同》一書。

丘長孺來訪。作《丘長孺訪余湖上兼有文玉》。

時汪本鈳因「家人來催回赴試」要回新安，李贄寫一信，介紹他
向方伯雨學《易》。《焚書》卷二《與方伯雨柬》：「汪本鈳道公講學，
又道公好學。然好學可也，好講學則不可也。……本鈳與公同經，欲
得公為之講習，此講即有益後學，不妨講矣。」之後，李贄又去信指
導汪可鈳學習舉業，介紹《說書》和《時文古義》，說其中有「不著
色相而題旨躍如」的文章，是「千古絕唱」，要「熟讀」。（《續焚書》
卷一《與汪鼎甫》）隨後又寄去一信，介紹文章作法。《續焚書》卷一
《與友人論文》：

> 凡人作文皆從外邊攻進裡去，我為文章只就裡面攻打出來，就
> 他城池，食他糧草，統率他兵馬，直衝橫撞，攪得他粉碎，故
> 不費一毫氣力而自然有餘也。凡事皆然，寧獨為文章哉！只自
> 各人自有各人之事，各人題目不同，各人只就題目裡滾出去，
> 無不妙者。如該終養者只宜就終養作題目，便是切題，便就是
> 得意好文字。若捨卻正經題目不做，卻去別尋題目做，人便理

　　會不得，有識者卻反生厭矣。此數語比《易》說是何如？

　　潘士藻因差便回新安，李贄寄去一信，請他為汪本鈳「先容」。《續焚書》卷一《與潘雪松》：「鼎甫沉潛樸實，似一塊玉，最好雕琢，願公加意礱礪之，毋以酸道學灌其耳、假道學群侶汩（擾亂）其未雕未琢之天也！」

　　梅國樓（梅國楨二弟，字公岑，號瓊宇）來信希望李贄到山西後能再回麻城。李贄作《答梅瓊宇》：

> 承念極惑！生所以出家者，正謂無有牽掛，便於四方求友問道而已。而一住黃、麻二邑遂十六載，可謂違卻四方初志矣。故晉川公遣人來接，遂許之。又以此老向者救我之恩不敢忘，相念之勤不能已，可去之會又適相值也。
>
> 然友山愛我之心甚於晉老，知己之感亦甚於晉老，其救我之恩雖晉老或未能及，何也？耿門三兄弟，皆其兒女之托，至親也；天臺又其嚴事之師；楚倥又其同志之友；若叔臺之相與親密，又其不待言者也。夫論情則耿門為至重，論勢則耿門為尤重，乃友山頓捨至重之親不顧，尤重之勢不管，而極力救護一孤獨無援之老人，則雖古人亦且難之，恐未易於今人中求也。乃今以友山故，幸得與天臺合併，方出苦海即捨而他去，則生真忘恩負義之人矣，是豈友山蓋精舍以留生之本意哉！是以生雖往山西，斷必復來。寧死於此，決不敢作負恩人也。
>
> 本約以是月初十往，開春便回，不意又聞史道欲以法治我，是又天不准我往山西去也，理又當守候史道嚴法，以聽處分矣。想晉老聞之，亦能亮我。草草奉覆，幸一照！（《續焚書》卷一）

　　一月間，史旌賢調任江西按察司僉事（《明神宗實錄》卷二九

三），大概就在春間離任。李贄回顧「坦行闊步二十五載」的官場生活，寫下《夜半聞雁》四首：

> 孤鴻向北征，夜半猶哀鳴，哀鴻何所為？欲我如鴻冥。
> 自有凌霄翮，高飛安不得。如何萬里行，反作淹留客？
> 獨雁雖無依，群飛尚有伴。可憐何處翁，兀坐生憂患！
> 日月湖中久，時聞冀北音。鴻飛如我待，鼓翼向山陰。

表達了想離開龍湖，高飛遠害，但情勢又不得不淹留的矛盾心情。

「改歲以來，老病日侵」，於是豫立戒約，使侍者日後有所遵循，寫《豫約》。

《豫約》共七條，前五條是戒律式的約言，後兩條是遺囑和自述生平。

在戒律方面，李贄要其徒遵行早晚功課、早晚禮儀，管好早晚佛燈和早晚鐘鼓，並要信守禁戒，在「化不出菜」時，「則端坐而餓死。」囑其徒要求生西方，就要修淨土要訣，要念佛。他說：「夫念佛者，欲見西方彌陀佛也。見阿彌陀佛了，即是生西方了，無別有西方可生也。見性者，見自性阿彌陀佛也，見自性阿彌陀佛了，即是成佛了，亦無別有佛可成也。……故凡成佛之路甚多，更無有念佛一件直截不蹉者。」（《早晚守塔》條）

在遺囑方面，則說：「封塔後即祀木主，以百日為度，早晚俱燒香，惟中午供飯一盞，清茶一甌，豆豉少許，上懸琉璃。我平生不愛人哭哀哀，不愛人閉眼愁眉作婦人女子賤態。……惟當思我所嗜者。我愛書，四時祭祀必陳我所親校正批點與纂集抄錄之書於供桌之右，而置常穿衣裳於供桌之左，早陳設，至晚便收。每年共十三次祭祀，雖名為祭祀，亦只是一飯一茶一少許豆豉耳。但我愛香，須燒好香；我愛錢，須燒好紙錢；我愛書，須牢收我書，一卷莫輕借人。……雖莊純甫近來以教子故，亦肯看書，要書但決不可與之。」「李四官

（疑為貴兒之子，李贄嗣孫）若來，叫他勿假哭作好看。汝等決不可
遣人報我死，我死不在今日也。」（同上）

　　在自述方面，有《感慨平生》一條。這是研究李贄經歷和思想的
重要資料。《續焚書》卷一《與周友山》：「諸侍者恐我老而卒急即
世，禍及之，因有《豫說戒約》數條，不覺遂至二十餘頁。雖只豫為
諸侍說約，而末遂及余之平生，後人欲見李卓老者，即此可當年譜
矣。」李贄在《感慨平生》中申訴了自己為官的艱難處境，表現出
「平生不愛屬人管」的倔強性格和精神。他自嘆：「雖然，余之多事
亦已極矣。余惟以不受管束之故，受盡磨難，一生坎坷，將大地為
墨，難盡寫也。」

　　李贄認為「世間有三種人決宜出家。……有一種如梅福之徒，以
生為我酷，形為我辱，智為我毒，身為我桎梏，的然見身世之為贅
疣，不得不棄官而隱夫洪崖、玉笥之間者，一也。又有一種如嚴光、
阮籍、陳摶、邵雍輩……又有一種，則陶淵明輩是也；亦貪富貴，亦
苦貧窮。……然無耐其不肯折腰何，是以八十日便賦《歸去》也。此
又一種也。適懷林在傍妍墨，問曰：『不審和尚於此三者何居？』余
曰：『卓哉！梅福、莊周之見，我無是也。必遇知己之主而後出，必
有蓋世真才，我無是才也，故亦無是見也。其惟陶公乎？』夫陶公流
風千古，余又何人，敢稱庶幾，然其一念真實，受不得世間管束，則
偶與同耳，敢附驥耶！」（同上）

　　夏，讀楊慎的詩文選集《楊升庵集》（八十一卷），撰讀書札記
《讀升庵集》二十卷，自稱是「老人得意之書」。曾說「升庵先生固
是才學卓越，人品俊偉，然得弟讀之，益光彩煥發，流光於百世
也。」（《續焚書》卷一《與方訒庵》）《焚書》卷五《楊升庵集》說：
「吁！先生人品如此，道德如此，才望如此，而終身不得一試，故發
之於文，無一體不備，亦無備不造。」擬撰楊升庵年譜，但未成。通
過讀楊升庵集，寫了一些評論，如《蜻蛉謠》、《李涉贈盜》、《封使

君》、《經史相為表裡》、《樊敏碑後》、《為賦而相灌輸》、《詩畫》等
（後收入《焚書》），反映了李贄的進步觀點。

作《黨籍碑》，針對前人對王安石的一段評論，發表「君子之尤
能誤國」和「貪官之害小，而清官之害大」的看法，說：

> 「安石誤國之罪，本不容誅；而安石無誤國之心，天地可鑒。
> 主意於誤國而誤國者，殘賊之小人也，不待誅也。主意利國而
> 誤國者，執拗之君子也，尚可憐也。」卓吾曰：公但知小人之
> 能誤國，不知君子之尤能誤國也。小人誤國猶可解救，若君子
> 而誤國，則末之何矣。何也？彼蓋自以為君子而本心無愧也，
> 故其膽益壯而志益決，孰能止之？如朱夫子亦猶是也。故余每
> 云貪官之害小，而清官之害大；貪官之害但及於百姓，清官之
> 害並及於兒孫。余每每細查之，百不失一也。（《焚書》卷五）

夏，準備刻兩種書，寫信給江西寧州知州方沆，請他和陸萬垓資
助。《續焚書》卷一《與方訒庵》：「我雖貧，然已為僧，不愁貧也，
惟有刻此二種書不得不與兄乞半俸耳。此二書全賴兄與陸天溥都堂為
我刻行。」信中勉勵說：「願兄勿以遷轉為念，惟以得久處施澤於民
為心。」（同上）

大概就在這時，又將幾年來為解答女弟子澹然、澄然、自信、明
因、善因等人學佛中疑難問題而寫的回信結集成書，取名《觀音
問》。這名稱是由梅澹然來信中「聞庵僧欲塑大士像，我願為之，以
致皈依」的話而來的。這些信涉及佛性、世界本源、佛教修行方法等
問題，是李贄談佛論道的重要著作。《與周友山》：「《觀音問》中有二
條佛所未言，倘刻出，亦於後生有益。」「二條」指《答自信》的第
三、第五兩封信。

《觀音問》結集後，李贄寫信給周友山，駁斥史巡道「正風化」
的讕言。《續焚書》卷一《與周友山》：

> 住居隔縣三十餘里，終歲經年未嘗接見一人，聞有罵我「遞解
> 回籍」之語，便以為至當。謂「不遞解此人，我等終正不得麻
> 城風化」，不知孤遠老叟化飯而食，安坐待斃，於風化何損也！
> 彼其口出「正風化」之語者，皆其身實大壞風化之人。……然
> 我若去，何須遞解；我若不去，亦無人解得我去也。

李贄自信「正兵在我」，對於論敵施展的任何「殺」、「打」、「罵」的
手段都無所畏懼。他說：

> 我性本柔順，學貴忍辱，故欲殺則走就刀，欲打則走就拳，欲
> 罵則走而就嘴，只知進就，不知退去，孰待其遞解以去也！蓋
> 此忍辱孝順法門，是我七八歲時用至於今七十歲，有年矣，慣
> 用之矣。不然，豈其七十之老，身上無半文錢鈔，身邊無半個
> 親隨，而敢遨游旅寓萬里之外哉！蓋自量心上無邪，身上無
> 非，形上無垢，影上無塵，古稱「不愧」、「不怍」，我實當
> 之。是以堂堂之陣，正正之旗，日與世交戰而不敗者，正兵在
> 我故也。正兵法度森嚴，無隙可乘，誰敢遨堂堂而擊正正，以
> 取滅亡之禍歟！（同上）

對於「男女混雜」的毀謗，他反駁說：「此間澹然固奇，善因、明因
等又奇，真出世丈夫也。男女混雜之禍，將誰欺，欺天乎？」（同
上）。

　　《豫約》曾分寄友人方沆、周友山、潘士藻和袁宏道等。潘士藻
在《柬衛淇竹大參》中稱讚說：「《豫約》一冊，乃李卓老近筆，讀之
令人世內世外俱了。如此老，得《易》之深者也。不肖食芹而美，輒
薦之翁，以畢三年三會未竟之談。」（《闇然堂遺集》卷五）袁宏道
《與陶石簣》：「近日得卓僧《豫約》諸書，讀之痛快，恨我公不見
耳。」（錢伯城《袁宏道集箋校》卷六）

　　六月二十一日，耿定向死。焦竑《澹園集》卷三十三《天臺耿先生行狀》：「頤之，如假寐者而逝，蓋丙申六月廿一日也，距生嘉靖甲申（三年，1524）十月十日，享年七十有三。」大概在這之前，李贄取途河南（參看萬曆二十九年所寫《汝陽途中》一詩的考證，詩中有「六年今復來」句），往山西沁水，「從者五七人」，有劉東星的兒子劉用相、龍湖僧懷林等。途經汝陽，在那裡歇足至「暑退涼生」才走。《續焚書》卷五《贈段善甫》回憶說：「中州自古多才賢，去夏逢君汝水邊。君時讀書二百里，我亦西行有半千。……暑退涼生又進路，汝陽臺畔敞別筵。」

　　秋九月，到山西沁水。《續焚書》卷五《雨甚》：「三秋度沁水。」

　　汪可受以主考山西鄉試到上黨，和李贄相見。汪可受《卓吾老子墓碑》：「丙申歲，老子以劉司空（劉東星後曾為工部尚書，因碑文作於萬曆三十八年，故遂以後來的官職為稱）之約至上黨，余亦以校士至，約相見於上黨之精舍。老子問余曰：『試士何題？』余曰：『誠意章。』老子曰：『毋欺之義只不作小人掩著便是。近得周少司農[128]書，自謂以言事觸眾。懼且見逐，得聖旨優容，喜之不勝。此可與語不欺矣。若使他人道之，便費多少話說，遮掩宦情。』」汪可受問他：「先生末後一著如何？」李贄說：「吾當蒙利益於不知我者，得榮死詔獄，可以成就此生。」又大聲鼓掌說：「那時名滿天下，快活快活！」（《李溫陵外紀》卷一）

　　在沁水坪上村，白天閉戶讀書，夜間則教劉東星子用相、侄用健學《大學》、《中庸》。劉東星《書道古錄首》記述李贄來沁水的始末和在沁水的生活說：

128　《明神宗實錄》卷三〇一載：「萬曆二十四年閏八月丙子，南京四川道御史陳煃奏：原任工部今轉戶部侍郎周思敬發奸庇奸，請從公勘問。章下吏部。」「庚午……乞罷。」由此推知，周少司農即周思敬，時任戶部侍郎。

　　比者讀禮（謂父喪守制）山中，草木餘息，懼有顛墜，特遣兒相就龍湖問業。先生欣然不遠千里，與兒偕來。從此山中，歷秋至春，夜夜相對。猶子用健復夜夜入室，質問《學》、《庸》大義。蓋先生不喜紛雜，惟終日閉戶讀書，每見其不釋手鈔寫，雖新學小生不能當其勤苦也。（顧大韶《李氏文集》卷十）

李贄《道古錄引》中也說：

　　晉川昔轄楚藩始會余，與余善。至是讀禮山中，予往弔焉。晉川喜余至，故留余。謂余無家屬童僕，何所不可以棲托！晉川沁水人，而家於沁之坪上村。坪上去沁百里，村居不足數十家，頗岑寂。余喜其岑寂也，亦遂留。（同上）

　　在沁水，李贄吟景詠懷，賦詩數首。其《秋懷》詩寫道：

　　白盡余生髮，單存不老心。棲棲非學楚，切切為交深。遠夢悲風送，秋懷落木吟。古來聰聽者，或別有知音。（《焚書》卷六）

此詩曾寄給在京的袁宗道：

　　冬，高平縣令馬從龍（字君昇，山東安邱人）來信邀李贄到高平，李贄婉言辭謝。

　　「坪上相逢意氣多」。對劉東星的熱情款待，李贄十分感激。《至日自訟謝主翁》：

　　所幸我劉友，供饋不停手。從者五七人，素飽為日久。如此賢主人，何愁天數九！

　　聰明雖不逮，精神未有害。筆禿鋒芒少，指柔龍蛇在。宛然一書生，可笑亦可愛！（《焚書》卷六）

在《除夕道場即事》（其三）詩中則嘆道：「白髮催人無奈何，可憐除夕不除魔。春風十日冰開後，依舊長流沁水波。」（《焚書》卷六）。

　　鈴木虎雄《李卓吾年譜》說:「萬曆二十四年丙申,七十歲。春赴濟上,夏赴大同,秋赴上黨。」按:李贄赴濟上在萬曆二十七年春,赴大同在萬曆二十五年夏。該譜記此二事皆誤。

　　本年,袁宏道(號六休)《錦帆集》刻行,湯顯祖讀後,覺得袁的詩文深受李贄的影響,作《讀〈錦帆集〉懷卓老》一詩:「世事玲瓏說不周,慧心人遠碧湘流。都將舌上青蓮子,摘與公安袁六休。」(徐朔方箋校《湯顯祖詩文集》卷十九)湯顯祖師事羅汝芳,崇拜達觀禪師和李贄,對二人有很高的評價。其《答管東溟》云:「見以可上人(即真可,字達觀,號紫柏)之雄,聽以李百泉(李贄號)之傑,尋其吐屬,如獲美劍。」(徐朔方箋校《湯顯祖詩文集》卷四十四)

詩文編年

　　《讀若無母寄書》:見《焚書》卷四。寫於本年春。文中引若無母寄書「安處就是靜處……吾恐龍潭不靜,要住金剛;金剛不靜,更住何處耶?」等語。耿定向於本年臨死前寫《讀李卓吾與王僧若無書》一文中說:「張媼止子遠游書,大略謂修佛業者取靜不在境而在心,心安則隨處皆靜,心不安,無有靜處云云。……比吾黨見張媼書,大都漠然無味矣,乃卓吾聞之,便讚嘆如是。惟卓吾生平割恩愛,棄世紛,今年至七旬矣,乃能反本如是。」(《耿天臺先生文集》卷十九)從「今年至七旬矣」一語,可以證明此文是李贄七十歲時寫的。按,若無即黃安王世本,參看萬曆十七年《高潔說》等文的考證。

　　《丘長孺訪余湖上兼有文玉》一首:見《續焚書》卷五。約寫於本年春。詩寫道:「春風不掃塵,竹徑少行人。何自來君子,而猶現女身。」文玉,丘長孺的姬妾,袁宏道稱為「小玉」。袁宏道《百六詩,為丘大賦》其二:「小玉終為屬,蘇卿必有神。」(錢伯城《袁宏道集箋校》卷十二)小玉約於本年春死在麻城。上述詩又云:「血蝕

青銅鏡，魂牽白玉環。人間冤女冢，地下望夫山。著土淚猶碧，鄰湘草亦斑。至今西陵月，不忍向南彎。」西陵即麻城的古稱。此詩收入袁宏道的《廣陵集》，錢伯城係在「萬曆二十五年丁酉（一五九七年）在儀徵作」（見該書第五一九頁），故此推知小玉約於本年春死在麻城的看法大抵是不錯的。

關於丘長孺這兩年的行蹤，根據袁宏道《錦帆集》之三、四《尺牘·丘長孺》和袁宗道《白蘇齋類集》卷十《北游稿小序》等材料，知丘去年曾在江蘇長洲知縣江盈科（字進之）處。今年北上京華，寫有《北游稿》詩集。他曾把詩集分寄袁氏兄弟，故袁宗道今冬為他寫有《北游稿小序》。而在今春北上之前，他曾回麻城，攜文玉到龍湖訪李贄，故李贄有此詩。其後文玉即含冤而死。

《答友人書》：見《續焚書》卷一。「友人」即袁宗道。本年寫於龍湖。中有「七十之人，亦有何好而公念之，而群公又念之乎？」等語，是對去冬袁宗道來信的答覆。參見去年的譜文。

《讀書樂并引》：見《焚書》卷六。本年寫於龍湖。引中有「天幸生我目，雖古稀猶能視細書」之語，詩中有「天生卓吾，乃在龍湖」之句，可見是七十歲這年在龍湖寫的。

《讀孫武子十三篇》：今已佚。《與方訒庵》有「今春湖上纂《讀孫武子十三篇》」一語。請參看《與方訒庵》的考證。按，《讀孫武子十三篇》當是《孫子參同》的底本，該書於翌年秋成書於大同。

《與方伯雨柬》：見《焚書》卷二。寫於本年春。去年，方伯雨父方揚死，故信中稱其父為「先公」。又有「本鈳與公同經，欲得公為之講習」和「呵凍草草」等語。汪本鈳回新安赴試係在本年春，由以下材料推知。汪本鈳和李贄前後「相依九載」，這「九載」又分為前三年和後六年。《續焚書》卷五《系中憶汪鼎甫南還》詩說：「相依九載不勝奇。」句下自注：「連前三年共九載。」而汪本鈳《哭李卓吾先師告文》說：「鈳甲午（萬曆二十二年，1594）始見師於龍湖」，

到本年剛好是「前三年」的第三年。本年春汪本鈳離開龍湖回新安赴試，《與方伯雨柬》就是介紹汪本鈳向方伯雨學《易》的一封信。

《與汪鼎甫》：見《續焚書》卷一。這是指導學做舉業的一封信，可能寫於本年春汪本鈳回新安準備參加府考之時。中有「題旨躍如」的話。

《與友人論文》：見《續焚書》卷一。《李氏遺書》題作《與友人》。此文可能是寫給汪本鈳的，約寫於本年。鈳於萬曆二十二年甲午來龍湖從李贄學習，李贄「留鈳讀書龍湖三月，日課舉子業，夜讀《易》一卦。」（汪本鈳《卓吾先師告文》）本年家人來催回赴試，李贄曾寄《說書》和《時文古義》去，要他「熟讀」領會。此信則向他介紹自己從實踐中總結出來的文章作法——「就題目裡」「攻打出來」，文章就切題，就是得意好文字。這方法比《易‧乾卦‧文言》所說的「修辭立其誠」要管用得多，故信後問：「此數語比《易》說是如何？」

《與潘雪松》：見《續焚書》卷一。本年寫於龍湖，時約在春夏之間。中有「汪鼎甫讀書人也……而家人來催回赴試矣。試中當識拔，不勞公匯薦，但勞公先容也」等語，可見這信是寄往新安給潘士藻請他為汪本鈳「先容」的一封請託信。潘士藻本年回新安。潘士藻《闇然堂遺集》卷四《書示兒曹》：「吾丙申（萬曆二十四年）差還。」由此可證。

《答梅瓊宇》：見《續焚書》卷一。本年寫於龍湖。中有「而一住黃、麻二邑，遂十六載」一語可證。按，李贄自萬曆九年到黃安，到今年前後正好十六年。

《夜半聞雁》四首：見《焚書》卷六。本年春寫於龍湖。前引有「夫餘七十人也」，詩中「日月湖中久」等語可證。詩後題辭：「後數歲，余竟赴冀北，過山陰（縣名，故城在今山西山陰縣西南，明屬大同府），其詞卒驗。」這題辭可能寫於李贄七十一、二歲或七十五、六歲之間。

　　《豫約》：見《焚書》卷四。本年寫於龍湖。《小引》說：「余年
已七十矣，且暮死皆不可知。」可見是李贄七十歲時寫的。《與方訒
庵》：「弟自二月初回湖上之廬……《豫約》真可讀，讀之便流淚，老
子於此千百世不得磨滅矣。」可知《豫約》當是本年二月初自黃安回
龍湖後寫的。

　　《讀升庵集》二十卷：明萬曆間刊本《李卓吾先生讀升庵集》，
福建師範大學圖書館藏。本年寫於龍湖。《續焚書》卷一《與方訒
庵》：「夏來讀《楊升庵集》，有《讀升庵集》五百葉。……余瑣瑣別
錄，或三十葉，或七八十葉，皆老人得意之書，惜兄無福可與我共讀
之也。」按，《與方訒庵》寫於本年，說見後。

　　李贄《讀升庵集》各卷有關評論文章今收入《焚書》卷五《讀
史》的共有二十六篇。即：《楊升庵集》（原名《讀升庵集小引》，是
《讀升庵集》一書的序言，原書卷首。《李氏六書·叢書匯纂五卷》
題為《楊升庵集序》）、《李白詩題辭》（原書卷一），《蜻蛉謠》（按，
此篇在《博南謠》之後，而《蜻蛉謠》在《博南謠》之前，題《蜻蛉
謠》恐誤）、《唐貴梅傳》（原題前有「孝烈婦」三字）、《樊敏碑後》
（「後」原題作「跋」）（以上原書卷二），《無所不佩》（原題前有「去
喪」二字）、《季文子三思》、《陳恆弒君》（以上原書卷四），《段善本
琵琶》（原書卷五），《文公著書》（原書卷六），《伯夷傳》、《宋統似
晉》、《經史相為表裡》、《為賦而相灌輸》（此文為《升庵文集·平準
書食貨志同異》後的評論）（以上原書卷七），《岳王并施全》（原題
《岳忠武施全》）、《張千載》、《逸少經濟》、《孔北海》、《荀卿李斯吳
公》、《宋人譏荀卿》（以上原書卷八），《茶夾銘》、《王半山》（以上原
書卷九），《李涉贈盜》、《封使君》（以上原書卷十一），《詩畫》（原題
前有「論」字）（原書卷十四），《鍾馗即終葵》（原書卷二十）。

　　《黨籍碑》：見《焚書》卷五。《黨籍碑》即《元祐黨籍碑》，亦
稱《元祐黨人碑》。宋哲宗元祐元年（1086），司馬光為相，盡廢王安

石在神宗熙寧、元豐間所推行的新法，恢復舊制。紹聖元年（1094），章惇為相。覆王安石新法，斥司馬光等為奸黨，貶逐出朝。徽宗崇寧元年（1102），蔡京為相，盡覆紹聖之法，乃籍元祐反新法諸臣司馬光、彥文博而下一百二十人，列其罪狀，立碑於端禮門。三年增至三百零九人，又立碑於朝堂。是為黨籍碑。其後黨人子孫更以先祖名列此碑為榮，重行摹刻。此文寫作時間與《楊升庵集》同時。李贄《讀升庵集》各卷有關評論文章今收入《焚書》卷五《讀史》的共有二十六篇，始《楊升庵集》，終《文公著書》，而《黨籍碑》插在第十八篇《詩畫》和第十九篇《無所不佩》之間，由此可知。而此二十六篇中有一篇《王半山》，也是批評王安石（晚號半山）的。李贄可能由此而聯想到《黨籍碑》事件實源於王安石，故有此「君子、小人」和「貪官、清官」的議論。由於寫作時間同，故在編《讀史》時即將它編入其中。

　　《詠史》三首：見《焚書》卷六。寫於本年夏或稍前。上述《王半山》文引此三首，可證。

　　《與方訒庵》：見《續焚書》卷一。本年夏寫於龍湖。中有「弟自二月初回湖上之廬（指自黃安回龍湖芝佛院）」和「夏來讀《楊升庵集》」、「《豫約》真可讀」等語。《豫約》寫於本年（參看《豫約》一文的考證），可知此信寫於同年。

　　《觀音問》十七條：見《焚書》卷四。又見顧大韶《李氏文集》卷六《書答》。其中答梅澹然的五條，答澄然的一條，答自信的五條，答明因的六條。本年結集成書。本年《與周友山》：「《觀音問》中有兩條佛所未言，倘刻出，亦於後生有益。」參看《與周友山》一文的考證。按，這十七條不是一時之作，每篇具體寫作時間尚待考證。但從內容上看，這些信大抵始寫於萬曆二十一年龍湖芝佛院上院塑佛聚僧之時。如《答澹然師》第一條引澹然的話「聞俺僧欲塑大士像」，可見是萬曆二十一年寫的。又如《答澹然師》第三條說：「若我

則又貪生怕死之尤者，雖死後猶怕焚化，故特地為塔屋於龍湖之上，
敢以未死之身自入於紅爐乎？」分明是萬曆二十一年或稍後寫的。又
如《與澄然》中說：「我昨與丘坦之壽詩有云：『劬勞雖謝父母恩，扶
持自出世中尊。』」《答明因》第一條亦引此詩。丘坦之於萬曆二十一
年九月十三日以前離開龍湖。（見《焚書》卷四《寒燈小話》第一
段）可見以上二信是寫於萬曆二十一年九月十三日之後。

　　《與周友山》：見《續焚書》卷一。本年寫於龍湖。中有「蓋此
忍辱孝順法門，是我七八歲時用至於今七十歲，有年矣，慣用之矣」
和「住居隔縣三十餘里」等語可證。

　　《中州第一程》一首：見《焚書》卷六。本年夏寫於河南，時作
者正赴山西沁水途中。中有「太行雖有摧車路，千載人人到上頭」一
語。舊《辭海》：「中州，即今河南省地，古為豫州，處九州之中，故
曰中州。」

　　《古道通三晉》一首：見《焚書》卷六。三晉，今山西、河南及
河北西南部之地。此指河南北部的太行山一帶。本年寫於自河南入山
西上黨之時。詩寫道：「黃河綴上白雲間，我欲上天天不難。三晉誰
云通古道，人今惟見太行山。」朱熹《朱子語錄》：「太行山一千里，
河北諸州，皆旋其址。潞州上黨，在山脊最高處，過河便是太行在半
天，如黑雲然。」此詩所寫形勢甚符。

　　《樠山寺夜坐》一首：見《焚書》卷六。本年秋寫於初到山西沁
水時。「樠」原作「橻」，字書無此字，當是「樠」字之訛。劉東星自
號「樠山主人」，其為李贄收入《續藏書》卷十的《史閣款語》一文
後即自署「樠山主人劉東星」，可證。按樠山，在沁水縣端氏鎮，後
晉時建有樠山大雲禪院。（見《山西通志》卷九十八《金石記》十）
據《山西通志》卷五十七《古跡考八》載：「大雲寺在（沁水）縣東
九十里樠山，一名樠山寺。唐景福元年（892）賜今額。明成化十六
年（1480）修。殿有古松三株。」汪可受《卓吾老子墓碑》所說的

「上黨之精舍」當指楬山寺。詩中「松風正可哀」句，點明時令是秋天；「萬里獨登臺」句，說明是初至。

《秋懷》一首：見《焚書》卷六。本年秋寫於山西沁水。袁宗道在《白蘇齋類集》卷十五《與李卓吾》信中說：「忽得法語，助我精進不淺，又得讀近詩，至『白盡余生髮，單存不老心』。『遠夢悲風送，秋懷落木吟』，使我婆娑起舞，泣下數行。近作何妙至此乎？豈惟學道不可無年。沁水父子日與翁相聚，想得大饒益。」「沁水父子」指劉東星父子，由此可知此詩寫於本年秋在山西沁水。

《又八月雨雪似晉老和之》一首：見《續焚書》卷五。本年閏八月寫於山西沁水坪上村。中有「坪上故人如有意，《陽春》一曲莫辭遲」句可證。按，本年閏八月，故云「又八月」。據《資治通鑑綱目》卷三載：「明神宗萬曆二十四年丙申，閏八月朔，日食。」薛仲三、歐陽頤合編《兩千年中西曆對照表》亦載萬曆二十四年丙申閏八月。

《九日坪上》三首：見《焚書》卷六。本年九月九日重陽節寫於山西沁水坪上村。中有「今年九日在山西」句。

《得上院信》一首：見《焚書》卷六。約是本年冬在山西沁水「接得龍湖信」時寫的。詩裡寫道：「世事由來不可論，波羅忍辱是玄門。今朝接得龍湖信，立喚沙彌取火焚。」「上院」，指芝佛上院。詩中「忍辱是玄門」的思想與《續焚書》卷一《與周友山》信中「蓋此忍辱孝順法門，是我七八歲時用至於今七十歲」的說法是一致的。《沙彌》，指懷林等人。

《乍寒》一首：見《續焚書》卷五。本年冬寫於山西沁水坪上村。中有「亭亭坪上柏，知道歲寒來」句可證。

《答高平馬大尹》：見《續焚書》卷一。本年冬寫於山西沁水。「高平」，即今山西高平縣，在沁水縣東。中有「僕衰朽殘質，百無一解，乃晉老獨憐其無歸而敬養之山中」和「嚴冬十日不出戶矣」等語可證。「馬大尹」，即高平縣令馬從龍。據《山東通志》卷一六七

《歷代隱逸傳》載：「馬從龍，字君昇，安邱人，巡撫江西都御史文煒子。萬曆二十年與史應龍同成進士，知洪洞縣（今屬山西），有異政，調高平。」馬從龍調高平與李贄到山西沁水的時間是一致的。

《至日自訟謝主翁》一首：見《焚書》卷六。本年冬至日寫於山西沁水坪上村。至日，指冬至、夏至。《易·復》：「先王以至日閉關。」孔穎達疏：「以二至之日閉塞其關，商旅不行於道路也。」杜甫《冬至》詩：「年年至日長為客。」知此「至日」是冬至。詩中有「明朝七十一，今朝是七十」和「所幸我劉友，供饋不停手」句可證。從「明朝七十一，今朝是七十」句看，本年冬至日可能即是李贄的生日。

《雪後》一首：見《續焚書》卷五。可能寫於本年冬至在山西沁水。詩裡寫道：「雪消人不到，孤客頗疑寒。冷眼觀書易，愁懷獨酌難。至長知夜短，人老畏冬殘。應有同心者，呼童煮雪看。」「孤客」之感與《楷山寺夜坐》「如何當此夜，萬里獨登臺？」的情調是一致的，都強調「孤」和「獨」。

《除夕道場即事》三首：見《焚書》卷六。本年除夕寫於山西沁水坪上村。道場，指佛教禮拜誦經行道的場所。中有「但道明朝七十一，誰知七十已蹉跎！」和「坪上相逢意氣多」之句可證。

《覆夏道甫》：見《續焚書》卷一。本年冬寫於山西沁水。中有「不肖回期未卜，蓋所在是客，僕本是客，又何必以龍湖為是客舍耶！但有好主人好供給，即可安心等死」等語。「好主人」指劉東星。《至日自訟謝主翁》詩說：「所幸我劉友，供饋不停手。……如此賢主人，何愁天數九！」可以為證。此信之所以確定為本年冬寫的，是因為明年正月，李贄已應梅國楨的大同之邀了，如是明春的覆信，當不會說「回期未卜」。可見此信乃本年冬寫於山西沁水。又本年汪本鈳回新安赴試落第，故信中有「汪鼎甫府考無名，想時未利耳」的話。

時事

- 正月己丑（廿二日），以去冬兵科考選軍政事，削兩京科、道官耿隨龍、馮從吾等三十四人籍。河南道御史馬經綸抗疏救言官，貶三秩。二月戊戌朔，降為陝西米脂縣典史。庚戌（十三日），革職為民。（《明神宗實錄》卷二九三、二九四，《明通鑑》卷七十一）

- 七月乙酉（廿日），遣中官為礦監到畿內開礦。十月乙酉（廿二日），又派中官為稅使到通州徵稅。自此各省相繼開礦，設立稅使。（《明神宗本紀一》,《明神宗實錄》卷二九七）

　　　　＊　　　　　　　　　＊　　　　　　　　　＊

- 二月戊戌朔，升國子監祭酒楊起元為南京禮部侍郎。（《明神宗實錄》卷二九四）

- 四月丁未（十一日），戶部從大同巡撫梅國楨請，准大同府所屬州縣歲派徭役銀兩依一條鞭法徵收。（同上卷二九六）

- 六月戊戌（初二日），起顧養謙為都察院右都御史兼兵部右侍郎，協理京營戎政。（《明神宗實錄》卷三〇二）丁巳（廿一日），耿定向（1524-　　）卒，年七十三。（焦竑《澹園集》卷三十三《天臺耿先生行狀》）按，《明神宗實錄》卷三〇〇載：「八月乙巳（初十日），原任戶部尚書耿定向卒。」此據報到日期。

- 冬，袁宗道為丘長孺詩集《北游稿》寫序。（《白蘇齋類集》卷十《序類》）

- 南垣禮科給事祝世祿「一人兼掌六篆」。（焦竑《澹園集》卷十五《石林祝公墓志銘》）

- 本年，陳所學（字正甫，景陵人，萬曆十一年進士）任徽州知府。（錢伯城《袁宏道集箋校》卷五，上海古籍出版社，一九八一年，第一版，二二七頁）

萬曆二十五年丁酉（1597）　　　七十一歲

　　春正月，在山西沁水坪上村。覆信大同巡撫梅國楨，答應赴大同之邀。《續焚書》卷二《壽王母田淑人九十序》：「今余將往大同矣。」時梅國楨有辭官之意，[129]他來信中對袁宏道獲辭吳縣縣令表示羨慕，但李贄不以為然。《續焚書》卷一《覆梅客生》：

> 袁二（指袁宏道）若能終身此道，笑傲湖山，如今之為，則後來未必無扣門日子；若以次入京，旋來補缺，終不免作《進學解》以曉諸生，則此刻恐成大言矣。願公勿羨之！得行志時，且行若志，士民仰蓋公之臥治，戎夷賴李牧之在邊，積功累勤，亦佛菩薩所願為者。若計此時有具眼人能破格欲求千里駿骨，難矣！

　　會見劉東星婿王洽（山西陽城人），有《壽王母田淑人九十序》。《序》說：「今萬曆二十五年丁酉，余復旅寓沁水之坪上，而獲見晉川之婿王洽者。……夫王洽之父，即太參公王正吾（淑陵）也；其從祖父，即冢宰王公（國光）。家世如此，而王洽每以祖母壽考福德歷歷為余詳言之不已，豈亦有大同之意乎？今余將往大同矣，倘過陽城入門而化飯，則必請見爾祖母於堂而親祝之。」

　　正月二十日，赴劉東星壽宴。《壽劉晉川六十序》：「歲丁酉春正月，劉晉川之壽六十，其弟若侄先二日為壽於堂，呼余。余不知其為壽筵也，蒙袂踏雪而至。」寫《壽劉晉川六十序》。

　　時麻、黃一帶有人揚言「欲殺」李贄，經焦竑「分剖乃止」。焦

129　袁宗道《白蘇齋類集》卷十五《與梅開府》：「以門下之功，以門下之才望，而欲高踏人外，萬無得遂之理。今世界如一大舶在驚濤中，只靠數輩老長年，有不得出者，又有欲歸者，其奈蒼生溺何！處處好從赤松游，不必棄侯印歸山中也。」也勸梅國楨不要辭官。

竑聞知李贄將赴大同，來信勸返龍湖。李贄覆信表示不願回龍湖。
《焚書》卷二《與焦弱侯》：

> 兄所見者向年之卓吾耳，不知今日之卓吾固天淵之懸也。……
> 人但知古亭（麻城古稱）之人時時憎我，而不知實時時成我。
> 古人比之美疢藥石，弟今實親領之矣。
>
> 聞有欲殺我者，得兄分剖乃止。此自感德。然弟則以為生在中
> 國而不得中國半個知我之人，反不如出塞行行，死為胡地之白
> 骨也，兄胡必勸我復反龍湖乎？龍湖未是我死所，有勝我之
> 友，又真能知我者，乃我死所也。嗟嗟！以鄧豁渠八十之老，
> 尚能忍死於保定慵夫之手，而不肯一食越大洲之禾，況卓吾子
> 哉！與其不得朋友而死，則牢獄之死，戰場之死，固甘如飴
> 也，兄何必救我也？死猶聞俠骨之香，死猶有烈士之名，豈龍
> 湖之死所可比耶？……我豈貪風水之人耶！我豈坐枯禪，圖寂
> 滅，專一為守屍鬼之人耶！何必龍湖而後可死，認定龍湖以為
> 冢舍也！……

對於脅迫李贄離開龍湖一事，袁宏道表示極大的憤慨，他在《與
梅客生》的信[130]中說：「卓吾一袈裟地，竟不能有，天下事安得復以
理論哉！」（《袁中郎全集》卷一）

清明日，劉東星祭無祀鬼魂。李贄為代寫《祭無祀文》。

在坪上村，著成《道古錄》（又名《明燈道古錄》一書。此書是問
學記錄，發問人以劉用相、劉用健為多，間有劉東星和懷林的問話或
述說，而以李贄的回答為主，經劉用相、劉用健手記筆錄整理而成，
分上下兩卷，共四十二章。《道古錄引》自述成書和刻行的經過。

---

130 袁宏道此信，錢伯城《袁宏道集箋校》卷十一係在「萬曆二十五年丁酉（1597）
　　在杭州作。」

天寒夜永,語話遂長。或時余問而晉川答,或時晉川問而余
應。……晉川之子用相、用健(按,用健為劉東星之侄)者二
人,有時在坐與聞之,而心喜,然亦不過十之一二矣;退而咸
錄其所聞之最親切者,其不甚切者又不錄,則又不過百之一二
矣。然時日既多,積久或成帙。余取而覆視之,不覺俯几嘆
曰:「是錄也,乃吾二人明燈道古之實錄也,宜題其由曰《明
燈道古錄》。……」宜梓而傳之,俾天下後世知吾二人并其二
子不虛度時光也與哉!(顧大韶《李氏文集》卷十八)

　　李贄自稱《道古錄》是宣揚孔孟之道的,他說:「是明燈道古之
錄也,是猶在門庭之內也,真不謬為吾家的統子孫也。」(《道古錄
引》)其實在《道古錄》一書中,李贄用自己的觀點解釋了《大學》、
《中庸》,許多見解都是一反儒家原意的。例如:

予謂聖人雖曰「視富貴如浮雲」,然得之亦若固有;雖曰「不
以其道得之則不處」,然亦曰富與貴,是人之所欲。今觀其相
魯也,僅僅三月,能幾何時,而素衣麑裘、黃衣狐裘、緇衣羔
裘等,至富貴享也。禦寒之裘,不一而足;褻裘之飾,不一而
襲。凡載在《鄉黨》者,此類多矣。謂聖人不欲富貴,未之有
也。(卷上第九章)

又如《雖聖人不能無勢利之心》段,就戳穿道學家只講「仁義」不講
「勢力」的謊言。其文如下:

夫聖人亦人耳,既不能高飛遠舉,棄人間也,則自不能不衣不
食,絕粒衣草而自逃荒野也。故雖聖人,不能無勢利之心;雖
盜跖,不能無仁義之心。
故伯夷能讓千乘之聖人也,聞西伯善養老,則自北海而往歸
之;太公本鷹揚之聖人也,時未得志,則自東海而來,就養於

文王，皆以為勢力故也。淮陰雖長大，而寄食於漂母，利也；陳平本窮巷，而門外多長者車轍，勢也。

以此觀之，財之與勢，固英雄之所必資，而大聖人之所必用也，何可言無也？吾故曰，雖大聖人不能無勢利之心，則知勢利之心，亦吾人稟賦之自然矣。

盜跖至暴橫也，然或過孝子之廬則不入，或聞貞士之邑則散去，或平生一受其惠，即百計投報之不少忘，此皆仁義之心，根於天性不可壅遏，而謂盜跖無仁義之心可乎？（卷上第十章）

又如《人之德性》段，重新解釋了《中庸》「尊德性」、「道問學」、「率性」諸問題，得出「堯舜與途人一，聖人與凡人一」的結論。其文如下：

人之德性，本自至尊無對，所謂獨也，所謂中也，所謂大本也，所謂至德也。然非有修道之功，則不知慎獨為何等，而何由致中，何由立本，何由凝道乎？故德性本至尊無對也。然必由問學之功以道之，然後天地之間至尊、至貴、可愛、可求者，常在我耳。故聖人為尊德性，故設許多問學之功；為慎獨、致中，故說出許多修道之教……正欲人道問學以尊吾之德性耳。……能尊德性，則聖人之能事畢矣。於是焉或欲經世，或欲出世，或欲隱，或欲見，或剛或柔，或可或不可，固皆吾人不齊之物情，聖人且任之矣。故曰以人治人。若夫不驕不倍，語默合宜，乃吾人處世常法。此雖不曾道問學，而尊德性者或優為之。故聖人之意若曰：爾勿以尊德性之人為異人也。彼其所為，亦不過眾人之所能為而已。人但率性而為，勿以過高視聖人之為可也。堯、舜與途人一，聖人與凡人一。（卷上第十一章）

　　在《道古錄》中，李贄對儒家學說中的一些基本概念如「道」、「禮」等，都作了自己的解釋。他說：「道本不遠於人，而遠人以為道者，是故不可以語道。可知人即道也，道即人也，人外無道，而道外亦無人。」。

又如：

> 今之言政、刑、德、禮者，似未得禮意，依舊說在政教上去了，安能使民格心從化也？彼但知禮之為中，齊之為齊。中則不可使人有過不及之差，齊則欲齊人之所不齊以歸於齊。夫天下至大也，萬民至眾也，物之不齊，又物之情也。（卷上第十五章）

又如：

> 千萬其人者，各得其千萬人之心，千萬其心者，各遂其千萬人之欲。是謂物各付物，天地之所以因材而篤也，所謂萬物並育而不相害也。今之不免相害者，皆始於使之不得不並育耳。若肯聽其並育，則大成大，小成小，天下更有一物之不得所者哉？是之謂「至齊」，是之謂「以禮」。夫天下之民，各遂其生，各獲其所願有，不格心歸化者，未之有也。世儒既不知禮為人心之所同然，本是一個千變萬化活潑之理，而執之以為一定不可易之物，故又不知齊為何等，而故欲強而齊之，是以雖有德之主，亦不免於政刑之用也。吁！禮之不講久矣。《平天下》曰：「民之所好，好之；民之所惡，惡之。」好惡從民之欲，而不以己之欲，是之謂「禮」。禮則自齊，不待別有以齊之也。若好惡拂民之性，災且必逮夫身，況得而齊之耶？（卷上第十五章）

　　在坪上日，袁宗道寄來一信，報告京友動態。《白蘇齋類集》卷十五《與李卓吾（一）》：「焦漪園常相會，但未得商量此事（指學佛）。陶石簣為人絕不俗，且趨向此事，極是真切，惜此時歸里，我輩失一益友耳。王衷白（圖）是一本色學道人。此外又有蕭玄圃（雲舉）、黃慎軒（輝）、顧開雍（天埈）諸公，皆可謂素心友。因於教訊及，故云。……二舍弟（宏道）病瘧三月，幾殆，今始癒，已改教矣。」另外還寄來《一貫忠恕說》時藝一篇向李贄請教。

　　春夏之間，動身赴大同。《客吟》其一：「昨朝坪上客，今宵雲中旅。旅懷日不同，客夢翻相似。」（《續焚書》卷五）

　　途經晉陽（今太原市）、清涼山（即五臺山），寫有《晉陽懷古》與《觀音閣》諸詩。代州戶曹督餉主事劉敬臺數致饋遺，兩次懇請李贄住五臺山，都為李贄所婉辭。仲夏五月，到大同，住在雲中僧舍。[131]有《初至雲中》、《雲中僧舍芍藥》、《客吟》其二諸詩。

　　大同府推官李惟清（名時輝，山東益都人，萬曆十七年己丑進士，曾任西安府推官、兵部主事）等來訪。《續焚書》卷一《與李惟清》：「承賜不敢不權拜受，不敢為不恭也。今已數日也。身既無入公門之禮，而侍者又皆披緇之徒，雖欲躬致謝而親返璧，其道固無由也。計惟有兄可能為我委曲轉致之，庶諸公不我怒，或不我罪云耳。」

　　到大同後，覆信袁宗道，對其《一貫說》發表評論。《續焚書》卷一《答友人》說，《一貫說》「高出俗儒萬倍」，但孔學的最高理論是「克己」，並不是「一貫」。「克己」是孔子告訴高足弟子顏回的話，但「顏子沒而其學遂亡」，孔學便成為「絕學」了。

　　耿定力聞知李贄有《道古錄》新著，特來信索取。李贄作《與耿子健納言》：

131　容肇祖《李贄年譜》說：「李贄到大同，寓梅國楨署中。」今看《與李惟清》中「身既無入公門之禮」一語，知李贄在大同不住梅國楨巡撫署中，當住雲中精舍。

閩中友朋多情義，歲時恭敬師長，惟有枝、圓、白糖等土產耳。倘分惠我各數斤，使我復嘗故鄉物，不亦美歟！城中發賣者皆廣枝、圓，無閩枝、圓也，縱有，亦皆下品，枝必酸澀，圓必是大核，故以為請。老人無他長，惟是飲食口腹之奉是急。（《李氏遺書》卷一）

在大同，聽到顧養謙辭官回籍的消息，十分憤慨。《續焚書》卷一《與友人》：「顧沖庵畢竟又不用矣，不用當益老。……老不老，死不死，於英雄何損；但今日邊方漸以多事，真才日以廢黜，不免令人扼腕而太息耳！」又進而評論梅國楨，稱他是「無為而自能有為」的「人傑」，說：「在寧夏時，以不干己之事而能出力以成大功，其有為也如此；今居大同，軍民夷虜若不見有巡撫在其地者，其安靜不為又如此；所謂真人傑者非耶？」（同上）

在大同，著成《孫子參同》一書。《孫子參同序》：「因讀《孫武子》，而以魏武之注為精當，又參考六書（指《武經七書》中的《吳子》、《司馬法》、《李衛公問對》、《尉繚子》、《三略》、《六韜》）以盡其變，而復論著於各篇之後。」（《孫子參同》卷首）梅國楨稱李贄此書是「集兵家之大成，得《孫子》之神解」。其《孫子參同序》說：

> 余友禿翁先生，深於禪者也。於兵法獨取《孫子》，於注《孫子》者獨取魏武帝，而以餘六經附於各篇之後，注所未盡，悉以其意明之，可謂集兵家之大成，得《孫子》之神解。余在雲中始得讀之。雲中於兵，猶齊魯之於文學，其天性也。故為廣其傳，使人知古今兵法盡於七經，而七經盡於《孫子》。若善讀之，則十三篇皆糟粕也，況其他乎？（《孫子參同》卷首）

在《孫子參同序》裡，李贄對腐儒輕視軍事的思想進行了嚴厲的批判，論證了文武互相結合、緊密不可分的關係，斥責那些只知「通經

學道，四六成文」、「能文不能武」的腐儒。

　　李贄把《孫子參同》寄給北京的友人，又把《四海》、《八物》等寄給翰林院編修袁宗道。袁宗道讀了十分稱羨。《白蘇齋類集》卷十五《與李卓吾（二）》：

> 前得沁水書，即日作數字奉報，不知沁水人能乘便寄到雲中否？
> 《孫武子注》今日過一友人齋中始得見之，匆匆僅讀得首一序。此等真文字，惟蘇長公有幾篇相近，余亦未足方也。方同諸兄游上方（按在盤山）歸，才釋馬箠，小休榻上，忽見案頭有翁書，展讀一過，快不可言。又得讀與焦弱侯書，又得讀《四海》、《八物》，目力倦而神不肯休。今日又得讀《孫武子敘》，真可謂暴富乞兒也。……
> 不佞讀他人文字覺懣懣，讀翁片言隻語，輒精神百倍，豈因宿世耳根慣熟乎？雲中信使不斷，幸以近日偶筆頻寄，不佞如白家老婢，能讀亦能解也。笑笑！

　　與此同時，又寫《解經文》一文。李贄在解釋《楞嚴經》中「晦昧為空」一段經文之後說：

> 嗟嗟！心相其可空乎！……豈知吾之色身泊外而山河，遍而大地，並所見之太虛空等，皆是吾妙明真心中一點物相耳。是皆心相自然，誰能空之耶？心相既總是真心中所現物，真心豈果在色身之內耶？夫諸相總是吾真心中一點物，即浮漚總是大海中一點泡也。使大海可以空卻一點泡，則真心亦可以空卻一點相矣，何自迷乎？……（《焚書》卷四）

此文曾寄給袁宗道。袁宗道來信讚揚備至。《白蘇齋類集》卷十五《與李卓吾（三）》：「『晦昧為空』，『為』字從來未有如此解者，未有

如此直截透徹者。」他希望李贄把整部《楞嚴經》注釋一遍，說：
「顧安得翁廣長舌頭，圓通手腕，將此全經注釋一遍乎？弟謂後溫陵
注行，前溫陵注無處發賣耳。」

大同府推官李惟清與李贄討論佛學，他勸諭李贄「同皈西方」和
「禁殺生」。李贄回信李惟清，說西方並非平等極樂國土，他不願專
一求生西方，也不願全戒殺生。《焚書》卷二《與李惟清》：

> 且佛之世界亦甚多。但有世界，即便有佛；但有佛，即便是我
> 行游之處，為客之場。……天堂有佛，即赴天堂；地獄有佛，
> 即赴地獄。何必拘拘如白樂天之專往兜率內院，天臺智者永明
> 壽禪師之專一求生西方乎？此不肖之志也。……若公自當生
> 彼，何必相拘。

在大同，又繼續修訂《藏書》。《續焚書》卷二《老人行敘》：「又
有《藏書世紀》八卷，《列傳》六十卷，在塞上日，余又再加修
訂。」李贄準備把它寄給焦竑再次校閱，一任付梓。他自稱《藏書》
是「萬世治平之書」。《續焚書》卷一《與耿子健》：

> 劉肖川到，得《道古錄》二冊，謹附去覽教。尚有二冊欲奉弱
> 侯，恐其不欲，故未付去，試為我問之何如？並為道《藏書》
> 收整已訖，只待梅客生令人錄出，八月間即可寄弱侯再訂，一
> 任付梓矣。縱不梓，千萬世亦自有梓之者。蓋我此書乃萬世治
> 平之書，經筵當以進讀，科場當以選士，非漫然也。

秋得懷林死訊，有《哭懷林》四首。茲錄其一、四兩首如下：

> 南來消息不堪聞，腸斷龍堆日暮雲！當日雖然扶病去，來書已
> 是細成文！
> 年在桑榆身大同，吾今哭子非龍鍾。交情生死天來大，絲竹安
> 能寫此中！（《焚書》卷六）

時又有《客吟》二首，流露了「所在是客」和彷徨無定的心情。

在大同，梅國楨對李贄不但「供養甚備」，而且還派人為他抄錄《藏書》，邀他觀兵城東門。七月十五日，又親自陪他登上大同城宏偉壯麗的西北樓乾樓，一起飲酒題詩。李贄說：「欲歸猶未可，此地有知音。」（《焚書》卷六《乾樓晚眺》）

八月間，離開大同，轉赴北京。同行的有劉用相等人。此際，李贄真正感到茫然無歸的痛苦，但他決不後悔。行前，寫信給當時在京任左通政的耿定力，請他在西山代覓一僧舍。《與耿叔臺》：

> 弟因肖川促歸，遂亦淒然。重念老丈向者之恩未報，今咫尺而不一見，非情也，約以是月同發，一面容顏乃別。從此東西南北，信步行去，所至填溝壑皆不悔矣。先此奉聞。倘得近西山靜僻小小僧舍一寄信宿，則旅次有歸，出入無虞，指引有使，是所望於執事者，想念故人必無爽也。（《續焚書》卷一）

時李惟清送來盤纏，為李贄所卻。《答李惟清》：

> 此間供養甚備，即是諸公之賜矣。既承供養，又受折禮，毋乃太貪饕乎？……若留阿堵於囊中，或有旅次之虞，懷資之恐，重為兄憂，未可知矣。幸察余之真誠，使得還璧！（《續焚書》卷一）

赴京途中，遇到從宣大抽調前去援朝抗倭的征東將士，寫下《曉行逢征東將士卻寄梅中丞》一詩：「烽火城西百將屯，寒煙曉斝萬家村。雄邊子弟誇雕鞍，絕塞將軍早閉門。傍海何年知浪靜，登壇空自拜君恩。雲中今有真頗牧，安得移來覲至尊？」（《焚書》卷六）。

經過重門天險居庸關，到了離通州府城東八里的潞縣故城莊（潞縣故城在城東八里甘棠鄉，此地有潞河驛，在舊城東關外潞河西岸。進京的官員等一般都先住在這裡），等候耿定力尋覓僧舍的消息，遇

到友人尚寶司少卿潘士藻。李贄寫信給潘士藻，請他到時派人來接。
《與潘雪松》：

> 本欲往南，又欲往豫章會未會諸友矣。彷徨未定，復同肖川至
> 潞河登舟，獲遂見老丈於城下，雖非僕之得已，然亦可遂謂僕
> 之無可奈何哉！士為知己者死，即一見知己而死，死不恨矣。
> 所欲暫傍西山僧舍，已托叔臺丈遣使尋討矣，至日倘遣一使迎
> 我二人，亦大幸也。房費、日費已辦，不勞掛心。（《續焚書》
> 卷一）

寓通州時，馬經綸之父馬時敘入朝抵家，想就此隱居不仕。李贄
和馬時敘相識可能即在此時。東平孫元《創建邑侯馬公生祠記》：「公
名時敘，別號歷山，家世霍邱，通州其籍也。發軔嘉靖甲子（四十三
年，1564）科。善庭訓，家胤（指馬經綸）登為名柱史。丙申（萬曆
二十四年）秋分符壽（壽張縣），良軫念民瘼，甫逾年而教化翔洽。
時朝天抵家，遂尋泉石盟。」（《壽張縣志》卷八《藝文》）李贄和馬
經綸相識可能也在此時。

秋九月九日，到北京，寓西山極樂寺。有《九日至極樂寺聞袁中
郎且至因喜而賦》詩，詩中說：「黃金臺上思千里，為報中郎速進
途。」（《焚書》卷六）

極樂寺離京甚遠，李贄足跡不出戶庭。一些友人到此相會。李贄
和潘士藻「時時對榻」。時江西饒州德興縣篁山庵新修復，寺僧真空
特來京師，求潘士藻為作碑記。李贄為代寫《篁山碑文》。

十六日，劉用相回沁水。李贄寄信梅國楨，詢問《孫子參同》的
刻印和《藏書》的抄錄情況，說：

> 在寓所時不覺有失，到極樂始爽然自失矣。肖川以僮僕催逼，
> 於十六日行。諸公多只一會，或一宿，惟雪丈（即潘雪松）時

時對榻，不兩日夜隔。袁二（即袁宏道）未審何在，長孺亦只傳聞於焦三（即焦竑之三子，名尊生）之口，若在金陵寓居耳。楚錄未聞想到此，雲中當久知之。《孫子》刻何似？《藏書》抄出何時當竟？但望催發為感。極樂去城極遠，絕跡未嘗出戶，故不知城裡事。劉旌伯想到雲中矣。贄生再頓首。又浪聞袁二九月盡可入京。（見上海博物館所藏李贄書札手跡）

信眉囑咐劉旌伯（生平不詳）如回麻城要為他帶冬衣來，說：

旌伯回，若送役旋，幸為我帶些冬衣，不然，寄李酉卿（李長庚字）行囊可也。冬衣只是一色絨物，或衣或未成衣，俱乞帶來。但一件絨褐，俱帶來。若楊鳳里欲帶一二僧附驛騎來京，公亦給之。又懇。（同上）

不久，《藏書》抄稿寄到，「即付焦弱侯校閱，托為敘引以傳矣」（《續焚書》卷二《老人行敘》）。

在西山極樂寺，編有《淨土訣》三卷，並即刻行。《老人行敘》：「至西山極樂寺，則有《淨土訣》三卷書。隨手輒書，隨手輒梓，不能禁也。」《淨土訣前引》說：「阿彌陀佛淨土，即自心淨土」，「念佛參禪，即所以自淨其心」。（見《淨土訣》卷首，《李卓吾遺書》）

陶望齡兄來京，帶來詢問京中師友情況的信函。李贄覆信並寄去《淨土訣》一書。《覆陶石簣》中介紹他「京師所親炙」的師友說：「通州馬侍御（即馬經綸），經世才也，正理會出世事業而乏朋侶，然異日者斷斷是國家獲濟緩急人士。吉州太和王大行，非佛不行，非問佛不語。……承天之陳（指陳所學），舊日徽州太守也，用世事精謹不可當，功業日見烜赫，出世事亦留心……」（《續焚書》卷一）

八月，焦竑任順天鄉試副主考。焦竑於落卷中得徐光啟卷，奇之，拍案嘆曰：「此名世大儒無疑也！」拔置第一名。甫出闈，又具疏

呈上《養正圖解》，神宗留覽。（李劍雄《焦竑年譜簡編》）十一月，
給事中項應祥、曹大咸劾舉子曹蕃等九人文多險誕語，對焦竑進行誣
陷。焦竑上疏自辯。疏稿傳出後，李贄即於疏末附文為之辯誣。焦竑
寫信給李贄，自敘被誣始末，對李贄表示感激之情。《與李比部》[132]
說：

> 僕始絕意，謂世無復有君子者矣。迨部覆一上，疏末一段，言
> 言當實，不激不隨，一時傳觀，紙為之敝。問之，知為門下筆
> 也。嗟呼！僕則何以得此於門下哉！……得門下而士知清議，
> 朝有指南，自是媚權賊善者可藉末議而關其口，僕即沒齒林
> 壑，亦復何憾！（《澹園集》卷十三）

本月，焦竑被貶為行人，繼被謫為福建福寧州（今霞浦縣）同
知。李贄聞訊，寫信勸慰。《焚書》卷二《與弱侯》：

> 世間戲場耳，戲文演得好和歹，一時總散，何必太認真乎……
> 晛筆亦有甚說得好者：「樂中有憂，憂中有樂。」夫當樂時，
> 眾人方以為樂，而至人獨以為憂；正當憂時，眾人皆以為憂，
> 而至人乃以為樂。此非反人情之常也，蓋禍福常相倚伏，惟至
> 人真見倚伏之機，故寧處憂而不肯處樂。人見以為愚，而不知
> 至人得此微權，是以終身常樂而不憂耳，所謂落便宜處得便宜
> 是也。……兄倘以為然否？

九月初七日，好友周思敬（1532-　，字子禮，號友山，隆慶二年
進士，累官戶部左侍郎）卒。（凌禮潮《李贄與麻城四大皇族》，見
《李贄與龍湖》，湖北音像藝術出版社，二〇〇二年八月，第一版，第
三十四頁）

---

132 焦竑此信末後有「莊生純夫之便，卒卒附言，略明下悃……不盡」，故知是寫給李
　　贄的。詩題稱「李儀部」，因李贄曾任過禮部司務。這是編書時逃避檢查的障眼法。

　　秋冬間，汪本鈳到北京尋李贄。《系中八絕·送汪鼎甫南歸省母並序》：「丁酉歲，余往西山極樂精舍，而鼎甫復來京師，與余相就。」汪本鈳《哭卓吾先師告文》也說：「丁酉，又尋師於北京極樂寺。師問鈳曰：『子不遠數千里而來，欲求何事？若只教爾舉子業，則我非舉業師也。』鈳茫然無以應。」（《李溫陵外紀》卷一）自此師徒又相處六年。

　　十二月，在西山極樂寺「關閉」。在此期間，一意誦經、參禪，不見任何客人。

詩文編年

　　《覆梅客生》：見《續焚書》卷一。本年正月寫於山西沁水。中有「袁二若能終身此道，笑傲湖山」和「若以次入京，旋來補缺」等語，可知寫於袁宏道辭去吳縣縣令之後入京補缺之前。據袁中道《珂雪齋文集》卷九《袁中郎傳》載，宏道「乙未（萬曆二十三年）謁選為吳縣令。……期年而政已成。……凡七具牘解官。」袁本年九月將入京補缺，證見李贄與梅衡湘的書札手跡。本年正月，李贄將赴大同，故信中有「上元燈火無論多寡」和「雲中君油三斤不為多」之語。雲中君為晉巫所祠諸神之一（見《漢書·祁祀志上》）。時梅國楨在雲中（大同），故語及之。

　　《壽王母田淑人九十序》：見《續焚書》卷二。本年正月寫於沁水坪上村。中有「今萬曆二十五年丁酉，余復旅寓沁水之坪上，而獲見劉晉川之婿王洽者」等語。其寫於正月，證見《壽劉晉川六十序》。

　　《壽劉晉川六十序》：見《續焚書》卷二。寫於上文同時而略後。中有「歲丁酉春正月，劉晉川之壽六十」之語，又有「晉川曰：『子不嘗為王氏祖母壽九十乎？九十固上壽，六十亦中壽也。』」等語可證。按，劉生於嘉靖十七年戊戌（1538）正月二十二日。

　　《與焦弱侯》：見《焚書》卷二。本年春或去年冬寫於沁水。時李

贊將赴大同。中有「然弟則以為生在中國而不得中國半個知我之人，反不如出塞行行，死為胡地之白骨也。兄胡必勸我復返龍湖乎？」等語可證。「塞」，指長城附近，此指大同。大同古為胡地，故云。

　　《祭無祀文》：見《焚書》卷三。本年清明寫於沁水坪上村。中有「萬曆丁酉之清明」和「況我沁水坪上」等語可證。題下標「代作」，即代劉東星作。文中「所恨羈守一官，重違鄉井，幸茲讀禮先廬，念焄蒿之淒愴，因思親以及親」等語，係用劉東星口氣。關於劉東星「讀禮」即服父喪一事，可參看劉東星《書道古錄首》及李贄《道古錄引》。

　　《道古錄》（一名《明燈道古錄》）上下二卷：明萬曆間萬卷樓刊本。明顧大韶《李氏文集》卷十八、十九收有《道古錄》上下卷。此書係李贄原著，劉用相、用健從兄弟合輯，顧大韶校定者。本年春著成並刻行於沁水。劉東星《書道古錄首》記其事（參看譜文引）。李贄《續焚書》卷二《老人行敘》：「故至坪上，則有《道古錄》四十二章。」李贄《道古錄引》中有「余⋯⋯至坪上，又聞有呼之為七十一歲李老子者，即自以為李老子云」之語，也可為證。

　　《鬼神論》：見《焚書》卷三。可能是去年冬或本年春在山西沁水時寫的。這是一篇論敬鬼神和務民事的關係的文章。文中說：「夫有鬼神而後有人，故鬼神不可以不敬；事人即所以事鬼，故人道不可以不務。⋯⋯若誠知鬼神之當敬，則其不能務民之事者鮮矣。」這一論點，與《道古錄》下卷第十章「有此天地，即有此人鬼⋯⋯人鬼一道。不能事人，以故不能事鬼。則凡不能事鬼者⋯⋯又豈有能事人之理哉！⋯⋯真能事人，則能事鬼矣」的觀點是一致的。《道古錄》是問學的記錄，可能講在前，《鬼神論》是論文，可能寫在後。但也可能寫在《夫婦論》的同時。因為其批判的矛盾也是指向理學的。

　　《贈段善甫》一首：見《續焚書》卷五。本年三、四月間寫於沁水坪上村。詩中說：「去夏逢君汝水邊。⋯⋯梅花寂寂仍含凍，誰知

君亦上山巔。出門恰好逢君到，攜君入共主人言。主人別號劉晉川，
樂道忘勢畏少年。」既說「去夏逢君」自是本年之作。段善甫「上
山巔」（指上太行）在「梅花寂寂仍含凍」之時，當是初春之際；而
坪上相逢，又是作者「出門」（往大同）之日，則此詩當寫於三、四
月間。

《晉陽懷古》一首：見《焚書》卷六。晉陽，是山西首府，即今
太原市。本年夏寫於赴大同途中。詩中透過戰國時「高赦無功獨首
論」的歷史事件，抒發了對梅國楨在平定寧夏兵變中首建奇功而沒有
得到應有的獎賞的不滿和同情。

《觀音閣》二首：見《續焚書》卷五。本年三伏間寫於路過山西
五臺山時。其一說：「觀音發大悲，欲作清涼主。如何古稀人，不識
三伏苦。」清涼，指清涼山，即山西五臺山。《山西通志》卷三十五
《山川考五》：「清涼山者，即代州雁門五臺山也。以歲積堅冰，夏仍
飛雪，曾無炎暑，故曰清涼。五峰叢出，頂無林木，有如疊上之臺，
故曰五臺。」觀音閣疑在五臺山清涼寺附近（見以下《答劉敬臺》的
考證）。李贄今年七十一。詩中「古稀人」，係舉成數而言。按，南京
城中也有清涼山。《江寧府志》卷六《山水》載：「清涼山在上元清涼
門內。」又有觀音山，其上有觀音閣。《續纂江寧府志》卷八《名
跡》：「觀音山（觀音門之北）有宏濟寺、永濟寺、觀音閣（舊橫江鐵
鏈在焉）、燕子磯。」但無論是七十歲還是七十一歲，李贄都不曾到
南京，故此可以推定《觀音閣》是李贄本年「三伏」中路過清涼——
五臺山時寫的。

《答劉敬臺》：見《續焚書》卷一。這是答謝劉敬臺留住五臺山
的一封信，本年夏寫於途經五臺山時。劉敬臺，代州戶曹（李贄另有
《答代州劉戶曹敬臺》，見《續焚書》卷一），生平事跡不詳。據光緒
刊本《代州志‧職官表三》所附《吳志補遺‧行太僕寺戶部分司》
載：「戶部分司，設嘉靖十五年（1536），三關軍馬之糧餉雛薁咸取

焉，並理淮浙河東鹽糧以足邊餉。案，分司有舉督郎中、督餉主事。郎中駐大同，主事駐代州。」據此可知劉敬臺係戶部分司駐代州的督餉主事，故稱為「代州戶曹」。信中說：「五臺天下名山，又是文殊菩薩道場，即身在異域不能履其地者，猶神以游之，乃咫尺而甘心退托，其無志可知也。……公今真文殊也。既飽飯，益不願見五臺文殊矣！」關於五臺文殊，史炤《通鑑·五臺注》：「五臺在代州五臺縣，山形五峙，相傳以為文殊示現處。」又《山西通志》卷九十《金石記四》：「五臺山清涼碑，開元二十八年（740）李邕撰，舊在五臺縣。《志略》：寺在中臺南，即佛書所謂文殊現相之地。寺南有清涼石碑。……」。

《過雁門》二首：見《焚書》卷六。本年夏寫於赴大同途中。雁門在山西代州，即今山西代縣北。中有「盡道當關用一夫，昔人曾此扞匈奴。」句。

《渡桑間》一首：見《焚書》卷六。本年寫於將到大同途中。詩寫道：「逢人勿問我何方，信宿并州即我鄉。明日桑間橫渡去，兩程又見梅衡湘。」《李氏遺書》卷二題為《將到雲中》，又詩中「勿問」作「莫問」，「桑間」作「桑乾」，可資互校。并州，古十二州之一，即河北的正定、保定及山西的太原、大同等地，此指大同。衡湘，是梅國楨的號，時巡撫大同。桑間，在河南濮陽南濮水之上，濮水在河南延津、滑縣二縣境，已湮。此「桑間」當是「桑乾」之誤。桑乾河在山西北部和河北省西北部，永定河上流，傳說桑椹成熟時河水乾涸，故名。此指靠近大同的一段。《大同縣志》載：「桑乾河自鄭家莊南李家小村北流入縣界（東南八十五里）。」（《山西通志》卷四十三《山川考十三》引）李贄可能在李家小村某地歇足，只要再住一夜，走兩天路程就到大同見梅國楨去了，故云。

《初至雲中》一首：見《焚書》卷六。本年仲夏初到大同時作。雲中即山西大同縣。中有「蒼茫山色樹層層」句，寫的是夏天景色。

　　《雲中僧舍芍藥》二首：見《焚書》卷六。本年五月間寫於大同。芍藥初夏開花。詩中說：「芍藥庭開兩朵。」又說：「爾但一開兩朵，我來萬水千山。」「兩朵」說明尚未盛開。由此詩可以推斷李贄到大同的時間約在五月間。

　　《薛蘿園宴集贈鷗江詞伯》一首：見《焚書》卷六。本年夏寫於初到大同之時。中有「名園花樹早」句。按，薛蘿園不詳所在，但從《續焚書》卷五《薊北游寄雲中歐江詞伯》一首的標題看，此詩寫於大同無疑。「鷗江詞伯」該詩作「歐江詞伯」，未知孰是。

　　《答代州劉戶曹敬臺》：見《續焚書》卷一。本年夏寫於大同。這是答謝「遠饋」和再次辭謝五臺之邀的一封信。中有「兩辱遠海遠饋」和「使五臺有半個人，僕冒死先登矣，不待今日也。今所恨者，惟是過代雁門不曾摳趨長者門下耳」等語可證。

　　《與李惟清》：見《續焚書》卷一。李惟清時任大同府推官。（見咸豐《青州府志》卷四十五《人物傳八》）這是一封奉還禮物的信，本年夏寫於大同。中有「日者之來，承諸公賜顧」和「謹將名帖並原禮各封識呈上，幸即遣的當人，照此進入」等語可證。

　　《與李惟清》：見《焚書》卷二。本年夏秋寫於山西大同。中有「非薄西方而不生也，以西方特可以當吾今日之大同耳」一語可證。

　　《答友人》：見《續焚書》卷一。本年夏寫於山西大同。中有「承示《一貫說》，客生稱其高出俗儒萬倍」一語可證。按，客生是大同巡撫梅國楨的字。本年，袁宗道曾寄一信到沁水，並呈《一貫忠恕說》時藝一篇向李贄請教。袁宗道《白蘇齋類集》卷十五《與李卓吾（一）》：「沁水父子日與翁相聚，想得大饒益。……又諸兄曾論及『一貫』、『忠恕』，生戲作時藝一篇，謹錄一紙請正。」而李贄此信開頭即說「承示《一貫說》」，可見「友人」即袁宗道。由此可知此信寫於本年夏到達山西大同之後。

　　《與友人書》：見《焚書》卷二。又見《李氏說書·下孟》，名為

《中也養不中篇》，開頭有「或問中也養不中，才也養不才，而人何以養？卓吾曰」等二十字，餘悉同。「友人」疑即袁宗道。本年袁宗道曾寄來論「一貫」、「忠恕」時藝一篇。見上譜文引。李贄此信說：「古聖之言，今人多錯會，是以不能以人治人，非恕也，非絜矩也。」似就袁時藝中的「忠恕」一點而生發開去。關於「以人治人」問題，李贄在新著《道古錄》卷下第六章中曾說：「故君子以人治人，更不能以己治人，以人本自治。」如是，則本信也可能即寫於本年春夏之間。

《孫子參同》（一名《孫子參同契》）十三篇：本年夏撰成，秋刻於大同。《老人行敘》：「至雲中，則有《孫子參同》十三篇書。」《與梅衡湘》：「到極樂始爽然自失矣。……《孫子》刻何似？」（上海博物館所藏李贄書札手跡）按，今所見版本有繼志齋《李卓吾遺書》版《孫子參同》本，明萬曆四十八年（1620）吳興閔氏松筠館朱墨刊本四卷。另外，光緒二年（1876）鼎臣重刊朱墉《武經七書匯解》一書曾匯輯李贄的論述十六條，但不見於《孫子參同》，可能是引自《讀孫武子十三篇》的。

《與耿子健納言》：見《李氏遺書》卷一。本年夏寫於山西大同。中有「顧沖庵老矣，今年六十一矣」、「余不見沖庵一十八年矣」等語。據焦竑《沖庵顧公暨配淑人李氏神道碑》載：「公生嘉靖丁酉（十六年，1537）三月八日，卒萬曆甲辰（三十二，1604）正月十一日，年六十八。」據此知顧本年六十一歲。又李贄自萬曆八年（1580）在姚安與顧沖庵分別以來至今「不見」頭尾「一十八年」。顧沖庵於本年二月獲辭歸里，故李贄信中嘆息其「不用」。時李贄在大同，故他評論顧沖庵，進而評論梅國楨說：「今居大同，軍民夷虜若不見有巡撫在其地。」此為寫於大同的明證。

《解經文》：見《焚書》卷四。這是一篇解釋《楞嚴經》中「晦昧為空」一段經文的文章。本年夏寫於山西大同。袁宗道《白蘇齋類

集》卷十五《與李卓吾（三）》說李贄解釋「晦昧為空」，「未有如此直截透徹者」。並說：「今歲天氣不甚熱。雲中地高氣爽，清涼當更倍此。院署敞豁，想見居士（指李贄）擲拂，中丞（指梅國楨）緩帶，高談之狀，甚愉快也。」此可為本年夏寫於大同的證據。

《解經題》：見《焚書》卷四。這是解釋《大佛頂》這一名稱的一篇著作，約寫於與《解經文》同時，因二者都是解釋《楞嚴經》的。

《與耿子健》：見《續焚書》卷一。《李氏遺書》卷一題為《又與耿子健》。這是寄《道古錄》時附去的一封信。本年八月之前寫於大同。信中說：「《藏書》收整已訖，只待梅客生令人錄出，八月間即可寄弱侯再訂，一任付梓矣。」

《大同城》一首：見《續焚書》卷五。本年夏秋間寫於大同。詩中有「此城真與鐵城同」之句，說明是本年的登臨之作。

《觀兵城東門》一首：見《續焚書》卷五。本年秋寫於大同。八月倭寇進逼王京（朝鮮漢城）。時明政府正在抽調薊遼、宣大、山陝兵及福建、吳淞水師援朝抗倭。本詩反映了李贄對援朝抗倭的態度。詩說：「島夷何敢動天兵，魚陣今看出塞行。若使仲由聞得此，結纓直下到王京。」

《客吟》四首：見《續焚書》卷五。本年夏秋間寫於大同。但四首不是一時之作。其一：詩見前引，寫大同途中的感懷。其二：「少小離鄉井，卻歸無與同。正是狎鷗老，又作塞上翁。」寫初抵大同。其三：「故鄉何處是？夏熱又秋涼，涼炎隨時變，何曾是故鄉！」點明是秋涼季節。其四收入《焚書》卷六，題為《塞上吟》，題下自注「時有倭警」四字，可能作於秋八月間。

《乾樓晚眺》三首：見《焚書》卷六。本年中元節（七月十五日）寫於大同。乾樓是大同城的西北樓。據《山西通志》卷三十八《府州廳縣考六》載：「大同府城，明洪武五年（1372）大將軍徐達因舊土城增築，周十三里，高四丈二尺，甃以磚石。門四：東曰和

陽，南曰永泰，西曰清遠，北曰武定。上各建角樓四，敵樓五十四，
窩鋪九十六。西半屬前衛，東半屬後衛。西北樓益宏狀，曰乾樓。」
詩中「中丞綏定後，攜我共登臨」，說的是招游。「中丞」即梅國楨，
時任都察院右僉都御史，巡撫大同。「望遠此何時？正是中元節。」
說的是登樓晚眺的時間，本詩亦即作於此時。

《賦松梅》二首：見《焚書》卷六。本年中秋節寫於大同。中有
「皎皎中秋月」和「曲彈塞上聲」句可證。

《哭懷林》四首：見《焚書》卷六。本年夏秋間寫於大同。中有
「去書猶囑寄秋衣」和「年在桑榆身大同」句可證。懷林是去冬或
今春自沁水「抱病歸」龍湖後死去的。《道古錄》卷上有「懷林曰」
兩處。

《與耿叔臺》：見《續焚書》卷一。這是托覓北京西山僧舍的一
封信，寫於本年秋將離開大同時。中有「倘得近西山靜僻小小僧舍一
寄信宿，則旅次有歸……是所望於執事者」和「費已豫備，不缺」等
語可證。

《答李惟清》：見《續焚書》卷一。這是一封辭卻饋送盤纏的
信，本年秋八月寫於即將離開大同轉赴北京之前。中有「將留之以為
回途之費，則衡湘（梅國楨號）既接我來，自然復送我去，又不須我
費念也」等語可證。

《曉行逢征東將士卻寄梅中丞》一首：見《焚書》卷六。本年秋
八月寫於自大同赴京途中而寄給大同巡撫梅國楨的。中有「雄邊子
弟」、「絕塞將軍」之語和「雲中今有真頗牧」句可證。

《晚過居庸》一首：見《焚書》卷六。本年秋八月寫於自大同赴
京途中。詩中「月露融」，似在白露之後。

《望京懷雲中諸君子》一首：見《續焚書》卷五。本年秋寫於入
直隸（今河北）將到北京之時。「薊北」泛指河北。中有「老去何當
薊北游，況兼落木又驚秋」和「絕域悲風塞草愁」之句。

　　《與潘雪松》：見《續焚書》卷一。這是一封請求派人來接自己到北京西山極樂寺去的信，本年秋九月上旬寫於北通州潞河。中有「復同肖川至潞河登舟」和「所欲暫傍西山僧舍，已托叔臺丈遣使尋討矣，至日倘遣一使迎我二人，亦大幸也」等語可證。

　　《九日至極樂寺聞袁中郎且至因喜而賦》一首：見《焚書》卷六。本年秋九月九日重陽節寫於初到北京西山極樂寺時。中有「時逢重九花應醉，人至論心病亦蘇」和「黃金臺上思千里，為報中郎速進途」句。關於中郎到京的時間，據袁中道《珂雪齋文集》卷九《袁宏道傳》載乃在萬曆二十六年戊戌（1598）。他說：「戊戌，伯修以字趣先生入都，始復就選，得京兆教官（順天府教諭）。」但據袁宗道《白蘇齋類集》卷十五《與李卓吾（五）》說：「二弟當在八、九月間謁選。」則當在萬曆二十五年，與本詩所說「袁中郎且至」的時間符，又與李贄書札手跡「又浪聞袁二九月盡可入京」的時間合。故以上二說，還是應以袁宗道之說為準。且李贄於明年（萬曆二十六年）春即與焦竑聯舟南邁離開北京前往白下，也不會在秋九月九日到極樂寺迎候袁宏道的到來。故可知此詩寫於本年無疑。關於李贄此詩，袁中道說：「余兄中郎以吳令謝病歸，再起儀郎（按，「宏道於庚子（1600）補禮部儀制主事」）。卓老以謂理不當復出，為詩曰：『王符已著《潛夫論》，為何中郎到也無？』已而中郎將抵國門，乃改前句曰：『黃金臺上思千里，為報中郎速進途。』其於進退出處介介如此。」（錢謙益《列朝詩集小傳》閏三《卓吾先生李贄》條引）如是，則此詩當寫於萬曆二十九年李贄再到西山極樂寺小住時。

　　《雨甚》一首：見《續焚書》卷五。寫於本年九月初到西山極樂寺時。中有「三秋度沁水，九月到西天」句。這是對兩年來流寓生活的回憶。西天，隱西天極樂國的意思，此指西山極樂寺。

　　《卷蓬根》一首：見《續焚書》卷五。寫於本年九月初到西山極樂寺時。中有「我來極樂國」、「南去北來稱貧乞，四海為家一老翁」

和「二十七年今來歸」句。「極樂國」此指極樂寺。李贄於隆慶四年
庚午（1570）離開北京到南京任刑部員外郎，今秋重到，時隔「二十
七年」。

　　《與梅衡湘》（篇名暫定）：李贄書札手跡殘頁，上海博物館藏。
見《文物》一九七四年第十期汪慶正《跋上海博物館所藏李贄手跡》
一文引。本年九月間寫於西山極樂寺。中有「在寓所時不覺有失，到
極樂始爽然自失矣。……《孫子》刻何似？《藏書》抄出何時當
竟？」等語，可知這是給大同巡撫梅國楨詢問《孫子參同》的刻書情
況和《藏書》抄錄進度的一封信。本年夏秋間《與耿子健》曾說：
「《藏書》收整已訖，只待梅客生令人錄出。」與上信所述完全相
符。而「袁二九月盡可入京」，也與《焚書》卷上《九日至極樂寺聞
袁中郎且至因喜而賦》一詩所詠相合。可互參。

　　《淨土決》三卷：「決」一作「訣」。《李卓吾遺書》本不分卷，
明萬曆二十五年朱枋刻本作四卷。寫於本年寓居北京西山極樂寺時。
《續焚書》卷二《老人行敘》：「至西山極樂寺，則有《淨土訣》三卷
書。隨手隨書，隨書隨梓，不能禁也。」

　　《覆陶石簣》：見《續焚書》卷一。寫於本年冬在西山極樂寺
時。中有「此京師所親炙勝我師友如此」和「外《淨土訣》一本附
奉」等語可證。本年夏袁宗道《白蘇齋類集》卷十五《與李卓吾
（一）》說，「陶石簣為人絕不俗」，「惜此時歸里」。陶托其兄送信給
李贄，故李贄覆信說：「接手教即同見面，得見令兄即同見公。」

　　《篁山碑文》：見《焚書》卷三。約寫於本年冬或明年春在北京
西山極樂寺。標題下署「代作」，係代潘士藻作。潘士藻《闇然堂遺
集》卷四有《篁山庵碑》一文，文字與李贄《篁山碑文》大同而小
異，可見《焚書》中的《篁山碑文》是後來的改定稿。時江西饒州德
興縣篁山庵初修復，其建庵僧人真空特到京師求潘士藻作碑文以記其
事，而潘士藻即請李贄代作。本年秋冬間，李贄和潘士藻曾在一起

過。上述《與梅衡湘》:「惟雪丈時時對榻,不兩日夜隔。」文中有「茲因其不遠數千里乞言京師,欲將勒石以記」一語。

　　《與弱侯》:見《焚書》卷二。本年冬十一、二月間寫於北京西山極樂寺。這是聞焦竑罷官後寫去的一封勸慰信。請參看上述譜文引。信中有「客生曾對我言:『我與公大略相同,但我事過便過,公則認真耳。』……今兄之認真,未免與僕同病」等語,可見是寫於今年與梅國楨相見之後,聞焦竑罷官之時。

時事

- 二月丙寅(初五日),議復抗倭援朝。丙子(十五日),派前都督同知麻貴為備倭總兵官,統南北諸軍。(《明神宗實錄》卷三〇七)
- 三月乙巳(十五日),派山東右參政楊鎬為僉都御史,經略朝鮮軍務。己未(廿九日),派兵部侍郎邢玠為尚書,總督薊、遼、保定軍務,經略禦倭。(《明神宗本紀二》)
- 五月癸巳(初二日)、甲寅(廿三日),邢玠上疏請募兵川、浙,並調薊、宣大、山陝兵及福建、吳淞水師援朝。(《明神宗實錄》卷三一〇)
- 七月,播州土酋楊應龍叛亂,掠合江、綦江。(《明神宗本紀二》)
- 九月壬辰(初四日),主和派前兵部尚書石星(二月革職候勘)以「諂賊釀患,欺君誤國」罪被捕下獄,論死。(《明神宗本紀二》,《明神宗實錄》卷三一四,《七卿表二》)

　　　　　　＊　　　　　　　　　　＊　　　　　　　　　　＊

- 正月癸丑(廿二日),升南京吏部主事周汝登為廣東僉事,專管屯田鹽法水利。(《明神宗實錄》卷三〇六)

- 二月乙亥（十四日），准協理京營戎政顧養謙在籍調理。（同上卷三〇七）

- 四月丙寅（初六日），升河南右參政蕭良幹為山西按察使。明年十一月戊寅（當為庚寅或壬寅之誤），升為河南右布政使。（同上卷三〇九、三二八）

- 七月丙午（十七日），升戶部右侍郎周思敬為左侍郎。八月壬午（廿四日），周思敬以倡不救朝鮮被劾。九月乙未（初七日）卒，年六十六。（《明神宗實錄》卷三一二、三一三、三一四）

- 八月己卯（廿一日），翰林院編修袁宗道充皇長子講讀官。（同上卷三一三）

- 九月戊戌（初十日），翰林院修撰焦竑為皇長子講讀官，進《養正圖解》。（同上卷三一四）

- 十月癸亥（初六日），改南京禮部右侍郎楊起元為南京吏部右侍郎。（同上卷三一五）

- 十一月辛卯（初四日），焦竑以主順天鄉試，舉子曹蕃等九人「文多險誕語」，被給事中項應祥、曹大咸等所劾，謫福寧州同知。（同上卷三一六）

- 本年，袁宏道辭去吳縣縣令。（民國廿一年《吳縣志》卷二《職官表》）

- 汪可受任江西左參政，分守饒州、南昌、九江。（光緒六年重修《江西通志》卷十二《職官表》）

- 族孫林而廷（1570-　，號天咫，奇材孫）考取舉人。（乾隆《泉州府志》卷三十五《選舉三》）

萬曆二十六年戊戌（1598）　　　　　　七十二歲

　　春，在北京，寓居西山極樂寺。元日，外出拜年。有《閉關》一

首，說：「關閉正爾為參禪，一任主人到客邊。無奈塵心猶不了，依然出戶拜新年。」董其昌《畫禪室隨筆》卷四《禪說》記其日與李贄相會的印象說：「李卓吾與余以戊戌春初一，見於都門外蘭若中，略披數語，即評可莫逆，以為眼前諸子，惟君具正知見，某某皆不爾也。」寫《元日極樂寺大雨雪》一詩，慨嘆說；「年來鬢髮隨刀落，欲脫塵勞卻惹塵！」

沈王朱珵堯遠地相慕，來信邀請李贄到潞州（今山西長治縣）王府，為李贄婉言辭絕。《答沈王》：「時猶嚴寒，未敢出戶。」又《清池白月詠似沈國王》其一：「易隆陪乘禮，難接大王風。」

李贄在城外數月，喜與人談兵談經濟（經世濟民）。袁宗道頗不以為然，他在《答陶石簣》裡說：「在城外數月，喜與朦瞳人談兵談經濟，不知是格外機用耶？是老來眼昏耶？」（袁宗道《白蘇齋類集》卷十六）

春間，與新罷講官的焦竑聯舟南下，同回南京。途經河北滄州，見長蘆轉運使何繼高（號泰寧，浙江山陰人，萬曆十一年進士，曾任福州府知府，官至江西右參政）。何請李贄為他精選王龍溪著作並加圈點。《龍溪先生文錄抄序》：

> 今春余偕焦弱侯放舟南邁，過滄州，見何泰寧。泰寧視龍溪為鄉先生，其平日厭飫先生之教為深，熟讀先生之書已久矣，意欲復梓行之，以嘉惠山東、河北數十郡人士，即索先生全集於弱侯所。弱侯載兩船書，一時何處覓索。泰寧乃約是秋專人來取，而命余圈點其尤精且要者，曰「吾先刻其精者以誘之令讀，然後梓其全以付天下後世……」（《焚書》卷三）

舟中，選錄宣揚鬼怪神異之事的志怪小說《睽車志》（宋郭彖著，五卷）。《選錄睽車志敘》：「今弱侯罷講官，余又與之連舟南行。舟中閒適，弱侯示余郭伯象《睽車志》。余取其最儆切者，日間細書

數紙，以與眾僧觀省。」

　　敘中認為此書「可與《因果錄》、《感應篇》同觀」。舟中，又匯
集本人的一些零星著作，名為《老人行》。《續焚書》卷二《老人行
敘》：

> 今幸偕弱侯聯舟南邁，舟中無事，又喜朋盍，不復為閉戶計
> 矣，括囊底，復得遺草，匯為二冊，而題曰《老人行》，不亦宜
> 歟！夫老人初心，蓋欲與一世之人同成佛道，同見佛國而已，
> 著書立言非老人事也。而書日益多，言日益富，何哉？然而老
> 人之初心至是亦徒然耳。則雖曰《老人行》，而實則窮途哭也，
> 雖欲不謂之徒然不可矣。雖然，百世之下，倘有見是書而出涕
> 者，堅其志無憂群魔，強其骨無懼患害，終始不惑，聖域立
> 躋，如肇法師（即僧肇）所謂「將頭臨白刃，一似斬春風」，
> 吾夫子所謂「有殺身以成仁」者，則所著之書猶能感通於百世
> 之下，未可知也。則此老行也，亦豈可遂謂之徒然也乎哉！

匯編此書的目的是希望「能感通於百世之下」，使看到此書的人能
「堅其志無憂群魔，強其骨無懼患害」。

　　舟過山東聊城，因有感於正月間援朝戰爭的慘敗，寫下《過聊
城》一詩：「誰道百夫長，勝作一書生。渤海新開府，中原盡點兵。
倭夷兩步卒，廊廟幾公卿！不見魯連子，射書救聊城？」（《焚書》卷
六）。

　　《聊城懷古》則說「堪笑東西馳逐者，區區只為一文錢。」（《續
焚書》卷五）

　　早夏，過邳縣（今江蘇邳縣），與朱國楨相遇。[133]

---

133 相遇的確切日期不詳。朱是李的反對派。《涌幢小品》卷十六《李卓吾》條：「卓吾
　　名贅，曾會之邳州舟中，精悍人也，自有可取處。讀其書，每至辯窮，輒曰：『吾
　　為上上人說法。』嗚呼！上上人矣，更容說法耶？此法一說，何所不至。聖人原開

　　過儀徵（古稱真州，今江蘇儀徵縣），與到儀徵接袁宏道家屬入
京的袁中道同游天寧寺。[134]天寧寺在儀徵縣東南澄江橋西。

　　袁中道有《雨坐天寧寺，時將同卓吾子游秣陵，以雨不果》詩，
稱讚李贄「年老有精神」：

> 照泥星出濕頻頻，早夏蕭條似早春。牛首燕磯將戒路，雨師風
> 伯漫清塵。石欄浣浣流花淚，槐葉森森護鳥身。窗下一篇閒自
> 讀，喜君年老有精神。（袁中道《珂雪齋近集》下冊《詩集》）

　　夏初抵南京。《焚書》卷二《書晉川翁壽卷》：「余以昨戊戌初夏
至，今又一載矣。」聞顧養謙夫人之變。焦竑《澹園集》卷五《與顧
中丞》：「夏初，舟抵淮（淮海）、揚（揚州）間，輒有天際真人之
想，恨不能奮飛也。抵家，始聞尊夫人之變（按，顧妻李淑人於本年
十二月三十日卒，此變當指病）。與卓吾議，遣一使奉慰，趙趙未
行，乃為門下所先，益愧慊不自安矣。」

　　初住焦竑精舍。汪本鈳《卓吾先師告文》：「明年（指戊戌）春，
師同弱侯先生抵白下，先生造精舍以居師。」（《李氏遺書》附錄）訪
定林庵（庵在焦竑館側）。《焚書》卷三《定林庵記》：「萬曆戊戌，從
焦弱侯至白下，詣定林庵。」寫《定林庵記》，盛讚定林「道不虛
談，學務實效」。

　　不久（約五月間），移寓永慶寺（又名白塔寺），在伽藍殿門帖上

一『權』字，而又不言所以。此際著不得一言，只好心悟，亦非聖人所敢言，所忍
　言。今日士風猖狂，實開於此，全不讀《四書》本經，而李氏《藏書》、《焚書》，
　人挾一冊，以為奇貨。壞人心，傷風化，天下之禍，未知所終也。李氏諸書，有
　主意人看他，盡足相發，開心胸；沒主意人看他，定然流於小人無忌憚。」

134 袁中道《游居柿錄》卷三第二一九條載：「戊戌，中郎改官，入補順天教官。時眷
　屬寓真州，余送眷屬入京，即入國學肄業。」又袁中道《珂雪齋近集》卷四《過
　真州記》：「真州，即古白沙地也，城壕帶引，白波晶耀，極可泛。萬曆戊戌，予
　曾客此。……蓋此地近建業。」

寫了「少作書生，未見升堂入室；老為廟祝，粗知掃地焚香」的對聯。又在壁間自書二副條幅以自警：「事未至，先一著；事既至，後一著。」「無事常如有事時提防；有事常如無事時鎮靜。」（佘永寧輯《永慶答問》，見潘曾紘《李溫陵外紀》卷二）

　　時南京吏部右侍郎楊起元在南京講學，對李贄極推重，叫他的學生佘永寧、吳世徵（字得常）向李贄問學。佘永寧在記錄李贄回答他們問學的《永慶答問》中記述說：

> 萬曆戊戌仲夏，古歙佘永寧、吳世徵同游白下，問學於楊復所先生。先生謂曰：「溫陵李卓老，今之善知識也，現寓永慶寺中，曾相見否？」對曰：「久從書冊想見，卻未請見。」曰：「何不亟請見？」一友從傍曰：「聞其不肯與人說話。」先生曰：「就是不說話，見見也好。」又一友曰：「聞其常要罵人。」先生曰：「他豈輕易罵人，受得他罵的方好。」徵因問師見卓老有何印證。先生曰：「有什麼印證？」徵又問師與卓老同異。先生曰：「有什麼同異？就是有不同處，也莫管他。」（《李溫陵外紀》卷二）

佘永寧、吳世徵是楊起元的高足弟子，佘永寧曾編楊起元《語錄》。後焦竑在《題楊復所先生語錄》中談及楊起元與李贄二人當時在南京講學的不同風度說：

> 嶺南復所楊先生倡道金陵，問學者履常滿戶外，二三高足弟子有契於中，輒筆其語以傳，今載錄中者是已。當是時，溫陵李長者與先生狎主道盟。然先生如和風細雨，無人不親，長者如絕壁巉岩，無罅可入。二老同得法於旴江（指羅汝芳），而其風尚懸絕如此。余以為未知學者不可不見先生，不如此則信向靡從；既知學者不可不見長者，不知此則情塵不盡。天生此兩

人，激揚一大事於留都，非偶然也。(《澹園集》卷二十二)

時李登、李朱山、吳遠庵、徐及、無念、程渾之、方沆、曹魯川（名胤儒，字汝為，號魯川，太倉姑蘇人）等也都來永慶寺相會論學。洪石夫、汪震甫也來問學。（見佘永寧《永慶答問》）李贄曾有信給吳世徵，討論師友問題。《續焚書》卷一《與得常》：

> 學道人腳跟未穩當，離不得朋友；腳跟既穩當，尤離不得朋友。何者？友者，有也，故曰道德由師友有之，此可以見朋之不可離矣。然世間真友難得，而同志真實友尤其難得。古人得一同志，勝於同胞，良以同胞者形，而同志者可與踐其形也。孔、孟走遍天下，為著什麼？無非為尋同志焉耳。昨見佘常吉（永寧），誠是足下同志，從此日夕不離，真實參究大事，未有不同明者！然無常迅速，時不待人，願與常吉勉之！

在永慶寺，寫有《雨中塔寺和袁小修韻》七律一詩：「無端滯落此江瀕，雨濕征衫逢故人。但道三元猶浪跡，誰知深院有孤身？」（《焚書》卷六）

當時有人攛掇李贄回龍湖。袁宏道時任京兆校官，對李贄的行蹤表示極大的關心。他寫信給楊烏栖（疑即楊定見），說：「卓叟既到南，想公決來接。弟謂卓老南中既相宜，不必攛掇去湖上也。亭州（指麻城）人雖多，有相知如弱侯老師者乎？……一郡巾簪，勢不相容，老年人豈能堪此，願公為此老計長久，幸勿造次。」（《袁中郎全集》卷一《寄楊烏栖》）

時陶望齡也從會稽寄來一信給焦竑，[135]要他力挽李贄在南京住

---

135 據道光《會稽縣志》卷十七《人物》載：「陶望齡……宗伯承學第二子……戊戌丁父艱。」信中說「若目下則老親尚在床席」，可知此信寫於本年父死之前（「深秋」之前）。

下。《歇庵集》卷十一《與焦漪園》：

> 吳山人及楚僧至，再得手訊，慰慰！弟初意欲留無念至深秋同
> 走白下，而來僧將卓吾命甚嚴。且云：時下有小不安，旦夕便
> 等相見。弟更無詞挽留，只得且聽其去。……卓老尊恙，想亦
> 小小。西湖之游，固不敢望。但以丈力攀挽，得從容少時，不
> 至遽還龍湖，則弟摳趨有日矣。若目下則老親尚在床席，勢萬
> 萬不可耳。世上眼珠小，不能容人。況南京尤聲利之場，中間
> 大儒老學，崇正辟異，以世教自任者尤多，恐安放卓老不下，
> 丈須善為之計。弟意牛頭、攝山諸處，去城稍遠，每處住幾
> 時，意厭倦時，輒易一處，無令山神野鬼得知蹤跡，則卓老自
> 然得安，或不遂興歸思也。

六月，到攝山（在南京東北，一名棲霞山，上有千佛嶺）訪袁文
煒（字中夫），並避暑。有《六月訪袁中夫攝山》[136]詩一首：「懷人千
佛嶺，避暑碧霞顛。試問山中樂，何如品外泉？陰陰藤掛樹，隱隱日
為年。坐覺涼風至，披襟共洒然。」

楊定見到攝山，李贄高興極了，寫有《喜楊鳳里到攝山》詩二
首。其二：「憶別龍湖才幾時，天涯霜雪淨鬚眉。君今復自龍湖至，
鬢裡有絲君自知。」（《焚書》卷六）

此時，袁宏道又接連寄來兩封信，其一問：「小修帖來，知翁在
棲霞，彼中有何人士可與語者？」（《李溫陵外紀》卷四《與李宏甫
（二）》）其一說：「聞公結庵棲霞，棲霞木石俱佳，但面西，度夏苦
熱耳。顧況詩云：『已是傷離客，仍逢斬尚祠。』尚，楚人也。公於
楚中無緣，奈何復與此翁相對？天界去城稍近，中多閒地，何不卜居
於此？」（《李溫陵外紀》卷四《與李宏甫（五）》）

---

136 鈴木虎雄《李卓吾年譜》於本年譜文《六月訪袁中夫攝山》後注：「中夫即中道即
　　小修」。誤，中夫與中道非一人。

　　六月初四日，輔臣張位被罷職聽勘。李贄聞訊，拍手稱快，對上疏揭發援朝將領楊鎬敗狀及輔臣夥同作奸的東征贊畫主事丁應泰大加讚賞。[137]《續焚書》卷一《覆焦弱侯》：「丁公此舉大快人意！大快生平！亦大有功於朝廷矣。從此大有儆省，大有震懼，不敢慢法以自作殃，何可當哉此疏也耶！」。

　　回永慶寺後，袁宏道又寄來一信，說：「得丘長孺書，知公結庵白下，聞之潘尚寶（即士藻）亦云。南中山水清佳，僕亦有卜居之志，俟轉部當即圖改。近日讀何書？有何得意事？乞見示，平生推服盱江（指羅汝芳），今日作對，[138]當知慶幸之甚！」（《李溫陵外紀》卷四《與李宏甫（四）》）

　　七月間，顧養謙自通州送信來，並給予物質幫助。李贄派人往通州，呈去詩四首、信一封，表示感激。詩裡說：「人來但囑加餐飯，書到亦應問老夫。已約青春為伴侶，定教白髮慰窮途。」（《續焚書》卷五《使往通州問顧沖庵二首》）信裡說：「某奉別公近二十年矣，別後不復一致書問，而公念某猶昔也。推食解衣，至今猶然。然則某為小人，公為君子，已可知矣。」（《焚書》卷二《又書使通州詩後》）。

　　信中還表示了對援朝抗倭戰爭的關心和對顧養謙投閒置散的同情，說：

　　　目今倭奴屯結釜山，自謂十年生聚，十年訓練，可以安坐而制

137　焦竑去年被謫與張位有關，故李贄聞張位被罷稱快。據《明史》卷二八八《焦竑傳》載：「竑既負重名，性復疏直，時事有不可，輒以形之言論，政府亦惡之，張位尤甚。」黃宗羲《明儒學案》卷三十五《文端澹園焦先生竑》：「丁酉主順天鄉試，先生以陪推點用，素為新建（即張位）所不喜。原推者復構之，給事中項應祥、曹大咸糾其所舉險怪。……謫福寧州同知。」

138　萬曆十四年仲夏，羅汝芳到南京，講學憑虛閣時即住永慶寺。趙志皋《近溪子集序》：「《會語續錄》錄盱江羅近溪先生與南中各部寺諸大夫及都人士所會講語也。先生來游白下，館於城西永慶禪寺……余因集六館師生，延先生開講於雞鳴之憑虛閣。」（《近溪子集》卷首）「作對」（相對）蓋指此。

朝鮮矣。今者援之，中、邊皆空，海陸並運，八年未已。公獨
鼇釣通海（指江蘇通縣東南的通海鎮，顧養謙的故鄉），視等
鄉鄰，不一引手投足，又何其忍耶！非公能忍，世人固已忍捨
公也。此非仇公，亦非仇國，未知公之為大人耳。誠知公之為
大人也，即欲捨公，其又奚肯？（同上）

在詩裡，他慨嘆地說：「今日中原思將相，謝公無奈蒼生何！」「請公
更把上蒼禱，不信倭夷曾有無。」

七、八月間，《坡公年譜》並《後錄》三卷撰成，陳正甫（所學
字）到南京來取。（《老人行敘》）九月，《龍溪先生文錄抄》（九卷）
編成。《焚書》卷三《龍溪先生文錄抄序》：「秋九月，滄州使者持泰
寧手札，果來索書白下。適余與弱侯咸在館。弱侯遂付書，又命余書
數語述泰寧初志並附之。計新春二三月餘可以覽新刻矣。」。

重九，同袁文煒在永慶寺賞菊。有《九日同袁中夫看菊寄謝主
人》一首：

去年花比今年早，今年人比去年老。盡道人老不如舊，誰信舊
人老亦好。秋菊總開舊歲花，人今但把新人誇。不見舊日龍山
帽，至今猶共說孟嘉？……褰裳緩步且相隨，一任秋光更設
施。……歡來不用登高去，撲鼻迎風尊酒香。子美空吟白髮
詩，淵明采采亦徒疲。何如今日逢故知，菊花共看未開時！
（《焚書》卷六）

約在十月間，焦竑赴福寧州（治所在今霞浦縣）任所。（李劍雄
《焦竑年譜簡編》）

詩文編年

《閉關》一首：見《焚書》卷六。本年新春寫於北京西山極樂

寺。中有「依然出戶拜新年」句。初一日李贄曾與董其昌「見於都門外蘭若中」。（董其昌《畫禪室隨筆》卷四《禪說》）

《元日極樂寺大雨雪》一首：見《焚書》卷六。本年元日寫於北京西山極樂寺。李贄於去年秋九月初到西山極樂寺，於本年春即與焦竑聯舟南返到白下，在極樂寺僅過一個新年，由此可知。

《元宵》一首：見《焚書》卷六。疑寫於本年正月元宵在北京西山極樂寺。詩中「不是齋居能養性，嗔心幾被雪風搖」，其心情與《閉關》的「欲脫塵勞」和《元日極樂寺大雨雪》的「寂寂僧歸雲際寺」是一致的。

《答沈王》：見《續焚書》卷一。本年春寫於北京西山極樂寺。中有「擲梭之年七十又二」和「時猶嚴寒，未敢出戶」等語可證。沈王即沈簡王朱模第七世孫朱珵堯，其封國在潞州即今山西長治縣。其地在沁水東北，故信中說：「聞晉川居盧讀禮，謝絕塵緣，故不遠一千五百里往就之。」

《清池白月詠似沈國王》二首：見《續焚書》卷五。本年春三月寫於北京西山極樂寺。中有「三春碧殿風」句。此詩與《答沈王》一樣，都是謝絕邀請的。

《過武城》二首：見《焚書》卷六。本年春三月寫於南下舟過山東武城時。中有「春風吹細草，明月照行舟」句。

《過聊城》一首：見《焚書》卷六。本年春三月寫於南下途經山東聊城時。本年正月，蔚山倭救至，援朝將領楊鎬先奔，全軍大潰，喪失輜重無數，舉朝震動。此時即有感於此而作。故有「倭夷兩步卒，廊廟幾公卿」之譏。

《聊城懷古》二首：見《續焚書》卷五。與上詩當為同時之作。上詩說：「誰道百夫長，勝作一書生？」此詩第一首說：「十萬聊城一歲餘，魯生惟往數行書。進言勝卻百夫長，我道萬夫終不如。」

《望東平有感》一首：見《焚書》卷六。本年春夏之際途經山東

東平有感於東漢東平王「為善最樂」一語而作。中有「夭桃夾岸去，弱柳送春行」句，可見是寫於春末夏初之際。以上武城、聊城、東平都在山東境內運河沿岸。

《歌風臺》一首：見《續焚書》卷五。本年夏初寫於南下途經江蘇沛縣時。歌風臺在江蘇沛縣東泗水西岸，是西漢開國皇帝劉邦歌《大風》處，後人因築歌風臺，並刻歌辭於石以為紀念。

《過桃園謁三義祠》一首：見《續焚書》卷五。本年夏初寫於南下途經江蘇桃源縣（今泗陽縣）時，三義祠疑在桃源三義鎮。乾隆元年《江南通志》卷二十六《輿地志·關津》：「三義鎮，桃源縣東三十里，舊名三叉鎮。明置巡司。」本詩寫於此。《續焚書》中華書局一九五七年十二月版於本詩內容及標題均用「桃源」一詞，而一九七四年四月版的大字本和一九七五年一月版的小字本則悉改為「桃園」。這二首究竟以何者為是？現依內容看，詩中說的是劉（備）關（羽）張（飛）桃園三結義的故事，與「桃源」無關。但據印鸞章修訂的《明鑑綱目》卷九《神宗》「萬曆丙子四年八月河決崔鎮」條注：「元置桃園縣，明清曰桃源，今改泗陽」，雖二者皆可用，但詩題還是以用「桃源」為是。

《選錄暌車志敘》：見《續焚書》卷二。本年春夏間寫於南行舟中。中有「今弱侯罷講官，余又與之連舟南行」等語可證。按，李贄《選錄暌車志》今書不見。

《老人行敘》：見《續焚書》卷二。本年春夏間寫於南行舟中。中有「今幸偕弱侯聯舟南邁」一語可證。李贄著《老人行》二冊，今書不見。

《定林庵記》：見《焚書》卷三。本年夏寫於南京。中有「萬曆戊戌，從焦弱侯至白下，詣定林庵」等語，《記》即寫於此時。

《與吳得常》：見《續焚書》卷一。本年仲夏寫於南京永慶寺。中有「昨見佘常吉（永寧），誠是足下同志」之語。吳得常即吳世

徵。佘永寧《永慶答問》記「萬曆戊戌仲夏」，他和吳世徵偕洪石
夫、汪震甫謁李贄。一日，「卓老早過世徵寓，（謂）寧、徵曰：『昨
月夜看你不明白，今特看你，果然好個學道根器，但未知壽年何如。
時不待人，不可錯過。』」（潘曾紘《李溫陵外紀》卷二）此信中有
「然無常迅速，時不待人，願與常吉勉之！」之語，可以互參。

　　《雨中塔寺和袁小修韻》一首：見《焚書》卷六。本年夏間寫於
永慶寺。塔寺，一名白塔寺，即南京永慶寺。光緒六年八月重刊《江
寧府志》卷十《古跡下》載：「永慶寺，在城內北門橋鐵塔寺後。梁
天監間，祀永慶公主香火，因名。寺有塔，又名白塔寺。」本年袁中
道到北京，入太學。此前，他到真州取宏道眷屬入京。早夏，李贄與
焦竑聯舟南邁途中，與袁小修同游儀徵縣的天寧寺，袁小修寫有《雨
坐天寧寺，時將同卓吾子游秣陵，以雨不果》一詩，韻腳用十一真韻
「頻、春、塵、身、神」等字。李贄此詩即用此韻「瀕、人、身、
貧、神」等字以和之。參見譜文。

　　《和壁間韻》四首：見《續焚書》卷五。大概是本年初夏與友人
游清涼寺時寫的。中有「三伏幾時過」和「如何初夏日，毒暑便侵
淫」句；又有「謝公墩上草」和「地接清涼寺」句。謝公墩在上元縣
永慶寺左，清涼寺在清涼山上，二寺東西遙遙相望，相距約二里許。
重刊《江寧府志》卷八《古蹟上》「謝公墩在冶城之西，今朝天宮鐵
塔寺與墩相接……李白《登冶城謝公墩詩》『冶城訪古蹟，猶有謝公
墩。』」「壁間韻」可能是宋蘇軾詩。據光緒六年重刊《江寧府志》卷
十《古蹟下》載：「永慶寺在（上元縣）城內北門橋鐵塔寺後。……。
寺左數十武即謝公墩。」《江南通志》卷四十三《輿地志·寺觀》
載：「清涼寺在（上元縣）城西石城內清涼山。……蘇軾嘗捨彌陀像
於寺，有詩。」

　　《六月訪袁中夫攝山》一首：見《焚書》卷六。本年六月寫於攝
山。中有「避暑碧霞巔」句。李贄本年到攝山。請參看《喜楊鳳里到

攝山》的考證。

《喜楊鳳里到攝山》二首：見《焚書》卷六。本年暑夏寫於攝山。中有「十年相守似兄弟，一別三年如隔世」句。「十年相守」，指自萬曆十六年戊子在龍湖相聚至今。袁中道《李溫陵傳》：「公遂至麻城龍湖上，與僧無念、周友山、丘坦之、楊定見聚，閉門下鍵，日以讀書為事。」「一別三年」，指自萬曆二十四年丙申夏李贄離開龍湖往山西等處至今在攝山相會，頭尾恰為「三年」。

《棲霞寺重新佛殿勸化文》：見《續焚書》卷四。棲霞寺在攝山。光緒六年重刊《江寧府志》卷十《古跡下》載：「棲霞寺在太平門外四十里攝山，齊永明間名僧紹舍宅為寺。……唐改名棲霞寺。」棲霞山即棲霞寺而得名。本年六月李贄到攝山訪袁中夫並在此避暑，此文當是此時應寺僧之請而寫的。中有「棲霞寺住持僧清柏，舊曾謀於雲谷老宿，欲大新殿未果；今平湖陸公既已發疏募諸學士大夫，人成斯舉矣」等語。平湖陸公，即陸光祖，浙江平湖人，今年四月卒。（《明神宗實錄》卷三二一）陸光祖疏文待查。

《覆焦弱侯》：見《續焚書》卷一。本年夏寫在棲霞山避暑時。中有「千萬勿以山中人為念」和「且將就度暑，稍涼即來歸也」等語可證。「山中」即指棲霞山。信中說到「丁公此舉」，又說「何可當哉此疏也」，指援朝軍贊畫主事丁應泰（湖廣武昌人）上疏劾遼東巡撫楊鎬援朝喪師欺瞞不報，而輔臣張位、沈一貫與之密書往來，交結欺蔽一事。《明神宗實錄》卷三二三載：「萬曆二十六年六月丁巳，東征贊畫主事丁應泰奏貪猾喪師釀亂，權奸結黨欺君。蓋論遼東巡撫楊鎬、總兵麻貴、副將李如梅等蔚山之敗，亡失無算，隱瞞不以實聞，而次輔張位、三輔沈一貫與鎬密書往來，交結欺蔽也。」《明通鑑》卷七十一載：「六月，張位罷職聽勘。」李贄此信大約即寫於此時。又信中說：「兄事煩冗，且仍舊家食」。焦竑去冬新罷講官，此時正在南京家中尚未赴福寧州同知任，故說。又說：「見楊復老，道僕致謝

念我」。「楊復老」即楊復所，五月「召為吏部右侍郎兼侍讀學士，未行，而母夫人卒於官舍」（李贄《續焚書》卷二十二《楊吏部郎》），此時尚在南京，故有是囑。

　　《坡公年譜》并《後錄》三卷：今書未見。書成於本年七、八月間。《續焚書》卷二《老人行敘》：「又有《坡公年譜》並《後錄》三卷，陳正甫約以七八月餘到金陵來索。」

　　《使往通州問顧沖庵》二首：見《續焚書》卷五。按，原為四首。《又書使通州詩後》：「既已為詩四章」，可證。餘二首未見。本年秋七、八月寫於南京。中有「一江之水石城渡，八月隨潮揚子過」之句。石頭城故址在南京市清涼山，六朝時江流緊迫山麓，城負山面江，故說「一江之水石頭渡」。又有「請公更把上蒼禱，不信倭夷曾有無」句，可見寫於本年援朝抗倭取得最後勝利之前。

　　《又書使通州詩後》：見《焚書》卷二。寫於與上詩同時。中有「既已為詩四章，遂並述其語於此」之語可證。又有「某奉別公近二十年矣」和「目今倭奴屯結釜山」、「今者援之，中、邊皆空，海陸並運，八月未已」等語。李贄於萬曆八年（1580）與顧養謙別後至今頭尾十九年，故說「別公近二十年」。明政府援朝抗倭從萬曆二十年起至今七年，但如從日本豐臣秀吉向朝鮮國王李昖發出侵朝威脅的信件算起則已八年。此「八年」恐是算錯。本年十一月，中朝聯軍取得援朝抗倭的最後勝利，而信中有「目今倭奴屯結釜山」之語，可見此信寫於這個勝利之前。

　　《龍溪先生文錄抄》九卷：明萬曆二十七年山陰何繼高刊本。本年九月李贄選錄並圈點告竣。

　　《龍溪先生文錄抄序》：見《焚書》卷三。本年九月寫於南京。《序》裡說：「秋九月，滄州使者持泰寧手札，果來索書白下。……弱侯又命余書數語述泰寧初志並付之。」請參看《焚書》卷二《老人行敘》。

　　《九日同袁中夫看菊寄謝主人》一首：見《焚書》卷六。本年重陽節寫於南京永慶寺。中有「去年我猶在陰山，今年爾復在江南」和「雖有謝公墩」、「雖有階前塔」等語可證。「陰山」，指山西；「江南」，指南京。關於塔寺和謝公墩，可參閱《雨中塔寺和袁小修韻》的有關引證。「主人」何人，不詳。

　　《同深有上人看梅》一首：見《焚書》卷六。可能寫於本年冬在南京時。詩寫道：「東閣觀梅去，清尊怨未開。徘徊天際暮，獨與老僧來。」、「天際暮」、「梅」，當指臘月。本年深有曾到南京看李贄（見佘永寧《永慶答問》），此時可能尚在南京，李贄同他一道到東閣看梅。「清尊怨未開」，一語雙關，既寫當前之景，又寓過去之情，深有從前曾「怨怒上山」，此時或未能釋懷，故云。東閣可能指吉祥寺。那裡有古梅數畝。據《江南通志》卷四十三《輿地志·寺觀》載：「吉祥寺在江寧府清涼山之北，宋治平二年賜額，後有古梅，虯枝鐵幹，扶疏數畝。」

　　《哭陸仲鶴》二首：見《焚書》卷六。約寫於本年秋冬或明年春夏在南京時。中有「二十年前此地分」和「白下今朝我哭君」句。仲鶴是陸萬垓的號，陸字天溥，浙江平湖人，隆慶二年（1568）進士，曾任南京刑部員外郎、雲南兵巡副使、福建巡按使、山西右布政、江西巡撫等官，是李贄在南京刑部任職期間認識的好友。「二十年前」，如以李贄出任雲南姚安知府那年（萬曆五年，1577）算起，至本年已二十一年。李贄與陸萬垓在南京分別的具體時間不詳。據《明神宗實錄》卷三二五載：「萬曆二十六年八月甲寅，江西巡撫陸萬垓告病，許之。」又卷三三七載：「萬曆二十七年七月癸亥，贈巡撫江西都察院右僉都御史陸萬垓為右副都御史。」由此可知陸萬垓約死於萬曆二十六年秋冬或二十七年春夏，李贄此詩亦約寫於這個時候。陸萬垓死時年六十六。焦竑《澹園集》卷三十五《祭陸仲鶴中丞》：「閱齡幾何，逾耆有六，非曰無年。」

　　《說弧集敘》：見《續焚書》卷二。寫於《選錄睽車志敘》後，可能寫於本年寓南京永慶寺後。中有「《睽車志》，志鬼也。……《說弧集》，集鬼也」之語。按，《說弧集》卷數不詳，李贄輯，書今佚。

　　《李長者批選大慧集》：卷數不詳。李贄批選，陳大來刻行。本年或明年批選於南京。焦竑《書李長者批選大慧集》說：「李長者性嗜書，丹鉛殆不去手，儒書、釋典悉為詮釋。近世盛行其書，假托者亦往往有之。余齋有《大慧全集》，乃其南來時所批選也。陳大來欲刻與學道者共之，余謂世所板行者，雅俗雜糅，孰若傳此為人天之耳目乎？乃書此以更之。」（《李溫陵外紀》卷三）

時事

- 正月己丑（初三日），援朝明軍攻打蔚山倭寇，倭救驟至，楊鎬懼，狼狽先奔，全軍大潰，死亡殆二萬，喪失輜重無數。鎬撤還王京，詭以捷聞。（《明通鑑》卷七十一）乙未（初九日），吏部主事馮上知、麻城知縣游朋孚被劾，革任聽勘。黃州知府瞿汝稷以同鄉曲庇被論，調用。（《明神宗實錄》卷三一八）丁未（廿一日），禮部規定科場文體務依朱熹注本經傳，禁佛老之談及影入時事。（同上）
- 四月辛未（十七日），原吏部尚書陸光祖（1521-　）卒，年七十八。（同上卷三二一）（按李贄《續藏書》卷十八以陸於萬曆二十五年丁酉仲冬晦日卒。）
- 六月丁巳（初四日），東征贊畫主事丁應泰疏劾遼東巡撫楊鎬貪猾喪師（事在本年正月）不以實聞，而輔臣張位、沈一貫與鎬密書往來，交結欺蔽。楊鎬革任回籍，張位奪職閒住。（《明神宗本紀一》，《明神宗實錄》卷三二三）
- 八月丁巳（初四日），詔雲南路南州創設儒學。（《明神宗實錄》卷三二五）

- 十月辛酉（初九日），首輔趙志皋告歸養病（二十九年九月卒），沈一貫繼任首輔。（《宰輔年表二》）
- 十一月戊戌（十七日），侵朝倭寇放棄蔚山南逃。中朝聯軍從水陸兩路動全面反攻，十二月，取得援朝伉倭戰爭的最後勝利。（《明神宗本紀二》，《明神宗實錄》卷三二九，《明史》卷三二〇《朝鮮》、卷三二二《日本》）

　　　　*　　　　　　　*　　　　　　　*

- 正月十四日，倡三教合一說的林兆恩（1517-　，字懋勛，號龍江，莆田人，林富孫）卒，年八十二。（林國平《林兆恩與三一教》第一七八頁）
- 二月，詹軫光考取進士，署教亳州。（光緒壬午《婺源縣志》卷十九《儒林》）
- 四月辛巳（廿七日），升梅國楨兵部侍郎兼都察院右僉都御史，總宣、大、山西軍務，兼理糧餉。（《明神宗實錄》卷三二一，葉向萬《梅少司馬神道碑》）
- 六月丙子（廿三日），起劉東星為工部左侍郎兼都察院右僉都御史，總理河漕，提督軍務。升李廷機為南京禮部右侍郎。（《明神宗實錄》卷三二三）
- 本月，劉元卿（調甫）編《耿天臺先生文集》二十卷梓行。（劉元卿《耿天臺先生文集序》）
- 本年，袁宏道任順天府教諭，袁中道入太學，與友人結蒲桃社於城西崇國寺。（袁中道《珂雪齋文集》卷九《妙高山法寺碑》）詩社成員有江盈科、丘長孺等人。袁宏道《瓶花齋集》卷三有「夏日，同江進之、丘長孺、黃平倩、方子公、家伯修小修集葡萄園方丈，以『五月江潭深，草閣寒』為韻，余得五字」。
- 湯顯祖棄官歸臨川。作《牡丹亭還魂記》傳奇。（徐朔方《湯顯祖年表》）

萬曆二十七年己亥（1599）　　　　　七十三歲

　　寓居南京永慶寺。春，常融二僧自龍湖來訪，李贄高興地說：
「正爾逢春日，到來兩足尊。」（《焚書》卷六《立春喜常融二僧
至》）內心雖不免有「偷生長作客」之感，但卻有「吾衰道自尊」的
堅強自信。他以詩代柬，寄給女門徒梅澹然詩四首。詩中說：「持鉢
來歸不坐禪，遙聞高論卻潸然！如今男子知多少，盡道官高即是
仙。」（《焚書》卷六《卻寄》四首之二）

　　此時，顧養謙再度邀請李贄往通州，會友之情十分真切。李贄作
《又覆顧沖庵翁書》說：「山陽之事未易當也。……。計不出春三月
矣。先此報言，決不敢食。」（《焚書》卷二）

　　上年，劉東星治理河漕，成績顯著，升為工部尚書兼右都御史，
一時「往來經過者頌聲不輟」。李贄作《覆晉川翁書》說：

> 天下無不可為之時，以翁當其任，自然大為士民倚重，世道恃
> 賴，但貴如常處之，勿作些見識也。果有大力量，自然默默斡
> 旋，人受其賜而不知。若未可動，未可信，決須忍耐以須
> 時。……只可調停於下，斷不可拂逆於上。……只此足矣，再
> 不可多事也。（《焚書》卷二）

　　在劉東星是「居中」還是繼續「臥理淮上」的問題上，李贄是主
張入朝執政的。《書晉川翁壽卷後》：

> 在公雖視中外如一，但居中制外，選賢擇才，使布列有位，以
> 輔主安民，則居中為便。吾見公之入矣。……今天下多事如
> 此，將何以輔佐聖主，擇才圖治？當事者皆公信友，吾知公決
> 不難於一言也。……時事如棋，轉眼不同，公當繫念。（《焚
> 書》卷二）

　　夏間，李贄兩次會見意大利耶穌會天主教傳教士利瑪竇。[139]他為利瑪竇題扇，贈詩二首。《贈利西泰》其一寫道：「逍遙下北溟，迤邐向南征。剎利標名姓，仙山紀水程。回頭十萬里，舉目九重城。觀國之光未？中天日正明。」（《焚書》卷六）。

　　利瑪竇（1553-1610）是歐洲十六世紀宗教改革後耶穌會派到遠

---

139 關於李贄和利瑪竇於本年在南京兩次會見事，見馮君培、裴化行和利瑪竇的著作。馮君培《評福蘭閣教授的李贄研究》說：「在第二篇論文裡，福氏（即德國漢學家福蘭閣）所引的第一個關於李贄的記載，是在利瑪竇的《中國記錄》（*I Commentary della China*）第一冊，第三二〇頁。一九一〇年刊本。其中曾述及利瑪竇在南京和焦竑與李贄的交往。從這段記載裡可以看出：（一）李、利初次相會為一五九九年。（二）……（三）李贄為利瑪竇題扇，並有贈詩。……（四）利瑪竇的《交友論》在當時很博得時賢的稱讚，尤其是李贄替這篇文章在湖廣一帶廣為宣傳。」（文載《圖書季刊》第二卷第一期第五十九至六十一頁，一九四〇年三月出版）裴化行在《利瑪竇司鐸和當代中國社會》書中記述說：「那位嘯傲王侯、目空一切，不肯輕易晉謁達官顯宦的李贄和尚，竟不惜紆尊枉駕先來拜訪利公。利公前往答拜的時候，他帶了許多隨侍左右的子弟們簇擁著出來相見，彼此暢談宗教，談得很久。但他不肯討論也不辯駁，只說你們天主教是好的。他送給利公兩把扇子，上面寫著兩首小詩，是他親筆寫作；這兩首詩後來有許多人抄讀，還收入他的詩集中，刊印出來。末了，他命人把利公的《交友論》謄錄了好幾份，加上幾句推崇的話，寄給他湖廣一帶為數很多的門生。」（王昌杜譯，一九四三年上海震旦大學史學研究所出版，第一冊，第二五三頁）何高濟等譯《利瑪竇中國札記》第四卷第六章《南京的領袖人物們交結利瑪竇神父》說：「當時，在南京城裡住著一個顯貴的公民（原注按，此人為焦竑）。他原來得過學位中的最高級別。……後來，他被免職，閒居在家。他家裡還住著一位有名的和尚，此人放棄官職，削髮為僧。由一名儒生變成一名拜偶像的僧侶，這在中國有教養的人中間是很不尋常的事情（原注：按此人為李贄）。他七十歲了，熟悉中國的事情，並且是一位著名的學者，在他所屬的教派中有很多的信徒。這兩位名人都十分尊重利瑪竇神父，特別是那位儒家的叛逆者；當人們得知他拜訪外國神父後，都驚異不止。不久以前，在一次文人集會上討論基督之道時，只有他一個人始終保持沉默，因為他認為，基督之道是惟一真正的生命之道。他贈給利瑪竇神父一個紙折扇，上面寫有他做的兩首短詩。」（中華書局，一九八三年版，下冊，第三五八至三五九頁）

　　按，《曆年表》在萬曆己亥《大事記》欄載：「是年天主教始傳入中國。」這條記載，當與李贄本年在南京與意大利天主教傳教士利瑪竇見面一事有關。

東來的一位傳教士，萬曆九年（1581）來華，學習中國的語言、文字和禮儀，先在廣東肇慶、韶州等地傳教。萬曆二十三年（1595）他隨南雄府少司馬石公第一次北上，準備到北京傳教。走到南京，石怕別人參奏引進外人，把他留在南京，利瑪竇不得已，折回南昌。萬曆二十六年，王忠銘去北京，道經南昌，又攜帶他同行，經過南京時，作短暫停留，而後到達北京。這時正是日本侵略朝鮮之時，有人懷疑利瑪竇為日本偵探，無人敢為他上達皇帝，不得已，他又離京南下，於萬曆二十七年第三次到南京。利瑪竇這次在南京和李贄相見，曾把自己的著作《交友論》送給李贄。據說，李贄當時曾把它寄給湖廣一帶的友人。焦竑在《答金伯祥問》中曾引《交友論》中的話說：「西域利君言：『友者，乃第二我也。』其言甚奇，亦甚當。」（焦竑《澹園集》卷四《古城答問》，金陵叢書本）

　　春吏部大計（外官每三年一次的考核）。焦竑以「浮躁」之名，鐫秩，遂辭官。約於夏秋之際返抵金陵。（李劍雄《焦竑年譜簡編》）

　　秋七月，《藏書》六十八卷在南京付刻，九月工畢。此書自萬曆十六年送焦竑審閱至本年出版，其間「一二好友，索覽不已」，又經多次反覆修改，至前年才定稿，今年焦竑在南京「將《藏書》發梓以傳。」焦竑《藏書序》說：「書三種：一《藏書》，一《焚書》，一《說書》。《焚書》、《說書》刻於亭州（麻城），今為《藏書》，刻於金陵，凡六十八卷。」

　　《藏書》是評述歷史人物的著作，主要取材於歷代的正史，載錄了自戰國（李贄自稱「起自春秋」）至元末約八百名歷史人物的傳記，分為世紀、列傳兩大類別。李贄按照自己的觀點把這些歷史人物加以分類，對一些類寫了總論，對一些人物、事件和言論寫了專論和簡短評語，語言尖銳潑辣，富於批判精神。李贄自知此書「與世不相入」，說：「吾姑書之而姑藏之，以俟夫千百世之下有知我者」。這就是取名《藏書》的用意。

「一切斷以己意，不必合於儒者相沿之是非」，反對以孔子的是非為判斷是非的標準，這是《藏書》的最大特色。《藏書世紀列傳總目前論》說：

> 人之是非，初無定質；人之是非人也，亦無定論。無定質，則此是彼非，並育而不相害；無定論，則是此非彼，亦並行而不相悖矣。然則今日之是非，謂予李卓吾一人之是非，可也；謂為千萬世大賢大人之公是非，亦可也；謂予顛倒千萬世之是非，而復非是予之所非是焉，亦可也。則予之是非，信乎其可矣。
>
> 前三代，吾無論矣；後三代，漢、唐、宋是也。中間千百餘年，而獨無是非者，豈其人無是非哉？咸以孔子之是非為是非，故未嘗有是非耳。……夫是非之爭也，如歲時然，晝夜更迭，不相一也。昨日是而今日非矣，今日非而後日又是矣。雖使孔夫子復生於今，又不知作如何非是也，而可遽以定本行罰賞哉！……諸君覽觀，但無以孔夫子之定本行罰賞也，則善矣。（《藏書》卷首）

《藏書》對儒家學派和儒家道統進行了批判。如在《世紀列傳總目後論》中，李贄直截了當地指出儒者「不可以治天下國家」。他說：

> 自儒者出，而求志達道之學興矣，故傳儒臣。儒臣雖名為學而實不知學，往往學步失故，踐跡而不能造其域。……嗚呼！受人家國之托者，慎無刻舟求劍，托名為儒，求治而反以亂，而使世之真才實學，大賢上聖，皆終身空室蓬戶已也。則儒者之不可以治天下國家，信矣。（《藏書》卷首）

在《德業儒臣前論》中，李贄批判了儒家的「道統說」：

道之在人，猶水之在地也；人之求道，猶之掘地而求水也。然則水無不在地，人無不載道也審矣。而謂水有不流，道有不傳，可乎？……彼謂「軻之死，不得其傳」者，真大謬也。惟此言出，而後宋人直以濂、洛、關、閩接孟氏之傳，謂為知言云。

吁！自秦而漢而唐，而後至於宋，中間經歷晉以及五代，無慮千數百年。若謂地盡不泉，則人皆渴死久矣；若謂人盡不得道，則人道滅矣，何以能長世也？終遂泯沒不見，混沌無聞，直待有宋而始開闢而後可也。何宋室愈以不競，奄奄如垂絕之人，而反不如彼之失傳者哉？好自尊大標幟，而不知其詿誣，亦太甚矣！今夫造為謗言，誣陷一家者，其罪誅。今以一語而誣千百載之君臣，非特其民無道，其臣無道，其君亦且無道，一言而千古之君臣皆不免於不道之誅。誣罔若此，有聖王出，反坐之刑，當如何也？而可輕易若此矣乎？（《藏書》卷三十二）

在《藏書》中，李贄對儒家學派的代表人物如孟子、董仲舒、程頤、朱熹等都進行了批判。孟子在《藏書》中有評無傳。在評論中，李贄指出他「執一害道」，神化孔子，並直斥他「五霸者，三王之罪人也」（《孟子·告子下》）的言論是「舛謬不通」。（同上）

對於董仲舒，李贄針對他「夫仁者，正其誼不謀其利，明其道不計其功」（《漢書·董仲舒傳》）的說法，指出：「夫欲正義，是利之也；若不謀利，不正可矣。吾道苟明，則吾之功畢矣；若不計功，道又何時而可明也？」（同上）

對於朱熹，李贄在《趙汝愚傳論》中也對他進行了抨擊，並進而說道學是「流無窮毒害」的「偽學」。（《藏書》卷三十五）

《藏書》高度讚揚秦始皇「混一諸侯」的歷史功績，稱他為「千

古一帝」。把農民起義領袖陳勝、竇建德列入「世紀」，與歷代帝王並列，稱許陳勝是「匹夫首創」。《藏書》把商鞅、韓非、晁錯等列為「強主名臣」，把李悝、桑弘羊等列為「富國名臣」。

李贄讚賞革新、進步，反對因循守舊。李斯反對博士淳于越「封子弟功臣」的建議時說：「五帝不相復，三代不相襲，各以治。非其相反，時變異也。今陛下創大業，建萬世之功，越言乃三代之事，何足法也。」李贄在「各以治」下批道：「『各以治』三字甚可貴。」（《藏書》卷二《秦始皇帝紀》）

在《德業儒臣後論》中，李贄提出了「人必有私」的觀點，並用歷史事實，批駁了漢儒和宋明理學家反對私欲和功利的說教。他說：

> 夫私者，人之心也。人必有私而後其心乃見，若無私則無心矣。如服田者私有秋之穫而後治田必力，居家者私積倉之穫而後治家必必力，為學者私進取之獲而後舉業之治也必力。故官人而不私以祿，則雖召之，必不來矣，苟無高爵，則雖勸之，必不至矣。雖有孔子之聖，苟無司寇之任，相事之攝，必不能一日安其身於魯之決矣。此自然之理，必至之符，非可以架空而臆說也。然則為無私之說者，皆畫餅之談，觀場之見，但令隔壁好聽，不管腳跟虛實，無益於事，祇亂聰耳，不足采也。「故繼此而董仲舒有正義明道之訓焉，張敬夫有聖學無所為而為之論焉。夫欲正義，是利之也；若不謀利，不正可矣。吾道苟明，則吾之功畢矣；若不計功，道又何時而可明也？今日聖學無所為，既無所為矣，又何以為聖為乎？（《藏書》卷三十二）

《藏書》一反「餓死事小，失節事大」的說教，讚揚寡婦卓文君自己作主再嫁司馬相如的行為。

由於思想的侷限，《藏書》對一些人物的評價，也有不正確之

處。例如對「經歷四姓，事一十二君」的馮道，卻說：「而百姓卒免
鋒鏑之苦者，道務安養之之力也。」(《藏書》卷六十八《吏隱外臣·
馮道》) 在歷史觀上，《藏書》還有循環論、宿命論的影響。

　　本年《藏書》在南京付刻，焦竑、劉東星、梅國楨、祝世祿、方
時化、耿定力都為《藏書》寫序。

　　焦竑的序說：「先生程量今古，獨出胸臆，無所規放，聞者或河
漢其言，無足多怪。……余知先生之書當必傳。久之，學者耳熟於先
生之書，且以為衡鑒，且以為蓍龜。余又知後之學者當無疑。」(李
贄《藏書》卷首)

　　劉東星序說，《藏書》「據事直書，真可謂斷自本心，不隨人唇吻
者也。」並說：「先生此書，千百世後，經筵以進讀，科場以取士，
如所言無疑。」(同上)

　　梅國楨序稱讚《藏書》「一切斷以己意，不必合於儒者相沿之是
非。」(同上)

　　祝世祿序說：「細玩其書，其於治平大道，斷不妄矣。由其言，
有善治即有真儒；不由其言，無真儒即無善治。」(同上)

　　《藏書》刻行後，即在南京盛行。孫鑛《姚江孫月峰先生全集》
卷九《與余君房論詩文書》說：「足下曾見《李氏藏書》否？其議論
新奇處盡多，其書在金陵盛行。」但由於《藏書》發難批判孔孟之
道，「一時海內是非紛如」(《李氏逸書自序》)。李贄後來被「嚴拿治
罪」，主要的一條罪狀，便是「以秦始皇為千古一帝，以孔子之是非
為不足據」。當時，《藏書》刻成，袁宗道替他擔憂，說：「禍在是
矣！」(袁中道《珂雪齋近集文鈔》下冊卷一《石浦先生傳》)

　　此時，又開始撰寫《續藏書》。(證見以下所引的《覆澹然大
士》)

　　秋冬間，閒步清涼，瞻拜「既廢而復立」的一拂清忠祠。作《與
焦弱侯書》：

夫先生（指鄭俠）王半山（王安石號）門下高士也，受知最
深，其平日敬信半山亦實切至，蓋其心俱以民瘼為急，國儲為
念。但半山過於自信，反以憂民愛國之實心，翻成毒民誤國之
大害。先生切於目擊，乃不顧死亡誅滅之大禍，必欲成吾吳、
越同舟之本心，卒以流離竄逐，年至八十，然後老此山寺。故
余以為一拂先生可敬也。（《焚書》卷二）

本年秋，焦竑回到南京，決計不再做官，其徒方時化（曾任朝城
令，著有《易頌》等）聞知，特從新安徙家南京從李贄、焦竑學
《易》。從十月起，李贄和焦竑、方時化、汪本鈳等五、六個友人一
起讀《易》。[140]

《易因小序》自述老而讀《易》的因由說：

偶游都下，獲偕焦弱侯先生南行。先生深明《易》道，其徒方
時化者亦通《易》，以先生家白下，即自新安徙家來就先生以
居。以故每夜輒會，每會輒講，每講輒與坐而聽焉。有新得，
時化又輒令其徒汪本鈳記載之。……
余不意既老乃遂得以讀《易》，遂得以終老，遂得以見三聖人
之心於千百世之上也。蓋至今日，而老莊釋典不足言矣，此非
焦先生之功、方時化伯雨諸君之力與？（《易因》卷首）

秋冬之際，接到梅澹然勸回龍湖的來信。李贄回信告知明年回龍

---

140 方時化自敘他從李贄學《易》的情形和他對李贄的崇敬。《哭李卓吾先生文》：「弟
子方時化，初得侍先生也，以先生為先子平生所獨信，一言一動，悉自庭中口
述，片楮皆什襲以藏，如珍萬鎰。弟子是用行父之志，敬父之執。既久侍先生
也，值先生與漪園先生紹明《十翼》，弟子有千古不破之疑，先生有千古無兩之
識，弟子竊效漢儒重經，竭誠致力。雖然，弟子即托通家，詢經術，先生無少昵
焉。弟子所以日嚴侍先生如父，日奉先生如義（伏羲）、文（文王）、孔子，實察
曉曉，愈益傾服。」（《李溫陵外紀》卷一）

湖的大體日期。《焚書》卷二《覆澹然大士》：

> 《易經》未三絕，今史（指《續藏書》）方伊始，非三冬二夏
> 未易就緒，計必至明夏四五月乃可。過暑毒，即回龍湖
> 矣。……但得回湖上葬於塔屋，即是幸事，不須勸我，我自然
> 來也。……

冬十二月間，河漕總督劉東星及其子用相來信招李贄赴山東濟
寧。李贄覆信說明無法離開的理由，並請劉相用來南京聽《易》以解
鬱結。《續焚書》卷一《覆劉肖川》：

> 尊公我所切切望見，公亦我所切切望見，何必指天以明也？但
> 此時尚大寒，老人安敢出門？又我自十月到今，與弱侯刻夜讀
> 《易》，每夜一卦，蓋夜靜無雜事，亦無雜客，只有相信五六
> 輩辯質到二鼓耳。此書須四月半可完。又其中一二最相信者，
> 俱千里外客子，入留都攜家眷賃屋而住，近我永慶禪室，恐亦
> 難遽捨撇之，使彼有孤負也。
>
> 我謂公當來此，輕舟順水最便，百事俱便，且可以聽《易》開
> 闊胸中鬱結。又弱侯是天上人，家事蕭條如洗，全不掛意，只
> 知讀書云耳，雖不輕出門，然與書生無異也。公亦宜來會之，
> 何必拘拘株守若兒女子然乎？千萬一來，佇望！望不可不來，
> 不好不來，亦不宜不來。官衙中有何好，而坐守其中，不病何
> 待？丈夫漢子無超然志氣求師問友於四方，而責老人以驅馳，
> 悖矣！快來！快來！……

劉用相接信後即到南京，至此參加聽《易》的又有三人。《易因
小序》：「其夜夜往聽者，白下馬逢暘（伯時），亦焦先生門人；有時
往聽者，新安吳明貢，亦與汪本鈳同里。……最後乃得山西劉用相，
自沁水迢遞而來，欲面聽焦先生與方伯雨《易》說，從秋徂冬，經春

不去。」（《易因》卷首）

　　本年，管志道（字登之，號東溟）自太倉州寄來新刻《問辨牘》一冊。管游耿定向之門，焦竑說他「平生銳意問學，意將囊括三教，熔鑄九流，以自成一家之言。」（焦竑《廣東按察司僉事東溟管公墓志銘》）其實他是三教歸儒說的積極維護者。李贄對他很反感，尤其對他的談問學和兼談道德更是卑夷至極。《焚書》增補一《與管登之書》：

> 承遠教，甚感。細讀佳刻，字字句句皆從神識中模寫……雖數十年相別，宛然面對，令人慶快無量也。
> 第有所欲言者，幸兄勿談及問學之事。說學問反埋卻種種可喜可樂之趣。人生亦自有雄世之具，何必添此一種也？如空同先生（李夢陽）與陽明先生同世同生，一為道德，一為文章，千萬世後，兩先生精光具在，何必更兼談道德耶？人之敬服空同先生者豈減於陽明先生哉？願兄已之！待十萬劫之後，復與兄相見，再看何如，始與兄談。笑笑。

管志道對李贄的來信甚感不滿，其《答李居士卓吾叟書》反駁說：

> 座下真知我乎？「神識模寫」四字，此勘破之言也。特識成智，乃入地菩薩以上事，志道何足以與於此哉！凡言不從智出而從識出，皆有漏之因耳。有漏之因，何足以結無漏之果。愚正以此自誤，而來教直戒以勿談問學之事，謂人生自有雄世之具，何必添此一種。此言亦從勘破中來。愚方病今世有不知分量之徒，妄祖泰州見龍家當之說，而優孟尼父者，公即以此砭吾病矣。……公先有《焚書》一編，愚未嘗輕以一言行世。特因耿先生恭簡（耿定向）垂歿之先一年，傳書促答者數四，是以勒成《師門求正》一牘。此後輾轉問辨，多因此牘發端，勢不能已。而恭簡先生之書來，則多從楚人之拾公余吻者發。愚

不敢負先生，亦不能盡徇先生。既不盡徇耿先生而能盡徇座下乎？味來教之隱衷，亦大半為耿先生發，蓋重戒愚之蹈先生轍也。……

若公之愛我以德，則不謂不深也。空同、陽明二先生之評，蓋僅以文章許我，不以道德許我，而推獎猶覺過分。愚天才甚弱，不但不能為陽明，亦不能為空同也。兆及遠因，似於道德尚近，於文章殊遠，不知何說。……凡公平日操論，大概如莊生之《齊物論》，掃蕩中有縱橫，能使人進楊墨而退仲尼，進韓、彭而退周、召。此風襲人，足以殺佛慧命，幸思之。

後十方劫後相見之譴，此狂宗之氣息也，不謂之大我慢語不可。……此皆五宗分後狂徒之餘習也。不意公學佛三十年，尚有此等氣息在。……頗見近來之評公者，謂儒紳中之有卓吾先生，猶僧衲中之有達觀和尚，皆能以即心即佛、非心非佛之話頭提初向佛之士。……今觀公為此言，則達觀之我慢，亦未必如此其甚。耕當問奴，織當問婢。如欲言十萬劫後事乎？吾雖不能言其事，而能言其理。味公語意，則理與事尚兩迷也；不迷，無此狂語矣。……（管志道《續問辨牘》卷一）

李登來信，與李贄討論「名利」問題。李贄覆信說：

名利無兼得之理。超然於名利之外，不與利名作對者，惟孔夫子、李老子、釋迦佛三大聖人爾。舍是，非名即利，孰能免此，而可以同不同自疑畏耶！

但此事無兼得之理，欲名而又徇利，與好利而兼徇名，均為不智，豈以兄宗孔為道學先生一生矣，而顧昧此義耶？若七十三歲而令人勿好利，與七十六歲而兼欲好名，均為不智，均為心勞日拙也。幸兄詳之，單擇其一可矣。（《續焚書》卷一《覆李士龍》）

詩文編年

《立春喜常融二僧至》二首：見《焚書》卷六。本年立春寫於南京。常融是龍湖僧。《豫約·小引》：「吾為此故，豫設戒約，付常融、常中、常守……」。中有「客久歲雲暮」和「新春看爾到」句。李贄於去年初夏到南京，到歲暮時已過了八個月，故曰「客久」。中又有「千三四百里，又是一乾坤」句。「千三四百里」，指自麻城龍湖到南京的陸路大約里程。據民國二十四年《麻城縣志前編》卷二《疆域·界至》載：「（麻城）東至南京陸路一千五百三十里，水路一千八百三十里。」

《又觀梅》一首：見《焚書》卷六。約寫於本年早春在南京時，詩裡說；「雷雨驚春候，寒梅次第開。金陵有逸客，特地看花來。」觀梅具體地點不詳，但「金陵逸客」是指寓居南京的李贄自己。

《卻寄》四首：見《焚書》卷六。本年春寫於南京。中有「一回飛錫下江南」和「子規今已喚春回」句可證。「江南」指南京。《焚書》卷六《九日同袁中夫看菊寄謝主人》即有此用法。李贄於去年初夏抵南京，至此又迎來了一個新年，故曰「春回」。從「卻羨婆須蜜氏（菩薩名）女」和「欲見觀音今汝是」句看，這詩是回寄給麻城梅澹然的。梅澹然從前來信曾說「聞庵僧欲塑大士（指觀音大士）像，我願為之，以致皈依」（《觀音問·梅澹然師》），因此李贄即把梅澹然視同「觀音」，稱為「大士」。

《又覆顧沖庵翁書》：見《焚書》卷二。這是告知赴邀行期的一封信，本年二月寫於南京。信中說：「今居白下，只隔江耳。往來十餘月矣，而竟不能至……計不出春三月矣。」李贄於去年初夏四月抵南京，至今年二月已住十一個月。按，「十餘月」當指十一個月，如十二個月當說「一年」，如不足十二周月當說「近一年」，故此知本信寫於本年二月。

　　《覆晉川翁書》：見《焚書》卷二。本年春夏間寫於南京。證據
有二：（一）信中有「往來經過者頌聲不輟，焦弱侯蓋屢談之矣」和
「夫臣子之於君親，一理也。天下之財皆其財，多用些亦不妨；天下
民皆其民，多虐用些亦只得忍受」等語，此當指去年治理河漕因時短
費省獲得升秩而言。《明史》卷二二三《劉東星傳》載：「二十六年
（1598）河決單之黃堌，運道湮阻，起工部左侍郎兼右僉都御史，總
理河漕。……東星即其地（指潘季馴計劃治理的故道）開浚，起曲里
鋪至三仙臺，抵小浮橋，又浚漕渠自邳至宿，計五閱月工竣，費僅十
萬。詔嘉其績，進工部尚書兼右副都御史。」（二）信中又有「叔臺
相見，一誦疏稿，大快人！大快人！」之語。今劉東星的疏稿未見，
但據《明神宗實錄》卷三三二載：「萬曆二十七年三月丁亥，工部覆
總河劉東星議。」則知劉東星於河漕竣工時曾上過疏。劉治河漕竣工
的時間不詳。據清咸豐戊午修《濟寧直隸州志》卷六《職官》載，劉
東星於去年八月到任，而「計五閱月工竣」，當在本年春初，劉上疏
亦當在此時。而疏稿由耿定力帶到南京，傳到李贄手上，要經一定的
時日，故估計李贄此信大約寫於本年春夏間。

　　《書晉川翁壽卷後》：見《焚書》卷二。本年初夏四月寫於南
京。中有「此余丙申（萬曆二十四年）中坪上筆也，又今四載矣。復
見此於白下……余以昨戊戌（1598）初夏至，今又一載矣」等語可
證。按，此「壽卷」非《壽劉晉川六十序》一文的卷軸，因該《序》
寫於萬曆二十五年「丁酉春正月」，而非「丙申」。

　　《贈利西泰》一首：見《焚書》卷六。大概就是馮君培和裴化行
所說的題扇詩，共兩首，今僅見一首，寫於本年夏間在南京與利瑪竇
會見之時。證見馮君培《評福蘭閣教授的李贄研究》一文和裴化行
《利瑪竇司鐸和當代中國社會》一書。利西泰是利瑪竇到中國後所取
的華名。見本年譜文註釋〔一三九〕。

　　《藏書》（明刊本一稱《李氏藏書》）六十八卷：本年首次在南京

刻行，九月工畢。祝世祿《藏書序》：「時萬曆歲已亥秋七月朔。」
（《藏書》卷首）方時化《書李氏藏書後》：「因先生命予校正《藏
書》，既校訖，遂志其語於此。萬曆已亥季秋，門人方時化謹書。」
（明刻本《李氏藏書》卷首）

　　《與焦弱侯書》：見《焚書》卷二。這是步清涼山瞻拜新修復的
一拂清忠祠之後寫給焦竑請他與李廷機撰寫碑記的一封信，本年秋後
寫於南京。（一）信中說：「今先生（指鄭俠）之祠既廢而復立……記
之者非兄與九我先生歟？」據光緒六年重刊《江寧府志》卷十三《祠
廟》載：「一拂清忠祠在府內清涼山麓，祀宋監安上門鄭介公俠，以
上『流民圖』去國，僅存一拂，故人稱『一拂先生』。父監江寧稅，
俠嘗隨父讀書清涼寺中。嘉定間，總領商碩為祠以祀，後圮。明萬曆
中，葉向高修復之。……向高為之記。」按，葉向高《重修鄭一拂祠
記》見《江南通志》卷三十七《輿地志·壇廟》附，又見《福清縣
志》卷十一《藝文》，但都沒有寫明一拂清忠祠的具體修復時間和葉
文的寫作日期。現據明人林欲楫《相國葉文忠公碑記》等材料，可略
知其概。《碑記》說：「師諱向高，字進卿，別號臺山，萬曆癸未
（1583）進士……丁酉（1597）副典南畿（南京）試。歷諭德。……
已亥（1599）升禮部侍郎，與推閣員，尋為南少宰。」（見《福清縣
志》卷十一《藝文》）又據《明神宗實錄》卷三三五載：「萬曆二十七
年五月丁巳，升右庶子葉向高為南京禮部右侍郎。」可知一拂清忠祠
當修復於萬曆二十五年（1597）葉向高來任南畿副主考或萬曆二十七
年五月升任南京禮部右侍郎時。（二）但據信中「今兄（焦竑）亦讀
書寺中」一語看，萬曆二十五年焦竑尚在北京任職，當無「讀書寺
中」之事，而那年葉向高到南畿來當副主考，似亦無「修復之」的可
能，故此可知此祠當修復於萬曆二十七年五月葉向高來任南京禮部右
侍郎之後。據此可以推定李贄此信約寫於本年秋後在南京時。李廷機
於去年六月升任南京禮部右侍郎，故有「記之者非兄與九我先生

歟？」之問。

　　《書方伯雨冊葉》：見《焚書》卷四。可能寫於本年在南京與方
伯雨（時化）一起讀《易》之時。

　　《覆澹然大士》：見《焚書》卷二。本年秋冬之際寫於南京。中
有「出來不覺又是四年」和「《易經》未三絕」等語。李贄自萬曆二
十四年丙申（1596）出游山西、北京、南京等地，到今年前後恰好四
年，而從今秋起，李贄與友人一起讀《易》，故信中如此說。

　　《覆劉肖川》：見《續焚書》卷一。這是辭謝赴濟寧之邀而催促
劉肖川到南京聽《易》的一封信，本年冬寫於南京。李贄《易因小
序》說他「偶游都下，獲偕焦弱侯先生南行，先生深明《易》道……
每夜輒會，每會輒講。」而此信中有「我自十月到今與弱侯刻夜讀
《易》，此書須四月半可完」和「此時尚大寒」等語，可見是寫於開
始讀《易》的這年冬。

　　《與管登之書》：見《焚書》增補一。管登是管志道的字。這是
在南京接到管志道《問辨牘》四卷後所寫的一封回信，中有「細讀佳
刻」一語可證。此信全文曾被錄載在管志道的《續問辨牘》卷一《答
李居士卓吾叟書》前。《續問辨牘》是管志道萬曆二十七年通信的結
集。管在《續問辨牘自敘》中說：「歲戊戌（萬曆二十六年），屆余七
九之期（六十三歲）。是年，與四方君子有所酬往，積成《問辨牘》
四卷。越己亥，門人請梓之。流通先後達間，獎薦與駁問交至。獎薦
可含，而駁問不可無答，自春徂冬，復積副墨二十餘通，門人許椿
齡、徐汝良、年家子曹仲禮等復議梓之，語諸學博王道寧先生，曰
可，遂索以付剞劂氏，仍分四卷，命曰《續問辨牘》。噫！前牘已是
蛇足，茲又於足上添足矣，今而後可以藏辨於吶也夫！萬曆己亥臘月
丁丑管志道書於惕若齋中。」（管志道《續問辨牘》卷首）由此可
知，《與管登之書》是本年在南京接到管志道《問辨牘》後所寫的一
封回信。

　　《覆李士龍》：見《續焚書》卷一。寫於本年。中有「若七十三歲而令人勿好利，與七十六歲而兼欲好名，均為不智」之語。本年李贄七十三歲，李士龍七十六歲可證。

時事

- 二月壬子（初二日），分遣中官領浙江、福建（新設）、廣東市舶司課稅。又遣中官到各省徵稅，兼管礦物。不久，各省皆并稅於礦使，加強宮廷對各地的直接搜括。（谷應泰《明史記事本末》卷六十五《礦稅之弊》）

- 三月己亥（廿日），起前兵部侍郎李化龍總督川、湖、貴州三省軍務，征討播州楊應龍。（《明神宗本紀二》、《明神宗實錄》卷三三二）

- 四月，臨清爆發市民反抗礦監、稅監的鬥爭。時中官馬堂到臨清徵商稅，縱其參隨對零星米豆實行「抽分」，憤怒群眾三四千人在織筐手王朝佐的率領下起而驅逐馬堂，並焚燒其公署，殺其參隨三十四人。（《明神宗本紀二》，《明通鑑》卷七十二）

- 閏四月丙戌（初八日），升山東右布政使黃克纘為左布政使。（《明神宗實錄》卷三三四）

- 五月丁巳（初十日），升右庶子葉向高（福建福清人）為南京禮部右侍郎。（同上卷三三五）

- 九月辛未（廿五日），殺為明政府封貢效勞的使者（署游擊）沈惟敬。（《明神宗實錄》卷三三九）

- 十二月丁丑（初二日），武昌、漢陽民變，擊傷中官稅使陳奉。（《明神宗本紀二》）

- 本年，西班牙傳教士龐迪我來華。（轉引自東北師大《明清史大事年表》）

　　　　＊　　　　　　　　＊　　　　　　　　＊

- 二月戊午（初八日），升翰林院修撰董其昌為湖廣副使。(《明神宗實錄》卷三三一)
- 三月壬午（初三日），調周汝登為廣東副使。(同上卷三三二)
- 閏四月乙未（十七日），李世達（1532-　）卒，年六十七。(焦竑《澹園集》卷十《御史大夫李敏肅公傳》) 李贄為寫《太子少保李敏肅公》，稱為「經濟名臣」。(《續藏書》卷十八)
- 八月乙未（十九日），楊起元（1547-　）卒，年五十三。李贄為寫《侍郎楊公》，稱為「理學名臣」。(《續藏書》卷二十二)
- 本年，李材（1518-　）卒，年七十九。(《明儒學案》卷五十一《中丞李見羅先生材》)
- 焦竑任福寧州同知，大計鐫秩，遂辭官不出。(《明史》卷二八八《焦竑傳》)
- 李多見以文選郎中擢守瓊州。尋以母老乞休。(道光重修《瓊州府志》卷三十《宦績》，《福建通志》卷二十六《列傳》)
- 袁宗道等在京聚談禪學，輔臣沈一貫聞而憎之。沈德符《紫柏禍本》云：「己亥、庚子（萬曆二十七、二十八年）間，楚中袁玉蟠太史（宗道）同弟中郎（宏道），與皖上吳本如、蜀中黃慎軒（輝），最後則浙中陶石簣（望齡）以起家繼至，相與聚談禪學，旬月必有會。高明士翕然從之。時沈四明（一貫）執政，聞而憎之。其憎黃尤切。」(沈德符《萬曆野獲編》卷二十七《釋道》)
- 海陽朱居士顯重刊李贄《淨土決》於廣陵客舍。(夏應芳《淨土決序》，見《淨土決》卷首)

萬曆二十八年庚子（1600）　　　　　　　七十四歲

寓居南京永慶寺。元日，暫停講《易》。初七日，劉用相設齋於

新建的興禪寺（在太平門內覆舟山）。李贄與方時化、汪本鈳、馬逢暘一同往會，請法師祖心登壇講說佛經《妙法蓮華》。《續焚書》卷四《說法因由》：

> 萬曆庚子春，正月人日，山西劉用相設齋於興善禪寺，適法師祖心在會，余謂佛殿新興，法師宜於此講《妙法蓮華》以落成之，俾興善有功，非祖心不可也。祖心許諾，寺主續燈亦喜諾。

春，編《陽明先生道學鈔》和《陽明先生年譜》。未就，河漕總督劉東星以漕務巡河到南京，接李贄去山東濟寧。三月二十一日，到達濟寧，[141]寓居劉東星濟寧漕署的近鄰。[142]

為楊定見作字。《續焚書》卷一《與鳳里》：「依教作字二樣，甚不佳，取其人可也。」

陶望齡聞知李贄到濟寧，自會稽寄信劉東星，表示咨請的願望。《與劉晉川》：「留京多口之地，不知卓師能安其居否？老師運何神力，令得駐錫江淮間，為此一方作眼？生襄事後，庶亦可遂咨請之願也。」（《李溫陵外紀》卷四）

時任山東左布政使兼右副都御史、巡撫黃克纘（字紹夫，晉江人，萬曆八年進士）聞李贄來山東河漕，送一信及禮物來。其《柬李卓吾》云：

> 某生也晚，嘗從鄉薦紳聞老先生二千石五馬而隱於禪宗法門，聞其所論著，駸駸乎軼大士如來而上之，出其餘緒，猶能上下古今，貫穿史冊，類為《藏書》，托之褒貶，使操觚之士，奉

---

141 鈴木虎雄《李卓吾年譜》把李贄到濟寧一事係在萬曆二十四年丙申春。誤，李贄到濟寧的時間，證見《續焚書》卷一《與汪鼎甫》（見後引）。

142 李贄「在濟寧，住在督署比鄰，有暗門可以通。」（裴化行《利瑪竇司鐸和當代中國社會》第二九六至二九七頁）下為稱述方便，仍稱李贄在濟寧漕署，李贄亦自稱「在濟上劉晉川公署」。

為司南，信靈根之最慧，而秀氣之獨鍾者也。某於佛氏之教，素未窺其藩籬。然於老先生則已知其為高士而私竊嚮往之也。守土東藩，聞道駕客游河漕劉先生，所至人相遇，正不必論出世用世，惟道之符，即九列為空門、三臺為淨室可也。辱在地主，無能恭承至論，則托之吏人獻其一芹，亦知飡元氣、吸日輪者無籍於此。倘而可為從諸子弟具蔬菜之供乎？仰干炤納，不任神馳。（黃克纘《數馬集》卷三十二《書》，《四庫全書·禁毀叢刊》集部第一八〇冊）

馬經綸來會。李贄與他同游濟寧城和太白樓、南池諸名勝。有《到任城乃復方舟以進，以侍御也》、《太白樓》、《南池》諸詩。又同游單縣和曲阜，有《琴臺》和《釋迦佛後》。《續焚書》卷四《釋迦佛後》說：

> 余偶來濟上，乘興晉謁夫子廟，登杏壇，入林中，見檜柏參天，飛鳥不敢棲止，一草一木皆可指摘而莖數，刺草不生，棘木不長，豈聖人之聖真能使草木皆香潔，烏鴉不敢入林窠噪哉！至德在躬，山川效靈，鬼神自然呵護。庸夫俗子無識不信，獨不曾履其地乎？何無目之甚也！

寫信給楊定見，發出「一身飄泊，何時底定！」的感嘆。（《續焚書》卷一《與鳳里》）

在濟寧漕署，編成《陽明先生道學鈔》八卷，節錄成《陽明先生年譜》二卷，並付刻行。《陽明先生道學鈔原序》：

> 余舊錄有先生年譜，以先生書多不便攜持，故取譜之繁者刪之，而錄其節要，庶可挾之以行游也。雖知其未妥，要以見先生之書而已。
>
> 今歲庚子元日，余約方時化、汪本鈳、馬逢暘及山西劉用相暫

輟《易》，過吳明貢，擬定此日共適吾適，決不開口言《易》。
而明貢書屋正有《王先生全書》，既已開卷，如何釋手？況彼
已均一旅人，主者愛我，焚香煮茶，寂無人聲。余不起於坐，
遂盡讀之，於是乃敢斷以先生之書為足繼夫子之後，蓋逆知其
從讀《易》來也。故余於《易因》之薰甫就，即令汪本鈳校錄
先生全書，而余專一手抄年譜。以譜先生者，須得長康（晉顧
愷之）點睛手，他人不能代也。抄未三十葉，工部尚書晉川劉
公以漕務巡河，直抵江際，遣使迎余。余暫擱筆起，隨使者冒
雨登舟，促膝未談，順風揚帆，已到金山之下矣。嗟嗟！余久
不見公，見公固甚喜，然使余輟案上之紙墨，廢欲竟之全鈔，
亦終不歡耳。於是遣人為我取書。今書與譜抵濟上，亦遂成矣。
大參公黃與參、念東公於尚寶，見其書與譜，喜曰：「陽明先
生真足繼夫子之後，大有功來學也。況是鈔僅八卷百十餘篇，
余可以朝夕不離，行坐與參矣，參究是鈔者，事可立辦，心無
不竭，於艱難禍患也何有？是處上處下處常處變之最上乘好
手，宜其序而梓行之，以嘉惠後世之君子乃可。」晉川公曰：
「然。余於江陵首內閣日，承乏督兩浙學政，特存其書院祠
宇，不敢毀矣。」（李贄《陽明先生年譜》卷首）

李贄《陽明先生年譜後語》：

> 余今者果能讀先生之書，果能次先生之譜，皆徐（用檢）、李
> （翰峰）二先生之力也。若知陽明先生不死，則龍溪先生不
> 死，魯鴻、翰峰二先生之與群公於余也皆不死矣。（同上卷
> 下）

李贄對編成《陽明先生年譜》，深感自得。《續焚書》卷一《與汪
鼎甫》：「我於《陽明先生年譜》，至妙至妙，不可形容，恨遠隔，不

得爾與方師（方時化）同一絕倒。」同上《與方伯雨》：「此書之妙，千古不容言。」信中說明他編寫《年譜》與選輯《道學鈔》的目的：

> 《抄選》（指《陽明先生道學鈔》）一依《年譜》例，分類選集在京者，在龍場者，在南贛者，在江西者，在廬陵者，在思、田者，或書答，或行移，或奏請謝，或榜文，或告示，各隨處附入，與《年譜》並觀，真可喜。士大夫攜之以入扶手，朝夕在目，自然不忍釋去，事上使下，獲民動眾，安有不中竅者乎？惟十分無志者乃不入目，稍有知覺能運動，未有不發狂欲大叫者也。

在濟寧漕署，繼續讀《易》，並改正《易因》。同上《與方伯雨》：「我此處又讀《易》一回，又覺有取得象者，又覺我有稍進處。」同上《與汪鼎甫》：「又將《易因》對讀一遍，宜改者即與改正！」

時方時化要在南京為李贄蓋佛殿及淨室。春末夏初，友人尚寶司少卿潘去華（號雪松）以冊封其母太宜人事回新安，途經濟寧，李贄托他把《焚書》、《說書》帶給方時化和汪本鈳在南京重新刻行。《續焚書》卷一《與方伯雨》：

> 雪松昨過此，已付《焚書》、《說書》二種去，可如法抄校付陳家梓行。如不願，勿強之。……
> 佛屋既有條序，可喜可賀！我回，肖川決欲同來。來則自能尋房以居，不待爾等之忙也。雪松去，曾寄銀二兩與鼎甫、懷捷用，內分二錢與懷珠，三錢與三小僧分用。袁中夫有小廟名可用者，最老實，可留住。……

《續焚書》卷一《與汪鼎甫》：

爾方先生要為我蓋佛殿及淨室，此發心我當受之，福必歸之，
神必報之，佛必佑之。⋯⋯

發去《焚書》二本，付陳子刻。恐場事畢，有好漢要看我《說
書》以作聖賢者，未可知也。如無人刻，便是無人要為聖賢，
不刻亦罷，不要強刻。若《焚書》自是人人同好，速刻之。但
須十分對過，不差落乃好，慎勿草草！

　　李贄在濟寧受到劉東星的禮遇，卻遭到一些人的攻擊。陳汝錡
《甘露園短書》卷十《李卓吾》：「豫章先生為予言：吾嘗見之濟上，
復接袂於總河劉公座。出入肩輿，張黃蓋，而髮去髭存，冠方頂，以
三童侍。⋯⋯予謂無養漢節婦，無要錢清官，亦斷無混俗菩薩。」謝
肇淛（字在杭，福建長樂人）《五雜俎》卷入：「近時吾閩李贄，先仕
宦至太守，而後削髮為僧，又不居山寺，而遨游四方，以干權貴，人
多畏其口而善待之。擁傳出入，髡首坐肩輿，前後呵殿。余時客山
東，李方客司空劉公東星之門，意氣張甚，郡縣大夫莫敢與均菌伏。
余甚惡之，不與通。」

　　時利瑪竇和西班牙人龐迪我從南京到北京，途經濟寧，特地來
訪。初夏，李贄在濟寧漕署與利瑪竇第三次會見。馮君培《評福蘭閣
教授的李贄研究》一文說：「利瑪竇和李贄第二次（按，應為第三
次）的會面是一六○○年的初夏，在濟寧劉公（福氏推測劉公是劉易
從，誤，應指劉東星）那裡。在這段記載裡，利瑪竇敘述了李贄在漕
署裡的生活，並且說李贄、劉公常常和他討論教義。」（文載一九四
○年三月出版的《圖書季刊》第二卷第一期，第五十九至六十一頁）
裴化行在《利瑪竇司鐸和當代中國社會》一書中也說：「利公到了濟
寧，向李贄投帖拜訪，漕督便立即派人帶了護衛，押著轎，去迎接利
公。他和利公談了很久，末了，他說：『西泰，我願和你同上天
堂。』⋯⋯劉大人翻開利公的日課經，見了一幀救世主像，便向利公

乞取了。下一天，利公到他衙門裡去回拜，同他的兒子和李贄盤桓了
整整一天。」（王昌社譯，一九四三年上海震旦大學史學研究社出
版，第一冊第八章，第二九六至二九七頁）當時有人來信問及利瑪
竇，李贄《與友人書》回答說：

> 承公問及利西泰，西泰大西域人也。到中國十萬餘里，初航海
> 至南天竺始知有佛，已走四萬餘里矣。及抵廣州南海，然後知
> 我大明國土先有堯、舜，後有周、孔。住南海肇慶幾二十載，
> 凡我國書籍無不讀，請先輩與訂音釋，請明於《四書》性理者
> 解其大義，又請明於《六經》疏義者通其解說，今盡能言我此
> 間之言，作此間之文字，行此間之儀禮，是一極標緻人也。中
> 極玲瓏，外極樸實，數十人群聚喧雜，讎對各得，傍不得以其
> 間門之使亂。我所見人未有其比，非過亢則過諂，非露聰明則
> 太悶悶瞶瞶者，皆讓之矣。
>
> 但不知到此何為，我已經三度相會，畢竟不知到此何干也。意
> 其欲以所學易吾周、孔之學，則又太愚，恐非是爾。（《續焚
> 書》卷一）

利瑪竇在中國二十多年，與葉向高、徐光啟、李之藻、王澂、韓霖、
楊廷筠、瞿式耜、沈德符、虞淳熙、方以智、馮應京等人都有交往。

　　在濟寧漕署，又批點了當時流傳甚少的姚廣孝的《道學錄》。姚
廣孝在《道學錄》中對宋代程朱攘佛的言論進行了針鋒相對的駁斥。
其中駁二程的二十八條，駁朱熹的二十一條。李贄培擊道學，稱讚姚
廣孝的《道學錄》「絕可觀」而加以批點，並說：「宜再梓行，以資道
力。」（《續焚書》卷三《姚恭靖》）

　　時汪本鈳來信催回。李贄覆信告知回南京的大致日期。《續焚
書》卷一《與汪鼎甫》：

我暫時未得即回，爾與方先生（時化）、馬先生（逢暘）共住，亦不寂寞也，千萬勿念我，並諭懷捷等安意守舍，多多念佛！我以劉老先生於我有救命之恩，不忍恝然。……今早晚可到淮安（今江蘇淮安市），有僧室安居，亦自與白下等矣。夏初可望我至也。

後來，李贄改變了回南京的計劃。他送馬經綸北上，到直沽而別。[143]

過臨清，有《同馬誠所出臨清閘》詩一首。抵直沽，有《直沽送馬誠所兼呈若翁歷山並高、張二居士》詩一首，如下：「直沽今日賦將歸，李郭仙舟亦暫違。皓首攀轅慚附驥，青雲得路正當時。起爐作灶須君事，持缽沿門待我為。燕趙古稱多感慨，而翁復況舊相知！」（《續焚書》卷五）。

從直沽遙望海口，聯想起曾經鎮守渤海郡的龔遂，寫《望海》二首。其二：「海口望京師，山河起百二。龔遂至今在，倭夷安足慮！」（《續焚書》卷五）

此時決定取途潞河回麻城。《續焚書》卷一《答劉晉川》：「僕已決意從潞河買舟南適，令郎想必送我到彼，安穩停當，然後回還是的也。」在潞河，與千里送行的劉用相最後一別。《別劉肖川書》說：

「大」字，公要藥也。不大則自身不能庇，而能庇人乎？且未有丈夫漢不能庇人而終身受庇於人者也。大人者，庇人者也；小人者，庇於人者也。凡大人見識力量與眾不同者，皆從庇人而生，日充日長，日長日昌。若徒蔭於人，則終其身無有見識

---

143 蔣以化《西臺漫記》卷二《紀李卓吾》：「李贄削髮棄家……時大老劉晉川篤信之，率子若姪並棄本業，拜為父師。劉起為治河都官，而李亦並駕以往，久居濟上，會通州馬誠所來迎之，李遂舍劉以往。」

力量之日矣。今之人皆受庇於人者也,初不知有庇人事也。居
家則庇蔭於父母,居官則庇蔭於官長,立朝則求庇蔭於宰臣,
為邊帥則求庇蔭於中官,為聖賢則求庇蔭於孔、孟,為文章則
求庇於班、馬,種種自視,莫不皆自以為男兒,而其實則皆孩
子而不知也。豪傑凡民之分,只從庇人與庇於人處識取。(《焚
書》卷二)

回到湖北,適逢李多見(字子行,福建興化府人,德用子,萬曆
元年癸酉舉人,二年甲戌進士)將赴夷陵州判。二人相約入武當山
(在湖北均縣南一百里,又名太和山),課內典三個月,編成《逸
書》十三卷。《李氏逸書自序》:

> 《藏書》刻成,而海內是非之口紛如,余意以此負罪巨
> 測。⋯⋯是以退而處於無是無非,為楚之游。迨李子行謫判夷
> 陵,臭味久孚,窮愁驟合,子行遂緩赴吏事,從余杖策入武當
> 山中,課內典三閱月。⋯⋯子行既出《就正稿》相訂,余亦謬
> 成《逸書》⋯⋯(《李氏逸書》卷首)

夏,李贄批選的《坡仙集》十六卷由焦竑在南京刻行。[144]焦竑
《刻坡仙集抄引》說:蘇軾著作「簡帙浩繁,部分叢雜,學者未睹其
全,而妄以先人之言少之。⋯⋯卓吾先生乃詮擇什一,並為點定。見
者忻然傳誦,爭先得之為幸。⋯⋯頃王太史宇泰取見行全集與外集類
次之以傳,而以書屬余曰:『子其以卓翁本先付之梓人』。」(《坡仙
集》卷首)

大約在「過暑毒」的夏秋間,回到龍湖。《續焚書》卷一《與友
人》:

---

144 焦竑《刻坡仙集小引》後署「時萬曆庚子夏琅琊焦竑書。」

今年病多，以病多，故歸來就塔。……計今所至切者惟有兩
事：一者自老拙寄身山寺，今且二十餘年，而未嘗有一毫補於
出家兒，反費彼等辛勤服侍，驅馳萬里之苦。心欲因其日誦
《法華》，即於所誦經品為之講究大義，而說過亦恐易忘。次
欲為之書其先輩解注之近理者，逐品詳明，抄錄出來，使之時
時觀玩，則久久可明此經大旨矣。又將先輩好詩好偈各各集
出，又將仙家好詩、儒家通禪好詩堪以勸戒，堪以起發人眼目
心志者，備細抄錄，今亦稍得三百餘紙。再得幾時盡數選出，
俾每夕嚴寒或月窗風檐之下長歌數首，積久而富，不但心地開
明，即令心地不明，胸中有數百篇文字，口頭有十萬首詩書，
亦足以驚世而駭俗，不謬為服侍李老子一二十年也。……
又三年南都所刻《易因》，雖焦公以為精當，然余心實未
了。……故余作於每日之暇，熟讀一卦兩卦，時時讀之，時時
有未妥，則時時當自知，今又已改正十二卦矣。……了此二
件，則吾死瞑目矣。

此次回來，李贄原想安心編書著述，完成選注《法華經》、編輯
《言善篇》（又名《三教妙述》）和繼續改正《易因》等兩件事，但反
對他的人仍然不甘罷休。李贄亟欲講和。《與友人》又說：「劉晉老人
去，曾有書否？我欲托晉老作一書與偶愚，[145]專專勸其回心講和為
佳。此事只可一辨各人心事而已，安可久也？」

---

145 偶愚，姓陳，麻城人。與湯顯祖、梅國楨、劉守有都有密切往來。湯顯祖有《寄
麻城陳偶愚，懷梅克生、劉思雲》七律一首（見《湯顯祖詩文集》卷十六），又有
《答陳偶愚》信一通。信曰：「弟孝廉兩都時，交知惟貴郡諸公最早，無論仁兄衡
湘（梅國楨號）昆季（梅國樓、梅國森、梅國楹、梅國榮、梅國林），即思雲（劉
守有號）愛客亦自難得。三十載英奇物化殆盡。……弟不記仁兄何由負謗家食。」
（《湯顯祖詩文集》卷四十八）

　　此時，有人竟稱李贄為「說法教主」，[146]風言要遞送回籍。李贄
寫信給焦竑，極辨「說法教主」之誣和斥遞送回籍之謬。（《續焚書》
卷一《與焦弱侯》）信最後說：「此等見識皆生所不識，故敢與兄商
之，以兄彼師也。」可見「說法教主」之誣與遞送回籍之議皆自偶愚
諸人起。

　　焦竑寄詩來，希望李贄再往南京相聚。《澹園集》卷三十九《寄
宏甫》詩：

　　　歸田仍作客，散步自安禪。去我無千里，相違忽二年，夢醒江
　　　閣雨，心折楚雲天。寥落知音後，愁看《伐木》篇。
　　　風雨秋偏急，懷人鬢欲絲。飄零違俗久，歲月著書遲。獨往真
　　　何事，重過會可期。白門遺址在，相為理茅茨。

　　冬，麻城反對梅國楨的人勾結地方官吏，造出「僧尼宣淫」的謗
言，掀起一股「逐游僧，毀淫寺」的惡浪，以此來迫害李贄並破壞梅
國楨家聲。湖廣按察司僉事馮應京（字可大，安徽盱眙人）本年到
任，揚言要「毀龍湖寺，實從游者法」。（沈鈇《李卓吾傳》）一時謗
言四起。明蔣以化《西臺漫紀》卷二《紀李卓吾》：「〔卓吾〕曾游楚
中，而楚黃有名家女新寡，削髮飯依之，以故男女蜂擁追隨，不下千
計，造庵收納，若蟻附膻。」這裡所說的「名家女」，即指梅澹然
等。但所謂「男女蜂擁追隨，不下千計，造庵收納」等，純屬架誣之
詞。事實上李贄只許澹然、澄然、自信、明因、善因等少數婦女問
法，而且僅僅是書信問法而已。梅澹然（1564-　）以學佛遭謗而
死，年僅三十七。其父為文以祭之。其二叔梅國樓（號瓊宇）有《薦

---

146 沈鈇《李卓吾傳》說：「會馮應京來為楚僉憲，毀龍湖寺，實諸從游者法。載贄再往
　　白門，而焦竑以翰林家居，尋訪舊盟，南都士更靡然向之。登壇說法，傾動大江南
　　北。」這裡所述事實顛倒，可見沈所謂「登壇說法」之說，也是「耳食」而已。

侄女澹然疏》。[147]袁中道《游居柿錄》卷五第四八六條載：「有談及梅
衡湘中丞事者，公女澹然學佛死，中丞祭之，有云『有佛自有魔，不
信安得不謗。』」梅國楨覆信李贄，也說：

> 佛高一尺，魔高一丈。……有佛即有魔……世但有魔而不佛

---

147 梅國楨有祭文《薦侄女澹然疏》曰：「兩間之秀，百煉之剛，智慧聰明，獨先男
　　子。艱難阻險，苦盡浮生。風侶卜劉，喜見眼前兒女；雞鳴警旦，早成全楚科
　　名。可憐靡不有初，轉盼遂成無是。斷腸裂腑，慘目傷心，身世飄零，烏止誰家
　　之屋？人情冷暖，雀羅瞿氏之門！為垂老之翁姑，強留殘喘；以未來之旦暮，報
　　答春暉。拂淚別燈，霜寒月冷。含啼親敝帚，雨暗雲愁。黃鵠柏舟，益勵共姜之
　　志；輕塵弱草，誰知令女之心。奮志祝髮披緇，何異割耳斷鼻。一生自守，九死
　　不移。覷破真知，不離自性，只從樂國悟入無生。十二時中，常翻公案；二三女
　　伴，共證菩提。姊妹諸姑，盤桓數日，略無慍喜；那有形骸，一座春風，潛消鄙
　　吝。片言藥石，盡解塵煩。不問便是如來，即此可成極樂。朋家作孽，既成射影
　　之蟲；群小附和，遂成吠聲之犬。黃鍾棄毀，瓦釜雷鳴；白璧為瑕，青蠅止棘。
　　所恃信心信理，不必人知；只求奉佛奉姑，俱成我是！
　　「嗟嗟澹然，長舌之婦，百福幽貞者，適遭其窮；再醮之女，稱賢孤貞者，反加
　　之謗。爾無繫累，何患繁華？爾不報劉，豈無父母？托足空門，不得甚地可容；
　　似茲鬼國，無親何方能避？有身有苦，遽如是乎？無故無聊，亦云極矣！且當末
　　劫，吾道終窮，君子云亡，小人因而得志。人情如此，天道又不可知。草木未免
　　成愁，鐵石何能堪此？方爾談道，任彼風波，「有佛自然有魔，不知安能不謗？」
　　如如木石，待山鬼以不見不聞；湛湛虛空，任浮雲之自來自去。寂無人我，又況
　　冤生。不見死生，安知毀譽。真人中之川海，實佛教之金剛，竟夕坐談，更無別
　　語，逢人勉勵，似有先知。嘆前路之微茫，合無常之迅速。原無空色界，久破死
　　生關。欲見姑而涅槃，遂下輿而步化。道成繡佛，事定蓋棺。從此四知，正氣常
　　滿西方；自茲六月，冤霜不飛東海。自古英雄，見垢輒按劍以忘身；從來豪傑，
　　乘亡尚祈天而永命。爾乃不著是非之境，獨越生死之天。閻羅何自而求蹤，佛祖
　　當為之虛左。奮心多生於憂患。聞道不問乎彭殤。天欲玉成，得不置之拂鬱；爾
　　方解脫，斷不落乎因緣。
　　「但骨肉情深，招魂不得。雲山在望，見爾無由。借此慈航，渡之苦海。若往因
　　未斷，當來手足如初；倘塵緣已灰，便使法輪常轉。皈依淨土，胡不移之目前？
　　憫念眾生，奚必渡之死後？既生豺虎，不得怪其咥人；已是猿梟，亦奚疑其食
　　母？凡此世界，總仗佛慈，生天生地生人，無生禽獸；種竹種桃種李，不種薔
　　薇。則人心果有是非，不致呼朋引類，即大道永無荊棘，無窮泣歧悲途。佛即眾
　　生，何分凡聖。人皆自渡，不必津梁！」（麻城《梅氏族譜》卷四十一）

者，未有佛而不魔者。人患不佛耳，毋患魔也。不佛而魔，宜
佛以消之，佛而魔，愈見其佛也。……自古英雄豪傑欲建一
功，立一節，尚且屈恥忍辱以就其事，況欲成此一段大事邪！
（《焚書》卷二《與梅衡湘》附《衡湘答書一》）

李贄寫信給梅之煥（梅國楨侄），極力稱讚梅澹然。《續焚書》卷
一《與梅長公》：

公人傑也，獨知重澹然，澹然從此遂洋溢聲名於後世矣。不遇
盤根錯節，無以別利器，公宜以此大為澹然慶。真聰明，真猛
烈，真正大。不意衡湘老乃有此女，又不意衡湘老更有此侄兒
也。羨之，慕之！

馮應京燒了龍湖的蘭佛院，拆了李贄的藏骨塔，並驅逐李贄。楊
定見為李贄設法先行藏匿，然後避入河南商城縣的黃蘗山中。老友僧
無念迎李贄、汪本鈳與馬經綸等至法眼寺暫住。陳石泓《無念深有和
尚塔銘》記其事：「卓吾先生果去龍湖，師（指無念）迎至黃柏，相
聚數月。適馬侍御至，始有通州之行。」（《黃柏無念復問》）當事者
又下令麻城縣學行查楊定見是否藏匿李贄。關於李贄這次被逐受害的
原因和經過，明麻城人劉侗《帝京景物略》卷八《李卓吾墓》條載：
「先是，有與中丞（指梅國楨）構者，[148]幻語又聞，當事又逐之，至
火其居。」

148　此「與中丞構者」即指黃建衷。沈德符《萬曆野獲編》卷二十三《黃取吾兵部》
　　云：「麻城人黃取吾建衷，素負盛名，早登公車，風流自命。時同邑梅衡湘長女孀
　　居，有才色，結庵事佛。……黃心欲挑之，乃使〔其愛妾〕詭稱弟子，學禪於澹
　　然，……因乘間以邪說進，且述厥夫殷勤意。澹然佯諾，謀於司馬。……因令入
　　司馬家晤語。……其妾甫及門，則女奴數輩竟擁香車入司馬曲房，自是扃閉不復
　　出，而澹然亦不復再過其舊庵矣。黃羞赧不敢言，為鄉里所誚，初以雄媒往，不
　　特如梟空返，且並媒亦失之。」

　　十月，馬經綸自北通州啟程來楚向李贄問《易》。馬經綸抵麻城，恰逢李贄遭受迫害避居黃蘗山，便入黃蘗山法眼寺會見李贄，讀《易》四十日。馬經綸《與當道書》：「弟不遠三千里就而問《易》。」（《李氏遺書》附錄）又《與李麟野掌科轉上蕭司寇》：「不佞冒雪三千里訪之黃蘗山中。」（同上）《明史》卷二三四《馬經綸傳》：「〔與贄〕辨惑解縛，聞所未聞，四十日間，受益無量。」馬經綸有《初會卓吾先生》詩：

> 黃蘗仙人去，卓吾老子來。十年兩奇士，[149]向此山之隈。方隅詎能限，山靈自招徠。我聞黃蘗名，未撥丹爐灰。我見卓吾面，鍾情憐我才。飲我琥珀酒，酌以琉璃杯。連飲雙玉壺，好顏盡覺開。愧我塵俗者，高賢相徘徊。安得雙黃鵠，翺翔飛蓬萊。（《馬公文集》卷五）

　　在黃蘗山法眼寺中，李贄寫下反對盲從、提倡獨立思考的《聖教小引》一文。（文收入《續焚書》卷二，見萬曆四年譜文引）

　　時商城張陶亭（舜選字）來訪，送畫贈詩。有《張陶亭逼除上山既還寫竹贈詩故以酬之》詩一首：[150]「歲晚登黃山，言此是蓬瀛。我為何病來，君胡自商城？慚非白蓮社，誤作《苦寒行》。贈我七言古，寫君雪裡青。古木倚孤竹，相將結歲盟。」（《續焚書》卷五）。

詩文編年

　　《說法因由》：見《續焚書》卷四。本年春正月初七日寫於南

149　「十年兩奇士」，「兩奇士」當指無念和李贄。無念於萬曆二十二年離開龍湖，入黃蘗山創立法眼寺，今年李贄入黃蘗山避，前後七年。此言「十年」，舉成數而言，非確指。

150　《商城縣志》：「張舜選，字陶亭，商城縣人，萬曆選貢。學問淵博，隱居不仕。築精舍，嘯吟其中。有《四柏亭集》、《懶夫慵語》、《燕子樓詩》百篇，今俱佚。」此條與《無念深有塔銘》等材料均由河南省商城縣文管會楊瓊先生提供。

京。中有「萬曆庚子春，正月人日，山西劉用相設齋於興善禪寺」和「李卓吾聞而記之」等語可證。興善寺，後改名香林寺。據《江南通志》卷四十二《輿地志‧寺觀》載：「香林寺，原名興善寺，在江寧府太平門內。明末年建，國朝康熙三十八年（1699）聖祖仁皇帝南巡改為香林寺。」

《聽誦法華》一首：見《續焚書》卷五。《法華》即《妙法蓮華經》的簡稱。亦名《妙法》。可能作於興善禪寺聽法師祖心講說《妙法蓮華經》之後。《說法因由》：「祖心登壇講說《妙法蓮華》之日，當率眾友來聽，祖心其尚思《妙法》之難說哉！余將聽焉。」中有「誦經縱滿三千部，才到曹溪一句忘」之語。

《法華方便品說》：見《續焚書》卷二。《法華經》二十八品，《方便品》是第二品和第二品之餘（見《法華經》卷二、卷三）。本文約寫於本年春在南京時，可能是鑒於「《妙法》之難說」或聽講說而有得之後，故有「一聞《妙法》，能無畏乎？」之語。

《易因》上下二卷：今所見有《續道藏》本《易因》六卷，明刊本《易因》（扉頁作《鐫李卓吾先生易因》）二卷，最早刊本卷數不詳。本年在南京寫成並刻行。李贄《陽明先生年譜原序》說：「今歲庚子……《易因》之稿甫就。」（李贄《陽明先生年譜》卷首）《續焚書》卷一《與友人》：「又三年南京所刻《易因》，雖焦公以為精當，然余心實未了。」此信寫於本年。信中的「三年」，指三年來，即自萬曆二十六年至今。又《續焚書》卷二《聖教小引》：「於是遂從治《易》者讀《易》三年，竭盡夜力，復有六十四卦《易因》鋟刻行世。」李贄於萬曆二十六年起即與焦竑一起在南京讀《易》，至本年寫成《易因》並刻行，前後正好「三年」。可參看《易因小序》。

《易因小序》：見《易因》卷首。寫於本年。中有「今余年七十又四矣」一語可證。中又有「最後乃得山西劉用相，自沁水迢遞而來……從秋徂冬，經春不去」之語，說的是「從治《易》者讀

《易》」之事，故此推知本文即寫於本年離開南京之前。

　　《到任城乃復方舟而進以侍御也》一首：見《續焚書》卷五，寫於本年三月底初到山東濟寧時。任城，即濟寧州，今山東濟寧縣治。侍御，即馬經綸。馬經綸曾任河南道監察御史，故稱。蔣以化《西臺漫記》卷二《紀李卓吾》曾說李贄在山東濟寧時，「通州馬誠所來迎之」。詩中有「明年三月濟寧州，老病相隨亦可羞」句。「明年」指明時。馬經綸《馬公文集》卷七有《濟寧州》一首：「皓首高歌亦擅場，歸來濟上喜相將。傍人竊笑清狂甚，太白樓前醉夕陽。」

　　《太白樓》二首、《南池》二首：見《焚書》卷六。本年三月寫於山東濟寧。太白柚在濟寧州南城下，南池在濟寧州城南三里許，兩地相距極近。參看《續焚書》卷一《與鳳里》。《南池》詩中有「三春花鳥猶堪賞」句，可見寫於殘春三月；而該詩「濟潊相將日暮時」，與馬經綸《濟寧州》「太白樓前醉夕陽」所寫的時間同；可見這二詩是與馬經綸同游之作。袁宏道有《讀卓吾南池詩》一首：「『三春花鳥猶堪賞，千古文章只自知。』文章自是堪千古，花鳥三春只幾時！」（見潘曾紘編《李溫陵外紀》卷五）

　　《輪藏殿看轉輪》一首：見《續焚書》卷五。可能是本年春三月底寫於山東濟寧。濟寧普照禪寺有藏經閣（又稱藏經殿或輪藏殿）。馬經綸《藏經殿看轉輪》詩，有「高閣重登後，法輪再轉時」之句，可見稱「閣」稱「殿」可以各隨其宜。這藏經閣是劉東星到任後重修的。咸豐戊午《濟寧直隸州志》卷五《名勝》載：「普照禪寺在城西北隅，齊梁古剎也。……藏經閣在寺內。有明正統時御賜藏經，萬曆初毀，總河劉東星、郡人于若瀛重募建。閣外有正統十年御賜藏碑記。」李贄在游濟寧諸名勝時乘興偕馬經綸到普照禪寺看轉輪是有可能的。詩中有「孟浪空嗟歲月新」句，表明此次游覽不遲於「三春」。

　　《贈閱藏師僧》一首：見《續焚書》卷五。是否寫於濟寧普照禪寺，不詳。姑附此以備進一步考證。

《與鳳里》：見《續焚書》卷一。本年三月底寫於初抵山東濟寧時。中有「昨為白下客，今日便為濟上（即濟寧）翁矣」等語可證。信中說「濟上自李杜一經過，至今樓為太白樓……池經千百載，尚為南池。」談游太白樓和南池的感想，可見是寫於《太白樓》和《南池》二詩之後。

《琴臺》一首：見《續焚書》卷五。本年春末寫於與馬經綸同游山東單縣之時。琴臺在單縣東南一里舊城北，是孔子門徒宓子賤彈琴之所。詩中有「鳴琴人已去，琴臺猶在此」句。馬經綸《馬公文集》卷七《琴臺》詩中有「堂靜琴聲遠，春融壽域開」句，可見李詩寫於春末。

《釋迦佛後》：見《續焚書》卷四。本年春夏間寫於游覽山東曲阜之後。中有「余偶來濟上，乘興晉謁夫子廟，登杏壇，入林中」等語可證。

《陽明先生道學鈔》八卷，附《陽明先生年譜》二卷：本年春三月編成並付刻於山東濟寧。李贄《陽明先生年譜》卷首《陽明先生道學鈔原序》說：「今歲庚子……余於《易因》之稿甫就，即令汪本鈳校錄先生全書，而余專一手抄年譜……今書與譜抵濟上，亦遂成矣。大參公黃與參、念東公於尚寶見其書與譜，喜曰：『……宜其序而梓行之。』」《陽明先生年譜後語》：「是春，予在濟上劉晉川公署，手編《陽明年譜》自適，黃與參見而好之，即命梓行。」《續焚書》卷一《與方伯雨》也說：「《陽明先生年譜》及《抄》在此間（指濟寧）梓，未知回日可印行否，想《年譜》當有也。……待我回日，決帶得來。」此二書的最早刊本已佚，今所見者乃明萬曆三十七年（1609）武林繼錦堂刊本和清道光六年（1826）重刊本。

《陽明先生道學鈔原序》：見《陽明先生年譜》卷首。《陽明先生年譜後語》：見《陽明先生年譜》卷下。均寫於本年春三月在山東濟寧漕署時。證據見上《陽明先生道學鈔》的考證。

《與汪鼎甫》：見《續焚書》卷一。本年四月間寫於山東濟寧。中有「我於三月二十一日已到濟寧，暫且相隨住數時，即返舟來矣」等語可證。信中談到準備在南京重刻《焚書》、《說書》一事，可參看《與方伯雨》的考證。

《與方伯雨》：見《續焚書》卷一。寫於與上述《與汪鼎甫》同時而略後。中有「雪松昨過此，已付《焚書》、《說書》二種去，可如法抄校付陳家梓行」等語。上述《與汪鼎甫》則有「發去《焚書》二本，付陳子刻。死場事畢，有好漢要看我《說書》以作聖賢，未可知也。如無人刻，便是無人要為聖賢」等語，二信顯有先後之別。關於潘雪松（名士藻）過濟寧的時間，焦竑《澹園集》卷三十《雪松潘君墓志銘》載：「庚子夏，以冊封奉太宜人僑居南都。」據此知潘雪松自京回安徽婺源桃溪冊封並奉其母太宜人僑居南京的時間是在本年夏，則其路過山東濟寧當在春末或夏初。《與汪鼎甫》有「暫且相隨住數時，即返舟來矣」等語，可見是初到濟寧後不久寫的，那麼此信亦當寫於初到濟寧的三、四月之交。

《與汪鼎甫》：見《續焚書》卷一。本年三月底寫於山東濟寧。中有「我暫時未得即回」、「夏初可望我至此」等語可證。說「夏初可望我至」，當在夏初之前。

《與友人書》：見《續焚書》卷一。本年初夏寫於山東濟寧漕署。友人不詳。中有「承公問及利西泰」和「我已經三度相會，畢竟不知到此何干也」之語。馮君培《評福蘭閣教授的李贄研究》說：「利瑪竇和李贄第二次的會面是一六〇〇年的初夏，在濟寧劉公那裡。」按，此「第二次」應為「第三次」之誤。萬曆二十七年己亥（1599）夏李贄和利瑪竇在南京曾兩次相見。

《李卓吾先生批點道餘錄》：本年夏批點於山東濟寧漕署。《續焚書》卷三《姚恭靖》：「公有書名《道餘錄》，絕可觀，漕河尚書劉東星不知於何處索得之，宜再梓行，以資道力。」可見是批點於山東濟寧

漕署。按，此書於李贄死後由錢謙益於萬曆四十七年（1619）刊行。

《同馬誠所出臨清閘》一首：見《續焚書》卷五。本年夏寫與於送馬經綸北上路過山東臨清閘時。中有「惟君與我醉虛舟」句。馬經綸《馬公文集》卷七《臨清》詩：「先生自是逍遙游，樗散如予亦同舟。」

《直沽送馬誠所兼呈若翁歷山并高、張二居士》一首：見《續焚書》卷五。本年夏寫於天津直沽（即海河）。中有「直沽今日賦將歸，李郭仙舟亦暫違」句，可見李贄送馬經綸北上直至直沽而別。歷山，馬經綸之父馬時敘的號。（生平見東平孫元《創建邑侯馬公生祠記》，光緒卅六年重修《壽張縣志》卷八《藝文》，萬曆二十五年譜文引），太湖朱國楨《馬侍御志銘》云：「公馬氏，諱經綸，字主一，別號誠所，鳳陽霍邱人，始祖宿，世官通州衛千戶。……父時敘，隆慶丁卯（元年，1567）貢士，令壽張。」（《馬公文集·志銘》）高、張二居士，即馬經綸好友高翔峰、張祥。《馬公文集》卷四有《祭高翔峰文》和《張君行略》二篇。高是馬經綸「三世道義之交」，馬經綸削籍歸里，即與高「結道侶，探名勝，訪隱逸，參賢聖」。張祥號魯郊，郭縣人，萬曆四年丙子（1576）舉人，曾任山西壺關、河南原武知縣。二人都是居士。馬經綸《馬公文集》卷四有《恆如上人金書華嚴經序》一文，中有「圓通之會同高翔峰、張魯郊居士」的記載。

《望海》二首：見《續焚書》卷五：本年夏作，當寫於天津直沽附近的海口。中有「順風而疾呼，通州二百里」句。從風勢看，似是東南風，季候當在夏天。北通州在直沽東北，順風直呼而通州可聞，形容兩地相距之近。

《答劉晉川》：見《續焚書》卷一。本年夏寫於自濟寧送馬經綸北上途中，時李贄決定取途潞河回麻城。中有「僕已決意從潞河買舟南適，令郎想必送我到彼」等語可證。「令郎」指劉用相。按，萬曆二十五年（1597）秋，劉用相曾送李贄到潞河，但那時李贄是北行，

是要到北京西山極樂寺小住，而此次則是「南適」，回麻城。故知此信絕不寫於萬曆二十五年秋。

《別劉肖川》：見《焚書》卷二。這是一封臨別贈言的信。疑寫於本年夏在潞河和劉用相最後一別之際。中有「『大』字，公要藥也」和「居家則庇蔭於父母……種種自視，莫不皆自以為男兒，而其實則皆孩子而不知也」之語。上述《答劉晉川》則說：「令郎不痴。令郎外似痴而胸中實秀穎，包含大志，特一向未遇明師友耳。……縱尊嫂有舐犢之愛，獨不可以義勸止之乎？何乃同然一辭，效兒女故態也？」反對父母過分「庇蔭」兒子。

《與友人》：見《續焚書》卷一。本年寫於回到麻城之後。證據如下：（一）中有「今年病多，以病多，故歸來就塔」之語。「塔」指龍湖芝佛院的塔屋，是數年前為李贄預築的藏骨之所。（二）又有「我欲托晉老作一書與偶愚，專專勸其回心講和為佳。此事……安可久也？」之語。「偶愚」指麻城諸生陳偶愚，李贄希望他能「回心講和」。（三）又有「老拙寄身山寺，今且二十餘年」一語。李贄於萬曆九年（1581）寓居黃安天窩僧舍，到今年頭尾已二十年，過明年即「二十餘年」，故此說「今且二十餘年」。李贄今年回麻城一事，可參看《續焚書》卷一《與焦弱侯》。

《與焦弱侯》：見《續焚書》卷一。本年夏秋間寫於麻城，中有「以至今年七十四年」和「則如生者，雖不敢當說法之教主，獨不可謂流寓之一賢乎？可與麻城之鄉賢名宦並聲於後世矣，何必苦苦令歸其鄉也」等語可證。

《與梅長公》：見《續焚書》卷一。梅長公即梅國楨之侄梅之煥。民國《麻城縣志前編》卷九《耆舊·名賢》載：「長公諱之煥，字彬父，麻城人。」葉向高《梅少司馬神道碑》：「公沒十餘年，猶子之煥由諫垣歷邊撫。」此信寫於本年冬回麻城之後。中有「僕出游五載，行幾萬里……歸來見爾弟兄昆玉如此如此，真為不虛歸矣」等語

可證。李贄自萬曆二十四年丙申（1596）出游至本年歸來頭尾恰為
「五載」，他先後到過山西、北京、南京、山東等地，行程幾萬里。

《湖上逢方孝廉》一首：見《續焚書》卷五。本年秋冬寫於龍
湖。詩裡說：「白首澄湖上，逢君問故鄉。何期故人子，相見說高
堂。」「湖」指龍湖。「故人子」疑即李贄好友方沆的兒子方承篋。方
是福建莆田人，故說「問故鄉。」據民國丙寅年補刊《莆田縣志》卷
十三《選舉》載：「方承篋，字伯邕，萬曆二十五年丁酉（1597）舉
人，沆子，附父傳。」因承篋是舉人，故稱「孝廉」。按乾隆《泉州
府志》於萬曆十六年至二十八年期間，亦沒有方姓的舉人，故方孝廉
當是方沆之子方承篋無疑。如是則此詩寫於本年。因為自萬曆二十四
年起李贄行游四方至今年始回龍湖，而明年即永別龍湖了。

《聖教小引》：見《續焚書》卷二。又見《言善篇》元集卷首，
它原是《言善篇》中「聖教」部分的一篇小序。本年秋冬寫於黃檗山
法眼寺。中有「於是遂從治《易》者讀《易》三年，竭晝夜力，復有
六十四卦《易因》鋟刻行世」等語。「治《易》者」指焦竑。李贄於
萬曆二十六年到南京，與焦竑等「治《易》者讀《易》」，至本年鋟刻
《易因》行世，前後恰好「三年」，故此可以證明本文寫於本年。
按，此次楊定見從行，本文也有勉勵楊定見之意。中有「況楊生定見
專心致志以學夫子者邪！幸相與勉之」與「而又何患乎楚乎」等語。

《道教鈔小引》：見《續焚書》卷二。又見《言善篇》亨集。這
是《言善篇》中道教鈔部分的一篇小序。本年冬或明年春正月寫於商
城黃檗山法眼寺。中有「余老且死……幾為人所魚肉」之語，指本年
冬在麻城遭受「逐游僧，毀淫寺」的迫害一事。按，本文與《聖教小
引》當是劉東星《序言善篇》中所說的「見其《小引》三首」中的兩
首。另一首即《釋子須知序》，寫於明年春正月。

《張陶亭逼除上山既還寫竹贈詩故以酬之》一首：見《續焚書》
卷五。本年年底寫於商城黃檗山法眼寺。中有「君胡自商城」句。馬
經綸《馬公文集》卷五《張陶亭見過》詩中有「幽人耽野趣，黃檗寄

高居」句；同書《酬張陶亭》詩中有「黃蘗多奇徑，有泉清且淪……
我來自燕市，君出商城濱」句，都可作為李贄此詩寫作地點的旁證。
而從李贄詩題和詩中「相將結歲盟」句看，可知此詩寫於十二月底。

時事

- 二月乙亥朔，升職方員外郎馮應京為湖廣僉事，分巡武昌、漢
  陽、黃州三府。（《明神宗實錄》卷三四四）

- 六月丁丑（初六日），平定播州楊應龍的叛亂。（《明神宗本紀
  二》）（按，平寧夏哱拜之亂、援朝抗倭和平播州楊應龍之亂，史
  稱「萬曆三大征」。）明年四月，改置播州為尊義、平越二府，
  分屬川、貴。（《明神宗實錄》卷二五八，《明通鑑》卷七十二）

- 十二月，武昌民變。去年二月中官陳奉征荊州店稅，兼採興國州
  礦洞丹砂及錢廠鼓鑄事。奉兼領數事，恣行威虐，鞭笞官吏，勦
  劫行旅至伐冢毀室，刳孕婦，溺嬰兒。其黨直至入民家，奸淫婦
  女，或掠入稅監署中。本年十二月有諸生妻被辱，訴上官，激起
  士民公憤，從者萬餘，蜂湧入奉廨，皆欲殺陳奉。後得撫按三司
  救護，始得保全生命。（《明史》卷二三七《馮應京傳》、卷三〇
  五《陳增傳》附《陳奉》）

- 本年，南北二畿與各省農民因連年災傷，又苦礦稅，紛紛舉行暴
  動。（《明通鑑》卷七十二）鳳陽巡撫李三才疏陳礦稅之害，說：
  「陛下愛珠玉，民亦慕溫飽；陛下愛子孫，民亦戀妻孥。奈何陛
  下欲崇聚財賄，而不使小民享升斗之需。……今闕政猥多，而陛
  下病源則在溺志貨財。臣請……罷除天下礦稅。欲心既去，然後
  政事可理。」神宗置之不理。（《明史》卷二三二《李三材傳》）
  時地方官以忤稅使得罪者前後相繼。（《明通鑑》卷七十二）

*　　　　　　　　　*　　　　　　　　　*

- 二月，族孫林奇材考取進士。(《曆年表》)
- 八月，次甥蘇懋祉考取舉人。(乾隆《泉州府志》卷三十五《選舉三》)
- 九月，袁宗道（1560-　）卒，年四十一。(袁中道《游居柿錄》卷五第三七四條)(按，一作十月卒，又錢謙益《列朝詩集小傳》作「年四十二」，恐誤。)
- 十二月戊戌（廿九日），潘士藻（1537-　）卒，年六十四。(焦竑《澹園集》卷三十《雪松潘君墓志銘》)
- 本年，達觀自匡山入京。(憨山《達觀大師塔銘》，《紫柏老人集》卷首)(按，沈德符《萬曆野獲編》卷二十七《紫柏禍本》條謂達觀以二十九年入都。)湯顯祖作《南柯記》傳奇。(徐朔方《湯顯祖年表》)。

萬曆二十九年辛丑（1601）　　　　　　七十五歲

　　春正月，寓居商城黃蘗山法眼寺。編成《言善篇》一書，並將篇目及小引三首寄給河漕總督劉東星，請他為該書作序。[151]劉東星《序言善篇》：「是書凡六百篇……余尚未見，見其《小引》三首與《言善篇目》而已。」《釋子須知序》說明了選編這部分釋家詩偈的動機：

> 余今年七十又五矣，旦暮且死，尚置身冊籍之中，筆墨常潤，硯時時濕，欲以何為耶？因與眾僧留別，令其抄錄數種聖賢書真足令人啟發者，名曰《釋子須知》，蓋以報答大眾二十餘年殷勤，非敢曰為僧說法也。(《續焚書》卷二)

---

151 劉東星《序言善篇》見李贄所輯《言善篇》卷首，後署「萬曆辛丑歲春三月劉東星書於淮濟之上。」而小引之一《釋子須知序》寫於李贄「七十又五矣」的「今年」，而二月李贄即往北通州，故知李贄請劉東星作序當在正月間。

　　時思修、常順、性近三上人將往湖北廣濟。李贄寫詩送行，有《送思修、常順、性近三人往廣濟、黃梅禮祖塔》一首。

　　馬經綸寫信湖廣按察司僉事馮應京，駁斥謠言，為李贄辯護。《與湖廣馮僉憲》：

> 不佞弟霍丘人也，於門下有枌榆之誼，入楚仰高風，敢以竿牘代几杖，表區區嚮往之心。
>
> 七十五歲李卓流寓他鄉，棲身禪院，此與之所共憐；而其冥搜道體，合符聖真，則又孔孟之所深嘉，志道者必取則也。聞門下嘗訪之北都，又訪之南都，似亦慕其人而屈下之矣。今下令逐客，撤其廬，毀其塔。夫塔何為者？蓋卓老慮夫無妻無子之老鰥夫，終無以為葬而預為藏此一具老骨頭之所，乃死者之所用，生者之所哀也。今惡客而至於毀塔，猶之惡世人而毀其棺與椁也，毋乃太甚乎！
>
> 且卓老四品大夫，浩然掛冠，律所謂以禮致仕與見任官同者。今因其衰老孤獨羈旅失援，驅迫凌虐不遺餘力。此老故有傲骨，萬一死於道路，是誰殺之與？然則門下昔日訪之者何心，而今日欲殺之者又何心也？聞昔日相訪時卓老以道自尊，不相假借，門下意其慢己，懷恨而去。今日之舉，得非藉此以報之乎？夫以龐德公之賢，而孔明拜於床下；以禰正平之狂，而孟德容於鼓下。門下昔且不難為床下之拜矣，今反不能為鼓下之容耶？宦游不可常，誰無床下？少壯不可得，誰無暮景？若卓老今日所遭，天地真覺為窄，達者獨不為之地耶？
>
> 且「宣淫」之說，意在梅氏繡佛寺者，梅亞卿（即梅國楨）之女也；三義廟者，陳郎中之妻，梅亞卿之妹也。[152] 亞卿功在彝

152　梅國楨之妹名國晉，進士陳楚產之妻。陳楚產與國楨、國樓為同榜進士，由縣令升兵部武選司主事。被論歸里，旋授南京戶部員外郎，升郎中。陳死後，國晉奉

鼎，三楚之望，可敬不可辱，可揚其美不可傷其意。今以垢筒曖昧之言敗高門名節之重，檄書一下，遠近喧傳，所以辱亞卿者至矣，所以傷亞卿之意者深矣。昔丙吉為相，掩過揚善，黃霸為郡，力行教化，務在成就安全，毋失賢之意。門下欲稟孔孟以厚風俗，而作用乃爾，是頹風未挽，雅道先傾也。以此示標，民將奚觀？且麻之士夫鬥捷構巧由來久矣。今日之事，門下寧至偏聽，而其跡似咎，勢難戶說，是甘以其身樹怨於鄉士夫，而且交鬥鄉士夫，相讎相訐無已時也。即今鄉宦刊揭，穢跡滿紙，聞者污耳，見者污目，麻之人盡蒙惡聲。此皆賢公祖之賜，亦何利於麻之風俗而以為四方口實耶？即云楚俗薄惡，法須矯正，人言沸騰，義難緘默，當初何不效古人手自牒書，密移亞卿，令其自聞，又密移卓老，令其自遠？二老豪傑，可以忠告，教旨所及，寧有不遵奉也者？以視今日逐客之舉，在地主則為無禮，在公祖則為無恩，揆之律令則為無法，質之先民則為無術，加禮於前而修怨於後則為無量。門下亦何快於是而為此紛紛也？

卓老近赴劉大司空（即劉東星）之約，已從濟上去矣，事屬既往，弟何庸贅。以門下吾鄉山鬥，秉憲名都，潛消默化之用不講，而拂情府怨之令亟行，恐他政或有類於此者，故敢效芻蕘之愚焉。伏惟高明亮察。（《馬公文集》卷三）

馬經綸又有上當道書，駁斥所謂「惑世」、「宣淫」的讕言。《與當道書》：

當事者「逐游僧」、「毀淫寺」，此闢道維風之事，當事者之心，亦弟之心也。顧卓吾儒者，其托跡禪林，殆若古人之逃於

佛，法名喜佛。陳家即宅為廟，後殿鑄四佛像，中殿塑三義神像，前殿塑關聖帝像，俗稱三義廟，亦稱陳家廟。（凌禮潮《麻城梅國楨大傳》第一二七頁）

酒，隱於釣。其寄居麻城，亦若李太白之流寓山東，邵堯夫、司馬君實之流寓洛陽。……而卓吾不能安其身於麻城，聞檄被驅，狼狽以避。……雖以七十五歲風燭殘年，孔大聖人所謂「老者安之」，而顧毀其廬，逐其人，並撤其埋藏此一具老骨頭之塔，忍令死無葬所而不顧。……緣麻城人以「異端惑世」目之，以「宣淫」誣之耳……然而七十五歲老翁，旦暮且死，麻城人尚毫無憐老之心，攻之至再至三，曾不少置，此亦足以見此老之決不能惑世明矣。……彼蓋借「宣淫」之名，以醜詆其一鄉顯貴之族，又藉逐僧毀寺之名，以實其宣淫之事。於是賕眾狂吠，若以為公論公惡焉耳。此其機械誠深，而其用心亦太勞矣。……

聞年丈檄令縣學行查楊生定見。……楊生篤志向道，雅為劉晉老、焦漪老所敬重，其人可知。人言波及，蓋恐卓吾或匿於家，未曾遠避。夫楊生亦有身家之累，亦懼池魚之殃，非但不能匿，實不敢匿。且卓吾素行不徑不竇，亦非肯私匿之人也。然則卓吾今何在？弟蓋奉之寓商城黃蘗山中耳。稍待春和，弟擬奉之入湖廣省城，市數椽之屋，貿數畝之田，吾二人耦耕談道，作武昌一對流寓。（《馬公文集》卷三，《李溫陵外紀》卷四）

　　二月，與馬經綸同往北通州。汪本鈳《哭李卓吾先生告文》回憶說：「庚子冬，師又讀《易》於黃蘗山中。……越春二月，師與馬先生同至通州。」

　　無念命其高徒常慵侍往。[153]

153　其後常慵隨侍至北通州，於李贄入獄時送飯及身後諸事常慵均幫助料理。上引陳石泓《無念深有和尚塔銘》云：「通州之行，師（指無念）令高足常慵號化空者侍以往。逮入司棗饘（厚粥）歿出表墓塔，慵實始終之。」（《黃柏無念復問》）

對於馬經綸的救助，李贄十分感激。《送馬誠所侍御北還》：「訪友三千里，讀書萬仞山。風來知日暖，雨過識春寒。剪燭前窗叟，寄身蕭寺間。今朝柱下史，實度老瞿曇。」

啟程，遇雨。有《樓頭春雨》：「樓頭一夜雨，客嘆主人誇。何意中州彥，能憐四海家。白雲封去路，玄水薦新茶。我自出門日，知道有朝霞。」（《續焚書》卷五）

到了商城西南三十里的湯坑，遇雨，飲宴三日。《溫泉酬唱》小序載其事及隨行者姓名：「春日，余同馬誠所侍御北行，路出湯坑，商城張子直舜選（字陶亭），攜其甥盛朝袞，其小友陳璧，[154] 俟我於此，連飲三日，然後復同往。從我者，麻城楊定見，新安汪本鈳，并諸僧眾十數人；從侍御者：僧通安與其徒孫則自京師。」（《續焚書》卷五）《溫泉酬唱》詩寫道：「大都天下士，已在此山中。愛客能同調，相隨亦向東。決心千潤水，濯足溫泉宮。老矣無餘棄，願師衛武公。」（《續焚書》卷五）。

馬經綸有《溫泉酬唱》一首，又有《湯坑》二首。《湯坑》其一：「一雨三朝猶未晴，游人酣飲滯歸程。雲開洞口天初霽，乘醉驅車水上行。」（《馬公文集》卷五）。

冒雨進發。有《觀漲》一首：「雨意獨幽幽，河頭不斷流。三辰猶滯此，幾日到神州？踟躕橫渡口，彳亍上灘舟。身世若斯耳，老翁何所求！」（《續焚書》卷五）。

春分渡淮，至息縣（今河南息縣）。馬經綸《春分日渡淮》詩：「春風到息縣，去楚復游梁。陌柳青垂地，園花紅過牆。渡淮思禹跡，近汝畫周疆。野店臨官道，東風酒甕香。」（《馬公文集》卷五）。

路過汝陽（今河南汝南縣），回憶六年前赴劉東星沁水之邀路經

---

154 光緒六年重刊《江寧府志》卷廿七《名宦》載：「陳璧，字栗然，河南商城人。天啟五年知高淳縣，持正不撓，愛民如子，徵輸不撓，公庭閒寂，民有爭訟，開誠諭之，莫不感服。」

此地，感慨良多，作《汝陽道中》一首：「日暮汝陽城，旅魂猶暗驚。六年今復來，又是一生平！」（《續焚書》卷五）。

三月三日清明節前，抵達黃河邊上。時多北風，而旅懷亦惡，有《三日風》一首：「春來惟見北風多，豈謂清明節未過。莫以行人心事惡，故將風色苦蹉磨。」（《續焚書》卷五）。

過黃河，有《渡黃河》一首：「激浪奔雷萬馬追，黃河南出繞長圍。我今欲渡河東去，為報天風且莫吹。」（《續焚書》卷五）。

路過石門（在今河北省邢臺縣西南）、河間、清涼柵（以上在今河北省任丘縣）。有《舟中和顧寶幢遺墨》四首：

> 柴濕煙濃淚滿襟，黃齏不換古人心。自從涕唾成珠後，一色清光直至今。
> 酒瓢驢背看山好，兩斛舡頭亦看山。四海閒人今我是，為君判醉出河間。
> 白下人傳粉墨痕，虎頭千載復稱尊。我今暫撇西陵路，短髮長衫過石門。
> 鼎食公然不著忙，丘戈消日對愁腸。漁翁獨釣扁舟去，袖手輪竿臥夕陽。（《續焚書》卷五）

又有《彌陀寺》一首：「停舟欲問彌陀寺，正是黃霾日上時。岸柳不知人意遠，故牽白髮比青絲。」（《續焚書》卷五）。

馬經綸有《石門》一首：「石壁翠團鎖萬家，中餘一線通天涯。山城雨過松蘿密，沽酒層陰興未賒。」（《馬文公集》卷七）寫的是初夏景象。馬經綸《彌陀寺》說：「清源舟楫傍彌陀，寶閣重登感慨多。」（同上）

四月間，到達北通州，住在馬經綸別業。馬經綸次年在《與蔡虛臺郎中》信中追述說：「卓吾先生……煢煢一身，自去年四月來止潞河。」（《馬文公集》卷三，《李氏遺書》附錄）《順天府志》卷一一四

《流寓・李贄傳》載：「〔贄〕所居馬侍御別業，在通州城中東南隅，近文昌閣，瀕水，曰蓮花庵。」蓮花庵又名蓮花寺，前兩年新建。《通州志》卷三《寺觀庵堂》載：「蓮花寺，在州舊城內東南隅。明萬曆二十七年建。」李贄與馬經綸一起讀《易》，繼續改正《易因》。汪本鈳《哭李卓吾先師告文》：「師與馬先生同至通州。既至，又與讀《易》，每卦自讀千遍。又引坡公語語鈳曰：『經書不厭百回讀，熟讀深思子自知。』近二年所，而《易因》改正成矣。」（《李溫陵外紀》卷一）

　　時袁中道自潞河發其兄宗道之櫬歸里。袁中道《書行路難》：「萬曆庚子十一月廿六日晚，忽得伯修訃音。……遂以月初離邑，……月終乃抵都門。住此凡三月。……遂以辛丑四月扶櫬從潞河發焉。」（《珂雪齋文集》卷十二）袁中道來見李贄。李贄有《哭袁大春坊》一首：「獨步向中原，同胞三弟昆。奈何棄二仲，旅櫬下荊門！老苦無如我，全歸亦自尊。翻令思倚馬，直欲往攀轅。」（《續焚書》卷五）。

　　他為袁中道手卷題字。《書小修手卷後》：

> 歲辛丑，余在潞河馬誠所所，又遇袁小修三弟。雖不獲見太史家兄，得見小修足矣，況復見此卷乎！
>
> 小修勸我勿吃葷。余問之曰：「爾欲我不用葷何故？」曰：「恐閻王怪怒，別有差委，不得徑生淨土耳。」余謂：「閻王吃葷者，安敢問李卓吾耶？我但禁殺不禁嘴，亦足以免矣。孟子不云七十非肉不飽？我老，又信儒教，復留鬚，是宜吃。」小修曰：「聖人為祭祀故遠庖廚，亦是禁吃葷者，其言非肉不飽，特為世間鄉間老耳，豈為李卓老設此言乎？願勿作此搪塞也！」余謂：『我一生病潔，凡世間酒色財半點污染我不得。今七十有五，素行質鬼神，鬼神決不以此共見小丑，難為李老也。」……（《續焚書》卷二）

袁中道《書月公冊》回憶說：「昔晤龍湖老人於通州，予問當如何作工夫，龍湖曰：『參話頭。』予曰：『某子甲半生參話頭，而了無消息者，何也？』龍湖曰：『不解起疑也。夫疑為學道者之寶，疑大則悟亦大。予近來尚有餘疑，可惜不遇大作家，痛與針劄一番耳。』予心佩其言，見世之學道者，終日恬然，其稍敏捷者，隨口領略，自謂已得，始知老子所謂不解起疑者，真有見也。」（《珂雪齋近集》卷八）

　　夏間，和馬經綸同游盤山（在河北薊縣西北）和房山（今屬北京市）。在赴房山途中，寫有《答馬侍御》一信，說：

> 僕老矣，惟以得朋為益，故雖老而驅馳不止也。盤山古佛道場，寶積、普化（皆唐高僧），高風千古，何幸得從公一游耶！時見太丘，令人心醉紀、群之間，又不意孔北海因是而獲拜兩益之友也。已買舟潞下，邁龍門即先登矣。先此奉復不備。（《續焚書》卷一）

「龍門」即房山縣西北的龍門村，為往房山小西天（即房山縣西南五十里的石經山）的必經之地。馬經綸有《經洞夜雨——游房山詩》：「佛去經藏洞，我來天雨華。孤燈夜深聽，龍吼入山家。」（《馬公文集》卷七）

　　在游盤山和房山期間，工部尚書河漕總督劉東星數次派人來接。李贄沒有去，而抄寄《史閣》二十一篇和《史閣敘述》一文去。劉東星在《序言善篇》裡說：「客冬，卓吾子大困於楚，適有馬侍御者自潞河冒雪入楚，往攜之以出，同居通州，朝夕參請身心之偕善。余愧羈留淮濟，不能如侍御捷之速也。」（《續焚書》卷二《序篤義》附）

　　夏至後十日，劉東星為寫《史閣款語》並付刻。其《史閣款語》說：

> 歲辛丑夏，李卓吾同馬誠所侍御讀書山中，余屢遣迎不至，謂

> 余官邸非遨游之地，官署非讀書之場。……於是得《史閣》二
> 十一篇以歸。其所敍述，專以「為臣不易」一語，更端言之極
> 盡。……遂即梓行以布告天下賢士大夫仁人君子，使知其為臣
> 之不易蓋如此云。（《續焚書》卷二《史閣敍述》附）

此「讀書山中」，即指游盤山、房山之事。

袁宏道寫信給李贄，對李贄的行蹤表示關心，並請他給《淨土
決》作注。《袁中郎全集》卷一《與李龍湖》：「白下人來，雲翁已去
京，更不知往何地？有人云：住通州。老年旅泊，未得所依，世界真
無朋友與？何托足之無所也！……《淨土決》愛看者多，然白業之
本，戒為津梁，望翁以語言三昧，發明持戒因緣。僕當募刻流布。」

在馬經綸別業，約見友人汪可受。汪可受《卓吾老子墓碑》：

> 辛丑，老子以馬侍御之約至通州，而余適起官霸上（在通州西
> 北二十里），約相見於侍御之別業。老子以儒帽裏僧頭，迎揖
> 如禮。余驚問曰：「何恭也？」老子曰：「吾向讀孔子書，實未
> 心降。今觀於《易》，而始知不及也。敢不如其禮。」余少頃
> 曰：「如先生往事，猶在是非窠臼中。」老子曰：「此非我事，
> 乃人道中事耳。有手在，安得人打不打；有口在，安得人罵不
> 罵？」余笑曰：「依舊卓吾老子也。」時紫柏老人（即達觀）
> 在戒壇（在河北省宛平縣西五十里，即今盧溝橋附近），余意
> 為二老（指紫柏和李贄）作小西天（頂有雷音寺，四壁皆經，
> 左右上下有藏經石洞七）主人，傍觀宗門下事，而忽有河上之
> 役，行矣。
> 行而念老子不置，復過辭於侍御之別業。老子愴然曰：「顧以
> 筆墨來，為公書《證道歌》乙幅，異日見書如見我也。」余亦
> 愴然不能應，徐曰：「將作鹽梅於鄉黨，迎先生歸龍湖。」老
> 子曰：「吾百年之計在盤山矣。」（《李溫陵外紀》卷一）

在通州，又會見故友潘絲（號見泉）之三子廷試。廷試字懋功，時任通州參將，兼督漕運。李贄喜其能繼父志，寫《追述潘見泉先生往會因由付其兒參將》一文，說：「有賢於此，朝廷之上始可高枕而臥，豈可遽以和好自安妥也？」勉勵他為朝廷「效忠盡孝」。（《續焚書》卷四）

李贄與馬經綸父馬時敘是舊交，時有書信往還，討論「明德」、「親民」、形神關係及陸王心學等問題。今《續焚書》卷一收有《答馬歷山》、《覆馬歷山》、《與馬歷山》等三封信，此不具錄。

為了寫好《續藏書》，再度寓北京西山極樂寺，還到崇國寺訪求明朝開國功臣姚廣孝的遺書遺像。他對姚廣孝身後被「苟簡棄置」表示不平，在僧冊上寫道：

> 予寓西山極樂院，約日同山主往崇國古剎，瞻拜恭靖公畫像，墨跡儼然，全有生氣。俯仰追慕，欲涕者久之。以為國家二百餘年以來，休養生息，直至今日士安於飽暖，人忘其戰爭，皆我成祖文皇帝與姚少師之力也。而豈可如此苟簡棄置之哉！而豈可如此苟簡棄置之哉！
>
> 偶值廊下僧出冊求畫，遂書於此。」（《言善篇》利集）

在馬經綸別業，撰成《續藏書》。此書在撰寫過程中，獲得焦竑的不少幫助。焦竑《續藏書序》：「李宏甫《藏書》一編，余序而傳之久矣。而於國朝事未備，因取余家藏名公事跡緒正之。」（《續藏書》卷首）李維楨《續藏書序》也說；「先生生平與焦太史揚扢為多。」（《續藏書》卷首）

冬，鄭子玄來訪，他要到張家灣訪舊友。[155]李贄寫詩送行，有《慰鄭子玄》三首。

---

155 張家灣在通州南十五里，是水陸交通要會。東南漕運由此轉運入通州，官民船舶駢集。（臧勵龢等編《中國古今地名大辭典》第八〇二頁）

詩文編年

《釋子須知序》：見《續焚書》卷二，又見《言善篇》亨集。本年正月寫於河南商城縣黃檗山中的法眼寺。中有「余今年七十又五矣」一語。劉東星寫於「萬曆辛丑歲春三月」的《序言善篇》中曾提到「見其《小引》三首」。這三首，一為《聖教小引》，一為《道教鈔小引》，另一首當即《釋子須知序》。「序」即引。二月，李贄離開商城黃檗山，與馬經綸同往北通州，由此推知本文寫於正月。

《言善篇》（一名《卓吾老子三教妙述》，簡稱《三教妙述》）四集：萬曆四十六年（1619）宛陵劉遜之刊本。李贄匯輯。本年正月編成於商城黃檗山中的法眼寺（始編於萬曆二十八年秋冬之際）。書中收輯了儒、道、釋三家「堪以勸戒」的一些詩文，故又稱《三教妙述》。李贄去年《與友人》中提到編輯本書的情況：「又將先輩好詩好偈各各集出，又將仙家好詩、儒家通禪好詩堪以勸戒，堪以起發人眼目心志者，備細抄錄，今亦稍得三百餘紙。再得幾時盡數選出……」（《續焚書》卷一）李贄十三年前（萬曆十六年）即打算編輯《儒禪》和《僧禪》的專集，《焚書》增補一《又與從吾孝廉》曾說：「意欲別集《儒禪》一書……若《僧禪》則專集僧語，又另為一集，與《儒禪》並行，大約以精切簡要為貴，使讀者開卷了然，醍醐一味，入道更易耳。」但沒有編成。上年回龍湖，即急於償還這筆「牽腸債」，著手編書，而增一「仙家好詩」，便編成了「三教妙述」。因是「卓吾老子取其將死而言善也」之意，故取名《言善篇》。

《讀草廬朱文公贊》：見《續焚書》卷四。約寫於本年春。草廬即吳澄。他的《朱熹贊》，收入李贄所編的《言善篇》中。本文是對吳澄《朱熹贊》一文的評論，標題大約是汪本鈳編輯《續焚書》時加的。

《書胡笳十八拍後》：見《續焚書》卷四。又見《言善篇》元集。寫作時間與《讀草廬朱文公贊》略同。

《送思修、常順、性近三上人往廣濟、黃梅禮祖塔》一首：見《續焚書》卷五。本年正月寫於商城黃蘗山中。馬經綸有《思修上人往黃梅禮祖塔，恨不與偕》一首，中有「夢逐東風去，山花歷亂開」句，可為旁證。思修，一作思中，即無窮上人。馬經綸《馬公文集》卷四《無窮上人募鑄觀音像疏》說：「仰惟觀世音菩薩，思修本之聞性……」思修於去年十月偕馬經綸自北通州到麻城訪李贄。馬經綸《偕思修上人桑園阻風》詩中有「乘興相將懷楚都，桑園十月共圍爐」句。《通州志》卷一《村鎮》載：「桑園，在城南二十五里。」常順，原龍湖僧無念的高徒，此時是商城黃蘗山法眼寺僧。性近不詳。

《送馬誠所侍御北還》二首：見《續焚書》卷五。本年二月寫於商城黃蘗山法眼寺。中有「訪友三千里」和「雨過識春寒」句。「三千里」指自北通州到湖北麻城的大約里程。汪本鈳《哭李卓吾先師告文》：「庚子冬，師又讀《易》於黃柏山中。越春二月，師與馬先生同至通州。」本詩即寫於此行。

《樓頭春雨》一首：見《續焚書》卷五。寫於本年二月即將離開商城黃蘗山法眼寺時。中有「何意中州彥，能憐四海家」句。「中州彥」指黃蘗山主人和張陶亭等一類賢士。馬經綸《馬公文集》卷五《樓頭夜雨》說：「春日御風冷，況兼暮雨零。樓居下仙侶，樽酒來客星。臥聽水聲急，坐觀山色冥。征車看欲去，雲窟起雷霆。」可見是同時之作。馬詩有「征車看欲去」，李詩有「白雲封去路」句，可見是寫於啟程或即將啟程之時。

《溫泉酬唱有序》一首：見《續焚書》卷五。本年二月寫於商城湯坑。小序中有「春日，余同馬誠所侍御北行，路出湯坑」等語可證。湯坑一名湯泉，有溫泉宮。馬經綸《馬公文集》卷五《溫泉酬唱》詩中有「南來詢澤國，北去試溫泉」句，李贄詩中有「濯足溫泉宮」句，可證。據《河南通志》卷八《山川下》載：「湯泉，在商城縣西南三十里，沸暖如湯，沐浴便之。」

《觀漲》一首：見《續焚書》卷五。本年二月寫於商城湯坑。中有「三辰猶滯此，幾日到神州？」句。馬經綸《馬公文集》卷五《觀漲》詩中有「一共湯池飲，相忘客邸愁」句，可作佐證。又馬經綸《馬公文集》卷七《湯坑》二首中有「一雨三朝猶未晴，游人酌飲滯歸程」句，與以上所引李贄詩句意同。李贄《溫泉酬唱》小序中也有「路出湯坑……連飲三日」之語。

《汝陽道中》一首：見《續焚書》卷五。本年二月寫於河南汝陽（舊為汝寧府治，今為汝南縣）途中。中有「六年今復來，又是一生平」句。六年前（即萬曆二十四年），李贄到山西沁水時曾途經汝陽（《續焚書》卷五《贈段善甫》詩中有「去年逢君汝水邊」和「汝陽臺畔敞別筵」句），故云。汝陽在汝水邊。馬經綸《馬公文集》卷六《渡汝》詩中有「楊柳全舒留戲鳥，池塘初滿長新蒲」句。可知到汝陽的季候。

《郭有道與黃叔度會遇處》一首：見《續焚書》卷五。本年二月寫於汝陽縣。中有「今我看碑來，郭黃安在哉」句。馬經綸《馬公文集》卷七《同卓吾看道左碑是郭黃會遇處》其三：「尋勝楚山去，回車汝水過。郭黃相會處，令我動悲歌。」可證。

《三日風》一首：見《續焚書》卷五。本年三月三日寫於赴北通州途中的黃河邊上。中有「春來惟見北風多，豈謂清明節未過」句。馬經綸《馬公文集》卷七《三日風》詩中有「咫尺黃流曲，扁舟到岸輕」句，可證。

《渡黃河》一首：見《續焚書》卷五。與《三日風》寫作時間略同。中有「黃河南出繞長圍」句。馬經綸《馬公文集》卷七《過黃河》其三詩中有「問津魯下邑」和「奔突帶中州，歸鄉北渡處」句。

《舟中和顧寶幢遺墨》四首：見《續焚書》卷五。本年三、四月間寫於赴北通州途經河北邢臺西南的石門和任丘縣的河間時，中有「我今暫撇西陵路，短髮長衫過石門」和「四海閒人今我是，為君判

醉出河間」句。西陵，麻城縣的古稱。民國二十四年《麻城縣志前編》卷一《疆域‧沿革》載：「西陵縣，麻城兩漢時稱西陵，屬江夏郡，為衡山王吳芮封地。故城在今黃州府西北百二十里。」李贄於去冬在麻城遭受迫害，避入黃蘗山中，今春二月與馬經綸同來北通州，故說「我今暫撇西陵路」。顧寶幢，即顧源，字寶幢，明金陵人，善書畫，能詩，有《玉露堂稿》。(《江寧府志》卷四十《文苑》)

《彌陀寺》一首：見《續焚書》卷五。本年三、四月間寫於任丘縣西南清源柵旁的彌陀寺。馬經綸《彌陀寺》詩中有「清源舟楫傍彌陀」，李贄詩中有「停舟欲問彌陀寺」和「岸柳不知人意遠，故牽白髮比青絲」句，可證。

《書小修手卷後》：見《續焚書》卷二。本年四月間寫於潞河（指北通州）馬經綸別業。中有「歲辛丑，余在潞河馬誠所所，又遇袁小修三弟」之語。李贄到潞河的時間是本年四月，而袁小修也剛好於此時到，故得以相遇。證見以上譜文。

《哭袁大春坊》一首：見《續焚書》卷五。本年四月寫於潞河。「袁大春坊」指袁宗道。春坊是太子宮府的名稱。袁宗道於萬曆二十五年起任太子東宮講官，故稱。去年十月死於官邸，本年四月自潞河發櫬歸公安。中有「奈何棄二仲，旅櫬下荊門！」句。荊門指湖北荊門州（即今荊門縣），在湖北省中部，漢江與漳水之間，為湖北通往北京的古驛道之一。袁中道於去冬聞訃即走荊門入京，而此次發櫬歸里卻走天津、交河、野市、臨清、辰河、東昌、濟寧、廣陵、安慶、馬當、彭澤、武昌、漢口、襄江，而抵公安。(《珂雪齋文集》卷十二《書行路難》)詩中說「下荊門」，係泛指回楚或由於用韻的緣故，不能作為此詩寫於湖北的根據。

《姚恭靖》：見《續焚書》卷三。這原是《續藏書》卷九《靖難功臣‧榮國姚恭靖公》一文的傳論，本年寫於北京或北通州。中有「余時年七十五矣，偶至燕，寓西山極樂寺，訪問公遺書遺像甚

勤。……余齋戒擇日，晨往崇國寺瞻禮」等語。按，李贄匯輯的《言善篇》利集在姚廣孝《自題畫像》詩下附有李贄在僧冊上的題言，其中即記他到崇國寺瞻拜姚廣孝遺像一事。

《答馬侍御》：見《續焚書》卷一。本年夏寫於潞河舟中。時李贄自盤山歸來將再出游房山。中有「盤山古佛道場……何幸得從公一游耶！」和「已買舟潞下，邇龍門即先登也」等語。此「龍門」指龍門村。臧勵龢等《中國古今地名大辭典》：「龍門村，在河北房山縣西北，與涿鹿縣連界。」

《史閣敘述》：見《續焚書》卷二。此文是《續藏書》卷十至卷十二《內閣輔臣》部分的引言。寫於本年夏至之前。《續焚書》卷十《史閣敘述》文後自署：「歲萬曆辛丑，李贄書於燕山馬誠所讀易精舍。」以上文字，不見於《續焚書》所收本文。劉東星《史閣款語》：「歲辛丑夏，李卓吾同馬誠所侍御讀書山中……所著何書？指示我。於是得史閣二十四篇以歸。」（《續藏書》卷十）劉文後自署「時夏至後十日橖山主人書於任城南池。」由此推知李贄此文寫於本年夏至之前。按，《史閣》篇數，收入《續焚書》中的劉文說「二十一篇」，收入《續藏書》中的劉文說「二十四篇」，而《續藏書》卷十至十二《內閣輔臣》包括附傳卻達二十九篇，今未見劉東星文集，無從考訂。

《開國小敘》：見《續焚書》卷二。此文是《續藏書》卷一至卷四《開國名臣》、《開國功臣》部分的引言。寫於萬曆二十七至二十九年之間。

《追述潘見泉先生往會因由付其兒參將》：見《續焚書》卷四。本年寫於潞河。文中說：「歲丁酉、戊戌間，余復游方至燕、晉……南旋至白下，聞廷試徙大同……終不得與廷試會矣，豈知我仍復偕馬誠所侍御又抵潞河，而廷試遂參戎於此，終當一見也耶！」本文即寫於本年在潞河與廷試（潘絲三子）相見之後。

《與馬歷山》：見《續焚書》卷一。可能寫於本年寓居馬經綸別業之時。中有「昨所見教《大學》章，因有客在坐，未及裁答」等語。

《覆馬歷山》：見《續焚書》卷一。可能寫於《與馬歷山》的前後。

《答馬歷山》：見《續焚書》卷一。可能寫於本年冬。中有「承示私度數語，遂敢呵凍作答焉」等語。

《慰鄭子玄》三首：見《焚書》卷六。本年冬寫於潞河。小序有「鄭子玄不顧雨雪之難，走潞河，欲尋舊交」，詩中有「連天一月雪」和「雨雪東南行」、「恐抵張家灣，難對貧交說」之語。

時事

- 二月庚午朔，意大利傳教士利瑪竇買通中官馬堂，入京獻天主、天主聖母圖及自鳴鐘、萬國全圖等物。自此留住京師，進行傳教等活動。（《明史》卷三二六《意大利亞》，《明神宗實錄》卷三五六）（按，《明神宗本紀二》係此事於去年。）

- 三月，武昌民變，殺稅監陳奉參隨六人，焚巡撫公署。（《明神宗本紀二》）

- 六月壬申（初六日），蘇州民變，殺織造中官孫隆參隨數人。（同上）

- 六月京師自去年六月不雨，至本月始雨。時畿輔、山東、河南赤地數千里。山西亦旱。吏部尚書李戴言：「今三輔嗷嗷，民不聊生；草根久盡，剝及樹皮，夜竊成群，兼以晝劫；道殣相望，村空無煙。」（《明通鑑》卷七十二）

- 九月丁未（十三日），大學士趙志皋（？- ）卒。戊午（廿四日），起前禮部尚書沈鯉、朱賡並兼東閣大學士，預機務。（《明神宗本紀二》，《宰輔年表二》）

- 十月丙寅（初二日），升工科左給事中張問達為禮科都給事中。

（《明神宗實錄》卷三六四）

- 十二月，江西景德鎮民變，焚稅監廠房。（引自東北師大《明清史大事年表》）是月，以馮琦為禮部尚書。（《明通鑑》卷七十二）

- 本年，《唐宋八大家文鈔》選者茅坤（1512-　，號鹿門，浙江歸安人）卒，年九十。（《明史》卷二八七《茅坤傳》）

- 蔡毅中（字宏甫，河南光山人，耿定向門人）、黃建衷（字取吾，麻城人）考取進士。（《明史》卷二一二《蔡毅中傳》，民國《麻城縣志前編》卷八《選舉》）

       *   *   *

- 二月戊午（廿日），起江西右參政汪可受為山東右參政。（《明神宗實錄》卷三五七）

- 二、三月間，宣、大、山西總梅國楨以父喪解任歸。（葉向高《梅少司馬神道碑》，梅國楨《送邑侯劉翼白入覲序》，《明神宗實錄》卷三五七）

- 五月辛丑（初四日），升湖廣右參議楊道會為湖廣按察使。（《明神宗實錄》卷三五九）

- 九月癸丑（十九日），工部尚書兼右副都御史劉東星（1538-　）卒於河漕任上，年六十四。（《明神宗實錄》卷三六三，焦竑《獻徵錄》卷五十九）

- 本年，族兄林奇材（1521-　）卒，年八十一。（《曆年表》）

- 陳第（1541-1617，字季立，號一齋，福建連江人，學者，藏書家，與焦竑交誼頗深）讀焦竑《筆乘》，至「《詩》古無葉音」條，贊曰：「此前人未道語也，知音哉！」歸而著手編寫《毛詩古音考》。（李劍雄《焦竑年譜簡編》，金雲銘《陳一齋先生年譜》）

・湯顯祖作《邯鄲夢》傳奇。(徐朔方《湯顯祖年表》)
・冬，梅國楨作《送邑侯劉翼白入覲序》。(乾隆《麻城縣志》下卷)按，翼白為新任麻城縣令劉文琦字，四川南充人，進士。

萬曆三十年壬寅（1602）　　　七十六歲

在北通州，寓居馬經綸別業。《續藏書》撰成。正月起臥病。馬經綸《與蔡虛臺郎中》:「卓吾先生……自今年正月初病起，臥榻呻吟。」(《馬公文集》卷三)病中著作《九正易因》。這是多年前所寫《易因》一書的最後定稿。袁中道《李溫陵傳》:「初公病，病中復定所作《易因》，其名曰《九正易因》。常曰:『我得《九正易因》成，死快矣。』《易因》成，病轉甚。」

《九正易因自序》:

> 《易因》一書，予既老復游白門而作也。三年就此，封置篋笥，上濟北，讀《易》於通州馬侍御經綸之精舍（即別業），晝夜參詳，更兩年，而《易因》之舊者存不能一二，改者且至七八矣。侍御曰:「樂必九奏而後備，丹必九轉而後成，《易》必九正而後定，宜仍舊名曰《易因》而加『九正』二字。」予喜而受之，遂定其名曰《九正易因》也。(轉引自朱彝尊《經義考》卷五十五)

《九正易因》是李贄最後的一部著作。李贄說他所以未甘即死，要繼續改正《易因》，是因為文王的易經和孔子的易傳被後人穿鑿附會到不成文理，無法發揮《易經》在「修身齊家而平天下」的作用。他斷言:「後之讀夫子之《易》者，又并夫子之言而失之，則如卓吾者，又夫子所攸賴。」(《續焚書》卷一)《四庫全書總目提要》卷七說:「贄所著述，大抵皆非聖無法，惟此書尚不敢詆訾孔子，較他書

為謹守繩墨云。」

　　《九正易因》撰成，病也加重了。二月初五日，草《遺言》付僧徒。如下：

　　　春來多病，急欲辭世，幸於此辭，落在好朋友之手，此最難事，此余最幸事，爾等不可不知重也。

　　　倘一旦死，急擇城外高阜，向南開作一坑；長一丈，闊五尺，深至六尺即止。既如是深，如是闊，如是長矣，然復就中復掘二尺五寸深土，長不過六尺有半，闊不過二尺五寸，以安予魄。既掘深了二尺五寸，則用蘆席五張填平其下，而安我其上，此豈有一毫不清淨者哉！我心安焉，即為樂土，勿太俗氣，搖動人言，急於好看，以傷我之本心也。雖馬誠老能為厚終之具，然終不如安余心之為愈矣。此是余第一要緊言語。我氣已散，即當穿此安魄之坑。

　　　未入坑時，且閣我魄於板上，用余在身衣服即止，不可換新衣等，使我體魄不安。但面上加一掩面，頭照舊安枕，而加一白布中單總蓋上下，用裹腳布廿字交纏其上。以得力四人平平扶出，待五更初開門時寂寂抬出，到於壙所，即可妝置蘆席之上，而板復抬回以還主人矣。既安了體魄，上加二三十根椽子橫閣其上。閣了，仍用蘆席五張鋪於椽子之上，即起放下原土，築實使平，更加浮土，使可望而知其為卓吾子之魄也。周圍栽以樹木，墓前立一石碑，題曰：「李卓吾先生之墓。」字四尺大，可托焦漪園書之，想彼亦必無吝。

　　　爾等欲守者，須是實心要守。果是實心要守，馬爺決有以處爾等，不必爾等驚疑。若實與余不相干，可聽其自去。我生時不著親人相隨，沒後亦不待親人看守，此理易明。

　　　幸勿移易我一字一句！二月初五日，卓吾遺言。幸聽之！幸聽之！（《續焚書》卷四）

　　依此遺言，馬經綸即為李贄營葬地於潞水之西的迎福寺側。馬經綸《書卓吾先生遺言後》：

> 先生四海為家，萬世為土。四海為家，人人能知之；萬世為土，非但無人能言，抑或無人能知之也。
> 先生寓潞河，便欲死潞河，便欲葬潞河。今春偶病，輒草遺言如右。綸讀之，且喜且懼。喜者喜先生之死於斯，葬於斯；懼者懼先生萬一不得死於斯，葬於斯也。蓋先生百世以俟聖人而不惑之人也。綸雖淺劣，頗知之深矣。先生急於朋友，老來彌切，望綸彌深。遺命葬城外高埠，請命家大人，得迎福舊基而券貿之。溯昔曹溪道場，乃寶林古寺也。寶林自隋末廢於兵火，曹叔良諸人重建梵宇以奉六祖，而曹溪之名遂與天壤俱永。今先生獲葬於此，吾知異日者潞河道場應又一曹溪也。迎福舊基與寶林古寺何殊焉！（《馬公文集》卷四）

葬地選定之後，李贄又寫《書遺言後》：

> 其地最居高埠，前三十餘丈為余家，後三十餘丈為佛殿僧房。仍於寺之右蓋馬誠所「讀易精廬」一區，寺之左蓋李卓吾「假年別館」一所。周圍樹以果木，種以蔬菜。蔬圃之外，尚有七八十畝，可召人佃種，以為僧徒衣食之用。（《續焚書》卷四）

　　隨後，即抄錄《遺言》、《書遺言後》各一份，托朗目師父[156]帶給焦竑與諸相知者一覽。（《續焚書》卷《書遺言後》）

　　閏二月乙卯（廿二日），禮科都給事中張問達秉承首輔沈一貫的旨意，疏劾李贄。[157]張問達的疏文說：

156　朗目為焦竑方外友。焦竑《澹園集》卷四十二有《送祖心、朗目二上人之山陽，兼簡王明府》七律詩一首。山陽即今江蘇淮安縣。

157　道光重纂《福建通志》卷二一四《李贄傳》載：「〔贊〕尋北游通州，御史馬經綸

李贄壯歲為官，晚年削髮，近又刻《藏書》、《焚書》、《卓吾大德》等書，流行海內，惑亂人心。以呂不韋、李園為智謀，以李斯為才力，以馮道為吏隱，以卓文君為善擇佳耦，以司馬光論桑弘羊欺武帝為可笑，以秦始皇為千古一帝，以孔子之是非為不足據。狂誕悖戾，宋易枚舉。大都剌謬不經，不可不毀者也！

尤可恨者，寄居麻城，肆行不簡，與無良輩游於庵院，狎妓女，白晝同浴。勾引士人妻女，入庵講法，至有攜衾枕而宿庵觀者，一境如狂。又作《觀音問》一書。所謂觀音者，皆士人妻女也。而後生小子，喜其猖狂放肆，相率煽惑，至於明劫人財，強摟人婦，同於禽獸而不之恤。邇來縉紳士大夫，亦有誦咒念佛，奉僧膜拜，手持數珠以為戒律，室懸妙像以為皈依，不知遵孔木家法，而溺意於禪教沙門者，往往出矣。

近聞贊且移至通州。通州離都下僅四十里，倘一入都門，招致蠱惑，又為麻城之續。望敕禮部檄行通州地方官，將李贄解發原籍治罪。乃檄行兩畿各省，將贄刊行諸書，並搜簡其家未刊者，盡行燒毀，毋令貽禍亂於後，世道幸甚。(《明神宗實錄》卷三六九)

留於家，忽蜚語傳京師，云贄著書醜詆沈一貫。一貫恨甚，蹤跡無所得。會朝議辨異端以正文體，禮科給事中張問達劾贄邪說惑眾，遂逮下獄。」沈德符《萬曆野獲編》卷二十七《二大教主》中也有同樣的記載。按，所謂「李卓吾著書醜詆沈一貫」，指萬曆二十六年六月，東征贊畫主事丁應泰疏劾遼東巡撫張鎬援朝喪師欺騙不報，而輔臣張位、沈一貫與之密書往來，交結欺蔽。次輔張位因此被罷去位。李贄在覆焦竑信中稱讚丁應泰。所謂「著書」，殆指《覆焦弱侯》一信（見《續焚書》卷一）。故此張問達仰承沈一貫旨意而疏劾李贄。此說較可信。又何喬遠《閩書・方外志》下卷《李贄傳》載：「〔贄〕攜僧徒十餘遠游都會。昕夕誦經，不見諸當道貴人。有達官慕之，晨往候，拒弗接也。大怒，遂斥公為異端。疏奏，詔逮下獄。」此亦可備一說。

神宗批道：「李贄敢倡亂道，惑世誣民，便令廠衛五城嚴拿治罪。其書籍已刊未刊者，令所在官司盡搜燒毀，不許存留。如有黨徒曲庇私藏，該科及各有司訪參奏來，併治罪。」（同上）

當天李贄被捕入獄。[158]

馬經綸冒罪同行，願與俱死。袁中道《李溫陵傳》記李贄就捕與受審的情形：

> 至是逮者至，邸舍匆匆，公以問馬公。馬公曰：「衛士至。」公力疾起，行數步，大聲曰：「是為我也。為我取門片來！」遂臥其上，疾呼曰：「速行！我罪人也，不宜留。」馬公願從。公曰：「逐臣（指馬經綸）不入城，制也。且君有老父在。」馬公曰：「朝廷以先生為妖人，我藏妖人者也。死則俱死耳，終不令先生往而己獨留。」馬公卒同行，至通州城外，都門之牘尼馬公行者紛至，其僕數十人，奉其父命，泣留之。馬公不聽，竟與公偕。明日，大金吾實訊，侍者掖而入，臥於階上。金吾曰：「若何以妄著書？」公曰：「罪人著書甚多，具在，於聖教有益無損。」大金吾笑其倔強。獄竟，無所實詞。（《焚書》卷首）

李贄繫獄期間，馬經綸挺身營救，上下奔走呼籲。他一方面寫信給有關官員，要求「令在外候旨，免其入狴」（《與王泰宇金吾》），或讓李贄「保外調理，聽候入審」（《與王翼廷主事》）；另一方面則向當道上書，為李贄辨誣伸冤。他在《與當事書》中說：

> 偽學之有禁也，非自今日始也。宋朝不禁朱元晦，世廟之朝不

158　馬經綸《馬公文集》卷三《與達觀上人》：「細閱邸報，黃河之變（指水涸）在閏二月二十二日，而卓吾先生逮繫亦以是日。」又《明神宗實錄》卷三六九載：「閏二月乙卯，禮科給事中張問達疏劾李贄。」今查《中西日曆對照表》，知「閏二月乙卯」即「閏二月二十二日」，李贄被「疏劾」與「逮繫」發生在同一天。

禁王陽明乎？卓吾生今之世，宜乎為今之人，乃其心事不與今人同，行徑不與今人同，議論不與今人同，著作不與今人同。夫彼既自異於今之人矣，今之人其誰不以彼為異為頗。此固情所必至，勢有固然，無足怪者。夫既以彼為異為頗矣，則忌者誣之曰「淫縱」，便信以為真淫縱，忌者誣之曰「勾引」，便信以為真勾引。何也？其心誠疑之也。疑蛇則蛇，疑竊則竊，此亦情所必至，勢有固然，無足怪者。

夫以七八十歲垂盡之人，加以「淫縱勾引」之行，不亦可笑之甚乎？且所謂麻城士女云者，蓋指梅衡湘守節之女言也。夫衡湘身冒矢石，為國討賊，凜凜大節，是當今一個有數奇男子，乃有女不能制，有家不能正，有仇不能報，有恥不能雪，必待諸公為伊抱不平而慷慨陳言代為處分，世間曾有此理否？然則諸公自視何大，自待何有餘，而視梅衡湘何輕，待梅衡湘何淺鮮不足齒數一至此極也？蓋此事起於麻城士大夫相傾，借「僧尼宣淫」名目，以醜詆衡湘家聲，因以敗衡湘之官，如斯而已！今麻城官京師者甚多，中間盡有是非不昧之人可質問也。夫評史與論學不同。《藏書》品論人物，不過一史斷耳。即有偏僻，何妨折衷。乃指以為異為邪，如此則尚論古人者，祇當尋行數墨，終身惟殘唾是咽，不敢更置一喙耶？宋朝之偽元晦，為其居敬窮理之說另一門戶，與前人知行先後之傳不同，故從而偽之也。卓吾先生乃陽明之嫡派兒孫也，行己雖柄鑿於世人，而學術實淵源於先正。平生未嘗自立一門戶，自設一藩籬，自開一宗派，自創一科條，亦未嘗抗顏登壇，收一人為門弟子。今李氏刊書遍滿長安，可覆按也。乃不摘其論學之語商證同異，而顧拈其評史之詞，判定邪正，何也？

吾觀自來評史之異者，亦不少矣。秦檜千古奸臣也，丘仲深以為再造於宋。太公望萬世大聖也，王元美以為不及管仲。嚴光

以一絲維漢九鼎，談節義者必首稱之，而我太祖高皇帝親灑宸翰，特為著論曰：「吾觀天下之罪人，罪人之大者，莫大乎嚴光。」噫！何其異也！夫太祖當干戈倥傯之時，而讀史能破拘攣，妙發心得，迴絕老生常談，此亦足以發明舊說之不必盡泥、不必盡同矣。惟不同，所以為《藏書》；惟宜藏而不藏，所以有今日之禁。嗚呼！《史記》早出，子長嬰禍；《實錄》昭著，崔浩喪元。彼以本朝之事，而遇剛暴之君，宜乎不免；今《藏書》之所評者往事，卓吾之所遇者聖君。曾參殺人，慈母不免三至投杼，即聖君且奈卓吾何哉！所幸天理之公常在人心，流言之沸止於智者。惟大君子矜其孤老，哀其病困，霈然速賜完結，令卓吾早得生出都門，免致死於幽繫，其功德真難算譬矣。（《馬公文集》卷三，《李溫陵外紀》卷四）

在《上楊淇園道長》信中指出：「嗟嗟！大明之朝，高賢在列，而魍魎之夫，每每借不根之語，誣蔑大人君子，千方百計，神出鬼沒，必欲殺大聖賢以快己私。」（《馬公文集》卷三，《李溫陵外紀》卷四）在《與李麟野掌科（都諫）轉上蕭司寇》信中，馬經綸極稱李贄的「素行」，茲節錄如下：

卓吾先生之素行何如也？宦游三十餘年，一介不取，清標苦節，人所難堪，海內薦紳，誰不慕悅。夫以如是人品，如是操履，而以逾閒蕩檢之事誣之，亦大不倫矣！至於著述，人各有見，豈能盡同，亦何必盡同？有同有異，正以見吾道之大，補前賢之缺。假使講學之家一以盡同為是，以不同為非，則大舜無兩端之執，朱、陸無同異之辨矣。先生有官棄官，有家棄家，有髮棄髮，蓋其天性孤峻，直行己志，老來任便，有何不可？世之人甘一官若飴，數日不近婦女若死，甚至塗抹鬚髮，外以求憐上官一日之容，內以取媚姬妾半刻之歡，習以為風，

賢者不免，其視先生之素行，愧乎不愧乎？而反以棄髮為口
實，何也？……

先生聖人之徒也，三教聖人合一之旨，未嘗不精深之。然終日
不膜拜，終夜不持咒，終年不念佛，終身不持齋。彼持齋念佛
若世所稱齋公者，方以先生為破戒律，視之若冤，而乃以為誘
之迷耶？吁！亦冤甚矣！大明律致仕官與見任官同。先生致仕
知府，所謂「從大夫之後」者，亦云尊貴矣。乃在湖廣則逐
之，在通州則拿之，雖云奉旨從事，然含胡奏請，聖明不知
也。堂堂天朝，濟濟高賢在列，而令一衰病廉二千石遍天下無
容身之地，乃世之貪污吏滿載而歸，恣欲而行，彼不自以為
恥，人亦不以彼為恥，甚至利其有而為之納交，掩其醜而為之
延譽，或以境內人才薦，或以例應存問請，雖間為有識者所
鄙、有司者所駁，然踵而行之，恬不以為怪也。豈貪者乃真孔
氏之家法，宜親宜近，而廉吏若先生，乃為「惑世誣民」，應
逐應拿應擬罪耶？然則良吏安可為也！

海內傳先生刻書，若陝西刻《南詢錄》，長蘆刻《龍溪集》，徽
州刻《三教品》，濟寧刻《道學鈔》，永平刻《道古錄》，山西
刻《明燈錄》，此皆素與先生不相識面之士夫，喜其書而樂梓
之，先生不知也。又況書坊覓利之人，見其刊之獲厚貲也，每
竊得先生抄稿，無有不板行者矣。總計先生平生著述，見刊傳
四方者，不下數十百種。夫人之精神，豈有一生用之於著述至
數十百種之多而有淫縱不檢之行者乎？即無論先生高年，大凡
少年有志讀書者必不肯近婦人，少年喜近婦人者必不肯讀書。
既以著書為先生罪，又以淫縱為先生罪，既曰晚年削髮，又曰
勾引婦女，不亦自相矛盾乎？此真可笑之甚矣！（《馬公文
集》卷三，《李溫陵外紀》卷四）

在《與楊淇園道長轉上沈相公》信中又說：

> 邇來都中縉紳，多膜拜念佛，持數珠以為功課，大非儒者之
> 體，乃卓吾衰朽，適會其時而至通州。夫借一衰朽示懲，于以
> 轉移都中風俗，當事者何愛而不為焉？……且偽學之禁，從來
> 有之，然第曰禁之云耳，未嘗死之也。今日卓吾之事，命下則
> 生，不下則病日甚必死。夫其不得生出都門也，是卓吾之命
> 也；其得生出都門也，則相公之仁也。(《馬公文集》卷三，
> 《李溫陵外紀》卷四)

在獄中病苦之餘，李贄「惟願一棒了當為快」。馬經綸《與黃慎
軒(輝)宮諭書》：「卓吾先生安然聽命，無他意，無他言，惟曰：
『衰病老朽，死得甚奇，真得死所矣，如何不死？』日來嘔吐狼狽，
便溺不通，病苦之極，惟願一棒了當為快耳！」(《馬公文集》卷三，
《李溫陵外紀》卷一)但病稍蘇，他即作詩讀書自遣。《繫中八絕》
反映了李贄當時求生求死的矛盾心情和願望。

繫獄日久，李贄的思想鬥爭更加劇烈。在《不是好漢》詩中，表
示惟求速死的決心：「志士不忘在溝壑，勇士不忘喪其元。我今不死
更何待，願早一命歸黃泉。」(《續焚書》卷五)。

馬經綸說，李贄「臨變時有絕命詩，語雖和平而讀之者堪流涕」
(《馬公文集》卷三《與蔡虛臺》)，大概就是指的這詩。

三月十二日，送汪本鈳回新安省母，有《送汪鼎甫南歸省母》一
首。在詩序裡他沉痛地說：

> 丁酉歲(萬曆二十五年)，余往西山極樂精舍，而鼎甫復來京
> 師與余相就。今為歲壬寅，六載矣，念有老母，余送將歸。時
> 余病甚，故書數語於此。使能復來，而余能復在世，則幸甚；
> 使不能復來，抑能來而余復不在世，而此卷親筆亦實有卓吾子

長在世間不死矣，[159]可以商證此學也。世間無一人不可學道，
亦無有一人可學道者。何也？視人太重，而視己太無情也。視
人太重，故終日只盤旋照顧，恐有差池，而自視疏矣。吾子六
載一意，不征逐於外，渾若處女，而於道也其庶幾乎！幸勉
之！幸勉之！（《續焚書》卷五）

後來汪本鈳《寄上人書》裡回憶說：「我臨行時，先師還約我同
到晉江，且結以生死事。」（《李溫陵外紀》卷四）汪本鈳南歸後，李
贄又寫《繫中憶汪鼎甫南還》一首：

嗟子胡然泣涕洟？相依九載（自注：連前三年共九載）不勝
奇。非兒轉哭兒何去，久繫應添繫永思。生死交情爾可訂，游
魂變化我須時。累累荒草知何處，絮酒炙雞勿用之！（《續焚
書》卷五）

這是李贄的絕筆。

三月乙丑（初三日），御史康丕楊疏劾僧人達觀，說：

僧達觀狡黠善辯，工於籠術，動作大氣魄以動士大夫。……數
年以來遍歷吳、越，究其主念，總在京師。……深山盡可習
靜，安用都門？而必戀戀長安，與縉紳日為伍者何耶？昨逮問
李贄，往在留都，曾與此奴弄時倡議。而今一經被逮，一在漏
網，恐無以服贄之心者，並望置於法，追贓遣解，嚴諭廠衛五
城查明黨眾，盡行驅逐。（《明神宗實錄》卷三七〇）

---

159 周汝登《周海門先生文集》卷六《題卓吾手書》：「此卓吾老子與汪鼎甫手筆一幅
字耳。吾知其必傳。鼎甫試出此幅示人，當必有愛之者，尤必有惡之者。愛惡之
者亦必極。夫使不令人愛、不令人惡，愛之又不極，何取於字！亦何以為卓吾老
子！惟其不但愛而且惡，惡之且必極，所以為卓吾老子之字，人情極則不可磨
滅，是以吾知其必傳。世間字以愛傳者古來多矣，以惡傳者自卓吾老子
始。……」

　　繫獄近一月，風傳政府要勒回原籍。李贄說：「我年七十有六，死耳，何以歸為！」（錢謙益《卓吾先生李贄》）又說：「吾八十老矣，昔李將軍義不對簿，我不可後之！」（何喬遠《李贄傳》）表示寧死不受辱。三月十五日，他呼侍者剃髮，遂持剃刀自刎，至十六日長逝。袁中道《李溫陵傳》：「一日，呼侍者薙髮。侍者去，遂持刀自割其喉，氣不絕者兩日。侍者問：『和尚痛否？』以指書其手曰：『不痛。』又問曰：『和尚何自割？』書曰：『七十老翁何所求！』遂絕。」汪本鈳《哭李卓吾先師告文》：「壬寅年五月二十六日，弟子汪本鈳接純夫莊先生書，而知吾師竟引決矣。……鈳自三月十二日別師，師遽於三月十五日引決，到十六日夜子時長往矣。」（《李溫陵外紀》卷一，又《李氏遺書》附錄）《歷年表》於萬曆壬寅年《卒葬》欄載：「三月十六日，八世長房卓吾公卒，壽八十有一（按，誤）。」汪可受《卓吾老子墓碑記》：「別後老子竟遭惡口，被逮至禁衛，蒙主恩不殺，而老子自殺，以實其言。」但《明神宗實錄》卷三六九卻載稱：「贄逮至，懼罪，不食死。」

　　當時馬經綸以事緩，歸覲其父，聽到李贄的死訊時自責說：「吾護持不謹，以致於斯也。傷哉！」（袁中道《李溫陵傳》）他依照遺言，把李贄安葬在北通州北曰外馬氏莊迎福寺側，並讓隨從諸僧為李贄守塔。《李溫陵傳》：「〔馬公〕乃歸其骸於通，為之大治冢墓，營佛剎云。」（同上）汪本鈳《寄上人書》：「守塔有諸師父在。」（《李溫陵外紀》卷四）馬經綸覆信焦竑，請他為李贄題墓。《馬公文集》卷三《答焦漪園》：「題墓先生有成命，欲楷欲大，碑石計高一丈，字似得尺餘，懇乞更題，萬惟留意親筆。」信中又說：

　　　　李先生事戈矛起於詞苑諸人。諸人有以鄉曲相忌者，有以位望
　　　　相傾者，有以後進開隙於前輩而思甘心者，有以大寮曲媚於黠
　　　　少而約助石者。其渠魁不過一二，而同謀實繁有徒，積思詭

計，蠱惑當事，呼朋引類，術愚言官，欲以「異學」名目，一
網打盡一時正人君子，而借先生發端。……所可怪者，邪謀不
起於別衙門而起於貴衙門，即以吾丈遠棲田間，何與朝事，乃
當事端沸起之日，人言亦引之，抑又何也？（同上）

所謂「邪謀不起於別衙門而起於貴衙門」與「後進開隙於前輩而
思甘心者」，當指當時任翰林院庶吉士的蔡毅中。蔡是耿定向的門
徒，早年曾寫《焚書辨》攻擊李贄。禮科都給事中張問達是他的座
師。由此可以看出張問達疏劾李贄一案的複雜內幕。關於李贄之死，
陶望齡《與周海門先生》這樣分析：

此間（指北京）舊有學會，趙太常、黃宮庶、左柱史主之，王
大行繼之，頗稱濟濟，而旁觀者指目為異學，深見忌嫉。然不
虞其禍乃發於卓吾也。七十六歲衰病之身，重罹逮繫，煩冤自
決，何痛如之！嗟嗟！儒者所宗尚，莫如程、朱二先生。而今
所謂正宗者，即當時所攻為偽學者也。古今談學者眾矣，其誰
不偽之？然則貪名逐利敗度斁族者，乃稱真乎！（《歇庵集》
卷十一）

聞李贄死訊，友人們紛紛寫詩為文悼念。三月十九日，方沆自寧
州寄給馬經綸《紀事十絕》。茲錄四首如下：

逍遙遙從天外來，飛雲蕭颯滿燕臺。祇今一枕羲皇夢，化鶴騎
鯨莫浪猜。（其一）
得一函三總聖修，長箋尺牘是千秋。縱教天意歸秦焰，不廢江
河動地流。（其三）
品藻中原屬勝流，俄傳凶問到南州。不知指摘關何事，華屋圜
扉總一丘。（其四）
萬井蕭條杼軸空，尋常啟事日留中。豺狼當道憑誰問，妒殺江

湖老禿翁。（其五）（《李溫陵外紀》卷五）

海門周汝登有《弔李卓吾先生二絕》：

半成伶俐半胡涂，惑亂乾坤膽氣粗。惹得世人爭欲殺，眉毛狼
藉在囹圄。

天下聞名李卓吾，死餘白骨暴皇都。行人莫向街頭認，面目由
來此老無。（同上）

方時化有《感憤》四首。錄一首如下：「葉公好奇士，所居疑龍窟。
繪龍四壁間，鱗甲森突兀。晝夜恍雲飛，晴空如電掣。至精感龍寤，
龍騰掛天闕。垂頭葉公牖，乃喪葉公魄。吁嗟逐其似，其真令人
齰。」（同上）。

　　他又有《哭李卓吾先生文》。陶望齡有《祭李卓吾先生文》，汪本
鈳有《哭李卓吾先師告文》，佘永寧有《李卓吾先生告文》，吳從先有
《李禿翁贊》，西陵同志有《拜懺功德疏》，焦竑有《追薦疏》。（以上
均見《李溫陵外紀》卷一）

　　西陵同志《拜懺功德疏》：

心事青天白日，行藏野鶴孤雲。蚤現宰官身，游戲文章太守；
晚棄人間世，皈依上乘如來。清畏人知，宦邸都無長物；塵隨
緣斷，天涯獨寄萍蹤。氣薄層霄，眼空四海。落筆千軍辟易，
下帷萬卷兼收。潛心罄孔壁之藏，精孚意契；尚論執董狐之
簡，鬼哭神號。抱用世之才，兼能出世；無成名之技，固自
難名。

持己太高，故當意者少；望人過重，致負心者多。涇渭分明，
乏藏垢納污之量；斗山卓絕，懷調高和寡之悲。剛方未免激
昂，真實間成執著。善善惡惡，務必極其本懷；是是非非，略
不徇諸時好。以致招嫌觸忌，賈怨益仇。

誰明公冶之非？孰辨臧倉之愬？冤霜六月，偏凋幽谷芳蘭，曉
日重雲，不照覆盆棘木。鳳衰麟死，玉碎珠鍾。在天道豈曰無
知？非往因斷不至此！百年何醜好，到頭總是黃粱；人世幾冤
親，親面已成烏有。有虛無物，任他把火燒空；群小流言，何
異彎弓射影！試憶丁亥（萬曆十五年）後種種悲歡喜怒，豈復
留蹤；即如《藏書》中代代勝敗興亡，竟歸何處？且生即有
死，何必讒言；況施靡不還，只成反中。若猶含冤積憾，較短
爭長，起心便是輪迴，片念轉生障礙。諒生平之學力，斷不至
斯；恐毫髮之差池，未免墮此。

敬使慈悲懺法，俯垂憐憫，指真空之覺性，示不二之法門。苦
海既離，愛河隨斷。冤冤霧釋，更無執對之愆；業業冰消，永
謝閻浮之路。再祈錫類，推及群迷。大赦空鐵圍山中，湛恩溥
恆河界裡。人道，鬼道，畜生道，道道皈依；胎生，卵生，濕
化生，生生解脫。（《李溫陵外紀》卷一，康熙《麻城縣志》卷
九置於梅之煥文中，題為《恭薦李長者疏》，疑為梅國楨手
筆）

焦竑《追薦疏》：

卓吾先生秉千秋之獨見，悟一性之孤明。其書滿家，非師心而
實以道古；傳之紙貴，未破俗而先以驚愚。何辜於天，乃其摩
牙而相螫；自明無地，溘焉朝露之先晞。刎頸送人，豈以表信
陵之義；瀝血悟主，庶幾有相如之風。當其捐生殉朋友之知，足
愧全軀保妻子之輩。此猶一時之果報，未論累劫之因緣。
昔歌利截肢，翻以成其忍辱；而淨滿傷首，亦何損於傳衣。今
傳者少而咻者多，非佛事微而魔事盛。泯同生死，蓋以示當體
之全空；平等冤親，益以明達人之無我。曾於公而何憾，顧我
輩之奚堪！燈火殘更，尚想詩書之討論；林泉清晝，猶疑杖屨

之追游。痛逝者之如斯，傷譖人之已甚。

雖有志者不忘在溝壑之念，而殺人者寧不干陰陽之和！為演真乘，冀消夙障。況法流浩浩，雅已洞於一源；而智日暉暉，詎復加於委醫。七十六年成夢幻，百千億佛作皈依。鑒此悃誠，永為明證。謹疏。（同上，按《李氏遺書》附錄署「金陵同志」，題作《薦李卓吾先生疏》，文字略異。）

焦竑後來在寫《尚寶司少卿雪松潘君墓志銘》時還憤然說：「今歲宏甫以誣被逮，死燕邸，余既不能奮飛，而相知者率陰拱而不肯援；使君而在，亦豈至此極也？嗚呼痛哉！」（《澹園集》卷三十）所謂「相知者率陰拱而不肯援」，殆指如右春坊右庶子黃輝（慎軒）輩。但據說當時黃輝等人也暗中遭到攻擊。沈德符《黃慎軒之逐》云：「壬寅春，禮科都給諫張誠宇問達專疏李卓吾，其末段云：『近來縉紳士大夫⋯⋯不遵孔子家法而溺意禪教者』，蓋暗攻黃慎軒及陶石簣諸君也。⋯⋯不十日而禮科馮琢庵之疏繼之，大抵如都諫之言。⋯⋯黃即移病請急歸。」（《萬曆野獲編》卷十）

　　三月間，禮部尚書馮琦上書請求燒毀道釋之書，並屬行科場禁約，云：

頃者皇上納都給事中張問達之言，正李贄「惑世誣民」之罪，盡燒其所著書，其崇正辟邪，甚盛舉也。臣竊惟國家以經術取士，自《五經》、《四書》、《二十一史》、《通鑑》、《性理》諸書而外，不列於學官；而經書傳注，又以宋儒所訂者為準。此即古人罷黜百家、獨尊孔氏之旨。自人文向盛，士習寖漓，始而厭薄平常，稍趨纖靡，纖靡不已，漸騖新奇，新奇不已，漸趨詭僻。始猶附諸子以立幟，今且尊二氏以操戈，背棄孔孟，非毀程朱，惟《南華》、西竺之語是宗是競。以實為空，以空為實，以名教為桎梏，以紀綱為贅疣，以放言為高論，為神奇，

以蕩軼規矩、掃滅是非廉恥為廣大，取佛書言心言性，略相近
者竄入聖言，取聖經有「空」字、「無」字者強同於禪教，語
道既為蹐駁，論文又不成章，世道潰於狂瀾，經學幾為榛莽。
臣請坊間一切新說曲議，令地方官雜燒之。生員有引用佛書一
句者，廩生停廩一月，增附不許幫補，三句以上降黜。中式墨
卷引用佛書一句者勒停一科，不許會試，多者黜革。伏乞天語
申飭，斷在必行。自古有仙、佛之世，聖學必不明，世運必不
盛，即能實詣其極，亦與國家無益，何況襲咳唾之餘以自蓋其
名利之跡者乎？……（《明神宗實錄》卷三七○）

三月己丑（廿七日），[160]神宗批道：

祖宗維世立教，尊尚孔子，明經取士，表章宋儒。近日學者不
但非毀宋儒，漸至詆譏孔子，掃滅是非，蕩棄行檢，復安得節
義忠孝之士為朝廷用！覽卿等奏，深於世教有裨，可開列條款
奏來。仙、佛原是異術，宜在山林獨修，有好尚者，任其解官
自便。（顧炎武《日知錄》卷十八《科場禁約》）

　　夏，新安佘永寧輯《永慶答問》。佘永寧《李卓吾先生告文》：
「萬曆壬寅夏，新安後學佘永寧，既輯李卓吾先生《答問》，俄聞先
生訃至。」（《李溫陵外紀》卷一）

詩文編年

　　《續藏書》二十七卷：約自萬曆二十七年開始編著，至本年春完
稿於北通州馬經綸別業。焦竑《續藏書序》：「李宏甫《藏書》一編，
余序而傳之久矣。而於國朝事未備，因取余家藏名公事跡緒正之。未
就而之通州。……」（《續藏書》卷首）李維楨《續藏書序》：「先生生

160　此據《明神宗實錄》卷三七○所繫月日。

平與焦太史揚扢為多，而絕筆於趙人馬侍御家。」（同上）本書取材
於明代的人物傳記和文集，載錄了明神宗以前人物約四百名。李
《序》說：「今所行《續藏書》則自明興及慶、歷諸臣列傳也。其目
有功臣，有名臣。功臣有開國，有靖難；名臣有開國，有遜國，有靖
難，有內閣，有勛封，有經濟，有清正，有理學，有忠節，有孝義，
有文學，有郡縣。蓋王侯將相，士庶人，方外緇黃，佣僕妾妓，無不
載矣。……或沒未久而得傳，或負俗之議而為分明之。秉權衡，破拘
攣，顯微闡幽，標新領異，與《藏書》略同，惟一於揚善不刺惡為異
耳。」《續焚書》卷三《讀史》所收二十六篇，原來都是《續藏書》
有關列傳的傳論。各篇的具體寫作時間除《姚恭靖》外，無法詳考。

　　《九正易因》四卷（朱彝尊《經義考》卷五十五及《明史》卷九
十六《藝文志》均說「四卷」，《四庫全書總目》說「無卷數」）：本年
春改定。《九正易因自序》有「讀《易》於通州馬侍御經綸之精
舍……更兩年而《易因》之舊者存不能一二，改者且七八矣」等語可
證。汪本鈳《哭李卓吾先師告文》：「越春（指萬曆二十九年）二月，
師與馬先生同至通州，既至，又與讀《易》。近一年所，而《易因》
改正成矣，名曰《九正易因》。」（朱彝尊《經義考》卷五十五）李贄
說的「更兩年」，指的是頭尾經過兩年，汪本鈳說「近一年所」，指的
是實際所用的時間，二者並不矛盾。關於《九正易因》的體例，係以
《易》六十四卦為次序，每一卦先列爻詞，附以《彖》、《象》、《傳》
於每爻下，移大象於小象之後（《四庫全書總目提要》說是「臆
改」）。後以己意說卦意，偶附門人方時化、汪本鈳、馬逢暘、劉用相
的見解。又後列《附錄》。《附錄》部分集錄了從莊子、子夏直到李贄
好友焦竑等歷代對於《周易》的解說約六十家。《文言》、《繫辭》沒
有列入。李贄說：「乾坤不載《文言》者，以《文言》宜自為傳，不
宜獨摘乾坤兩卦而遺其他，以破碎聖人之經傳也。待未死，當窮究
《繫辭》之奧，不但發明《文言》而已。」（《九正易因》上卷《乾

卦》）但不久李贄即死，故此《文言》、《繫辭》沒有列入。

《李卓吾先生遺言》（一稱《遺言》）：見《續焚書》卷四。本年二月五日寫於北通州。馬經綸《馬公文集》卷三《與掌科李麟野轉上蕭司寇》：「今先生七十六歲，形容憔悴，動履艱澀，病困垂絕，預草《遺言》，不佞見今營墓潞水之西。」而文中有「二月五日，卓吾遺言」，可以為證。按，本文後有「聞之陶子曰：卓老三月遇難，竟歿於鎮撫司」一段，係陳大來所記。《李氏遺書》卷二於其後有「後學陳邦泰大來甫書」九字。

《書遺言後》：見《續焚書》卷四。寫於《遺言》之後。

《繫中八絕》：見《續焚書》卷五。本年閏二月廿二至三月十二日這段時間內寫於北京鎮撫司獄中。

《送汪鼎甫南歸省母并序》：見《續焚書》卷五。本年三月寫於獄中。中有「今為壬寅歲」和「余時病甚」等語可證。

《繫中憶汪鼎甫南還》一首：見《續焚書》卷五。寫於本年三月十二日汪本鈳南還之後、三月十五日李贄自殺之前。

時事

・三月甲申（廿二日），雲南騰越民變，殺稅監委官張安民。（《明神宗實錄》卷三七〇）

　　　　　＊　　　　　　　　　＊　　　　　　　　　＊

・閏二月丁巳（廿四日），升河間長蘆運使何繼高為江西參政兼僉事，分巡湖西道，兼理袁州兵備。（同上卷三六九）

・三月戊子（廿六日），升左諭德黃汝良為左庶子兼翰林院侍讀，掌左春坊印信；右諭德蕭雲舉為右庶子兼翰林院侍讀，掌右春坊印信；右諭德黃輝為右庶子兼翰林院侍讀，掌司經局印信；左中允陶望齡為左諭德兼翰林院侍講；侍講顧天埈為右中允，兼翰林

院編修。（同上卷三七〇）

· 四月丁酉（初六日），蕭良幹（1534-　）卒，年六十九。（焦竑
《澹園集》卷三十一《拙齋蕭公墓志銘》）

· 本年，耿定力以九載考績，晉南右副都御史，仍督操江。（葉向
高《司馬耿叔臺傳》，光緒八年重訂《麻城縣志》卷三十三《文
徵·藝文》

餘記

萬曆三十一年癸卯（1603）

　　達觀禪師有《悼卓老》詩：「去年曾哭《焚書》者，今日談經一字無。死去不須論好惡，寂光三昧許相同。」（見烏以鋒《李卓吾著述考・紫柏書》條）

　　秋，李廷機（號九我，福建晉江人）奉召入京，路過通州，為文祭李贄墓。其《祭李卓吾文》說：

《萬曆癸卯秋，余奉召入京，道出通州，聞卓吾李先生墓在焉。因取酒以祭，為文而告之曰：

於乎！先生博學宏覽，貞心苦行。當其廣文儀署留曹郡守之歟歷，端方介潔，超然世味之外，竊謂之真君子、真道學，於程朱乎何愧。及其歸休，晚歲愈刊落愈脫化，乃入於禪。黃州之門，教不擇施，家藏之書，論多創見，即余不能無疑，況不知先生者乎？然而心胸廓八絃，識見洞千古，孑然置一身於太虛中，不染一塵，不礙一物，清淨無欲，先生有焉。蓋吾鄉多士大夫，未有如先生者，即海內如先生者亦少矣，況有口竺乾而其人猶然聲色勢利中人者，視先生何如哉！余獨惜先生不少濡忍以俟天定，而識者謂先生固輕死生。先生死矣，其精神終不磨滅也。余因思劉元城先生有「舉頭迎白刃，一似斬春風」之句，是可以證先生者。死生交情，寄此一觴。先生有知，來格來享。（《李文節先生文集》卷二十五）

十一月甲子，[1]「妖書」事件起，僧紫柏達觀被捕下獄死。沈德符《萬曆野獲編》卷二十七《二大教主》載：「次年癸卯，妖書事起，連及郭江夏（即郭正域，字美命，江夏人）並郭所厚者數君。御史康驤漢丕揚因劾達觀師，捕下獄。有一蠢郎曹姓者笞之三十，師不勝恚，發病歿。……兩年間喪二導師（指李贄與達觀），宗風頓墜，可為怪嘆。……京都名利之場，豈隱流所可托足耶！」

萬曆三十二年甲辰（1604）

正月十一日，顧養謙卒，年六十有八。（焦竑《澹園集》卷十一《顧沖庵公暨配淑人李氏神道碑》）

湯顯祖在《寄董思白》中說：「卓、達二老，乃至難中解去。開之、長卿、石浦、子聲，轉眼而盡，董先生閱此，能不傷心？」（《湯顯祖詩文集》卷四十七）

萬曆三十三年乙巳（1605）

三月二十三日，馬經綸（1562- ）卒，年四十四。門人私諡明道。葬通州城北雙阜里。（朱國楨《馬侍御志銘》，《馬公文集》補遺）關於馬經綸之死，沈德符《萬曆野獲編》卷二十七《二大教主》云：「李（指李贄）憤極自裁，馬悔恨，亦病卒。」丘坦之弔其墓詩：「天高不可問，心折只如迷。沈積三年病，今題數字詩。墓門芳草合，松徑夕陽遲。一掬傷心淚，壙前燥土知。」（《畿輔通志》卷一六六《馬經綸墓》）。

五月十五日，梅國楨卒，年六十四。（莊天合《梅公墓志銘》，麻

1　此據《明通鑑》卷七十三所繫月日。

城《梅氏族譜》卷首中）年友湯顯祖有《哭梅克生》二首。其二曰：
「眼裡衡湘一個無，文情吞漢武吞胡。錦衣躍馬吾何泣，十載窮交在
兩都。」（《湯顯祖詩文集》卷十五）。

萬曆三十六年戊申（1608）

袁中道撰成《李溫陵傳》。[2]袁中道《游居柿錄》卷一第十四條
云：「新安夏道甫處出卓吾未刻書、詩及尺牘，豐骨凜然，令人起
敬。予所作《李溫陵傳》，道甫用行書書數紙，甚可觀。」

萬曆三十七年己酉（1609）

春，《李卓吾批選陶淵明集》出。[3]袁中道《游居柿錄》卷二第八
十九條云：「夏道甫寓。見卓吾所批《陶靖節集》。」

本年，《續藏書》出。焦竑《續藏書序》：「歲己酉，眉源蘇公弔
宏甫之墓，而訪其遺稿於馬氏，於是《續藏書》始出。」（《續藏書》
卷首）

傳李贄所輯《枕中十書》在密雲縣三教寺被發現。袁宏道《枕中
十書序》：

> 己酉，予主陝西試事畢，復謝聖天子恩命，夜宿三教寺。偶於
> 古寺高閣敝篋中獲其稿，讀之，不覺大叫驚起。招提老僧執光
> 相顧，予遽詢曰：「是稿何處得來束之高閣？」老僧曰：「鄉者
> 溫陵卓吾被逮時寄我物也，囑以秘之枕中，毋令人見。今人已
> 亡，書亦安用！」予曰：「嘻！奇哉！不意今日復睹卓吾也。

2　《游居柿錄》卷一記事計四十四條。袁中道於卷末自注：「以上戊申冬季。」可知
　　《李溫陵傳》撰於本年冬。
3　《游居柿錄》卷二後自注：「以上己酉春季。」

卓吾其不死矣！」惜書前後厄於鼠牙。予以曩受卓吾之囑，故於燕居時續而全之，付冰雪（即冰雪道人如德）閱而訂之，藏之名山，俟有緣者梓而壽之。公安石公袁宏道撰。（李贄編《枕中十書》卷首）

萬曆三十八年庚戌（1610）

　　汪本鈳到通州展李贄墓，有悼詩一首。其小引云：「卓吾先師死時，以詩遺予。[4]去今九載，乃得伏墓哭之，即用前韻。庚戌年。」詩如下：「九載皈依異等夷，詎云《五死》竟稱奇？孤蹤虛負登龍後，遺痛真成絮酒思。骨在還疑留浪迹，書藏不必恨非時。予今亦復年來九，忍向累累一酹之！」（《李溫陵外紀》卷五）。

　　冬，汪可受寫《卓吾老子墓碑》，記其與李贄相見始末。開頭述其寫與墓碑志的緣由：

> 余與公安袁家兄弟嘗問道於卓吾老子。庚戌之春，余以關吏述職竣，中郎數偕同志梅掌科、蘇侍御招游野寺。慨然懷古，指蛻骨在通州城外馬氏莊，恐孤墳荒草，日久且不可辨識，奈何！余曰：「彼實輕去其鄉，以吾楚人不終以至此，今誰為慰此寂寞，正吾楚人所不得辭也。」中郎任為文以志之，余與二公任捐貲樹之碑。未幾，中郎長逝，[5]則志亦余之所不得辭也。（《李溫陵外紀》卷一）

　　劉侗、于奕正《帝京景物略》卷八《畿輔名跡·李卓吾墓》條載：「卓吾平生求友，晚始得通州馬侍御經綸也。其葬通州，卓吾

4　指《繫中憶汪鼎甫南還》，見《續焚書》卷五。

5　中郎，袁宏道字。袁宏道（1568-　）於本年九月初六日卒，年四十三。（袁中道《珂雪齋文集》卷九《妙高山法寺碑》）

老，馬迎之，生與俱也，死於馬乎殯。冢高一丈，周列白楊百餘株。碑二：一曰『李卓吾先生墓』，秣陵焦竑題。一曰『卓吾老子墓碑』，黃梅汪可受撰。碑不志姓名鄉里，但稱『卓吾老子』也。」該條收有時人弔墓詩數首，茲錄數首如下：

臨川湯顯祖《嘆卓老》：「自是精靈愛出家，鉢頭何必向京華。知教笑舞臨刀杖，爛醉諸天雨雜花。」

烏程釋真程《弔卓吾先生墓》：

> 鴉鳴犬吠荒村里，木落草枯寒月邊。三拜孤墳無一語，祇應拍手哭蒼天。
> 踏破百年生死窟，倒翻千古是非窠。區區肉眼誰能識，肉眼於今世幾多。

會稽陳治安《感李卓吾》：

> 通州郭北門，迎福寺西隅，立石表卓吾，望見為歔欷。公仕有苦操，晚歲獨逃虛。極口詆世人，髡首勒《藏書》。氣味非中和，難為日用糈。留諸尊俎間，寧不菖歜如。胡乃迫之死，使其憤懣舒。乾坤饒怪異，公異而見袪。

平湖陸啟浤《卓吾先生墓下》：「天地表空明，百家立文字。三教既以三，於中復分置。先生起千載，高言絕群智。脫略生死中，不謝死生事。蛻骨宛在茲，黃土表幽閟。古樹索索鳴，拜手托無際。」

孟津王鐸（字覺斯）《弔李卓吾墓》：「李子何方去，寒雲葬此疆。性幽成苦節，才躁及餘殃，鬼雨蒙昏眼，嵩山泣夜鷁。愁看哽咽水，老淚入湯湯。」

同安池顯方《謁李卓吾墓》：「半生交宇內，緣乃在玄州。閩楚竟難得，佛儒俱不留。世人伺喜怒，大道任恩仇。我亦尋知己，依依今未休。」

宛平于奕正《李卓吾墓》:「此翁千古在,疑佛又疑魔。未效鴻冥去,其如龍亢何?書焚焚不盡,吃苦苦無多。潞水年年嘯,長留君浩歌。」

梅之煥(梅國楨侄)有《墓碑贊》:

> 嘗讀先生《豫約》,似百歲後魂魄猶戀戀龍湖也。及讀《五死篇》,謂「丈夫不得死知己,則當死不知己者以泄其恨」,今乃有驗有不驗。
>
> 嗚呼!乾坤不毀,日月常新。千秋萬歲後,拾此碑於冷煙衰草之間者,知其為溫陵長者之墓,尚茫然長思而一嘆也。(《李溫陵外紀》卷一)

本年,王鳳州、李贄評的《元本出相北西廂記》二卷,由曹以杜起鳳館刊行。絳雪道人題款的《李卓吾先生批評北西廂記》二卷,由虎林容與堂刊行。(蔣星煜《明刊本西廂記研究》第十七頁)《李卓吾先生批評忠義水滸傳》一百回,由虎林容與堂刊行。

萬曆三十九年辛亥(1611)

本年,[6]袁中道覆信須日華,盛讚李贄和袁宏道為本朝兩異人。《珂雪齋近集》卷二《答須水部日華》:「……李邕書法,謂『學我者拙,似我者死』。不肖於中郎之詩亦然。總之,本朝數百年來,出兩異人,識力膽力,迥超世外,中郎非歟?然龍湖之後,不能復有龍湖,亦不可復有龍湖也;中郎之後,不能復有中郎,亦不可復有中郎也。」

6　袁中道《珂雪齋近集》卷二《與李布政夢白》:「弟自中郎去後,即抱鬱病。」同上《寄長孺》:「弟自中郎去後,鬱鬱無歡,去歲一病半載,幾作夜臺之游,殘臘始慶再生。」而本信開頭說:「不肖體中大已復原。」又說:「本擬歲晏一觀清光,而寒氣尚重,初瘉之軀,未敢犯之。」可知中道此信寫於本年。

萬曆四十年壬子（1612）

　　二月，新安詹軫光到北通州謁李贄墓，寫有《李卓吾先生碑陰記》和《弔卓吾先生墓》詩二首，并付刻石。其《碑陰記》如下：

> 嗚呼！此明卓吾李先生墓也。先生以死友之誼，就馬侍御於通州。及被逮，不可辱而自刎；則侍御收其遺骸歸葬之。今其家歸然，其白楊森森然也。嗚呼！世之無朋友也久矣！乃有生於我乎養，死於我乎葬，如侍御也者，則千古之友道未墮地也。侍御立朝，直聲動天下，天下望而震焉；而獨折節先生於師友間，則先生可知矣。余獲侍先生有年，先生蓋目余為小友。今已再展先生墓，而茲石依然草莽也。嘆侍御不可復作，而詣其嗣子健順，出太史氏（指焦竑）所為題字，泣而曰：「順不肖，敢忘先君子之義哉！」遂摹勒，成而樹之。時萬曆壬子之二月也。
>
> 嗚呼！千秋萬歲後，有景行先生而思一識其藏者，此碑可藉不朽云。
>
> 先生諱贄，溫陵人；侍御諱經綸，鳳陽人，而余則新安詹軫光也。（《李溫陵外紀》卷五）

其《弔卓吾先生墓二首》如下：

> 雨雪□□□曙暉，風涼千載一沾衣。自拚垂老惟朋友，誰較浮名有是非。俠骨不妨燕市死，《焚書》正使□人訊。悲來故出西州路，馬策於今幾叩扉。
>
> 祇□□□錯參差，入望蕭條思轉悲。□眼昔疑中散傲，玄經今識子云奇。故人收骨猶古千，小□□□此一時。燕趙古來多慷慨，□看墮淚峴山碑。（同上）

　　十月，焦竑所編《李氏遺書》刻成。佘永寧《刻李卓吾先生遺書小序》：

> 壬子秋，余尋諸友舊盟，奉澹園先生教，語及先生。焦先生因出先生遺書示余，書皆未經傳布者。余得書甚喜，亟讀之。如飲蘭露，餐松液，兩腋風生，又如沖霜雪之途獲透汗也，渾身融暢矣，是惡可以不傳？亟付陳大來氏壽之梓。梓成，余竊嘆先生具千古之隻眼，覺一世之瞶瞶。……時萬曆壬子季冬之吉，新安後學佘永寧書。（《李氏遺書》卷首）

　　《李氏遺書》分上下兩卷，外加一附錄。上卷收書信，下卷收雜著和詩。上卷書信計五十三封，其中收有李贄寫給焦竑的信二十三封，是了解李贄思想和活動的第一手資料。但這些信遠非給焦竑信的全部。焦竑《與大來姻丈》：「卓吾尺牘，見於刻行文集者什之三四耳。鄙意欲盡數檢出，稍擇其粹者付之剞劂，不意長兒（名潤生，曲靖知府）竟逝（萬曆三十七年己酉卒），所收半已散軼，今其存者遣往，煩即梓之，以俟識者之自擇，其亦可也。」（《李氏遺書》卷首）《續焚書》看來是在《李氏遺書》的基礎上擴充而成。如李氏《遺書》上卷《書》五十三封，其中有四十一封收入《續焚書》；下卷《雜著》二十四篇及《遺言》一篇，都分別收入《續焚書》的卷二、三、四中，《詩》共四十三題六十二首，除《將到雲中》一首收入《焚書》卷六（題改為《初至雲中》）外，其餘均收入《續焚書》。《李氏遺書·附錄》收陶石簣、方時化、汪本鈳、佘永寧、金陵同志、西陵同志、方沆、周汝登、丘坦等人哀悼李贄的詩文和袁中道《李溫陵傳》以及馬經綸為營救李贄寫給當道和其他有關官員的信，看來是潘曾紘《李溫陵外紀》的底本。《外紀》卷數、篇數比《李氏遺書·附錄》多，但也有《附錄》有而《外紀》無的，如馬經綸《與楊淇園道長》、《與蔡虛臺郎中》二信《外紀》就失收。

　　按，夏道甫亦輯有《李氏遺書》（一作《龍湖遺墨》），不詳刻於
何年。袁中道《跋李氏遺書》：「當龍湖被逮後，稍稍禁錮其書，不數
年盛傳於世，若揭日月而行。……諸刻之餘，其隨意游戲楮墨間，皆
若龍一甲而鳳一毛，往往秘藏於小友之篋；若夏道甫所貯種種，尚未
經人耳目者，真可寶也。……如道甫能自致不朽者無論。若予之名
姓，且將附此老諸刻以傳，則予亦不可謂不幸也，因喜而為之引。」
（《李溫外紀》卷三）（按，此跋收入《珂雪齋近集》卷二，改稱《龍
湖遺墨小序》）

萬曆四十一年癸丑（1613）

　　春，丘坦奉汪可受之命，到北通州為李贄墓碑書丹。有《奉汪大
中丞命為卓師墓碑書丹有感》四絕：

　　　孤墳廢寺帶頹坦，一到春來一度酸。十一年來荊棘裡，礱碑今
　　　日為書丹。
　　　莫訝雍門感孟嘗，忍看荒草牧牛羊。三更夢覺香燈爐，月落烏
　　　啼樹影長。
　　　郭泰碑文獨寫真，多君底□□□親。一從雁影驚弦後，生死交
　　　情更幾人！
　　　風塵頭白尚浮沉，積痛沉悲只至今。血氣已衰心未死，負君當
　　　日老婆心。（《李氏遺書》附錄）

萬曆四十三年乙卯（1615）

　　《李卓吾合選陶王集》四卷刻行。聞啟祥《卓吾先生〈合選陶王
集〉引》云：

……兩公又安在不同，而況得具眼如卓老，手為點次，而并傳
之。所錄雖不多，兩公之頰上三毫，隱隱具焉。微獨兩公，自
卓老之書盛行，真似雜出，面目幾不可辨，有此一刻，而卓老
之三毫，亦隱隱具矣。是書余初得之汪鼎甫秘笥中者三年，今
始授瑞先刻行之。一收藏，一流通，二子之幼皆不可不紀，於
是乎書。乙卯七夕，檀居士聞啟祥題。（《李卓吾合選陶王集》
卷首）

萬曆四十六年戊午（1618）

夏秋間，李贄學生陶珽（號不退，姚安人）為李贄建祠堂於姚
安。有《李卓吾先生祠堂記》，如下：

先生去姚距今四十年，其卒於長安（指北京）又距今十六年。
余縱觀守是邦者，凡有德於一士一民，皆有祠；或遷去或致
歸，又皆有祠；即先祠而後詿史者，終亦不廢祠。先生何獨無
祠？豈姚人至是忍忘先生哉？吁！此正所以為先生歟！
先生真人也！其在姚安也，當其時，盡其心，如是則已；其去
姚也，無繫戀，無要結，如是則已。如江河行地，如日月經
天，有時見有時不見；而俗眼見其見者，不見其見者，以為先
生如是則已。然則姚人豈知祠先生哉！
余既晚從先生游，比金吾決絕，先生所謂「死於不知己之手」
者，余蓋親嘗焉。然則姚之知先生者，莫余若也。於是讀禮山
中，謀與蔡生學清私祠先生。夫祠，公典也。先生何私，若父
老子弟而受私祠也。蔡生也晚，抑何私於先生，即曰其父兄伯
仲嘗傾身事先生，而世人於祖父，生則事，歿則怠焉皆是也，
抑何私於先生？吁！此正所謂先生歟！余又縱觀宇內諸公，無

不讀先生書，每就予問先生治姚狀，思一當北面者，豈非以先生有終不可忘者耶？予既獲一日侍先生，蔡生輩又以其伯仲皈依先生。先生嘗曰：「有一知己，死且不恨。」安知今日之私祠先生，先生不往來於醉陶生白之間耶？

是役也，不以遷秩顯，不以當時從游結納二三子所致，先生必輒然喜。經始於夏，落成於秋，凡三閱月。嗟呼！姚人於此無負先生也，亦先生之無負姚人也。（民國《姚安縣志》卷六十三《金石志》附文徵）

本年，李贄《言善篇》、《說書》由汪本鈳付劉遜之在宛陵（今安徽宣城）刻行，《李氏續焚書》在安徽新安刻行。

《續焚書》由汪本鈳在《李氏遺書》基礎上繼續搜集編纂而成，其體例與《焚書》同。其中卷一《書答》十篇已見《焚書》，但收入本書時都作了刪節，個別篇名也經改動。卷二《開國小敘》、《史閣敘述》和卷三《讀史匯》除《附閱古事》外，其餘各篇都錄自《續藏書》。《附閱古事》八篇和卷二《序篤義》，卷三《三教歸儒說》、《論交難》、《強臣論》、《讒奸論》，卷四《讀金縢》各篇都選自《初潭集》。汪本鈳收輯李贄遺文、辨別真偽頗下功夫。焦竑《李氏續焚書序》說：

新安汪鼎甫，從卓吾先生十年，其片言隻字，收拾無遺。先生書既盡行，假托者眾，識者病之。鼎甫出其《言善篇》、《續焚書》、《說書》，使世知先生之言有關理性，而假托者之無以為也。鼎甫亦有功於先生已！（《續焚書》卷首）

仲夏，《續焚書》、《說書》付刻。此即為明萬曆四十六年新安海陽虹玉齋刻本。汪本鈳《續刻李氏書序》（即《續焚書序》）在闡明李贄著作的價值和作用時大力為李贄的著作辨偽。序中說：

鉶從先生游九年所，朝夕左右未嘗須臾離也。稱事先生之久者無如何，宜知先生之真者亦無如何。顧鉶何足以知先生哉！則先生之自知也，先生自與天下萬世人共知之也。

先生一生無書不讀，無有懷而不吐。其無不讀也，若飢渴之於飲食，不至於飫足不已；其無不吐也，若茹物噎而不下，不盡至於嘔出亦不已。以故，一點攛自足天下萬世之是非，而一欬唾實關天下萬世之名教，不但如嬉笑怒罵盡成文章已也。蓋言語真切至到，文辭驚天動地，能令聾者聰，瞶者明，夢者醒，醒者覺，病者起，死者活，躁者靜，聒者結，腸冰者熱，心炎者冷，柴柵其中者自拔，倔強不降者亦無不意頹而心折焉。

嗟乎，人誰不死，獨不得死所耳！一死而書益傳，名益重。蓋先生嘗自言曰：「一棒打殺李卓老，立成萬古之名。」一棒與引決，等死耳，先生豈死名者哉！至於今十有七年，昔之疑以釋，忌以平，怒以消。疑不惟釋且信，忌不惟平且喜，怒不惟消且德矣。海以內無不讀先生之書者，無不欲盡先生之書而讀之者，讀之不已或並其偽者而亦讀矣。夫偽為先生者，套先生之口氣，冒先生之批評，欲以欺人而不能欺不可欺之人，世不乏識者，固自能辨之。第寖至今日，坊間一切戲劇淫謔，刻本批點，動曰「卓吾先生」，耳食輩翕然艷之，其為世道人心之害不淺，先生之靈必有餘恫矣。此則鉶所大懼也。

蓋先生之書未刻者種種不勝擢數。鉶既不能盡讀……徒爾朽藏以供蠹蠹，是猶令日月不出而求熄燼火之光，不亦謬乎！此則鉶之大罪也！因搜未刻《焚書》及《說書》，與兄伯倫相研校讎。《焚書》多因緣語、忿激語，不比尋常套語，先生已自發明矣。《說書》先生自敘刻於龍湖者什二，未刻者什八。先以二種付之剞劂，余俟次第刻之。萬曆戊午夏仲新安門人汪本鉶書於虹玉齋中。（《續焚書》卷首）

汪本鈳在《續焚書》和《說書》編好之後曾送給張鼐（號侗初，華亭人）一閱，並請他為《言善篇》寫序。七月七夕後二日，張鼐為寫《讀卓吾老子書述》（原為《言善篇》序文，見《言善篇》卷首；後又收入《續焚書》卷首）。張鼐在《書述》中說：「卓吾死而其書重。卓吾之書重而真書、贗書並傳於天下。天下人具眼者少，故真書不能究其意；而贗書讀之，遂足以禍人。……卓吾之面目精神不可見，而萬世猶能見之者，書也。」他指出「今俗子僭其奇誕以自淫放，而甘心於小人之無忌憚，動輒甲乙筆墨，亂其手澤。而托言卓吾老子之遺書。……今贗而溷者……豈不誤人甚哉！」他建議說：「余謂鼎甫報卓吾恩，須訂定其真書，而列之目，傳於海內。……此其功且在萬世。」

萬曆四十七年己未（1619）

焦竑（1540-　）卒於家，年八十歲。（李劍雄《焦竑年譜簡編》）

萬曆間

海虞顧大韶（字仲恭，江蘇常熟人）校《李溫陵集》二十卷。其《溫陵集序》云：

宏父之歿，十有餘年。事既久而論定，澤未斬而風流，其人其書可得而言矣。

跡其居身夷惠之間，游意禪儒之表，棄家依友，好辯賈禍。莊生所謂真人，尼父列之狂士者也。發而為書，舌殆臨川，筆亞眉山。其言肆而多中，其旨遠而不文，雜以善謔，兼之怒罵，

故哲士擇筌蹄以醉心，淺人拾唾穢以飴口，宜其名溢婦孺，教彌區宇者乎。至乃高自誇許，謂落筆驚人，吐辭為經，斯言過矣。古之作者必擅三長，今博學則荒博文之經，侈膽則開妄作之門，已屬厄言，固非通論。且循言案之，三者之中，識、膽信矣，才無稱焉。得失貫若，有目難欺也。《藏書》百卷，止憑應德（唐順之）左編，恣加刪述，顛倒非是，縱橫去留。以出宋人之否則有餘，以析眾言之淆則未足。《世說》、《初譚》，義例蹐雜，《中庸》、《道古》，旨趣無奇，自此以還，益寥寥矣。若夫氣挾風霜，志光日月，攄賢聖之腎腸，寒偽學之心膽，其在《焚書》乎？子靜、伯安未審優劣，求之近世，絕罕其儔。雖吾師登之（管志道）胸羅三教，目營千載，似亦不及也。《說書》數十篇，放於體而弱於辭。放於體而戾今，弱於辭而乖古，雖云理勝，未睹成章。《老》、《莊》二解可謂清通已，採焦氏翼，不復入集。《孫武子參同》寡所發明，《易因》一編，率多附會，甚至俗說、院本，概傳標評，悉屬贗書，無可寓目。茲之所撰，盡已削諸。集凡二十卷，本之《焚書》者十六，取之《藏書》及雜著者十四。……（《顧仲恭文集》續刻，國學扶輪社排印本）

萬曆年間，顏子（名里不詳）為李贄編劇《李氏全書》十九卷（內有《說書》十卷、《焚書》四卷、《續焚書》五卷，並附明潘曾紘《李溫陵外紀》五卷）。卷首有湯顯祖的《李氏全書總序》，茲摘抄如下：

著述家咄咄，競嚮不一，大家屈指李氏。李氏夙以書訓世、經世、濟世、駭世、應世、傳世，世輒稱為「禿和尚」，或又稱為「禿菩薩」。菩薩普渡眾生，慈心救世，似猶近之，實不省李氏書旨。世假李氏書夥甚，真出其手者，雅推《藏書》、《焚

書》、《說書》。《藏書》藏不盡，《焚書》焚不盡，《說書》說不盡，而為經史集，靡弗具備。乃吹李氏毛者，便說著幾句零碎話。得《藏書》傳世，未可濟世，《焚書》誡世，未可應世，《說書》訓世，未可傳世。所謂世手注書，世眼評書，到底不是李氏書旨。

噫嘻！文無活像，圈點生之；文無身價，評注活之。弗識李氏像，怎麼定李氏價？繼李氏而藏之書、焚之書、說之書者，則有會通顏氏子。余家居，披閱顏氏著述，殊不亞李氏；顏氏評李氏書，更不亞余之評顏氏書。

按，湯顯祖《玉茗堂集》未見此文，徐朔方箋校《湯顯祖詩文集》亦未見此文。

明天啟四年甲子（1624）

里人何司徒（喬遠）過通州，祭李贄墓。何喬遠《李贄傳》：「天啟甲子，里人何司徒□□予告，道通州，登其冢，為文祭之。」（《閩書·方外志》下卷）按，祭文待查。

天啟五年乙丑（1625）

九月，李贄著作再遭焚禁。四川道御史王雅量在本月的一份奏疏中請焚禁李贄著作。熹宗手批：「李贄諸書，怪誕不經。命巡視衙門焚毀，不許坊間發賣，仍通行禁止。」（見顧炎武《日知錄》卷十八引）。

萬曆、天啟間

長甥蘇懋祺為文祭李贄。其《祭卓吾母舅文》中云：

> 吾舅捐墳墓，捨家室而問道訪友，不啻饑渴。其結撰心口明
> 決，暢其中之所欲言，至開人世不敢開之口。其負重名以此，
> 其獲奇禍亦以此！（泉州《燕支蘇氏族譜》卷十四，咸豐己未
> 抄本）

崇禎十二年辛卯（1639）

沈寵綏（江蘇吳江人，度曲家）著《度曲須知》，列周德清、關
漢卿、王實甫、沈伯時、王世貞、屠隆、沈璟、湯顯祖、祝枝山、何
元朗、徐渭、梁辰魚、焦竑、李贄、王驥德、臧懋循、唐伯虎等為祠
學先賢。（見沈寵綏《度曲須知》卷首）

清康熙十年辛亥（1671）

明潘曾紘（昭度）輯《李溫陵外紀》五卷、《李溫陵別紀》刻
行。張師繹、韓敬、潘灝等為寫序。張師繹《李溫陵外紀序》：

> 卓吾先生之被收也，欲殺之則無罪，欲赦之則不可。當事者且
> 文致其言語文字為罪狀，而先生義不受屈辱，引刀自裁，不
> 殊，久之乃絕。於是天下知與不知，莫不蘇蘇隕涕。天乎！夫
> 子之無罪也，如之何其以語言文字死也！願得奉其遺言，彷彿
> 莊事之。於是《焚書》、《藏書》、《說書》之紙湧貴。一切稗官、
> 樂府、委巷、叢林、瑣尾悠謬之說，依附草木，如蜩螗沸羹，
> 皆竊附門籍，冀一鑼半銖之潤，而先生之道益大，名益尊。

嘗即其真者妄論之：其為文也，不阡不陌，洸洋自喜，迎之無首，放之無尾，似不成一家言，是自成一家，此其所長也。至於研經味史，剖判異同，倒翻窠臼，剝膚見髓，皆刀劍上事；不特身當之者沾汗，旁觀之者心開，灑溝猶督儒之耳目，而還昭曠之觀，雖欲勿傳，烏能禁其必傳哉？議論不苟合於聖人，而欺慊無慚於夫婦；行事或詆諆於富貴宿名之口，而不屑不潔，浩然之氣，塞乎天地之間。

蓋款啟如予，雅欲悉索先生之賦，仿弇州編纂眉山之例，發越其在天之精神，而昭度之《外紀》告成。夫寧為卓吾氏忠臣而已，使後之君子，知夫以語言文字殺天下士者，非徒無益，而反助之名。羅鉗世網之烈，其少有悛乎！蘭陵張師繹。（潘曾紘編《李溫陵外紀》卷首）

韓敬《卓吾外紀小引》：

李卓吾先生……見地超忽，筆芒開異，令醒者醒而寐者驚，則無論邕（指唐李邕）不敢望，恐古今震旦不復再得。其自到詔獄，時亦七秩矣。……卓老書行世幾盡，吾年友潘昭度復匯其雜說及同志往還尺牘諸小文，刻為《別紀》。（見同上）

雍正六年戊申（1728）

李贄批點的《忠義水滸傳》百回本，由日本京都的林九兵衛翻刻（只刻印到第二十回）。（《李贄批點的〈忠義水滸傳〉在日本的流傳》，轉引自廈門大學歷史系編《李贄研究參考資料》第三冊，福建人民出版社，一九七六年版，第一八五頁）

乾隆十年乙丑（1745）

六世侄孫放禱寫《祖伯卓吾公序》。摘錄如下：

世果以榮辱論乎？以榮辱論，則方其榮也，赫赫一時，及其辱也，沒而後已焉。若夫雖辱亦榮，而名顯當時，光流奕禩，海內之士，聞其風者，繭黃白叟，或不能詳其始末，而未始不震驚乎其名。如吾祖伯卓吾公，其真死而不朽乎！……獨怪後之人，觀其晚年行事，或疑祖伯為大拂人性，豈知廉靜寡欲，世之情虛，莊之逍遙，或其性癖所近，而終不可以是訾祖伯也。祖伯大泄天地之精，其後嗣不無寥落。禱芽黍居裔侄，世薦馨香，雖未敢告無憾於先靈，亦足衍祖伯之傳於千秋萬世後也。是為序。

歲乾隆乙丑桐月谷旦，六世侄孫放禱盥手敬識。（嘉慶十二年丁卯抄本《林李宗譜》，見福建省李贄著作注釋組廈門小組編印《李贄著作注釋資料情報》（十四）第二十五頁）

乾隆二十年丙子（1756）

泉州府重修鄉賢祠，祀本府歷代鄉賢一百八十八人（後增至一百九十五人），李贄被崇祀為鄉賢。（嘉慶《晉江縣志》卷十四《學校》，同治庚午重刻《泉州府志》卷十三《學校》）

乾隆三十一年丙戌（1766）

《四庫全書總目提要》總纂紀昀削去《帝京景物略》中《李卓吾墓》條。其《〈帝京景物略〉跋》云：「初削是書，僅削其詩。迨粘綴

重篇，太學石鼓篇中復削五百五十三字，首善書院篇中刪一千二十八字。而李卓吾墓篇則全削。……首善書院、李卓吾墓，並非古跡矣，而雜記語錄，標榜道學，不類也。表東林而又及溫陵，益不類也。……是歲（乾隆丙戌）七月二十四日，昀又書。」（廈門大學歷史系編《李贄研究參考資料》第二輯，福建人民出版社，一九七六年版，第二一七頁）

乾隆四十七年壬寅（1782）

二月二十一日，清《四庫全書》館正總裁英廉呈禁毀書目，將李贄《焚書》、《藏書》、《續藏書》等列入「應繳違礙書籍」，將《李卓吾文集》、《讀升庵集》列入抽毀書目。（《清代禁毀書目・補遺》），商務印書館一九五七年版）李贄著作在乾隆時代被列為禁書達數十種，書目見孫殿起《清代禁書知見錄》、《清代禁書知見錄外編》。

乾隆間

裔孫林高出撰《八世卓吾公諱贄像贊》。其文曰：

> 公在稚齡，嶄然表異。觀其論辯，群占偉器。玉美琳琅，馬稱騏驥。六籍繁富，光焰乘志。迨守姚安，龍湖識字。未幾掛冠，塵俗脫離。儒行墨名，元（玄）談是事。三教同歸，惟公兼治。雖招時忌，俯仰無愧。象山後身，姚江品類。（泉州《清源林李宗譜草創》卷□《像贊略》抄本）

嘉慶九年甲子（1804）

侄孫林高出寫《老長房八世祖伯鄉進士姚安郡守名宦鄉賢卓吾公傳》並跋。其跋說：

> 侄孫出曾讀李文貞（李光地諡）先生《重修泉州府學記》，有
> 云：「夫泉僻處海濱，為九州風氣裔末，然虛齋（即蔡清）以
> 經解，錦泉（即傅夏器）、晉江（即李廷機）以制舉，李贄以
> 橫議，天下皆靡然宗之。」則祖伯之為祖伯，其見不同，又何
> 如也。出於是益慨然想見其為人！嘉慶甲子九年冬又跋。（廈
> 門大學歷史系編《李贄研究參考資料》第一輯，福建人民出版
> 社，一九七五年版，第一八二頁）

咸豐九年己未（1859）

日人吉田松陰（1829-1859）著作結集，名《己未存稿》。其中論李贄的九條。茲摘數條如下：

> 吾嘗讀王陽明《傳習錄》，頗覺有味。頃得《李氏焚書》，亦陽
> 明派，言言當心。（《與入江杉藏書》）
> 頃讀李卓吾之文，有趣味之事甚多，《童心說》尤妙。（《與入
> 江杉藏書》）
> 抄《李氏藏書》，卓吾之論大抵不泄，誰不一讀而不與吾拍案
> 叫絕者哉！（《寄某書》）

（轉引自廈門大學歷史系編《李贄研究參考資料》第二輯，福建人民出版社，一九七六年版，第二二〇頁）

民國四年乙卯（1915）

九月，吳虞著《明李卓吾別傳》，全面評述李贄生平及其著作、思想。載一九一六年《進步》雜誌九卷第三期。又見《吳虞文集》卷下及趙清鄭城編《吳虞集》，四川人民出版社，一九八五年版，第七十五頁。

民國十五年丙寅（1926）

秋九月，日人鈴木虎雄因事到北京，到通縣迎福寺訪李贄墓，發現斷碑，拓去詹軫光的《李卓吾先生碑陰記》。（見鈴木虎雄《李卓吾年譜‧萬曆三十年壬寅》譜文）後通縣縣長張效良鳩工修復，且建牌樓。（通縣文物管理所周良、景民《李贄墓今昔》）

民國二十一年壬申（1932）

烏以鋒著《李卓吾著述考》，載中山大學文史研究所輯刊第一卷第二冊。

黃雲眉《李卓吾事實辨正》，載《金陵學報》一九三二年五月二卷一期。

民國二十三年甲戌（1934）

嵇文甫《李卓吾與左派王學》，載《河南大學學報》一九三四年六月一卷二期。

民國二十四年乙亥（1935）

　　四月，朱維之編著《李卓吾論》，由協大書店出版。

　　（日）鈴木虎雄著、朱維之譯《李卓吾年譜》，載《福建文化》一九三五年四月三卷十八期。又載廈門大學歷史系編《李贄研究參考資料》第一輯，福建人民出版社，一九七五年版，第八十七至一八三頁。

　　朱維之《李卓吾的性格》、朱謙之《李卓吾的思想》，載《福建文化》一九三五年四月三卷十八期。

民國二十六年丁丑（1937）

　　一月，容肇祖著《李卓吾評傳》，由商務印書館出版。

民國二十九年庚辰（1940）

　　弘一法師李叔同撰李贄像贊。贊曰：「由儒入釋，悟澈禪機。清源毓秀，千古崔嵬。」（泉州市文物管理委員會提供）

民國三十八年己丑（1949）

　　四月，吳澤著《儒教叛徒李卓吾》（歷史人物批判之二），由華夏書店出版。

一九五三年癸巳

　　十月，國家衛生部在李贄墓處興建北京結核病研究所，將李贄遺骨遷至通州城北通惠河北岸大悲林村（今名牛作坊）南安葬。翌年重

建牌樓。有遷建碑記刻石一方。（通縣文物管理所周良、景民《李贄墓今昔》，北京市通縣師範學校李贄調查研究小組《有關李卓吾先生的傳說、墳墓變遷情況和碑文的分析》）

一九五六年丙申

一月，朱謙之著《李贄——十六世紀中國反封建思想的先驅者》，由湖北人民出版社出版。

一九五七年丁酉

四月，容肇祖著《李贄年譜》，由三聯書店出版。

一九五八年戊戌

葉國慶《李贄先世考》，載《歷史研究》一九五八年第二期。

本年，李贄族伯祖母《明登瀛里林大母貞勤迖氏墓志銘》在泉州涂關外津頭埔出土。泉州五中教師翁銘鎮購集後送給泉州師院吳幼雄教授。吳教授於二〇〇四年十月將此碑捐贈給泉州李贄紀念館收藏。（泉州市鯉城區方志委吳英明提供）

一九五九年己亥

侯外廬、邱漢生《李贄的進步思想》，載《歷史研究》一九五九年第七期。

一九六一年辛丑

　　泉州市人民委員會公布今泉州市南門萬壽路門牌一五九號的李贄故居為市文物保護單位。

　　《李贄與吉田松陰》，載八月三日《文匯報》。

一九六二年壬寅

　　三月，邱漢生著《李贄》，由中華書局出版。

　　容肇祖《李贄反道學和反封建禮教的一生》，載四月八日《光明日報》。

　　侯外廬、李學勤《李贄的封建叛道思想》，載十二月十三日《人民日報》。

一九六三年癸卯

　　舒焚《李贄同耿定向的一場論爭》，載三月八日《光明日報》。

一九七四年甲寅

　　泉州市文物管理委員會在泉州市內李贄後代林姓族人林福如等人家中發現了珍藏數百年的有關李贄故居及家族情況的資料，計有抄錄本《清源林李宗譜草創》卷之三《曆年表》一本，《清源林李宗譜》殘頁，李贄故居的地契一紙。

　　《曆年表》寬三十一釐米，高二十八釐米，全書以白連史紙裱褙成冊，連封皮共四十三頁，內年表三十二頁。每頁分兩面，中標《林李年表》。每面橫八格，每格再分干支紀年、生娶、科第官爵、卒

葬、大事記、餘記等六直格。書前有題簽一頁，前序一頁，書後有後論一頁，餘留空紙。全書非一人筆跡。該書記自元至治元年辛酉（1321）李贄始祖妣錢氏生年（李贄始祖閭少其妻七歲），下迄清嘉慶十六年辛未（1811），以後跳過一百二十四年至一九三五年再補記二條。書中對清高宗弘曆的「弘」字避諱缺末筆，可知是清乾嘉間的抄本。但最初一人的筆跡只至明萬曆三十四年丙午（1606），故知它當是在明代宗譜的基礎上續成的。書中按年記載林李宗族的生娶、卒葬等事，但詳老二房而略老長房，李贄所屬一派先祖的情況自三世以下不載。《清源林李宗譜》殘頁十頁，係光緒年間抄本，只存始祖閭的事跡及宗祠祭文。李贄故居的地契一紙，是康熙二十一年壬戌（1682）所立，殘損較甚，但絕大部分仍可辨識。

　　十一至十二月間，晉江地區李贄文物資料調查小組共五人先後兩次到南安縣城關鎮三十都榕橋（李贄曾到過榕橋）一帶（三堡、杏蓮、上都、下都、西坪等五村）進行調查，先後發現了一批李贄族人的墓志銘石刻。計有：李贄的叔父《明故處士章田暨配丁氏、媵張氏合葬志銘》一方，刊立於萬曆二十二年甲午（1594），文為李贄族兄林奇材所撰；李贄的三世叔祖母李廣齊之妻《故李母黃氏墓志銘》一方，刊立於明宣德二年丁未（1427），文為山西布政使司右參議清源主謙所撰；李贄遠房族叔《明故鄉飲賓善壽李蓮塘公墓志銘》一方，刊立於萬曆二十四丙申（1596），文亦為林奇材所撰；李贄的遠房堂弟《處士龍山李公墓志銘》一方，刊立於萬曆二十七年己亥（1599），文為李贄族侄李民寄所撰；李贄遠房堂伯叔《明處士梅軒李公暨配淑婉孺人鄭氏合葬墓志銘》一方，刊立於萬曆二十九年辛丑（1601），文亦為李民寄所撰；李贄族人《皇明先考邑庠生明寶李公壙志》一方，刊立於萬曆四十四年丙辰（1616），文為其子李錫兌所撰；李贄的遠房族弟《明陸涼州知州封奉政大夫覺石府君墓志銘》一方，刊立於明崇禎三年庚午（1630），文為刑部尚書蘇茂相所撰；又《明陸涼

州知州封奉政大夫覺石府君行狀》一方，刊立於崇禎三年，文為其子李佺臺所撰。這些石刻志銘及行狀，現藏泉州市文管會，對研究李贄的本性、世系及家族遷徙等情況都有極高的史料價值。另外，調查小組又在上都發現了清代光緒間抄本《榮山李氏族譜》一本，是李贄家族居住在南安榕橋上塘村派下所修的族譜，計四十五頁；在上塘村發現李氏宗祠祠柱石刻「龍湖六籍文章艷，函谷千言道德新」的對聯一副及祠堂內「鄉賢名宦」、「舉人」等有關李贄的匾額二方。

　　泉州市文管會在晉江紫帽山農場園坂管區張園村發現李贄之妻黃氏的墓碑殘塊。

一九七五年乙卯

　　三月，廈門大學歷史系編《李贄研究參考資料》（第一、二、三輯），由福建人民出版社出版。

　　三至四月間，泉州市文物管理委員會與晉江縣文物管理委員會對李贄妻黃氏墓碑進行發掘清理。黃氏墓距泉州南門七公里，始建於萬曆十六年戊子。墓東南向，單擴，為「交椅型」制。墓碑原豎立墓前，後因當地有人修建古井，將它劈成三塊條石，取其右、中兩條砌築井圍（後有一條掉落井底），左條移為撐托一株傾斜的老龍眼樹的支柱。碑中刻有陰文「明誥封宜人李卓吾妻黃氏之墓」等十三個大字，上款刻有陰文「卓吾老子書」五個小字，下款刻有陰文「萬曆戊子婿莊純甫立」九個小字。

　　六至七月間，晉江地區文物管理委員會與晉江縣文化館又在李贄妻墓區附近發現墓道碑。該碑原豎立在墓道一側，後被人移放在通往南安的一條小橋上，作為橋板之用。碑係花崗岩石質，兩面琢平，刻有陰文。正面為《憲牌》，背面為《誥封宜人黃氏墓表》，撰文者為明提督學校福建按察司副使耿定力。《憲牌》以提學道名義發布。

一九八一年辛酉

中共中央書記處政策研究室和《人民日報》文章《愛國主義是建設社會主義的巨大精神力量》，列李贄為中華民族傑出的歷史人物之一。

六月，張建業著《李贄評傳》（福建歷史人物傳記叢刊），由福建人民出版社出版。

一九八三年癸亥

十月，北京市有關部門將李贄墓遷到北京東郊通州城內風景秀麗的西海子公園，座落在舊城北牆遺址上，背靠通惠河荷塘，西鄰公園假山新亭，東側是著名的燃燈佛塔。（見新華社記者張寶瑞《明代著名思想家李贄墓移修一新》，十二月二十三日《福建日報》）墓東西並列二碑：東者鐫初遷碑記；西者鐫通縣人民政府《重遷碑記》，其文曰：「李卓吾墓於一九五三年由馬廠村遷移至大悲林村南，為便於加強管理，方便群眾觀瞻，於一九八三年十月，再遷於西海子公園。」。

在二碑之前居中，立周揚題碑一方，縱刻：

一代宗師　李卓吾先生之墓

　　　　　　　　周揚敬題一九八三年夏

（通縣文物管理所周良、景民《李贄墓今昔》）

十一月，禹克坤著《李贄》（回族歷史人物故事叢書），由寧夏人民出版社出版。

一九八四年甲子

　　李贄墓被列為北京市文物保護單位。

　　四月，敏澤著《李贄》，由上海古籍出版社出版。

一九八六年丙寅

　　十月二十九日（農曆九月廿六日），南安縣榕橋尚塘村李氏家廟暨李贄紀念祠落成。[7]李贄紀念祠基金會決定將修建紀念祠的餘款三萬餘元存入銀行生息，作為獎學基金，獎給該村每年升入初中、高中、大學及出國留學的李氏族人。

　　李贄在南安榕橋歷代享受祭祀不衰。以下摘抄幾條材料：

7　李贄的先祖「世晉江人」。但李贄一支自三世祖起即遷往南安縣三十都榕橋胭脂巷村（章田村是其一角落）居住，屬南安縣籍，只因李贄一支有隔世複姓之矩而隔世往來於泉州、南安之間，故仍稱晉江為祖籍。李贄從小即「隨父白齋公讀書歌詩，習禮文」，隨後又入府學讀書，長期居郡城，故稱籍晉江，而（住郡城）今存《南安縣志》亦未見著錄李贄。南安胭脂巷村某山有李贄讀書處，他和南安榕橋有密切的關係。

　　榕橋原屬南安縣三十都，睦齋公衍下的李姓一支，自李廣齊始遷此，距今已有五百多年的歷史。當年自郡城來此的有三個李氏支派：即學前李派、胭脂巷李派和庵前李派。學前李派是指原從郡城晉江縣學前遷至南安三十都歸化里上塘（字又作「尚塘」、「祥塘」）鄉的李廣齊一派；胭脂巷李派是指原從郡城胭脂巷遷至南安三十都榕橋胭脂巷村的李允誠（即李贄的三世祖）一派；庵前李派是指原從郡城遷至南安上塘鄉庵前村的林廷贊一派（這一派是林廷贊死後第四年遷至南安縣並改姓李的）。上塘與庵前、胭脂巷三村相鄰，其中的李姓總稱「榕橋李」。李廣齊於「遷居南安三十都上塘之積厚山」的第三年即明永樂二十二年甲辰（1424）就在娘仔橋修建李氏祠堂，供奉始祖弘弼公、一世祖睦齋公、二世祖直齋公等李氏先祖。李贄是榕橋李氏的後裔，他逝世後，其神主也入李氏祠堂，配享時祀。該祠堂除設有李贄的神位外，還懸有表彰李贄的「鄉賢名宦」及「舉人」的匾額二方，刻有頌揚李贄的「龍湖六籍文章艷，函谷千言道德新」的石柱楹聯一副。其子孫每年正月初二和春冬二祭以及李贄誕辰，都輪值到祠堂舉行祭祀，且遵李贄生前「祭祀亦只是一飯一茶，少許豆豉」之囑，另設蔬菓一案，專饗李贄。

　　一、南安榕橋娘仔橋李氏祠堂設有李贄的神位。時明政府擬砍去橋頭的兩棵樟樹以濟軍工之需，李贄後人以恐傷橋樑及風水等為由據理力爭，終獲勝訴。事載南安榕橋上唐瑞安鄉《李氏家譜》一九六三年重抄本所收的《訴娘仔橋樟樹稟單》一文中，茲錄如下：

> 泉州府南安縣為軍工事案。蒙憲檄，勘號三十都娘仔橋大樟樹二株，發價銀到縣，飭令吊樹主領價，著匠砍伐鋸料等因。先於前縣元令任上，屢蒙憲牌頻催，並未給價砍伐。迨卑職接任視事，凜奉憲文，選差勒限，喚到樹主舉人李憲章。據稟稱：「本都樟樹兩株，正當橋頭。而橋係大路之衝，達安（溪）、永（春）、通同（安）、漳（州），往來日以千計。樹根盤結，橋借樹以障水，故不壞；一去此樹，則大水沖決，橋樑必圮。痛憲（李憲章自稱）祖祀近在橋邊，以樹為石沙蔽風隙，奉祀先祖前明鄉賢諱贄號卓吾及光祿寺正卿諱佺臺號為興，是為風水所繫，命脈攸關。又此樹歷年數百，身及大枝俱係空心，前人又多釘大釘在上，斧斤難施。前府主王督造，已經領價，後蒙本縣主葉□□憐察有關風水橋路，召價詳免。案卷可查。合懇憐念先賢，保全橋樑，轉懇憲恩免其砍伐，不獨憲閣族載德，四方行人，咸歌利濟』等由。據此，卑職以為……此樹可否免伐？批示遵行。……乾隆六年七月初五日知縣張克龍稟。」

這條材料說明李贄早在清乾隆六年（1741）以前即作為榕橋李氏的「先祖」而被奉祀在南安榕橋娘仔橋的李氏祠堂中。

　　二、南安榕橋李氏祠堂每年正月初二行禮及春冬二祭（即上元和冬至），其子孫輪值祭祀先祖時都並祭李贄。現舉清光緒年間《學前李小宗祠中每年正月初二行禮祝文式》為例：

維光緒某年歲次××正月××朔××，越初二日××，主祭祀孫某某、某某，值祭孫某某、某某等，敢昭告于：

始祖考壽州參軍刺史弘弼公

一世祖考睦齋公暨妣九泰孺人錢氏

二世祖考直齋公暨妣十泰孺人陳氏

……

八世長房鄉進士中憲大夫雲南姚安府知府崇祀鄉賢名宦祖伯卓吾公

諸神曰：

陽春開泰，萬匯昭蘇。元正崇報，祀事孔明。謹以牲醴庶饈之儀，祇薦歲事。尚饗！（見同上）

三、每年農曆十月二十六日李贄誕辰，南安榕橋李氏裔孫都輪值到李氏祠堂行禮祭祀。今瑞安鄉《李氏家譜》載有清光緒年間《十月二十六日卓吾祖伯誕辰祠中行禮祝文》一式，如下：

維光緒某年歲次某某十月××朔××越二十六日，玄孫某某、某某、值祭孫某某等謹以清酌、蔬菓、金楮之儀，奠告於明中憲大夫祖伯卓吾先生之靈曰：

昔吾夫子刪定之外，特修《春秋》。後世因之，遂多討搜。漢推班馬，五代稱歐。三國陳壽，北朝魏脩。唐宋以後，雜操紛投。下及元明，更多謬幽。惟公振刷，積歲校讎。遂成《藏書》，手眼高道。前掩百代，後俟執傳？某某忝列宗孫，值茲誕辰，恭具薄酌，祇薦蔬羞。望公下降，暫此停留。俾我宗孫，寡其愆尤。尚饗！（見同上）

一九八六年十月，南安榕修橋建了李氏家廟暨李贄紀念祠。其中設有李贄雕像，匾額及石柱楹聯亦一依舊制，此外還陳列李贄的著作，以供人們瞻仰。

一九八七年丁卯

十二月十六日（農曆十月二十六日），福建省社會科聯合會、福建省社會科學院與泉州市社會科學聯合會，在泉州市舉辦「李贄研究學術討論會」。會上，成立李贄學術研究學會籌備會。

一九八九年己巳

五月，泉州市社會科學聯合會編，張建業、許在全主編的《李贄研究》，由光明日報出版社出版。

一九九〇年庚午

十月，《焚書》、《續焚書》（夏劍欽點校，蔡尚思作序），由岳麓書社出版。

一九九二年壬申

四月，陳瑞生著《李贄新論》，由華中師範大學出版社出版。

十一月，林海權著《李贄年譜考略》（黃壽祺教授作序），由福建人民出版社出版。同月，張建業著《李贄評傳》（修訂本），由福建人民出版社出版。

十一月二十至二十三日，在北京通縣舉辦李贄國際學術討論會，蔡尚思、容肇祖、張建業、林海權、黃高憲、歐陽中石、郭預衡等與會。

一九九三年癸酉

八月，鄢烈山、朱健國著《李贄傳——中國第一個思想犯》，由中國工人出版社出版。

一九九八年戊寅

一月，張世整理《李贄文集》(《焚書》、《續焚書》、《初譚集》)，分上下二冊，由北京燕山出版社出版。《焚書》後收有順德黃節《李氏焚書跋》一文，文中說「此書則為錦州張紀庭捐贈國學保存會者，明刊本也。」寫於「戊申（光緒三十四年，1908年）二月。」卷首收有黃仁宇《李贄——自相衝突的哲學家》。

一九九九年己卯

劉季倫著《李卓吾》，由臺灣東大圖書公司出版。

二〇〇〇年庚辰

五月，李贄學術研究國際討論會在首都師範大學舉行。會上成立中國李贄研究學會籌備會。張建業主編《李贄文集》第一卷至第七卷，由社會科學文獻出版社出版。

林海權作《通州謁李贄墓》：

> 小艇翩翩海子河，南風翻動綠塘荷。
> 赫然題墓焦竑筆，依舊驚心長者歌。
> 應喜遠孫來拜謁，故教香楮舞娑婆。

燃燈塔畔游人眾，敬問先生意若何？（載《福建詩詞》第十二期）

十月，張建業主編《李贄論叢》，由北京燕山出版社出版。

二〇〇二年壬午

八月，凌禮潮、李敏主編《李贄與龍湖》，由湖北音像藝術出版社出版。十一月，「李贄與姚安」國際學術討論會在雲南省昆明民族學院舉行。

二〇〇三年癸未

九月，「李贄與麻城」國際學術討論會在湖北省麻城市舉行。十二月，張建業、凌禮潮主編《李贄與麻城》（國際學術研討會文集），由中國廣播電視出版社出版。

二〇〇四年甲申

三月，許建平著《李卓吾傳》，由（北京）東方出版社出版。

十二月，泉州市「李贄思想學術研討會」暨「李贄紀念館」落成儀式在泉州市鯉城區舉行。研討會由泉州市鯉城區人民政府和泉州市社會科學界聯會會聯合主辦。同月，林海權《李贄年譜考略》由福建人民出版社再版。臺灣李亦園教授為增訂版作序。

二〇〇七年丁亥

六月，傅秋濤著《李卓吾傳》，由湖南人民出版社出版。

二〇一一年辛卯

　　三月，臺灣王冠文著《李贄著作研究》（古典文獻研究輯刊）上下冊，由臺灣花木蘭文化出版社出版。

二〇一七年丁酉

　　十二月，林海權著《李贄年譜考略》由臺灣萬卷樓用繁體字出版。福建師範大學文學院陳慶元教授作序。

附錄

一　李贄世系簡表[1]

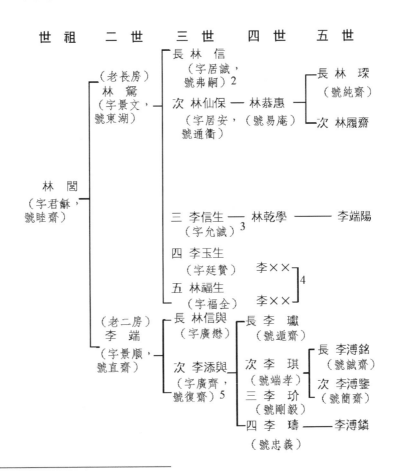

1　本表根據林奇材《睦齋公壙志》、《明故處士章田暨配丁氏、騰張氏合葬志銘》，並參考泉州《李氏族譜》、泉州《清源林李宗譜》卷三《曆年表》等材料編製而成。

2　林駕長子林信（字居誠）弗嗣，故林仙保（字居安）得稱長（見林奇材《志銘》）。

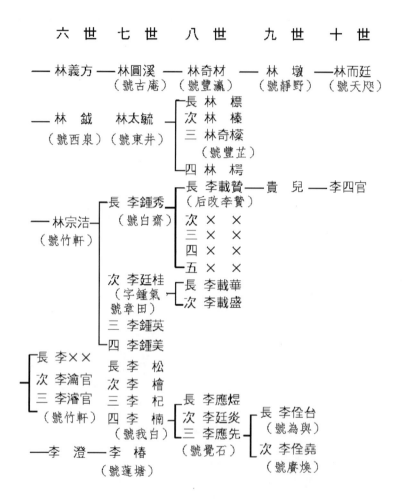

六　世　七　世　八　世　九　世　十　世

3　允誠於明永樂二十年壬寅（1422）隨李廣齊遷南安，改李姓，衍為南安胭脂巷李派。

4　明天順六年壬午（1462）遷南安，改李姓，衍為南安庵前李派。

5　廣齊於明永樂二十年壬寅（1422）首先移居南安尚塘，改李姓，衍為南安學前李派。

二 李贄家世考

(一) 李贄的世系和出身

　　李贄的世系，過去無人研究，一九七五年泉州市文管會和泉州市海外交通博物館在《文物》第一期發表了《李贄的家世、故居及其妻墓碑》一文，首次探討了李贄的世系，說李贄是二世祖林駑次子林通衢的後代。其世系是：林通衢——林易庵——林琛——林義方——林白齋——林載贄。而林通衢這一支，直至五世祖林琛，仍是通商海外的商人。「到了李贄的祖父或父親，才中斷了商業活動」。其結論是，「李贄直系的上代是海外貿易大商人」，「李贄就生於泉州一個世代為商的家族」。其後，一些研究李贄的文章，大都沿襲這一說法，甚至說李贄「出身於從事航海事業的商業家庭」。[6]

　　一九七四年十一月，泉州市委黨校教員林昌如（南安縣三十都榕橋三堡胭脂巷村人）從李贄裔孫李承火（原住胭脂巷村，現遷西坪村頂五壙）處發現了一方《明故處士章田暨配丁氏、媵張氏合葬志銘》（下簡稱《志銘》）。經鑑定，這《志銘》是李贄叔父李廷桂的，是李贄的族兄林奇材寫的。這一發現，不僅揭開了李贄與南安榕橋李氏的血緣關係，而且直接解答了李贄先代的傳世情況，澄清了以前的種種猜測和誤解，具有極高的史料價值。茲摘抄如下：

> 公諱廷桂，字鍾氣，別號章田，世晉江人。奇材從六世祖叔父也，蓋公與奇材同始祖云。
>
> 始祖君穌公，元季入閩，居郡城，以林著姓。生二子：長景文公，次景順公。景順公於明永樂二十年（1422）籍南安邑，著姓曰李。景文公生五子，長曰居安公，即奇材六世祖；次允誠

6　一九七四年四月十日《解放日報》。

公，則公高祖。允誠公生次子乾學公，為公曾祖。乾學公生端陽公，為公祖，亦以正德末年（1506-1521），從李著姓焉。端陽公生宗潔公，號竹軒，娶董氏，為公父母。凡四子，公其仲也。

公生而修長，性沉嘿悚獨，奉二親愉色，柔聲左右，就養忘劬。贈南京刑部郎中伯兄鍾秀公，以子姚安守載贄君貴。鄉未貴，隸郡諸生，寒膚嗛腹，公饋膳服勞，事之若父。逮猶子載贄振繆郎署，公又不藉以熏輳。友叔季鍾英、鍾美弟，如恐或傷。雁行四人，自少長洎娶，同室共炊，家庭迄無間言。厥後食指蕃滋，廬舍湫阨。竹軒公始命析箸分居。公乃僑南邑小郡，賃廡賈貿，往往折閱。久乃悟本富為上，間詣章田村，相原隰墳衍可家，遂鬻地苦構，擬將世焉，因取章田豎號。

佃上腴數十畝，身先荷鋤，率傭僕力來。累三時，輸稅緶而儲蓄贏積，復能散薄息賙貸，歲札輒棄責（債），以是敦睦宗黨。適暮夜有戎，公孚號跡捕，生得之，歸於圍牸，聚落伏以輯寧。

馴至嘉靖叔葉，倭入煽亂虔劉，萌隸竄避。公失偵被虜，縲拷索贖，賴詞氣款悃，賊不甚鉗錮。凶醜中有識公長者，密授之逸。公獲棲藏，急抵城肆，抱肯病，瀕死更甦，家弊幾不聊生。幸寇氛熄，漸次復業，益程督區種，昏作不息。五稔而貲用還復。公猶不忘艱危，綈衣革鞜，室絕游惰冗食，屬儉嗇，以致豐阜，所貰貸存活，惠施於宗黨者彌廣。

生平曉暢龜筮及形家語，遇事必啟繇決疑。年未衰，遽卜兆宅，穿中為將老計焉。人服其達。而既衰未嗣，連舉二子，方在髫齔，即開塾延師，授句讀訓蒙。及長，亟遣之就學郡郭，而自董課。耕織外，杜門頤神，晏如也。親朋猝至，壺飧相勞苦，必盡歡娛。其他紛華勢利，邈不縈念。……

公連蹇多娶。元配柯氏，繼柯氏、傅氏，俱早喪弗嗣。……最
後再醮丁氏，丁故本邑右族……亦弗嗣，僅育二女。……納同
安林氏為公側室。……林亦未嘗字，故公復娶側室張氏。……
公晚誕兒息，皆其所出。……

公生於正德壬申（1512）二月二十八日，卒於萬曆戊子
（1588）十月二十二日，年七十七。……墓在南安三十都章田
村後山之原……去家不百步，即公所自卜築也。二子載華、載
盛，以萬曆甲午（1594）十二月二十七日，奉公柩暨丁母、生
母張氏柩合葬焉。……

賜進士第中順大夫廣西平樂府，前禮部祠祭司主事，尚寶司司
丞，從六世祖侄奇材頓首拜撰，並書篆。（碑石現藏泉州市海
外交通博物館）

　　從《志銘》看，李贄是長房二世祖林景文（名駕）次子[7]林允誠
（名信生）的後代，其世系是：允誠——乾學——端陽——宗潔
（號竹軒）——鍾秀（號白齋）——載贄。由此可知，李贄與長期從
事航海通商活動充當海上翻譯的林通衢（林奇材的高祖）一支，除了
血緣外，看不出其他方面有什麼密切關係。李贄世系的另一說法是，
李贄是林通衢的後代，但可能是過繼給其三世叔祖李廷贄的，說者
曰，李贄原名「載贄」，是犯了三世叔祖李廷贄的諱。但依封建規
矩，子孫在父祖之名上加繼承意義的字即可起為己名。因「載」有繼
承之意，故李贄可能就是過繼給李廷贄的。這個推斷看起來不能成
立。因為據《志銘》所載，不但李贄和他的兩個從弟「載華」、「載
盛」犯了諱，就是李贄的叔父「廷桂」也是犯了諱的，但《志銘》並
沒有說他們也是過繼給廷贄的。再說，廷贄生前姓林，且有兒息（見

7　據《曆年表》載，林駕生五子，長為林居誠（名信），弗嗣，故林奇材在《志銘》
　　中遑稱其高祖居安為長。實際上居安是次子，允誠是三子。

後），二者遠隔五世，又何來的相繼之理？

　　李贄的出身問題，要從李贄的改姓說起。李贄的姓氏，據泉州
《清源林李宗譜》卷四《恩綸志》載：「老長房李諱贄，原姓林，入
泮學，冊係林載贄，旋改李姓。避勝朝廟諱，去載字。」這材料說明
李贄原先姓林，李是後來改的。李贄自己也曾說過他不姓李。《茶夾
銘》：「子不姓湯，我不姓李，總之一味清苦到底。」（《焚書》卷三）
這到底是怎回事呢？

　　據《志銘》、泉州《清源林李宗譜》及泉州《李氏族譜》等所
載，李贄的先世及其族人即有改姓之舉，改姓並非自李贄始。如《清
源林李宗譜》卷三《歷年表》（以下簡稱《歷年表》，在永樂壬寅
（1422）《大事記》載：

> 是年，老二房三世祖叔廣齊公移南安，改李姓始此。……又長
> 房三世祖叔允誠從廣齊公移居南安胭脂巷，並改李姓。

這條材料記載了李贄所屬一支在前代改姓的事實，只是時間與《志
銘》所載有出入罷了。不過從大多數的材料看，李贄所屬一支從第三
世的林允誠遷居南安之後即改李姓的說法較為可信。據《歷年表》
載，李贄先代不但有改姓之舉，而且還有複姓之規。同上引又載：

> 初，公（指林允誠）住教場頭。其子乾學複姓林，孫端陽複改
> 李，至今傳為南安胭脂巷李派。

據此可知，李贄所屬一支確實存在著一條隔世複姓的族規。明白這一
點，便好理解李贄所屬一支姓氏變化的複雜情況了。從林允誠到李
贄，其姓氏如下：李允誠——林乾學——李端陽——林宗潔（竹
軒）——李鍾秀（號白齋）——林載贄。李贄祖父竹軒是否姓林，因
材料缺乏，無法直接證明。但父白齋姓李，李贄姓林，都有材料可以
證明。泉州《燕支蘇氏族譜》卷十《封君艾齋蘇先生傳》：「（公）嘗

稟受學於李白齋，公（指李白齋）器之，字以女，是為李孺人，即世所稱李卓吾之妹也。」李光縉《景璧集‧侍贈艾齋公傳》的記載同。泉州《清源林李宗譜‧老長房八世祖姑傳》也載：「白齋公有女嫁蘇艾齋……按傳，孺人李姓，父白齋公，世所稱李卓吾先生者其兄也。」李贄原先姓林，已見前引。

李允誠一支為何要隔世複姓，尚不清楚。依《志銘》「允誠公生次子乾學公」一語看，乾學可能是單傳過代（其兄弗嗣），為了保持祖先林姓的香火不使中斷，故又把原先依改姓應姓李的乾學又改姓林。這樣乾學在南安胭脂巷村既有田宅，在泉州故家也有房產，一人而嗣兩姓。其後幾代這種情況或許沒有多大改變，因此，這一支的子孫也就隔世複姓而往來於泉州、南安之間，即姓林的住泉州，姓李的住南安。李贄祖父竹軒住郡城，由《志銘》的記載可知。李贄父白齋姓李，本應住南安，但因他是「郡諸生」，不會種田，且在郡城設館授徒，故仍住泉州。李贄例住泉州，因為他原是姓林的，他後來改姓李，具體原因不詳，可能跟他家早年生活貧困而其叔父李廷桂又艱於兒息有關。李贄小時到過南安三堡胭脂巷章田村，今傳胭脂巷村後畬仔埔有李贄讀書處。這事實或許可以說明李贄為何改姓和死後其神主為何被南安榕橋李氏後人奉入李氏祠堂的原因。

李贄小時，一家「寒膚嗛腹」，而生口又多。蘇懋祺《祭卓吾母舅文》說：「昔我外祖白齋贈公誕男五而吾舅居長，誕女三而吾母居次。」（泉州《燕支蘇氏族譜》卷十四）其家庭生活或許還要靠其子女做些手工雜活或飼畜來幫補，這從明李光縉《侍贈李孺人傳》一文可以看得出來。該《傳》說李贄二妹嫁給蘇存淑為妻，蘇家頗富厚，蘇母即邱中丞養浩之妹，但李贄二妹在蘇家卻「辮髮服浣，且績縫，夜汫澼洸，與諸臧獲雜作，飼豕畜雛必親之。」（泉州《燕支蘇氏族譜》卷十）如果不是早年有紡績的技能和飼豕畜雛的習慣，又何能一到蘇家便能勤奮如此呢？儘管這樣，李贄家仍然要靠居住南安鄉下的

叔父來「饋膳服勞」。李贄也曾說過，他父親不願其子以「能作文詞，博奪人間富若貴」來「救貧賤」（《焚書・卓吾論略》）。由此可知，李贄小時的生活是相當窮困的。他出身於一個身居郡城而「寒膚嗛腹」的塾師的家庭，這是沒有疑問的。認為李贄出身於從事航海事業的商人家庭的說法是沒有根據的。

（二）李贄的本姓

　　這個問題比較複雜，向來有爭論。因為它牽涉到李贄家族林李「同宗」的起源及「分派」的史實問題，而後代修撰的族譜、家譜因種種原因（如史實不詳，或為親者諱等）在這個重要問題上的記載卻含糊籠統。後來林姓、李姓二派爭論不休，實與此有關。下面我們擬就現有材料進行探討。

　　李贄的先人對其家族早就作過「同宗分派」的考證。如李廣齊撰《李氏族譜》，就寫過《林李同宗分派世系考》。他在《始祖第一世派分林李》裡說：

> 睦齋公諱閭，字君穌，號睦齋……生二子：長諱駑，字景文，林派；次諱端，字景順，李派。

南安榕橋學前李分刊《族譜源流》在《一世睦齋公派分林李》中也說：

> 睦齋公生二子：長諱駑，號東湖，傳城內林派；次諱端，傳榕橋李派。（光緒己亥年手抄本第十七頁）

以上兩種材料都只籠統地說「林派」、「李派」，甚至未說明睦齋公何姓。只是依「林李同宗」、「派分林李」的說法，稱林在前，稱李在後，我們可以推知睦齋公是姓林的。但睦齋公二子，為何分成長林姓、次李姓二派？而林、李二姓中，何者為本姓，何者為改姓，也都未加說明。這樣敘述「源流」，當然不能解決問題。因為真正的

「源」並未交清，所以爭論向來就存在。籠統說「林李同宗」、「林李分派」（或「分宗」），誰都可接受，但各派理解不同，解釋亦異，大抵說來，「林李同宗」林派說其祖本姓林，李是改從外姓；李派則說其祖本姓李，林是改從外姓，後代由林改李是複姓，是姓氏的回歸。這個問題自明宣德十年（1435）李廣齊在其所修的《李氏族譜》中提出以來已有五百多年的歷史了，至今依舊，可見是個難題。下面擬就各派在本姓問題上的不同觀點分別作些介紹：

「林李同宗」林姓本姓說。以泉州《清源林李宗譜》、泉州《鳳池林李宗譜》為代表。他們認為「林李同宗」的始祖睦齋公姓林，林是本姓，李是後來的改姓。李贄「原姓林」即指本姓是林，「改姓李」是說李是後來的改姓。（參見後）

「林李同宗」李姓本姓說。以修泉州《李氏族譜》的李廣齊為代表。明泉州李氏（指廣齊所屬一支）的先祖，據李廣齊的推考，是唐末自壽州（今安徽壽縣）入閩的李輔官。《李氏源流考第一世》載：

> 公諱輔官，字弘弼，唐武陽懿公大亮之八世孫，光州刺史若翁之仲子。乾符甲午（唐僖宗元年，874）任壽州參軍。光啟元年己巳（885）秦宗權僭亂於蔡州，輔官與王氏來棲於閩之汀漳。越明年，提眾以歸，因循，遂乃息旅於泉。是時，朝綱不振，群盜蜂起，而王氏又王閩，輔官乃解組棄公，遁而不顯。嘗囊琴曳策游於諸山岩宇之間，逍遙吟詠以樂其志。王氏累征，謝病不起，遂家於泉焉。（泉州《李氏族譜》）

李廣齊在《李氏族譜》裡寫了一個「李氏世系圖」，從「第一世始祖弘弼公」起直到「第二十世祖伯諱駕字景文暨父景順公」止。其世系如下：

一世始祖弘弼公

二世　　武復公

三世　　尹慎公
四世　　勛元公
五世　　陽朔公
六世　　仕通公
七世　　徽德公
八世　　知叔公
九世　　孟顗公
十世　　克仁公
十一世　志隆公
十二世　伯殷公
十三世　仲彧公
十四世　孔雍公
十五世　公哲公
十六世　季諒公
十七世　璟安公
十八世　祖考諱衡，字智平公，第十八世祖妣朱氏，第十八世祖
　　　　妣八泰孺人林氏。智平公生四子：長君懷，傳新營派；
　　　　次君達，傳湖頭派；三君偉，傳同安派；四君穌，即我
　　　　睦齋公也，而我從此為一世祖焉。
十九世　睦齋公諱閭，字君穌。……睦齋妣錢氏，諱女官，字懷
　　　　德……。
二十世　祖伯諱鶩，字景文。暨父景順公……（隴西衍派學前傳
　　　　芳泉南榕橋祥塘瑞安鄉《李氏家譜》第十六頁）

　　在這個世系圖裡，睦齋公列在第十九世，從李氏世系的排列看，
自然是姓李，李是本姓；但在同書《林李同宗分派世系考》裡他又將
睦齋公列為一世祖，那自然又是承認睦齋公是姓林的始祖。但林是否
改姓呢？他沒有說。而且，既然祖上自始祖一世至第十八世都姓李，
為何到了他祖父睦齋公時卻突然改為姓林？他沒有直接回答這個族譜

中至關重要的問題，而只是在「第十八世祖考衡字智平公，第十八世
祖妣朱氏」之後寫上「祖妣八泰孺人林氏」和「智平公生四子……四
君龢，即我睦齋公也，而我從此為一世祖焉」等一些話，語言比較隱
晦。不知何故。但如果從李廣齊在《林李同宗分派世糸考》裡稱睦齋
公為「始祖第一世派分林李」看，他可能是企圖以「林李同宗分派」
的說法來隱諱祖先改姓的真相的。

　　明白地說出睦齋公姓林是改從外祖的姓的，是其八世孫林奇材。
他寫於萬曆十一年（1583）的《睦齋公壙志》一文，是南安榕橋李贄
的第十三世裔孫李遠芳同志（現在南安縣工作）最近提供給我的。該
文對其一世祖睦齋公由李改林的事實和原因以及其後代子孫中一部分
由林改李的情況都作了簡要的敘述。現節錄如下：

> 睦齋公諱閣，姓林，字君龢，生於元朝致和元年戊辰（1328）
> 二月一日吉時，卒於大明洪武十七年甲子（1384）十二月初一
> 日吉時。睦齋妣錢氏，生於元朝至治元年辛酉（1321）八月初
> 五日吉時，卒於大明洪武九年丙辰（1376）六月十二日。葬在
> 晉江縣三十九都清源山麓土名北山老君祠邊右畔，墓坐癸向丁
> 兼子午。
>
> 生二子：長諱鷟，次諱端。鷟生五子：長諱信，次諱仙保，三
> 諱信生，四諱玉生，五諱福生。端生二子：長諱信與，次諱添
> 與。因信與弗嗣，惟添與永樂二十年（1422）始籍南安三十
> 都，姓李，改名廣齊。時信生從焉。迫宣德（明宣宗年號，
> 1426-1435）、天順（明英宗年號，1457-1464）年間，玉生偕
> 福生二子入南安縣，亦改從李；獨信與、仙保俱居泉城，支屬
> 世仍林姓。而二姓並祖公云。因元季兵餉費多，糧銀推（催）
> 迫，一人焉能特持，又兼幼孤，常在於外媽之家，是以變名而
> 入外媽之林姓。今元朝改紐，而大明中興，誰敢不念其祖而探

其本哉！……（光緒己亥年學前李氏分刊《族譜源流》手抄本
第五頁）

邢部尚書蘇茂相（1557-1630，晉江人）於崇禎三年（1630）春
在其所撰的《陸涼州知州奉政大夫覺石李公墓志銘》中也說：

公諱應先……係出河南固始，唐刺史弘弼公始入泉。其後從外
姓為林。（碑石現藏泉州海外交通博物館）

林奇材生於明武宗正德十六年（1521），卒於明神宗萬曆二十九
年（1601），比李贄大六歲，是李贄的族兄，嘉靖二十五年舉人，三
十九年進士，曾任禮部祠祭司主事、尚寶司司丞、廣西平樂知府。他
說其祖睦齋公「姓林」是「入外媽之林姓」，與李廣齊的說法相合。

但林派不同意「林李同宗」李是本姓的觀點。他們堅持睦齋公本
姓林，而且只承認睦齋公是林李二姓的共同始祖，而不承認李廣齊在
「李氏世糸圖」裡所列的睦齋公以上十八世的先祖。泉州《清源林李
宗譜‧祖德傳‧始祖處士睦齋林公傳》的傳論說：

夫公本閭巷一布衣耳，先緒渺不可知。

林奇才在《睦齋公壙志》中也說過類似的話：

且元季海內鼎沸，巨族遷竄靡定宇，所在兵燹，譜牘鮮存，故
公（按指睦齋公）之先代苗裔未易稽核。

泉州《清源林李宗譜‧老長房二世祖東湖林公傳》的傳論又進一步說：

叔祖（指李廣齊）作譜，強敘始祖（按，此指睦齋公）以上之
十八世。

泉州《鳳池林李宗譜‧老二房二世叔祖直齋林公傳》的傳論也說：

出（林高出自稱）以為復齋公（即李廣齊）之始避居武榮，複
姓李姓也，良亦有其見，但欲粉飾於一時之耳，則不得不別托
夫遠系。

這裡說的「先緒渺不可知」、「未易稽核」、「別托夫遠系」，都是從根
本上否定了李廣齊在《李氏族譜》中所列的「李氏世系圖」，當然也
不承認睦齋公是由李改從外媽的林姓的。不僅如此，他們對睦齋公的
來歷也與《李氏族譜》的說法完全不同。如林奇材《志銘》說：

始祖君穌公，元季入閩，居郡城，以林著姓。

泉州《清源林李宗譜》說：

始祖諱閭，字君穌，號睦齋公，原籍汝寧府光州固始人。（光
緒抄本殘頁）

這都是說睦齋公是自元末才從河南光州固始入閩居泉的新戶，根本不
是自唐末入閩居泉的李輔官的後代。林奇材在《睦齋公壙志》中曾用
明確的語言說其始祖睦齋公是「變名而入外媽之林姓」，但後來他在
給其他族人寫志銘時，語氣就含糊隱晦多了。如他在萬曆二十四年
（1596）撰《明故鄉飲賓善壽李蓮塘公墓志銘》時是這樣寫的：

李氏家乘撰述於復齋公，以係出唐武陽李大亮公八世孫弘弼
公，後即不復隸於林矣。惟是元季入閩之祖睦齋公諱閭，故以
林著姓。（碑石現藏泉州市海外交通博物館）

對於「林李分宗」，泉州《清源林李宗譜·曆年表》認為是始於
李廣齊，而非始於睦齋公。引見前，此不重複。

上面我們對李贄的本姓問題作了一些初步的探討。這個問題早就
是歷史的懸案了。明李光縉（1549-1622）在其所著《景璧集》卷九

《登瀛林氏祠堂記》中曾說：「林之先，自睦齋公生二子，長東湖公，次直齋公。東湖公之子通衢公居郡城之登瀛里，以林為姓。直齋公之子某，改籍南安，始姓李。其後東湖公一派，亦有從李姓者，世所稱李卓吾先生是也……仍林姓者譏李，李姓者譏林，誕信相非，世遠事湮，莫從考據。然昭穆不紊，祭祀僉同。姓分而族不分，此乃薦紳家一大奇事云。」

（三）李贄先世的宗教信仰和李贄的民族屬性

李贄的二世祖林駑於洪武年間奉命航海到忽魯謨斯，娶色目人，信奉回教，受戒於清淨寺，號為順天之民。這是林駑一派子孫信奉回教的開端。泉州《李氏族譜》在《二十世祖》條下說：

> 祖伯諱駑，字景文，長子。航吳泛越為泉巨商。洪武丙辰九年（1376）奉命發舶西洋。娶色目人。遂習其俗，終身不革。今子孫蕃衍，猶不去其異教。

這是說李贄第二世祖始信奉回教。泉州《清源林李宗譜・老長房二世祖東湖林公傳》載：

> 公諱駑……洪武十七年（1384），奉命發航西洋忽魯謨斯。等（當是奉或從字之誤）教不一，為事不諧，行年三十（1375），遂從其教，受戒於清淨寺教門，號順天之民。就娶色目婢女，歸於家。卒年四十六。吾宗七世以上，猶葬用木椁，其祖諧此乎？然而肇分林李之派，其際亦開於此矣。

這是說林閭子孫自二世以下七世以上都信奉回教。李贄是林閭的第八世孫，但他並不信奉回教。惠安白奇《郭氏族譜・適回辨》說：

> 清真寺……非華夏之教也。而自元明之鄉賢論之，金諱時舒先

生，丁諱自申先生，夏諱秦先生，林諱鉞先生，林諱奇材先
生，李諱贄先生，林諱炖先生，雖父祖皆回，及諸先生發明聖
道，昭賢哲於春秋，報馨香於俎豆，則可知吾儒之所學。

這裡說「林諱奇材先生，李諱贄先生，林諱炖先生，雖父祖皆回」，
可知在老長房林駑的子孫中，林仙寶（號通衢）一支和李允誠一支，
自「七世以上」皆信奉回教，但林奇材和李贄皆不信回教。林贄自幼
不信仙釋，年四十以後，大病欲衰，又因所生四男三女，僅存一女，
惟此一件人生大事未能曉然，這才深信佛道，晚年又因慣於被目為
「異端」，遂爾落髮為僧，但並「非謂真實應如此也」（《焚書·答曾
繼泉》）。

　　近幾年來，有人根據李贄的二世祖林駑娶色目人信奉回教事，斷
定李贄是回族人。如《辭海》（修訂本）即主此說。近年來一些報刊
的人物介紹也有主此說的。一九七六年十一月由寧夏人民出版社編輯
出版的「回族歷史人物故事叢書」中禹克坤編寫的《李贄》，把李贄
歸入「明代的回族思想家」，說他出身於「回族世家」，書中寫道：
「一三七六年（明洪武九年），林駑受朝廷派遣，渡海經商，到達伊
朗的古代港口忽魯謨斯。……他走進清真寺，虔誠地禮拜，成為伊斯
蘭教徒。……還娶了當地一位穆斯林貧民的姑娘作為妻子。他帶著妻
子回到祖國。」（該書第一至二頁）其結論是：「單就考察李贄的族屬
來看，無論李贄是姓林還是姓李，無論他是林允誠的後代還是林仙保
的後代，也都是二世祖林駑的直系子孫。然而恰恰是從林駑開始，林
家信奉伊斯蘭教，並且子孫蕃衍，猶不去其異教，因而，李贄的回族
族籍是十分肯定的。」（該書第五頁）

　　我們認為，斷定一個人或一個家族的民族屬性主要應根據血統關
係，而不能依據其宗教信仰。請看《歷年表·生卒欄》的記載：

　　順聖丁亥（元惠宗至正七年，1347）十一月二十二日申時，二

世長房東湖公生。娶吳氏。夷妣、庶妣並失記。時睦齋公二
十歲。順聖己丑（九年，1349）九月十八日，長房二世祖姚吳
氏生。

這材料說明，林駑先後娶了三個妻子，依為吳氏、夷妣、庶妣，現知
娶夷妣的時間是洪武九年，那年林駑三十歲，那麼在這之前，林駑已
娶了一個吳氏為妻了，其後又娶了一個庶妣為妾。林駑共生五子，即
信、仙保、信生（允誠）、玉生（廷贄）、福生。現家譜失傳，族譜又
失記，誰能就此斷定仙保、信生就是夷妣所生的，而李贄就是夷妣所
生的那個男子的後代呢？退一步說，假如李贄就是那個夷妣所生的那
個男子的後代，充其量也只能說李贄的血液裡奔流著回族人的血液，
也不能說李贄就是回族人。族籍問題與血統有關。異族通婚，其子女
的民族族籍，在今天可以由子女自由選擇。但在古代中國，一個漢族
男子與一個異族女子通婚，其所生的子女的民族族籍，照例要依其父
為漢人。這就是李廣齊在其所撰的《垂戒論》一文中所著重申明的傳
統觀點：「夷狄入中國則中國之，中國入夷狄則夷狄之。」（《李氏族
譜》）有人可能會說，惠安白奇《郭氏族譜・適回辨》裡不是明明白
白地說「林諱奇材先生，李諱贄先生……父祖皆回」嗎？我們認為，
這裡所說的「父祖皆回」，是指其父母都信奉回教，都是回教徒，並
不是說其父祖都是回族人。因此，李贄的回族族籍，似乎還不能遽定。

三　李贄著作及評點、輯選諸書目錄

李贄一生著作甚富，明、清兩代雖屢遭焚禁，但流傳下來的仍近
百種。這是研究李贄思想及其所處時代的重要資料。現分類開列如下：

（一）著作類

書答、雜述類

1 《李氏禁書》六卷　李贄著

　　明萬曆十八年（1590）亭州（麻城）刊刻本；萬曆二十八年（1600）蘇州陳證聖序刊本（福建師範大學有藏本，下簡稱福建師大藏）；明天啟間吳興閔氏朱墨套印本（福建省圖書館藏，下簡稱福圖藏）；清光緒三十四年（1908）上海國學保存會《國粹叢書》第一輯排印本（福圖藏）；清宣統間陝西教育圖書社排印本；民國二十五年（1936）三月上海雜誌公司印張氏貝葉山房《中國文學珍藏本叢書》第一輯排印本（福建師大、北京圖書館、廈門大學、泉州市圖書館有藏本，後三者下簡稱圖藏、廈大藏、泉圖藏）；一九六一年三月中華書局排印本；一九七四年四月中華書局線裝本；一九七五年一月中華書局《焚書》、《續焚書》合訂本。按，明翻刻本一作《李氏焚餘》。

2 《李卓吾先生遺書》二卷，附錄一卷　李贄撰

　　明萬曆四十年（1612）陳大來（邦泰）刊本（福建省博物館有藏本）。內上卷收書答，下卷收雜述和詩。附錄收哀悼李贄的詩文、袁中道的《李溫陵傳》及馬經綸為援救李贄而寫給當道和其他有關官員的信。一名《李氏遺書》。

3 《李氏續焚書》五卷　李贄著　（明）汪本鈳輯

　　明萬曆四十六年（1618）新安海陽汪氏虹玉齋刻本。一九五九年十二月、一九六一年中華書局排印本；一九七四年四月中華書局線裝本；一九七五年一月中華書局《焚書》、《續焚書》合訂本。

4 《李氏說書》六卷　李贄撰

　　萬曆十八年刊於麻城，共四十四篇，已佚。萬曆四十六年（1618），有新安海陽汪氏（汪本鈳）虹玉齋刻本。萬曆間又有王宇刊本。收入明李維楨（本寧）刪訂、顧大韶參訂的《李氏六書》中的

第六卷，明顧大韶校刊本《李溫陵集》二十卷中的第十九卷和明信著齋刻本《李氏全書》十九卷中的第一至第十卷。今所傳《李氏說書》是一部偽書。其中大部分抄自明莆田林兆恩《林子三教正宗》的《四書正義》和其他篇，有一部分抄自王守仁的《傳習錄》，另有六篇見李贄的《焚書》、《藏書》。《說書》的卷數，各書記載不一。《清代禁書知見錄》作六卷，《福建通志·藝文志》作九卷，《泉州府志》作八卷或九卷，收在《李氏全書》經部的作十卷，《李氏六書》只有一卷，而《姚安縣志·人物志·李贄傳》卻作六十八卷。請參看萬曆十八年譜文詩文編年的說明。

5 《易因》　李贄著

明萬曆二十八年南京陳邦泰刻本（湖北省圖書館藏，北京大學圖書館藏，下簡稱北大藏），據原經分為兩部分，無卷數。萬曆三十五年張國祥刻《續道藏》本，名《李氏易因》，刪去原書卷首《易因小序》、《讀易要語》二文，上下經各分三卷，凡六卷。此書訛誤脫漏之處甚多，須細加校訂，方可研讀。另有中國科學院社科所圖書館藏舊抄本《易因》，不分卷。

6 《九正易因》四卷　李贄著

朱彝尊《經義考》、徐乾學《傳是樓書目》、吳焯《繡谷亭熏習錄經部》（見《松鄰叢書》乙篇）、《明史·藝文志》均著錄《九正易因》四卷，惟《四庫全書總目·經部·易類存目》載《九正易因提要》一篇，謂「無卷數」。今中國科學院社科所圖書館所藏的抄本《九正易因》二卷，清康熙年間巢可托（滿洲正旗人官刑部尚書）印行本，分訂八冊，為上下卷，是目前國內僅存的孤本、珍本。

7 《陽明先生年譜》二卷　李贄著

明萬曆三十七年（1609）武林繼錦堂刊本；清道光六年（1826）重刊本。（福建師大藏）

8　《李氏六書》六卷　李贄撰　　（明）李維楨刪訂、顧大韶參訂

　　明萬曆四十五年（1617）痂嗜軒刊本。內有：第一卷《歷朝藏書》（即《藏書》），第二卷《皇朝藏書》（即《續藏書》），《名公初潭》（即《初潭集》）附，第三卷《焚書・書答》，第四卷《焚書・雜說》，第五卷《叢書匯》，第六卷《說書》。除第五種外，每種卷首，都有顧大韶的刪定小記。（北大藏）

9　《李溫陵集》（又名《李氏文集》）二十卷　李贄撰

　　明海虞顧大韶校刊本六冊（北大藏）。明姑熟陳文刻本（北圖藏）。《福建通志・藝文志・李溫陵集》說，該書的內容：「一卷至十三卷為書答、雜述，即《焚書》也；十四卷至十七卷為讀史，即摘錄《藏書》史論也；十八、十九二卷為道原錄，即《說書》也；第二十卷則以所為之詩終焉。」

　　泉州蘇大山《紅蘭館藏書目》有《溫陵李氏文集》十八卷，明刻本。

10　《李氏全書》十九卷　李贄撰

　　明信著齋刻本，附（明・潘曾紘《李溫陵外紀》五卷（上海圖書館、四川圖書館藏）。湯顯祖撰《李氏全書總序》，內有《說書》十卷，《焚書》四卷，《續焚書》五卷。

11　《李氏遺書》九卷　李贄撰、選

　　約明天啟間刊本。內有：《釋子須知》一卷，《曹氏一門》二卷，《明詩選》二卷，《淨土決》一卷，《道古錄》二卷。

12　《李氏叢書》十一種二十四卷　李贄撰、選

　　明崇禎間燕超堂刊本，又名《卓吾先生李氏叢書》。內有：《道古錄》二卷，《心經提綱》一卷，《觀音問》一卷，《老子解》二卷，《莊子解》二卷，《孫子參同》三卷，《墨子批選》四卷，《因果錄》三卷，《淨土訣》一卷，《闇然錄最》四卷，《三教品》一卷。（北大藏）

13　《李卓吾尺牘全稿》　李贄著　（民國）王英編校

　　　一九三五年四月上海南強書局排印本（附錄李卓吾詩全稿及雜述九篇）（廈大藏、泉州博物館藏）

14　《李卓吾時用通俗雲箋》

　　　舊刊本。

15　《李卓吾詩集》　李贄撰

　　　世界文庫第七冊（福建師大藏）。

16　《卓吾詩篇》　李贄撰　（民國）晉江蘇大山選輯

　　　紅蘭館小叢書抄本（泉圖藏）

存目類

1　《老農老圃論》

　　　李贄十二歲時所寫。已佚。目見《焚書》卷三《卓吾論略》。

2　《湖上語錄》

　　　無念輯錄。目見《續焚書》卷一《與焦從吾》。

3　《老人行》二冊　李贄撰

　　　萬曆二十六年結集。《續焚書》卷二《老人行敘》：「今幸偕弱侯聯舟南邁，舟中無事……括囊底，復得遺草，匯為二冊，而題曰《老人行》。」

4　《坡公年譜》並《後錄》三卷　李贄撰

　　　約成書於萬曆二十六年。《老人行敘》：「又有《坡公年譜》並《後錄》，陳正甫約以七八月餘到金陵來索。」（見同上）今《坡仙集》卷十六收有五羊王宗稷編《東坡年譜》，《年譜後錄》則有目無文。

5　《卓吾大德》

　　　《姚安縣志・人物傳・李贄傳》及張問達疏劾李贄的疏文，均載有此書，不列卷數。按，疑即為《高尚冊》。待考。

6　《初談集》二十八卷　李贄著

　　《福建通志·藝文志》有存目，列入小說家類雜事。按，疑即《初潭集》。

7　《姑妄編》七卷　李贄著

　　《福建通志·藝文志》有存目，列入小說家類雜事。又見清黃虞稷《千頃堂書目》。

8　《業報案》二卷　李贄著

　　《福建通志·藝文志》有存目，列入小說家類異聞。又見清黃虞稷《千頃堂書目》。

9　《禪談》一卷　李贄著

　　《福建通志·藝文志》有存目，列入釋家類。又見清黃虞稷《千頃堂書目》。

10　《李氏春秋》　李贄著

　　焦竑《老子翼》、潘士藻《書洗夫人傳後》均引過此書目。疑即《李氏藏書》的別稱。

11　《史閣萬年》　李贄著

　　《福建通志·藝文志》有存目，列為雜史類。乾隆《泉州府志·藝文志》作《吏閣萬年》，誤。按，《續焚書》卷二有《史閣敘述》，殆即李贄為該書所寫的序。

12　《維摩庵創建始末》　李贄撰

　　目見《焚書》卷三《豫約·早晚守塔》。

13　《三嘆餘音》　李贄撰

　　目見《續焚書》卷三《窮途說》。

14　《古文法眼》四卷　李贄撰

　　乾隆《泉州府志·藝文志》有存目。

15　《壽張縣令黑旋風集》

　　李贄讀《水滸傳》時所手訂的黑旋風李逵事跡。引自懷林《批評

〈水滸傳〉述語》，見《李卓吾批評水滸傳》卷首。

16　《清風史》

　　李贄讀《水滸傳》時「手自刪削而成文者，與原文本《水滸傳》絕不同矣」。引自懷林《批評〈水滸傳〉述語》。

（二）批評類

「四書」評

1　《四書評》十九卷　李贄著

　　明萬曆間刊本。內有：《大學》一卷，《中庸》一卷，《論語》十卷，《孟子》七卷。（福建師大藏）一九七五年五月上海人民出版社出版。

2　《道古錄》二卷　李贄著　　（明）劉用相、劉用健合輯

　　明萬曆二十四年劉東星序，萬卷樓刊本。曾收入《李卓吾遺書》中，又收入顧大韶《李氏文集》中。一名《明燈道古錄》。本書對《大學》、《中庸》進行評論，共四十二章。

史評

1　霞漪閣校訂《史綱評要》三十六卷　溫陵卓吾李贄評纂　　（明）新都寧野吳從先參訂[8]武林仙郎何偉然校閱

8　《史綱評要》是李贄纂評的。吳從先《史綱評要序》：「稿得於吳門道學家。」並說：「予所疑，疑所藏者，必不疑卓吾。」為何不疑卓吾呢？據說是因為「若其凌轢無狀，信非卓吾不為，非卓吾不能矣。」（《史綱評要》卷首）今泉州市文物管理委員會和上海圖書館所收藏的萬曆四十一年癸丑霞漪閣所刻的《史綱評要》一書，沒有李贄的序文，李贄及其友人也未提過李贄纂評過《史綱評要》。第一，清康熙年間《麻城縣志》卷十《耆舊·流寓》載：李贄五十多歲棄官後，「講學至麻城，喜龍湖風景，止焉。……其在龍湖所輯書，曰《初潭》、《史綱》、《藏書》、《焚書》、《因果錄》等。」這是李贄確曾寫並談過《史綱評要》的一個證據。
其次，李贄在書中自述他評過朱熹的一部史學著作，這是李贄纂評過《史綱評要》

　　明萬曆四十一年癸丑（1613）吳氏霞漪閣刊本；明萬曆四十二年甲寅（1614）茂勤堂翻刻本；一九七四年十一月中華書局排印本。

2　《李氏藏書》（一名《藏書》）六十八卷　李贄撰

　　明萬曆二十七年金陵刊本（北圖藏）；萬曆二十九年金陵刊本（福建師大藏）；又明翻刊本，原題遺史（福圖藏）；明天啟元年（1621）古吳陳仁錫評刊本，有序（廈門市圖書館有藏本，下簡稱廈圖藏）；又建陽書坊刊本；一九五一年五月、一九五九年五月、一九六二年六月、一九七四年七月中華書局排印本。

的直接證明。據史文載：「宋孝宗乾道八年，朱熹《資治通鑑綱目》成，卓老有全評，頗得朱文公言外之意。」（《史綱評要》卷三十四《南宋紀》）（見中華書局，一九七四年八月，第一版，下冊，第九七二頁）

再次，書中有不少評語帶有閩南方言的語言元素。陳泗東寫有《《史綱評要》基本上是李贄所纂評》一文，刊登在《泉州文物》一九八一年第五期。文中指出書中帶有閩南方言的語言色素，如「著，著，妙！」「著了，暢不暢」、「討死」、「然汪黃亦太橫了」等方面來進行論證，本人也有同感，再補充幾例，如「通，通」，「真，真」，「暢」，「妙，慘！」「通都」。

吳從先在《史綱評要序》中，坦言他對《史綱評要》作過「參評」，是「為卓吾卒業」。這說法值得懷疑。其一，李贄對史文的編纂和評點，是通過眉批、夾批，段後評和對史文的圈、點，抹等方法來表達他對歷史人物和歷史事件的看法。而吳從先的考評究竟是用何種方式來表達，他並沒有說明，而書上也沒有表現出來，讀者無從辨知。其二，他不敢明白說出《史綱評要》稿子的來源，只是含糊其詞地說「稿得於吳門道學家」。這「吳門」是指江蘇吳縣，還是用姓氏來稱代人名，不得而知。從李贄的行蹤，我查同治《黃安縣志》載：「洞龍書院，距城十一里，在似馬山麓，處士吳公少虞心學講學於此。……溫陵李贄在天窩所著書亦半成於此。」吳從先在說了「稿得於吳門道學家」後，特別強調指出「予所疑，疑所藏者，決不疑卓吾」，此處他實際是講出了《史綱》的真正主人，算是良心不泯，值得讚揚。不過，《同治黃安縣志》中所說的「吳公少虞心學」到底何者是本名何者是字還必須進一步弄清。其後我查《黃州府志》卷十九《儒林志》，云：「吳心學，字少虞，家世業農，一意孔孟之學，隱似馬山中，……教人以上達為宗。居山中凡二十年矣。學者以洞龍稱之。」至此，《史綱評要》作者是誰已弄清楚了。而從吳所說的「稿得於吳門道學家」一語，可知《史綱評要》，一書寫成於萬曆十四年丙戌，其後隨李贄行蹤的變化，此書又帶到麻城的維摩庵和龍湖芝佛院，放在自己的書室任人觀看，故康熙《麻城縣志》卷十《流寓傳》，有輯有《史綱》等的記載。

3　《李氏續藏書》（又名《續藏書》）二十七卷　　李贄撰

　　明萬曆三十九年（1611）王維儼金陵刊本（北圖藏、福建師大藏）；明汪修能校刊本，有序（廈大藏）；明柴應槐重刊本；明天啟三年（1623）陳仁錫評刊本（北京師範大學藏，下簡稱北師大藏）；一九五九年十月，一九六〇年三月、一九七四年七月、一九七四年八月中華書局排印本。

4　《初潭集》三十卷　　李贄撰

　　明萬曆間刊本八冊（北圖、北師大、廈大藏）；明崇禎間武林王克安重訂刊本十二卷（北圖藏、中國人民大學藏）；一九七四年十二月中華書局排印本三十卷。

5　《柞林紀譚》一卷　　李贄著

　　收入明吳興潘曾紘輯《李溫陵外紀》。明萬曆清響富刻本。中國國家圖書館藏，福建師範大學圖書館有抄本。

6　《李卓吾批點皇明通紀》　　（明）陳建輯著　　李贄批點

　　又名《皇明從信錄》。明蘇州閶門刊本；日本元祿九年丙子（1679）十二月京林久兵衛刊本；日刊本又作《新鍥李卓吾先生增補批點皇明正續合併通紀統宗》十三卷。又名《新鐫李卓吾先增補批點皇明正續合併通紀統餘》、明刊本（北師大藏）。

諸子評

1　《老子解》二卷、《莊子內篇解》二卷　　李贄著

　　明刊本（北圖藏）；明刊本《解老》二卷，收入焦竑《老子翼》；明刊本《莊子內篇解》二卷，收入《李卓吾遺書》。

2　《李卓吾先生批點道餘錄》一卷　　（明）姚廣孝撰　　李贄批點

　　明萬曆四十七年（1619）海虞錢謙益刊本（杭州市文物清理小組藏本）。（福建師大有抄本）。

3　《心經提綱》一卷　　李贄著

　　秘笈本；又收入《李卓吾遺書》中。

4 《淨土決》四卷　李贄著

　　明萬曆二十五年朱枋刊本；萬曆二十七年海陽朱居士顥重刻本。
又收入《李卓吾遺書》中。按，書名一作《淨土訣》。

5 《孫子參同》四卷　李贄輯評　（明）王世貞、袁黃批注

　　明萬曆四十八年（1620）吳興閔氏松筠館朱墨刊本。《福建通
志·藝文志》作三卷，今存本《李卓吾遺書·孫子參同》也是三卷。
北圖藏《七子參同》中收有該書。

集類評

1 《李卓吾先生批選晁賈奏疏》二卷　　（漢）姚錯、賈誼撰　　（明）
　 李贄輯批

　　明刊本（北圖藏）。

2 《李卓吾批點曹氏一門》　　（魏）曹操等撰　　（明）李贄批點

　　明刊本三冊（北師大藏）。

3 《李卓吾批點世說新語補》二十卷　　（宋）劉義慶著　　（明）何良
　 俊增補　李贄批點

　　明萬曆十四年陳文燭刊本（福建師大、清華大學有藏本〔下簡稱
清華藏〕）；明書林余玭儒刊本；明葉滋堂校跋，王汝存刻本（福圖
藏）。

4 《李卓吾先生合選陶王集》四卷　　（晉）陶淵明、（唐）王維著
　 （明）李贄批選

　　明萬曆四十三年乙卯（1615）刊本。內有：《李卓吾批選陶淵明
集》二卷，《李卓吾批選王摩詰集》二卷。《泉州府志·藝文志》作
《評選陶詩》二卷、《評選王摩詰詩集》三卷。

5 《坡仙集》十六卷　　（宋）蘇軾著　　（明）李贄選批

　　明萬曆二十八年繼志齋焦竑刊本（北圖、福建師大、廈大藏）。
《泉州府志·藝文志》作十卷。一作《選批坡仙集》。

6　《評選三異人集》二十卷、附錄四卷　　（明）方孝孺、于謙、楊繼
　　盛撰　　（明）俞允諧輯　李贄評

　　　　明俞氏求古堂刊本（北大藏）。內有：《方正學文集》十一卷；
《于節闇奏疏》四卷、《文集》一卷、《詩集》一卷；《楊椒山奏疏》
一卷、《詩集》一卷、《文集》一卷。附錄四卷：《方正學傳狀》一
卷、《于節闇傳狀》一卷、《楊椒山自著年譜》一卷、《傳狀》一卷。
《泉州府志・藝文志》有存目《皇明三異人錄》四卷，可能是上書的
附錄。

　　　　又有《三異人文集》二十五卷，明刊本（北大藏）。內有：《李卓
吾評選方正學文集》十一卷，《李卓吾批選楊椒山集》四卷，《李卓吾
評于節闇奏疏》四卷、《文集》一卷、《詩集》三卷；《附錄》一卷、
《補遺》一卷（見《中國叢書綜錄》）。《四庫全書總目》作二十二卷。

7　《趙文肅公集》四卷　　（明）趙貞吉撰　李贄選評

　　　　明萬曆間刊本。一作《評選趙文肅公集》。

8　《李卓吾先生讀升庵集》（即《讀升庵集》）二十卷　　（明）楊慎撰
　　李贄評選

　　　　明萬曆二十八年繼志齋刊本（北大、福建師大藏）。《四庫全書存
目》云：「殆係萬曆間坊人假李氏之名所刻以射利耳。有杭州王氏九
峰舊廬存書之章。」按，此說未深考其實，不可信。請參看本書譜文
的說明。

9　《張文忠公奏對稿》四卷　　（明）張居正撰　李贄評選

　　　　約明天啟間刊本（北圖藏）。一名《評選張文忠公奏對稿》。

10　《李卓吾批評三大家文集》二十八卷　　（明）楊慎、趙貞吉、張居
　　正撰　　（明）葉敬池輯　李贄評

　　　　明萬曆葉敬池書種堂刊本（北圖藏、上圖藏）。內有：《李卓吾先生
讀升庵集》二十卷、《趙文肅公集》四卷、《張文忠公奏疏抄》四卷。

11《卓吾先生批評龍溪王先生語錄抄》八卷　（明）王畿撰　李贄評
　　明萬曆間新安吳可期刻本。

12　《國朝名公書啟狐白》六卷　（明）湯賓尹選　（明）丘兆麟釋
　　李贄批評
　　　明余文杰刊本。

小說批點

1　《李卓吾先生批評西游記》一百回　（明）吳承恩著　李贄批評
　　　（明）君裕劉刻，旌德郭卓然鐫。（明）詞曲家袁申駕亭題詞。
中國歷史博物館、河南省圖書館藏。日本內閣文庫藏本。一九八二年
六月中州書社出版珍本明刻袁幔亭本一百回，插圖二百幅，分上下兩
函，十六開線裝（布套）。（《今昔談》第二期有古丁《明刻李卓吾評
本〈西游記〉簡介》一文，可參看。）
　　　明刊大字附圖本；明金陵大業堂刊本。

2　《新刻京本列國志傳》八卷　（明）余郡魚撰　李贄評點
　　　清文錦堂刊本（北圖藏第一至六卷）。

3　《批評繡榻野史》四卷　（明）呂天成撰　李贄批評
　　　明萬曆刊本。

戲曲評點

1　《李卓吾先生批點西廂記真本》二卷、附錄三卷　（元）王德信
　　（字實甫）、關漢卿撰　李贄批點
　　　明崇禎十三年（1640）（西陵）天章閣刻本二卷、附錄三卷（北
圖藏）。

　　　《李卓吾先生批點北西廂記》二卷　（元）王實甫撰　（元）關
　　漢卿續　李贄評

　　明萬曆三十八年（1610）虎林（今杭州）容與堂刊本。插畫由無瑕臨摹，黃應光鐫，絳雪道人題款。

　　《元本出相北西廂》二卷　李贄、王世貞評

　　萬曆三十八年（1610）曹以杜起鳳館刊本。自王耕仿唐寅《鶯鶯遺照》（黃一楷鐫）。一九八二年日本京都思文閣影印出版，有日本漢藏家神田喜一郎所寫的序文。神田喜一郎藏本的曲文、版式、字體、行款與起鳳館本悉同，但沒有序、考、凡例、眉評、附錄之類，而書前卻有釋義、字音，這是任何古典戲曲刊本從來沒有的體例。（蔣星煜《日本新刊〈中國戲曲善本三種〉》，見一九八三年三月二十二日《光明日報》）

　　《三先生合評元本北西廂》五卷　　（明）湯顯祖、李贄、徐渭評

　　明崇禎間固陵孔氏匯錦堂刊本。

2　《李卓吾先生批評幽閨記》（《幽閨記》又名《拜月亭》）二卷（元）施惠撰　　（明）李贄評　　（明）羅懋登注釋

　　明萬曆間容與堂刊本；明《古本戲曲叢刊》初集本（福建師大、廈大藏）；一九五五年上海商務印書館影印本。

3　《李卓吾先生批評琵琶記》二卷　　（元）高明撰　　（明）李贄評

　　明萬曆間虎林容與堂刊本（北圖藏）；明《古本戲曲叢刊》初集本（福建師大、廈大藏）；一九五五年上海商務印書館影印本。

4　《李卓吾先生批評玉合記》二卷　　（明）梅鼎祚撰　李贄評

　　明萬曆間容與堂刊本二冊（北圖、福建師大藏）；明《古本戲曲叢刊》初集本（福圖、廈大藏）；一九五五年上海商務印書館影印本。

5　《李卓吾先生批評紅拂記》二卷　　（明）張鳳翼（字伯起）撰　李贄評

　　明萬曆間容與堂刊本二冊（北圖藏）；明書林游敬泉刊附圖本。

　　徐復祚《三家村老曲談》：「近見方刻李卓吾批點《紅拂》，大要謂，紅拂婦人耳，而能物色英雄塵埃中。是贊《虬髯傳》中紅拂耳，亦未嘗贊張伯起《紅拂》也。知音之難如此。」（轉引自《新曲苑》第七種）

6　《李卓吾先生批評玉簪記》二卷　　（明）高濂撰　李贄評
　　明萬曆間青藜館刊本。

7　《李卓吾先生批評古本荊釵記》二卷　　（明）朱權撰　李贄評
　　明刊本四冊（北圖藏）。

8　《李卓吾先生批評浣紗記》二卷　　（明）梁辰魚撰　李贄評
　　明末刊本（北圖藏）。

9　《李卓吾先生批評錦箋記》二卷　　（明）周履靖撰　李贄評
　　明刊本二冊（北圖藏）。

10　《李卓吾先生批評金印記》二卷　　（明）蘇復之撰　李贄評
　　明萬曆間刊本。

（三）輯選、批選類

1　《墨子》十五卷　李贄選　（明）郎兆玉評
　　明天啟間武林堂策檻刊本（北圖藏）。

2　《老子解》三卷　（宋）蘇轍撰　（明）李贄選輯
　　萬曆九年刊本。

3　《于節闇集》　（明）于謙撰　李贄編
　　明刊本（北大藏）。

4　《陽明先生道學鈔》八卷　（明）王守仁撰　李贄選
　　明萬曆三十七年（1609）武林繼錦堂刊本（北圖藏）；清道光六年（1826）重刊本。

5　《龍溪王先生文錄鈔》九卷　（明）王畿撰　李贄編選並圈點

明萬曆二十七年山陰何繼高刊本（北大藏）。

6　《續皇明詩選》二卷　李贄輯

　　日本正德五年（1715）平安錦山堂刊本。

7　《魏仲雪曾補李卓吾名文捷錄》六卷　李贄輯　（明）魏浣初增補

　　明萬曆四十年（1612）書林余應興刻本。

8　《見聞雅集外史類編》八卷　李贄匯選

　　明金陵張氏少吾主人刻本。

9　《華嚴合論簡要》四卷　（唐）李通玄合論　（明）李贄簡要

　　明天啟間吳興董氏刊本。

10　《言善篇》（一作《卓吾老子三教妙述》，《三教鈔述》）四集　李
　贄輯

　　明萬曆四十六年（1618）宛陵劉遜之刊本。福建省圖書館有元、
利二集，享、貞二集缺。

11　《李氏因果錄》（名《因果錄》）三卷　李贄輯

　　明刊本。《福建通志·藝文志》列入小說家類雜事。

12　《古德機緣》六卷　李贄批選　（明）卓發之校閱

　　明刊本。

　　按，此書卷首收有李贄《祖師得法因緣序》，大概《古德機緣》
之名是後來改的。

13　《山中一夕話》十二卷　李贄輯　（清）笑笑先生重輯

　　清光緒四年（1878）《申報館叢書續集·說部類》本；一九六五
年王利器輯《歷代笑話集》，錄有十則。

14　《雅笑》三卷　李贄匯輯　（明）古臨天水姜肇昌校訂

　　約明萬曆間刊本三冊（北圖藏、福建師大有明抄本）。姜序云：
「余弱冠游溫陵，得晤李卓吾先生。青山覽勝，白日談奇，諸所著
述，克盈鄴架，獨是編也，先生以為不足傳，余固韜之篋中久矣。」
（《雅笑》卷首）

15　《李氏逸書》十三卷　　李贄輯

　　約明天啟間刊本。有序。

16　《大慧集》　　李贄批選

　　明萬曆間陳大來刊本。焦竑寫有序文《書李長者批選〈大慧集〉》。焦序載《李溫陵外紀》卷三。

17　《選錄睽車志》二卷　　（宋）郭象撰　　李贄選錄

　　《續焚書》卷二有《選錄睽車志敘》。

18　《說弧集》　　李贄輯

　　《續焚書》卷二有《說弧集敘》。

19　《短長》二卷、《國事》二卷　　李贄選

　　明刊本二冊（北大藏）。

（四）存疑類

　　《四書參》（即《四書批點》、《四書眼》）十九卷，明末吳興閔氏朱墨套印本。《泉州府志・藝文志》載有李贄著作存目《四書評眼》十三卷，殆即《四書評》。

　　崔文印認為《四書評》是偽書，是葉畫托名李贄撰述的。崔撰《李贄〈四書評〉真偽辨》，文載一九七九年《文物》第四期。文中說《四書評》的真偽問題，自明周亮工在其《書影》卷一中提出以來沒有分歧，直到十幾年前才有人說是李贄的著作。他認為周亮工說的「當溫陵《焚》、《藏》書盛行時，坊間種種借溫陵之名以行者，如《四書第一評》、《第二評》、《水滸傳》、《琵琶》、《拜月》諸評，皆出文通（姓葉，名畫，無錫人）手」的話是靠得住的。其理由主要有二：一是從《四書評》中能找到葉畫作偽的痕砞。葉畫是東林黨首腦顧憲成的學生，而《四書評》中有些評論與顧憲成的思想「完全一樣」。周亮工和葉畫是同時代人，他關於葉畫的記載，多得自葉的友人侯汝勘。因此關於葉畫的記載，包括葉畫偽托李贄著作的情況，該

是可信的。二是《四書評》以闡發經義為主，它對《論語》、《孟子》的評述，總的思想傾向是讚美的，如稱道它「絕妙文字」，是「千古至言」、「千古隻眼」、「真聖人之言」等，與《焚書》、《藏書》等大相牴牾。而且，也不能把《四書評》說成是「李贄前期的著作」（上海人民出版社《出版說明》）。李贄小時「讀傳注不省，不能契朱夫子深心」，討厭「四書」、「五經」。

1　《大雅堂訂正枕中十書》十卷　李贄輯　　（明）袁宏道校并序、釋如德閱

　　明博極堂刊本（北圖藏）。內有：《精騎錄》、《篔窗筆記》、《賢奕選》、《文字禪》、《異史》、《博識》、《尊重口》、《養生醍醐》、《理譚》、《騷壇千金訣》（北圖藏），扉頁作《袁石公校鐫李卓吾先生枕中十書》。[9]又有《枕中十書》，明刻六卷本。以上十書，除《精騎錄》、《篔窗筆記》外，其餘又收入《李卓吾先生秘書八種》。《文字禪》一卷又收入《快書六種》。

2　《李卓吾先生秘書八種》（又名《大雅堂藏書》）九卷　李贄輯（清）余聞鶴重輯

　　清康熙十二年癸丑（1673）序刊本（上海圖書館、杭州大學圖書

9　傳李贄編《枕中十書》於萬曆三十七年在密雲縣三教寺被發現。袁宏道《枕中十書序》曾談發現的經過。但從據說校訂過此書的冰雪道人如德的《鐫枕中十書序》看，亦甚可疑：（一）據袁序說，當袁在三教寺發現此書時間「是稿何處尋來」，老僧曰是「鄉者溫陵卓吾被逮時寄我物也」。但李贄及其師友從來未曾提及李贄編過此書。（二）袁序說李贄未編成此書而囑他「續而全之」，他續成後即付冰雪道人「閱而訂之」。但冰雪道人在序中卻不說此書曾經袁宏道續編而僅說此「竟為袁中郎所得」。「所得」顯然是否定了袁序「續而全之」的說法。（三）遍查舊版《袁中郎全集》等著作，未見收有袁此序。故袁宏道是否續編過此書並寫過此序也就很可懷疑了。而李贄是否編過此書，不也是同樣值得懷疑的嗎？《枕中十書·理譚》中有一篇《批下學上達語》，見《焚書》卷四，是李贄的作品。今《枕中十書》有《大雅堂訂正枕中十書》十卷，係明博極堂刊本，共十冊，署「明袁宏道校，釋如德閱」，扉頁則作「《袁石公校鐫李卓吾先生枕中十書》」。

館藏）。內有《詩學正宗》一卷、《賢奕選》二卷、《文字禪》一卷、《異史》一卷、《博議》一卷、《重口》一卷、《養生》一卷、《理譚》一卷（中有《批下學上達語》一篇）。此書疑亦偽託，只《批下學上達語》篇是李贄的原作。

3　《荔鏡記》五十四齣

明嘉靖四十五年丙寅（1566）麻沙余氏重刊本，名為《重刊五色潮泉插科增入詩詞北曲勾欄荔鏡記戲文全集》。日本千葉書屋藏本；明萬曆間刊本；英國牛津大學圖書館藏本。

按，余氏重刊本云：「重刊《荔鏡記》戲文有一萬五頁，因前本《荔枝記》字多差訛，曲文減少，今將潮泉二部增入顏臣勾欄詩詞北曲校正重刊。」今本《荔鏡記》當有李贄《荔枝記》的創作成分。請參看譜文的說明。

4　《疑耀》七卷　原題（明）溫陵李贄宏甫著　嶺南張萱孟奇訂

明萬曆三十六年（1608）刊本（北圖藏）；《叢書集成》初編本。

《四庫全書總目提要》定為明張萱撰。容肇祖、馮友蘭均認為是偽書。莫友芝《邵亭知見傳本書目》云：「疑耀七卷，張萱撰，萬曆中萱自刊行。」容有《「疑耀」考辨》。但鄭振鐸、朱謙之卻認為是李贄著作。朱說：「《四庫全書總目》張萱撰，實誤」，但他承認「間有他人之說，偶混其中，應加分別」。《西諦書目・疑耀題跋》云：「按萱所刊書甚多，如《雲笈七籤》、《北雅》等皆不沒作者之名，此書若為萱自著，何故必假名卓吾？此甚可疑也。雖有數則似出萱手，或是其增入之語，未可因此遂沒殺卓吾此一著作也。」

5　《李卓吾先生批評三國志》一百二十回　（元）羅本撰　（明）李贄評

明建陽吳觀明刊本；明末書林（吳郡）藜光樓、槐植堂刻一百二十回刊本（北圖藏有第十二至二十七，第四十四至四十五，第九十四至一百零三回，計存二十八回）；清吳郡寶翰樓刊本一百二十回；清

吳郡緣蔭堂刊本一百二十回；鄭振鐸《西諦書目》載有《李卓吾先生批評三國志》一百二十回，十九冊，是有圖像的清初刻本。

《李卓吾先生評三國志》二十卷，明天德堂刊本；《李卓吾批三國志傳》二十卷，原題烟水散人編次，清初刊本。

陸聯星認為署名李贄評點的《三國志》是偽書。

又有《新鐫校正京本大字音釋圈點三國演義》十二卷　（元）羅本撰　李贄評注　（明）鄭以楨校刊本。

6　《李卓吾先生批評忠義水滸傳》　（元）施耐庵撰　（明）李贄評

《李卓吾先生批評忠義水滸傳》一百回，有明萬曆三十八年（1610）容與堂刊本（日本內閣文庫藏、北圖藏）；清康熙間芥子園刊本；一九六六年、一九七五年中華書局影印容與堂刊本上海版本。

《批點忠義水滸傳》一百二十回，（明）楊定見改編（卷首有楊定見《水滸傳小引》），有明萬曆四十二年袁無涯（名叔度，蘇州人）刊本；明天啟間郁郁堂刊本（北圖藏）及寶翰樓複印本；民國間商務印書館本。以上兩種刊本，明許自昌認為是李贄評點的，但明錢希言、陳繼儒、清周亮工及魯迅先生等都認為是別人偽托的。一九五八年戴望舒在《袁刊〈水滸傳〉之真偽》一文中首次提出袁刊本為真，容與堂本為偽（見戴望舒著、吳曉鈴編《小說戲曲論集》一九五八年版），一九七六年靳岱寫《李贄與〈水滸〉》一文（見《歷史研究》一九七六年第六期），亦主此說。

7　《七子參同》六冊　原題（明）李贄著

清抄本（北圖藏）。內有《黃帝子牙子三略》、《子牙子六韜》、《孫武子》、《吳子》、《尉繚子》、《司馬子》、《李衛公》。朱謙之認為除《孫子參同》外，皆偽書。

8　《龍湖閒話》一卷　李贄撰

清《敬修堂叢書》本（北師大藏有抄本）。《福建通志·藝文志》有存目。

　　（明）蕭士瑋《春浮園別錄》云：「……近日偽書流傳，如《龍湖閒話》、《柞林紀譚》諸刻，真可恨也。」朱謙之也認為是偽書。按，《柞林紀譚》未可輕易否定，說見萬曆十八年譜文。

9　《破愁新話》三卷　李贄編次　（清）笑笑先生增訂、哈哈道士校閱

　　清刊本。

　　　《李贄著作知見目錄》云：「所見殘存三卷，卷端撰名不一，疑是偽刻。」

10　《大隋志傳》四卷（一作二十卷）四十六回　無名氏撰（一作羅貫中撰）　李贄參訂

　　清坊刊本（北圖藏）。又清光緒十四年（1888）書文堂刊本八冊（北師大藏）。

　　　孫楷第云：「『題竟陵鍾惺伯敬編次』、『溫陵李贄卓吾參訂』。卷首載林瀚序，實則割裂褚人獲書前半部為之，而改題名目。」朱謙之也認為是偽書。

11　《鐫李卓吾批點殘唐五代史演義傳》八卷六十回　（元）羅本撰（明）李贄評

　　明刊本；清初刊本（北圖藏）。

　　　朱謙之認為此書是偽書。

12　《薛家將平西傳》八卷　（明）鍾惺編次　李贄參訂

　　明閩坊刊本。

　　　孫楷第云：「此書實則《異說征西演義全傳》，係坊間偽作。」

13　《新鐫全像武穆精忠傳》八卷　李贄評

　　明天德堂刊本；清聚盛堂刊本（北大藏）。

　　　孫楷第云：「封面題《李卓吾評精忠傳》，首冠李春芳序，乃似以《精忠錄》序移置此書，偽刻。」

14　《七十二朝四書人物演義》四十卷

　　明刊本；清光緒間上海十萬卷樓石印本。

　　孫楷第云：「石印本封面題《李卓吾先生秘本》……標目悉摘《四書》成句為之，蓋坊肆所為。」

15　《龍圖公案》十卷　不題撰人　李贄評

　　清翻明刻本（北圖藏）。

　　朱謙之認為此係偽書。

四　李贄為諸書所寫的部分序跋目錄

1　《九正易因自序》

　　見朱彝尊《經義考》卷五十五。

2　《李氏逸書自序》

　　見《李氏逸書》卷首。

3　《龍溪小刻》

　　見顧大韶《李氏文集》卷十《雜述》。

4　《儒林考引》

　　見同上。

5　《三教品序》

　　見同上。

6　《讀易要語》

　　見顧大韶《李氏文集》卷十一。

7　《孫武子始計》

　　見《李氏六書》卷四。

8　《御制普度道場序》

　　見《李氏六書》卷五。

9　《書壽禪師勸修後語》

　　見同上。

10 《六祖師指歸西方說》

見同上。

11 《與關僧如正書》

見同上。

12 《西方名義》

見同上。

13 《念佛真義第一》

見同上。

14 《念佛真義第二》

見同上。

15 《〈初潭集〉序》

見《初潭集》卷首。

16 《〈初潭集〉又序》

見明崇禎刊本《初潭集》卷首。

17 《〈四書評〉序》

見《四書評》卷首。

18 《〈易因〉小序》

見《易因》卷二。

19 《〈道古錄〉引》

見《道古錄》卷首，又見《李氏文集》卷十。

20 《〈淨土決〉前引》

見《淨土決》卷首。

21 《〈因果錄〉序》

見《因果錄》卷首。

22 《〈祖師得法因緣〉序》

見《古德機緣》卷首。

23 《批選〈王摩詰集〉序》

見《李卓吾批選王摩詰集》卷首。

24　《批選〈陶淵明集〉序》

　　見《李卓吾批選陶淵明集》卷首。

25　《〈讀升庵集〉小引》

　　見《讀升庵集》卷首。

26　《陽明先生道學鈔原序》

　　見《陽明先生年譜》卷首。

27　《〈陽明先生年譜〉後語》

　　見《陽明先生年譜》卷後。

28　《〈闇然堂類纂〉引》

　　見《李卓吾遺書》卷十二。按，與《焚書》卷五所收字句有出入。

29　《〈老子解〉序》

　　見《李氏叢書》。

30　《〈墨子批選〉敘》

　　見《墨子批選》卷首。

31　《〈孫子參同〉序》

　　見《孫子參同》卷首。

32　《〈三國志演義〉序》

　　見《李卓吾批評三國志一百二十回》卷首。

33　《〈玉簪記〉序》

　　見《李卓吾先生批點〈玉簪記〉》卷首。

34　《〈浣紗紀〉總評》

　　見《李卓吾先生批點〈浣紗記〉》卷首。

35　《〈金印記〉總評》

　　見《李卓吾先生批點〈金印記〉》卷首。

36　《李長者〈華嚴經論略〉序》

　　見顧起元《懶真草堂集》卷十五。

五　近十幾年新發現的李贄逸詩、逸文存目

（一）逸詩

1　《游白雲山寺》五律一首（詩題是筆者加的）

　　見廈門大學歷史系編《李贄研究參考資料》第二輯第四部分附錄——「雲南等地所見李贄詩文選輯」，福建人民出版社一九七六年版第二四三頁。

2　《途中懷寺上諸友》五律一首

　　見同上。

3　《短述遣心》七律一首（詩題是筆者加的）

　　見同上。按，以上三詩均係李贄手跡。見河南輝縣白雲寺石碑拓片，拓片存泉州市文管會。

4　《青蓮寺》七律二首

　　見《姚安縣志》卷六十五《金石志·文徵》。

5　《九鼎山》五律一首

　　見康熙《大理府志》卷二十九《藝文》。

6　《登觀海樓》（觀海樓在姚安）

　　詩已佚。此詩題係根據駱問禮五律《觀海樓次韻李使君》擬的。駱問禮詩見民國重刊《萬一樓集》卷十一。

7　《雞山鉢盂庵聽經喜雨》五律一首

　　見康熙《大理府志》卷二十九《藝文》，又見康熙刻本《雞足山志》卷十，曾收入《續焚書》卷五，但文字略有不同。

8.「漢濱有父老，試語藏身訣」。（逸句）

　　袁中道《書鄰漁子冊》：「昔通人李溫陵有詩云：『漢濱有父老，試語藏身訣。』予因作詩以寄之曰：『漢濱父老多奇訣，數語雖存名不存。』溫陵見而頷之。」（袁中道《珂雪齋文集》卷十二）

「李子大相契合，贈以詩，中有云：『誦君玉屑句，執鞭亦忻
從。早得從君言，不當有老苦。』」（袁中道《珂雪齋文集》卷九《妙
高山法寺碑》）

9. 過呈貢寓三臺對聯一副

「一覽收滄海，三臺自草亭。」見《呈貢縣志》卷三《流寓》。

10. 題姚安府署的楹聯二副

見昆明師院史地系編《李贄在雲南的著作集錄》。又見廈門大學
歷史系編《李贄研究參考資料》第二輯第四部分附錄。

11. 題姚安觀海樓楹聯一副

見駱問禮《萬一樓集》卷五十六《李太守好奇》一文。參看萬曆
六年戊寅譜文引。

12. 題南京永慶寺堂上壁間對聯一副，永慶寺殿門聯一副

見佘永寧輯《永慶答問》。

13. 為一世祖撰華表對聯一副

「九世同墳，歷代明禋光俎豆；一宗兩姓，熙朝文物誇李林。」
見嘉慶十二年泉州《鳳池林李宗譜》。

14. 題泉州清源山賜恩岩對聯一副

「不必文章稱大士，雖無鐘鼓亦觀音。」引自《泉州文物簡訊·
李贄撰句對聯石刻》，見《泉州文物》第二十、廿一期合刊，第三十
頁。

15 《問蘭》、《蘭答》佚詩二首

卓吾子曰：升庵先生謂人家盆植如蒲萱者，乃蘭之別種，曰蓀與
芷耳。惟綠葉紫莖，春華秋馥，則楚《騷》所稱紉佩之蘭也。余嘗記
漢昭烈皇帝有「蘭草當門，不得不鋤」之語，雖諸葛忠武侯以魚水之
歡，竟不得藉一言而貸之。夫蘭生道傍，可謂混世之極矣，而不免辱
於樵豎之手；挺而當門，可謂庶幾一遇矣，而又不免於入朝之嫉。蘭
乎蘭乎！將安得所處乎？余既無如之何，則戲為問答二首以紀之。感

懷者無重為升庵先生之不幸可也。《問蘭一首》是「蘭草貴當門，當門見至尊。既見至尊已，百鋤何足論。」《蘭答一首》是「相見翻相惱，不如不見好。寧為道傍花，勿作當門草。」見李贄《讀升庵集》卷十八《蘭草》。

16. 和白樂天《讀老子》二首

「知者不言，言者不知。此事如何知得及，老君故遣人知之。言者不知，知者不言。此事如何言得是，言言又說玄又玄。」見《言善篇》利集。

17 《題寒碧樓》

兩個知心，一個清風一個月；十分豪興，五分濁酒五分詩。（見乾隆《麻城縣志》）

（二）逸文

1 《龍山說》

見《大姚縣志》。

2 《四海說》副題

見《雞足山志》（高雪君寫本）卷十。

3 《祿勸州知州題名碑記》

見民國《祿勸縣志》卷十三《藝文志》上

4 《光明宮記》

見《姚州志》卷八。

5 《重修瓦倉營土主廟碑記》

原碑現存昆明市瓦倉莊。以上又見廈門大學歷史系編《李贄研究參考資料》第二輯附錄。福建人民出版社，一九七六年版，第二三六至二四一頁。

6 《九正易因自序》

見朱彝尊《經義考》卷五十五。

7. 致梅國楨信（李贄手跡）

　　上海博物館藏。見廈門大學歷史系編《李贄研究參考資料》第二輯附錄，福建人民出版社，一九七六年版，第二四二頁。

8. 白居易手書《楞嚴經》題詞

　　見李日華《味水軒日記》卷二「萬曆三十八年二月十八日」條。

9 《龍湖書伯修〈海蠡篇〉》

　　見袁中道《游居柿錄》卷一第十五條。

10 《續論政篇》

　　見駱問禮《萬一樓外集》卷三《續論政篇》引。

後記

　　年譜是一種用編年體裁記載個人生平事跡的著作。它是研究譜主的生平和思想的最重要和最基本的參考書。舉凡撰寫譜主的傳略、評傳，整理和注釋譜主的著作，編寫有關譜主的小說戲劇，進行專門性的譜主研究和教學，甚至撰寫有關譜主的單篇論文，等等，都離不開對年譜的查考。因此，年譜的用途十分廣泛。

　　拙著《李贄年譜考略》是一部研究李贄並逐年記載譜主生平事跡及其思想發展而帶有考證特點的學術性著作，出版以來，受到各方面的關注和好評。一九九三年十月五日，黃高憲教授首先在香港《大公報》撰文評介。其後，時有評述文字見諸公開出版物，如白秀芳先生說：「有兩部學術價值很高、影響很大的著作，一部是張建業教授的《李贄評傳》，另一部是林海權教授的《李贄年譜考略》。」「從中我們不難看到《李贄年譜考略》在每一歷史事件的考證上是何等精確，它確實是一部學術價值極高的著作。」（白秀芳《近百年李贄研究綜述》）占驍勇先生說：「張建業先生《李贄評傳》與林海權《李贄年譜考略》的出現，標誌著李贄研究上了一個新臺階。」（占驍勇《李贄〈姑妄編〉》）左東嶺先生說：「建國後又出現了林其賢的《李卓吾事跡繫年》（1988）、林海權的《李贄年譜考略》（1992），對於李贄的生平材料搜集得更為細密。」（左東嶺《李贄文學思想與心學關係及其影響研究綜述》）許建平教授說：「當林海權先生的《李贄年譜考略》、張建業先生主編的《李贄文集》以及大量李贄研究成果出版後，已具備了重寫李贄傳的前一條件。」（《李卓吾傳·後記》）

　　評述見於私人信件的。如裴光輝先生說，他「如獲至寶，受益匪淺，先生的大作對我的創作功德無量。」許建平教授說：「自執筆《李贄傳》常為傳主有的事件發生地點、時間特別是有些文章寫於何時把握不準而頭痛困惑，思先生《考略》如饑似渴。今突接先生惠賜的大作，真乃雪中送炭，令我大喜過望。……粗翻《考略》，見考訂甚詳，糾謬補漏甚多，確為國內外李贄研究界的一大力作。」傅秋濤博士說：「寄上拙稿《李卓吾傳》，請指教。此稿是以您的大著《李贄年譜考略》為最基本的參考書寫成。此書是我從鄢烈山那裡借來，是您贈送給他的，現在竟然被我翻爛。」林昌如先生稱我與張建業教授為李贄研究的「南林北張」，北京首都師大一位注《李贄文集》的老教授稱我是「李贄研究的功臣」。讚揚固然使人高興，但我也清醒地認識到《考略》還存在著問題，有些重要問題未獲得解決，私心總覺難安。本年春，泉州市政協文史委副主任、泉州市李贄學術研究會常務副會長李少園先生來榕，我告訴他《考略》出版十餘年來，我仍不間斷地研究李贄，現又搜集了不少資料，並有新發現，解決了一些從前沒有解決的大問題，希望能幫助此書重新出版，以滿足國內外李贄研究的需要。他「把此事牢記在心」，回泉州後即向泉州市和泉州市鯉城區的有關領導反映，引起了他們的重視。本年夏，泉州市李贄學術研究會正式登記成立（一九八七年成立籌委會），李贄故居修建完成，闢為李贄紀念館。李贄是明晉江人，即今泉州市鯉城區人。泉州市鯉城區人民政府和鯉城區社科聯決定於本年十二月聯合舉辦李贄思想學術研討會，並舉行李贄紀念館的落成儀式。為了推動李贄研究工作的進一步深入發展，在泉州市鯉城區人民政府的主持下，泉州市社科聯、泉州市李贄學術研究會暨泉州市隴西文史委員會等單位積極支持、共同配合，籌措資金，在短短的時間內，促成了《李贄年譜考略》修訂再版的實現。

　　此次修訂，大約增加了四萬餘字，主要表現在以下三個方面：一

是大體上弄清了幾篇重要論文如《童心說》、《雜說》、《讀律膚說》和《黨籍碑》、《丘長孺生日》、《丘長孺醉後別意》、《盆荷》等篇詩文的寫作時間；二是弄清了陸思山、偶愚是誰的問題，增補了幾個與李贄有交往的人物，如顏廷榘、黃克纘、釋道一等；三是弄清了在麻城掀起的第二次迫害風波後，李贄避入河南商城縣黃蘗山的具體地址是法眼寺，是老友無念接納了他。李贄和馬經綸及其侍從僧眾十餘人在法眼寺大約住了三四個月之久，李贄在那裡寫下了數篇詩文。

《李贄年譜考略》開始寫於一九七五年，一九七九年寫成，列為我系的重點科研項目，一九八〇年由系出資油印一百零五部，分寄國內的一些專家和知名的出版社徵求意見，直到一九九二年始獲出版（時由南安榕橋李氏族人資助）。到此次修訂重版，前後歷經三十年，我常用「千辛萬苦」一語來形容。所幸的是修訂本得獲再版，本人少留一點遺憾的願望終於得到實現，沒有辜負領導、老師和學術界同仁的期望。在這裡，特向泉州市鯉城人民政府及其所屬的三個單位表示感謝。我的老師黃壽祺教授一向關心《考略》的寫作和出版。他親自替我審閱書稿，並熱情作序闡揚，所可惜的是他竟未能看到本書的出版就與世長辭了。今日重版，不能不更加激起我對恩師深深的懷念。

臺灣新竹「清華大學」人文社會學院院長、「中央研究院」院士李亦園教授，祖籍泉州，敬仰鄉賢，概允為本書再版作序。本人謹此表示誠摯的謝意。

林海權

二〇〇四年十一月十四日

作者簡介

林海權

　　一九三〇年生，福建師範大學中文系教授，曾任古代漢語教研室主任。常年從事古漢語教學、研究及古籍整理工作。代表作有《李贄年譜考略》、《楊時集》、《小山類稿》等，學術論文結集為《林海權語言論文集》。

本書簡介

　　《李贄年譜考略》以編年形式逐年考查和記述明代著名思想家李贄的仕履、交游、講學、論辯及著述情況，對李贄辭官以後的活動記載尤其詳細，並對其詩文寫作進行編年考證。每年包括譜主活動、詩文編年和時事三個部分，考證力求翔實有據，是李贄研究的重要成果。

福建師範大學文學院百年學術論叢・第四輯　1702D04

李贄年譜考略

作　　者　林海權
總 策 畫　鄭家建　李建華
發 行 人　林慶彰
總 經 理　梁錦興
總 編 輯　張晏瑞
編 輯 所　萬卷樓圖書股份有限公司
　　　　　臺北市羅斯福路二段 41 號 6 樓之 3
　　　　　電話 (02)23216565
　　　　　傳真 (02)23218698
發　　行　萬卷樓圖書股份有限公司
　　　　　臺北市羅斯福路二段 41 號 6 樓之 3
　　　　　電話 (02)23216565
　　　　　傳真 (02)23218698
　　　　　電郵 SERVICE@WANJUAN.COM.TW
香港經銷　香港聯合書刊物流有限公司
　　　　　電話 (852)21502100
　　　　　傳真 (852)23560735

如何購買本書：

1. 劃撥購書，請透過以下郵政劃撥帳號：
　帳號：15624015
　戶名：萬卷樓圖書股份有限公司
2. 轉帳購書，請透過以下帳戶
　合作金庫銀行　古亭分行
　戶名：萬卷樓圖書股份有限公司
　帳號：0877717092596
3. 網路購書，請透過萬卷樓網站
　網址 WWW.WANJUAN.COM.TW

大量購書，請直接聯繫我們，將有專人為
您服務。客服：(02)23216565　分機 610

如有缺頁、破損或裝訂錯誤，請寄回更換
版權所有・翻印必究
Copyright©2018 by WanJuanLou Books CO., Ltd.
All Rights Reserved　　　Printed in Taiwan

ISBN 978-986-478-167-6
2018 年 9 月再版
2017 年 12 月初版
定價：新臺幣 760 元

國家圖書館出版品預行編目資料

李贄年譜考略 / 林海權著.
-- 再版.-- 臺北市：萬卷樓, 2018.09
面；公分.--（福建師範大學文學院百年學術
論叢・第四輯・第 4 冊）
ISBN 978-986-478-167-6（平裝）
1.（明）李贄 2.年譜
820.8　　　　　　　　　　　　　107014156